BASTEI LÜBBE Paperback

F. PAUL WILSON

DER SCHWARZE WIND

Roman

Ins Deutsche übertragen von
W. M. Riegel

BASTEI
LÜBBE
Paperback

Bastei-Lübbe-Paperback
Band 28 184
Erste Auflage: Dezember 1989

Bastei-Verlag Gustav H. Lübbe GmbH & Co.,
Bergisch Gladbach
Originaltitel: Black Wind
Umschlaggestaltung: Klaus Blumenberg
Satz: KCS GmbH, 2110 Buchholz/Hamburg
Druck und Verarbeitung: Clausen & Bosse, Leck
Printed in Germany
ISBN 3-404-28184-5

Dies ist ein Roman, kein Tatsachenbericht. Alle Personen und Ereignisse sind fiktiv. Jede Ähnlichkeit mit lebenden oder toten Personen oder tatsächlichen Ereignissen wäre rein zufällig.

Danksagung

Dieses Buch hätte ohne großzügige Hilfe und Unterstützung nicht geschrieben werden können. Mein Dank gilt:
Sue Burkhart
E. Scott Royce
Derrell Smith
Chelsea Quinn Yarbro

Anmerkung des Autors

Captain Ellis M. Zacharias, General Leslie R. Groves, General Curtius LeMay und Admiral Isoroku Yamamoto sind in diesem Buch auftretende Persönlichkeiten der Zeitgeschichte. In mehr oder minder starkem Maße (am wenigsten bei Captain Zacharias, mehr schon bei den Generälen Groves und LeMay) habe ich bei ihren Auftritten in diesem Roman von dem Recht auf dichterische Freiheit Gebrauch gemacht.

Dessenungeachtet wurde jede mögliche Anstrengung unternommen, das Buch historisch so genau wie möglich zu halten, und zwar bis in solche Einzelheiten wie etwa, welches bestimmte Kino an einem ganz bestimmten Tag welchen Film gespielt hat.

In Japan schreibt man üblicherweise den Zunamen zuerst. Aus Gründen besserer Verständlichkeit habe ich dies hier auf unsere übliche Weise gehandhabt und auch die japanischen Vornamen vorangestellt.

Schließlich ist noch anzumerken, daß im heutigen Japan keine existierenden Überreste des *Kakureta Kao* bekannt sind.

Vorwort

SLATER-SAN-PLANTAGE

MAUI

Dies sind posthume Memoiren. Vor langer Zeit schon habe ich versprochen, kein Sterbenswort dieser Geschichte preiszugeben, solange ich lebe. Es ist ein etwas seltsames Gefühl dazusitzen, dies zu schreiben und zu wissen, daß ich bereits tot bin, wenn jemand diese Aufzeichnungen liest.

Aber so soll es nun einmal sein. Hier ist also die Geschichte von Frank Slater — meine Geschichte. Und es ist nicht einfach, diese Geschichte zu erzählen.

Der größte Teil spielt im Krieg. Nicht in diesen Scharmützelkriegen wie Korea oder Vietnam. Nein, ich meine den Großen Krieg. Den Zweiten Weltkrieg.

Es geht um den *Kakureta Kao,* einen mystischen Mönchsorden, der wesentlich an der geistigen Vorbereitung der Japaner auf den Krieg beteiligt war — und aber auch verantwortlich für eine Reihe schlimmer Grausamkeiten in dessen Verlauf.

Und es geht um zwei Japaner, einen Mann und eine Frau. Die Frau habe ich mehr geliebt als mein eigenes Leben. Mit dem Mann bin ich zusammen aufgewachsen. Ich habe ihn wie einen Bruder geliebt und dann im Stich gelassen, als er mich am nötigsten brauchte.

Ich sagte ja schon, es ist ein wenig schwierig, diese Geschichte zu erzählen.

Aber es ist die reine Wahrheit. Es ist die verdammteste reine Wahrheit, die Sie je gelesen haben. Was immer Sie auch gelesen oder gehört haben mögen, das dem widerspricht, was ich hier erzähle, ist eine Lüge. Sehr häufig sind die Ereignisse, die ich schildern werde, anders dargestellt worden, aber das sind eben Lügen; vielleicht nicht immer absichtliche, aber jedenfalls die Wiederholung von Lügen, die andere in die Welt gesetzt haben, die ihren Ruf oder ihren Platz in der Geschichte sichern wollten.

Dies hier aber ist die *reine* Wahrheit.

Ich weiß, wovon ich rede, denn ich war dabei. Und wenn ich auch nicht bei jeder Begebenheit an Ort und Stelle war, so kenne ich die Tatsachen in diesen Fällen von jemandem, der dabei gewesen ist. Oder aus Dokumenten, die einmal im Besitz des *Kakureta Kao* waren.

Dies ist mein Testament. Ich schreibe es, um die Dinge ein für allemal klarzustellen. Und ich werde Vorkehrungen treffen, daß es unmittelbar nach meinem Tod veröffentlicht wird — wenn ich endlich außerhalb ihrer Reichweite bin und wenn sie mir nicht mehr drohen, mich belästigen oder sogar zwingen können, auch nur ein einziges Wort von mir zu geben.

Sie . . .

Selbst jetzt, wo ich dies diktiere, höre ich dieses Wort *sie,* und ich denke: *Lieber Frank, vielleicht leidest du am Ende doch ein wenig an Verfolgungswahn?*

Mag sein oder auch nicht. Lesen Sie trotzdem ruhig weiter. Entscheiden Sie selbst. Es geht um Krieg und Frieden, um Ehre und Verrat und um die Suche nach dem eigenen Platz in der Welt. Um mich. Und um meinen Jugendfreund Matsuo Okumo. Und um die Frau, die wir später beide liebten.

Alles, was ich berichten werde, ist die reine Wahrheit.

Ich schwöre es.

(gez.) Francis Xavier Slater, jun.

Es beginnt mit Matsuo, der als Teenager viele nächtliche Alpträume hatte . . .

ERSTER TEIL

1926

1926

Das Jahr des Tigers

JULI

SAN FRANCISCO

Ein schlitterndes Geräusch weckte ihn.

Matsuo fuhr von dem *futon* hoch und mühte sich, durch die tintenschwarze Dunkelheit der Nacht etwas zu erkennen.

Nicht schon wieder! Bitte, nicht schon wieder!

Aus der Dunkelheit begannen die Stimmen zu flüstern.

»Bist du es? Der die Saat trägt? Der sterben wird?«

Und dann sah er sie, im fahlen Widerschein des schwachen Lichts des Korridors draußen. Weise aussehende, fast nackte Gestalten mit schimmernden Kahlköpfen. Ihre Gesichter waren nicht erkennbare dunkle Flecke. Nur gelegentlich war ein in der Dunkelheit leuchtendes Augenpaar zu sehen. Sie alle trugen Messer, deren Klingen im matten Licht des Korridors funkelten.

Alle bis auf einen. Eine große, hagere, mit einer Kapuze verhüllte Gestalt stand in der Tür des Schlafzimmers. Auch ihr Gesicht war jedoch völlig verborgen und im Dunkeln, außer den Augen, die sanft glühten, während die anderen Kreaturen sich langsam, zentimeterweise näherten.

Einige krochen, einige gingen auf allen vieren, einige schleppten sich voran, und einer wand sich mit einem Messer zwischen den Zähnen am Boden auf Matsuo zu, in einer abstoßenden Imitation einer Schlange. Sie drängten und krochen näher, und ihre Stimmen wurden lauter.

»Ja! Er ist der, der die Saat trägt! Er stirbt! Er stirbt jetzt! Tötet ihn!«

Und dann sprang einer auf und warf seinen Dolch zielsicher auf Matsuos Kehle . . .

. . . und Matsuo erwachte, nach Atem ringend, keuchend, zitternd, schweißgebadet.

Wieder dieser Traum! Einige Monate hatte er Ruhe vor ihm gehabt, aber jetzt war er wieder da. *Nur ein Traum*, sagte er sich selbst immer wieder, und doch konnte er dessen Schrecken nicht entgehen oder sein Zittern unterdrücken. Er wollte mit diesem Entsetzlichen nicht allein sein, doch er konnte es selbst Nagata nicht erzählen. Einmal hatte er Nagata von seinem Traum erzählt und nur zur Antwort bekommen, nie mehr davon zu sprechen. Es war das erste Mal, daß er an dem alten Samurai so etwas wie Angst gesehen hatte.

Nur eines hatte überhaupt jemals geholfen. Matsuo schlich sich aus seinem Zimmer und ging zu dem kleinen Shinto-Schrein, wo Nagata seine *daisho* aufbewahrte — seine Samurai-Schwerter. *Daisho* — das bedeutete »Groß-Klein« und war ein perfekter Name für diese Klingen. Er legte seine Hand auf das größere Schwert, das *katana,* und spürte, wie sein Zittern sofort nachließ und seine Angst schwand. Er wußte nicht, was es mit diesen Schwertern für eine Bewandnis hatte, aber stets gaben sie ihm Geborgenheit und Sicherheit. Er hob das *katana* auf — es war schwer, es wog fast zehn Pfund — und nahm es mit in sein Zimmer, wo er es neben sich auf den *futon* legte.

Es dauerte lange, bis er einschlafen konnte. Doch er wußte, der Schlaf kam irgendwann, wenn er nur geduldig genug war und seine Hand auf der perlenbesetzten, schwarz emaillierten Schwertscheide liegen hatte. Und wenn der Schlaf dann endlich kam, war es auch ein ruhiger.

Zu Hause wurde ich Frankie genannt. Die anderen Kinder nannten mich immer *Spot.* Fleck.

Am Morgen des 10. Juli, meinem sechzehnten Geburtstag, stand ich vor dem Spiegel im Bad und besah mir, wie schon zahllose Male zuvor, den Grund für meinen Spitznamen. Ich betrachtete nicht meine Ohren oder meine Nase oder meinen Mund. Sie waren nicht weiter bemerkenswert. Ich betrachtete auch nicht meine blauen Augen oder mein hellbraunes Haar.

Ich sah immer nur diesen häßlichen purpurroten Fleck.

In meiner ganzen Familie ist er als der ›Slater-Fleck‹ bekannt. Alle männlichen Slaters haben ihn im Gesicht; der eine größer, der andere kleiner. In den medizinischen Büchern nennt man so etwas ein Blutgefäß-*Hämangiom,* was einem aber wenig sagt. Großmutter Slater ihrerseits sagte immer ›Portwein-Fleck‹ dazu, was die Sache schon sehr viel genauer trifft. Genauso sieht er nämlich aus. Stellen Sie sich ein auf einem weißen Tischtuch verschüttetes und über Nacht eingetrocknetes Glas Burgunder vor. Das käme dem Aussehen des Slater-Flecks ungefähr am nächsten.

Die Flecken meines Vaters und meiner Onkel waren alle ziemlich klein und kaum sichtbar, oben an ihrem Haaransatz. Die richtige Bescherung bekam erst ich ab. Meiner war so groß wie meine Hand und zog sich vom linken Augenlid über die Stirn und durch den ganzen Haaransatz bis hinauf zur Schädelspitze.

Ich kann überhaupt nicht sagen, wie sehr ich diesen Fleck immer verabscheut habe. Ich versuchte ständig, meine Haare darüber zu kämmen, aber sie waren nicht lang genug dafür. Ich ging sogar an den Make-up-Puder meiner Mutter, um ihn zu überschminken. Das Resultat war freilich erst recht schlimm. Wäre mir nicht klar gewesen, daß die Narbe, die davon übrigbliebe, noch schlimmer aussähe, ich hätte keinen Moment gezögert, mir diesen purpurroten Hautfleck buchstäblich vom Gesicht zu kratzen.

Es gab Zeiten, da ich wegen dieses Flecks bitter weinte. Und über den Spitznamen, den er mir einbrachte. Er war der Grund dafür, warum ich nicht wie alle anderen Jungen war und nicht wie sie alle Freunde hatte. Er war der einzige Grund, weshalb ich nicht Mitglied in Mick McGarrigles Gang werden konnte. Ohne ihn hätte er mich sicher aufgenommen.

Und mit den Mädchen war es genauso.

So stand ich also da und träumte davon, jemand möge kommen und mir einen Geburtstagswunsch freistellen; was ich nur wollte: Gold, Edelsteine, Macht, Ruhm, einfach meinen Herzenswunsch. Keinen Moment hätte ich gezögert. Ich wußte sehr genau, was ich mir wünschen würde.

»Frankie!«

Ich erkannte die Stimme: Matsuo, der mich von draußen rief. Matsuo nannte mich nie *Spot*.

Ich streckte meinen Kopf zum Fenster des Bades hinaus. Ich war oben im ersten Stock. Matsuo stand unten im Gras, links von meinem Schlafzimmerfenster.

»Hallo, da unten!«

»Willst du rüberkommen?« fragte er und hob sein bernsteinfarbenes Gesicht zu mir empor. Er lächelte, aber seine Augen lagen etwas tief in den Höhlen, so, als hätte er nicht besonders gut geschlafen. Er war wie ich angezogen, mit einem kurzärmligen Hemd und knielangen Hosen.

Ich hatte wenige Freunde. Um ehrlich zu sein, nur einen einzigen. Und sicherlich hätte ich gar keinen gehabt, hätte Matsuo nicht zufällig bei uns im Haus gewohnt. So schüchtern war ich.

»Heute kann ich nicht. Mein Vater nimmt mich zum Segeln mit.« Der neue *Lightning* war letzte Woche angekommen, und Dad wollte heute anfangen, mir das Segeln beizubringen.

»Dann komm doch so lange raus, bis er wieder da ist!«

»Wieder da?« Ein leises Gefühl der Enttäuschung beschlich mich. »Wo ist er denn hin?«

Matsuo sagte achselzuckend: »Gerade eben ist er weggefahren.«

Ich rannte nach unten. Mom war im Eßzimmer, wo alles aus Mahagoni und Kristall war, und sprach mit Oba-san. Sie hatte das Haar voller zahlloser kleiner Lockenwickler, und dadurch sah ihr Gesicht sehr ernst und angespannt aus. Sie saß an dem langen Tisch unter dem Lüster, rauchte eine Zigarette in einer kleinen Elfenbeispitze und ging mit Oba-san eine Liste durch.

»Alles Gute zum Geburtstag, Master Frankie!« sagte Oba-san mit ihrem harten Akzent auf englisch. Sie lächelte und verbeugte sich.

Ich verbeugte mich ebenfalls. »*Arigato.*«

»Ja, mein Schatz«, sagte Mom und legte mir die Hand auf die Hüfte, um mich kurz zu umarmen, »alles Gute zum Geburtstag.«

»*Arigato*«, sagte ich auch zu ihr.

»Sprich englisch, Schatz.«

»Aber ich spreche gern japanisch.«

»Aber du tust Oba-san keinen Gefallen, wenn du mit ihr japanisch sprichst. Sie ist jetzt in Amerika und möchte Englisch lernen. Nicht wahr, Oba-san?«

Oba-san sagte: »*Yes, Ma'am!*« zu Mom, blinzelte mir aber dabei zu.

Oba-san war eine Frau, die immer fröhlich war. Der normalerweise schlankmachende Effekt eines Kimonos war bei ihrer stämmigen Gestalt völlig wirkungslos. Sie war unsere Köchin und Matsuos Tante. Ihr wirklicher

Name war Kimura, aber Matsuo hatte sie, solange wir alle denken konnten, Oba-san genannt — *oba* ist das japanische Wort für Tante —, und deshalb war dies jetzt ihr Name in unserem Haus.

»Wo ist Dad?«

»Er hat einen Termin bei Commander Foster.«

Ein dicker Kloß war plötzlich in meiner Kehle. »Aber er wollte doch mit mir segeln gehen!«

»Er hat es nicht vergessen, Schatz. Es sind aber in letzter Minute noch ein paar Probleme mit seinem neuen Vertrag aufgetreten, die er erst noch klären muß. Ich hasse es, wenn sie uns am Wochenende mit geschäftlichen Angelegenheiten belästigen. Aber es ließ sich nicht umgehen.«

Ich haßte es auch. Ständig mußte er wegen irgend etwas fort.

»Vielleicht heute nachmittag«, sagte ich.

»Da wird es wohl leider zu spät sein, Schatz. Du weißt doch, daß die Leute um fünf zum Cocktail und zum Dinner kommen. Da wird keine Zeit mehr bleiben. Aber er holt es ganz bestimmt nach. Das weißt du doch.«

Ich wußte gar nichts. Das war das Problem.

»Und sobald er zurückkommt, schneiden wir deinen Geburtstagskuchen an, okay?«

»Okay.« Was hatte ich schon für eine Wahl.

»Sehr schön. So, nun geh erst mal raus und spiele ein wenig. Ich muß mit Oba-san das Menü für heute abend besprechen.«

Ich winkte und lief hinaus, entschlossen, meine Enttäuschung nicht zu zeigen. Die ganze Woche schon hatte ich mich auf heute gefreut. Mein Geburtstag. Segeln mit Dad. Nur wir beide auf dem Wasser. Kein Telefon, keine Telegramme.

Ich ging bis zum Ende des Gartens, wo man aufs Meer blicken konnte, und sah hinunter auf die nagelneue *Lightning*, die fünfzig Fuß unter mir auf Rollen auf dem schmalen Strandstreifen stand. Irgendwo aus meinem Innern drängte ein Schluchzen nach oben. Ich unterdrückte es. Ich wollte das nicht. Ich hatte von Matsuo gelernt, daß das Gesicht in unserem Innern nicht für die Welt draußen bestimmt ist.

Matsuo kam zu mir gelaufen. »Geht ihr heute gar nicht segeln?« fragte er, als er neben mir stand.

Ich mußte wohl erst noch lernen, die beiden Gesichter voneinander getrennt zu halten. Ich schüttelte nur den Kopf, weil ich nicht sicher war, ob ich sprechen konnte, ohne daß mir die Stimme versagte.

»Das ist wahrscheinlich sowieso das beste«, sagte Matsuo. Er hielt sich die Hand schützend über die Augen und blickte auf den Pazifik hinaus. »Sieht ziemlich rauh aus. Viel zu viel Wind, um dabei Segeln zu lernen. Schon richtig, bis morgen zu warten. Wenn es wieder ruhiger ist.«

Ich sah an dem dunkelbraunen Felsen des Presidio vorbei nach Norden, wo die Morgensonne den Nebel hochtrieb. Er wehte durch das Golden Gate, hinaus auf den diesigen Pazifik, der ruhig dalag und sanft an das Ufer dünte. Die leichte Brise von Osten her konnte kaum mehr als fünf Knoten betragen.

Ich sah hinüber zu Matsuo und mußte lächeln. Einen Freund wie ihn mußte man suchen.

Er war schlank, mit schmalem Gesicht, hatte dunkelbraune Augen und kurzes schwarzes Stoppelhaar. Er war gleich alt wie ich und auch fast ebenso groß. Erst im vergangenen Jahr war ich über ihn hinausgeschossen. Aber nur einen halben Inch. Doch während ich immer noch schlaksig und unbeholfen war, bewegte Matsuo sich geschmeidig wie eine Katze. Und ebenso beweglich war sein Geist. Er sprach bereits Englisch, als sei er hier geboren, wie jeder echte Amerikaner. Und warum auch nicht? Auch wenn er in Japan geboren war — aufgewachsen jedenfalls war er hier. Er sprach fast so lange Englisch wie ich.

Ich legte den Arm um seine Schultern. »Was hat Nagata-san heute mit uns vor, Freund?«

»Ikebana.«

»Schon wieder?«

Diesen Unterricht im Blumenarrangieren mochte ich gar nicht. Für mein Gefühl war das höchstens etwas für Mädchen, aber doch nicht für Jungs. Genauso wie das *Origami*, das Papierfalten. Obwohl das wenigstens noch Spaß machte. Ich sage ›für mein Gefühl‹, weil man eigentlich nichts, was Nagata tat — oder die Art, wie er es tat —, unmännlich nennen konnte. Wenn er deshalb darauf bestand, uns das Blumenstecken beizubringen und die Teezeremonie oder sonst etwas, machte ich eben mit; einfach schon deshalb, um bei ihm sein zu können und die Geschichten zu hören, die er zu erzählen wußte.

Als wir die Treppe zu den Räumen über der Doppelgarage hinaufstiegen, warf ich einen Blick durchs Fenster, um zu sehen, ob Dad den Franklin genommen hatte. Ja, er war weg. Dad liebte seine neue Serie-11-Limousine und ließ keine Gelegenheit aus, sie seinen Kunden vorzuführen. Immerhin hatte der Wagen ja auch fast dreitausend Dollar gekostet.

Oben zogen wir auf dem Treppenabsatz die Schuhe aus, ehe wir hineingingen. Die Garage war früher ein Stall gewesen. An heißen Tagen konnte man noch immer einen leichten Pferdegeruch wahrnehmen. Als schwebten die ruhelosen Geister der Vergangenheit noch umher. Nagatas *furin* hing über dem Treppengeländer und klingelte ganz sanft in der Brise. Statt der üblichen drei bemerkte ich jetzt vier dieser Windglöckchen.

»Ist das ein neues *furin*?«

»Ja.« Matsuo griff nach oben und holte es von seinem Haken herunter. »Für dich«, sagte er und reichte es mir. »Zu deinem Geburtstag.«

Es war aus Messing. Ein Windgeläut in andeutungsweiser Fischform. Es hing an einem dünnen Drahl von einem Pagodendach, das seinerseits ebenfalls an einem Draht hing, ebenso wie ein Messingplättchen, das, wenn es sich im Wind oder Luftzug bewegte, an das Geläut schlug. Es war wie Musik. »Hab' ich selbst gemacht«, sagte Matsuo. »Nagata-san hat es mir aber gezeigt.«

Ich nahm das Glockenspiel-Mobile und klopfte Matsuo mit der anderen

Hand auf die Schulter. Ich war sehr gerührt. »*Arigato*«, sagte ich. »Ich weiß schon, wo ich es aufhänge.« Ich wollte es draußen vor mein Zimmer hängen, wo es in der Pazifikbrise ständig leise klingeln würde.

Wir gingen in die Wohnung unseres Personals, wo Matsuo mit seiner Tante Oba-san und seinem Onkel, dem Gärtner Takijiro Nagata, wohnte. Diese Räume waren bereits eine andere als die gewohnte Wirklichkeit. Eine geräumige, spartanische Welt aus nackten weißen Wänden, kargen, ganz niedrigen Tischen und Sitzkissen auf dem Boden. Eine Welt voller Licht und Luft, die man niemals mit Schuhen betrat, sondern wo man barfuß auf den knackenden *tatami*-Strohmatten ging, die den ganzen Fußboden bedeckten. Eine Welt, die ich schon lange kannte und inzwischen sehr viel lieber hatte als draußen die Straßen von San Francisco.

Nagata erhob sich und verbeugte sich hinter seinem niedrigen Tisch, auf dem er eine Anzahl Topfgladiolen aus dem Gewächshaus, eine Kollektion Blattpflanzen, einige Zweige, etwas Erde und drei leere Vasen stehen hatte. Er sprach Japanisch, aber sehr langsam und sorgfältig, damit ich ihn auch verstand.

»Es ist mir eine Ehre, daß du an deinem Geburtstag hierherkommst«, sagte er. »Möge es ein sehr glücklicher Tag sein.«

Ich erwiderte die Verbeugung, wie ich es schon vor Jahren von ihm gelernt hatte, und bedankte mich auf japanisch.

Wir knieten uns alle um den Tisch, und Nagata begann mit seinem Unterricht. Wir füllten die feuchte Erde in die Vasen, weil Ikebana ja keine tote, sondern eine lebendige Kunst ist. Wir verwendeten lebende Pflanzen im Knospenstadium, und wir *spürten* Nagatas Instruktionen über unsere Augen und Arme und Finger in die Vasen und Gestecke fließen, weil jede Richtung, in die ein Blatt zeigte, ihre Bedeutung hatte, und jede Biegung eines Zweiges. Und auch der Raum dazwischen hatte seinen Sinn, als Teil der erstrebten Harmonie zwischen Farbe, Materie und Nichts.

Immer wieder blickte ich, während wir mit dem Blumenstecken beschäftigt waren, auf Nagata. Er faszinierte mich immer wieder. Diese Gegensätze! Dicke kurze Finger, aber wie leicht und sanft gingen sie mit den Blüten um! Und ganz unbeschreiblich ihre Geschicklichkeit und Geschmeidigkeit beim Papierfalten! Die feinsten Formen von Vögeln und Tieren zauberte er damit hervor. Und andererseits hatte er keine Mühe, mit diesen Händen die schwersten Lavasteine in Dads Garten zu heben und die Strünke kleiner Bäume in die exotischsten Formen zu drehen und binden. Er konnte über die Schönheit eines fallenden Blattes in Tränen ausbrechen, stundenlang regungslos auf den Sonnenuntergang im Pazifik starren oder die Struktur eines Steines studieren.

Aber es gab auch noch eine andere Seite seines Wesens. Diese jedoch hielt er verborgen. Im vergangenen Jahr war ich einmal sehr früh auf. Da sah ich ihn im fahlen Dämmerlicht zum Strand hinuntergehen, wo er, nackt bis auf den weißen *fundoshi*-Lendenschurz, aus dem sein großer Bauch wie ein Kupferkessel vorstand, sein ziseliertes *katana*-Schwert zu schwingen begann; in einem Tanz des Todes, bis sein ganzer Leib mit den kräftigen Armen und der sich wölbenden Brustmuskulatur und sein bereits kahl werdender Kopf schweißnaß glänzten. Das Schwert fuhr blitzend durch die Luft. Er stieß dazu gutturale Schreie aus, während er sich gegen einen unsichtbaren Feind verteidigte oder attackierende Ausfälle gegen ihn unternahm, mit beidhändigen Streichen von seltsam brutaler Grazie; sie hätten einen wirklichen Gegner zweifellos in der Mitte gespalten.

Nie zuvor hatte ich geahnt, daß ein einzelner Mensch von so tödlicher, explosiver Gewalt sein könnte.

Der Gärtner meines Vaters, dieser so unglaublich sanfte Mann, der mir das Papierfalten beibrachte und mich in der Teezeremonie und der japanischen Sprache unterwies, war also auch eine Art Tötungsmaschine! Dies beschäftigte meine Phantasie fortan ohne Unterlaß. Ich stellte mir vor, mein Vater habe ihn womöglich heimlich zu unserem Schutz angestellt. Daß er tagsüber ein demütiger, unterwürfiger Gärtner war, jedoch nachts im Mondschein ein wilder Samurai-Krieger, unermüdlich auf der Wacht, unser Haus vor jeder nur denkbaren Gefahr zu bewahren. Seit damals hatte ich ihm noch oft nachspioniert.

»Erzähle uns doch wieder Mal was vom Krieg«, sagte Matsuo, während wir die Blumen steckten.

»Schon wieder?« sagte Nagata. »Bekommt ihr denn nie genug davon?«

»Nie!« riefen wir gemeinsam.

Er lachte und begann ein weiteres mal mit seiner uns inzwischen vertrauten Geschichte von seiner Teilnahme am Angriff der japanischen Dritten Armee auf Port Arthur im Russisch-Japanischen Krieg von 1904. Wie üblich stellte er den Überraschungsangriff der japanischen Torpedoboote auf die russische Flotte an den Anfang, weil dieses Ereignis auch den Beginn der Feindseligkeiten darstellte, um dann mit dem Bajonett-Nahkampfangriff fortzufahren, der, wenn auch unter enormen Verlusten, siegreich endete. Er sprach gefühlvoll von seiner Verachtung für das Gewehr und wie er nur mit seinen beiden Schwertern in das Gefecht gestürmt sei.

Ich warf einen schnellen Blick zu dem kleinen Shinto-Schrein hinüber. Er bestand aus wenig mehr als einer kleinen Platte auf Füßen vor einem gemalten Bild in der Ecke und einem schwarzlackierten Regal, auf dem seine *daisho*-Schwerter lagen — das große *katana* und, darunter, das kürzere *wakizashi*. Ein aufregender Gedanke, daß diese Schwerter tatsächlich und wirklich jemanden getötet hatten! Nagata zufolge sogar viele Jemande. Die Waffen waren, sagte er, Hunderte von Jahren alt.

Unsere Blumengestecke waren schließlich fertig. Das von Nagata war wunderschön, vollkommen in seiner Ausgewogenheit zwischen knospenden Gladiolen, Blättern und gebogenen Zweigen, die durch und über die ganze Anordnung wie Verbindungsglieder liefen. Im Vergleich dazu hatten Matsuo und ich lediglich ein wildes Durcheinander zustandegebracht.

Wir aßen gemeinsam einige der kalten Reiskugeln mit Gemüse, die Oba-san dagelassen hatte. Ich aß meinen Teller aufs säuberlichste leer, bis auf das letzte Reiskörnchen — eingedenk der ständigen Ermahnungen Oba-sans, daß jedes verschwendete Korn zu einer Warze im Gesicht eines geliebten Menschen würde.

Als wir fertig waren, standen wir auf und verbeugten uns, und ich bedankte mich bei unserem Gastgeber mit der demütigsten der Dankesformeln »*katajikenai, Nagata-san*«, was er seinerseits mit einer Verbeugung erwiderte.

Matsuo sagte: »Jetzt muß ich zur Arbeit.«

»So früh schon?«

»Izumi-san will, daß ich den Laden sauber auskehre, bevor es am Nachmittag zu voll wird.«

Ich war etwas enttäuscht. Ich mußte jetzt also den Tag allein verbringen. Den Sommer über arbeitete Matsuo immer in *Japantown*; fast jeden Morgen und jeden Samstagnachmittag. Allerdings mußte er normalerweise nicht schon so früh weg.

»Komm doch mit.«

»Ach, ich weiß nicht . . .« Es langweilte mich immer sehr, in dem Laden herumzustehen, während Matsuo arbeitete. Ich übte zwar ganz gern Japanisch mit den *issei*, die ihr Gemüse in Izumis *yao-ya* kauften, aber nach einer Weile hatte ich dann immer genug.

»Komm doch, Frankie«, drängte Matsuo jedoch.

»Na gut«, sagte ich.

Ich hängte meine *furin* vor die Tür, zog meine Schuhe an und folgte Matsuo auf die Straße hinaus. Es war ziemlich weit bis zu den etwa sechzehn Häuserblocks an den Südhängen von Pacific Heights, die bei ihren Bewohnern *Nihonmachi* hießen und die wir unter dem Namen *Japantown* kannten.

Wir gingen zur California Street. Oben bei uns in Seacliff waren die Häuser groß und neu, mit Rasen und Gärten. Je näher wir aber zur California Street kamen, desto kleiner und näher aneinander standen sie. Dort stiegen wir dann heimlich ohne Fahrschein in eine vorbeifahrende *Cable Car*-Bahn. Wir hingen geduckt am hinteren Geländer, bis der Schaffner uns entdeckte und uns verscheuchte. Von Seacliff bis Nihonmachi ging es zwar fast ständig bergab, aber vierzig Blocks sind nun mal vierzig Blocks.

Den ganzen Weg den langen Hügel abwärts hielten wir die Blicke schon auf die wieder ansteigende Strecke vor uns gerichtet. Die Sonne stand grell und heiß am Himmel. Selbst die Gehsteige glitzerten in ihrem Licht, ebenso wie die gewölbten Fenster der alten viktorianischen Häuser, die den ganzen Weg säumten. Sie waren wirklich sehr alt. Manche waren auch schon ziemlich verfallen, andere hingegen waren hervorragend erhalten. Sie waren alle schon alt gewesen, als wir noch gar nicht auf der Welt waren. Sie hatten das große Erdbeben und das darauffolgende große Feuer von 1906 überlebt.

Wir fuhren bereits auf dem dritten *Cable Car* schwarz, als wir endlich in *Japantown* ankamen. Ich machte mich bereit, an der Fillmore abzuspringen, doch Matsuo faßte mich am Arm und schüttelte den Kopf. Also blieben wir weiter am Wagen, bis zu dem fast senkrecht aufsteigenden Nob Hill mit seinen imposanten Gebäuden — Grace Cathedral, Union Pacific Club und die ganzen Luxushotels. Hinter dem turmhohen Ferry Building glitzerte weit unten das Meer, während der *Cable Car* langsam hochstieg und danach auf der anderen Seite wild bergab fuhr. Erst an der Powell Street gab mir Matsuo das Zeichen zum Abspringen.

»Wo wollen wir denn eigentlich hin?«

Er lächelte geheimnisvoll. »Wirst schon sehen.«

Wie immer folgte ich ihm. Wir sprangen auf einen nach Süden fahrenden *Cable Car* und ließen uns von ihm die steile Abfahrt zur Market Street mit hinunternehmen. Dort sprangen wir wieder ab. Inzwischen glaubte ich zu wissen, was Matsuo vorhatte. Er war kinoverrückt. In der Market Street befanden sich die meisten Kinos der Stadt — das *President*, das *Imperial, Capitol, St. Francis, Granada, California, Golden Gate,* alle fast direkt nebeneinander.

Sogleich fesselten uns beide die Plakate am *St. Francis* für *Flammende Grenze,* einen Film über Custers letztes Gefecht. Doch auch das Plakat von Olive Borden in einem Sarong in *Gelbe Finger* war sehr verlockend. Wir sahen uns weiter um.

Hier unten war die Stadt brettflach und daher bequem zum Laufen. Wir bummelten die ganze Market hinauf und hinunter und besahen uns alle Kinoplakate. Dann kamen wir an einem kleinen Laden vorbei, dessen Schaufensterscheibe eingeschlagen war. Der Name WÄSCHEREI NAKAMURA war jedoch am oberen Teil der Scheibe noch lesbar. Das zerstörte Fenster war mit einem Brett vernagelt. Und an dieses hatte jemand ein Plakat geklebt. Wir blieben stehen und lasen es.

JAPSE!
Ihr seid gekommen, unsere Rasen zu pflegen.
Das haben wir hingenommen.
Ihr seid gekommen, in unseren Fuhrparks zu arbeiten.
Das haben wir hingenommen.
Ihr habt eure Kinder in unsere Schulen geschickt.
Das haben wir hingenommen.
Ihr seid mit ganzen Familien zu uns gezogen.
Das haben wir hingenommen.
Ihr versucht überall in unseren Gegenden Geschäfte zu eröffnen.

ABER
DAS NEHMEN WIR NICHT MEHR HIN.

Jeden Tag werden eure Forderungen noch dreister,
bis ihr an der Grenze des Zumutbaren
angekommen seid.

WIR WOLLEN EUCH NICHT HIER BEI UNS.
ALSO PACKT EURE SIEBENSACHEN,
JAPSE, UND VERSCHWINDET AUS SAN FRANCISCO!

Ich blickte auf Matsuo, doch sein Gesicht blieb ausdruckslos. Er sah mich lediglich mit einem schwachen Lächeln an und zuckte die Schultern.

»Das sind wahrscheinlich welche von Mr. Hearsts Freunden.»

Ich lachte etwas gekünstelt. Die Sache war mir peinlich. Seit vor zwei Jahren das Einwanderungsgesetz die Japanerquote auf Null reduziert hatte, war die *Liga gegen japanische Wäschereien* zwar im wesentlichen verstummt. Ab und zu kam aber doch ihre Bösartigkeit wieder zum Ausbruch. Ich vermutete, es sei der Zorn darüber, daß die Regierung nicht auch die Japaner, die schon hier waren, mit hinauswarf.

Wir gingen weiter und entschieden uns, weil das Plakat so aufregend war, schließlich für Pola Negri und *Gut und Böse* im *Granada*. Allerdings hatten wir ein entscheidendes Problem.

»Ich bin blank«, sagte ich und drehte meine Taschen um. »Und du?«

»Ich auch«, sagte er, lächelte mir aber vertraulich zu, während er ein Stück Papier herauszog. »Das hat uns aber noch nie gehindert.«

Offensichtlich hatte Matsuo diese Matinee schon länger im Auge. Er mußte allerdings sehr vorsichtig damit sein. Nagata war sehr gegen Kino.

»Und was ist mit deiner Arbeit?«

»Ich kann ruhig später kommen.«

Ich mußte lachen. »Also dann los.«

Wir liefen durch die Seitengasse zur Rückseite des Hauses, wo ein windschiefer Lieferanteneingang in den Keller hinunterführte. Matsuo glättete sein Papier, faltete es einige Male kunstvoll und fummelte und drehte dann mit geschlossenen Augen damit im Schloß herum, bis es leise klickte und die Tür sich öffnete. Im *Granada* hatte es schon seit Jahren keine Live-Veranstaltung mehr gegeben. Wir waren also hier hinter der Bühne ganz allein, im Staub und in der Dunkelheit.

Als die Kinovorstellung begann, schlichen wir uns den notbeleuchteten Gang hinter der Leinwand nach vorne und krochen von dort hinunter zu den Sitzreihen. Niemand bemerkte uns.

Wir setzten uns in die dritte Reihe und sahen uns Charlie Chaplin an, wie er den Bart eines Mannes in einen Teller Suppe tunkte. Matsuo lachte derart, daß er kaum noch Luft kriegte. Er hörte überhaupt nicht mehr auf und steckte mich an, und dann lachten wir alle beide so sehr, daß ich zu befürchten begann, die Platzanweiser würden hereinkommen und nach unseren Eintrittskarten fragen. Chaplin hatte stets diese Wirkung auf Matsuo. Ich glaube, der vollständige Mangel an Zurückhaltung und die totale Mißachtung aller Benehmens- und Anstandsregeln dieses kleinen Mannes verletzten Matuos japanische Sensibilität in diesen Dingen so sehr, daß er nur noch die Wahl hatte, hysterisch zu lachen, wollte er nicht gleich aus dem Kino flüchten.

Dann kam der Hauptfilm. Während des Titelvorspanns stieß mich Matsuo an, und wir gingen auf einem Seitengang zum Balkon hinauf. Oben in einer der Logen griff er dann in sein Hemd und zog ein kleines, grünes und vertrautes Päckchen heraus: Lucky Strikes. Wir zündeten eine der verkrumpelten Zigaretten an und reichten sie uns rauchend hin und her. Ich übte wie immer meine Rauchringe, und Matsuo gab von jetzt an keinerlei Äußerung oder Laut mehr von sich. Auf der Leinwand war Pola Negri, und er war fasziniert von dieser Frau. Als THE END auf der Leinwand erschien, hatten wir unsere zweite Zigarette zu Ende gepafft.

»Guter Film«, sagte Matsuo, als wir hinausgingen, zurück ins Tageslicht.

»Ganz gut«, antwortete ich. Ich hatte ihn nicht so toll gefunden. Genau gesagt, war ich sogar enttäuscht. Das Plakat draußen war sehr viel gewagter gewesen als der Film selbst. Aber ich fühlte mich wohl, fast sogar — von der zweiten Zigarette — etwas leicht im Kopf.

Dann entdeckte ich eine bekannte Gestalt. Und plötzlich war alles anders.

»Komm, bleiben wir eine Weile stehen«, sagte ich und hielt oben an der Ausgangsrampe, die zur Straße hinab führte, an.

»Was ist?« fragte Matsuo.

Ich deutete auf einige Jungen, die vor dem Kino an einem Auto lehnten. »Da.«

Mick McGarrigle und seine Gang. Er war ein Jahr älter und mindestens einen Inch größer als wir beide, aber in der gleichen Schulklasse mit uns. Er war ein kräftiger Typ mit rundem Gesicht, und unter seiner speckigen Mütze, die er immer auf hatte, lugte sein stachliges rotes Haar hervor.

Er hatte mir schon immer angst gemacht. Ich brauchte ihn nur zu sehen, selbst, wie jetzt, aus der Entfernung, und hatte dann jedesmal sofort das Gefühl, als würde mich die Blase fürchterlich drücken. Ich litt, was ihn betraf, nahezu an Verfolgungswahn. Schon als er mich zum ersten Mal sah, brauchte er nur einen einzigen Blick auf meinen Portweinfleck auf der Stirn zu werfen, und fortan war ich für ihn ›Spot‹ und sein bevorzugtes Ziel für Attacken.

Vielleicht hätte ich, wenn ich ein anderer Typ gewesen wäre, die Dinge noch ändern können, ehe sie so schlimm wurden, wie sie nun waren. Vielleicht hätte ich ihm schon damals, als wir gerade sechs Jahre alt waren, jedesmal eins auf die Nase hauen sollen, wenn er mich ›Spot‹ nannte. Dann hätte er sich vielleicht mit der Zeit doch einen anderen als Zielscheibe ausgesucht. Aber ich hatte immer nur geheult und klein beigegeben. Möglicherweise, weil ich mich tatsächlich als dieser ›Spot‹ fühlte. Wie auch immer, jetzt war es längst zu spät, noch etwas zu ändern. Mick war der, der Oberwasser hatte. Und ich sein Opfer.

Wenn ich es auch aus tiefstem Herzen haßte, immer träumte ich davon, einmal wirklich zurückzuschlagen. Ihm das nächste Mal, wenn er mich *Spot* nannte, an die Gurgel zu fahren. Nur tat ich es natürlich nie. Ich brauchte ihn nur zu erblicken, schon rutschte mir das Herz in die Hose.

Seine andere Zielscheibe außer mir war Matsuo. Zuweilen schien es uns, als seien wir nur dazu auf der Welt, damit Mick McGarrigle jemanden hatte, an dem er sein Mütchen kühlen konnte. Obwohl Matsuo auch Gehässigkeiten vieler anderer zu ertragen hatte — aus dem einzigen Grund, weil er Japaner war. Dad hatte mir das einmal auf seine übliche Art so erklärt: »Unser Land durchlebt gegenwärtig eine besonders virulente Periode von Xenophobie, speziell hier bei uns in Kalifornien.« Ich schaffte es gerade noch, daß er mir am

Schluß wenigstens erklärte, was das Fremdwort bedeutete: Die Leute hassen die Ausländer, nur weil sie Ausländer sind.

Vielleicht wehrte sich Matsuo genau deshalb niemals. Vermutlich wußte oder ahnte er zumindest, daß man jede Prügelei auf jeden Fall ihm anlasten würde, ganz gleich, wie sehr er provoziert worden wäre. Folglich ließ Mick an ihm ebenso seine Launen aus wie an mir.

Nur machte Matsuo im Gegensatz zu mir eigentlich niemals den Eindruck eines Opfers.

Wir warteten und warteten. Ich wollte eben vorschlagen, uns auf dem Weg zurück davonzuschleichen, als Mick und seine vier Getreuen endlich gingen. Wir kamen, in die Sonne blinzelnd, auf die Straße und wollten uns eben auf den Weg den Berg hinauf in Richtung Nihonmachi machen, als ich die böse, gehässige Stimme hörte, die ständig die Wirkung auf mich hatte, als bildeten sich in meinem Magen Eiszapfen: »Sieh mal an, der Chinky-Boy und sein Hündchen Spot!«

Ich fuhr herum und stand vor Mick, der genau da, wo sie vorhin gewesen waren, im Schatten der Mauer stand. Er trat uns in den Weg. Und seine blauen Augen unter seiner Mütze inmitten des von Sommersprossen übersäten Gesichts glitzerten genau so, wie es bei Typen, die wissen, daß sie Oberwasser haben, immer zu erscheinen pflegt.

Mick beobachtete, wie Spot Slaters ohnehin blasses Gesicht kreidebleich wurde, als dieser sich umwandte und ihn erblickte. Er nannte das immer den ›Weißen Blick‹. Weiß vor Angst. Es gab nur ein paar, bei denen er stets mit Sicherheit auf den Weißen Blick zählen konnte, und Slater war einer von ihnen. Er haßte sie alle, weil sie solche Angsthasen waren; jetzt aber verspürte er eigentlich nur Verachtung, fast so etwas wie Mitleid. Der Weiße Blick war für ihn ein Aufputschmittel. Sooft er eine kleine Aufmunterung nötig hatte, brauchte er sich nur, wie er genau wußte, auf der Straße oder einem Spielplatz sehen zu lassen, um bei bestimmten Kindern und Jugendlichen fast Übelkeit vor Angst und Schrecken zu erzeugen. Das bedeutete allerdings auch, daß er ständig etwas für seinen Ruf tun mußte. Ließ er eines seiner Schreckensopfer zu lange unbehelligt und ungeschoren, ging diesem vielleicht der Weiße Blick verloren.

Er hatte gesehen, wie Slater hinten ins Granada hineingeschlichen war, und beschlossen, ihn abzupassen. Es war ein trübseliger Samstag, und er hatte eine Aufmunterung wirklich dringend nötig.

»He!« rief er und versetzte sowohl Slater wie dem kleinen Japsen einen Stoß, daß sie zurücktaumelten, »ihr steht auf meinem Schatten, verdammt!«

Jack, Jerry, Vinny und Al, seine Kumpane, lachten pflichtschuldigst. Der gute Spot Slater sah ja auch aus, als wenn er gleich in die Hose pißte. Er hatte die Augen niedergeschlagen und starrte ihnen allen auf die Schuhe. Der Japs zog ihn am Arm.

»Komm«, sagte er zu ihm. »Gehen wir weiter.«

Sie drehten sich um und gingen in die andere Richtung davon; allerdings erst, als der Japs seinerseits Mick seinen üblichen scharfen Blick zugeworfen hatte, der zu sagen schien: Mick McGarrigle, du bist nichts als ein blödes Arschloch.

Gott, wie er die Japse haßte! Alle Japse. Aber diesen da ganz besonders. Diesen Matsuo Okumo, oder wie er hieß. Mick nannte ihn einfach immer nur Chinky Boy. Weil Matsuo offensichtlich sauer wurde, wenn man ihn für einen Chinesen, also Chinky, hielt. Was Mick gar nicht verstehen konnte. Seinem Vater zufolge waren Japse schließlich immer noch tausendmal mieser als Chinks. Wieso also regte er sich auf? Chinks wußten immerhin, wo sie hingehörten. Aber diese Japaner — sie waren erst mal schon der Grund, warum sein Pa so oft arbeitslos war. Jedenfalls sagte Pa das immer. Und wenn er arbeitslos war, soff er. Und dann ging man ihm — das wußten alle, Mom und die Kinder — besser aus dem Weg. Manchmal brachte er seinen Papa aber auch zum Lachen und in gute Stimmung, wenn er ihm erzählte, daß er einen Japsen-Jungen vertrimmt hatte oder einen von den reichen, feinen Weichlingen, wie diesen Spot Slater. Dann nahm ihn Pop vielleicht mit in O'Boyles Poolbillard-Salon und zeigte ihm ein paar tolle Stöße. Es gab aber auch Zeiten, wo nichts half, um ihn in gute Stimmung zu bringen.

Als er Spot und den Chinky-Boy einfach davongehen sah, wallte in Mick plötzliche Wut hoch. Er rannte ihnen nach, klemmte Spot den Arm um den Hals und riß ihn zu sich herum. »Guckt euch das an!« schrie er und zog mit seiner freien Hand Spots in die Stirn gekämmte Haare hoch. »Ich hab' mal 'n Hund mit so 'nem Fleck gehabt, nur war der braun. Bei dem Köter hat das ganz ulkig ausgesehen. Aber das hier, das is' doch bloß häßlich! Oder?«

Seine Jungs brüllten vor Lachen. Mick besah sich Spot. Dessen Gesicht war jetzt feuerrot. Wenn er nur noch ein klein wenig mehr zudrückte, fing er wahrscheinlich zu heulen an wie ein Mädchen. Er behielt ihn fest im Schwitzkasten und machte sich keine Mühe, etwa besondere Vorsichtsmaßnahmen gegen Spot zu ergreifen. Jeder andere in dieser Situation würde natürlich versuchen, sich zu wehren und ihm vielleicht den Ellbogen in den Magen zu stoßen. Aber doch nicht Spot. Den hatte er schon viel zu gut dressiert. Der wußte ganz genau, würde er so etwas wie Widerstand auch nur versuchen, bekäme er eine Abreibung, die sich gewaschen hätte, und nicht zu knapp.

Doch dann hörte er über dem kreischenden Gelächter seiner Paladine eine Stimme ganz nahe an seinem Ohr.

»He, Mick, wie wär's denn, du und ich? Hinter dem Kino?«

Dieser verdammte kleine Japs-Bastard. Seine Stimme jagte ihm kalte Schauer über den Rücken. So ruhig war sie, so kalt und gelassen. Er hatte Angst vor ihr wie vor nichts sonst auf der Welt.

Er ließ Spot los und musterte Matsuo. Und sah das dunkle Feuer in seinen Augen.

»Was denn, prügeln willst du dich, Chinky-Boy?«

»Nur du und ich, hinter dem Kino. Nur wir beide. Dann sehen wir's schon.«

Micks Gedanken rasten. Darauf war er nicht gefaßt gewesen. Noch nie war der Japs derart frech geworden. Jedenfalls hatte er bisher immer nur höchstens das Maul aufgerissen. Wenn überhaupt. Normalerweise redete er nicht einmal.

Nicht mal damals letzten Winter auf dem Knabenklo in der Schule hatte er irgend etwas gesagt, als er reingekommen war und Mick beim Rauchen erwischt hatte. Er hatte ihn lediglich kurz angesehen und dann einfach so getan, als wäre er gar nicht da. Wirklich, wie sein Pa immer sagte: Diese Japse wußten einfach nicht, wo ihr Platz war. Er war stinkwütend geworden. Und weil sie ohnehin allein waren, hatte er beschlossen, es dem Scheißjapsen mal richtig zu zeigen und ihm den Kopf in die Kloschüssel zu tunken. Wenn er das dann zu Hause seinem Pop erzählte, würde der sich bestimmt totlachen.

Er war also hinübergegangen, um einen Streit anzufangen, indem er dem kleinen gelben Schlitzauge einen wie unabsichtlichen Stoß versetzte. Wie man das eben als Aufwärm-Ritual machte. Was aber war geschehen? Kaum hatte er ihn berührt, war ihm schon wie der Blitz der Arm herumgedreht und er an die Wand gestoßen worden. Er hatte es anfangs gar nicht verstanden und geglaubt, er hätte vielleicht nur danebengegriffen, und dann noch einmal angegriffen. Und spürte sich am Arm gepackt, durch die Luft wirbeln und an die Wandfliesen knallen, alles im gleichen Augenblick. Der Japs hatte ihn mit irgendeinem Griff über seine Hüfte rollen lassen. Er landete krachend rücklings auf dem Boden und bekam erst einmal keine Luft mehr. Und dieser Japs-Winzling blickte mit seinen Schlitzaugen ausdruckslos auf ihn herab und ging, ohne auch nur ein Wort gesagt zu haben.

Es war ihm klar, er konnte sich hier hinter dem Granada auf keinen Fall noch einmal eine solche Niederlage leisten, schon gar nicht, wenn seine Leute zusahen. Natürlich würden sie ihm zu Hilfe kommen, aber er durfte doch nicht offenbar werden lassen, daß er nicht problemlos mit jedem fertig wurde. Mit je-dem!

»Daß ich nicht lache!« sagte er also unüberhörbar und schlug sich dazu demonstrativ auf die Schenkel. »Da müßte ich ja Angst haben, dich aus Versehen totzuschlagen! Und dann würde mein Dad mich umbringen, weil ich mich mit Chink-Blut besudelt habe!« Und während die anderen lachten, schubste er Spot dem Japsen zu. »Da, nimm dein Hündchen mit nach Japtown, solange du überhaupt noch kannst, Chinky-Boy!« Und damit winkte er den Seinen, ihm zu folgen, und sie trotteten gehorsam hinter ihm her davon. Als sie die Market Street überquerten, warf er jedoch einen schnellen, verstohlenen Blick nach hinten. Und sah, wie Spot in diesem Augenblick seinerseits einen schnellen Blick zu ihm her riskierte. Der Japs jedoch ging weiter, als wäre überhaupt nichts.

Gott, wie er diese Japse haßte!

Ich brauchte fast zwei Häuserblocks lang, bis ich aus meiner Scham erwachte. Schließlich fragte ich Matsuo an der nächsten Ecke:

»Warum hat er Angst vor dir?«

»Alle diese Raufbolde sind tief im Inneren in Wirklichkeit nur Feiglinge. Das weißt du doch sicher, Frankie?«

»Das wird einem immer gesagt, ja. Aber tatsächlich erlebt habe ich es noch nie.«

»Es stimmt aber. Auch Nagata sagt es.«

Matsuo sah dabei zwar ganz unverfänglich drein, aber irgendwie hatte ich das Gefühl, daß er mir etwas verschwieg.

»Ich schätze alles sehr, was Nagata sagt, das weißt du« erwiderte ich. »Aber ich weiß genau, wenn ich Mick aufgefordert hätte, mit mir hinter das Kino zu gehen, dann hätte er wie der Blitz dort gestanden.»

»Kann schon sein« sagte Matsuo achselzuckend.

Irgend etwas stimmte nicht. Nachdem Mick mich auf Matsuos Herausforderung hin hatte gehen lassen, hatte ich in seinem bulligen, schwammigen Gesicht etwas gesehen, was mir neu an ihm war: Angst. Mick hatte Angst, Matsuo allein gegenüberzutreten. Aber warum? Sein halbes Leben lang hatte er Matsuo nur als seinen Prellbock behandelt. Es ergab keinen Sinn. Mußte ich meinen Freund genauer unter die Lupe nehmen? Und was würde ich dann entdecken?

Matsuo kehrte Izumi-sans Laden aus und dachte über seinen Alptraum nach. Seit dem Frühling war er von ihm verschont geblieben, doch jetzt war er wiedergekommen. Diese abstoßenden, kriechenden, sich schlängelnden Wesen . . . warum sollten sie ihn töten wollen? Was hatten sie zu bedeuten? Er fürchtete sich schon fast, zu Bett zu gehen. Nur das *katana* schien ihn vor diesem bösen Traum zu schützen. Das war sehr seltsam. Fast so seltsam wie der Traum selbst.

Lieber hätte er von Japan geträumt. Er war zwar dort geboren, hatte aber schon seit frühester Kindheit in Amerika gelebt. Er hatte keinerlei Erinnerung an Japan. Nur von Nagata wußte er, daß es ein wunderbares, magisches Land war, dem Herzen der Götter nahe. Dort bebte die Erde, und die Berge spien Rauch und Feuer. Und Nagata mußte es schließlich wissen. Er hatte sein ganzes Leben dort verbracht, ehe er nach Amerika kam, um auf seines Vaters Wunsch hin Matsuo zu erziehen.

Vor allem aber war Japan das Land, wo sein Vater lebte: der Landherr Okumo, der für ihn nur in Fotos und den Erzählungen Nagatas existierte. Auch sein vier Jahre älterer Bruder war noch dort. Und alles, was Matsuo von ihm wußte, stammte auch von Nagata, der ihn zuletzt als kleinen Jungen gesehen hatte.

Japan, das war seine Vorstellung vom Paradies. Aber eigentlich war jeder Ort besser zum Leben als dieser hier, inmitten dieser bösartigen Menschen des Westens.

»*Haku! Haku!*«, sagte Izumi und wies mit einer ungeduldigen Geste auf Matsuos stillstehenden Besen und fuchtelte ihm im Vorbeigehen mit seiner knöchernen Hand vor dem Gesicht herum. Der weißhaarige, gertendürre Gemüsehändler in seinem schäbigen, fleckigen Arbeitskimono wieselte ständig unruhig in seinem Laden herum. Seine hölzernen *geta* klapperten auf dem Steinboden, wenn er Kunden begrüßte, sie beim Einkauf beriet und unablässig prüfte, ob auch alle Kisten und Regale mit dem richtigen Obst und Gemüse stets gut gefüllt waren, die schönsten Exemplare natürlich ganz oben. Immer die besten ganz oben.

Ungeachtet Nagatas ständiger Bemühungen, Matsuo hochmütige Verachtung für die Angehörigen der Klasse der Händler einzuimpfen — sie rangierten sozial höchstens eine Stufe über den Parias und Unberührbaren —, empfang Matsuo eine echte Zuneigung für Izumi-san. Er konnte ebenso großzügig sein wie knickerig und war ein strenger Chef. Aber er arbeitete härter als jeder seiner Angestellten. Und jedes Jahr errichtete er am fünften Tag des fünften Mondes einen kräftigen Bambuspfahl vor seinem Laden und zog *koinobori* auf, die farbenfroh bemalten karpfenförmigen Flatterbänder, eines für jeden Jungen, der bei ihm arbeitete.

Und trotz seiner Abneigung gegen Kaufleute war es Nagata selbst gewesen, der Matsuo veranlaßt hatte, regelmäßig in Japantown zu arbeiten. Es war in Übereinstimmung mit den Wünschen seines Vaters, daß er, solange er hier lebte, sooft wie möglich so vielen *issei* wie möglich begegnen und Umgang mit ihnen haben sollte.

Er soll Amerika wie ein Amerikaner kennenlernen, aber dabei doch Japaner bleiben!

Diese Worte seines Vaters hatte Nagata ihm zahllose Male wiederholt. Und sie waren einer der Gründe, warum er hier in Izumis *yao-ya* arbeitete.

»Matsuo!«

Er blickte hoch. Draußen vor dem Laden stand Sachi und winkte ihm heftig zu.

Sachi war Izumis Enkel, ein Jahr jünger als er, Matsuo, und ein eher plumper, vierschrötiger Typ. Er stand neben einer ungeduldig aussehenden Frau in mittleren Jahren.

»Sieh doch mal zu«, sagte er zu Matsuo, als dieser herausgekommen war, »Was sie will. Ich versteh' sie nicht.«

»Klar, Chef.«

Matsuo hörte der Frau zu. Ihr japanischer Akzent war ihm nicht vertraut, aber immerhin war klar, daß sie *wasabi*-Knollen wollte. Er fand sie, und die Frau bedankte sich überschwänglich.

»Sie ist hier in Amerika«, sagte Sachi, als sie gegangen war. »Da könnte sie auch langsam Englisch lernen.«

»Und du vielleicht ein bißchen Japanisch, Chef«, sagte Matsuo augenzwinkernd. Sachi verstand zwar ein wenig Japanisch, sprechen aber konnte er es überhaupt nicht. Über dieses Thema diskutierten sie nun schon jahrelang. Jeder wußte die Antworten des anderen auswendig, doch sie hörten nicht auf, das Stück immer und immer wieder zu spielen.

»Nein, danke.«

»Schließlich ist es dein Land, und von dort stammst du her. Das soll man nicht einfach aufgeben.«

»Wieso nicht? Ich bin Amerikaner. Bleib mir bloß mit dieser Japanduselei vom Leibe. Ich bin hier geboren, und hier bleibe ich auch. Japanisch lernen ist nichts als pure Zeitverschwendung.«

»Wie du meinst, Chef.«

Matsuo ging zurück zu seiner Arbeit, Sachi wieder hinter die vordere Verkaufstheke. Matsuo sagte immer ›Chef‹ zu Sachi, weil er tatsächlich der offizielle Besitzer von Izumis Laden war. Und er sagte es außerdem — wegen der antijapanischen Gesetze — als kleine Spitze gegen Sachis heißgeliebtes Amerika. Das *Alien Land Law* von 1920 verbot jeglichen Landbesitz von Ausländern. Und zwei Jahre danach hatte der *Supreme Court* sogar noch eine Entscheidung bestätigt, die sämtliche Japaner als nicht geeignet für die Einbürgerung erklärte, womit sie also für immer und ewig vom Erwerb der Staatsbürgerschaft ausgeschlossen waren. Mit der Folge, daß kein *issei* (in Japan Geborene, wie Nagata, Matsuo oder Izumi) ein Haus oder eine Farm oder einen Laden besitzen durfte. Wohingegen ein in Amerika geborener *nisei* wie Sachi automatisch auch die Staatsbürgerschaft besaß, weshalb der Laden vor einigen Jahren offiziell auf Sachi überschrieben worden war.

Die ganze Ungerechtigkeit all dessen ließ Matsuo jedesmal, wenn er nur daran dachte, mit den Zähnen knirschen. Sachi dagegen nahm es gelassen; Matsuos Räsonieren gegen die Vereinigten Staaten und mächtige kalifornische Japs-Hasser wie William Randolph Hearst und seinen *Examiner* in San Francisco ignorierte er einfach. Die ›Bigotterie‹, mit der Matsuo sich nach Japan sehnte, war für Sachi allenfalls ein Grund, sich noch entschlossener um einen festen Platz in dem Land zu bemühen, das ihn und seinesgleichen doch so haßte.

Frankie half ihm, die neuen Orangenlieferungen unter den markisenüberdachten Verkaufsregalen draußen auf dem Gehsteig zu verstauen. Wenn nur alle Amerikaner so wären wie Frankie, dachte Matsuo; dann wäre es ja vielleicht möglich, auf die Straße zu gehen, ohne sich ständig feindselig angestarrt und mißtrauisch beobachtet zu fühlen, als warteten alle nur darauf, daß man eine falsche Bewegung machte oder einen falschen Schritt tat, was ihnen dann einen Grund dafür gab, auf einen einzuprügeln. Dann könnte er vielleicht am Kiosk eine Tüte Bonbons kaufen, ohne von den weißen Kunden erst einmal beiseite gedrängt und vom Inhaber solange ignoriert zu werden, bis sonst niemand mehr da war.

Aber selbst ohne alle diese tausend täglichen Widernisse, denen man als *gaijin* in Amerika ausgesetzt war, hätte Matsuo diese ständige Sehnsucht nach Japan gehabt.

Während sie zusammen die leeren Kisten nach hinten trugen, hörten sie eine nur allzu bekannte Stimme hinter ihnen herrufen:

»He, Chinky-Boy!«

Wieder Mick und seine Gang. Alle fünf standen sie vor dem Laden, jeder mit einer Orange in der Hand. Matsuo blickte zu ihnen hinüber, und Mick

riß seine Orange auf und biß kräftig hinein. Die anderen taten es ihm nach.
»Wirklich gut, Chinky-Boy!« sagte er, und der Saft troff ihm vom Kinn. »Gutes Obst. Amerikanisches Obst! Du bist doch überhaupt nicht gut genug, so was zu verkaufen. Du dürftest eigentlich nur kleine, verschrumpelte Chink-Äpfel verkaufen!«

Izumi erschien von hinten und schüttelte einen Besenstiel in der Hand. »Du Junge bezahlen für Orange, sofort!« rief er zornig.

Mick lachte ihn nur aus. »Ist doch gar nicht aus deinem Laden, Gelbgesicht!« Und er warf die Orange auf den alten Mann.

Wie immer taten ihm seine Kumpane auch dies sogleich nach und begannen Izumi mit ihren Orangen zu bombardieren. Sie stoppten des alten Gemüsekaufmanns Zorn damit allerdings nur vorübergehend. Als er wutentbrannt, den Besenstiel schwingend, auf sie zukam, rannten sie spottend davon. Mick stieß, ehe er loslief, noch eine der Stützen unter den Obststeigen weg. Der halbe Aufbau stürzte in sich zusammen. Melonen und Orangen purzelten zu Boden, rollten in alle Richtungen davon, kullerten auf dem Gehsteig herum. Izumi ließ notgedrungen von der Verfolgung der Jungen ab, um lieber sein Obst wieder einzusammeln.

Matsuo und Sachi halfen ihm. Frankie ebenfalls. Obgleich Matsuo nicht entging, daß er damit wartete, bis Mick wirklich fort war. Der arme Frankie. Seine Angst vor Mick war schlimm. Er gäbe viel darum, dachte er, wenn er seinen einzigen weißen Freund von dieser lähmenden Furcht befreien könnte.

»Du solltest die Polizei rufen!» sagte Sachi, sichtlich zornig.

»*Shikatoganai*«, sagte Izumi jedoch nur, wie immer, wenn man ihn schikanierte. »*Shikatoganai.*« Was kann man schon machen.

Doch. Man könnte etwas machen, dachte Matsuo hingegen, während er die Kisten und Regale und Stützen wieder aufstellte. Er könnte etwas tun. Aber man ließ ihn ja nicht. Zum tausendsten Male wünschte er sich, man ließe ihn Mick die Tracht Prügel geben, die er verdiente. Heute, als Mick Frankie in den Schwitzkasten genommen hatte, hätte er fast die Beherrschung verloren. Ein schneller Handkantenschlag links oder rechts an die Wirbelsäule des Rabauken, dort, wo die Nieren waren, wie Nagata sagte, hätte die Sache in einem einzigen Augenblick erledigt. Nein — noch besser war eine etwas langsamere Methode, dachte Matsuo. Eine, die diesen großen Rüpel in zerfließende, jämmerliche Tränen trieb, in Winseln um Gnade, ihn zu einem Klumpen zerschlagenen Fleisches machte, die diesen Mick vor seinen Spießgesellen so demütigte, wie er Frankie immer demütigte. Und ihn selbst, Matsuo, zu demütigen versuchte.

Doch das war ein Traum. Der nie wahr werden würde.

Denn Nagata hatte es ihm strikt verboten.

Er unterwies Matsuo in der Kunst des Kampfes unter dem ausdrücklichen Vorbehalt, daß er niemals in Amerika anwenden dürfe, was er lernte. Matsuos Kenntnisse und Fertigkeiten im Jiu-Jitsu und seine wachsende Meisterschaft im Umgang mit dem Schwert, dem Stab und mit Pfeil und Bogen mußten in diesem Lande unbedingt geheim bleiben. Nagata schien selbst angesichts von Matsuos Berichten über die zunehmenden Schikanen durch Mick und seine Gang in dieser Hinsicht völlig unbeeindruckt zu bleiben. Er wiederholte ihm gegenüber stattdessen immer und immer wieder die Ermahnung, niemals die Aufmerksamkeit auf sich zu lenken. Nie, unter keinen Umständen!

Also spielte Matsuo den Feigling. Und nur sein *shi no on* — seine Gehorsamspflicht seinem Lehrer Nagata gegenüber — hielt ihn davon ab, Mick McGarrigle jeden einzelnen Knochen im Leibe zu brechen. Nur heute hätte er um ein Haar die Beherrschung verloren. Genau wie damals im vergangenen Winter auf dem Schulklo. Der Blick in Micks Augen damals, als er nach Atem ringend auf dem gefliesten Boden lag, war der eines völlig Verblüfften, der blitzartig erkannte, daß er statt einer harmlosen Blindschleiche (wie er gemeint hatte) in Wirklichkeit eine tödlich wirkende Giftschlange angefaßt hatte.

So befriedigend dieser Vorfall für ihn war, so klar hatte Matsuo jedoch auch erkannt, daß er einen Fehler gemacht hatte. Er hatte Mick Gelegenheit gegeben, sein wahres Gesicht zu sehen. Das Feuer, das in ihm brannte. Und eben dieses versuchte Mick nun auszutreten. Mittels immer neuer mieser Beleidigungen und Sticheleien. Allerdings hatte er es seit damals nie mehr darauf ankommen lassen, allein mit ihm zusammenzutreffen. So primitiv er war, er hatte begriffen, daß Matsuo es in Gegenwart anderer niemals auf einen Kampf mit ihm ankommen lassen würde, und nützte dies weidlich aus.

Es war ein Krieg. Doch einer, in dem Matsuo nicht kämpfen durfte. Es schien keinen Ausweg aus alldem zu geben.

Außer der Rückkehr nach Japan.

Nagata hatte ihm versprochen, daß er seinen Vater und seinen Bruder in Japan besuchen dürfe, ehe er mit dem College begann. Aber bis dahin waren es noch zwei Jahre. Zwei lange Jahre Krieg.

Er seufzte und begann die Melonen neu einzusortieren.

In dieser Nacht mußte ich nicht weniger als drei Kieselsteine an sein Fenster werfen, ehe Matsuo mich hörte. Ich winkte mit meinem freien gestreckten Arm im weiten Bogen und hoffte, daß er mich so durch den Nebel sah und erkannte.

»Komm runter!« rief ich flüsternd, als er den Vorhang hob. »Und bring die Luckies mit!«

Er kam nach ein paar Minuten, barfuß und in einem leichten Kimono. »Was ist?«

Ich hob den Becher hoch, den ich zu Hause aus der Küche stiebitzt hatte. »Da, probier mal.«

Er griff danach, schraubte den Deckel ab und schnupperte. »Orangensaft . . . und noch was.«

»Das noch was ist Wodka.«

»Wodka? Ist das nicht Schnaps?«

»Klar. So eine Art Gin. Riecht nur nicht so stark. Man gießt Wodka in Orangensaft, und das heißt dann *Screwdriver.*« Jedenfalls hatte ich es so bei der Party bei uns zu Hause aufgeschnappt.

Matsuo schnitt ein Gesicht. »Ein Drink, der wie ein Werkzeug heißt? Schraubenzieher?«

»Probier doch mal einen Schluck. Schmeckt gut, sag' ich dir.«

»Kann man das wirklich unbesorgt trinken?«

»Na klar. Du weißt doch, daß mein Vater nur die beste Schmuggelware heimbringt. Nur importierte Sachen. Keinen Waschküchenfusel.«

Matsuo trank vorsichtig einen Schluck und nickte dann anerkennend. »Ganz gut.« Dann trank er noch einmal. »Sogar sehr gut.«

»Wir müssen einen Weg finden, wie wir Mick das Handwerk legen«, sagte Matsuo. Er bemühte sich zwar, langsam und sorgfältig zu sprechen, hatte aber Mühe damit.

Wir saßen in den Büschen zwischen dem japanischen Garten und unserem Patio und beobachteten durch die Bogenfenster unseres weißen, mit Stukkaturen verzierten Hauses im spanischen Stil die Party drinnen. Vor dem Dinner hatte Dad den Gästen stolz seinen Zen-Garten gezeigt, und jetzt waren sie alle im Wohnraum. Das Essen war vorbei. Zuerst waren die Leute von der Marine in einer Ecke als geschlossene Gruppe um meinen Vater zusammengeblieben. Sie tranken und unterhielten sich. In der anderen Ecke hatten inzwischen die Frauen das Grammophon angestellt und tanzten Charleston. Jetzt standen sie mittlerweile alle durcheinandergemischt am Klavier und sangen *I Found A Million Dollar Baby in the Five-and-Ten-Cent Store* und *Bye Bye Blackbird.* Sie schienen sich alle sehr wohl zu fühlen.

Nicht, daß Matsuo und ich uns etwa schlecht gefühlt hätten. Im Gegenteil. Wir hatten die ganzen *Screwdriver* ausgetrunken und rauchten jetzt miteinander eine Lucky Strike. Matsuo hatte zwar weniger als ich getrunken, schien es jedoch mehr zu spüren. Sogar in dem nur fahlen Widerschein des Lichts aus dem Haus sah ich, daß sein Gesicht dunkelrot war. Und jetzt hatte er ganz plötzlich von Mick zu sprechen begonnen.

»Wer hängt der Katze die Schelle um?« fragte ich.

Matsuo schien mich gar nicht zu hören. Er war offenbar in seine eigene Welt entrückt. »Wir müssen die richtige Zeit abpassen, genau wie die siebenundvierzig *Ronin,* und auf den richtigen Moment warten. Und dann, wenn Mick es am allerwenigsten erwartet, müssen wir zuschlagen.«

Diese Geschichte kannte ich ebenfalls auswendig. Nagata hatte sie uns viele Male erzählt. Es war sogar meine japanische Lieblings-Heldengeschichte. Ich sah nur nicht recht, was sie mit dem hier zu tun hatte. Ich rekapitulierte sie im stillen.

1703 stiftete der Adelsherr Kira durch Täuschung den Adelsherrn Asana zur Verletzung seiner *chu* an — seiner Pflichten dem Shogunat gegenüber. Asana — um sein Unrecht wiedergutzumachen — beging daraufhin *seppuku-*

Harakiri. Sein Vermögen wurde eingezogen, seine Samurai-Gefolgsleute waren führerlos und wurden fortan *Ronin* genannt — Herrenlose, Geächtete. Siebenundvierzig von ihnen schlossen einen Blutspakt, um ihren Herrn zu rächen. Um die Aufmerksamkeit des mächtigen Kira abzulenken, gaben sie sich fortan als Nichtsnutze und Trunkenbolde aus, verachtet von aller Welt, weil sie weder *seppuku* verübten wie ihr Herr noch gegen den Mann zogen, der für dessen Tod verantwortlich war. Doch als dann der richtige Zeitpunkt für sie gekommen war, nämlich als Kira und die Seinen sich in falscher Sicherheit wiegten, erhoben sie sich machtvoll wie ein Mann und rächten ihren gefallenen Herrn, indem sie Kira den Kopf abschlugen.

»Was wir daraus lernen können«, pflegte Nagata immer am Ende dieser Geschichte zu sagen, »ist nicht der Betrug und Verrat und das Blutvergießen, sondern die *giri*, die Pflichtschuldigkeit seinem Herrn gegenüber. Die Siebenundvierzig stellten die *giri* für ihren Herrn über alles. Und folglich vergingen sie sich bewußt gegen die *chu* — die unbedingte Dienstschuld gegen den Kaiser, die das Gesetz Japans ist —, indem sie ohne Erlaubnis des Shogun einen Adelsherrn erschlugen. Mit Kiris Tod war ihre *giri* gegen ihren Herrn erfüllt. Ihre Verletzung der *chu* aber konnte nur ihr eigener Tod sühnen. Und so begingen alle Siebenundvierzig gemeinsam *seppuku* im Sengaku-ji-Tempel.«

Das Melodramatische dieser Geschichte hatte mich schon immer fasziniert. Ich begriff aber durchaus auch schon, daß sie ein anschauliches Beispiel für die japanische Mentalität schlechthin war, in der über allem die Bindungen und Verpflichtungen des einzelnen standen, was mit dem Wort *on* bezeichnet wurde; eine sehr komplizierte Sache. Selbst Matsuo, der doch schon seit seiner Geburt mit diesem *on* aufwuchs, war noch nicht mit allen Einzelheiten und Feinheiten vertraut. Und was mich betraf — ich war lediglich ein fremder Außenseiter, der ein wenig von alldem hörte. Es war mir immer klar gewesen, daß ich kaum mehr als einen oberflächlichen Einblick in dies alles bekam.

Doch ganz instinktiv begriff ich einige Bedeutungen dieses *on* sehr wohl. Ganz oben stand die *chu* — dem Kaiser, dem Tenno gegenüber — und danach die *oya* für die Eltern. Beide konnten niemals voll erfüllt werden. Alles übrige waren *giri* — diverse Formen von Loyalität und Verpflichtung, die sich aus den Lebensumständen ergaben und von Fall zu Fall zu erfüllen waren: *giri* dem eigenen Namen, seinem Herrn, seinem Lehrer gegenüber und so weiter.

»Ich sehe den Zusammenhang nicht«, sagte ich zu Matsuo.

»Wir müssen die *giri* unserem Namen gegenüber erfüllen«, sagte er.

»Und wie?«

Statt einer Antwort sagte er nur: »Ich muß jetzt gehen.« Seine Stimme klang angespannt.

»Warum denn?«

»Weil mir gleich schlecht wird.« Er stand auf und taumelte auf die Garage zu.

Ich sah hinter ihm her und dachte darüber nach, was er von den Siebenundvierzig *Ronin* gesagt hatte. Hatte er damit gemeint, daß wir uns feige stellen sollten, als Nichtsnutze, die den Kampf scheuten? Nun, was das betraf, mußte ich mich ja nicht besonders verstellen.

Oder hatte er nur von sich selbst gesprochen? War Matsuo etwa so eine Art geheimer Samurai, der nur darauf wartete, seine, unsere *giri* zu erfüllen? Das wäre ja wahnsinnig aufregend! Der Gedanke daran hielt mich fast die ganze Nacht wach.

Matsuo kniete vor Nagatas *daisho* und opferte am Schrein einen Teil seines Frühstücksfisches und etwas Reis. Er bekam an diesem Morgen keinen Bissen herunter. In seinem ganzen bisherigen Leben war ihm noch nie so schlecht gewesen. Sein Magen schien ihm wie Sülze zu zittern, und in seinem Kopf dröhnte es wie von sämtlichen Glocken der Grace-Kathedrale zusammen. Er schwor sich, nie wieder einen *Screwdriver* anzurühren. Oder sonst irgendeine Variation westlicher alkoholischer Getränke. Nichts außer *sake* oder Pflaumenwein von jetzt an! Und auch davon immer nur ganz wenig!

Er griff nach oben und nahm Nagatas *katana* vom Regal. Er zog es halb aus der Scheide und betrachtete die kunstvoll verschlungenen Muster auf der Klinge. Eine Masamune-Klinge. Mit Arbeiten von Masamune konnten sich allenfalls die seines direkten Konkurrenten, des Waffenschmiedes Murasama, vergleichen lassen. Von Murasama-Schwertern sagte man, sie schnitten, wenn man sie einfach nur in die Strömung hielt, selbst im Wasser treibende Blätter und Zweige glatt auseinander. Aber die Klingen von Masamune-Schwertern seien hingegen gleich so scharf, daß die im Wasser treibenden Blätter und Zweige ihnen auswichen und seitlich an ihnen vorbeitrieben. In Masamune-Klingen sei eine Kraft, die weit über bloße Schärfe, Stärke und Biegsamkeit hinausgehe. Matsuo hatte geschworen, sein ganzes Geld zu sparen und sich, wenn er nach Japan zurückkehrte, selbst ein solches Schwert zu kaufen.

Es war ihm jedoch bewußt, daß kein Schwert der Welt sich mit diesem hier vergleichen könne. Nagata hatte gesagt, dieses Schwert habe Masamune aus einem anderen geschmiedet, das er vor Jahrhunderten von einem wandernden *gaijin* bekommen habe. Es sei ein ganz besonderes Schwert gewesen, und diese alte Waffe habe Masmune in ihre jetzige Form gehämmert und geschmiedet und neugeformt.

Es muß ein magisches Schwert gewesen sein, dachte Matsuo. Er spürte ja doch ganz deutlich die verborgene Kraft in diesem *daisho* Nagatas. Er konnte geradezu sehen, wie ein Glanz durch die Nervenenden des Metalls schimmerte, wenn er es hielt.

»Nun, träumst du wieder, wie du deine Feinde enthauptest?« sagte eine Stimme hinter ihm.

Er schob hastig die Klinge in die Scheide zurück und legte sie wieder oben auf die *katana-kake,* ehe er sich umwandte und Nagata ansah, der frisch aus seinem Morgenbad kam.

»Nein, *sensei.* Um meine Feinde zu besiegen, würden meine Hände genügen. Aber ich darf sie ja nicht benützen.« Er warf Nagata einen Seitenblick zu. »Obwohl die *giri* für meinen Namen es erfordern würde, daß ich sie nur ein einziges Mal benütze.«

»Nichts dergleichen verlangt die *giri*. Vielmehr verlangen *oya* und *shi no on*, deine Pflichten gegenüber deinem Vater und deinem Lehrer, daß du die Rolle eines ganz gewöhnlichen armen *issei*-Jungen spielst und keinerlei Aufmerksamkeit auf dich ziehst. Du fällst allein durch die Tatsache, daß du Japaner bist, bereits genug auf. Wenn du das Jiu-Jitsu und *bu-jitsu*, das ich dich gelehrt habe, anwendest, wirst du damit einen Amerikaner verletzen, womöglich sogar schwer. Und dann könntest du eine Zielscheibe für den Orientalenhaß in dieser Stadt hier werden. Und wenn dich jemand wie Hearst-san in dieser Zeitung *Examiner* daraufhin attackieren würde, was dann? Und wenn dadurch die Identität deines Vaters offenbar würde? Ihm, dem Landherrn, würde ein solcher Vorfall große Peinlichkeit bereiten. Und es würde auf mich zurückfallen. Weil ich für dich verantwortlich bin. Es bliebe mir keine andere Wahl, als dich nach Hause zu bringen und *seppuku* zu verüben.«

Matsuo war, als habe man ihn mit Eiswasser übergossen. Er die Ursache für Nagatas Tod? Das verschlug ihm die Sprache.

»Außerdem«, fuhr Nagata fort, »gibt es auch andere Wege als brutale Gewalt, der *giri* Genüge zu tun. Du tätest gut daran, die Weisheit zu befolgen, die ich bei meinen Studien als Junge an der *Tenshin Shoden Katori Shinto Ryu* lernte. Dort lernte ich *bu-jitsu*, die gesamte Kriegskunst, so wie du jetzt. Sie hat nur einen Zweck: zu töten. Aber sich immer nur auf die brutale Gewalt zu verlassen hieße, wie ein Tier zu handeln. Wir lernen zu töten, ja, aber wir müssen vor allem dazu lernen, daß es nicht immer nötig ist, unsere Kraft und Stärke zu zeigen. Wir müssen nach einer höheren Form von Weisheit streben und unsere rein physische Kraft verborgen halten. Dies waren die Einsichten des *Chosai Sensei*, des Gründers der *Katori Shinto Ryu*. Nach ihnen müssen wir leben. Du mußt, was man dir hier antut, als Probe deiner *shu-yo* sehen.« Nagata schlug sich auf seinen gewölbten Bauch. »Aber genug davon jetzt. Es ist Zeit für die Arbeit im Garten.« Und er ging hinaus.

Shu-yo. Selbstdisziplin. Matsuo wünschte sich, er hätte mehr davon. Es war bekannt, daß sich einem durch *shu-yo* der Bauch wölbte, der Sitz der Selbstbeherrschung. Er fuhr sich mit der Hand über seinen flachen Bauch. Dann folgte er Nagata in den Garten.

»Dein Rechen schläft«, sagte Nagata. »Wecke ihn auf.«

Die frische Morgenluft hatte wenig geholfen. Matsuo war noch immer schlecht. Die grelle Sonne war wie ein Messer in seinem Kopf. Und die sanften, stetigen Bewegungen Nagatas mit seinem Rechen donnerten wie ein Gewitter.

Er zwang sich, seinem *sensei* gleichauf zu folgen, und zog seinen breitgezähnten Rechen durch den Wegekies, wie einen Bogen hinaus ins offene Land, und mit sanften Bögen um die Basaltsteine und die aufgebundenen Bäume herum.

Als sie fertig waren, bückte sich Nagata tief hinunter und ging in dieser Haltung inspizierend um den ganzen Garten herum. Er kroch wie ein riesiger Krebs. Erst als er zurück war, richtete er sich wieder auf, stützte die Hände in die Hüften und lächelte zufrieden.

»Fertig«, sagte er. »Und gut.«

Matsuo hatte ihm zugesehen, wie er wochenlang damit beschäftigt war, die Basaltsteine zu arrangieren. Den einen hatte er zehn Zentimeter nach links gerückt oder den anderen drei nach rechts.

»Warum ist es jetzt gut?« fragte er. Was war so besonders an der jetzigen Verteilung der Steine, daß Nagata einen ganzen Monat lang daran gearbeitet hatte?

»Setz dich«, sagte Nagata.

Er setzte sich.

»Sieh dir mein Meer der Steine an. Spüre die Ruhe an der Oberfläche und ahne die Strömungen darunter. Zähle die großen Steine.«

»Acht«, sagte Matsuo.

»Setze dich woanders hin. Irgendwo.« Und als er das getan hatte: »Und jetzt zähle noch einmal.«

»Acht!« sagte Matsuo achselzuckend.

»Und? Sind es dieselben Steine?«

»Natürlich sind sie es«, sagte Matsuo, ehe er überlegend innehielt. Nein, stimmte gar nicht. Es waren nicht dieselben. »Augenblick.« Er stand auf. »Der Stein ganz hinten. Ich konnte ihn vorhin sehen, aber er war hinter dem großen dort. Und dieser gezackte da links ist jetzt sichtbar, vorhin habe ich ihn nicht gesehen.«

Nagata nickte zufrieden. »Geh weiter herum. Setz dich irgendwohin. Und sag mir dann, was du siehst.«

Matsuo versuchte, von jedem nur denkbaren Standort und Blickwinkel aus auf die Steine zu schauen. Das steinerne Meer bestand aus neun einzelnen Steinen, aber ganz gleich, wo er saß, zu sehen waren immer nur acht.

»Was sagt dir dies, Sohn des Landherrn?«

Matsuo dachte nach. »Daß man niemals alles sieht, ganz gleich, wohin man im Leben auch geht und wie sehr man sich um einen klaren Blick bemüht.«

»Sehr gut. Ich bin stolz auf dich.«

Matsuo betrachtete Nagata, wie er mit über seinem Kugelbauch verschränkten Armen dastand und seine neueste Ergänzung des Slater-Besitzes betrachtete. *Und ich bin stolz auf dich, sensei.*

Nach einer Weile sagte er: »Nagata-san, warum arbeitest du so schwer im Garten von Frankies Vater?«

Nagata blickte ihn mit verhaltenem Lächeln an. »Hat Slater-san hier auch nur einen einzigen Strauch angerührt oder einen einzigen Spatenstich getan? Hat er auch nur die kleinste Winzigkeit von sich selbst in den Garten gesteckt? Gewiß, er befindet sich auf seinem Grund und Boden. Und er sagte mir: ›Tun Sie was mit der Westecke.‹ Aber das war alles. Nichts weiter. Er kann dies gern seinen ›japanischen Garten‹ nennen und ihn seinen Freunden zeigen. Aber es ist nichts von ihm hier. Dies hier ist mein Garten!«

»Du magst wohl Slater-san nicht?«

»Um die Wahrheit zu sagen, mit Slater-san befasse ich mich nicht. Ich denke nicht an ihn. Er ist wohlhabend, aber innerlich ist er leer. Wie eine leere Muschelschale am Strand. Du kannst ihn schütteln, aber es wird nichts herausfallen. Du kannst ihn dir ans Ohr halten, aber du wirst nichts hören als das Rauschen deines eigenen Blutes.«

»Aber du arbeitest doch für ihn.« Kaum hatte er dies gesagt, als Matsuo sein Denkfehler auch schon bewußt wurde. Er hätte die Worte gerne zurückgeholt, aber das ging natürlich nicht mehr.

Nagatas Gesicht verdüsterte sich. Seine Stimme wurde ernst.

»Ich diene nur deinem Vater, dem Landherrn. Er und sonst niemand ist mein Herr. Slater-san ist nur ein Mittel zu dem Zweck, dich hier in Amerika unter Amerikanern aufzuziehen, wie es dein Vater mir aufgetragen hat. Weiter nichts.«

»Vergib mir meine gedankenlosen Worte, *sensei.* Meine Zunge eilt immer wieder meinen Gedanken voraus, wie den Menschen des Westens hier.«

»Du könntest darüber während des Unkrautjätens eingehender nachdenken.«

»Unkraut jäten? Du hast doch versprochen, wir üben heute mit dem *bokken*!«

»Dein Geist benötigt mehr Training als dein Umgang mit dem hölzernen Schwert. Manchmal fürchte ich, ich bin dem Auftrag deines Vaters, dich hier aufwachsen, aber dennoch Japaner bleiben zu lassen, nicht gewachsen.« Er machte eine weite Geste über sein Gartenwerk hin. »Nimm nur diesen Garten hier. Er ist wie unser japanisches Leben. Geordnet, sauber und gestaltet. Alles hat seinen Platz, jeder Stein, jede Pflanze, jeder Baum. Jedes einzelne Stück wurde aus seinem Ziehbeet oder der Natur selbst entnommen und hat jetzt seinen angemessenen Platz im Garten. Amerikanisches Leben dagegen ist wie ein wildwucherndes Feld, in dem jeder einzelne Grashalm sich selbst seinen Platz suchen muß. Manche bringen ihr ganzes Leben nur damit zu, ohne je ihren Platz zu finden. In Japan muß man seine Zeit nicht damit vergeuden. Man wird in seinen Platz hineingeboren. Ich bin in den meinen hineingeboren, du in den deinen. Meiner ist, des Landherrn Okumo Samurai-Bewahrer zu sein; deiner, die besondere Aufgabe zu erfüllen, die er dir zugedacht hat und die bis jetzt nur er selbst kennt. Dies alles kann dir dieser Garten sagen. Studiere ihn immer wieder, wenn du in ihm arbeitest. Er stellt dein dir bestimmtes Leben dar. Und überall warten Überraschungen.« Er deutete unten auf den Zedernzaun. »Dort zum Beispiel. Siehst du dieses zwischen den Holzlatten hervorspitzende Grün?«

Matsuo mußte schon eine Weile suchen, bis er es sah. Ein winziger Trieb hatte sich zwischen zwei scheinbar ganz eng aneinandergefügten Zedernlatten durchgebohrt und ein einziges Blättchen angesetzt. Er nickte.

»Was sagt dir das?«

Matsuo hätte gerne zwei Finger einer Hand gegeben, wenn ihm jetzt sofort ein *haiku* dazu eingefallen wäre. Aber er vermochte es nicht perfekt zu formulieren und sagte schließlich nur: »Die kleine Pflanze hat dort, wo alles andere es nicht vermochte, überlebt, hat einen Weg gefunden, wo keiner zu sein schien, und sich aus dem Schatten heraus einen Platz im Licht ertrotzt.«

Nagatas Gesicht hellte sich voller Zufriedenheit auf, und das wiederum befriedigte Matsuo. Was seinen *sensei* zufriedenstellte, war auch für ihn Befriedigung.

»Sehr gut! Du siehst also, selbst in einem simplen Gartenzaun finden sich Mut und Sieg über scheinbar unüberwindliche Hindernisse!«

»Können wir jetzt mit dem *bokken* üben?« fragte Matsuo.

Nagata lachte aus der Tiefe seines Bauches heraus. »Ja, wenn die Slaters ihren Sonntagsausflug zur Kirche machen, dann üben wir. Aber jetzt jäte das Unkraut und erwähne keine *bokken* mehr.«

Das klappernde Geräusch lockte mich hinter die Garage.

Ich hatte mich heute morgen nicht gut gefühlt, also fuhren Ma und Dad ohne mich zur Kirche. Nachdem ich ein Brötchen mit Marmelade gegessen hatte, fühlte ich mich schon viel besser und ging also hinaus, um Matsuo zu suchen. Ich fand ihn dort, wo das Geräusch herkam.

Sie hatten hölzerne Schwerter aus Eiche, genauso lang wie das große *katana* von Nagatas *daisho.* Ich wußte schon lange, wie schnell und behende Matsuo war, aber bei dem hier hatte ich ihn noch nie gesehen. Er bewegte sich wie ein Tiger und vollführte heftige beidhändige Hiebe und Ausfälle gegen Nagata, der, obwohl er doch, hätte man annehmen sollen, schon seiner Figur nach entscheidend im Nachteil sein mußte, alles geschickt parierte und abwehrte und dazu kaum mehr zu benötigen schien als einige Bewegungen aus dem Handgelenk und ein paar einfache Seitschritte. Matsuo glänzte schweißnaß. Nagata war ganz ruhig, seine Haut trocken.

Ich versteckte mich im Gebüsch und sah ihnen fasziniert zu.

Matsuo bot alles auf, was er an Schnelligkeit und Behendigkeit besaß, um Nagatas Abwehr zu durchbrechen. Aber es war alles umsonst. Er zwang sich bewußt, seine Enttäuschung darüber zu unterdrücken, weil er wußte, daß Emotionen nur von Nachteil für den Schwertkampf waren. Er mußte sich an Nagatas Lehren erinnern und halten: sich selbst ganz in das Schwert versetzen, es eins mit sich werden lassen. *Kontrolliere den Atem, kontrolliere deine Gedanken, kontrolliere jede einzelne deiner Bewegungen.* Er trat zurück, hielt seinen *bokken* aber stoßbereit, dessen Griff er mit beiden Händen hielt, während die Klinge die gerade Verlängerung seiner Schulter war, wie es sein mußte, und versuchte sich wieder zu sammeln. Nagata gewährte ihm die Pause. Matsuo ließ sich selbst in das Schwert einfließen, machte es zu einer bloßen Verlängerung seiner Hände. Dabei aber lenkte ihn eine Bewegung in der im Schatten liegenden Garagenecke ab. Er sah hin.

Und er sah Frankie aus dem Gebüsch spähen.

Das konnte doch gar nicht sein! Frankie war mit seinen Eltern in der Kirche! Er und Nagata hatten doch ausdrücklich gewartet, bis der große Wagen weggefahren war. Sie übten niemals, wenn jemand zu Hause war.

Und eine plötzliche Idee kam ihm. Ein Plan. Er war von bestechender Einfachheit. Aber er konnte vielleicht viele Probleme lösen. Er stand gedankenverloren da und schreckte erst durch einen heftigen Schmerz an der linken Halsseite auf.

»Da rollt dein Kopf den Hang hinab«, sagte Nagata und trat zurück, während er imaginäres Blut von seiner Holzklinge wischte, ehe er sie in den Gürtel schob.

Frankies Gesicht verschwand im Gebüsch. Matsuo rieb sich die schmerzende Stelle.

»Was ist los mit dir?« sagte Nagata. »Du warst sehr gut. Du hast deine bisher wahrscheinlich besten Ausfälle gemacht. Und dann auf einmal hast du sämtliche Vorsicht außer acht gelassen.«

Matsuo verbeugte sich vor Nagata. »Ein plötzlicher Gedanke lenkte mich ab«, sagte er.

»Über dergleichen solltest du aber längst hinaus sein«, tadelte Nagata ungehalten. »Zuviele Gedanken im Kampf sind der sichere Tod! Du mußt *handeln!* Und du mußt so lange üben, bis das Handeln Teil deines Wesens ist!«

»Es tut mir aufrichtig leid, *sensei!*« sagte Matsuo. »Aber es war ein so wundervoller Gedanke.«

Nagata machte keine Anstalten zu fragen, welcher Gedanke das denn gewesen sei, und ohne Aufforderung mochte Matsuo ihn auch nicht nennen. Doch es war tatsächlich ein ganz großartiger Gedanke, fand er. Er konnte sein *giri* in Sachen Mick erfüllen, ohne daß er die diversen *on* gegen seinen Vater und gegen seinen Lehrer Nagata verletzten mußte. Und obendrein war er auch eine Hilfe für seinen Freund Frankie.

Er lächelte. Doch, wirklich. Ein wundervoller Gedanke.

AUGUST

TOKIO

Unter der Wirkung der Drogen lag der Mönch stöhnend auf dem speckigen *futon*. Hiroki betrachtete ihn mit trockenem Mund und nassen Achselhöhlen. Die ganzen Jahre seiner Kindheit und Jugend schon hatte er Gerüchte von diesem Zimmer ganz oben im Tempel gehört. Jetzt war er zum erstenmal tatsächlich hier. Die Decke schien sich in endloser Schwärze nach oben zu verlieren. Nichts als der trübe Schein von vier Kerzen erhellte den Raum, jede an einer der Ecken des *futon*, und sie machten lediglich die Vorderseiten der etwa zwei Dutzend Gestalten sichtbar, die in Kutten und mit Masken um ihren Mitmönch herumstanden, -saßen oder -lagen.

Es war ein seltenes Ereignis, so viele Angehörige des inneren Zirkels gleichzeitig an einem Ort versammelt zu sehen. Alle hatten einheitlich dunkelblaue Kutten an. Ihre Seidenmasken über den Köpfen waren das einzige, was sie voneinander unterschied. Hiroki konnte trotzdem viele von ihnen allein an der Gestalt erkennen und unterscheiden. Die ohne Hände oder Füße oder Beine waren ohnehin leicht zu erkennen. Ebenso die ohne Augen. Schwieriger war es mit Mönchen ohne Zungen, ohne Ohren und ohne Nasen. Er fragte sich, wie er es ertragen würde, hier in diesem düsteren Raum mit all diesen versehrten und deformierten heiligen Männern allein zu sein, wenn er nicht daran gewöhnt gewesen wäre, weil er nun schon, so lange er denken konnte, fast täglich in den Tempel kam.

Er wandte seine Aufmerksamkeit wieder dem Mönch auf dem *futon* zu. Er war ein Seher und bis auf die Gesichtsmaske und den *fundoshi*-Lendenschurz nackt. Er wand sich und stöhnte wie in Agonie. Seine dürren Glieder streckten und beugten sich in spasmischen Zuckungen. Seine Bewegungen ließen die Kerzen flackern und seine ohnehin tiefliegenden Augenhöhlen noch schwärzer erscheinen. Dann fiel er plötzlich in eine Erstarrung. Selbst sein Atem stockte. Es war grabesstill im Raum.

Hiroki warf Yajima neben sich einen Blick zu. Sein Mit-Alumne war kreidebleich; seine Lippen waren zu einem dünnen Strich zusammengepreßt. Er suchte die maskierten Figuren nach Shimazu ab, seinem *sensei*, fand dessen Blick auch durch dessen rote Seidenmaske und sah ihn fragend an. Doch Shimazu nickte nur beruhigend. Sogleich wurde Hirokis Aufmerksamkeit auch schon wieder auf den Mann auf dem *futon* gelenkt, dessen Brust sich nun ein langer, heftiger pfeifender Atemzug entrang.

Unwillkürlich wich er etwas zurück, als der Seher sich nun sitzend aufrichtete und aus seinen völlig leeren Augenhöhlen in die Runde blickte. Er schien durch alles und jeden hindurch in eine endlose Ferne zu sehen.

»Tod!« schrie er. »Der Sohn der Sonne stirbt mit diesem Jahr! Eine stille Zeit folgt, wenn der neue Kaiser, ein neuer Sohn des Himmels, den Thron besteigt. Doch dann — Krieg! Ich sehe Krieg! Ich sehe den Sohn des Himmels im Krieg mit allen Völkern! Ich sehe Flotten auf den Meeren, Flotten in den Lüften, über allen fünf Kontinenten und auf den Sieben Meeren! Alle Völker verspüren den Schlag von Japans Peitsche! Der Sohn des Himmels ist überall!« Er lächelte und entblößte dabei schadhafte gelbe Zähne. »Und überall siegreich!« Das Lächeln erstarb, und die Stimmte wurde wieder leiser. »Nein . . . nicht überall. Es gibt auch Niederlagen. Viele Niederlagen kommen. Ich sehe Tokio wieder brennen! Die Zukunft sieht düster aus! Niederlage folgt auf Niederlage! Die Truppen des Kaisers werden zurückgetrieben. Trotzdem bleibt das Land unangetastet. Keines *gaijin* Fuß betritt unseren Boden. Der Kaiser bleibt unangetastet. Und trotzdem bleibt keine Hoffnung!« Er schluchzte auf. »Alles ist verloren! Doch wartet! Wenn es am dunkelsten aussieht, wird uns die

Aus ›Geheimnisvolles Japan‹ von François Fallon:

Wie wir gesehen haben, hat also die Religion in Japan nichts mit Ahnenkult zu tun, obwohl dieses Mißverständnis unausrottbar zu sein scheint. Es handelt sich lediglich um das on, *das respektiert wird: die Pflicht und Verpflichtung dem gegenüber, was war. In der japanischen Religion gibt es kein Gut und Böse, sondern nur die verschiedenen Ebenen des* on. *Im Gegensatz zu so vielen westlichen ist die japanische Religion fröhlich, farbenfroh, lebhaft und ein festlicher Teil des alltäglichen Lebens.*

Eine bemerkenswerte Ausnahme existiert allerdings: der Kakureta Kao, der Orden der Verborgenen Gesichter.

Diese geheimnisvolle Sekte eroberte sich ihren Platz in der japanischen Geschichte im sechzehnten Jahrhundert während des Shogunats von Nobunaga. Die Shogun hatten dem Kaiser die Macht entwunden und hielten ihn in Kyoto in Gefangenschaft, während sie selbst mit eiserner Faust regierten. Als 1568 Nobunaga sich Kyotos und des Shogunats bemächtigt hatte, setzte er sich zum Ziel, seine Macht dadurch zu konsolidieren, daß er jegliche Spur der Herrschermacht des Kaisers im ganzen Land tilgte. Dies erreichte er durch die Vernichtung nicht nur seiner Feinde und Opponenten, sondern auch aller, die lediglich nicht für ihn sein wollten. Er wollte keinerlei Widerstand übrig lassen, weder im Äußeren noch im Inneren, und begann deshalb auch mit dem Niederbrennen sämtlicher buddhistischer Klöster im Lande. Seine Armeen beschränkten sich freilich nicht auf die Buddhisten. Sie zerstörten auch den großen Enryakuji-Tempel auf dem Berg Hiei und töteten jede lebende Seele darin. Danach machten sie sich auf ihrem mordenden und brandschatzenden Zug von Kyoto nach Honshu in Richtung Norden, Westen und Süden auch über jeden Tempel des Kakureta Kao her. Und bald wurde deutlich, daß die wirkliche Zielscheibe Nobunagas nicht die Buddhisten waren, sondern der Kakureta Kao!

Und das mit gutem Grund. Der Orden war der älteste von allen, älter als Buddhismus und Shintoismus. Der Legende nach war er eine Gründung von Susanoo selbst — dem Schwertgott und direkten Vorfahren des Kaisers —, und zwar zur Zeit des ersten Kaisers überhaupt, Jimmu. Und seine Aufgabe sollte sein, stets den Sohn des Himmels *zu beschützen und seine irdische Macht zu bewahren. Dieser Verpflichtung zufolge waren die Kakureta-Kao-Tempel denn auch die Agitationszentren für die Restauration der kaiserlichen Herrscherlinie gewesen. Der Shogun hatte dem Orden also zwangsläufig den Krieg erklären müssen wie den Buddhisten.*

Doch anders als die Buddhisten wehrten sich die Verborgenen Gesichter. *Und so wenige Krieger sie auch hatten, diese kämpften erbittert, wenn auch letzten Endes aussichtslos gegen die überwältigende Übermacht, die gegen sie aufgeboten wurde. Auch waren ihre Klöster nicht so gebaut, daß sie wie Forts konzentrierten und geballten militärischen Angriffen hätten standhalten kön-*

nen. Nobunagas Truppen wüteten denn auch schrecklich, und nirgends blieb auch nur ein Mönchlein übrig, das nicht niedergemetzelt worden wäre.

Schließlich war noch ein einziges Kloster übrig, allerdings auch das älteste, größte und bestbefestigte, nämlich das in der Nähe von Nanao auf der daumenförmigen Halbinsel, die von der Westküste Honshus in das Japanische Meer hinausragt. Die dortigen Mönche riefen das ganze japanische Volk — daimyo und Bauern gleichermaßen — auf, sich zu erheben, um dem Kaiser in Edo seine Herrschaft wiederzuverschaffen. Aber ihr Ruf zu den Waffen stieß überall auf taube Ohren. Und also — der Legende nach — studierten die Mönche ihre uralten Überlieferungen, die ihr Vermächtnis vom Schwertgott waren, und fanden dort tatsächlich einen Weg, wie sie sich verteidigen konnten.

Als sich die Truppen des Shogun dem Klostertor näherten, geschah etwas Seltsames. Die Erzählungen darüber, was genau, sind etwas vage. Aber die meisten Quellen stimmen jedenfalls darin überein, daß sich plötzlich Dunkelheit ausbreitete und ein unerklärlicher Sturm sich um den letzten Tempel herum erhob. In einigen Quellen ist vom ›Sturm, der die Bäume nicht biegt‹ die Rede, andere sprechen von Kamikaze oder vom ›Göttlichen Wind‹, ähnlich dem, der Japan rettete, indem er Ende des dreizehnten Jahrhunderts die Invasionsflotte des Kublai Khan versenkte. Der verbreitetste Name jedoch scheint Kuroikaze zu sein: ›Der Schwarze Wind‹. Und dieser Kuroikaze war offenbar von weitaus zerstörerischerer Kraft als jeder normale Sturm. Auch darüber, welche Zerstörungen er genau anrichtete, sind die Überlieferungen zwar recht ungenau, doch geht aus den historischen Aufzeichnungen eindeutig hervor, daß nicht einmal mehr die Hälfte der Truppen des Shogun nach Edo zurückkehrte.

Nach diesem Ereignis ließ Nobunaga den Kakureta-Kao-Orden in Frieden. Er selbst fiel 1582 einem Attentat seiner eigenen Generäle zum Opfer.

Die Sekte der Verborgenen Gesichter überlebte die folgenden Jahrhunderte nur noch mühsam und gewann nie wieder die einstige Bedeutung und den früheren Einfluß zurück. Heute existiert nur noch ein einziger Tempel: eine fünfstöckige Pagode in Tokio nicht weit vom Kaiserlichen Palast. Die Mitglieder des inneren Führungszirkels der Sekte verlassen diesen Tempel niemals, und niemand hat dort Zutritt außer den Kindern, die als Alumnen erzogen werden. Was in diesem Tempel vor sich geht, ist ein vollständiges Geheimnis.

© 1926, Presses Henri, Paris.

Schwärze retten! Der *kuroikaze*, ausgelöst von einem adeligen Erstgeborenen, wird wiederkommen und alle vernichten, die sich dem Kaiserlichen Vermächtnis entgegenstellen wollen!« Dann stieß er einen plötzlichen Schrei aus und warf sich auf den Rücken, mit beiden Händen die Augen bedeckend, die er gar nicht mehr besaß. »Das Licht! Das Licht der Sonne! Es blendet!«

Und dann schwanden dem Seher die Sinne. Er fiel wie ein leerer Sack in sich zusammen.

Noch ehe Hiroki irgendwie reagieren konnte, spürte er eine Hand auf seiner Schulter. Yajima und er wurden hinausgeführt. Shimazu ging ihnen voran die Treppe hinab und in den winzigen Unterrichtsraum im dritten Geschoß, wo sie den größten Teil ihrer Alumnenzeit zugebracht hatten.

»Was hat das zu bedeuten, *sensei?*« fragte Hiroki, als sie allein waren. Sein Herz klopfte heftig, und in seinem Kopf drehte sich alles. »Ich verstehe es nicht.«

»Es ist immer das gleiche«, antwortete sein Lehrer. Seine Stimme wurde wie immer etwas von der roten Seidenmaske, die er trug, gedämpft. Hiroki hatte sich schon oft gefragt, ob er diese Stimme auch erkennen würde, wenn er sie einmal klar und deutlich vernähme, ohne den Stoff vor dem Mund. Shimazus hohe, schmale Schultern und seine dürren, langfingrigen Hände indessen würde er immer auf Anhieb erkennen, da war er sicher. »Ganz gleich, welcher Seher seine Vision hat, immer ist es das gleiche.«

Hiroki wußte gut genug, daß es keinen Sinn hatte, weitere Fragen zu stellen. Also hielt er den Mund. Er wußte, daß sein Meister gleich von selbst alles erklären würde, was er für angebracht hielt. Und tatsächlich begann er nach einer Weile.

»Was ist euer innigster Wunsch?«

Hiroki zögerte keine Sekunde. Die Antwort auf diese Frage war ihnen seit frühester Kindheit eingebleut worden. Wie eine einzige Stimme sagten er und Yajima gemeinsam:

»Für den Kaiser zu sterben!«

Hiroki zögerte danach etwas. Er war sich nicht ganz sicher, ob er es sagen sollte. Doch er mußte die Frage einfach stellen. »Ein ›neuer Sohn des Himmels‹, *sensei*?«

»Du hörst immer sehr aufmerksam zu.« Shimazus Stimme war ernst. »Manchmal zu aufmerksam. Ja. Ein neuer Kaiser. Der Kaiser Taisho wird in diesem Jahr noch sterben, und Kronprinz Hirohito wird ihm auf dem Thron des Himmels nachfolgen.«

Jetzt war Hiroki wirklich völlig sprachlos.

»Ihr beide seid heute abend eines Privilegs teilhaftig geworden. Es ist euch gestattet worden, Zeuge eines Ritus zu werden, der immer schon den vier inneren Zirkeln des Kakureta Kao vorbehalten war. Dies ist euch aus zwei Gründen gestattet worden. Zum einen, weil ihr nun bald einundzwanzig werdet und bewiesen habt, daß ihr diskret und verschwiegen und der weiteren Anwesenheit im Orden würdig seid. Zum anderen, weil der Kakureta Kao eure Dienste in der Welt draußen benötigt, in die Ordensangehörige wie ich nur sehr selten hinausgehen können.«

Shimazu holte Atem, ehe er weitersprach. Hiroki hatte Mühe, nicht vornüberzufallen, so gespannt hatte er sich in Erwartung der weiteren Worte des Mönches vorgebeugt. Der Orden benötigte ihn? Solange er denken konnte, hatte sein Vater ihm erklärt, daß er es sei, der den Orden benötige!

»Wie ihr gehört habt«, fuhr der Mönch schließlich fort, »wird es Krieg geben. Und wir werden ihn gewinnen!« Hirokis verwunderter Gesichtsausdruck mußte sich auf Yajima übertragen haben. Shimazu erläuterte es ihnen also. »Ihr habt es selbst gehört. Anfänglichen Siegen folgen Niederlagen, dann wird der *kuroikaze* kommen und dann das alles durchdringende Blenden der Sonne, was nur den Triumph des Kaisers, des Sonnengottes, des Himmelssohnes bedeuten kann!«

»Ja!« rief Hiroki. Jetzt verstand er! Das helle Licht am Ende der Vision! Was sonst sollte es bedeuten? Nur . . .

»Wann, *sensei*?« fragte Yajima. »Wann?«

Auch Hiroki war begierig auf die Antwort.

»Noch zu unseren Lebzeiten. Mehr als dies wissen wir nicht. Aber wir wissen, daß wir den Visionen vertrauen können. Haben sie uns etwa nicht von dem *Kanto daishinsai* gewarnt?«

Hiroki verbeugte sich. Zweifellos, die Vision von dem großen Erdbeben in Kanto vor zwei Jahren war eingetroffen. Und er war in alle Ewigkeit dankbar dafür. Er hatte seine Familie warnen und dafür sorgen können, daß sie sich in ihre Sommerwohnung an der Sagami-Bai begab, ehe am 1. September das Beben tatsächlich kam. Die Zerstörungen hatten seine schlimmsten Befürchtungen übertroffen. *Tsunamis* rollten vom Meer draußen heran und spülten den größten Teil der Hafenanlagen weg. Selbst den großen *Daibutsu,* die riesige Bronzestatue des Großen Buddha in Kamakura, begruben sie unter sich. Und dann waren die Brände ausgebrochen — die ›Blumen von Edo‹. Die glühenden Kohlen aus Aberhunderten umgestürzter *hibachi*-Glutbecken entzündeten das leicht brennbare Holz und die Papierdächer und -wände der zahllosen eingestürzten Häuser wie Zunder. Ganz Tokio brannte im Nu. *Tatsumaki* — Drachen-Feuerschweife — rasten wie wilde Tornados durch die Stadt und entzündeten auch gebrochene Gasleitungen und verschüttetes Benzin, trieben die Menschen in die Wasserläufe und ins Meer, wo diejenigen, die nicht ertranken, von dem brennenden Öl auf den Wogen versengt wurden oder darin erstickten. Als Tage später die Brände endlich unter Kontrolle gebracht wurden, waren über hunderttausend Menschen umgekommen, und drei Viertel der Stadt lagen in Ruinen.

»Und was ist dein Wunsch, *sensei*?«

»Wir haben aus der Vision erfahren, daß der *kuroikaze* den kommenden Krieg am Ende entscheiden wird.«

»Und damit wird der Orden große Ehre gewinnen!« meinte Yajima.

Hiroki sah einige kleine Fältchen um Shimazus grüne Augen herum erscheinen, und er wußte aus langer Erfahrung, daß dies ein leicht nachsichtiges Lächeln bedeutete. Er beneidete Yajima, daß dieses seltene, unterdrückte Lächeln des *sensei* ihm galt.

»Richtig, Yajima. Der Orden wird dann wieder einmal einen Ehrenplatz im Herzen des Sohnes des Himmels einnehmen, den er sich zum ersten Mal in den Tagen des Shogunats von Nobunaga erworben hatte. Vorausgesetzt . . .«

»Vorausgesetzt was, *sensei*?« fragte Hiroki.

Shimazu seufzte. »Ich habe beschlossen, euch beiden ein großes, das allergrößte Geheimnis des Ordens anzuvertrauen. Die Welt draußen weiß wenig oder gar nichts von uns. Selbst die Kaiser haben uns im vergangenen Jahrhundert kaum beachtet, und man würde uns wahrscheinlich völlig abschieben, wenn öffentlich bekannt würde, was ich euch jetzt mitteilen werde. Ihr braucht nicht sofort zu antworten. Überlegt euch gut und reiflich, ob ihr die Belastung der Kenntnis dieses Geheimnisses tragen wollt oder nicht. Bisher war nur eine Handvoll Mönche oberhalb des fünften Inneren Zirkels in dieses Geheimnis eingeweiht.«

Hiroki schloß die Augen und versuchte, sich bewußt das Aussehen eines Mannes zu geben, der ernsthaft nachdachte. Selbstverständlich konnte man ihm das große Geheimnis anvertrauen! Es war eine Last, nach der er sich sogar sehnte! Dies hätte er seinem Lehrer auch sofort sagen können, aber er wollte, daß man wirklich den Eindruck hatte, er denke, wie es sich gehörte, sehr eingehend über die angebotene Ehre nach. Nur — was für ein Geheimnis mochte das sein? Unmittelbar bevor er davon zu sprechen begonnen hatte, war vom großen *kuroikaze* die Rede gewesen. Ging es vielleicht um diesen Schwarzen Wind? Ja, das mußte es sein!

»Ich will eure Entscheidung gar nicht jetzt«, sagte Shimazu. »Ihr habt bis morgen Bedenkzeit.«

Hiroki verbarg seine Enttäuschung. Morgen erst? Er wollte es jetzt wissen, jetzt gleich! Doch Shimazus bedächtiges Kopfnicken war das Zeichen, daß sie gehen sollten. Sie erhoben sich, verbeugten sich und gingen gemeinsam aus dem kleinen Unterrichtsraum hinaus.

»Was, meinst du, ist es für ein Geheimnis?« fragte Yajima auf dem Weg zur Treppe. Er war sehr kräftig, fast schon fett, mit dicken Fingern und einem Bauchansatz. Trotzdem war er kein jovialer Typ. Er war sehr ernsthaft, sehr fleißig und dem Orden bedingungslos ergeben.

»Ich habe keine Ahnung. Es klingt jedenfalls sehr gewichtig. Ich werde wahrscheinlich die ganze Nacht nicht schlafen können.«

»Ich auch nicht«, sagte Yajima leise.

Sie verbeugten sich, als sie an einem Mönch ohne Beine vorbeikamen, der sich mit den Händen über den Flur schleppte. Seine Augen blitzten sie durch die Augenlöcher in seiner Gesichtsmaske an. Sie gingen vorsichtig die kerzenerleuchtete Wendeltreppe hinab, die sich in der Mitte des rechteckigen fünfstöckigen Pagodengebäudes von unten bis oben hinzog. Im ganzen Tempel gab es keinen Strom und natürlich auch kein Telefon. Die Fenster waren vergittert und mit Jalousielamellen versehen, um Licht und Luft hereinzulassen und damit die Mönche, wenn sie dies wollten, auf die Stadt hinabblicken konnten, andererseits aber von draußen kein Blick nach innen möglich war.

Es war hier alles noch so wie schon vor tausend Jahren, als das ursprünglich erste Gebäude errichtet worden war.

»Glaubst du, die Kenntnis des Geheimnisses wird meine Zulassung in den Fünften Zirkel verzögern?« fragte Yajima.

Hiroki starrte seinen Freund an. Sie waren im Tempel zusammen aufgewachsen und groß geworden, zwei Schüler adeliger Herkunft, immer bemüht, vor dem anderen die Ehre von Shimazus Zustimmung zu gewinnen. Aber es war eine Rivalität ohne jegliche Feindseligkeit gewesen. Sie waren einander zu gleich, als daß einer von beiden jemals versucht hätte, den anderen zu beherrschen. Über die Jahre hatte sich so, von kleinen Eifersüchteleien und Knüffen und Drängeln einmal abgesehen, ein festes Band zwischen ihnen geknüpft. Außerhalb des Tempels sahen sie einander nur selten, aber drinnen waren sie nahezu unzertrennlich.

»Du willst wirklich im Orden bleiben und weitermachen?«

»Aber das habe ich dir nun doch schon hundertmal gesagt, Hiroki!«

»Ja, sicher. Aber . . .«

Sie verbeugten sich wieder, als ein Mönch ohne Arme und Beine in einem Rollstuhl an ihnen vorbeifuhr. Er dirigierte den augenlosen Mönch, der ihn schob.

». . . aber ich glaubte nicht, daß du es wirklich tätest.«

Hiroki schauderte bei dem Gedanken, über den Vierten Zirkel hinaus zu gehen. Denn dann begannen die Zerstückelungen. Schüler und Alumnen blieben unversehrt, ebenso die Wächter und die Tempel-*sensei.* Aber die übrigen lieferten sich den Ordens-Chirurgen aus. Zwei Prozeduren waren für alle zwingend: die Kastration und die operative Anfertigung von Hautfalten an den Gesichtsseiten, in denen die Gesichtsmasken festgehalten werden konnten. Niemals mehr danach sah irgend jemand dann das Gesicht des Betreffenden. Die Gesichtsmaske konnte zwar jederzeit nach Wunsch gewechselt werden, aber nur in der Abgeschiedenheit der eigenen Zelle.

Danach hatte jeder Mönch eine gewisse Wahl, von welchem seiner Sinne er sich zuerst trennen wollte. Gab es indessen eine gesamtprozentuale Anzahl Mönche, die gleichzeitig etwa ihre Nasen verschlossen haben wollten, wurde empfohlen, zuerst ein anderes Sinnesorgan zu opfern. Und dann ging es unerbittlich weiter. Der Leib wurde stückweise verringert, und damit auch die Welt der Sinne. Und wenn sich nach Jahren mit Hilfe von Drogen und Ritualen die Empfindlichkeit der verbleibenden Sinnesorgane zum Ausgleich für die verlorenen maximal gesteigert hatte, wurde der nächste Sinn amputiert.

»Ich sehne mich danach, den Weg auf dem Pfad zu dem Verborgenen Gesicht zu beginnen, Hiroki. Um es eines Tages dann wirklich zu sehen.«

Hiroki nickte, sagte aber nichts. Er wußte es. Nach Jahren mit den Drogen und Ritualen, wenn sich das Leben eines Mönchs seinem natürlichen Ende zuneigte, wurde ihm der letzte Kontakt zur sinnlichen Welt verschlossen und ihm das Kakureta Kao — das Verborgene Gesicht des Universums und aller Realität — enthüllt.

Und bald danach folgte der Tod.

Aber ich nicht, dachte Hiroki. Sie traten aus dem Tempel in die rote Pracht des Sonnenuntergangs hinaus. Es mochte vielleicht wundervoll sein, das Kakureta Kao zu erblicken. Trotzdem war er dankbar dafür, daß weder sein Vater noch Shimazu die Inneren Zirkel des Ordens für ihn im Sinn hatten. Sein Vater hatte ihn hierhergeschickt, damit er im Orden Dinge lernte, die man nirgends sonst lernen konnte, dieses Wissen dann aber in der Welt draußen verwertete. Und auch Shimazu wollte ihn der Welt draußen erhalten, damit er dort einmal die Stimme des Ordens im Kaiserlichen Rat vertreten konnte.

Er verabschiedete sich mit einem Winken von Yajima und ging durch die belebten Straßen auf der Suche nach einem Taxi oder wenigstens einer *jinrikisha* nach Hause. Er hatte Glück, dachte er, daß sein Vater und sein *sensei* offensichtlich gleicher Meinung über seine Zukunft waren. Der einzige Punkt, in dem sie nicht übereinstimmten, war seine Heirat mit Meiko Mazaki. Shimazu war entschieden dagegen, daß er überhaupt heiratete. Er selbst war in diesem Punkt mit seinem Vater einig. Er wünschte sich auch selbst Meiko zur Frau. Und wenn es denn nicht anders ging, war er entschlossen, sich für sie sogar von seinem *sensei* zu trennen.

Meiko. Er erinnerte sich jetzt plötzlich daran, daß er ja für heute abend mit seinem Vater verabredet war. Im Sommersitz des Landbesitzers Mazaki an der Sagami-Bucht. Wie schnell war die Zeit verflogen! Er beeilte sich. Er wollte auf keinen Fall seinen Vater der Peinlichkeit aussetzen, zu spät zu kommen. Und er sehnte sich auch nach Meiko.

Er sah ihr Gesicht vor sich. Ihre makellos glatte Haut, die vollen Lippen, die perfekt geformten Wangenknochen und die großen schwarzen Augen. Er hatte wirklich Glück, daß er in einer Ehe, die aus rein politischen Gründen verabredet worden war, ein so hinreißend hübsches Geschöpf bekam! Alle Götter lächelten ihm wohlwollend zu, kein Zweifel. Meiko in ihrer Jugend und Zartheit beherrschte seine Träume und all seine wachen Gedanken außerhalb des Tempels.

Er begann zu laufen, um ein Taxi zum Bahnhof zu finden.

Shimazu nahm den letzten Schluck der Droge, welche die Seher einnahmen, und stellte die Tasse ab. Er saß mit gekreuzten Beinen und wartete auf den vertrauten senfgelben Nebel, der ihm gleich durch den Kopf wehen würde und seine Gedanken einfärbte. Er wartete auf die Erleuchtung. Es war für jemanden wie ihn, der noch seine Augen besaß und keine so intensiven Übungen hinter sich gebracht hatte, praktisch unmöglich, in die Zukunft zu sehen. Das wußte er. Aber er hatte es nun bereits viele Male versucht und gelegentlich immerhin eine, wenn auch nur vage, andeutungsweise *Impression* dessen erlebt, was sich zumindest in der nächsten Zukunft ereignete.

Er versuchte die Erleuchtung zu verstärken, indem er sich auf eine Aussage aus den Visionen des Sehers konzentrierte. Es war die Vorhersage, daß der Tenno Taisho nicht mehr lange zu leben hatte. Er verharrte bei diesem Gedanken. Das bizarre Benehmen dieses Tenno war peinlich für die kaiserliche Dynastie. Er war geistesgestört. Vielleicht war es also der Wille der Götter, daß er dieses Jahr nicht mehr überlebte, um den Weg freizumachen für den Kronprinzen Hirohito, der . . .

Etwas blitzte plötzlich durch seinen Kopf und verschwand wieder. Er entleerte sein Hirn. Das Bild würde zurückkommen, wenn er nicht danach suchte.

Und dann sah er es wirklich. Der gelbe Nebel teilte sich, und er befand sich auf den Docks von Tokio. Ein Knabe im Teenageralter und ein alternder Samurai kamen eine Gangway-Planke herunter. Er sah sich um. Die Stadt war in Trauer. Der Nebel kam wieder und ließ den Knaben verschwinden, ehe er ihn noch einmal genauer betrachten konnte.

Er öffnete die Augen. Nein, in Wirklichkeit brauchte er keinen zweiten Blick. Er hatte genug gesehen, um die Ähnlichkeit dieses Knaben mit Hiroki zu erkennen. Es war der jüngere der Okumo-Brüder, der nach Tokio zurückkam. Die Zeichen der Trauer ringsum konnten nur eines bedeuten: Matsuo Okumo kam heim, nachdem der Tenno gestorben war.

Er holte tief Atem durch die Seide seiner Gesichtsmaske. Die Ereignisse im Jahrhundertplan des Ordens begannen in Bewegung zu geraten. Die Heimkehr des jüngeren Okumo war ein Zeichen dafür.

Er spürte einen Schauer über seinen Rücken rieseln. Die Heimkehr des jüngeren Okumo bedeutete auch, daß dann die Entscheidung jederzeit auf ihn zukommen konnte: die Entscheidung, zu bestimmen, welcher der beiden Okumo-Brüder sterben mußte. Die Pflicht, einst einen der beiden zu töten, war ihm bereits vor vielen Jahren zugefallen. Und selbstverständlich würde er diese Aufgabe auch getreulich erfüllen.

Er betete nur, daß es nicht Hiroki sein möge.

Meiko versuchte der Unterhaltung der Männer aufmerksam zu folgen, doch ihre Gedanken wanderten ruhelos. So ging es ihr immer bei diesen Zusammenkünften. Hirokis Vater lud sie und ihre Eltern in sein Sommerhaus ein, oder umgekehrt ihre Eltern ihn und Hiroki. In diesem Sommer waren diese gegenseitigen Besuche nun noch häufiger geworden, nachdem beide Familien ihre Sommerhäuser hier an der Sagami-Bucht hatten. Es spielte sich, wie oft sie auch zusammenkamen, stets nach dem gleichen Ritual ab. Der niemals ausgesprochene Zweck war, Meiko und Hiroki einander näher kennenlernen zu lassen. Doch wie sollte ihnen das möglich sein, wenn die beiden Väter Hiroki stets gleich in die andere Ecke des Gartens entführten und ihn dort in ihre endlosen politischen Gespräche verwickelten?

Sie seufzte leicht auf ihrem Platz auf der *engawa* aus Teak. Sie hatte ihren *obi* zu fest gebunden. Er hatte eine Falte in den neuen *furisode*-Kimono an ihrer Hüfte gedrückt. Um sich von dieser unbequemen Tatsache abzulenken, blickte sie über den nach allen strengen Regeln angelegten Garten hinweg hinunter zur Bucht. Das Haus hatte eine offene U-Form zum Meer hin. Das verschloß den Blick nach draußen und ließ es fast so aussehen, als wäre die Sagami-Bucht ihr Privateigentum.

Sie glättete ihren aprikosenfarbenen Kimono und fuhr mit den Fingern die Linien der gestickten Weidenbaumzweige nach, die sich von dessen Saum bis hinauf zu ihrer linken Schulter zogen. Sie zählte die in den Zweigen singenden Vögel, und als sie gewiß war, keinen übersehen zu haben, versuchte sie widerstrebend ihre Aufmerksamkeit wieder dem Gespräch zuzuwenden, das ihren Vater, ihren künftigen Schwiegervater und ihren künftigen Ehemann so beschäftigte.

Wie üblich sprachen sie über Amerika. Das Thema schien die beiden Väter schlicht zu faszinieren. Eben sprach Hiroki.

». . . brauchen die Vereinigten Staaten ganz entschieden eine Lektion in Respekt. Sie behandeln uns wie *eta.* Ihre Einwanderungsgesetze sind ein Schlag ins Gesicht des Kaisers.«

Starke Worte, dachte Meiko. Behandelten die Amerikaner Japaner wirklich wie Unberührbare?

»Oberflächlich gesehen, ja«, sagte sein Vater. »Doch dieses *Exclusion*-Gesetz hat ja auch nur bestätigt, was wir schon lange wußten. Auf uns haben sie sich wegen unserer nachgewiesenen Überlegenheit besonders konzentriert. Sie fürchten uns. Wenn Japaner nach Amerika gehen und dort eine Farm kaufen, sind sie bald die besten Farmer im weiten Umkreis. Gründen sie eine Fabrik, dann produzieren sie alsbald bessere Waren zu niedrigeren Preisen. Und genau dies ist der Schlüssel zu Japans Zukunft! Alles, was die Amerikaner können, können wir auch. Und besser. Ebenso wie es Rangordnungen unter den einzelnen Menschen gibt, gibt es Rangordnungen der Völker. Und wie wir alle wissen, ist Japans Rang dabei ganz vorne.« Meiko unterdrückte einen weiteren Seufzer. Ihre Gedanken schweiften bereits wieder ab, hinunter auf die blaue Meeresbucht mit ihren weißen Dreiecken der Segel- und den Kiellinien der Motorboote. Vor zwei Jahren, als sie erst vierzehn gewesen war, und Hiroki achtzehn, war ihre Verlobung etwas sehr Aufregendes gewesen. Als sich die Familien zum erstenmal getroffen hatten, war ihr nicht im Traum der Gedanke an Heiratspläne gekommen. Man hatte lediglich im Hause gemeinsamer Bekannter einen scheinbar ganz zufälligen formlosen Abend miteinander verbracht. Als sich dies ›ganz zufällig‹ während der alljährlichen Chrysanthemen-Schau in Tokio wiederholt hatte, war sie dann aber doch hellhörig geworden; zumal, da ihr nicht entgangen war, daß alle Arrangements dafür von Dritten getroffen worden waren — damit keine der beiden Familien ihr Gesicht verlor, falls nach diesem frühen Stadium die Beziehungen doch noch abgebrochen wurden. Die beiden Väter, das wußte sie, waren schon lange politische Verbündete. Jetzt wurde infolge der häufigen Treffen rasch eine persönliche Freundschaft daraus. Es war völlig klar, daß sie dabei waren, ein Bindeglied zwischen ihren beiden Familien zu schmieden. Die Heirat Hirokis und Meikos würde dies auch formal besiegeln.

Sie beobachtete Hiroki. Kein Zweifel, sie konnte nicht bestreiten, daß man ihr einen durchaus stattlichen Mann ausgesucht hatte. Sein kurzgeschnittenes

Stoppelhaar und seine ausgeprägten Gesichtszüge waren ein angenehmer Anblick. Er lächelte nur selten, doch wenn, dann überzog es sein Gesicht wie Sonnenschein. Er trug über einem schwarzen Kimono einen braunen *haori*. Es gefiel ihr, wie dieser seine breiten Schultern betonte. Was sie aber am allermeisten faszinierte, war die Art, wie er sie anzusehen pflegte. Die meiste Zeit war er, wie es sich gehörte, zurückhaltend und zeigte keine unangebrachte Vertrautheit. Doch gelegentlich ertappte sie ihn doch, wie sein Blick versonnen auf ihr ruhte und dann ganz offen seine Empfindungen widerspiegelte. Sie wußte zwar, daß sie im Umgang mit Männern absolut keine Erfahrung hatte. Aber mehr als ihren angeborenen weiblichen Instinkt benötigte sie nicht, um sein Begehren in diesen Blicken zu erkennen.

Sie schreckte auf, als sie ihren Namen hörte.

». . . und Ihr Vorschlag, sie eine Weile in Amerika studieren zu lassen, ist gut«, sagte ihr Vater.

Okumo klatschte einmal in die Hände und nickte nachdrücklich. »Ich wußte, Sie würden verstehen, was ich meine. Sehr gut!«

»Ihre Argumente sind in der Tat überzeugend«, bekräftigte ihr Vater.

Meiko spürte ein Unbehagen in sich aufsteigen. Sie verstand plötzlich, was die Besuche des Vermittlers in den letzten beiden Tagen zu bedeuten gehabt hatten. Niemals hätte der Landherr Okumo ein solches Thema persönlich und direkt vorgetragen. Ein Vermittler hingegen garantierte, daß beide Väter keinerlei Würde verloren. Und ihr Vater stimmte zu! Das konnte doch nicht sein!

»Daß Sie akzeptieren, beweist große Klugheit« sagte Okumo. »Ganz speziell, wenn Ihre schöne Tochter wirklich Hiroki heiraten sollte. Wenn Japan in der Zukunft seinen rechtmäßigen Platz in der Welt einnehmen soll, wird es während seines Aufstieges vor allem mit Amerika zu tun haben, einem jungen, ungestümen Land, das zu seinem eigenen Nutzen erst noch den Respekt vor anderen lernen muß. Wie wir alle wissen, ist die westliche Lebensart einigermaßen befremdlich; und die amerikanische am befremdlichsten von allen. Wenn Hiroki einst einen wichtigen Platz im Kaiserlichen Rat einnimmt, kann es nur von Vorteil für ihn sein, eine Ehefrau zu haben, die mit der amerikanischen Lebensart vertraut ist.«

»Das ist zweifellos richtig«, bestätigte ihr Vater.

Meiko war sich sicher, daß weder der Landherr noch Hiroki die kaum merkliche Veränderung in ihres Vaters Stimme wahrgenommen hatten; ihr selbst war das nicht entgangen. Ihr Vater schien keineswegs Okumos Enthusiasmus für ihre Erziehung in Amerika zu teilen. Er sprach ihm nur aus Höflichkeit (oder Berechnung?) nach dem Munde. Gleichwohl hatte die Einschaltung des Vermittlers deutlich gemacht, daß es sich dabei eindeutig um einen Bestand der Heiratsvereinbarungen handelte. Das war ja schlimm! Offenbar hatte Okumo mit allem Nachdruck darauf bestanden und dafür einen wesentlichen Teil der sonst zu fordernden Mitgift nachgelassen! Ganz gleich also, wie die Absprachen nun im einzelnen aussehen mochten — daß Amerika für sie beschlossene Sache war, daran gab es wohl keinen Zweifel mehr.

Und der Gedanke, Japan zu verlassen, erschreckte sie. Sie war glücklich hier in der *gakushin*, der Adelsschule. Den Pazifik zu überqueren und unter Amerikanern zu leben . . . Sie lernte zwar Englisch, doch der Gedanke, es täglich hören und sprechen zu müssen, um dadurch zu lernen . . . nein, das konnte sie nicht! In Amerika würde sie verkümmern und sterben!

Aber was blieb ihr denn schon übrig. Die Verbindung der Familie Mazaki mit dem alten und ehrwürdigen Haus der Okumo brachte ihrem Vater große Ehre; und diese Verbindung konnte nur durch sie noch weiter vertieft werden. Es war ganz undenkbar, ihres Vaters Entscheidung auch nur in Frage zu stellen.

Sie sah Hiroki an und konnte aus seinem völlig konsternierten Gesicht ablesen, daß auch er dies jetzt zum ersten Mal zu hören bekam.

»Aber was ist mit der Heirat?« fragte er seinen Vater.

»Alles zu seiner Zeit, mein Sohn. Gewiß, Meiko wäre schon jetzt eine wunderschöne Braut. Aber sie wird eine noch schönere sein, wenn sie aus Amerika zurückkommt!« Okumo wandte sich an Meikos Vater. »Ich würde von Ihnen niemals irgend etwas verlangen, das ich nicht auch von mir selbst verlangen würde. Ich weiß nicht, ob es Ihnen bekannt ist, aber ich habe bereits meinen jüngeren Sohn nach Amerika geschickt, damit er dort aufwächst; schon im Kindesalter übrigens. Damit will ich nur verdeutlichen, wie wichtig meiner Meinung nach Amerika für die Zukunft Japans ist. Wenn Matsuo heimkommt, wird er zusammen mit Hiroki einen Platz im Kaiserlichen Rat bekommen, und sie werden gemeinsam Japan auf seinen ihm zustehenden Platz in der Welt führen.«

Meiko sah, daß sich Hirokis Gesicht bei der Erwähnung seines jüngeren Bruders ganz kurz verdüstert hatte. Ungeachtet ihres Kummers angesichts der Eröffnung, von ihrer Familie in ein fremdes Land geschickt zu werden, beschäftigte sie deshalb die Frage, was es denn in aller Welt zwischen zwei Brüdern, die sich nicht einmal kannten, für Feindseligkeiten geben könne. Doch dies wurde rasch wieder verdrängt von der ganz lähmenden Aussicht, vier Jahre lang über den Pazifik nach Amerika reisen zu müssen. Sie war zornig auf ihren Vater und wütend auf Okuma und seine überbordenden Forderungen. Wieso hatte sie selbst eigentlich kein Wörtchen mitzureden? Wo es um ihre eigene Zukunft ging!

Diesen Gedanken verdrängte sie jedoch rasch wieder. Es war ganz undenkbar, in solchen Dingen die elterliche Autorität in Zweifel zu ziehen. Sie mußte diese Entscheidungen so akzeptieren, als wären es ihre eigenen.

Aber dennoch — Amerika . . .!

Hiroki durchschritt das Tor zum Yoshiwara-Distrikt und eilte durch die engen Straßen. Er vermied es, Passanten anzusehen. In Yotsuya, dem Geisha-Viertel, hätte er nach bekannten Gesichtern Ausschau gehalten und sie freundlich gegrüßt. Doch hier, im Rotlichtbezirk, war er lieber einfach nur ein Passant von vielen. Er wollte nicht, daß irgend jemand von seinen regelmäßigen Besuchen bei Yokiko oder seinen speziellen Vereinbarungen mit ihr erfuhr.

Jedesmal, wenn er mit Meiko zusammen war, regte sich unmittelbare Begierde in ihm. Und heute mehr denn je. Sie hatte so hinreißend, so begehrenswert ausgesehen, daß er das heftige Bedürfnis verspürt hatte, seine Hand nach ihr auszustrecken und sie zu streicheln, ihren *obi* zu lösen, damit sich ihr Kimono öffnete, sich über sie zu werfen und . . .

Er beschleunigte seine Schritte noch mehr. Er hatte Yukiko schon von zu Hause aus benachrichtigt, daß er käme, um sicher zu sein, daß sie frei war und sich auf die übliche Weise für ihn vorbereitete. Sie wußte genau, was sie zu tun hatte.

Als er an ihre Tür in der nur schwach beleuchteten Straße klopfte, öffnete sie sofort, erklärte ihm aber harsch: »Geh weg, du bist hier nicht erwünscht!« und versuchte ihm die Tür vor der Nase zuzuschlagen; doch Hiroki stemmte sich dagegen und erzwang sich den Zutritt.

Yukiko war großgewachsen; ebenso groß wie er. Sie hatte große Brüste und langfingrige Hände. Sie war heute abend wie eine dieser lauten Amerikanerinnen gekleidet — kurzer weiter Rock, flauschige Bluse, ein Band um die Stirn. Und schwarze Strümpfe. Es erregte ihn augenblicklich.

»Geh weg«, wiederholte sie leise, als er die Tür hinter sich geschlossen hatte. »Ich will dich hier nicht!«

Hiroki schlug ihr grob ins Gesicht und stieß sie vor sich her. Jeden weiteren Widerstand ihrerseits beantwortete er mit neuen Schlägen. Er trieb sie mit seinen Hieben durch das ganze Zimmer, bis sie schließlich wimmerte und ihn anflehte, aufzuhören. Vor Erschöpfung und Erwartung keuchend, packte er sie an der Bluse und riß mit aller Kraft daran. Der dünne Stoff riß auseinander. Er fetzte ihr auch die Reste der Bluse vom Leib und sie kreuzte die Hände über ihrem Seidenbüstenhalter und wandte sich ab. Auch diesen riß er ihr herunter, während sie jammerte, und entblößte ihre straffen, vollen Brüste. Dann riß er ihr auch den Rock vom Körper. Und als sie schließlich nur noch mit einem schwarzen Hüfthalter und den schwarzen Strümpfen vor ihm stand, vermochte er sich nicht mehr zu zügeln. Er krallte beide Hände in ihre Haare und zwang sie vor sich auf die Knie.

Und als Yukiko tat, was sie nun einmal am besten konnte, stand er da und starrte auf ihre am Boden herumliegenden zerrissenen Kleider. Er mußte ihr dafür immer einen besonders hohen Zuschlag zahlen. Doch das war es ihm wert. Er schloß die Augen und stellte sich vor, sie sei Meiko, während seine Lust anzusteigen begann.

»Hast du dich entschieden, Hiroki Okumo?« fragte Shimazu.

Hiroki saß allein in der Zelle seines Meisters. Sie war nur ein winziger Raum mit kahlen Wänden im Untergeschoß des Tempels, mit nichts weiter möbliert als einem niedrigen Schreibtisch mit zwei Schubladen, einer Kommode aus Teak und einem in der Ecke aufgerollten *futon*. Zwei einfache Papierlaternen — *tschotschin* — spendeten ausreichend Licht, waren aber wirkungslos gegen die kühle Modrigkeit der feuchten Luft.

Hirokis Augen brannten, und sein Rücken schmerzte noch von seiner Nacht mit Yukiko, aber sein Kopf war dennoch klar, und er war innerlich ruhig.

»Es wäre mir eine Ehre, die Last tragen zu dürfen, Shimazu-san«, erklärte er.

»Gut. Was ich dir jetzt sage, darfst du außer mit Yajima, der sich ebenfalls bereit erklärt hat, und natürlich mit mir, niemals mit jemandem erörtern. Du darfst keiner anderen lebenden Seele jemals auch nur eine Andeutung davon machen. Hast du das genau verstanden?«

Hiroki nickte. Er fühlte gleichzeitig eine gewaltige Erregung in seinem Rückgrat und eine dumpfe Furcht in seinen Eingeweiden. Was konnte das nur sein, das derart rigoroser Geheimhaltung bedurfte?

»Ich werde das Geheimnis mit ins Grab nehmen, *sensei*«, versicherte er.

»Dann höre jetzt aufmerksam zu und lerne daraus. Du kennst die Geschichte von der Belagerung unseres letzten Klosters gut. Aber bisher hast du nicht erfahren, daß der Orden während dieser Belagerung fast schon ausradiert war. Die Entscheidung, den Schwarzen Wind anzurufen, wurde erst in allerletzter Minute getroffen und nur mit Rücksicht auf die unmittelbare Gefahr für das Kloster selbst. Und obgleich der Wind die Angreifer vernichtete, schien es noch lange so, als ob Nobunagas Truppen am Ende dennoch siegreich bleiben würden. Im Angesicht dessen fürchtete der Mönchsälteste Okamoto, daß auch die Heiligen Schriftrollen mit den Anweisungen Susanus und den Formeln zur Erweckung des *kuroikaze* in die Hände des Shogun fielen. Um das zu verhindern, raffte er die wertvollsten Rollen zusammen und floh aufs Land. Und man hat nie wieder etwas von ihm gehört.«

Hiroki versuchte zu verstehen, was Shimazu ihm da mitteilte. »Aber wir haben doch gewonnen! Nobunaga hat sich doch zurückgezogen! Der Sieg blieb im Tempel!«

»Gewiß. Wir gewannen diese Schlacht. Aber der Shogun blieb nach wie vor an der Macht. Und was noch schlimmer war: Wir verloren damals das Geheimnis des Schwarzen Windes!«

Hiroki saß wie gelähmt angesichts dieses Schocks. Er fühlte sich, als sei er mit einem Speer durchbohrt und auf seinen *tatami* gespießt worden. Der gesamte Ruf des Ordens beruhte doch auf dieser Legende des *kuroikaze* und dem unausgesprochenen Wissen, daß der Kakureta Kao dem Kaiser, sollte er ihn je benötigen, den Schwarzen Wind alsbald rufen würde! Und nun wurde ihm die erschreckende Wahrheit eröffnet, daß das Geheimnis gar nicht mehr vorhanden war — und das schon seit Jahrhunderten!

»Das also ist die Erklärung!« rief er.

»Die Erklärung wofür, junger Okumo?«

»Ich bitte um Vergebung, *sensei*. Ich wollte nicht sprechen.«

»Du hast aber doch offensichtlich eine Erkenntnis gehabt. Teile sie mit deinem Lehrer, damit er daraus lernen kann oder etwas über dich erfährt.«

»Ich habe mich immer gefragt, *sensei*«, sagte Hiroki, »warum der Orden, wenn er doch die Macht über den *kuroikaze* hatte, nach dem Sieg über die

Armee des Shogun nicht nach Kyoto marschierte, den Shogun mit Hilfe des Windes davonjagte und die Kaiserliche Dynastie wieder einsetzte.«

»Dein Geist ist wirklich sehr scharfsinnig. Doch jetzt weißt du, warum das Shogunat weiterlebte. Weil wir die Möglichkeit verloren hatten, es zu vernichten.«

»Aber was ist mit den Visionen der Seher? Alle verkünden doch, der Schwarze Wind kommt wieder!«

Shimazu nickte. »Die Visionen zeigen, was möglich ist, nicht, was zwingend geschehen wird. Uns allen ist klar, daß der *kuroikaze* die entscheidende Rolle in dem bevorstehenden Krieg spielen wird. Ich glaube jedoch nicht, daß er uns einfach aus der Luft in die aufgehaltenen Hände fliegt. Nein, wenn der Schwarze Wind sich wieder erheben soll, um die Feinde des Sohnes des Himmels zu zerschmettern, müssen wir alle unsere Anstrengung vereinigen, um die alten Heiligen Rollen wiederzufinden. Und nachdem unsere Ordensleute nicht mehr hinaus in die Welt dürfen, müssen wir uns derer bedienen, die uns nahestehen und die es können.«

Hiroki fühlte Shimazus Blick auf sich lasten. Und er erinnerte sich der Worte des Sehers. »Shimazu-san, bin etwa ich der adelige Erstgeborene, den der Seher erwähnte?«

»Möglich. Vor Jahren, als all unsere Seher zum erstenmal diese Visionen hatten, begaben wir uns zu vielen Adelsfamilien und prüften deren erstgeborene Söhne mit Hilfe des *motsu . . .*« Shimazus Stimme versandete. Er starrte Hiroki an, dem unbehaglich wurde. Das *motsu,* das Halten, war die Zeremonie, in welcher ein unter dem Einfluß erleuchtender Drogen stehender Seher ein Kind, das noch kein Jahr alt war, in seinen Armen wiegte und so in die Zukunft sah. Hatte die Erwähnung des *motsu* etwa irgendeine Erinnerung Shimazus belebt?

»*Sensei?*«

»Ja, ja«, sagte Shimazu und schüttelte sichtlich die Erinnerungen von sich ab. »Der Orden bat damals, ihm verschiedene Kleinkinder zur Erziehung als Alumnen im Tempel zu überlassen. Die meisten Eltern lehnten ab. Doch einige mit größerem Weitblick stimmten zu. Einer davon war dein Vater, ein anderer Yajimas Vater. Und ich bin fest davon überzeugt, du oder Yajima, ihr seid diejenigen, die uns die Macht des *kuroikaze* wiederverschaffen werden.«

Hiroki verbeugte sich, als er diese ehrenden Worte gehört hatte, so tief vor seinem Lehrer, daß seine Stirn den Boden berührte. »Ich bin dieses Vertrauens nicht würdig.«

»Ich war immer zuversichtlich, daß der Orden sich auf euch würde verlassen können. Und während ihr in der Welt draußen nach den Heiligen Rollen sucht, werden die Angehörigen der Inneren Zirkel des Ordens hier alle Dokumente durchforschen, die wir aus der Vergangenheit noch haben, um eure Suche zu unterstützen und zu lenken.«

»Die Vision besagte, daß wir sie finden!« rief Hiroki.

»Das Wissen um die Zukunft klärt den Weg noch nicht, sondern bestückt ihn im Gegenteil mit noch mehr Dornen. Wir müssen uns über diese Visionen viele Fragen stellen. Haben wir sie richtig interpretiert? Ist die Zukunft, wie die Visionen sie zeigen, durch unser Handeln oder auch durch unser Nichthandeln beeinflußbar? Können wir einfach untätig bleiben und uns darauf verlassen, daß wir als Sieger aus dem Konflikt hervorgehen? Oder müssen wir unbeeinflußt unseren Weg weitergehen, ebenso tatkräftig, wie wir es getan hätten, wenn wir die Visionen der Seher überhaupt nicht kennen würden? Eben davon bin ich überzeugt.«

Wie stets waren tiefe Weisheit und Einsicht in den Worten seines Lehrers, und was er sagte, hatte große Überzeugungskraft. Eben deshalb schätzte und verehrte Hiroki ihn ja so.

»Ja, *sensei*«, sagte er, doch Shimazu hörte ihm gar nicht eigentlich zu. Seine Stimme hob sich, und sein Blick schien dabei weit über ihn hinweg zu sehen.

»Wir haben schon viel zu lange auf die Chance gewartet, für den Kaiser Krieg zu führen. 1850 begann unser Hundertjahresplan dafür; als wir die Saat des Aufruhrs gegen das Shogunat Tokugawa auswarfen. Und sie trug auch ihre Früchte. Kaiser Meiji übernahm die Macht wieder und verlegte den Regierungssitz nach Tokio. Und seitdem haben wir daran gearbeitet, die innere Stärke des Reiches zu festigen, bis wir mächtig genug sind, die weiße Welt herauszufordern und im Krieg zu besiegen. Wir waren noch nicht stark genug, uns an dem Großen Krieg des vergangenen Jahrzehnts zu beteiligen, aber für den nächsten müssen wir jetzt bereit sein! Wir müssen die Weißen völlig aus Asien vertreiben. Sie sind Parasiten. Blattläuse am Stamm des Reiches. Alle diese Briten, Franzosen, Holländer und Amerikaner saugen doch nur das Blut Asiens und der übrigen nicht zu ihnen gehörenden Welt aus, um es in ihren Westen zu schicken. Das muß ein Ende haben! Ganz Asien und die übrige nichtwestliche Welt müssen unter der Führung unseres Kaisers geeint werden, um die Weißen zu vertreiben. Du kennst das Bild dort draußen auf den Straßen; wie ›modisch‹ es ist, den Kimono aufzugeben und westliche Kleidung zu tragen und selbst die Wohnungen nach westlicher Art einzurichten. Die Weißen zerstören mit ihrer Verwestlichung Japans nach und nach heimtückisch alles, was uns eigen und gemäß ist! Aber jetzt ist die Zeit gekommen, daß umgekehrt wir die Welt ›nipponisieren‹!«

Hiroki konnte alldem nur vorbehaltlos zustimmen. Er hatte sogar das Bedürfnis, aufzuspringen und zu jubeln und seinen Meister zu umarmen. Doch dies war natürlich völlig undenkbar. Aber noch nie hatte er Shimazu derart erregt gesehen! Noch nie hatte er ihm derart unverblümt eröffnet, was ihn offenbar über alle Maßen erzürnte. Doch Shimazu hatte sich bereits wieder in der Gewalt.

»Bevor du gehst, Hiroki, möchte ich noch zwei Dinge mit dir besprechen. Das erste betrifft deinen Bruder Matsuo. Erwartet ihr ihn demnächst aus Amerika zurück?«

Hiroki biß die Zähne zusammen. »Mir ist nichts bekannt, *sensei*.« Schon wieder Matsuo! Immer öfter befragte ihn sein Lehrer nach seinem jüngeren Bruder! Warum?

»Warum, *sensei*?«

»Ich möchte ihn sehen. Denke daran, ihn sofort zu mir zu bringen, wenn er heimkommt.«

Alle schienen ganz außergewöhnlich an Matsuos Rückkehr interessiert zu sein! Hiroki hatte diese ständigen Fragen nach Matsuo satt!

»Und außerdem möchte ich als zweites deine Pläne für dein zukünftiges Leben mit dir besprechen.«

Alles in Hiroki spannte sich. Er wußte, was kam.

»Wie du weißt, bin ich durchaus dafür, daß du ein weltliches Leben führst und auch den Platz im Kaiserlichen Rat einnimmst, den dein Vater für dich vorgesehen hat. Ich bin überzeugt davon, daß du von großem Nutzen für die Entscheidungen des Kaisers und damit auch für den Orden sein kannst; mehr, als wenn du den Inneren Zirkeln zustreben würdest. Aber wie du ebenfalls weißt, glaube ich nicht, daß dies jetzt eine gute Zeit ist, dich zu verheiraten. Du hast zwei große Aufgaben vor dir: deinen Platz in der Hierarchie des Reiches einzunehmen und die *kuroikaze*-Rollen zu finden. Eine Ehe wird deine Willens- und Entschlußkraft beeinträchtigen und dich allzu sehr ablenken. Ich hoffe, daß du in dieser Hinsicht bereits eine vernünftige Entscheidung getroffen hast.«

Und da durchflutete Hiroki eine plötzliche Erleichterung. Es war tatsächlich ja schon eine Entscheidung getroffen worden — nicht von ihm selbst, aber zumindest war es eine Entscheidung, die seinem Lehrer gefallen würde.

»Die nächsten Jahre kommt eine Heirat noch nicht in Frage«, sagte er. »Erst muß Meiko wieder von ihrem Studium in Amerika zurück sein.«

Es schien ihm, als habe er kurz so etwas wie Ungehaltenheit in Shimazus grünen Augen aufblitzen sehen, während er doch Zustimmung erwarten zu können glaubte. Doch Shimazus Stimme blieb neutral.

»Das ist gut. Es gibt dir zusätzliche Zeit, deine Entscheidungen zu überdenken.«

»Ja, *sensei*«, sagte Hiroki. Doch tatsächlich dachte er: *Nichts auf der Welt bringt mich davon ab. Ich werde Meiko heiraten! Komme, was da wolle!*«

Shimazu blieb unverändert mit untergekreuzten Beinen sitzen, auch als Hiroki schon fort war. Er war wütend auf den Landherrn Okumo. Er hatte ausdrücklich einen Boten mit der Anweisung zu ihm geschickt, die Heiratspläne nicht weiterzuverfolgen. Doch der Landherr dachte offenbar anders darüber.

Es durfte nicht sein, daß Hiroki heiratete, schon gar nicht eine Frau, der er gefühlsmäßig zugetan war. Man hätte es durchgehen lassen können, wenn ihm die Frau nichts bedeutet hätte. Doch es war unübersehbar, daß Hiroki sehr tiefe Gefühle für Meiko Mazaki hegte. Eine Verbindung mit ihr würde also sicherlich eine starke und wenig wünschenswerte Teilung der Interessen des jungen Mannes bedeuten.

Ganz besonders jetzt, wo sich gerade derart viele Fäden ineinanderzuweben begannen, um den Teppich der Zukunft des Reiches zu knüpfen. Dutzende führender Persönlichkeiten in der Hierarchie des Reiches, in der Regierung, beim Militär und im *zaibatsu* — den maßgeblichen Kreisen der Finanz- und Wirtschaftsoligarchie — hatten Führung und Obhut verschiedener Intensität seitens des Ordens empfangen, und ihre Zahl wuchs mit jedem Jahr. Viele künftige Führungspersönlichkeiten wurden gegenwärtig erzogen und ausgebildet. Alles war in Bewegung. Schon lange hatte er gespürt, daß Hiroki Okuma in dem Teppich, wenn er einmal fertig geknüpft war, eine zentrale Stellung einnehmen konnte.

Doch nun hatte der Landherr den Willen des Ordens mißachtet. Statt die Heirat abzusagen, hatte er lediglich getan, was ihm wohl als zweitbeste Lösung erschienen war. Er hatte den Vater des Mädchens überredet, es erst einmal vier Jahre lang zum Studium nach Amerika zu schicken.

Das schien überhaupt des Landherrn einzige Lösung für Probleme dieser Art zu sein: Weg nach Amerika.

Zu durchsichtig, dachte Shimazu.

Es war ja auch nicht das erste Mal, daß der Landherr gegen den erklärten Willen des Ordens handelte. Zweifellos war für ihn der Amerikaaufenthalt des Mädchens ein Kompromiß. Aber es mußten alle klar und deutlich wissen, daß man mit Hirokis Zukunft nicht schachern und sie nicht zum Gegenstand politischer Geschäfte machen konnte. In diesem Falle konnte es keine Kompromisse geben! Wer sich dem Orden in dessen Mission, die Acht Enden der Welt unter Japans Einfluß zu bringen, widersetzte, den traf der Fluch!

Und niemand mußte das doch besser wissen als Okumo! Er hatte doch selbst miterlebt, wie all jene, die sich in den letzten zwanzig Jahren — im Parlament oder in den verschiedenen Kabinetten — dem Weg Japans zur militärischen Weltmacht widersetzt hatten, dem Fluch anheimgefallen waren! Er wußte doch ganz genau, daß es kein reiner Zufall sein konnte, wenn Opponenten krank oder von ernsthaften Erkrankungen in ihren Familien betroffen wurden, sooft bedeutsame Abstimmungen anstanden. Oder daß ein Minister, der gegen die japanische Aufrüstung war, am Vorabend einer entscheidenden Abstimmung über das Militärbudget in seinem Bett einem Schlangenbiß zum Opfer fiel.

Nein. Okumo hatte sich mit seinem Erstgeborenen gegen solche Unbilden gewappnet. Er war nicht dumm. Er hatte zugestimmt, daß Hiroki als kleines Kind in den Tempel gebracht wurde. Und als der Seher seinen kleinen Sohn als geeignet befunden hatte, war er sehr geschäftstüchtig geworden. Er hatte sich durch seine Zustimmung zur Erziehung seines Sohnes durch den Kakureta Kao seine politische Karriere erkauft. Man hatte diesem Geschäft zugestimmt, weil Okuma im Prinzip die Ansichten und Ziele des Ordens geteilt und unterstützt hatte. Auch er wollte durchaus, daß Japan seine Selbstbestimmung bekam, mehr noch, seinen Einflußbereich in Asien und in der Welt ohne westliche Einmischung ausdehnte und festigte.

Und so lange seine und die Ziele des Ordens identisch waren, konnte er auch dessen Unterstützung sicher sein.

Shimazu ballte seine Hände mit den langen Fingern zu Fäusten. Nein,

Okuma hatte sich als undankbar erwiesen und brauchte eine Lektion in Demütigung. Er brauchte eine nachdrückliche Erinnerung daran, wo die Quelle seiner jetzigen Popularität und Macht wirklich lag.

Das Mädchen mußte krank werden und sterben, noch ehe es nach Amerika kam.

Der maskierte, breitschultrige Wächter öffnete ihm. Hiroki trat aus der kalten Feuchtigkeit des Tempels hinaus in die in diesem Sommer so dunstige Luft Tokios. Es war Mittagszeit, und überall waren die Leute unterwegs zum Essen. Ein dickes Gemisch von Motorabgasen und Küchengerüchen erfüllte die Luft.

»Hallo, Hiroki!«

Auf den Tempelstufen saß Yajima.

»Hast du etwa auf mich gewartet?«

»Ja.« Yajima kam nahe zu ihm heran und sprach hastig und mit gedämpfter Stimme. »Du hast doch auch eben das Geheimnis erfahren. Ich möchte einen Pakt mit dir schließen. Ich möchte nicht, daß uns unsere getrennte Suche nach Dem, Was Wir Nicht Benennen Können, auseinanderbringt.«

»Aber natürlich nicht, Yajima« erwiderte Hiroki. »Ich will keineswegs, daß wir Konkurrenten werden.« Er meinte das aufrichtig. Seine Zuneigung zu seinem untersetzten Freund war groß.

»Und ich genausowenig. Doch im Interesse des Ordens glaube ich, daß wir in engem Kontakt bleiben sollten. Damit wir nicht beide etwa einer gleichen Spur nachgehen.«

Hiroki lächelte. »Sehr gute Idee. Ich bin voll und ganz einverstanden.«

»Aber ich warne dich«, sagte Yajima, ebenfalls lächelnd, »ich werde so intensiv suchen wie nur möglich. Aber natürlich wünsche ich auch dir viel Glück.«

»Und ich dir.«

Sie verbeugten sich voreinander und trennten sich. Hiroki dachte: Sicherlich wäre ich noch überwältigter von der Aufgabe gewesen, Dokumente zu suchen und wiederzufinden, die seit Jahrhunderten verschollen sind, hätte ich nicht den Seher sagen gehört, daß sie auf jeden Fall gefunden würden.

Er schwor sich, er würde derjenige sein, der sie aufstöberte, wo immer sie auch sein mochten! Und wenn er sie dann dem Orden übergab, wurde sein Name im ganzen Reich gepriesen!

Und eine kleine, wenn auch ganz persönliche Zugabe war dann, daß sie fortan zu Hause nicht mehr ewig von Matsuo reden würden. Und von all den großartigen Dingen, die er vollbringen würde, wenn er aus Amerika zurückkam. Die ständigen Erwähnungen Matsuos hingen ihm zum Hals heraus, er konnte sie nicht mehr hören. Waren denn er, Hiroki, und seine Jahre im Orden gar nichts? Trugen sie etwa nicht zur Ehre der Familie bei?

Selbst sein eigener *sensei* erkundigte sich ständig nach Matsuo! Manchmal glaubte er wirklich, er hasse seinen jüngeren Bruder.

DEZEMBER

SAN FRANCISCO

Mick hieb seinen Baseballschläger wieder und wieder in die Melonen und zerquetschte sie zu Brei.

Wieder ein prima Weihnachten! (Peng!) Dad kommt besoffen wie ein Stinktier nach Hause . . . (Peng!) . . . bringt Ma zum Heulen . . . (Peng!) . . .fängt an, mich und die Geschwister zu verprügeln . . . (Peng!) . . .tolles Weihnachten, wirklich! (Peng!)

Und dann waren die Melonen erst mal welche gewesen.

Er taumelte herum. Er und die Jungs hatten bei O'Boyle eine Flasche Schmuggelfusel bekommen und kreisen lassen. Er selbst hatte das meiste getrunken. Eines war zum anderen gekommen, und schließlich waren sie in Japtown gelandet. Und vor dem Laden, wo der Chinky-Boy immer arbeitete. ›Wegen Weihnachten geschlossen‹, stand auf einem Schild an der Tür. Was war das denn, verdammt? Ein Japs-Heide, und schließt wegen Weihnachten! Das war ja die reinste Gotteslästerung! Also waren sie durch die Hintertür eingedrungen, um sich ein wenig zu amüsieren.

»Hier, Mick! Da ist noch was!«

Jerry warf ihm eine Orange zu. Mick holte mächtig aus, als wollte er einen Home-Run schlagen, traf aber nicht. Er wurde von seinem eigenen Schwung herumgerissen, und er rutschte über den Musbrei auf dem Boden aus. Alle lachten grölend.

»Noch mal!« sagte Mick und rappelte sich hoch.

Jerry warf noch eine Orange. Diesmal traf er. Die Orange platschte auseinander und bespritzte alle.

Ihr wildes Gelächter wurde von einer hohen, zornigen Fistelstimme mit Akzent unterbrochen.

»Was ihr machen? *Aieee!* Was du Knabe machen da?«

Der dürre alte Japs, dem der Laden gehörte! Sie begannen ihn mit Obst zu bombardieren. Der Japs riß seinen Besenstiel hoch und kam auf sie zu.

Eine Weile hatten sie noch ihren Spaß, jagten ihn hin und her durch den ganzen Laden und schmissen Obst und Gemüse nach ihm.

»Ihr Knaben geht weg!« schrie er pausenlos mit seiner quiekenden Stimme, während er in seinen Holzsandalen besenstielschwingend hinter ihnen her rannte.

Vinnie fing an. Er wollte sehen, wie nahe er an den alten Japsen herankam, ohne von seinem Besenstiel erwischt zu werden. Dann versuchte es auch Jerry und dann Al. Sie kamen alle bis auf Zentimeter an ihn heran. Mick tat ein übriges, indem er um den Japsen herumtanzte und ihm die Zunge herausstreckte. Dabei rutschte er jedoch wieder auf dem glitschigen Boden aus. Und der Alte traf ihn voll mit seinem Besenstiel. Micks Mütze flog davon!

»So! Ihr gesehen?« sagte der alte Japs. »Ihr Knaben jetzt weggeht, sonst verletzt!«

Mick griff sich an den schmerzenden Kopf. Seine Hand war blutig, als er sie sich besah.

»Du gottverdammte Japsensau!« schrie er. »Dir werd' ich zeigen, wer hier wen verletzt!«

Und er stürmte, seinen Baseballschläger schwingend, los. Der alte Japs versuchte sich zu schützen, indem er seine dürren Arme hochriß, aber Mick hieb sie zur Seite. Irgend etwas knackte. Der Alte schrie vor Schmerz auf und griff sich an den Arm. Und nun war er ungedeckt. Mick hieb ihm den Schläger mit aller Macht an den Kopf, daß es krachte. Der Japs sank lautlos zusammen wie ein Sack Kartoffeln.

»Ach du Scheiße!« sagte jemand hinter Mick.

Der blickte auf den Japsen hinab. O du heilige Jungfrau! Der Alte machte keinen Mucks mehr. Kein Atem, kein Nichts.

»Hauen wir ab!« sagte einer.

»Ja« antwortete Mick. »Aber zuerst müssen wir ihn wo verstecken.«

Jetzt ist es passiert! dachte er. *Aber er war ja ohnehin schon alt und wäre bald gestorben. Und er war ja bloß ein Japs.* Und das wiederholte er sich nun immer wieder. *War ja bloß ein Japs.*

»He, Dad, versuch doch mal, mich zu treffen! Na, los, mach doch, versuch's doch!«

»Was soll das denn!«

»Nun komm schon! Hab keine Angst! Du kannst mich nicht verletzen!«

»Na gut« sagte Dad lächelnd. »Wenn du darauf bestehst.«

Er schlug nicht wirklich zu, er versuchte mich nur so ein wenig wegzuschieben. Ich packte ihn an den Handgelenken, drehte ihn herum und hatte ihm den Arm umgedreht, ehe er recht wußte, was passiert war. Seine großen verschreckten Augen machten mir wirkliches Vergnügen.

»Nicht schlecht für den Anfang«, räumte er ein, immer noch umgänglich. »Aber zweimal schaffst du das nicht.« Er machte sich frei und musterte mich.

Ich lachte. »Na los, versuch's doch noch mal!«

Es war der Tag nach Weihnachten, und wir waren allein im Haus. Mom war zu Besuch bei Tante Christine. Wir hatten gerade den letzten Rest des Apfelkuchens verdrückt. Von meinem Platz im Eßzimmer aus konnte ich durch das Fenster in der Tür zum Wohnzimmer den Christbaum mit den Geschenken sehen, die zwar alle ausgepackt waren, aber immer noch herumlagen. Die Spätnachmittagssonne schien durch die Fenster, die zur Bucht hinauslagen, und erwärmte den Baum, so daß das ganze Haus nach frischgeschnittenen Fichten roch.

Aber statt nun seinerseits mir den Arm umzudrehen, versuchte Dad mich wegzuschubsen. Ich setzte jedoch einen Würgegriff an und ließ ihn über mich rollen. Er plumpste zu Boden.

»Sieh mal an!« sagte er, während er aufstand und seine Kleidung abwischte. Er glättete sich den Oberlippenbart mit Daumen und Zeigefinger. »Wo hast du das denn gelernt?«

»Von Matsuo«, sagte ich und setzte mich wieder auf meinen Platz am Eßtisch.

»Und woher hat er es?«

»Von Nagata.«

Mein Vater nickte. »Hat er dir sonst noch was in dieser Richtung beigebracht?«

»Wie man wirft, abblockt und sich bewegt. Alle möglichen tollen Sachen.« Ich war schon ganz gut, aber nicht annähernd so gut wie Matsuo.

»Ist das alles denn so wichtig?«

»Wenn man ständig von einem Kerl wie diesem Mick McGarrigle schikaniert wird, ja.«

»Du magst Matsuo wohl?«

»Er ist mein bester Freund, Dad«, sagte ich.

Unsere tägliche Jiu-Jitsu-Stunde hatte Matsuo und mich tatsächlich enger zusammengebracht denn je. Er kannte ein Geheimnis — eine Art zu kämpfen, die nahezu Wunder wirkte. Und ich wurde täglich besser. Vielleicht nur, weil ich so hingebungsvoll trainierte. Ich hatte erkannt, daß dieses Jiu-Jitsu wahrscheinlich *die* Waffe gegen alle Micks der Welt war. Doch wie gut ich auch wurde, es gab nie einen Zweifel daran, daß Matsuo immer zehnmal besser sein würde als ich. Er bewegte sich geschmeidig wie ein Panther und schnell wie der Blitz. Wenn wir es gegeneinander versuchten, schien er immer schon im voraus zu wissen, was ich als nächstes machen würde — noch bevor ich es selbst wußte.

Dad seufzte.

»Ich weiß nicht recht, Frankie.«

»Weißt was nicht, Dad?«

»Ich weiß nicht, ob das eine so gute Idee ist, daß du so unzertrennlich mit Matsuo bist.«

»Weil er Japaner ist?«

Als mein Vater nickte, schoß mir vor Zorn das Blut in den Kopf. Ich sprang heftig auf.

»Du bist genau wie alle anderen!« rief ich. Als ich an ihm vorbei hinauslaufen wollte, hielt er mich am Arm fest.

»Das ist nicht fair, Frankie. Überhaupt nicht. Du läßt mich ja nicht einmal ausreden.«

Doch ich wollte nichts mehr hören. Die Tränen schossen mir in die Augen, und ich wollte nicht, daß er es sah. Er hielt mich jedoch eisern fest. Also setzte ich mich schließlich wieder.

»Hör zu, Frankie«, sagte er und sah mir in die Augen, die er mit seinem Blick nicht mehr losließ. »Ich habe nichts gegen die Japaner. Im Gegenteil, ich mag sie sogar. Doch ich gehöre mit dieser Ansicht hier in Kalifornien zu einer kleinen Minderheit. Ich mache mir lediglich Sorgen. Wenn irgendwer ihm

Schwierigkeiten macht, weil er Japaner ist, dann kann es leicht sein, daß du da hereingezogen wirst, wenn du dich zu eng an ihn anschließt.«

»Wenn du Japaner magst, wieso stellst du dann nie welche ein?«

»Würde ich gern, glaub mir. Die meisten Leute sehen sie nicht so wie ich. Sie sind sauber, anständig und sehr fleißig. Wenn es nach mir ginge, würde ich jeden, den ich nur kriegen könnte, in die Fabrik hereinnehmen. Sie wissen zwar alle nichts von Präzisions-Werkzeugmaschinen, aber ich halte jede Wette, daß jeder einzelne von ihnen es sehr rasch lernen würde.«

»Also, warum tust du es dann nicht?« Seine Antwort interessierte mich natürlich, aber vor allem gefiel es mir, daß mein Vater überhaupt mit mir sprach. Er sprach sonst kaum mit mir. Immer war er in Eile, hatte er geschäftlich zu tun. Wir hatten kaum je eine Chance, zusammen zu sein. Und jetzt auf einmal saß er hier ganz allein mit mir am Frühstückstisch und führte mit mir ein Gespräch wie von Mann zu Mann. Fast war mir egal, was er sagte, wenn er nur weiterredete.

»Das ist nicht so leicht, weißt du.«

»Wieso denn nicht? Wenn ich einmal Chef in der Fabrik bin, stelle ich einen ganzen Haufen Japaner ein und zeige allen, wie es geht.«

»Und hast dann bald keine Firma mehr.«

Etwas in seiner Stimme erschreckte mich. »Was meinst du denn damit?«

»Die anderen Arbeiter — jedenfalls die weißen Kalifornier — würden es nicht zulassen. Sie wollen nicht, daß Nips die Arbeitsplätze bekommen, die ihre Brüder und Vettern oder Söhne bekommen könnten. Es gäbe jeden Tag Streiks und Unruhen in der Fabrik. Die Produktion würde drastisch zurückgehen. Bald könntest du deine Termine nicht mehr einhalten, und deine Kunden würden anfangen, sich nach anderen Lieferanten für ihre Präzisionsstahlteile umzusehen. Und bald darauf wärst du pleite.«

Ich traute meinen Ohren kaum. »Aber du bist doch der Chef! Dir gehört doch die Fabrik! Du kannst doch jeden, der Schwierigkeiten macht, hinauswerfen!«

Dads Lächeln war traurig. Er schüttelte langsam den Kopf. »Vor Jahren dachte ich auch mal so. Ich habe mich halb zu Tode gearbeitet, um diese Fabrik aufzubauen. Niemand glaubte nach dem Krieg, daß es einen besonderen Bedarf für Präzisionsteile gäbe. Ich aber war überzeugt, daß es dafür immer Bedarf gab. Und so kratzte ich jeden Cent, den ich kriegen konnte, zusammen. Es war mir ganz egal, ob ich ihn erbetteln, leihen oder stehlen mußte. Ich kaufte billig ein paar alte, ausrangierte Maschinen, stellte sie in eine alte Garage und sah mich nach Kunden um. Es dauerte eine Weile, aber ich fand welche, und ich lieferte gute Arbeit, bekam also noch mehr Kunden und mehr Maschinen. Und inzwischen habe ich lukrative Verträge mit dem Militär, und meine Fabrik ist groß geworden. Ich beschäftige hundertfünfzig Arbeiter in drei Schichten rund um die Uhr. Aber was habe ich bei der Einstellung von Leuten mitzureden? Gar nichts.«

»Aber wieso denn nicht, Dad?«

»Wenn ich Japse einstellte und sie dann wegen der ganzen Schwierigkeiten, die dadurch entstehen, wieder entlassen müßte, würde ich mich wie ein mieser Betrüger fühlen. Und es würde außerdem ein für allemal beweisen, daß ich nicht mehr mein eigener Herr bin — eine Tatsache, der ich mich nicht gerne gegenübersehen würde. Würde ich statt dessen die weißen Unruhestifter entlassen, wäre ich abgestempelt als jemand, der Ausländer über seine eigenen Landsleute stellt. Und wenn sich das herumspräche, hätte ich nicht mehr viele Freunde. Schlimmer noch, ich müßte ständig darauf gefaßt sein, daß man mir das Auto mit Steinen bewirft, wenn ich durch das Fabriktor fahre, oder daß man uns unser Haus über dem Kopf anzündet. Zumindest würden die alten Soldaten, die die ganze Beschaffung für die Armee und die Marine unter sich haben, davon Wind bekommen und beschließen, daß sie sich von jemand wie mir ja wohl nicht gut weiter beliefern lassen könnten. Und wenn das je passiert, dann kann ich zumachen.«

Ich saß völlig schockiert da. Als ich kein Wort sagte, lächelte er, streckte die Arme aus und fuhr mir durch die Haare.

»Du möchtest doch nach wie vor gerne die Fabrik übernehmen, wenn du erwachsen bist, oder?«

Ich dachte einen Augenblick darüber nach. Dann sagte ich: »Ja.« Schließlich hatte ich außer Matsuo ja keine Freunde. Was hatte ich schon zu verlieren?

Er seufzte. »Na, vielleicht brauchst du dir um alles mal keine Sorgen mehr zu machen. Wenn alles gut klappt, können wir die Aktien so günstig verkaufen, daß wir steinreich sind und nie mehr auch nur daran denken müssen, zu arbeiten.«

»Das wäre schön«, sagte ich und strich mir die Haare wieder glatt und über die Stirn herunter. Dann hob ich sie ganz impulsiv wieder hoch und fragte: »Und das da, geht das nie weg?«

Dad schob nun seine eigenen Haare hoch, um mir seinen Fleck zu zeigen. Er war direkt am Haaransatz und so klein, daß man ihn kaum sah. »Nein. Der deines Großvaters ging auch nicht weg, genausowenig wie meiner.«

»Aber meiner ist so groß und häßlich!« Ich deckte meine Haare wieder darüber.

»Ich wußte nicht, daß dir das so viel Kummer bereitet.«

»Alle nennen mich deswegen Spot.«

Mitleid und Zorn huschten über sein Gesicht. »Das wußte ich nicht.«

Wir saßen eine ganze Weile schweigend da. Ich dachte darüber nach, daß mein Vater eine ganze Menge von mir nicht wußte. Vielleicht dachte er genau dasselbe.

Schließlich sagte er: »Irgendwann können die Ärzte sicher etwas dagegen tun. Vorläufig aber . . .«

Ich zwang mich zu einem Lächeln. ». . . ist es das einzige Gesicht, das ich nun mal habe.«

Er lachte. »Genau.« Dann schlug er die Hände auf den Tisch. »Okay. Also, das war doch ein recht schönes Weihnachtsfest, oder?«

»Das allerbeste bisher! Hoffentlich gefällt dir der Schal.«

»Er ist sehr schön.«

»Es ist schwierig, dir was zu schenken. Du hast ja alles.«

Seine Stirn umwölkte sich leicht. »Nicht ganz, Frankie. Noch nicht. Aber ich tue mein Bestes, weißt du!«

Ich ließ ihn allein am Tisch. Er starrte aus dem Fenster, während ich mich auf die Suche nach Matsuo machte.

Der frühe Abendwind, der von der San Francisco Bay herüberwehte, schnitt Matsuo so sehr ins Gesicht, daß ihm die Augen tränten. Er wußte, er hätte sich wärmer anziehen sollen als nur mit einer Jacke und einem Schal. Trotzdem schien ihm die Kälte aber nichts anzuhaben. Er glaubte, heute sei dieser christliche Feiertag namens Weihnachten, der ihn völlig unempfindlich gegen alles machte. Ein sehr schöner Festtag, dieses Weihnachten. Zu Hause in Japan nannten die Leute es *kurisumasu.* Während dieses Festes konnte man sich wirklich wohlfühlen. Selbst die Menschen hier im Westen, die sonst immer auf die Japaner schimpften und unfreundlich gegen sie waren, bedachten ihn jetzt sogar mit einem aufrichtigen Lächeln. Matsuo war von Nagatas Mischung aus Shintoismus und Zen-Buddhismus geprägt. Aber allein wegen dieses einen Festes namens Weihnachten hätte er diese Religionen gern gegen das Christentum eingetauscht.

»Nagata-san!« rief er von unten zur Wohnung über der Garage hinauf. Frankie stand neben ihm. »Ich gehe jetzt.«

Nagata streckte den Kopf zur Tür heraus. »Es ist schon spät, Matsuo«, sagte er auf japanisch. »Du weißt, du sollst nach Einbruch der Dunkelheit nicht mehr fortgehen. Das wird doch auch bis morgen Zeit haben.«

»Wenn du es erlaubst, *sensei,* würde ich gerne meinen Arbeitslohn von Izumi-san abholen. Frankie begleitet mich.«

»Also gut«, sagte Nagata. »Aber trödelt nicht herum. Kommt danach gleich wieder nach Hause.«

Matsuo sagte: »*Hai*« und verbeugte sich leicht.

»Du läufst zu schnell«, sagte Frankie, als sie nebeneinander zur Bushaltestelle gingen. »Wieso wollen wir denn überhaupt zur Stadt hinunter?«

»Ich kriege Lohn für zwei Wochen Arbeit. Da könnten wir dann morgen ins Kino gehen.«

»Prima. Aber wir können auch Würfe üben.«

Matsuo mußte lächeln. Sein Freund war völlig von Jiu-Jitsu fasziniert. Er schien es überhaupt nicht müde zu werden, immer neue Würfe zu lernen und zu üben, ebenso wie die alten. Es hatte Frankie ziemlich verändert. Er hatte ein ganz neues Selbstbewußtsein entwickelt. Er ging mit erhobenem Kopf und hoch aufgerichtet, die Schultern gerade. Er schien mehr als früher entschlossen zu sein, den Leuten in die Augen zu sehen.

Matsuo war aber wirklich erstaunt über die Fortschritte, die Frankie machte. Aus einem linkischen, ungeschickten Anfänger war ein fähiger und entschlossener Kämpfer geworden — wenn auch ein noch nie geforderter. Er mußte natürlich noch eine Menge lernen, und immer wieder mußte man ihm zeigen, wie weit man gehen durfte. Aber immerhin, seine Fortschritte waren schon beeindruckend.

Die erhoffte Konfrontation mit Mick hatte sich freilich noch nicht ergeben. Der Rabauke war im September nicht in die Schule zurückgekehrt. Nur dann und wann hatte er ihn in diesen letzten Monaten mit seinen Paladinen da und dort auf der Straße herumhängen sehen. In der Schule war die Rede davon, daß Mick inzwischen mit einigem Erfolg allerlei Diebstähle verübt habe.

Es hatte Matsuo ziemlich frustriert, daß Mick nicht mehr da war. Sein Plan war schließlich gewesen, Frankie das Kämpfen beizubringen und ihn dann sozusagen stellvertretend für sich selbst Mick einmal tüchtig verprügeln zu lassen. Es war ihm als die perfekte Lösung erschienen. Nicht nur, daß Frankie damit bei seiner Freundin Eindruck machen würde — er als Frankies Lehrer konnte damit zudem seine *giri* befriedigen, ohne seine verschiedenen *on* zu verletzen, die ihn davon abhielten. Und außerdem konnte sein Freund dadurch auch sein Selbstbewußtsein aufbauen. Der Einfall war Matsuo damals wie ein Genieblitz vorgekommen. Aber nun hatte das alles zu nichts geführt.

Wenigstens waren sie beide nun vor den ständigen Beleidigungen und Schikanen Micks sicher. Wenn sonst schon nichts dabei herausgesprungen war, konnte man zumindest dafür dankbar sein.

»Denkst du an Mick?« fragte Frankie. Sie warteten und froren.

»Woher weißt du das?«

»Weil du immer, wenn du an ihn denkst, ganz still wirst und sich deine Muskeln anspannen.«

Matsuo rieb sich die Wange. Nagata sagte auch immer, er zeige zu viel von seinem Inneren. Offenbar hatte er recht.

Frankie sagte: »Wenn Mick jetzt vorbeikäme und dich herumzuschubsen anfinge, was würdest du tun?«

Matsuo unterdrückte einen Seufzer. Er wußte, worauf das wieder hinauslief. »Ich würde ihm aus dem Weg gehen und es dir überlassen, ihn wie eine Wanze zu zerquetschen.«

»Ich weiß nicht, ob ich das fertigbrächte«, entgegnete Frankie lachend. »Aber eine ziemliche Überraschung könnte ich ihm sicher bereiten.« Nach kurzer Überlegung ergänzte er: »Wenn auch keine so große wie du.«

Matsuo antwortete nichts, in der Hoffnung, das Thema sei damit erledigt. Doch Frankie blieb dabei.

»Ich kann einfach nicht verstehen, warum du dich all die Jahre von Mick so hast schikanieren lassen! Du bist der beste Kämpfer, den ich je erlebt habe. Du hättest ihn doch jederzeit nach Belieben fertigmachen können!«

»Ich mache niemanden fertig. Ich habe es dir doch nun schon so oft gesagt. Nagata-san hat es mir verboten. *Shi no on.*«

»Aber das ergibt doch keinen Sinn, Matsuo! Nagata ist doch selbst ein altes Schlachtroß! Er kann es doch nicht im Ernst zulassen, daß sein Neffe herumgeschubst wird!«

»Ich habe dich nicht angelogen«, sagte Matsuo nachsichtig und bemühte sich, seine Geduld nicht zu verlieren.

Frankie legte rasch die Hand auf seine Schulter. »So habe ich das doch nicht gemeint! Es ist nur . . . weil ich es einfach nicht verstehe! Und wenn ich daran denke, wie oft wir uns von ihm haben verprügeln lassen, wo du doch . . .«

»Ich habe es mir auch nicht so ausgesucht. Aber es ist eben meine Pflicht. *Wakarimasu kai?*«

»Doch, doch, ich verstehe es sehr gut. Ich verstehe nur nicht, warum Nagata dir diese Pflicht auferlegt hat.«

»Die Anordnungen eines *sensei* stellt man nicht in Frage«, sagte Matsuo, mußte dabei allerdings in der Erinnerung daran, wie oft er das schon getan hatte, ein Lächeln unterdrücken.

»Wie du meinst«, sagte Frankie scheinbar resigniert, doch Matsuo entging nicht, wie sehr ihn dies nach wie vor beschäftigte.

Der Bus kam, sie stiegen ein, und Frankie sagte etwas später auf der Fahrt: »Ich habe dein Weihnachtsgeschenk bereits ausprobiert.«

»Tatsächlich?« sagte Matsuo. Er war froh, daß sie endlich bei dem sehr viel angenehmeren Thema Weihnachten waren. Er hatte Frankie einen *hanko* aus Elfenbein geschenkt und ihm erklärt, wie man diesen Stempel aus kleinem Siegel und Stempelkissen benutzt. »Wo denn?«

Frankie zeigte ihm seinen linken Handrücken, auf dem ein roter Abdruck des Stempels zu sehen war: ein Kreis mit einwärtszeigenden winzigen Schlössern; das Ideogramm für ›Freund‹.

»Das soll man aber nur wie eine Art Unterschrift verwenden!«

»Das weiß ich schon. Nur habe ich nichts zum Unterschreiben. Und ich wollte es einfach benützen. Ich bin heute morgen am Schreibtisch meines Vaters gesessen und habe ein Paar Blätter damit vollgedruckt.« Er hielt Matsuo das Emblem dicht vors Gesicht. »Gefällt mir gut. Sieht ganz toll aus. Ich werde es unter alle meine Hausaufgaben setzen. Und auch unter alles, was ich von jetzt an abliefere, werde ich den *hanko* stempeln.« Ein Einfall ließ ihn lächeln. »Der *hanko* von Franko! Klingt doch gut? Bald brauche ich meinen Namen überhaupt nicht mehr zu schreiben. Mrs. Evans weiß dann, daß alles von mir kommt, was diesen Stempel trägt.«

»Verglichen mit deinem ist es für mich nur ein ganz armseliges Geschenk«, sagte Matsuo. »Sobald es Frühling wird, suche ich im Garten einen geeigneten Platz.«

Frankies Geschenk hatte Matsuo fast zu Tränen gerührt. Ein großer Stein. Ein ganz besonderer. Frankie hatte ihn am Thanksgiving Day am Abhang bei der Bucht gefunden und ihn sich gleich gesichert; für Matsuo. Durch seine Mitte verlief eine Quarzarder, zu deren beiden Seiten sich grüne Linien hinzogen. Wie der Bach, der durch den Garten fließt, sieht es aus, hatte Frankie gedacht.

Dieses so originelle und sehr persönliche Geschenk hatte Matsuo tief bewegt. Für niemanden sonst in ganz Amerika, sogar in der ganzen Welt, hatte dieser Stein eine Bedeutung — Nagata vielleicht ausgenommen. Aber nicht er hatte ihn geschenkt bekommen. Es war ein Geschenk für ihn gewesen, für Matsuo! Es beschämte ihn fast, als er an sein Geschenk für Frankie dachte, an diesen kleinen, im Laden gekauften *hanko.* Eigentlich konnte er sich gar nicht recht erklären, wie er zu der Ehre kam, einen Freund wie Frankie zu haben.

Weil es der Tag nach Weihnachten war, herrschte starker Verkehr, und es dauerte eine Zeit, bis sie nach Japantown kamen. Matsuo nörgelte über das Schneckentempo, zu dem der Bus angesichts der von Autos und Fußgängern überfüllten Straßen gezwungen war. Die Schatten wurden bereits länger, und die Sonne sank zum Horizont. Und er hatte Nagata doch versprochen, sie seien wieder zurück, ehe es dunkel wurde!

Endlich waren sie in Nihonmachi, sprangen hinten ab und liefen auf der Geary Street bis zu Izumis *yao-ya,* Matsuo immer vorneweg, bis ihn Frankie ganz am Schluß mit einem überraschenden Spurt in letzter Sekunde noch überholte.

Und dann blieben sie wie angewurzelt stehen. Der Laden war geschlossen. Die Auslagekisten vorne waren leer. Matsuo versuchte, die Tür zu öffnen. Sie war versperrt.

»Was ist los?« fragte jemand hinter ihnen.

Matsuo drehte sich um. Sachi kam eben die Straße herunter auf sie zu. Er hatte einen neuen grauen Anzug an.

»Wo ist dein Onkel?«

»Keine Ahnung«, sagte Sachi achselzuckend. »Ich habe heute nicht gearbeitet. Er hat wohl früh zugemacht.«

Das wunderte Matsuo. Izumi-san war viel zu gewinnsüchtig, als daß er auf den Umsatz an einem so lebhaften Geschäftstag verzichtet hätte. Er spähte durch das beschlagene Fenster in den dunklen Laden. Nichts war zu sehen.

»Meinst du, daß alles in Ordnung ist?«

»Wieso nicht?« meinte Sachi. »Also, ich muß weiter. Ich bin bei meiner Tante zum Essen eingeladen. Bis dann.« Und weg war er.

Matsuo wurde das Gefühl nicht los, daß etwas nicht stimmte.

»Gehen wir hinten rein«, sagte er.

Sie zwängten sich durch den schmalen Spalt zwischen Laden und Garage nach hinten, wo eine baufällige, geschwungene Treppe zum oberen Stock über dem Laden hinaufführte, wo Izumi wohnte. Sie gingen hinauf, Matsuo voran, aber auch dort war die Tür zugesperrt. Sie klopften ausdauernd, doch nichts rührte sich.

»Seit wann ist denn das Fenster schon kaputt?« fragte Frankie, der sich über das Geländer gebeugt und nach unten auf die Rückfront des Ladens geblickt hatte.

Matsuo kam und folgte Frankies zeigendem Finger mit den Augen. Er hatte sofort ein flaues Gefühl im Magen. Wortlos lief er die Treppe wieder hinab und warf sich gegen die Hintertür des Ladens. Sie flog sofort auf. Sie war nicht einmal verriegelt gewesen.

»Izumi-san!« rief Matsuo, und sein Herz schlug ihm plötzlich bis zum Hals. »Izumi-san!«

Doch alles im Laden war still. Grabesstille. Der enge kleine Rückraum hier roch nach verfaulendem Gemüse. Matsuo griff nach oben und suchte die Schnur für den Lichtschalter. Er zog daran, hatte jetzt schon Furcht vor dem Anblick, der sich ihm vielleicht bot. Er sah sich um, spähte auch in die dunklen Ecken, die die hin- und herschwankende Glühbirne in stetigem Rhythmus erhellte. Wild durcheinander lagen die leeren Obst- und Gemüsekisten, die Izumi stets ordentlich von ihm gestapelt haben wollte. Einige waren zerbrochen.

»Was, zum Teufel, ist hier passiert?« fragte Frankie und kam zu Matsuo herein.

»Ich hoffe, nicht das, was ich denke«, sagte Matsuo. Er erblickte das alte zweiteilige Wandtelefon, von dem, an der Sprechmuschel mit einem Strick angebunden, immer ein Notizblock und ein Bleistift hingen. Einer plötzlichen Eingebung folgend, begann er eine Nummer zu wählen.

»Wenn rufst du an?« fragte Frankie.

»Bei dir zu Hause!« Erleichtert hörte er Kimuras Stimme.

»Oba-san!« sagte er auf japanisch. »Sage doch bitte Nagata-san, daß ich hier unten im *yao-ya* bin und daß hier offenbar etwas passiert ist. Ich glaube, hier ist eingebrochen worden.«

Kimura wollte es sofort ausrichten. Matsuo hängte ein. Er hoffte, es sei wirklich nur ein Einbruch. Er ging vorsichtig und langsam durch den ganzen Laden und schaltete auf dem Weg bis nach vorn nach und nach die einzelnen Lichter an.

Es sah fürchterlich aus. Sämtliche Kisten und Tragen umgekippt, überall zermanschtes Obst, auf dem Boden, an der Wand, sogar an der Decke.

»Sieht nach einem Kampf aus«, meinte Frankie.

»Kann sein«, sagte Matsuo. »Vielleicht aber wollte nur jemand den Laden verwüsten.« Er hoffte im stillen, daß er damit recht behielt.

Dann entdeckte er unter dem Ladentresen Izumis Stab auf dem Boden. Er zog ihn hervor und sah, daß er nur die Hälfte des Stabes in der Hand hielt. Zerbrochen. Er suchte weiter. Ganz unter dem Tresen fand er die andere Hälfte, die offenbar dorthin gerollt war.

»O Gott«, sagte Frankie plötzlich und bückte sich zu Boden. »Das hier sieht nach Blut aus.«

Matsuo kam sofort herbei. Ein dicker, bräunlicher Fleck war zu sehen, der bereits halb in das Holz eingetrocknet war. Er zog sich nach links hin weiter. Matsuo folgte der Spur. So kalt es hier drinnen auch war — er spürte, daß ihm der Schweiß ausbrach. Die Blutspur führte in die hintere Ecke des vorderen Ladenraums, wo alte Rupfensäcke gestapelt waren. Unter diesem Stapel war etwas.

»Izumi-san?« fragte er.

Matsuo merkte, wie ihm übel wurde. Er ließ sich auf die Knie sinken und griff nach den gestapelten Säcken. Mitten in der Bewegung jedoch erstarrte er, als sei er gegen eine unsichtbare Wand gestoßen. Er hatte Angst vor der Entdeckung, die er gleich machen würde. Er wollte am liebsten weglaufen. Andererseits *mußte* er es sehen, Gewißheit haben. Er stieß seine Hand regelrecht nach vorn und zog die obersten Säcke weg.

Als ihm Izumis schmales, bleiches Gesicht aus glasigen, leblosen Augen entgegenstarrte, schrie er auf.

Und über seine Schulter kam gleich danach auch Frankies Aufschrei.

»O mein Gott, Matsuo«, stammelte er und taumelte bis zur Wand zurück wie eine in Schrecken flüchtende Spinne, »er ist tot!« Matsuo überwand sich und näherte sich dem Toten, bis er genau sah, daß sich eine vertrocknete Blutkruste über seinen Kopf zog. Ein heftiger Brechreiz stieg in ihm auf. Er unterdrückte die hochkommende Galle, trat noch näher heran. Noch nie hatte Matsuo einen Toten gesehen, aber er wußte trotzdem, daß die Blutkrusten auf dem Boden und auf Izumis Kopf nicht frisch sein konnten. Er war schon eine ganze Weile tot. Am Heiligen Abend hatte er ihn zuletzt gesehen und ihm geholfen, damit er früh schließen konnte.

War Izumi wirklich gestern ermordet worden? Am Weihnachtstag?

Wer war es gewesen? Das war die entscheidende Frage. Nagata hatte ihn schon zahllose Male vor dem Haß der Kalifornier auf alle Japaner gewarnt, und er hatte ungezählte Beispiele davon ja auch selbst erlebt.

Aber so etwas?

Erst allmählich wurde ihm bewußt, daß er etwas in der Hand hielt. Die Rupfensäcke, die die Leiche bedeckt hatten. Sie hatten sich in der Körperform des Toten versteift. Er warf sie angewidert zu Boden. Etwas rollte aus ihnen heraus. Er hob es auf.

»Was ist das?« fragte Frankie leise von der gegenüberliegenden Wand, an der er immer noch wie angewurzelt stand.

»Eine Mütze.« Auch an ihr waren Blutspuren.

Frank kam langsam etwas näher. »Zeig her.« Und er drehte die speckige Schirmmütze mit Fischgrätenmuster eine ganze Weile in seiner Hand herum. »Weiß du, wie die aussieht?« sagte er nur.

»Wie die von Mick«, sagte Matsuo. Helle Wut loderte in ihm empor. Ein wilder Schrei von Haß und Zorn entlud sich aus seiner Kehle. In blinder Wut begann er nach allem zu treten, was ihm in die Quere kam, Kisten, Tragen, Tische, bis sie alle zerbrochen und zertrümmert waren. In seinem verzweifelten Zorn machte er Kleinholz aus ihnen.

Verdammtes Kalifornien! Verdammtes Amerika! Verdammter Mick McGarrigle! Und verdammt das sinnlose *on*, das ihn seit Jahren daran gehindert hatte, diesem Dreckskerl McGarrigle seinen gottverdammten Schädel zu zertrümmern!

Er wütete weiter, bis er kein Gefühl mehr in den zerschlagenen und blutenden Händen hatte und seine Beine schmerzten. Dann sank er schluchzend auf dem Boden in sich zusammen.

»Bist du in Ordnung, Matsuo?« fragte Frankie zaghaft.

Er nickte nur, unfähig zu sprechen.

»Rufen wir die Polizei«, sagte Frankie.
»Daß ich nicht lache!« schrie Matsuo bitter. »Die tun doch überhaupt nichts!«
»Aber natürlich. Wir haben doch sogar die Mütze und wissen, wem sie gehört. Halb San Francisco kennt Micks Mütze. Und es sind sogar Blutflecken daran. Wir haben also den Beweis, daß Mick es war.«
»Und? Glaubst du, irgendwen kümmert das? Was ist denn schon groß passiert? Ein lausiger alter Japs ist tot, und ein lausiger Japs-Junge beschuldigt einen Weißen. Wer wird mir schon glauben?«
»Augenblick. Erstens bin ich dabei. Ich erstatte die Anzeige. Ich sage, ich habe die Mütze auf der Leiche unter den Säcken gefunden und herausgezogen. Du sagst gar nichts. Ich mache alles. Und ich bleibe die ganze Zeit bei dir.«
Matsuo sah seinen Freund an. Frankie stand da mit der blutigen Mütze in der Hand, und es gab keinen Zweifel, daß er ebenso zornig, empört und verzweifelt über Izumis Tod war wie er selbst. Vielleicht war es tatsächlich möglich: Wenn ein Weißer die Anzeige erstattete, konnte man Mick vielleicht auf die Anklagebank bringen. Matsuo hatte zwar immer noch seine Zweifel, aber wenn Frankie reden würde, bestand zumindest eine Chance . . .
Doch wenn es keine gerechte Strafe für den Mord gab, mußte Matsuo — das verlangte schon seine *giri* — einen Weg finden, Mick selbst zu töten.
»Also gehen wir«, sagte er zu Frankie.
Er legte die Rupfensäcke wieder über Izumis kalte, leblose Gestalt und schaltete auf dem Weg zur Hintertür sämtliche Lampen aus. Er überlegte einen Augenblick, ob er die Tür verschließen sollte, entschied sich aber dagegen. Das Fenster neben der Tür war ohnehin zerbrochen. Die Sonne war bereits untergegangen und hier, hinter dem Laden, war es schon dunkel. Erst als sie durch den engen Seitenweg wieder nach vorn gehen wollten, bemerkte er, daß sie nicht allein waren.

»Was wollte ihr beiden denn da mit meiner Mütze?«
Als ich Micks Stimme hörte, schrie ich unwillkürlich auf wie ein kleines Mädchen. Und dann ließ mir der Anblick der sechs Gestalten, die aus dem Schatten kamen, das Blut in den Adern gefrieren. Drei kamen vom Seitenweg her auf uns zu, die anderen drei aus verschiedenen Richtungen hinter dem Laden. Wir waren umzingelt.
Ich erkannte Mick, wie er auf mich zukam. »Na, wie ich sehe, hast du sie gefunden.« Er entriß mir die Mütze. »Danke, Spot. Jemand hat sie mir gestern abend gestohlen, als ich mächtig einen in der Krone hatte. Hab' erst heute früh gemerkt, daß sie weg ist. Wir haben nur gewartet, bis es im Laden dunkel ist, um auch hier danach zu suchen.«
Ich machte den Mund auf, wollte etwas sagen. Aber ich brachte keinen Ton heraus.
»Du hast ihn umgebracht«, sagte Matsuo ganz ruhig. Aber seine Stimme war so drohend, daß Micks Kopf herumfuhr, ehe er mich wieder ansah.

»Wovon spricht der denn? Weißt du das, Spot?«

Ich brachte nach wie vor keinen Ton heraus.

»Das wirst du büßen!« sagte Matsuo.

Mick sah mich wieder an. »Dachte mir, daß er das sagen würde. Gibt einfach keine Chinky-Boys, bei denen du dich darauf verlassen kannst, daß sie wissen, was gut für sie ist und was nicht. Aber das gilt ja nicht für dich, Spot. Weißt du, was ich möchte? Ich möchte, daß du dich jetzt umdrehst, in dein großes reiches Haus da oben auf dem Berg zurückrennst und für alle Zeiten vergißt, daß dies hier jemals passiert ist, klar?«

Meine Gedanken jagten sich. Wir hatten die Mütze nicht mehr. Aber ich konnte trotzdem immer noch zur Polizei gehen und die Anzeige erstatten. Doch tatsächlich hatte ich in diesem Augenblick in Wirklichkeit keinen anderen Wunsch, als einfach meiner Wege zu gehen und unbehelligt zu bleiben.

Schließlich fand ich meine Stimme wieder. »Komm, Matsuo, gehen wir.«

»Nee«, sagte Mick. »Chinky-Boy bleibt hier. Wir werden ihm eine kleine Lektion erteilen.«

»Nein«, sagte ich und näherte mich Matsuo.

Dann sah ich den Hieb kommen. Oft genug hatte mir Matsuo inzwischen gezeigt, wie man sich gegen diese Art Schlag verteidigte. Wie man den Arm des Angreifers packt und seine Kraft gegen ihn selbst wendet, indem man ihn herumdreht und ihn mit einem schmerzhaften Wurf zu Boden schickt. Und unzählige Male hatte ich es auch schon so gemacht und Matsuo bei unseren Übungen zu Boden geworfen.

Aber jetzt war ich unfähig, irgend etwas zu tun. Und Mick rammte mir also die Faust mit aller Kraft in den Leib, so daß ich mich schmerzverzerrt am Boden wälzte.

»Dieses ständige Rumhängen mit dem Chinky-Boy hat dir anscheinend die Ohren verstopft, Spot! Ich sagte doch deutlich genug, daß du abhauen sollst! Aber du gehst einfach in die andere Richtung. Na, so was!«

Er packte mich am Kragen und zerrte mich hoch. Über seine Schulter hinweg sah ich Matsuos Gesicht im Schatten, wie es mich wortlos beschwor, doch endlich zu tun, was er mir so lange und gründlich beigebracht hatte. Im Kopf wußte ich auch ganz genau, was ich tun mußte, um mich aus Micks Griff zu befreien und ihn mit einem Überwurf flachzulegen. Aber dieses Wissen setzte sich einfach nicht in Handlung um. Und fester noch als Mick hatte mich die Angst im Griff. Ich war wieder ein kleiner verschüchterter ABC-Schütze, der jeden Augenblick in die Hose machte. Zu furchtsam, mich zu wehren. Aus Angst, dann von Mick noch einmal und noch schlimmer geschlagen zu werden.

»Und damit wir uns ganz klar verstehen, bevor du jetzt endgültig hier verschwindest, Spot«, sagte Mick, »du warst heute abend überhaupt nicht hier, klar? Du hast keine Ahnung, daß irgendein alter Nip in dem Laden umgekommen ist. Klar? *Klar?*«

Ich nickte wie eine Marionette. »Klar, Mick. Klar.«

Er deutete mit dem Daumen kurz über die Schulter zu Matsuo. »Und über den da weißt du ebenfalls nichts. Gar nichts. Den kennst du nicht mal, klar?«

Ohne auch nur zu denken, sagte ich gehorsam: »Klar, Mick. Sicher.«

Und dann sah ich Matsuos Gesicht wieder. Es hatte den Ausdruck völligen Unglaubens. Doch was noch mehr und wie eine stumpfe Säge in mich schnitt, war die tiefe Trauer, die Verwundung in seinen Augen. Er konnte einfach nicht glauben, daß sein Freund, sein bester Freund, der immer geschworen hatte, nie von seiner Seite zu weichen, nun sogar bereit war zu behaupten, er kenne ihn nicht einmal.

»Gut«, sagte Mick und gab mir einen Stoß. »Und jetzt hau ab!«

Ich stolperte davon, bis auf die Straße weiter vorn. Dort blieb ich stehen und drehte mich um. Niemand war mir gefolgt. Niemand sah oder beobachtete mich. Langsam und vorsichtig und in Deckung bleibend, schlich ich mich wieder nach hinten, bis ich sehen konnte, was dort vor sich ging.

Es war dunkel, doch ich erkannte Matsuo. Er war ja kleiner und untersetzter als die größeren Weißen. Mick sagte etwas, doch ich konnte es nicht verstehen. Und plötzlich wirbelte Matsuo wie der Blitz los. Einer von Micks Begleitern fiel mit einem Schmerzenslaut in sich zusammen. Im nächsten Augenblick war ein unentwirrbares Knäuel von Fäusten und tretenden Füßen in Bewegung. Matsuo rammte schreiend die Köpfe zweiter Gegner gegeneinander, was beide zu Boden schickte. Er versuchte, durch die so entstandene Lücke zu entkommen, wurde aber von hinten umgerissen. Er stand zwar sofort wieder auf den Füßen, war aber bereits wieder umzingelt und hatte keine Möglichkeit zur Flucht.

Ich wußte, daß er nicht so kämpfte, wie er es gekonnt hätte. Er schien sich lediglich zu verteidigen, nicht aber selbst anzugreifen. Und dabei wußte niemand besser als ich, wie er angreifen konnte! Ich hatte erlebt, wie er mit Fäusten und Füßen auf einen Gegner einstürmen, geradezu heranfliegen konnte. Und seine Schläge kamen vernichtend und blitzartig und hart. Nichts von alledem jetzt! Selbst in dieser akuten Gefahr gehorchte er seinem *shi no on*, das er Nagata schuldig war!

Ich hätte ihm zu Hilfe eilen können. Ich hätte hinzukommen und ihm allein mit dem Überraschungseffekt eine Gasse zur Flucht öffnen können. Im Kopf spielte ich die Szene viele Male durch, während ich in meiner Deckung hinter dem Müllhaufen kauerte und zusah, wie er sich duckte und auswich und sich wand und Ausfälle versuchte und wenigstens den verbliebenen Raum zwischen den Angreifern zu nutzen trachtete. Zweimal richtete ich mich bereits auf, um einzugreifen, aber jedesmal hielt mich etwas zurück. Die Angst lag wie Ketten aus Stahl um meine Füße. Ich wollte vorwärts stürmen. Ich wollte ihm zu Hilfe eilen. Aber ich konnte nicht. Ich konnte einfach nicht. Ich blieb in meinem Versteck und merkte, wie mir die Tränen über das Gesicht liefen und wie ich zu schluchzen begann, während die gewalttätige Bande Matsuo systematisch zusammenschlug.

Und dann passierte es plötzlich. Einer von den Schlägern bückte sich und hob etwas auf. Etwas blitzte schwach. Irgendein Gegenstand, den ich nicht erkennen konnte. Matsuo bekam einen Schlag auf den Hinterkopf und ging zu Boden. Ich schrie lautlos, weil ich selbst den Schmerz fast körperlich verspürte. Aber noch immer war ich nicht fähig, auch nur einen Finger zu rühren. Ich verharrte regungslos in meinem Versteck hinter dem Müll und sah zu, wie sie auf ihn einstürmten wie eine Meute Straßenköter. Matsuo hatte sich zu einer Kugel am Boden zusammengerollt, eingekeilt zwischen der Mauer hinter ihm und den Schlägern vor ihm, und sie warfen sich auf ihn, und jeder suchte eine Gelegenheit, nach ihm zu treten.

Und ich rührte immer noch keinen Finger!

Dann hörte ich das Geräusch hinter mir.

Von der Straße her drang das Klacken der hölzernen *geta* den Seitenweg herein. Ich erstarrte noch mehr. Aus den Augenwinkeln erkannte ich Nagata, wie er behende an mir vorbeihuschte. Sein *bo* stieß wie ein Krückstock auf den Boden. Er versuchte gar nicht erst, sich anzuschleichen, sondern kam ganz offen und den Stock mit beiden Händen fast in der Mitte wie einen Schläger haltend, in den Hof. Die Meute war so beschäftigt, daß sie ihn gar nicht kommen hörte. Und dann sauste der Stock auch schon auf sie nieder, blitzschnell und wirbelnd.

Unter überraschten und schmerzvollen Schreien wichen sie zurück. Dann versuchten sie noch einmal ihre Angriffsphalanx zu formieren und Nagata zu Boden zu werfen. Doch da kamen sie bei dem älteren Mnn mit dem Kesselbauch gerade an den Richtigen. Er bewegte sish verblüffend flink und geschmeidig zwischen ihnen. Sein Stock trommelte pausenlos auf sie herab, bis der erste blutüberströmt aufgab und die Flucht hinaus auf die Straße ergriff, stöhnend und sich den Leib halten. Die anderen folgten. Mick als erster.

Und dann waren da nur noch Nagata, Matsuo und ich.

Nagata kniete sich zu Matsuo nieder, der völlig regungslos am Boden lag. Ich hielt den Atem an und betete inständig, Matsuo möge sich bewegen. Und dann, gottlob, rührte er sich schließlich. Er stöhnte unter den Schmerzen auf, als er sich herumrollte. Die Beine versagten ihm mehrmals, als er aufstehen wollte, bis er sich schließlich auf der einen Seite an die Wand, auf der anderen auf Nagata stützte und so mühsam hochkam. Nagata stützte ihn, und so kamen sie auf mich zugehumpelt.

Und ich hörte Nagata sagen: »Eben ist die Nachricht aus Japan gekommen, daß der Tenno Taisho tot ist. Dein Vater wünscht, daß du heimkehrst.«

Ich weiß nicht, ob Matsuo es mitbekam, jedenfalls gab er keine Reaktion von sich. Sie gingen jetzt fast über mich hinweg. Ich kauerte starr und reglos in meinem Versteck, ohne zu atmen oder auch nur die Augenlider zu bewegen. Im Vorübergehen sah ich Matsuos schmerzverzerrtes Gesicht. Er hielt dieser Schmerzen wegen die Augen krampfhaft geschlossen, preßte sich die rechte Hand an die Rippen und atmete in kurzen, keuchenden Stößen. Sein Gesicht spiegelte jedoch, das sah ich ganz deutlich, nicht nur den rein körperlichen Schmerz wider, sondern auch den Schmerz, der tief in seine Seele reichte. Kein Zweifel: meinetwegen.

Ich weiß nicht, wie lange ich noch hinter den Müll gekauert in der Kälte lag. Ich fühlte mich unsagbar elend, mies und verräterisch. Am Ende schreckte mich nach langer Zeit ein raschelndes Geräusch auf. Eine Ratte kam herangehuscht, blieb stehen und blickte mich kurz an, ehe sie weiterlief und in der Dunkelheit verschwand.

Ich rappelte mich ebenfalls auf.

»Sie sind weg! Es ist nicht zu fassen! Alle drei einfach weg!«

Mein Vater stürmte durch die Wohnräume über der Garage und schrie in die leeren Zimmer.

»Sie sind zurück nach Japan«, sagte ich.

»Japan? Woher weißt du das?«

»Ich hörte sie darüber sprechen.«

»Und hast mir nichts gesagt?«

»Es war erst gestern abend.«

Ich wollte nicht von gestern abend reden. Ich wollte überhaupt nie mehr daran denken. Niemals hätte ich geglaubt, daß ich solche Scham empfinden könnte, solche Selbstverachtung. Ich war sogar irgendwie erleichtert, daß Matsuo fort war, denn es war mir klar, daß ich ihm nie mehr in die Augen hätte sehen können. Ich konnte mir ja nicht einmal mehr selbst in die Augen sehen. »Hat er sich denn nicht mal verabschiedet?«

Ich schüttelte den Kopf und wagte nicht zu antworten.

»Schöner Freund!« sagte mein Vater. »Na gut, gehen wir zurück ins Haus. Ich schwöre, und wenn ich tausend Jahre alt werde: Diese Menschen werde ich niemals verstehen.«

Wir gingen zurück ins Haus durch den Garten. Mein Vater schimpfte den ganzen Weg vor sich hin. Ich hielt den Kopf gesenkt, die Augen auf den Kiesweg gerichtet. Ich hätte nicht einmal gewagt, einen Blick auf den Garten zu werfen. Ich dachte die ganze Zeit nur an das, was ich am Abend zuvor Nagata hatte sagen hören: *Dein Vater wünscht, daß du heimkehrst.* Was bedeutete das? Ich war immer der Meinung gewesen, Matsuo sei verwaist und elternlos!

Mein Vater blieb abrupt an der Hintertür stehen, und ich prallte gegen ihn.

»Was, zum Teufel, ist das da?« sagte er.

Auf der Hintertreppe lag der Stein, den ich Matsuo zu Weihnachten geschenkt hatte.

Ich verlor die Beherrschung und begann zu weinen.

Mein Vater legte mir den Arm um die Schulter, und ich vergrub mein Gesicht in seiner Jacke und heulte wie ein Schloßhund.

»Schon gut, Frankie«, sagte er. »Ich weiß ja, daß du ihn gern mochtest. Aber du wirst andere Freunde finden. Und schließlich ist er einfach auf und davon, halb um die Welt herum, ohne auch nur Lebewohl zu sagen. Was für ein Freund ist das? Er hat einen Freund wie dich gar nicht verdient.«

Er konnte nicht wissen, auf welche ganz andere Art dies die Wahrheit war und warum ich daraufhin noch hemmungsloser weinte.

ZWEITER TEIL

1927—1932

1927

Das Jahr des Kaninchens

JANUAR

TOKIO

Das ist Tokio?

Matsuo traute auf der Fahrt im Auto seinen Augen nicht. Wo waren alle die schönen japanischen Menschen in ihren farbenfrohen Kimonos und noch farbenfroheren Obis, die das Straßenbild von Tokio bestimmten, wie er immer geglaubt hatte? Alles, was er sah, waren graue Arbeitsameisen. Geschäftsleute in spießigen Anzügen nach westlicher Art. Sekretärinnen in engen, kurzen Röcken. Sie alle hasteten mit freudlosen Gesichtern durch die Straßen.

Ihr Anblick verstörte, ja erzürnte Matsuo und verdrängte zeitweise sogar die gespannte Erwartung des kurz bevorstehenden Augenblicks, da er zum erstenmal bewußt seinem Vater und Bruder begegnen sollte. Jede Stunde der langsamen Überfahrt auf dem Schiff hatte er damit verbracht, sich vorzustellen, wie man ihn wohl empfangen werde. Jetzt war dies, zumindest für den Augenblick, alles weggewischt und von dem verrückten Gedanken verdrängt, aus dem Auto zu springen und die Leute da draußen anzuschreien, sich gefälligst nach Hause zu begeben und erst wieder zu erscheinen, wenn sie anständig gekleidet seien, wie es sich gehörte.

Und dann Tokio selbst! Wo war seine magische, exotische Atmosphäre? Die sich entlang den Straßen drängenden Häuser waren windschiefe Buden aus Holz und Papier ohne Fundamente, ohne Kamin, zwischen denen nur lächerlich schmale Wege hindurchführten. Gelegentlich sah Matsuo zwar ein Haus mit einem richtigen Ziegeldach, die meisten aber waren nur holzschindelgedeckt. Kein Plan und keine Ordnung. Scheinbar ein einziges Chaos. Sushi-Bars neben Kimono-Läden neben Hotels. Wo, um Himmels willen, war die Sauberkeit, die Gestaltung, die Klarheit, die ihm Nagata in all den Jahren als das eigentliche Wesen Japans zu beschreiben nicht müde geworden war?

»Was ist das für ein langes und verwirrtes Gesicht?« fragte Nagata, der neben Matsuo saß, als ahnte er dessen Gedanken.

Matsuo zögerte. Konnte er es auszusprechen wagen?

»Das ist alles nicht so, wie ich es erwartet habe, *sensei*. Ich dachte, Tokio sei . . . anders.«

»Es hat sich sehr verändert«, sagte Kimura, die auf der anderen Seite neben

Matsuo saß. Ihr schienen diese Veränderungen jedoch wenig auszumachen. Sie war ganz strahlende Freude angesichts der Rückkehr in die Heimat.

Nagata nickte nachdrücklich. »Das hat es wirklich«, sagte er. »Ich habe schon in den Zeitungen, die ich von zu Hause bekam, immer wieder gelesen, wie rapide und einschneidend sich alles verändert. Aber auch mir war nicht klar, *wie* sehr. Das Feuer nach dem Großen Kanto-Erdbeben vor zweieinhalb Jahren ist wohl schuld daran.«

»Ah«, sagte Kimura.

»Namuza schlägt noch immer mit seinem großen Schweif, wenn er zornig ist, und dann bebt die Erde.«

Matsuo durchforschte sein Gedächtnis. *Namuza* . . . den Namen hatte er schon gehört.

Aber Nagata kam ihm bereits zu Hilfe. »Du erinnerst dich sicher, daß ich dir die Geschichte von dem großen Wels erzählt habe, der zwischen den japanischen Inseln schwimmt und gelegentlich Erdbeben verursacht.«

Aber natürlich, das war es! »Ja«, sagte er, »jetzt erinnere ich mich, *sensei.*«

»Gut«, meinte Nagata. »Viele junge Leute nennen Namazu einen primitiven Aberglauben, aber wir kennen den Kern Wahrheit, der darin steckt, nicht wahr?«

»Ja, aber warum brannte Tokio? Ich dachte, Namazu verursacht nur die *tsunamis*?« Matsuo erinnerte sich gut an den Brief vom September 1923, daß das Sommerhaus seiner Familie nur knapp der Zerstörung durch die große Flutwelle entgangen war.

»Normalerweise ja«, sagte Nagata. »Aber damals schlug Namazu nicht nur mit der Schwanzflosse wie üblich. Er muß damals besonders zornig gewesen sein, weil er auch dafür sorgte, daß der Boden sich hob und schwankte wie ein Schiffsdeck im Sturm. Und die Zuckungen der Erde waren dann eben der Grund, daß Tokio tagelang zu brennen begann und zu drei Vierteln zerstört wurde, ehe man die Brände unter Kontrolle hatte. Über hunderttausend Menschen starben. Und die Überlebenden retteten lediglich ihr nacktes Leben und besaßen nichts mehr. Nur noch das, was sie am Leibe hatten und an Wertgegenständen noch retten konnten. Die meisten tragen jetzt westliche Kleidung, eben weil sie alles verloren und kein Geld mehr haben, um sich neue Seidenkimonos zu kaufen. Westliche Kleidung ist billiger.»

»Ach, so ist das.«

Daß er jetzt den Grund für dieses triste Straßenbild kannte, beruhigte Matsuo etwas. Eine Weile kam es ihm nun so vor, als führen sie durch Nihonmachi, Japantown, in San Francisco.

Und dann fiel ihm überrascht ein, daß er ja in einer Stadt aufgewachsen war, die erst vor kurzem nach fast völliger Zerstörung durch Erdbeben und Feuer neu aufgebaut worden war, und daß er sich jetzt wieder in einer Stadt befand — halb um den Globus herum —, auf die genau das gleiche zutraf. War er etwa dazu bestimmt, immer der Spur von Katastrophen zu folgen?

Sie erreichten den Marunutschi-Distrikt, der von den Zerstörungen offenbar weitgehend verschont geblieben war, und danach den von einem Wallgraben umgebenen kaiserlichen Palast im Zentrum des Tschijodaku-Distrikts. Matsuo erkannte ihn sofort.

»Der Palast! Ist er nicht zerstört worden?«

»Du glaubst doch nicht etwa, Namazu würde es wagen, dem Sohn des Himmels Schaden zuzufügen?« erklärte Nagata. »Schau genau hin, dann siehst du, daß die großen Mauern gleich hinter dem kaiserlichen Graben aus gewaltigen Steinquadern bestehen, die einfach aufeinandergepaßt sind, ohne Zement oder Mörtel. Dadurch sind sie elastischer und widerstandsfähiger gegen jedes Zittern der Erde.«

Matsuo hätte gern hinter diese hohen Mauern geschaut. Es war ihm bekannt, daß sich dort große Flächen mit Wäldern und Seen, Gärten und Pavillons befanden. In diesen kaiserlichen Gärten wohnte und arbeitete und erholte sich der Kaiser. Der Tenno.

Matsuo hatte bemerkt, daß sich alle Insassen einer überfüllten Straßenbahn an den Toren zum kaiserlichen Palast verbeugt hatten. Er war deshalb darauf vorbereitet, es gemeinsam mit Nagata und Kimura gleichfalls zu tun, als ihr Auto an den Toren vorbeifuhr. Nagata nahm es mit einem anerkennenden kleinen Lächeln zur Kenntnis.

Ihr Weg führte danach bergauf und bog von der Hauptstraße in eine schmale, weidenbestandene Seitenstraße ab. Ehe es ihm recht bewußt war, standen sie bereits vor einem großen zweistöckigen Haus, dessen Mauern mit verwittertem Teakholz verkleidet waren und das ein schwarzes Ziegeldach hatte. Links vom Eingang stand ein meterhohes *kodomatsu* aus Fichte, Bambus und Pflaumenbaum-Blütenzweigen — die Neujahrsdekoration als Symbol der Herbeirufung von Kraft, Stärke und langem Leben für die ganze Familie. Matsuo hoffte, auch er sei in diesen Wunsch eingeschlossen worden.

Meine Familie. Mein Zuhause.

Er holte tief Atem und verspürte dabei einen scharfen Schmerz in den Rippen, der ihn daran erinnerte, daß er die Folgen der Schlägerei noch nicht ganz überwunden hatte. Und zugleich damit kam ihm auch die Erinnerung an Frankie und wie er davongelaufen war und ihn mit der weißen Schlägerbande alleingelassen hatte. Die Erinnerung an Frankie würde fortan für immer mit Schmerz verbunden sein — in den Rippen und im Herzen gleichermaßen.

Doch jetzt war es Zeit, Frankie in der Versenkung der Vergangenheit verschwinden zu lassen, wo er hingehörte und für alle Zukunft bleiben mußte. Er war zu Hause. Dort drinnen erwartete ihn seine Familie. Hierher gehörte er. Hier würde er sein weiteres Leben verbringen.

Als der Chauffeur das Einfahrtstor öffnete, ging bereits die Haustür auf, und ein Mann in mittleren Jahren in einem dunkelgrünen Kimono, der mit Ahornblättern bestickt war, kam heraus. Ihm folgte ein junger Mann ganz in Schwarz. Matsuo erkannte die beiden sofort von den vielen Fotos, die er über Jahre von ihnen erhalten hatte.

»Vater!« rief er und sprang aus dem Wagen und lief auf ihn zu. Tief in seinem Innern war freilich eine Stimme — und sie klang sehr nach Nagata —, die ihm sagte, die angemessene Verehrung eines Sohnes dem Vater gegenüber verlange, daß er stehenbleibe und sich erst einmal verbeuge. Aber er achtete jetzt nicht darauf. Er rannte einfach los, und die unsägliche Freude, die er empfand, ließ ihn immer schneller laufen, als er sah, wie ihm sein Vater die Arme entgegenstreckte.

Und dann lag er in diesen Armen, und sie schlossen sich um ihn. Und er brach in Tränen aus, so sehr er sich ihrer auch zu erwehren suchte.

Er war endlich zu Hause.

Hiroki erwiderte förmlich Matsuos Verbeugung. Nach dem würdelosen Verhalten seinem Vater gegenüber hatte der jüngere Bruder wenigstens Manieren genug, ihm nicht ebenfalls um den Hals zu fallen.

Das also war der lang vermißte Matsuo, der kleine Bruder aus Amerika. Ein bemerkenswerter Anblick, mit seinem zerschlagenen, verschorften und verschwollenen Gesicht und dem steifen, eingegipsten Rückgrat. Er versuchte es zwar zu verbergen, der kleine Bruder, aber es war unübersehbar, daß er hinkte. Und schlimmer noch, er benahm sich wie ein Hinterwäldler. Verbeugte sich entweder zu tief oder zu wenig. Nachdem er ein Räucherstäbchen vor dem Bild seiner Mutter am Familienaltar angezündet hatte, führte er sich auf wie ein unbändiges, kleines Hündchen, das noch nicht dressiert war. Rannte pausenlos von einer Ecke in die andere im ganzen Haus, mußte alles anschauen und anfassen. Zugegeben, auf eine seltsame Weise war es irgendwie rührend, seine unverhohlene Freude mitanzusehen und seine Bewunderung für Vater. Und bei aller Reserviertheit ihm gegenüber ließ Hiroki die Ehrfurcht und nahezu unterwürfige Verehrung des jüngeren Bruders auch nicht ganz kalt.

Und während all dem stand der notorische Takajiro Nagata unverrückbar wie ein Fels an der Tür und bewachte seinen Schützling wie ein zufriedener Elternteil.

Schließlich holte ihn der Vater von dort weg und zog ihn mit sich in eine Ecke.

Die Söhne blieben allein miteinander.

»Vermißt du Amerika?« fragte Hiroki.

Matsuo verneinte kopfschüttelnd. Er verzog das Gesicht schmerzlich dabei. »Nein. Ich habe dort keine Freunde. Ich gehöre hierher.«

»Aber du gehst doch wieder zurück.«

Matsuo schauderte sichtlich. »Nein, nie.«

Die Heftigkeit, mit der er das sagte, verblüffte Hiroki. »Darüber sprichst du besser erst noch einmal mit Vater.«

Matsuo schüttelte noch einmal den Kopf. »Ich kehre nie dorthin zurück.«

»Warum denn nicht? Hast du dir dort alle diese Verletzungen geholt?«

»Er ist sehr ehrenhaft zu diesen Verletzungen gekommen«, mischte sich ihr Vater hinter ihnen ein. »Nagata-san hat mir gerade erklärt, wie es dazu kam.« Er beugte sich vor und legte Matsuo die Hände auf die Schultern. »Er setzte sich lieber einer Schlägerei mit einer Bande Straßenrowdys aus, als seinem

Vater öffentlich Schande zu machen. Ich bin stolz auf dich, mein Sohn. Und auch auf Nagata-san, der seine Aufgabe so hervorragend erfüllt hat.«

Hiroki mußte, während der alte Samurai sich mit stolzgeschwellter Brust dankend verbeugte, wieder ein Aufflackern eines Gefühls der Ablehnung unterdrücken. Nach außen bewahrte er jedoch ein freundliches Gesicht. Aber er konnte sich nicht erinnern, selbst jemals ein so ausdrückliches Lob von seinem Vater erhalten zu haben.

»Wir haben morgen ein wichtiges Treffen«, sagte sein Vater und nahm die Hände wieder von Matsuos Schultern. Er sah Nagata kurz an und dann Hiroki. »Ich denke, Matsuo hat sich würdig erwiesen, ihn daran teilnehmen zu lassen.»

»Ich fühle mich sehr geehrt, Vater«, sagte Matsuo und verbeugte sich.

Hiroki atmete tief durch. Leicht war es nicht, aber er wollte ganz ruhig bleiben. Es war nur der Reiz des Neuen, daß Matsuo im Mittelpunkt stand. Und Vater gab sich eben besondere Mühe, sich um Matsuo zu kümmern, damit der Junge sich desto rascher zu Hause fühlte. Ganz natürlich und verständlich. Er durfte sich davon nicht verletzt fühlen. Jedenfalls nicht, solange sein jüngerer Bruder ihm keinen Gesichtsverlust verursachte. Wenn diese erste überschwengliche Zeit erst einmal vorüber war — und das konnte ja nicht lange dauern —, zeigte sich seine, Hirokis, natürliche Überlegenheit schon von selbst.

Bis dahin durfte er einfach den übertriebenen Aufmerksamkeiten, die man dem jungen Bruder jetzt zuteil werden ließ, keine tiefere Bedeutung beimessen. Schließlich war er, Hiroki, ein Alumne des Kakureta Kao und einiger Geheimnisse teilhaftig, die allein schon das Vorstellungsvermögen aller anderen weit übertrafen.

Er sah zu seinem Vater und Matsuo hinüber. Sie waren in ein intensives Gespräch vertieft. Hiroki spürte, wie sich seine Muskeln anspannten.

Nein, leicht war es nicht.

Es wird kommen. Ich werde hierhergehören.

Doch wie lange würde es dauern, bis er sich nicht mehr nur als Besucher fühlte? Vielleicht war es zuviel verlangt, zu erwarten, daß sein Vater und sein Bruder ihn in ihre Herzen schlossen, ohne ihn erst genau kennengelernt zu haben. Immerhin war er hier als praktisch Fremder angekommen. Zwar war er ihr Fleisch und Blut, aber er fühlte sich doch deutlich als Außenseiter.

Es wird schon kommen, wenn die Zeit reif ist.

Er rollte seinen *futon* zusammen und packte ihn in den Schrank. In der Ecke hinten stand sein *bokken*. Er nahm ihn heraus. Seit sie Amerika verlassen hatten, hatte er damit nicht mehr geübt. Er steckte ihn in seinen Kimonogürtel, um ihn dann in einer einzigen blitzschnellen Bewegung zu ziehen. Inzwischen waren die Schmerzen, wenn er sich so bewegte, wieder erträglich. Nur die Rippen schienen noch immer nicht völlig geheilt zu sein. Auf der rechten Seite blieben sie irgendwie nach innen gedrückt und bildeten dort in dem sonst makellosen Bogen seines Brustkorbs eine faustgroße Einbuchtung.

Die Schmerzen erinnerten ihn, wie immer, wieder an Frankie. Doch statt des üblichen Zorns und auch seelischen Schmerzes, den ihm die Erinnerung sonst bereitete, fehlte ihm Frankie jetzt.

Nein! Er hieb sein hölzernes Schwert heftig in die Luft. Dieser Verräter konnte, durfte ihm doch nicht fehlen! Es war nur diese plötzliche Einsamkeit. Das ging schon vorbei. Nein, nein, es war Nagata, der ihm fehlte! Nicht Frankie. Der Mann, der Tag für Tag jeden Morgen mit ihm aufgestanden war und ihn, solange er denken konnte, täglich jede Minute und Stunde unterwiesen und belehrt hatte, war in ein Wohnquartier im rückwärtigen Teil des Hauses zurückgekehrt, wo er wieder Vaters Angelegenheiten besorgte. In seinem, Matsuos Leben, aber hatte er eine gewaltige Lücke hinterlassen. Ohne ihn schien die Welt irgendwie leer. Leer wie . . .

. . . Japan.

Wo war das Japan, das Nagata ihm stets geschildert hatte? Von dem er alle die Jahre jeden Tag geträumt hatte? Hier in Tokio hatte er nichts davon gefunden. Auch nicht auf den Tagesausflügen mit seinem Vater und seinem Bruder. Nur einmal, in Hayam, hatte er wenigstens einen Anflug davon verspürt: als er zu dem schneebedeckten Gipfel des majestätischen Fujiyama hinaufgeblickt hatte. Doch der heilige Berg war eine reine Naturschönheit. Wo aber war die Schönheit der japanischen Menschen und der japanischen Kultur, von denen Nagata ihm unaufhörlich vorgeschwärmt hatte? Und wo dieser Sinn für Ehre, der Nagata so spürbar umgab? In den Zeitungen Tokios fand er ihn ganz gewiß nicht. Die waren nur voll von endlosen Geschichten vom Handelskrieg, den die *zaibatsu,* die Industrie-Oligarchie, führte, und von politischen Intrigen, Verschwörungen und Attentaten.

Existierte das Japan seiner Träume überhaupt? Oder war es am Ende nur ein frommes Märchen Nagatas?

Die gestrige Pilgerfahrt allerdings war ein Lichtblick gewesen. Auf seine Bitte hin war sein Vater mit ihm in den Shinagawa-Distrikt zum Sengaku-ji-Tempel gefahren. Beim Gang durch das *sanmon* dort — das gewaltige Tor aus dunklem Holz — hatte er das Gewicht der Jahrhunderte verspürt. Vor mehr als zweihundert Jahren hatten sich an einem Dezemberabend die siebenundvierzig *Ronin* in tiefem Schnee hierher zurückgezogen, nachdem sie dem Adelsherrn Kiro den Kopf abgeschlagen hatten. Und eben hier hatten sie gemeinsam beschlossen, nun auch dem *chu* Genüge zu tun. Und eben hier an diesem Ort hatten sie deshalb auch gemeinsam anschließend das *seppuku*-Harakiri begangen.

Er war ehrerbietig an den Gedenksteinen im Tempelfriedhof vorübergegangen, hatte ein heiliges Räucherstäbchen zu ihren Ehren entzündet und lebhaft empfunden, daß er hier und jetzt zumindest den Saum jenes Japans berührte, von dem Nagata immer erzählt hatte: von jenem Japan, das er eigentlich erwartet hatte. In diesem alten Tempel war das *giri* noch lebendig. Er ging nur widerstrebend wieder aus dem Sengaku-ji hinaus, bemerkte aber dann mit Freude, daß seine Schuhe, die er beim Eintreten auf der Treppe hatte stehen lassen — mit den Spitzen zum Eingang —, nun umgedreht dastanden: um ihm den Abschied zu erleichtern.

In dem Zimmer zu Hause, das ihm sein Vater zugewiesen hatte, stand er nun barfuß auf dem *tatami* und begann eine langsame *kata,* indem er sein Eichenschwert in einer ritualisierten Abfolge von Bewegungen und Schwüngen auf seine Biegsamkeit prüfte. Ja, er hatte immer noch Schmerzen, aber es war auch ein gutes Gefühl, den *bokken* in den Händen zu halten und sich auf die altvertraute Weise zu bewegen. Als er lockerer geworden war, beschleunigte er seine Bewegungen und ging in die schwierigeren Übungen des *iai-jutsu* über, von denen viele mit dem Hochspringen aus einer kauernden Stellung verbunden waren, um so einen imaginären Gegner zu attackieren. Sie waren am anstrengendsten. Sie erforderten blitzartige Ausfälle im Wechsel mit statuenhafter Starre.

Während er so mit einem imaginären Gegner focht, bemerkte er seinen Bruder, der in der Tür stand und ihm zusah. Er trug sein übliches strenges Gesicht zur Schau, aber es war etwas in seinem Blick, das Matsuo bisher noch nie wahrgenommen hatte. Hiroki verschwand sogleich wortlos wieder, um nach einer Minute mit seinem eigenen *bokken* zurückzukehren. Er trat ein und legte sein Hemd ab. Matsuo bemerkte eine dunkle Stelle über seinem rechten Handgelenk. Beim näheren Hinsehen stellte sie sich als eine Art Tätowierung heraus; ein schwarzes Sechseck mit einem Netz- oder Gitterwerk als Mitte.

Hiroki beachtete die demonstrative Neugier seines Bruders nicht, streckte und beugte seinen Arm einige Male und verbeugte sich zeremoniell vor Matsuo, ehe er sich in Position stellte. Matsuo tat es ihm nach, und dann begannen sie einander lauernd zu umkreisen.

Mehr als die ersten Hiebe und Ausfälle brauchte es nicht, um Matsuo klarzumachen, daß sein Bruder ein ganz ausgezeichneter Fechter und Kämpfer war. Er war reaktionsschnell und focht elegant, mit einem ganz persönlichen Stil; jedenfalls soweit Matsuo dies beurteilen zu können glaubte. Denn er hatte ja bisher noch gar keinen anderen Kampfstil als den Nagatas kennengelernt.

Hiroki blieb in ständiger Offensive, Matsuo immer in der Verteidigung, auf dem Rückzug, in der Abwehr, was aber auch durch seine noch immer nicht wiederhergestellte Beweglichkeit mit dem Gips um die Rippen bedingt war. Es schmerzte noch immer stark. Nach einer Weile bekam er immerhin ein Gefühl für Hirokis Kampfrhythmus, und als er eine Pause kommen spürte, stürmte er in einem überraschenden plötzlichen Ausfall auf ihn ein und plazierte einige fintierte Hiebe, die den Gegner gewollt nur um Haaresbreite verfehlten und Hiroki so verblüfften, daß er mit schmalen, hart gewordenen Augen sofort eine hitzige Gegenattacke begann, die Matsuo quer durch den ganzen Raum zurücktrieb und ihm, als er einem präzise gezielten Schlag mit wilder Drehung auswich, einen stechenden Schmerz in seinem Brustkorb mit den angeknacksten Rippen verursachte, der ihn die Balance verlieren und durch die Papierwand nach draußen fallen ließ.

Der Schmerz war so heftig, daß er für einige Augenblicke sogar das Bewußtsein verlor. Als er die Augen wieder aufschlug, stand Hiroki lächelnd, aber seinerseits schwer keuchend, über ihm. Er streckte Matsuo die Hand entgegen und zog ihn hoch. Lieber wäre Matsuo noch eine Weile kniend am Boden geblieben, um den Schmerz sich etwas beruhigen zu lassen. Aber schließlich war dies das erste Mal seit seiner Heimkehr, daß sein Bruder ihm zulächelte, und er wollte seinen Sieg nicht dadurch schmälern, indem er sich auf seine Verletzung berief. Er biß also die Zähne zusammen und verbeugte sich.

»Du hast viel von Nagata-san gelernt, kleiner Bruder«, sagte Hiroki und erwiderte die Verbeugung.

»Ich habe nicht nur gut gelernt«, erwiderte Matsuo, »sondern auch hart trainiert.« Er sah einen Ausdruck der Überraschung angesichts dieser Worte in seines Bruders Blick. Sogleich tadelte er sich selbst, daß er ›dem Amerikaner in sich‹ zu reden erlaubt hatte.

»Ja, das mag wohl stimmen«, sagte Hiroki, jedoch mit einem Hauch von Zweifel in der Stimme.

Matsuo versuchte seinen Fehler schnell zu übertünchen. »Aber es ist unübersehbar, daß mein Lehrer nicht so gut war wie dein *sensei.*« Er sagte es, obwohl er keineswegs davon überzeugt war. Sein Bruder war zwar vier Jahre älter und hatte also auch entsprechend mehr Übung, doch er war sich ziemlich sicher, daß er ihn, wäre er voll bei Kräften und Gesundheit gewesen, hätte schlagen oder zumindest den Kampf offenhalten können. »Ich bin wohl kein so guter Samurai.«

»Samurai?« sagte Hiroki erstaunt. »Du solltest dich nie mehr so nennen! Du bist von adeligem Geblüt — *samurai* sind dazu da, dir zu dienen!«

»Ja, Bruder.« *Werde ich es denn nie lernen?*

»Und was meine Übung angeht, so habe ich in der Tat den Vorzug genossen, viele Lehrer zu haben. Jeder Wächter im Tempel ist ein Experte in der Kampfkunst.«

»In welchem Tempel?«

Hiroki lächelte wieder. »Du erfährst das alles noch früh genug. Komm, gehen wir jetzt in das *kotatsu* und wärmen uns die Füße. Ich habe einiges mit dir zu bereden.«

Diese Aufforderung ließ Matsuo sofort den Schmerz vergessen. Ihre Zimmer lagen direkt nebeneinander im Obergeschoß mit Blick hinunter auf den Garten, nur getrennt durch eine mehr symbolische Wand aus durchscheinendem Papier in Walnußrahmen; aber auch eine Granitwand hätte bisher nicht undurchdringlicher sein können. Zum erstenmal überhaupt nahm sein Bruder wirklich Kenntnis von ihm.

Sie zogen wollene Kimonos an, gingen nach unten und stiegen in die *kotatsu,* die Fußwärmemulde im Wohnraum, ebenfalls mit Blick nach hinten in den Garten hinaus. Hiroki setzte sich auf das Kissen am Fenster, Matsuo blieb direkt in der Mulde und schob die Füße unter die Decke. Es hieß, warme Füße wärmten den ganzen Leib, und er glaubte das.

Hiroki zog ein Zigarettenpäckchen aus dem Ärmel und bot Matsuo eine an; dieser nahm sie auch. Er wußte zwar, ihr Vater war irgendwo im Hause, und vielleicht würde er mißbilligen, daß er rauchte. Aber im Augenblick war ihm wichtiger, daß es etwas gab, das er mit seinem Bruder gemeinsam hatte und tat. Hiroki gab ihm Feuer, und er mußte sich zusammennehmen, nicht zu husten, als er inhalierte. Der Tabak war sehr stark. Sie rauchten schweigend und beobachteten einander nur. Matsuo war von der Art fasziniert, wie Hiroki die Zigarette zwischen Daumen und Zeigefinger hielt, die Handfläche nach oben.

Schließlich begann ihn Hiroki nach Amerika auszufragen. Zuerst, wie er dort behandelt worden sei; dann aber begannen seine Fragen sehr seltsam zu werden. Truppenstärken, Anzahl der Schlachtschiffe und Zerstörer.

»Warum willst du das alles wissen, Bruder?«

»Weil wir eines Tages Krieg gegen sie führen werden«, sagte Hiroki leise.

Die Sicherheit in seiner Stimme verblüffte Matsuo völlig. »Es tut mir leid«, sagte er und hatte ein Gefühl, als habe er seinen Bruder im Stich gelassen, »aber diese Fragen kann ich dir nicht beantworten.«

»Wozu hat dich dein Vater dann dorthin geschickt? Du hast doch offenbar nichts gelernt!«

Noch ehe Matsuo sich eine Antwort überlegen konnte, hörte er hinter sich die Stimme seines Vaters.

»Ich habe deinen Bruder nicht als Spion nach Amerika geschickt, Hiroki, sondern damit er mit der Mentalität und Denkweise dieses Volkes vertraut wird.« Er wandte sich an Matsuo. »Die Vereinigten Staaten spielen eine sehr wichtige Rolle für Japans Zukunft. Und ich gedenke meinerseits dabei eine wichtige Rolle zu spielen — mit Hilfe deiner nunmehr genauen Kenntnisse des Alltagslebens und -denkens der Amerikaner.«

»Aber ich weiß gar nichts, Vater«, versuchte Matsuo in Bescheidenheit einzuwenden. Er hatte das Gefühl, die Wände um ihn kämen auf ihn zu.

»Du weißt mehr, als du ahnst und glaubst«, sagte sein Vater lächelnd. »Und es wird *noch* mehr werden.«

Das klang Matsuo irgendwie seltsam und befremdlich, aber er hatte keine Gelegenheit darüber nachzudenken, weil sein Bruder bereits wieder redete.

»Aber wenn es zum Krieg kommt, Vater, werden doch zweifellos die Chinesen und die Briten die größere Gefahr sein.«

»Wir dürfen den Krieg nicht nur in Kategorien wie Kanonen und Soldaten sehen«, erklärte ihm ihr Vater. »Sondern auch in Kategorien wie Industrie, Handel und Produktion. Es gibt viele Arten Krieg, und die härtesten Kämpfe und wertvollsten Siege werden in der internationalen Wirtschaft ausgefochten und errungen.« Seine Augen wanderten durch den Raum und blieben an einer *bonsai*-Fichte auf einem Regal in der Ecke hängen. Er bedeutete Hiroki, sie herzuholen. »Stellt euch diesen Baum hier«, sagte er dann zu seinen beiden Söhnen, »als Japan vor. Ihr seht, daß er schon längst umgetopft werden müßte. Gerade deshalb ist er gut als Beispiel für das geeignet, was ich euch sagen möchte. Hier, das Wurzelwerk hat sich derart verdichtet, daß es bereits den ganzen Baum hochzudrücken begonnen hat, Wurzelwerk und Stamm, weil der Topf einfach zu klein geworden ist. Dieser ehrwürdige alte Baum hat somit drei Zukunftsmöglichkeiten. Entweder man stutzt seine Wurzeln und setzt ihn dann wieder ein, und er wird nicht mehr aus seinem Topf herauswachsen. Oder man überläßt ihn sich selbst, bis er am Ende womöglich an seinen eigenen Wurzeln erstickt . . .«

Matsuo sagte, gespannt vorgebeugt, in die entstehende Pause: »Oder?«

»Oder man befreit ihn von den einengenden Grenzen seines jetzigen Topfes, indem man seinen schon verschlungenen Wurzeln neue Möglichkeiten bietet, sich auszubreiten. England hat seine Wurzeln in Indien und Afrika und sogar noch in Hongkong. Die USA brauchen keine solchen Freiräume, bei einer Bevölkerungsdichte von einunddreißig Menschen je Quadratmeile. Bei uns sind es vierhundert! Unsere Bevölkerung von achtzig Millionen Menschen drängt sich auf einer Gruppe von Inseln zusammen, die gerade so viel Fläche haben wie Kalifornien! Die Wurzeln der meisten europäischen Länder nähren sich ebenfalls auf die eine oder andere Weise aus Asien und dem pazifischen Raum. Warum sollte allein Japan davon ausgeschlossen sein? Warum ausgerechnet Japan? Warum?«

Das Feuer in seinen Augen flößte Matsuo einen ehrfürchtigen Respekt ein. Ein Mann, der wirklich an Japan glaubte und auch dafür zu kämpfen bereit war! Alles, was ihm Nagata Wunderbares über seinen Vater erzählt hatte — er hatte die Wahrheit gesagt!

In der Tür erschien Cho, der oberste Diener des Hauses, und verbeugte sich.

»Ja?« fragte der Hausherr.

»Toyama-san ist da.«

Okumo ging zur Tür. »Das ist ein wichtiger Besucher. Denkt inzwischen über das nach, was ich euch gerade gesagt habe. Wenn Japan seine Wurzeln ausdehnen will, kommt es unweigerlich Amerika ins Gehege.«

Als ihr Vater fort war, sagte Matsuo zu seinem Bruder: »Ist das etwa *der* Tomaya-san?«

Hiroki bestätigte es ihm. »Unser Vater hat das Privileg, jederzeit Zugang zu ihm zu haben.«

Matsuo ging ans Fenster, um hinaus in den Garten zu blicken. Hiroki kam ihm nach und sah ihm über die Schulter.

»Ist er das?« fragte Matsuo.

»Ja.«

Selbst im fernen San Francisco war Matsuo der Name Mitsuro Toyama schon ein Begriff gewesen. Schwer zu glauben, daß dieser schmächtige, so sanft aussehende Mann mit Brille, der jetzt dort unten mit ihrem Vater durch den Garten schlenderte, das Oberhaupt des *kokuryu-kai*, der Gesellschaft vom Schwarzen Drachen, sein sollte, der mächtigsten Geheimorganisation Japans.

»Auch wenn man ihn in der Welt draußen oft für einen Supergangster hält«, sagte Hiroki, »ist er ebenso ein Superpatriot. Jeder, der die Göttlichkeit des Tenno in Frage stellt, bekommt es sofort mit Toyama-san zu tun. Er und Vater wurden 1920 politische Verbündete, als Prinz Yagamata einen Bruch zwischen unserem Kaiser — dem damaligen Kronprinzen Hirohito — und seiner Verlobten, Prinzessin Nagako, herbeizuführen suchte.«

Und daraufhin erzählte Hiroki ausgiebig von den Palastintrigen der zwei sich befehdenden Clans Choshu und Satsuma, die beide versuchten, eine der Ihren zu Hirohitos Braut zu machen. Durch ihres Vaters geschicktes Manövrieren gelang es den Satsumas — dem Clan, zu dem ihre Familie gehörte —, den Kronprinzen und Prinzessin Nagaka zusammenzubringen. Sie war die Tochter des Prinzen Kuniyoshi Kuni, eines Onkels ihres Vaters und geschätzten Mitglieds des Clans. Natürlich waren die Choshu wütend und versuchten fortan mit Bestechung, Erpressung, Verleumdung — mit allem außer Mord — diese Verbindung wieder zu sprengen. Da war dann Toyama-san zu ihrem Vater gekommen und hatte ihm seinen Beistand und seine Hilfe angeboten.

»Gehört er denn zum Clan?« wollte Matsuo wissen.

»Nein, das nicht. Er war geschickt worden.«

»Von wem?«

»Vom Kakureta Kao«, sagte Hiroki mit unüberhörbarem Stolz.

Das Verborgene Gesicht? Was war das denn?

»Der Orden war außer sich«, fuhr Hiroki fort, »daß der Clan der Choshu es wagte, eine Entscheidung der Herrscherfamilie nicht nur umzustoßen zu versuchen, sondern sie überhaupt in Frage zu stellen. Die Gesellschaft vom Schwarzen Drachen hat Mitglieder in allen gesellschaftlichen Schichten, von der Unterwelt über die Polizei bis hinauf zur Palastgarde. Aber weil Toyama-san in der Schuld des Kakureta Kao steht, stehen die Schwarzen Drachen zur Verfügung des Ordens. Unnötig zu sagen, daß alle Hindernisse auf dem Wege zur Hochzeit des künftigen Tenno mit Prinzessin Nagaka aus dem Weg geräumt wurden.«

Matsuo schüttelte langsam und verwundert den Kopf. Er starrte wie gebannt auf seinen Vater, der sich dort draußen im vertrauten Gespräch mit dem berüchtigten Toyama erging. »Ich muß wirklich noch eine ganze Menge über meine Familie lernen.«

»Das stimmt«, sagte Hiroki. Er deutete auf ein Aquarell an der Wand. Matsuo trat näher, um es zu betrachten. Eine glatte Wasserfläche und ein friedlich rauchender Vulkan im Hintergrund. »Das hat Vater gemalt«, sagte Hiroki.

Matsuo starrte fasziniert auf das Bild. Er spürte tiefe Ruhe aus dem sanften Blau des Wassers und des Himmels herausrinnen. *Mein Vater hat das gemalt?*

Hirokis Hand legte sich auf seine Schulter. »Möchtest du mehr über deinen Bruder erfahren?«

»Aber ja, natürlich!« Matsuo drehte sich zu Hiroki um. »Und ganz besonders über diesen Tempel, den du erwähnt hast.«

Hirokis Lächeln erstarb abrupt. »Ja. Gewiß. Dann sollst du es auch erfahren. Mein *sensei* dort möchte sowieso mit dir sprechen, möchte dir viele Fragen über Amerika stellen. Und vielleicht auch über dich selbst einiges erfahren.«

Matsuo schluckte und versuchte zu lächeln. Irgendwie löste der Gedanke an diesen Tempel ein seltsames Unbehagen in ihm aus.

Warum Hiroki ihn nur am Abend zu dem Tempel führen wollte, war Matsuo nicht ganz klar. Warum nicht am Tag? Seit ihm Hiroki angekündigt hatte, daß man ihn im Tempel zu sehen wünschte, hatte Matsuo Cho, den Chef des Hauspersonals, darüber ausgefragt und alles gelesen, was er über die Sekte nur bekommen konnte. Es war sehr interessant, ja, spannend, aber auch irgendwie beunruhigend. Die dunkle und geheimnisvolle Sekte des Verborgenen Gesichts mit ihren strengen Regeln und maskierten Priestern, die so gut wie nie ihren Tempel verließen und niemals ihr Gesicht zeigten, nicht einmal einander, war etwas seinen bisherigen Kenntnissen und Erfahrungen völlig Fremdes. Angeblich gingen die Ursprünge der Sekte bis in die Zeit des großen Jimmu zurück, des allerersten Tenno. Das paßte ins Bild, denn die Sekte war ja fanatisch der Erhaltung der kaiserlichen Dynastie hingegeben. Matsuo hätte aber vom Kakureta Kao lieber nur aus der Ferne erfahren, doch es war schlecht möglich, die Einladung seines Bruders auszuschlagen.

»Tokio am Abend kennst du ja noch nicht, oder?« fragte ihn Hiroki, als sie in den Wagen stiegen.

»Nein«, sagte Matsuo kopfschüttelnd und verkniff sich die Bemerkung, bei Tag habe er die Stadt nicht besonders eindrucksvoll gefunden und diese seine Meinung werde wohl auch am Abend kaum besser werden.

»Dann zeige ich es dir. Tokio bei Nacht ist etwas ganz anderes als Tokio am Tage.« Er instruierte den Fahrer mit einem Schwall von Anweisungen, und sie fuhren los.

»Wie viele Distrikte von San Francisco haben ein eigenes Nachtleben?« fragte Hiroki.

Matsuo zuckte ratlos die Schultern. Wie sollte er das wissen? Gut, er hatte vom Tenderloin- und vom Rotlichtbezirk am Hafen gehört und konnte nur vermuten, daß es noch einige andere gab. »Vier oder fünf vielleicht«, sagte er.

»Tokio hat über dreißig. Wir haben natürlich nicht für alle Zeit, aber ich zeige dir eine Auswahl.«

Matsuo war völlig erschlagen von den scheinbar endlosen Reihen von Bars, Nachtclubs, Cafés, Kinos, Restaurants, Bierhallen und Geishahäusern, die draußen vor den Scheiben ihres Wagens vorüberglitten. Überall Lichter, Lichter, Lichter, blinkend und laufend, in jeder nur denkbaren Farbe. Ihre Fahrt hatte in der Ginza im Zentrum begonnen, mit ihren breiten Straßen, den unglaublichen Menschenmengen, ihrem geschäftigen Treiben und den Hunderten von Bars und Restaurants.

Und doch war da etwas Seltsames, etwas, das nicht stimmte oder nicht paßte oder fehlte in der ganzen Menschenmenge, die die Straßen und Gehsteige bevölkerte. Matsuo konnte es nicht benennen, aber er spürte es. Irgend etwas stimmte nicht.

Doch sie waren bereits vorüber und im Tsukidschi-Distrikt am Hafen, wo es zwischen den Kanälen die teuersten Geishas und Restaurants für die reichsten Leute gab, im Kagurasaka, wo das Militär von der nahegelegenen Kriegsakademie das Bild bestimmte, im Shinagawa, im Ueno und im Shimbashi, wo sich die von den Bahnhöfen hereinströmenden Vorortbewohner amüsierten.

Der Kanda-Distrikt wiederum war das Viertel der Buchhandlungen und betrunkenen Studenten, Yotsuya das Geishaviertel. Die Straßen des Shibuya-Distrikts waren weidengesäumte Alleen, das Shinjuku-Viertel war das der Kinos, und im Ikebukuro-Distrikt fand man die meisten Straßencafés.

Schließlich fuhren sie durch ein großes Tor in einen besonders lebhaften Distrikt. Enge, gewundene Seitenstraßen gingen überall ab, wo sich die Haustüren dicht nebeneinander drängten, jede mit einer kleinen roten Laterne. Ein Straßenschild hieß *Gojukken machi*, die ›Straße der fünfzig Häuser‹.

»Wo sind wir hier?« fragte Matsuo.

»In Yoshiwara, dem berühmtesten Rotlichtdistrikt der Welt«, sagte sein Bruder augenzwinkernd. »Wo Liebe verkauft wird, verstehst du. Vielleicht nehme ich dich gelegentlich mal mit hierher, um dich mit den hier gebotenen Freuden bekannt zu machen.«

In Matsuos Lenden regte sich etwas. Er hatte schon einmal Bilder von Liebesstellungen gesehen; in einem Kopfkissenbuch, das er in Nagatas und Kimuras Schlafzimmer gefunden hatte. *Wo Liebe verkauft wird.* Das klang irgendwie aufregend. *Noch nie habe ich auch nur die Hand eines Mädchens gehalten.*

Hiroki tippte dem Fahrer auf die Schulter. »Zum Tempel.«

Auf der Fahrt durch die Straßen des Yoshiwara-Bezirks mit seinen wogenden Massen von Männern, die sämtlich auf der Suche nach Vergnügen waren, wußte Matsuo dann plötzlich, was ihn schon die ganze Zeit über beschäftigte, was nicht zu stimmen schien. Die Frauen! Nirgends waren Frauen gewesen. Von Prostituierten, Barmädchen und einer gelegentlichen Geisha, die in einer Rikscha vorüberfuhr, abgesehen, bestanden die Menschenmengen auf den Straßen nur aus Männern!

»Wo sind denn die ganzen Frauen?« fragte er.

»In den Häusern natürlich.«

»Nein, nein, ich meine die Schwestern, Frauen, Freundinnen all dieser Männer.«

Hiroki sah seinen Bruder an, als habe dieser den Verstand verloren. »Zu Hause selbstverständlich. Wo sie hingehören.«

»Gehen sie denn abends nicht ebenfalls aus?«

»Natürlich nicht.«

Matsuo blickte nach draußen. Sie fuhren wieder durch die Ginza. Als sie sich im Schrittempo durch einen Stau von Autos, Fußgängern und Rikschas quälen mußten, studierte er die Gesichter der Menschen dort draußen und bemerkte ihre taumelnden Schritte, ihre unnatürlich geweiteten Augen, ihr viel zu lautes Gelächter, die ganze Verzweiflung unter der aufgesetzten Fröhlichkeit. Er sah ein Japan, an das er nie im Traum gedacht hätte. Das Japan ohne Maske, ohne Hut und mit offenem Kragen. Und mit heruntergelassenen Hosen.

Es gefiel ihm ganz und gar nicht.

In San Francisco hatte er bereits die Verderbtheit der Nacht und Betrunkene in aller Öffentlichkeit erlebt, doch das war irgendwie davon neutralisiert worden, daß dies Menschenmengen waren, die aus Männern und Frauen jeden Alters bestanden, aus Paaren, die Arm in Arm oder Hand in Hand gingen. Aber dies hier empfand er als schändlich. Erwachsene Männer führten sich auf der Straße wie Schuljungen bei einer Sauftour auf, während ihre Mütter und Frauen und Schwestern und Freundinnen allein zu Hause saßen.

Es war ihm zuwider, San Francisco auch nur in irgendeiner Weise über Tokio zu stellen, also setzte er sich zurück, schloß die Augen und versuchte, es zu verdrängen. Er konnte diese Gesichter in der Menge hier nicht mehr ertragen.

Der Tempel lag dunkel da, ein gestaltloser Fleck vor dem Hintergrund des Himmels. Ein kalter Wind blies von der Tokiobucht her durch die Straßen und durch Matsuos dünne Jacke, als er hinter Hiroki die Treppen hinaufstieg. Mit Ausnahme einer flackernden Fackelflamme an dem großen eisenbeschlagenen Teakholztor war im ganzen Tempel kein Licht zu sehen.

»Es sieht so kalt und tot aus«, sagte er.

»Unsinn! Die Priester leben doch hier!«

Hirokis Ton gefiel Matsuo nicht. Daß die Priester hier wohnten, wußte er auch. Er hatte doch mehr diese seltsame Kälte und Einsamkeit gemeint, die der Tempel ausstrahlte. Ganz Tokio war hellerleuchtet. Doch dieser Tempel hier hätte auch ein toter Felsen sein können, so dunkel und leblos sah er aus.

Hiroki schlug den schweren Klöppel an die Tür. Das Echo hallte die ganze Straße hinauf und hinab. Das Tor war von oben bis unten mit eingeschnitzten seltsamen Zeichen und Ornamenten bedeckt. Nach einer Weile wurde es lautlos und sanft geöffnet. Eine große Gestalt in einer dunklen Kutte mit Kapuze stand im Lichtschein der Fackel vor ihnen. Matsuo trat unwillkürlich einen ängstlichen Schritt zurück. Das Gesicht war von einer Maske verhüllt. Die Augenhöhlen sahen so schwarz und leer aus wie die Nacht selbst.

Hiroki verbeugte sich.

»Okumo-san«, sagte die Gestalt. Wie seltsam dumpf die Stimme klang!

»Shimazu-sensei erwartet mich«, erwiderte Hiroki.

»Wen hast du bei dir?«

»Meinen Bruder Matsuo aus Amerika.«

Der Vermummte wandte sich Matsuo zu. »Aus Amerika.«

Alles in Matsuo drängte, vor diesen schwarzen Augenhöhlen zurückzuweichen, doch er widerstand der Versuchung. Er verbeugte sich tief, um seinen tiefen Respekt zu bezeugen.

»Tretet ein.«

Sie gingen an dem Torwächter vorbei. Das Tor hinter ihnen schloß sich, und damit erlosch auch der Lichtschein der Fackel. Einen Augenblick stand Matsuo völlig desorientiert in der Finsternis. Als sich seine Augen allmählich an die Dunkelheit gewöhnten, sah er einen langen Korridor vor sich liegen, der nur trübe durch einige wenige, weit auseinanderliegende *tschotschin* erhellt wurde. Sein Bruder war nur eine sich vor ihm her bewegende Silhouette.

Es war kalt hier drinnen, kälter als draußen die Januarnacht. Dazu kam noch eine Art innerer Kälte, die Matsuo erschaudern ließ. Nichts Böses oder Übles, sondern eine so eisige Ruhe und Stille, wie sie nur vollkommene Sicherheit und unerschütterliche Zuversicht verleihen können. Sie schien in den Mauern selbst zu sein, die Luft zu sättigen. Spürte Hiroki das nicht auch? Oder war er vielleicht sogar ein Teil davon?

Matsuo überlief ein heftiges Zittern. Er beeilte sich, zu seinem Bruder aufzuschließen.

»Gibt es denn hier kein elektrisches Licht?« fragte er.

Er sah Hiroki in dem trüben Dunst den Kopf schütteln. »Keinen Strom, kein Telefon. Hier in diesem Tempel hat sich seit Jahrhunderten nichts verändert.«

Nach verwirrend vielen Abbiegungen und zwei abwärts führenden Treppen betraten sie schließlich einen kleinen, von einer schwachen Laterne erleuchteten, karg möblierten Raum, in dem sie von einer großen, schlanken Gestalt mit hohen und schmalen Schultern in roter Gesichtsmaske und dunkelblauer Kutte mit Kapuze erwartet wurden. Am auffälligsten jedoch waren deren Augen: dunkelgrün und intensiv stechend. Noch nie hatte Matsuo in solche Augen gesehen. Er verbeugte sich gemeinsam mit seinem Bruder, ehe sie beide sich vor dem Mann niedersetzten.

»Dies also ist dein Bruder, der eines Tages mit dir zusammen im Kaiserlichen Rat sitzen wird?« sagte Shimazu. Seine Stimme war sanft wie Sand, der in stilles Wasser rieselt. Matsuo sah, wie sich die grünen Augen hinter der roten, bestickten Maske flink zwischen ihm und seinem Bruder hin und her bewegten. Er fühlte sich unter diesem harten, prüfenden Blick sehr unbehaglich. Er besah sich die Maske und bemerkte schockiert, daß sie von schmalen Hautlappen am Haaransatz und vor den Ohren gehalten wurde. Unten hing sie lose herab und wehte bei jedem Atemzug leicht.

Und über seinem rechten Handgelenk hatte der Mann eine Tätowierung. Ein schwarzes Sechseck mit Gitterwerk in der Mitte. Genau wie Hiroki.

Ist er es, den ich töten werde? dachte Shimazu, zugleich erleichtert und angespannt angesichts der Tatsache, endlich dem jüngeren Okumo von Angesicht zu Angesicht gegenüberzustehen.

Er war ein sehr gutaussehender Junge, fand er. Volleres Gesicht als Hiroki. Doch die Ähnlichkeit zwischen den beiden war ganz unverkennbar. Der Jüngere war noch ein wenig verschüchtert vom ersten Kontakt mit dem Tempel, aber Shimazu sah, wie er allmählich selbstsicherer wurde.

Einer von euch muß sterben, dachte er und musterte sie abwechselnd. *Nur, welcher?*

Seher zur Verfügung zu haben war zu Zeiten ganz nützlich. Aber es konnte auch eine große Last sein. Vor nunmehr fast zwanzig Jahren hatte ein Seher eine Vision gehabt, die Hiroki und seinen damals noch nicht einmal gezeugten Bruder betraf. Nur wenige der gegenwärtigen Tempelbewohner wußten noch davon. Es war eine komplexere Vision als die meisten gewesen, doch die Aussage, daß einer der Okumo-Brüder einst getötet werden müsse, war deutlich genug.

Doch welcher von beiden, war nicht klar geworden. Und wann.

Shimazu vertraute darauf, daß er dies und den Zeitpunkt schon zur rechten Zeit erfahren würde. Er betete nur, daß es nicht Hiroki treffen möge. Denn dessen ganzen Lebensweg hatte er verfolgt und überwacht. Hiroki war dem Kaiser und dem Orden unbedingt, ja bis in den Tod ergeben, jetzt, wo er zum jungen Mann herangereift war. Er konnte es unmöglich sein, der getötet werden mußte. Er durfte es nicht sein. Es mußte einfach der andere sein. Der Jüngere. Matsuo.

Aber wie sollte er es mit Sicherheit erfahren?

Vielleicht konnten einige Fragen die richtige Wahl unterstützen.

Hirokis *sensei* schien ganz außerordentlich an Amerika interessiert zu sein. Matsuo war ohnehin längst aufgefallen, daß eigentlich alle hier in Japan, mit denen er zusammenkam, sehr an Amerika interessiert zu sein schienen. Doch Shimazus Fragen waren ganz anders als etwa die Hirokis. Der *sensei* wollte Auskunft über Bodenschätze und Rohstoffe und über den Charakter der Menschen dort. Waren sie eher kriegslüstern oder friedensorientiert? Würden sie ihren Führern blind in jede Schlacht folgen oder zögerlich sein und alle möglichen Fragen stellen? Waren sie hungrig auf Eroberung, oder ruhten sie fett und faul auf dem aus, was sie schon hatten?

Matsuo antwortete nach dem, was er dort im Schulunterricht gehört, und nach dem wenigen, das er von dem riesigen Land selbst gesehen hatte, so gut er konnte. Aber die ganze Zeit war ihm eigentlich nicht klar, was eigentlich so bedeutsam und überaus interessant an Amerika war. Er jedenfalls wollte nichts mehr mit diesem Land zu tun haben. Er wollte hier in Japan bleiben und Amerika einfach nur vergessen.

»Hast du irgendwelche Freunde in Amerika?« fragte Shimazu.

Matsuo spürte, wie sich seine Kehle etwas zusammenschnürte. Dann schüttelte er entschlossen den Kopf.

»Wenn Japan und Amerika Krieg gegeneinander führen würden, hättest du da Bedenken, gegen Amerika zu kämpfen?«

»Nein.« Seine Antwort klang sicher und überzeugt.

»Was ist das Beste, das du von Amerika und den Amerikanern berichten kannst?«

Matsuo dachte eine Weile darüber nach. Er erinnerte sich an die täglichen Anrempeleien durch völlig Fremde, an die ständigen Beleidigungen aller Japaner durch die Beamten in Kalifornien. Er dachte an Mick und an den zerschlagenen Kopf von Izumi-san. Und daran, wie ihn Frankie im Stich gelassen hatte.

Und er sagte: »Es ist groß.«

»Na gut. Und was ist das Schlechteste, das du in Amerika erlebt hast?«

Und da kamen Matsuo die Worte wie von selbst aus dem Mund: »Die Leute dort haben keine *giri*.«

Neben sich hörte er, wie Hiroki scharf den Atem einzog. Shimazus Augen hinter der Maske weiteten sich und blitzten auf. Keine *giri* zu besitzen, war die schlimmste Beleidigung, die man einem anderen entgegenschleudern konnte. Sie besagte, daß derjenige nicht der Gesellschaft ehrbarer Männer würdig und nur ein Ausgestoßener sein konnte. Es wurde Matsuo klar, daß er soeben ein ganzes Volk so klassifiziert hatte.

Aber es stimmte doch!

Schließlich nickte Shimazu zögernd und beipflichtend. »Ja. Ich glaube, du wirst eine ausgezeichnete Ergänzung für den Kaiserlichen Rat sein.«

Normalerweise hätte sich Matsuo von einem solchen Lob sehr geschmeichelt gefühlt. Doch jetzt fragte er sich, warum er sich trotz Shimazus Lob so unbehaglich fühle. So . . . unsauber.

Shimazu meditierte noch lange, nachdem die Brüder Okumo wieder gegangen waren. *Welcher soll sterben?* Er war darüber schwankender denn je. Er war eigentlich sicher gewesen, daß der Jüngere äußerlich und innerlich zu amerikanisiert zurückgekehrt sei und von asiatischer Lebensart nichts mehr werde wissen wollen. Das hätte ihm die Wahl sehr erleichtert.

Doch dieser junge Matsuo war alles andere als ein verweichlichter und dekadenter Amerikaner unter japanischer Haut. Im Gegenteil! Er war wie ein junger Samurai, der bereit und entschlossen ist, für seinen Kaiser Köpfe abzuschlagen. Er war im Feuer des amerikanischen Rassismus gestählt. Er war hart und voller Spannkraft. Er gab einen hervorragender Kämpfer gegen den Westen ab.

Das brüderliche Band, das sich zwischen Hiroki und Matsuo offensichtlich anzuspinnen begonnen hatte, irritierte ihn zusätzlich. Das konnte ein Problem werden. Hiroki nahm den Tod seines Bruders dann vielleicht so schwer — denn daß Matsuo sterben mußte, war für Shimazu trotz allem klar —, daß er nicht mehr unbeeinflußt handelte. Er mußte Vorkehrungen treffen, daß die brüderliche Bindung zwischen den beiden nicht zu stark wurde.

Immerhin, im Augenblick stand noch keine Entscheidung an. Noch mußte Zeit vergehen. Die Oberen des Ordens hatten ihm völlig freie Hand über den Zeitpunkt seiner Wahl gelassen, welcher der Brüder sterben mußte. Niemand drängte ihn. Und er wollte noch warten, erst noch weiter beobachten. Aber wenn der Jüngere auch nur einen falschen Schritt tat, auch nur den Hauch einer Gefahr darstellte, würde er ihn augenblicklich auslöschen wie eine Kerze . . .

Dies brachte ihn wie von selbst auf Hirokis Verlobte. Was sie anging, war die Zeit gekommen, etwas zu unternehmen. Von seinem Plan ihren Tod betreffend, durfte er seine Oberen aber nichts wissen lassen. *Niemand* durfte etwas davon erfahren. Auch nur der kleinste Verdacht, daß er mit Meikos Tod irgend etwas zu tun habe, würde seine Beziehung zu Hiroki vollständig zerstören.

Doch das Mädchen mußte bald sterben; noch ehe sie nach Amerika abreisen konnte. Denn selbst wenn sie während ihrer Studienjahre Tausende Meilen entfernt war, würde sie Hirokis Gedanken doch ständig beschäftigen und ihn von seiner eigentlichen Bestimmung ablenken. Das durfte er nicht zulassen.

Er ging zu der Truhe in der Ecke und hob den Deckel. In der Mitte lag ein kleines Ebenholzkästchen mit Elfenbeinintarsien. Er öffnete es. In dem Kästchen lagen die *doku-ippen*, ein Sortiment von Holzspänen, jeder in einer eigenen Mulde eingebettet, jeder mit einem anderen Gift getränkt. In der oberen Reihe die mit sofortiger, darunter die mit verzögerter Wirkung. Beide waren unausweichlich tödlich.

Er suchte einen Span der unteren Reihe aus. Es durften keinerlei Verdachtsmomente entstehen. Meikos Tod mußte so erscheinen, als habe er völlig natürliche Ursachen.

Morgen wurde das *Hatsu-U-Mode*-Fest begangen. Hiroki hatte erwähnt, daß sich die Familien Okumo und Mazaki aus diesem Anlaß treffen würden.

Er, Shimazu, würde auch dort sein.

Matsuo sah sie zum ersten Mal während des *Hatsu-U-Mode*-Festes vor dem Kameido-Tenjin-Schrein. Er saß mit seinem Vater und seinem Bruder in der den adeligen Familien vorbehaltenen Sektion. Die farbenfrohen Fahnen und Bänder, die im Wind wehten, hatten ihn fasziniert, ebenso die Blumenwagen des großen Korsos, der durch die Straßen zog. Hier war das Japan, das er immerzu suchte, auch wenn die Wirkung durch die Realität der Stadt ringsherum etwas geschmälert wurde.

Dann erblickte er sie in ihrem kirschrosa Kimono mit der einen fliegenden Kranich darstellenden Stickerei und dem reinweißen Obi um die Hüfte. Sie stand schlank und aufrecht da und verfolgte den Festzug mit ihren großen, wunderschönen Augen. Sie war die Vollkommenheit selbst. Niemals hätte er sich träumen lassen, daß jemand von solcher Schönheit und Anmut existierte. Die Götter mußten sie dazu erschaffen haben, all ihre Geschlechtsgenossinnen in den Schatten zu stellen, sie alle vor Neid weinen zu lassen.

Vom Rest des Umzugs nahm er kaum noch etwas wahr. Selbst wenn rote Elefanten in grünen Kimonos vorbeigekommen wären, hätte er keinen Blick mehr für sie gehabt. Er sah nur noch das Mädchen, und in seinem Kopf war nur noch der Gedanke, wie er sich ihr nähern konnte.

Doch noch ehe er sich einen Plan zurechtlegen konnte, war der Umzug vorüber. Er war bereits entschlossen, irgendeine Verzweiflungstat zu begehen, als sie aufstand und sich ihm zuwandte und in Begleitung ihrer Eltern auf ihn zukam und wahrhaftig in seine Richtung lächelte.

Konnte das wirklich wahr sein? Konnte dieses Traumbild ihn wirklich auch nur ein Zehntel — ach was, ein Hundertstel so attraktiv finden wie er sie? Nein, das konnte nicht sein. Es konnte nur ein Traum sein!

Doch er träumte nicht. Das Mädchen und seine Eltern traten auf ihn zu und verbeugten sich! Aus der Nähe war sie noch anmutiger als aus der Entfernung. Ihre Augen . . . er ertrank in diesen Augen. Es wurde ihm bewußt, daß er sie wie ein Schaf anstarrte. Eilends erwiderte er die Verbeugung, wie auch sein Vater und sein Bruder.

»Herr und Herrin Mazaki«, sagte sein Vater zu den Eltern des Mädchens, »geben Sie mir bitte die Ehre, Sie mit meinem Sohn Matsuo bekannt zu machen, der erst kürzlich aus Amerika zurückkam.«

Matsuo folgte den sich anschließenden Höflichkeiten und Formalitäten wie ein Automat. *Dieser Name . . . Mazaki . . . wieso hörte er sich so bekannt für ihn an?*

Dann sagte sein Vater: »Und dies ist ihre Tochter Meiko.«

Matsuo hatte ein Gefühl, als habe er einen Boxhieb in den Magen bekommen. Seine Knie wurden ihm weich. Meiko Mazaki! Natürlich kannte er den Namen! Hiroki hatte ihn schon zahllose Male erwähnt. Sie war seine Verlobte! Seine künftige Braut!

»Guten Tag, Matsuo«, sagte sie, und ihre Stimme war wie Musik, wie ein ganzer Chor von *samisens* mit einer himmlischen Melodie. »Es ist eine langerwartete Ehre für mich, Hirokis Bruder kennenzulernen.«

Matsuo verbeugte sich erneut und stammelte etwas Undefinierbares, das er so wenig verstand wie alle anderen. Eine Woge von Gefühlen überflutete ihn. Er wollte sterben. Gab es denn keine Gerechtigkeit in diesem Leben? Hiroki war es nicht nur vergönnt gewesen, in Japan aufzuwachsen. Er bekam auch noch das schönste Mädchen der Welt zur Braut! Es war so ungerecht.

Er blickte die Straße hinauf und hinunter. Irgendwohin, nur nicht Meiko ansehen! Er sah einen Bettelmönch durch die Menge auf sie zukommen. Er hatte einen Weidenkorb über den Kopf gestülpt. Darunter hielt er das Mundstück einer Flöte, aber er spielte nicht. Ein faszinierender Anblick. Doch Matsuos Augen wurden schließlich doch von Meiko gefesselt.

Shimazu bahnte sich seinen Weg durch die Menge vor dem Schrein. Er konnte gut durch das Geflecht des Korbes sehen, der über seinem Kopf gestülpt war. Zu den seltenen Gelegenheiten, da er den Tempel verlassen mußte, fand er es immer am besten, sich als Bettelmönch auszugeben. Der umgestülpte Korb auf dem Kopf, der bis zu den Schultern herabreichte, erlaubte ihm zu sehen, ohne gesehen zu werden. Er ging dann immer bis zu einer Menschenmenge, schob seine Blockflöte unter dem Korb hervor und spielte ein wenig. Es amüsierte ihn, auf diese Weise einige Münzen gespendet zu bekommen und dann weiterzugehen.

Doch er haßte es, den Tempel zu verlassen, und tat es nur, wenn es wirklich unerläßlich war. Heute traf dies mehr zu denn je. Die Beseitigung Meiko Mazakis war etwas, das er unter keinen Umständen jemand anderem überlassen konnte. Keine Menschenseele außer ihm selbst durfte wissen, was die Ursache der langsamen, aber unerbittlichen Krankheit war, die des Mädchens Kräfte in den nächsten Wochen allmählich erlahmen lassen würde, bis sie ihr ganz zum Opfer gefallen war.

Er drängte sich weiter durch die Menge auf der Suche nach ihr. Das *dokuippen* steckte griffbereit in einer Falte seines Kimonos.

Das also ist Matsuo, dachte Meiko, während sie sich heuchlerisch in lobenden Höflichkeiten erging. *Der Sohn, der nach Amerika ging.*

Wenn dieser jüngere Okumo ein Beispiel dafür war, was sie in Amerika erwartete, dann wollte sie davon nichts wissen. Er hatte keinerlei Benehmen. Es war ihr nicht entgangen, wie er sie während fast des ganzen Umzugs mit unverhohlener Vulgarität angestarrt hatte. Und er schien nicht einmal zu wissen, wie man sich korrekt verbeugte. Er war wie ein Barbar, dem man zwar die richtigen Bewegungen beigebracht hatte, der sie aber nicht beherrschte und ohnehin nicht wußte, was gutes Benehmen ausmachte. Jeden seiner Gedanken konnte man ihm vom Gesicht ablesen, als hätte jemand sie mit großer Schrift darauf gemalt.

Ihr Vater durfte sie einfach nicht nach Amerika schicken, wenn man dort so wurde wie dieser Matsuo Okumo! Er konnte ihr das nicht antun!

Und doch . . .

Sie konnte nicht leugnen, daß seine Ungeschicklichkeit irgendwie sympathisch und anziehend wirkte. Eine gewisse Unschuld. Eine gewisse Verletzlichkeit. Es war deutlich zu sehen, wie sehr er sich bemühte, ihr zu gefallen, sich korrekt zu benehmen. Und nahezu gegen ihren Willen spürte sie, wie sich ihr Herz öffnete. Er war schließlich sein ganzes Leben der abendländischen Kultur ausgesetzt gewesen. Da war es doch ganz unvermeidlich, daß einige Spuren von dieser Barbarei an ihm haften geblieben waren!

Sie sprach nur kurz mit Hiroki und seinem Vater, die den Kopf voll anderer Dinge zu haben schienen. Die beiden Familien begannen wie die übrigen Festbesucher die Straße entlang zu gehen. Meiko wandte ihre Aufmerksamkeit wieder Matsuo zu.

Er war durchaus kein abstoßender Anblick — im Gegenteil. Nach Statur und Gesichtszügen hatte er große Ähnlichkeit mit seinem Bruder. Nur waren seine Augen weicher, nicht so stechend, nicht so unstet. Und eben diese Augen starrten sie jetzt wieder unverwandt an. Vielleicht halfen einige Fragen, ihn wieder seine Haltung zurückgewinnen zu lassen.

»Ist es ein gutes Gefühl, nach all den Jahren in Amerika wieder daheim in Japan zu sein?«

Sein Kinn fiel ihm nahezu auf die Brust, und er blickte nach links und rechts, wie um sich zu vergewissern, daß sie tatsächlich ihn angesprochen hatte. Schließlich brachte er hervor: »Oh, ja. Ein sehr gutes Gefühl. Es ist wundervoll, in Japan zu sein.«

Mehr sagte er nicht. Meiko fragte sich, ob dies etwa typisch für die Art und Weise der Amerikaner sei, eine Konversation zu führen. Sie versuchte es noch einmal.

»Wie hat dir Amerika gefallen? Möchtest du wieder zurück?«

Wieder zögerte er, ehe er antwortete, aber diesmal spürte sie, daß er wirklich nicht sicher war, was er antworten sollte. In den Augenwinkeln bemerkte sie, wie Hiroki aufmerksam zu werden schien und sich seine Gesichtszüge anspannten.

»Es ist ein sehr interessantes Land. Sehr . . . anders als Japan. Wenn mein Vater es wünscht, werde ich dorthin zurückkehren. Ich würde allerdings lieber in Japan bleiben als irgendwo sonst auf der Welt.«

Sie glaubte, während er sprach, zu bemerken, daß ihn eine Art Schmerzwelle durchlief. Doch das ging so rasch, wie es gekommen war, wieder vorbei. Sie hätte gern gewußt, was es war, ließ es dann aber dabei bewenden. In einem Land wie diesem Amerika aufzuwachsen mußte wohl schmerzlicher sein, als sie sich vorstellen konnte. Links von ihr erblickte sie einen Bettelmönch mit einem Weidenkorb über dem Kopf, der sich gegen den Strom der Menge einen Weg vorwärts zu bahnen versuchte, direkt auf sie zu.

Er hielt eine Blockflöte in der einen Hand und schien mit der anderen in den Falten seines schäbigen Kimonos irgend etwas zu suchen. Er sah so arm aus. Sie hätte ihm gern eine Münze gegeben, aber sie hatte keine zur Hand. Sie wandte sich wieder an Matsuo.

»Wirst du hier die Adelsschule besuchen?« fragte sie ihn und probierte ihr Englisch an ihm aus.

Er wechselte die Sprache ohne die geringste Mühe. »Nächste Woche fange ich an, ja.«

Sein Englisch klang anders als das ihrer Lehrer, die alle in England studiert hatten.

»Du könntest mir mit deinem amerikanischen Dialekt etwas helfen.«

Sein Gesicht hellte sich auf. »Es wäre mir eine Ehre.«

Die Bewunderung, die sie in seinem Gesicht erblickte, als er sie dabei ansah, ließ sie erröten. Sie wandte sich rasch ab und schreckte zusammen, als sie merkte, daß der Bettelmönch direkt neben ihr war.

Shimazu hatte das *doku-ippen* bereit. Er hielt es fest zwischen Daumen und Zeigefinger, um jeden Augenblick damit zuzustoßen. Mehr als ein Kratzer war nicht nötig. Ein kaum merklicher kleiner Kratzer auf ihrem Handrücken im Vorübergehen. Das war alles. Morgen würde sie dann etwas zu frösteln beginnen, übermorgen setzte leichtes Fieber ein . . . und dann waren ihre Tage gezählt.

Er wollte jetzt so nahe an sie herantreten, daß er den Kratzer anbringen konnte. Er wollte so tun, als sei er von einem Passanten gestoßen worden, sie dann kurz berühren, sich sofort tief zur Entschuldigung verbeugen und in der Menge untertauchen. Da erkannte er, wie der junge Okumo mit ihr sprach.

Er ist ganz hingerissen! Er ist aufs äußerste von ihr gefesselt!

Etwas hielt ihn plötzlich zurück, lähmte ihn geradezu. Er ließ das Mädchen vorübergehen. Niemals wäre ihm der Gedanke gekommen, daß sich eine Beziehung zwischen Matsuo und Meiko entwickeln könnte. Und doch hatte es den Anschein.

Das konnte nützlich werden!

Das Mädchen konnte die Okumo-Brüder auseinanderbringen. Etwas Reiberei zwischen den beiden! Nicht zu viel. Gerade nur so viel, um einen kleinen Keil zwischen sie zu treiben. Das wäre ideal für seine weiteren Pläne. Hiroki sollte ja nicht zu heftig trauern, wenn Matsuo starb.

Gut. Sollte das Mädchen vorerst weiterleben. Man mußte abwarten, was sich zwischen ihr und Matsuo entwickelte. Er hatte Zeit. Immerhin ging sie für vier Jahre nach Amerika. Vielleicht war sie gleichermaßen von Matsuo Okumo betört, wenn sie dann zurückkam!

Das wäre gar nicht uninteressant . . .

FEBRUAR

Das war es! Er hatte eines gefunden!

Hirokis Hand zitterte, als er die alten Schriftzeichen auf dem vergilbten Papier überflog. Diese Schriftrolle stammte eindeutig vom Kakureta Kao! Jetzt begriff er schlagartig, warum so viel Wert darauf gelegt worden war, daß sie während ihrer Schulzeit im Tempel die alten esoterischen Schriftzeichen und Symbole lernten. Shimazu hatte damit die ganzen Jahre nur auf einen Augenblick wie diesen hingearbeitet!

Hiroki war in diesen Tempel in Nando gekommen, weil er gehört hatte, daß sich hier in der Bibliothek viele alte Schriftrollen befanden. Einige, ging die Rede, sollten vom Kakureta Kao stammen. Obwohl niemand ganz sicher war. Weil es so große Schwierigkeiten bereitete, die alten Ideogramme zu übersetzen. Hiroki war also hergekommen und hatte nun bereits einen ganzen Monat lang praktisch jede Minute die alten, schon fast zerfallenen Dokumente auf der Suche nach dem einen, auf das es ihm ankam, durchforscht — das eine, welches das Geheimnis des *kuroikaze,* des Schwarzen Windes, enthielt.

Und das hier konnte es sein!

Kaum noch imstande, seine Aufregung zu zügeln, begann er mit der Übersetzung der einzelnen Symbole und Zeichen. Doch Augenblick . . . was war das? Sein Blick war vorausgewandert und hatte etwas entdeckt, an dem er hängenblieb. Nein. Das konnte doch nicht sein!

In plötzlich aufwallendem Zorn hob er die Rolle hoch, um sie an die Wand zu schleudern, doch er zwang sich gerade noch, innezuhalten.

Wieder eine fruchtlose Suche. Wieder eine falsche Spur. Ein weiterer nutzlos vertaner Monat. Er besah sich das Durcheinander von Schriftrollen und Manuskripten um sich herum und hätte sie am liebsten alle auf dem Boden zu Staub zertrampelt. Mehr waren sie auch nicht wert!

Ganz langsam ließ er die Rolle in seiner Hand wieder auf den Tisch sinken.

Nein, so ging es auch nicht. Das war jetzt der fünfte Tempel, in dem er seit dem letzten Sommer Nachforschungen anstellte. Aber wenn er weiter auf die Kooperation der verschiedenen buddhistischen Sekten Wert legte, in deren Obhut sich diese alten Schriften befanden, mußte er peinlichst genau darauf achten, sorgfältig mit ihnen umzugehen. Andernfalls hätte es sich sehr schnell herumgesprochen, daß der Okumo-san vom Kakureta Kao ein gewalttätiges und zerstörerisches Temperament habe. Und fortan würden alle weiteren Nachfragen hinsichtlich alter Schriften dann wohl unbeantwortet bleiben, und seine Bitten um Nachforschungen in den Tempelbibliotheken würden nur noch abschlägig beschieden. Obwohl ihm selbst das — wenn die weitere Suche nichts Ergiebigeres zum Vorschein brachte als bisher — gleichgültig sein könnte. Gewiß, dies hier war ein altes Kakureta-Kao-Dokument. Aber nur eine Einkaufsliste einer alten Klosterküche. Nicht unbedingt das, wonach er suchte.

Es schien wahrhaftig eine unlösbare Aufgabe zu sein. Er konnte doch nicht sämtliche Tempel, Schreine und Klöster Japans durchsuchen! Es gab Tausende! Er hätte dazu einen großen Mitarbeiterstab gebraucht, hatte aber nicht einmal die Mittel, auch nur einen einzigen Mann zu bezahlen. Ganz abgesehen davon, daß ja kein Mensch wissen durfte, daß dem Orden das Geheimnis des *kuroikaze* abhanden gekommen war. Schon deshalb ging es nicht. Man konnte nicht gut jemanden anstellen, der suchen helfen sollte, wenn man ihm nicht sagen durfte, wonach er suchen sollte.

Er hatte schon an Matsuo gedacht, den Gedanken aber verworfen. Der Seher hatte vorausgesagt, daß jemand aus adeligem Geblüt das Geheimnis des Schwarzen Windes wiederfinden werde. Matsuo war ihm in dieser Hinsicht gleich. Doch Hiroki hatte nicht die Absicht, das Schicksal zu versuchen, damit es am Ende dem falschen Okumo den Weg zu den Schriftrollen wies.

Seine Zuneigung zu seinem jüngeren Bruder war allerdings immer mehr gewachsen. Nach all den Jahren als Einzelkind begann es ihm zu gefallen, einen Bruder zu haben. Matsuo war zwar noch in vieler Hinsicht ein ungeschliffener Diamant. Aber es war schließlich nicht seine Schuld, daß er in Amerika aufgewachsen war. Außerdem kämpfte er mutig gegen dieses Handikap an, versuchte, es zu überwinden. Und Hiroki spürte, daß Matsuo tief im Innern in seiner Treue und Wertschätzung gegenüber Familie und Kaiser fest und ergeben war.

Er seufzte und begann die verstreuten Schriftrollen zusammenzutragen und wieder einzuordnen. Wie viele Tempel und Schreine gab es wohl in Japan? Hatte jemand sie je gezählt? Vielleicht war es besser, die genaue Zahl gar nicht zu wissen. Es würde ihn für die weitere Suche nur entmutigen. Und das wollte er auf keinen Fall geschehen lassen. Er wollte, er würde weitersuchen! Und das *kuroikaze*-Geheimnis am Ende auch finden.

Er mußte es finden. Die Zukunft Japans hing davon ab. Ob es Yajima besser erging als ihm? Hoffentlich nicht!

APRIL

SAGAMI-BUCHT

Matsuo stand in dem kalten, nassen Sand. Das Wasser spülte fast bis an seine Zehen.

Frühling.

Er ging langsam im Kreis herum. In der Ferne stieg aus der abgeflachten, schneebedeckten Kuppe des Fujiyama träge eine dünne Rauchfahne in den blaßblauen Himmel. Zu seinen Füßen erstreckte sich die Sagami-Bucht in den Pazifik hinaus. Die Hügel ringsum waren ein einziger Blütenrausch der Kirsch- und Apfelbäume; in Weiß und Rosa.

Gab es irgendwo auf der ganzen Welt etwas Schöneres als den japanischen Frühling? Unvorstellbar.

»Bring das Glas, Matsuo!«

Er nahm das Sammelglas auf, das im Sand lag, und eilte damit hinaus ins Wasser zu seinem Vater. Es war kalt, aber erträglich. Er hielt das Glas unter Wasser, während sein Vater sein Fangnetz darin entleerte, und hielt es dann in die Sonne. Ein Lebewesen mit Tentakeln, kleiner als seine Hand, drehte im Glas nervöse Kreise.

»Ein Oktopus!«

»Sieh dir seine Tentakel an. Siehst du die blauen Spitzen? Ich habe so etwas noch nie gesehen. Bestimmt auch nicht einmal der Kaiser, möchte ich wetten!«

»Der Kaiser?«

Sein Vater starrte ihn kurz an. »Ach ja, das weißt du natürlich nicht. Wie könntest du auch. Der Kaiser und ich haben ein altes gemeinsames Interesse an Meeresbiologie. Sein Sommerpalast ist nicht weit weg, in Hayama, und viele Jahre lang, als er noch Kronprinz war, haben wir gemeinsam genau hier Meerestiere gefangen und gesammelt. Ich bin vielleicht mehr als zwei Jahrzehnte älter als er, aber ich glaube schon sagen zu dürfen, daß er mich als seinen Freund betrachtet.«

Matsuo war von dieser Eröffnung völlig verblüfft und tief beeindruckt. Kaiser Hirohito — ein *Freund!* Kein Wunder, daß Vater immer mit so viel Zuversicht davon sprach, seine beiden Söhne einst als Mitglieder des Kaiserlichen Rates zu sehen! Er starrte wieder auf das Meer hinaus und dachte über sein Glück nach, in eine so wohlhabende, adelige Familie hineingeboren worden zu sein und einen Vater zu haben, der mit dem Kaiser ein persönliches Interesse gemeinsam hatte und sogar mit ihm befreundet war.

Eine sanfte Hand legte sich auf seine Schulter. Er drehte sich um. Sein Vater war bereits umgezogen. Sein pechschwarzes Haar, das da und dort schon feine Silberfäden durchzogen, war glatt nach hinten gekämmt. Er trug den alten, abgetragenen Kimono, den er sonst anhatte, wenn er im Garten arbeitete. Seine dunklen Augen ruhten wohlgefällig auf Matsuo.

»Worüber denkst du nach, mein Sohn?«

»Daß ich nie mehr von hier fort möchte«, sagte Matsuo. Aber er bereute es sofort. Er wußte doch genau, sein Vater plante, daß er seine Ausbildung in Amerika beendete. Und daß es seine *oya no on* war, seine Verpflichtung den Eltern gegenüber, ihren Plänen bedingungslos zu gehorchen. Wieder einmal war schlangengleich der in ihm versteckte Amerikaner zum Vorschein gekommen. Er fügte also rasch hinzu: »Doch die Trennung von dieser Schönheit hier wird die Rückkehr nach meiner Studienzeit in Amerika nur um so schöner machen.«

»Ich schicke dich nicht gerne wieder fort«, sagte sein Vater. »Doch wir müssen uns der Ehre, daß wir einem höheren Zweck dienen, würdig erweisen.«

»Das verstehe ich«, sagte Matsuo. Es stimmte allerdings nicht. Nicht ganz jedenfalls.

»Ich möchte, daß du in diesen vier Jahren viel reist. Du sollst durchaus keinen Unterricht versäumen und dich vor allem weiterbilden, was das amerikanische Geschäftsleben betrifft. Aber sooft du kannst, sollst du reisen. Sieh dir das ganze Land an. Du mußt ein . . . Gefühl für Amerika und seine Bevölkerung bekommen. Dieses Wissen kann sich von immensem Wert für Japan erweisen.«

»Das amerikanische Geschäftsleben, Vater?«

Sein Vater hatte ihn zu einem Spaziergang am Strand entlang gedrängt. Das Glas mit dem Oktopus ließen sie an ihrem Platz liegen.

»Ja. Es gibt kaum einen Zweifel, daß wir in naher Zukunft Krieg gegen Amerika führen werden. Es mag vielleicht noch Jahre dauern. Aber daß es diesen Krieg geben wird, ist klar.«

»Was hat das Geschäftsleben mit einem solchen Krieg zu tun?«

Sein Vater lächelte. »Ich habe kein Wort davon gesagt, daß es ein gewöhnlicher Krieg ist. Ein Krieg, der auf Schlachtfeldern ausgetragen wird. Obwohl ich befürchte, daß es noch dazu kommt. Viele Militärs glauben das ganz offen, und sie sind sogar regelrecht auf bewaffnete Auseinandersetzungen aus. Besonders nach der beleidigenden Demütigung für unsere Landsleute durch dieses Einwanderungsgesetz in Amerika vor zwei Jahren. Und wenn ein militärischer Krieg für Japan notwendig ist, dann muß er eben sein. Und dann werden wir auch kämpfen.«

Er blieb stehen, hob eine Muschelschale auf, deren Weiß von tiefroten Streifen durchzogen war. Er spülte sie im Wasser ab und reichte sie Matsuo. »Wunderschön, sieh dir das an. Hebe sie für mich auf.«

Er ging weiter. »Aber es gibt auch andere Kriegsarten für Japan als nur militärische, um den uns zustehenden Rang an der Spitze aller Völker einnehmen zu können. Wir können die Welt auch wirtschaftlich erobern.«

Matsuos Gesicht war so ungläubig und fragend, daß sein Vater lachen mußte.

»Ja, du bist nicht der erste, der mich so verblüfft ansieht, und mit Sicherheit wirst du auch nicht der letzte sein. Überlege mal. Wenn du die besten Waren der Welt herstellst, und dazu schneller und sorgfältiger als sonst jemand, fließt das Geld der ganzen Welt in deine Taschen. Du erhebst also praktisch Tribut von aller Welt, ohne auch nur einmal dein Schwert aus der Scheide ziehen oder einen einzigen Schuß abgeben zu müssen.«

Matsuo blickte in die hellen, ruhigen Augen, die ihn ansahen, und wurde sich schlagartig der Größe seines Vaters bewußt. Er erinnerte sich an Hirokis offenen Stolz, als er an dem Tag, an dem sie zum ersten Mal gemeinsam mit dem *bokken* fochten, von ihrem Vater gesprochen hatte. Damals hatte Matsuo diesen Stolz noch nicht ganz verstehen können. Jetzt verstand er ihn. Sein Vater war ein Mann mit Weitblick und großen Visionen, der die Zukunft nicht nur erkennen, sondern auch zu ihrer Gestaltung beitragen konnte.

»Gibt es viele, die deiner Meinung sind?«

»Einige«, erwiderte sein Vater nachdenklich. »Im Augenblick ist das Land noch geteilt zwischen denen, die sich wieder von der Welt abwenden und in die Zeit der Samurai zurückkehren wollen, und jenen, die Japan verwestlichen möchten, bis es nicht mehr von anderen Industrieländern zu unterscheiden ist. Ich persönlich bin von den Schriften Yoshida Shoins beeinflußt, der fast allein die Meiji-Restauration zuwege brachte. Seine feste Überzeugung war, daß es durchaus notwendig ist, Kontakt zum Westen zu halten und Handel mit ihm zu treiben. Aber wir müssen uns ihm deshalb nicht gleich unterwerfen und seine Lebensformen annehmen. Shoin ist schon vor fast siebzig Jahren gestorben, doch seine weisen Erkenntnisse sind auch heute noch gültig. Wir müssen uns immer unserer Vergangenheit bewußt bleiben, wir dürfen niemals unser kulturelles Erbe vernachlässigen. Es ist das reichste der ganzen Welt. Andererseits dürfen wir uns nicht davor fürchten, auch in der Gegenwart und für die Zukunft zu leben. Und unser Blick muß nach vorne gerichtet sein.«

»Überall hört man nur«, sagte Matsuo, »daß der Krieg die einzige Antwort sei.« Er dachte an die Zeitungen und das, was im Radio gesagt wurde.

»Nicht alle sind dieser Meinung. Aber zugegeben viele«, antwortete sein Vater. »Doch in keinem Falle berührt dies die Bedeutung der Rolle, die du und Hiroki spielen werdet. Hiroki wird mit seiner Erziehung im Tempel des Verborgenen Gesichts unser Bindeglied zu Vergangenheit und Tradition sein. Er wird in einem militärischen Krieg eine führende Rolle spielen. Du hingegen, mein Sohn, bist Japans Fuß in der Gegenwart. Du wirst General in dem anderen Krieg sein. In dem, den ich vorhin erwähnte: dem wirtschaftlichen Krieg. Und unser Feind in diesem Krieg wird unzweifelhaft Amerika sein. Und dann kommt deine Stunde. Falls und wenn dieser Krieg dann erklärt wird, kannst du, mein Sohn Matsuo, zum wichtigsten Mann Japans, vielleicht sogar der ganzen Welt aufsteigen.«

Matsuo unterdrückte sein Unbehagen. So sehr er auch gerne seinem Vater gefallen wollte — ›der bedeutendste Mann Japans‹ zu werden war keineswegs sein Wunschtraum. Schon gar nicht, wenn damit die Notwendigkeit verbunden war, nach Amerika zurückzukehren. Und sei es nur für einen Tag.

DEZEMBER

SAN FRANCISCO

»Wetten, Frankie, ich weiß, was du denkst!«

Die Stimme meines Vaters schreckte mich auf. Ich hatte ihn überhaupt nicht eintreten gehört.

Ich stand am Fenster und verfolgte ein aus dem Golden Gate in den diesigen Pazifik hinausfahrendes und dort verschwindendes Schlachtschiff der Marine. Draußen sah es kalt und rauh aus, und das entsprach ziemlich genau meiner Gemütsverfassung. Die Nachrichten im Radio waren obendrein momentan ziemlich unerfreulich. Zur bevorstehenden Jahreswende 1927/28 gab es einen Rückblick auf die Ereignisse des vergangenen Jahres. Und sie schienen nur aus Tod und Zerstörung zu bestehen. Die Überschwemmung des unteren Mississippitals. Die Hinrichtung von Sacco und Vanzetti. Der Tod Isadora Duncans. Die Lizzie Burden-Morde. Und das schien endlos so weiterzugehen.

»War kein besonders gutes Jahr, Dad, wie?« sagte ich.

»Wie bitte?« antwortete er jedoch. »Es war sogar ein großartiges Jahr! Hör doch nicht auf diese Radioburschen. Die suhlen sich doch geradezu im Pessimismus. Kein Wort von den positiven Ergebnissen. Babe Ruth hat einen Rekord mit sechzig Home-runs aufgestellt. Dieser Johnny Weismuller ist die hundert Yard in einundfünfzig Sekunden geschwommen. Zwischen New Jersey und Manhattan wurde der Holland Tunnel eröffnet. So etwas würde ich auch gerne hier bei uns in Oakland sehen, damit wir nicht ewig von dieser verdammten Fähre abhängig sind. Und dabei haben wir noch kein Wort vom Film gesprochen. Sag mir nicht, *The Jazz Singer* war kein tolles Ereignis! Du hast ihn doch bestimmt schon dreimal gesehen!«

Ich zwang mich zu einem Lachen. »Schön, du hast gewonnen. So schlecht war das Jahr gar nicht.«

»Na, also. Und jetzt werde ich mal raten, woran du gedacht hast, als ich hereinkam.«

»Das schaffst du nicht.«

Ich hatte an Matsuo gedacht. Ich hatte keineswegs daran denken wollen. Ich hatte schon geglaubt, dieses Kapitel in einem wenig benützten Eckchen meines Gedächtnisses abgelegt und verschlossen zu haben. Doch immer öfter drängten sich diese Erinnerungen wieder hervor, und immer wenn das geschah, stand ich ihnen ziemlich hilflos gegenüber. Ganz besonders an einem Tag wie heute: dem nach Weihnachten. Genau ein Jahr war es jetzt her, daß ich ein rückgratloser Feigling gewesen war und meinen einzigen Freund einfach im Stich gelassen hatte.

Was mochte Matsuo jetzt wohl machen? Hatte er einen besseren, verläßlicheren Freund gefunden?

»Du hast an dieses Stipendium für das Ingenieursstudium gedacht, nicht wahr?« sagte Dad und klopfte mir auf den Rücken.

»Ja, genau. Das Stipendium.«

Soll er es glauben. Alles darf er glauben. Nur die Wahrheit nicht. Er kannte sie auch gar nicht. Die kannten nur Matsuo, Mick und seine Bande, und ich. Matsuo war fort. Und wir anderen redeten nicht miteinander.

Zum tausendsten Mal wünschte ich mir, eine Chance zu haben, die Zeit zurückzudrehen und alles noch einmal zu erleben. Wobei ich mich anders verhielte. Oder? Nicht einmal jetzt war ich dessen sicher. Und eben wegen dieser Unsicherheit verabscheute ich mich selbst, so bedeutungslos es im Grunde war. Ich bekam die Chance ja kein zweites Mal wirklich. Und ich würde auch Matsuo nie wieder sehen.

»Du brauchst aber doch gar kein Stipendium«, hörte ich meinen Vater sagen. »Wenn sich die Dividendenausschüttung weiter so entwickelt wie im vergangenen Jahr, dann kaufe ich dir eine komplette Uni! Lieber Gott, unsere Aktien brauchen nicht einmal im Wert zu steigen. Selbst wenn sich die Werte das ganze nächste Jahr nicht von der Stelle rühren, kann ich dir diese Uni mit links kaufen!«

Mein Vater war mittlerweile völlig besessen vom Aktiengeschäft. Er sprach über nichts anderes mehr und schien auch an nichts anderes mehr zu denken. Selbst hier zu Hause hatte er sich inzwischen einen Ticker installieren lassen. Und mit Mutter führte er endlose Debatten über den Markt. Sie hielt ihm vor, sein eigenes Geschäft völlig zu vernachlässigen und sich nur noch auf das Börsenspekulieren zu konzentrieren, worauf er dann stets entgegnete, nur dank seiner Investitionen seien wir doch heute Millionen wert. Ich wußte nicht, wer von beiden recht hatte, aber als ich von meiner Mutter hörte, daß er zweite und sogar dritte Hypotheken auf unser Haus und die Fabrik aufgenommen hatte, wurde mir doch etwas unbehaglich. Doch was wußte ich letzten Endes schon? Mein Vater hatte seine Firma aus dem Nichts aufgebaut. Er mußte es wohl besser wissen als ich.

Ich sagte: »Ich will dieses Stipendium eben deshalb, weil es etwas ist, das mir niemand mit Geld kaufen kann. Ich muß es mir ganz allein verdienen.«

»Was stimmt nicht mit meinem Geld?« sagte Dad. »Was ist mit dem Präzisionsteile-Geschäft nicht in Ordnung? Ich dachte, du wolltest es eines Tages weiterführen? Solltest du allerdings deine Ansicht geändert haben und jetzt der Meinung sein, daß du dir zu gut dafür bist, mußt du es nur sagen.«

»Dad, bitte!« Fühlte er sich angegriffen, oder machte er sich Sorgen, weil ich studieren wollte? Das hatte er doch bisher nie. »Du kennst mich doch. Du weißt, daß ich die Chance, die Fabrik einmal zu führen, natürlich haben möchte. Es ist einfach nur . . .«

Wie sollte ich es ihm erklären? Wie sollte ich ihm klarmachen, daß ich etwas brauchte, das mir mehr Selbstvertrauen gab, damit ich mich nicht ständig wie ein Mensch fühlte, der nur auf dem Bauch durchs Leben kriecht?

»Ja?« sagte er abwartend.

»Also gut, Dad. Ich sehe das so. Ich finde es nicht gut, daß ich eines Tages in der Fabrik angetanzt komme und einfach nur, weil ich nun mal der Junior bin, in deine Fußstapfen trete. Es ist deine Fabrik, weil du sie aus dem Nichts aufgebaut hast. Und wenn ich sie übernehmen soll, dann will ich imstande sein und beurteilen können, zu ändern, was mit der Zeit geändert werden muß. Ich will sie zur leistungsfähigsten Fabrik der Welt machen. Dazu brauche ich eine solide Ingenieursausbildung. Und erst wenn ich das geschafft habe, erst dann werde ich mich berechtigt fühlen, sie meine Fabrik zu nennen.«

»Ich weiß nicht, Frankie«, sagte Dad nachdenklich, »ich weiß nicht, ob du das so hinkriegst. Das Know-How ist nur ein kleiner Teil von allem. Aber du als Chef mußt rausgehen und Leute treffen und gut Wetter machen und lächeln — und gewisse Leute auch mal schmieren, wenn nötig. Und ob du das kannst . . . da bin ich mir nicht so sicher. Offen gesagt, Junior, deine Mutter und ich machen uns ein wenig Sorgen deinetwegen, weißt du.«

»Sorgen?« sagte ich. »Meinetwegen?« Gut, ich wußte, sie fanden mich zuweilen etwas eigenartig. Aber so wollte ich das nicht stehen lassen.

»Ja, ja. Du bist jetzt schließlich schon in der Oberklasse, und du solltest in deinem Alter eigentlich ausgehen und Freunde haben und dich ein wenig amüsieren, wie das so üblich ist. Statt dessen hängst du ständig hier oder in der Fabrik herum. Manchmal fragen wir uns, ob wir mit dir etwas falsch gemacht haben.«

»Das tut mir leid, Dad.«

»Dir muß es nicht leid tun. Ich bin derjenige, dem etwas leid tun muß. Es tut mir leid, daß du dein Leben nicht mehr genießt. Ich in deinem Alter mußte jede Minute jeden Tages arbeiten, um ein paar Dimes zu verdienen, damit meine Brüder und Schwestern zu essen bekamen. Hätte ich jemals deine Möglichkeiten gehabt — mein Gott, hätte ich mein Leben genossen!«

»Die Fabrik gefällt mir aber, Dad!«

»Weshalb denn, um Himmels willen? Wozu willst du dich mit diesem Kram belasten? Man muß doch blöde sein, sich wegen einer Fabrik Magengeschwüre zu holen!«

Ich war völlig schockiert. »Ich . . . ich dachte, du wolltest selbst, daß ich sie eines Tages übernehme . . .«

»Ja, schon. Aber da wußte ich noch nicht, was ich jetzt weiß. Ich möchte nicht, daß du pausenlos herumrennen und vor einem Haufen arroganter Militärs wegen neuer Aufträge katzbuckeln mußt, wenn uns das Geld auch anders vom Himmel in den Schoß fällt — buchstäblich vom Himmel, Frankie! Von der Börse!«

»Von diesen Sachen verstehe ich nichts, Dad.«

»Deshalb sollst du es ja lernen. Weil ich nämlich glaube, daß du nicht das Zeug hast, die Firma zu führen.«

Wie verletzt ich über diese Worte war, muß sich wohl auf meinem Gesicht widergespiegelt haben, denn er knuffte mich rasch versöhnlich.

»Versteh mich nicht falsch, Junge. Ich liebe dich. Und ich zweifle auch gar nicht daran, daß du die Fabrik prima leiten könntest. Aber das ist etwas anderes, als die Firma zu *führen*. Dazu gehört noch viel mehr. Um die Firma zu führen, mußt du jeden Tag raus und dich um neue Aufträge raufen. Du mußt mit tausend Leuten zum Lunch gehen und angenehme Konversation machen und jedem Idioten, den du in Wirklichkeit nicht ausstehen kannst, schön tun. Du mußt alle möglichen Typen in dein Haus einladen, mit denen du, wenn du sie auf der Straße treffen würdest, keine zwei Worte wechseln möchtest. Und du wirst auch nicht darum herumkommen, gelegentlich mal ein Komma abzukratzen und um eine oder zwei Stellen zu versetzen und deine Bücher ein wenig zu frisieren, nur, damit du den Kopf über Wasser behältst. Und genau das, Frankie, ist, glaube ich, nicht so unbedingt nach deinen Vorstellungen und deinem Geschmack.«

»Das alles kann man lernen«, sagte ich. Ich wußte, daß er wahrscheinlich recht hatte. Aber ich war zu dickköpfig, es zuzugeben. »Nur muß man die Gelegenheit dazu bekommen.«

»Na schön. Du bekommst deine Chance. Doch inzwischen möchte ich, daß du noch etwas lernst. Morgen früh, sobald die Börse öffnet, gebe ich dir einige unserer Aktien, und du versuchst, etwas mit ihnen anzufangen. Man lernt am besten, wenn man ins Wasser springt und schwimmt. Du bekommst dein eigenes kleines Portfolio, und wir werden sehen, wie weit du damit kommst.«

»Aber Dad . . .«

»Nein, das ist mein voller Ernst. Ich will, daß du ins kalte Wasser springen mußt. Sobald du es tust, merkst du sehr schnell, was ich meine. Du hast sogar noch den Vorteil, schon sehr früh lernen zu können, was ich erst spät lernen konnte. Ich habe immer nur fürs Geld gearbeitet. Doch das ist vorbei, Junge. Jetzt lasse ich das Geld für mich arbeiten.«

Widerstrebend stimmte ich schließlich zu; in erster Linie, um mir meinen Vater vom Halse zu schaffen. Aber auch weil das, was er gesagt hatte, verlockend klang. Geld für nichts. Es klang zu schön, um wahr zu sein. Aber was wußte ich denn schon?

Trotzdem — die Sache mit dem Stipendium wollte ich nicht sausen lassen. Aktien oder nicht, das Stipendium blieb mein wirkliches erklärtes Ziel.

1928

Das Jahr des Drachen

APRIL

TOKIO

»Nagata-sensei«, sagte Matsuo, »sage mir, was ich tun soll.«

Er hatte mit Nagata die Teezeremonie absolviert. Jetzt, während er trank, stellte Nagata, der Mann, den er mehr liebte und bewunderte als sonst jemanden auf der Welt, seine Tasse auf den niedrigen Tisch zwischen ihnen ab, faltete die Hände über seinem Kesselbauch und blickte Matsuo eindringlich an.

»Bin ich ein so schlechter Lehrer gewesen, daß du nicht weißt, was du tun mußt? Muß ich voller Scham meinen Kopf beugen, wenn ich unter die Leute gehe, weil mein Schüler nicht weiß, wie er sich verhalten soll?«

Matsuo war die bewußte Übertreibung dieser Worte zwar klar, andererseits aber wußte er, daß sie so weit von der Wahrheit nicht entfernt waren.

»Wie kann ich meinem Vater klarmachen, daß ich nicht wieder nach Amerika zurück will?«

Nagatas Gesicht wurde sehr streng. »Das kannst du ihm nicht sagen! Es ist der Wunsch deines Vaters, daß du deine Erziehung in Amerika fortführst und abschließt. Es ist der für deine spätere Position beabsichtigte und beschlossene Weg. Es ist dein elterliches *on*. Gehorsam und Ehrerbietung vor deinem Vater verlangen, daß du gehorchst.« Nagata senkte die Stimme. »Und nachdem dein Vater dich sogar zum kaiserlichen Berater machen will, gebietet auch die *chu*, könnte man sagen, deine Rückkehr nach Amerika.«

Es war wie ein Keulenschlag. Wenn sogar *chu* ins Spiel kam, die oberste *on*, die unausweichliche, nie ganz erfüllbare Verpflichtung dem Kaiser gegenüber, gab es buchstäblich keine weitere Diskussion mehr. Der *chu* auszuweichen war undenkbar.

»Also gut, ich gehe nach Amerika«, sagte Matsuo mit gesenktem Kopf.

»Selbstverständlich gehst du«, sagte Nagati und klatschte sich lächelnd auf die Knie. »Gab es daran denn je einen Zweifel?«

Matsuo antwortete nicht. Die Kehle war ihm wie zugeschnürt. Weniger als ein Jahr war er nun in Japan, und nur ein weiteres halbes Jahr blieb ihm noch. *So kurze Zeit!*

Nagata antwortete sich selbst: »Natürlich nicht! Die *giri* verlangt, daß du schon deshalb nach Amerika zurückkehrst, um die Ehre deines Namens dort bei jenen wiederherzustellen, die dich in so feiger Weise zusammengeschlagen haben! Du wirst deinen ganzen Verstand brauchen, um dir einen Plan zurechtzulegen, wie du deiner *giri* Genugtuung verschaffst, ohne das Gesetz zu verletzen und in einem amerikanischen Gefängnis zu landen!«

Ganz unwillkürlich griff sich Matsuo an seine gebrochenen Rippen. Seine Finger tasteten sich in die Mulde, die die schlecht verheilte Verletzung hinterlassen hatte.

»Wirst du mir dabei helfen?«

Nagata schüttelte langsam den Kopf. »Ich komme nicht wieder mit.«

Das war ein völlig unerwarteter Schock für Matsuo. Er warf fast den Tisch um. »Aber du mußt!«

»Auch ich muß mich den Beschlüssen deines Vaters unterwerfen. Für mich ist es die *nushi no,* meine Verpflichtung meinem Herrn gegenüber. Dein Vater hat mir mitgeteilt, daß ich mich hier um seinen Besitz kümmern muß. Von diesem Land, das deinen Vorfahren vor vielen Jahrhunderten vom Kaiser persönlich verliehen wurde, kommt der Wohlstand eurer Familie. Mir wurde die Ehre zuteil, ihn zu verwalten. Ich muß hierbleiben.«

Allein in Amerika! dachte Matsuo. Diese Aussicht ließ ihm den Mut noch weiter sinken.

»Du bist jetzt siebzehn«, sagte Nagata. »Nicht lange nach deiner Rückkehr nach Amerika wirst du achtzehn. Dann bist du ein Mann. Und mußt lernen, auch wie ein Mann zu leben.«

Matsuo atmete tief durch, um sich zu beruhigen. Das war richtig. Ja. Und das konnte er auch. Er mußte es können.

»Deine Hände sind ziemlich zerkratzt«, hörte er Nagata sagen, in einem offensichtlichen Versuch, das Thema zu wechseln.

Matsuo hielt sie hoch und besah sich die blauen Kratzer der neuen Wunden und die schon gelblichen der alten. »Ich habe im *dojo* von Shotokan *te*-Übungen gemacht.«

»Die bloße Verteidigung mit der Hand. Aus Okinawa. Ich habe sie seit unserer Rückkehr einmal gesehen. Sehr beeindruckend.«

»Soll ich dir eine *kata* zeigen?«

Matsuo stand auf und begann mit den *te*-Bewegungen, die aus Tritten und Stößen in die Luft bestanden. Er trainierte diese *kata* täglich mehrere Stunden lang, um gegen die anderen Schüler, die schon jahrelang übten, aufzuholen. Und er war auch bereits dabei, sich an die Spitze seiner Gruppe vorzuarbeiten. Bald wollte er der Erste sein. Heute waren seine Tritte besonders wuchtig, und seine Schnelligkeit war atemberaubend. Er vergaß beim Gedanken an Mick McGarrigle, den er sich als Gegner vorstellte, alles um sich herum.

JULI

SAGAMI-BUCHT

Matsuo sprang auf und mit Macht vorwärts.

Hiroki warf den Kopf zurück und schloß die Augen, um sie vor dem Sand zu schützen, der von den Füßen seines Bruders spritzte. Der Tritt zischte nur Zentimeter an seinem Kinn entfernt vorüber.

Obwohl die Sonne schon rotglühend unterging und sie beide am Strand standen, kaum einen Steinwurf weit vom Wasser entfernt, war die Julihitze auch jetzt noch zu spüren. Sie hing wie nasse Baumwolle in der Luft. Der feuchte Sand war in einem weiten Kreis um sie herum aufgewühlt von ihren Fußspuren, da und dort auch von einem Körperabdruck. Sie waren ganz allein, niemand sonst war mehr da. Beide trugen nur den *fundoshi*-Lendenschurz. Die Luft war träge, schwer und still, nur ihre heftigen, keuchenden Atemzüge waren zu vernehmen, während sie einander lauernd umkreisten und in Angriffsausfällen aufeinander eindrangen.

Hirokis Kehle und Lungen brannten bereits von der Anstrengung des Kampfes mit seinem Bruder. Er hatte gewußt, daß Matsuo *te* zu trainieren begonnen hatte. Doch er hätte sich niemals träumen lassen, daß Matsuo bereits solche Fortschritte gemacht hatte und mit solcher Kraft und Geschmeidigkeit zu kämpfen imstande war.

Hiroki gab sich keinem Zweifel mehr hin, daß er in einem wirklichen Kampf bereits bezwungen gewesen wäre. Er vermochte kaum noch die Arme zu heben, so erschöpft war er. Aber er wollte nicht um das Ende des Kampfes bitten. Er wollte nicht eingestehen, seinem jüngeren Bruder unterlegen zu sein.

Zu seiner Überraschung gab Matsuo das Zeichen zur Aufgabe. Er hob die Hand, ließ sich in den Sand sinken und rang nach Atem. Seine Brust hob und senkte sich schwer.

»Genug, Bruder!« keuchte er. »Ich kann nicht mehr. Du hast mich wieder einmal geschlagen!«

Hiroki ließ sich ihm gegenüber ebenfalls zu Boden sinken. Kein Zweifel, Matsuo hatte gewonnen. Das wußten sie beide. Und doch schien sein kleiner Bruder damit zufrieden, es lediglich zu wissen. Er verlangte kein Eingeständnis der Niederlage. Hiroki fand das schlechthin unverständlich.

»Du hast gewaltige Fortschritte gemacht, Matsuo«, sagte er. Wenn Matsuo ihn derart das Gesicht wahren ließ, sollte niemand behaupten können, daß er sich nicht auf gleiche Weise revanchierte. »Ich glaube sogar, daß es kaum einen anderen *shuri-te-ka* auf der ganzen Welt geben dürfte, der so schnell gelernt hat wie du.«

Matsuo deutete eine Verbeugung mit dem Kopf an. »Funika-shi-san ist ein vollkommener Meister und Lehrer in dieser Kampftechnik. Und ich übe täglich und habe meinem *kata* auch noch persönlich Nachdruck gegeben.«

»In welcher Weise?«
»Indem ich immer im Geiste gegen die amerikanischen Rowdys kämpfe, die mich damals zusammengeschlagen haben. Gegen alle. Zugleich.«
»Und? Gewinnst du?«
Matsuo lächelte und nickte. »Immer.«
»Es heißt, im Zorn zu kämpfen ist unklug. Es beeinträchtigt den kühlen Kopf.«
»Es ist nicht mehr der Zorn«, entgegnete Matsuo. »Es geht um die Genugtuung für meine *giri.*«
Hiroki verstand. Er hatte fast Mitleid mit diesen Amerikanern, die es mit Matsuo zu tun bekommen würden. Fast.
»Weil wir gerade von Amerika reden«, sagte er. »Ich möchte dich um einen Gefallen bitten. Daß du in Amerika auf Meiko aufpaßt.«
»Meiko?« sagte Matsuo verblüfft.
»Meiko geht nach der Kaiserkrönung nach Amerika. Sie ist genau wie du für das Abschlußjahr 1932 an dieser Universität in der Nähe von San Francisco eingeschrieben.«
Matsuo war völlig perplex. »In Berkeley?«
»Berkeley. Ja. Es ist der Wunsch ihres und unseres Vaters. Wußtest du das denn nicht?«
»Natürlich nicht! Woher soll ich etwas wissen, wenn mir niemand etwas sagt!« Er saß steif aufgerichtet mit großen Augen da. Er stammelte mehr, als er redete. »Meiko . . . geht nach Amerika? Nach Berkeley?«
»Selbstverständlich. Das ist seit langem so geplant.«
»Und du bist damit einverstanden?«
Hiroki blickte hinaus zu der blauen Horizontlinie. »Es ist der Wille ihres Vaters. Und unseres Vaters. Ich bin nicht gefragt worden. Ich darf gar keine Meinung dazu haben.«
Der Gedanke aber, seine Meiko allein im Lande dieser Barbaren zu wissen, war ihm nahezu unerträglich. Natürlich, sie bekam eine Begleitung. Ein Mann aus dem Dienstpersonal ihres Vaters und dessen Frau reisten mit, um für Meiko zu sorgen. Doch die Tatsache, daß sie vier lange Jahre fort sein würde, war schlimm genug. Noch vier Jahre, ehe sie heiraten konnten, ehe er sie berühren, das Bett mit ihr teilen konnte! Er stellte es sich oft genau vor, wie er erst noch eine Weile ihre Unschuld genießen wollte, ehe er sie all die besonderen Dinge lehrte, die sie wissen mußte, um einen Mann zu befriedigen.
»Das muß schlimm für dich sein«, sagte Matsuo. »Aber erst die arme Meiko! Sie muß Japan verlassen und vier Jahre lang dort drüben leben! Der Gedanke muß ihr schrecklich sein!«
Hiroki fühlte einen Stachel von Schuldgefühl. Aus diesem Blickwinkel hatte er das alles noch nie betrachtet. Er hatte wegen der langen Trennung immer nur sich selbst bedauert.
»Was genau erwartest du von mir?« fragte Matsuo.
»Daß du sie beschützt. Über ihre Reinheit wachst.«

»Aber sie würde doch niemals einen *gaijin* auch nur ansehen!«
»Selbstverständlich nicht. Doch sie ist schließlich jung und beeinflußbar. Ich möchte nicht, daß sie zu sehr westliche Denkweisen und Manieren annimmt.«
»Wie ich, meinst du?«
Hiroki sah, wie verletzt Matsuo war und sich in Verteidigungshaltung begab. *Ja, wie du,* wäre auch die ehrliche Antwort gewesen, fand er. Doch Matsuo hatte sich vorhin als ehrenhafter und ritterlicher Bruder erwiesen, indem er darauf verzichtet hatte, seinen Sieg auch zu reklamieren. Niemand hätte ihm übelnehmen können, wenn er es getan hätte.
»Matsuo«, sagte er also, »trotz all der Jahre, die du in Amerika zugebracht hast, erweist du dich jeden Tag ebensosehr als Japaner wie jeder, der hier aufgewachsen ist.«
Zu seiner Überraschung und Rührung sah er, wie sich Matsuos Augen mit Tränen füllten, ehe er sich vor ihm verbeugte.
»*Katajikenai,* mein Bruder«, sagte Matsuo. »Deine Worte sind sehr gütig. Ich werde an Meikos Seite bleiben und während ihres Aufenthalts in Amerika immer über sie wachen. Sie wird so zurückkehren, wie sie abreist: als ehrenhafte Japanerin.«
Jetzt war es an Hiroki, sich zeremoniell zu verbeugen. Als er den Kopf wieder hob, war Matsuo bereits aufgesprungen und rannte zum Wasser. »Sieh her!« rief er. »Ich schwimme zurück nach Amerika!« Und er warf sich in die Flut.
Hiroki hatte das Gefühl, als klängen Matsuos Worte wie: Vielleicht ist es doch nicht so schlimm, wieder zurückzugehen . . .
Und so recht wußte er nicht, was er davon halten sollte.

NOVEMBER

KYOTO

Matsuo ging das Herz über.
Nach fast zwei Jahren in seiner Heimat hatte er endlich das Japan gefunden, das er immer gesucht hatte.
In Kyoto.
Er stand im Morgengrauen auf der *Togetsukyo,* der Brücke des Wandernden Mondes, lauschte auf das Rauschen des Oigawa tief unten und blickte über die im Frühdunst liegende alte Stadt hinweg. Die vielfältige Linie der niedrigen Dächer wurde immer wieder von darüber aufsteigenden Tempelpagoden unterbrochen. Und die ganze Szenerie beherrschte im Hintergrund der Arashiyama, der Berg der Stürme.

Diese Stadt hatte ihn schon auf der Fahrt vom Bahnhof schier überwältigt. Er war danach durch die Straßen gegangen, hatte die Tempel und Schreine der Stadt bewundert — zweitausend gab es hier! — und ihre schönen Menschen, die alle, wie es sich gehörte, noch im Kimono gingen. Er hatte gar nicht mehr aufhören können, herumzuwandern und die reine Essenz dieser Stadt in sich einzusaugen, die das geistige Herz Japans war: jenes Japans, nach dem er sich so sehnte. Dem Japan, von dem er so lange geträumt hatte.

Das Ereignis, das ihn an diesem zehnten November hierhergeführt hatte, waren die Krönungsfeierlichkeiten.

Er war mit den anderen in- und ausländischen Gästen und Würdenträgern im *Kashiko-Dokoro,* dem kaiserlichen Sanktuar gewesen, als Kaiser Hirohito im zeremoniellen Gewand aus weißem Seidendamast mit der Kaiserin erschienen war, um die Sonnengöttin Amaterasu von seiner Thronbesteigung zu unterrichten. Er war auch am Nachmittag bei der offiziellen Krönungszeremonie zugegen gewesen, als der Kaiser, nun in einem Gewand von hellem Orange in der Farbe der Morgensonne, mit der Kaiserin an seiner Seite auf dem erhobenen Thron gesessen hatte und die Luft erfüllt gewesen war vom Klang der vielen Trommeln, Gongs und Cymbals. Er hatte mitangehört, wie der Tenno verkündete, daß er nunmehr den Thron Japans innehabe und seine Herrschaftszeit künftig Showa genannt würde — Erleuchteter Friede. Es hatte ihm fast die Brust gesprengt, als er sich zusammen mit allen Versammelten tief und lange verbeugt hatte.

Der zweite Tag der Feierlichkeiten war angefüllt mit rituellen Bädern und dem Geläute sämtlicher Glocken der Stadt, um die Ahnen des Tenno zusammenzurufen.

Am dritten Tag wurde der Ritus des *Daijosai* zelebriert, das Danksagungsfest, von dem alle Ausländer ausgeschlossen waren. Der Kaiser badete und wurde danach in ein reinweißes Gewand gekleidet. Ein Shinto-Priester reinigte ihm die Hände, und danach begab er sich hinaus auf das Gelände des alten Kaiserpalastes. Dort hatte man zwei Hütten aus rohem Fichtenholz errichtet, die von Weinranken zusammengehalten wurden. Barfuß und unter einem Schirm aus geflochtenen Binsen ging er auf einem fackelerleuchteten Weg, der mit einem Binsenteppich belegt war. Gleich hinter ihm wurde dieser wieder aufgerollt, damit keines anderen Menschen Fuß ihn betreten konnte. Er trat in die erste Hütte. Deren Vorhänge wurden zugezogen, und man ließ ihn allein, damit er die Göttin Amaterasu dort erwarten und sich ihr zu Füßen werfen konnte. Nach mehreren Stunden begab er sich dann in die zweite Hütte, um dort dieselbe Zeremonie zu wiederholen. Erst im Morgengrauen kehrte er zurück.

Matsuo hatte während dieser ganzen drei Tage nicht geschlafen. Trotzdem war er kein bißchen müde. Die Krönungszeremonien hatten ihn fast in einen Rauschzustand versetzt. Es schien ihm, als hätte während der gesamten Feierlichkeiten eine Brücke zwischen ihm und den Jahrhunderten mit allen seinen Vorfahren bestanden. Er hatte ein Gefühl von Leben, Frische, fast von Neugeborensein.

Er war bereit, allem die Stirn zu bieten. Selbst Amerika.

1929

Das Jahr der Schlange

OKTOBER

Es war der letzte Dienstag im Oktober — ein Tag, den ich nie vergessen werde. Ich hatte das Stipendium bekommen und war im zweiten Jahr an der University of San Francisco. Meine Ingenieurs-Kurse absolvierte ich problemlos. In diesem Semester hatte ich dienstagvormittags keine Vorlesungen.

Ich saß zu Hause bei einer Tasse Kaffee, als ich aus Dads Büro unten Geschrei hörte.

Ich sah Mom an. »Was ist los?«

Sie seufzte. »Vermutlich hat dein Vater wieder mal einen ›Abschuß‹ an der Börse gemacht.« Sie zog an ihrer Zigarette und trank einen Schluck Kaffee. Sie sah müde aus.

»Ich weiß ja, daß du diese ganzen Börsengeschichten nicht magst«, sagte ich. »Aber . . .«

»Nicht mag? Ich hasse sie! Sie sind so . . . unwirklich!«

»Ja, aber Dad verdient Millionen dabei!«

»Millionen! Auf dem Papier vielleicht. Aber das ist nichts Wirkliches! Ein Diamant, das ist eine greifbare Geldanlage. Gold ebenfalls. Man kann es anfassen und spüren, daß es einem gehört. Selbst dieses Haus hier . . .« Sie brach ab.

»Ich weiß, daß Hypotheken darauf sind«, sagte ich.

»Bis über den Giebel! Er hat praktisch alles, was wir besitzen, überschuldet. Es ist zweierlei, ob man mal da oder dort ein bißchen Geld in Aktien steckt oder aber buchstäblich das Dach über dem Kopf verpfändet.«

Ich rührte in meinem Kaffee und sagte nichts. Mit dem Portfolio, das Dad mir gegeben hatte, hatte ich eine Menge Geld verdient. Ohne es ihm zu sagen, hatte ich vor zwei Monaten das meiste von diesem Profit zu Geld gemacht und damit die Hypotheken getilgt, die auf dem Haus lagen. Es sollte mein Weihnachtsgeschenk für meine Eltern sein — hauptsächlich aber für Mom. Ich wußte, daß sie unter Alpträumen litt, eines Tages auf der Straße zu liegen. Ich war in großer Versuchung, sie in das Geheimnis einzuweihen, um sie zu beruhigen. Aber das hätte die Weihnachtsüberraschung zerstört.

Als ich später an Dads Arbeitszimmer vorbeiging, klang es, als sei ein heftiger Streit im Gange. Als ich den Kopf zur Tür hineinsteckte, warf er das Telefon eben auf die Gabe. Er war aschfahl. »Mein Gott, wir verlieren alles!«

Die plötzliche Angst schnürte mir die Kehle zu. Noch nie hatte ich meinen Vater in einer derartigen Verfassung gesehen. Er war buchstäblich außer sich, rannte vom Ticker zum Fenster, von dort zu seinem Schreibtisch und von da wieder zum Ticker, strich sich fahrig durch die Haare oder schrie Flüche zur Decke. Er blieb nur stehen, um gelegentlich einen gehetzten Blick auf den Ticker-Streifen oder aufs Telefon zu werfen.

»Was ist los, Dad?«

»Die Börse! Die Kurse fallen ins Bodenlose! Alle!«

»Du hast mir doch gesagt, wenn die Kurse fallen, ist es die beste Gelegenheit, einzusteigen.«

»Ja, wenn sie ein wenig fallen! Doch das hier . . . es ist eine Katastrophe! Meine sämtlichen Makler spielen verrückt! Ich müßte Zehntausende nachschieben, für die ich keine Deckung mehr habe!«

»Kannst du denn nicht verkaufen?«

»Wem denn? Kein Mensch kauft! Und ich bin bereits bis in die Haarspitzen verschuldet! Irgendwer muß etwas unternehmen, und zwar schnell! Die Börse müßte geschlossen werden, damit der Markt sich beruhigt!« Er warf einen hastigen Blick auf die Uhr auf seinem Tisch. »Lieber Gott, und es ist erst zehn! Noch zwei Stunden Börse in New York! Wenn es so weitergeht, bin ich bis dahin ruiniert! Völlig ruiniert!«

»So schlimm ist es nicht, Dad. Ich —«

»Erzähl du mir nicht, was schlimm ist und was nicht!« schrie er mich mit verzerrtem Gesicht an.

»Du hast ja überhaupt keine Ahnung von den Dimensionen, in denen das abläuft!«

Seine Augen waren weit aufgerissen, sein Haar zerwühlt. Er hatte etwas von einem Wahnsinnigen an sich. Er machte mir angst. Ich trat einen Schritt zurück.

»So hör mir doch zu, Dad!«

»Laß mich gefälligst in Ruhe! Raus, laß mich allein! Ich muß nachdenken. Als wenn ich *jetzt* Zeit für dein blödes Gewäsch hätte!«

Er schüttelte in blindem Zorn die Fäuste und ging. Ich hatte ihm doch nur sagen wollen, das Haus gehöre uns noch immer. Aber es war wohl nicht der richtige Zeitpunkt dafür. Vielleicht morgen, wenn er wieder ruhiger war.

Doch für Dad kam kein Morgen mehr.

In der folgenden Nacht erwachte ich durch das Geschrei meiner Mutter. Es kam aus Vaters Arbeitszimmer. Ich rannte hinunter. Er saß auf seinem Stuhl und hatte sich ein Kugel in den Kopf geschossen. Blut und Gehirnmasse waren an die Wand hinter ihm gespritzt.

Aufbahrung und Begräbnis waren kurz. Als der Sarg hinabgelassen wurde, konnte ich meine Tränen nicht mehr zurückhalten. Vielleicht war er nicht der beste Vater der Welt gewesen, vielleicht hatte ich ihn auch weniger zu Gesicht bekommen, als es bei anderen Vätern der Fall ist. Aber er war doch ein Mann gewesen, der immer das Gute in den Menschen und im Leben gesehen hatte. Er hatte auch seine Fehler gemacht — den schlimmsten am Ende —, doch wegen seiner Vitalität und seines Enthusiasmus vergab ich ihm alles. Er fehlte mir schrecklich.

Und so stand ich an seinem offenen Grab und fühlte mich tot und leer und jenseits allen Schocks und jeder Emotion. Außer dem Kummer über die letzten beiden Tage.

Als ich aufsah und mein Blick über die Trauergemeinde hinwegging, blieb mir schier das Herz stehen. Weit hinten neben einem Baum stand eine mir nur zu vertraute Gestalt. Ich wischte mir die Augen ab, um besser zu sehen.

Matsuo.

Es war jetzt fast drei Jahre her, seit ich ihn das letztemal gesehen hatte. Er war größer, breitschultriger. Auch sein Gesicht schien sich verändert zu haben. Irgendwie entstellt, wie mir schien. Aber kein Zweifel, er war es.

Sobald unsere Blicke sich begegneten, wandte er sich ab und ging. Ich wollte ihm nachlaufen. Aber ich konnte ja Mutter nicht am offenen Grab allein lassen. Ich blieb also wie angewurzelt stehen und blickte Matsuo nach, wie er allmählich hinter den Bäumen und Rankenpflanzen verschwand.

Matsuo war wieder in Amerika! Aber wo?

Ganz klar, ich mußte ihn finden. Ich mußte mich bei ihm entschuldigen. Ich mußte ihm alles erklären.

1930

Das Jahr des Pferdes

JANUAR

Anfangs konnte ich mir nicht vorstellen, je über Dads Tod hinwegzukommen, aber wie das so ist, mit der Zeit beginnt das Leben wieder seinen normalen Gang zu gehen. Und ich begann auch mit der Suche nach Matsuo. In meiner Freizeit wanderte ich in Japantown herum, ohne freilich je auch nur die kleinste Spur von ihm zu finden. Ich sah die Immatrikulationslisten der University of San Francisco durch. Doch niemand namens Okumo war eingetragen. Zuweilen glaubte ich, ich hätte wirklich ein Phantom gesehen.

Schließlich beschloß ich, der Form und Vollständigkeit halber auch noch jenseits der Bucht nachzuforschen. Auf dem Campus drüben in Berkeley sollte es immerhin eine Anzahl japanischer Studenten geben. Vielleicht konnte ich mit einem von ihnen sprechen, und es ergab sich etwas daraus. Ich begann also überall herumzufragen, doch niemanden interessierte es besonders. »Okumo? Keine Ahnung.«

Und dann gab ich es auf. Höchstwahrscheinlich hatte ich doch Gespenster gesehen. Immerhin war es damals eine Zeit großer seelischer Belastung für mich gewesen, und da hatte sich mein Gedächtnis wohl an eine Erinnerung aus einer unbelasteteren Vergangenheit geklammert.

Aber ich wollte nicht recht daran glauben.

An genau dem letzten Tag, den nachzuforschen ich mir geschworen hatte, saß ich in Berkeley in der Mensa bei einer Tasse Kaffee, als eine Gruppe Mädchen hereinkam, lachend, kichernd, und sich verstohlen und rasch umsah, ob vielleicht irgendeiner der großen Campus-Boys anwesend sei. Ein Mädchen löste sich aus der Gruppe und setzte sich allein an einen freien Tisch, rührte in einer Teetasse und trank mit kleinen Schlucken. Eine Japanerin. Sie hatte einen weißen, mit rosa Kirschblüten bestickten Seidenkimono an. Ihr Haar war schwarz und völlig glatt. Die dichten Stirnponys waren zusammen mit den Seitensträhnen wie ein Rahmen um ihr Gesicht. Und welch ein Gesicht! Hohe Backenknochen, Mandelaugen, geschwungene Lippen, völlig glattes Kinn . . .

Sie war von vollkommener Schönheit. Jedem hier mußte klar sein, daß sie aus allen hervorstach wie ein ausgestreckter Daumen von einer Hand. Mir selbst erschien sie wie ein majestätisch dahingleitender Schwan in einem Krötenteich.

Ich konnte den Blick nicht von ihr wenden. Ich merkte, wie ich ganz ohne mein willentliches Zutun aufstand und zu ihrem Tisch hinüberging. Ich stand vor ihr, bis sie endlich von ihrem Buch, in dem sie las, aufsah.

Meiko war einmal mehr bewußt geworden, wie elend sie sich hier in Amerika fühlte.

Ihre Eltern fehlten ihr. Ihre Freunde. Japan. Und vor allem fehlte ihr das Gefühl, dazuzugehören. Hätte auch nur eines — ein einziges! — dieser amerikanischen Mädchen auf ihre freundlichen Gesten reagiert, dann hätte alles anders sein können. Doch sie war unentrinnbar »die Fremde« hier. Die, die anders war als die anderen. Die Außenseiterin mit ihrem blöden Kimono und ihren Holzklappern namens *geta*. Und ihren Schwierigkeiten mit bestimmten Konsonanten.

Die Jungs, die sich sehr lebhaft um sie bemüht hatten, waren freundlich gewesen. Am Anfang jedenfalls. Und nur bei recht lasziver Annäherung. Bis sie dann gemerkt hatten, daß die Exotin an keinen Beziehungen interessiert war, die über freundliche Konversation hinausgingen. Um so unverblümter und wenig höflich war dann der Rückzug der Boys gewesen.

Der einzige Mensch hier, der sie vor der völligen Verzweiflung über diesen barbarischen Kontinent bewahrte, war Matsuo. Sie hatte ihre Ansichten über Hirokis jüngeren Bruder inzwischen geändert. Er war ganz und gar nicht der schlecht erzogene Hinterwäldler, der sich nicht korrekt benehmen konnte. Sie hatte verfolgt, wie er zu Hause zu einem fast perfekten Japaner geworden war, und ihre Anerkennung nur deshalb mit diesem »fast« eingeschränkt, weil sie ihn eben immer noch dann und wann den einen oder anderen *faux pas* hatte begehen sehen. Doch niemandem sonst wäre es aufgefallen. Und hier in Amerika war es mit Matsuo nahezu dasselbe. Er konnte natürlich weder seine Hautfarbe noch seinen Gesichtsschnitt verbergen, aber er besaß die Fähigkeit, sich fast perfekt oder jedenfalls außergewöhnlich gut anzupassen. Sie ertappte sich immer noch dabei, wie sie sich bei jeder Gelegenheit verbeugte. Matsuo aber hatte das Verbeugen, das doch ein so bedeutsamer Teil des japanischen Alltagslebens war, hier sofort wieder aufgegeben. Sogar sein Gang und seine Haltung hatten sich verändert, sobald sie in den Staaten angekommen waren. Jetzt bewegte er sich sogar wie ein Amerikaner. Und sein Englisch war völlig akzentfrei. Mit all den fremden Konsonanten, mit denen sie sich so plagte, hatte er anscheinend nicht die mindesten Schwierigkeiten.

Und er war überaus aufmerksam. Er achtete peinlich darauf, daß ihr nie irgend etwas fehlte. Er zeigte ihr ganz San Francisco und die zauberhaften Täler der Umgebung. Er war ihr sicherer Hafen in diesem Meer von Barbaren um sie herum. Und sie entdeckte, daß sie sich immer mehr schon im voraus auf die Stunden freute, in denen sie zuammen waren.

Und doch . . . Je besser sie Matsuo kennenlernte und je sympathischer er ihr wurde, desto weniger verstand sie ihn. Da gab es offensichtlich tief in seinem Innern Geheimnisse, die er niemandem offenbaren wollte. Freilich machte ihn dies nur noch interessanter. Sie spürte sich in gewisser Weise herausgefordert, diese Geheimnisse zu lüften. Allerdings waren da auch noch seine unerklärlichen, seltsamen Eigenarten. Wie beispielsweise seine Besessenheit, was dieses amerikanische Billardspiel betraf. Kaum ein Tag, da sie mit ihm sprach oder mit ihm zusammen war, ohne daß er sagte, er müsse Pool üben gehen. Ehrlich, zuweilen war das ziemlich . . .

»Konnichi wa.«

Sie schreckte auf, als sie eine ihr unbekannte Stimme die vertraute Grußformel sagen hörte. Sie blickte auf. Vor ihr, auf der anderen Seite des Tisches, stand ein dunkelhaariger amerikanischer Student mit einem Tablett und zwei Tassen Tee darauf.

Sie beugte den Kopf. »Guten Tag auch Ihnen.« Sie war noch immer etwas verwirrt, auf japanisch angesprochen worden zu sein. Es war das erste Mal, daß ein Amerikaner auch nur ein einziges japanisches Wort zu ihr sagte.

»Ich habe Ihnen eine neue Tasse Tee mitgebracht«, sagte er in erstaunlich gutem Japanisch.

»Koohii o nomimasu«, sagte sie rasch: Sie trank Kaffee.

Sein betrübter Gesichtsausdruck und sein gestammeltes »Oh, das tut mir leid. Ich dachte, ich hätte einen Teebeutel auf Ihrem Tisch gesehen«, machte ihr deutlich, daß er auch dies verstanden hatte.

»Eigentlich mag ich Kaffee auch gar nicht«, sagte sie, nun auf englisch. »Ich wollte nur feststellen, ob Sie wirklich japanisch sprechen oder nur ein paar Sätze auswendig gelernt haben.«

»Darf ich mich zu Ihnen setzen?« sagte er.

Sie merkte spätestens jetzt, daß er offenbar recht schüchtern war, aber sie konnte der Versuchung nicht widerstehen, ihn noch einmal zu testen.

»Hito de ippai dewa arimasen«, sagte sie.

Und er antwortete ihr, es sei ihm keineswegs entgangen, daß das Lokal keineswegs überfüllt sei. Er finde diesen Tisch hier jedoch besonders anziehend.

Sie lachte. »Nun ja, meinetwegen.«

Sein Name, sagte er, sei Frank Slater. Er studierte Technik, bereits höheres Semester. Er war sehr charmant. Sein Japanisch war verblüffend gut, und da er es ganz offensichtlich ausprobieren wollte, ließ sie ihn gewähren. Je länger er redete, desto flüssiger sprach er. Und allmählich schwand auch seine anfänglich unübersehbare Befangenheit. Sie wußte nicht, wer er war, aber er war ihr sympathisch.

»Waren Sie schon einmal in Japan?« wollte sie wissen.

»Nein. Aber eines Tages möchte ich mal hin.«

»Woher sprechen Sie dann unsere Sprache so gut?«

Er fuhr sich mit der Hand über die Stirn und in die Haare, und sie entdeckte dabei einen Augenblick lang, daß er dort einen purpurfarbenen Fleck hatte, der über seinem linken Auge aufwärts verlief.

»Von einem japanischen Jugendfreund. Er und sein Onkel lehrten mich außer der Sprache auch noch viele andere japanische Dinge. Wir waren die besten Freunde. Wir sind praktisch zusammen aufgewachsen. Dann habe ich . . . dann ist er nach Japan zurückgekehrt. Ganz plötzlich. Vor drei Jahren. Und seitdem habe ich nichts mehr von ihm gehört und gesehen. Oder besser gesagt, dachte ich das. Bis ich ihn vor einigen Wochen gesehen zu haben glaubte. Und seitdem suche ich nach ihm.«

»Wie heißt er denn?« fragte Meiko. Sie hatte plötzlich ein ganz seltsames Gefühl. »Vielleicht kenne ich ihn.«

»Er heißt Matsuo«, sagte Frank Slater. »Matsuo Okumo. Haben Sie den Namen schon mal gehört?«

Meiko war völlig verblüfft. Aber nicht nur deshalb, weil der Amerikaner diesen Namen nannte. Es verblüffte sie auch, daß in diesem Moment Matsuo hinter ihm auftauchte wie ein Geist in der Nacht.

»Ist er das?« sagte sie und deutete mit den Augen über Frank Slaters Schulter hinweg, direkt in Matsuos Augen.

Frank fuhr herum und sprang auf. »Matsuo!« rief er. Er wollte auf ihn zu, verhielt aber dann zögernd den Schritt, als halte ihn etwas ab. Dann aber ging er doch auf ihn zu und breitete die Arme aus, als wolle er ihn umarmen. Matsuo wandte sich jedoch ab und beugte sich zu Meiko hinunter.

»Frankie und ich haben draußen einiges zu bereden«, sagte er. »Entschuldige.«

Er verbeugte sich noch einmal vor ihr, packte Frank dann am Oberarm und führte ihn hinaus.

Meiko saß starr und stumm da. Da war eben etwas in Matsuos Blick gewesen, das sie bisher noch nie gesehen hatte. Sehr kalt. Sehr gnadenlos.

Und die Ursache schien dieser Frank Slater zu sein.

Es war tatsächlich Matsuo! Ich hatte ihn gefunden! Gott im Himmel, war es gut, ihn wiederzusehen! Jetzt konnte ich ihm alles erklären.

Aber sein Gesicht! Lieber Gott, seine Nase war gebrochen und stand jetzt etwas nach rechts. Noch immer war sein Blick klar und offen, und es waren die vertrauten Gesichtszüge. Doch diese schiefe Nase war eine ganz unübersehbare Veränderung. Es machte mich ganz krank zu wissen, daß ich daran schuld war.

Auch sonst schienen Veränderungen mit ihm vorgegangen zu sein. Als er vor mir herging, bemerkte ich, daß er inzwischen auch größer geworden war, seit wir uns zuletzt gesehen hatten, und geschmeidiger und muskulöser, mit breiteren Schultern. Doch er bewegte sich irgendwie anders. Damals war immer etwas unbestimmbar Zögerndes an ihm gewesen. Das war jetzt völlig verschwunden. Er schien inzwischen ein junger Mann geworden zu sein, der sehr genau wußte, wer er war und was er wollte.

»O Matsuo!« sagte ich, als wir hinaus in die Eingangshalle traten. »Überall habe ich nach dir gesucht! Warum bist du nicht . . .«

»Laß sie in Ruhe«, sagte er kalt und drehte sich zu mir herum. »Sie gehört einem anderen.«

»Matsuo, ich habe nur mit ihr gesprochen!«

Er stieß seinen Finger auf mich zu. »Laß sie in Ruhe!«

Ich wich einen Schritt zurück. Im Geiste hatte ich mir diese Wiederbegegnung mit Matsuo die ganzen Jahre vorgestellt und mir zurechtgelegt, wie ich ihm alles erklären wollte: meine Feigheit damals. Ich hatte einen regelrechten Plan konstruiert, um sein Verständnis und seine Vergebung zu gewinnen.

Doch ebenso wie mich an jenem Abend vor drei Jahren mein Mut im Stich gelassen hatte, so brachte ich jetzt meine schöne Rede nicht heraus. Denn seine Augen waren eiskalt und gefühllos. Ich suchte nach Zorn in ihnen oder auch nach Haß oder Mitleid. Irgend etwas, was mir wenigstens die Chance auf Vergebung gab. Ich suchte verzweifelt nach einem Anfang und sagte:

»Warum warst du bei dem Begräbnis meines Vaters?«

»Um ihm ›die Ehre zu erweisen‹, wie ihr das nennt. Er war ein anständiger Mann. Er hat mich behandelt wie einen normalen Menschen. Das ist mir in Amerika selten widerfahren. Es tat mir leid, als ich von seinem Unfall erfuhr.«

In meinem Hals spürte ich einen inzwischen vertrauten Kloß. *Unfall.* Das war die Sprachregelung für das Begräbnis gewesen. Unfall!

»Ich . . . danke dir, daß du gekommen bist«, sagte ich. »Aber warum hast du nicht gewartet? Mom hätte sich gefreut, dich wiederzusehen. Und ich wollte natürlich mit dir sprechen. Jahrelang warte ich nun schon darauf, mit dir zu sprechen.«

»Es gab nichts zu sagen.«

»Matsuo . . .! Dieser Tag damals, hinter Izumi-sans Laden. Ich . . .«

»Es gibt auch jetzt nichts weiter zu sagen.« Seine Stimme war glatt und tonlos.

»Aber du mußt das verstehen! Ich weiß nicht, was damals mit mir geschah! Ich verfiel einfach in Panik!«

»Es spielt keine Rolle mehr.«

»Es muß einen Weg geben, wie wir wieder miteinander ins reine kommen! Wir waren doch so viele Jahre die besten Freunde! Matsuo!«

Rasch und heftig riß sich Matsuo das Hemd aus der Hose und zog es sich hoch bis über die Rippen. Beim Anblick der tiefen Mulde dort drehte sich mir fast der Magen um. Und im gleichen Augenblick sah ich die ganze Szene wieder vor mir. Matsuo am Boden und Mick McGarrigles Stiefel, der ihn trat und trat.

Er steckte das Hemd wieder in die Hose. »Wir können niemals mehr Freunde sein. Und du wirst nie wieder mit Meiko sprechen!«

Noch immer lag weder Zorn noch Haß in seinen Worten. Ich hätte es mir fast gewünscht. Es wäre mir immer noch lieber gewesen als diese kalte Verachtung. Er drehte sich um und ließ mich einfach stehen.

Ich lehnte mich zitternd an die Wand. Zu wissen, was der beste Freund, den ich je hatte, jetzt über mich dachte, war niederschmetternd. Und zu wissen, daß er letztlich im Recht war, machte es nur noch schlimmer. Und doch war bei alldem unentwegt der Klang dieses Namens in meinem Kopf.

Meiko.

Also Meiko hieß sie. Ich hatte keine Gelegenheit mehr gehabt, sie nach ihrem Namen zu fragen. Meiko. Das klang wie Magie. Ich blickte durch eines der Fenster ins Lokal und sah, wie sie zur entgegengesetzten Tür hinausging. Allein.

Meiko.

Ich wollte sie unbedingt wiedersehen und wieder mit ihr sprechen. Sie hatte etwas in mir angerührt. Ich wußte nicht genau, was, und auch nicht, wie. Aber ich mußte sie wiedersehen, soviel stand fest. Matsuo mochte drohen, soviel er wollte.

1931

Das Jahr des Widders

JUNI

Matsuo spielte allein. Kaum einer der anderen Studenten, die in den Freizeitraum kamen, legte noch Wert darauf, gegen ihn zu spielen. Am Anfang, zu Beginn des ersten Jahres, hatten sie noch ihre Witze über ihn gerissen und ihn als so etwas wie ihren Hofnarren geduldet, den man leicht nach Strich und Faden ausnehmen konnte. Aber das hatte nicht lange gedauert. Mittlerweile, im zweiten Jahr, hatte er längst alles zurückgewonnen, was er je verloren hatte. Und mehr.

Doch er wußte, er war noch immer nicht bereit.

Er legte sich seinen Stoß sorgfältig zurecht. Es war ein wichtiger Stoß. Er hatte den Tisch zweimal hintereinander in einem Zug abgeräumt und sich alles für den letzten Ball aufgehoben. Noch nie hatte er so viele Bälle hintereinander ohne Fehlstoß abgeräumt.

Sein Spiel war anders geworden, sobald er sich der *kyojutsu*-Technik zu bedienen begonnen hatte, die ihn Nagata einst für das Bogenschießen gelehrt hatte. Er ließ, wie dort in den Bogen und den Pfeil, jetzt sein Selbst in das Queue einfließen. Machte sich identisch mit ihm. Das Queue lediglich als Verlängerung seiner selbst. Er *selbst* glitt über das grüne Filztuch hinweg, stieß zu, traf den Ball und beobachtete, wie dieser an die Bande prallte und von dort zurück und dann genau in eine der Ecktaschen rollte.

Er entspannte sich zufrieden lächelnd.

Gut. Aber noch immer nicht gut genug.

Er öffnete ein Fenster, um frische Luft hereinzulassen. Es war fast schon Sommer. Das bedeutete, Meiko kehrte bis September nach Japan zurück. Während des ganzen Sommers verlor Kalifornien damit eines seiner schönsten Glanzlichter. Um so besser, daß er die ganze Zeit über, wie schon die Sommer zuvor, auf Reisen durch ganz Amerika war. Berkeley ohne Meiko könnte er überhaupt nicht ertragen. Außerdem hatte er festgestellt, daß er ihre Abwesenheit viel leichter ertrug, wenn er unterwegs war.

Er versuchte sie aus seinem Gedächtnis zu verdrängen. Sie gehörte Hiroki. Er mußte sich immer wieder daran erinnern. Wenn er es sich gestattete, dies auch nur einen Moment lang zu vergessen — nicht auszudenken, was dann alles geschehen könnte. Aber auch mit dieser ständigen Eigenermahnung verfolgte sie ihn bis in seine Träume. Er dachte Tag und Nacht an sie. Es war nur zu ertragen gewesen, indem er sich mehr und mehr von ihr zurückzog, den

Kontakt mit ihr auf das absolute Minimum beschränkte, ihr aus dem Weg ging, wo es nur möglich war. Zwar weiter über sie wachte. Aber aus der Ferne.

Da war Frank Slater sehr viel näher bei ihr. Ungeachtet seiner Warnung bei ihrem ersten Wiedersehen hatte er hartnäckig Meikos Gesellschaft gesucht, die ganzen letzten eineinhalb Jahre. Und er, Matsuo, hatte seine Ansicht geändert und nichts mehr dagegen eingewendet. Er war zu der Überzeugung gekommen, Frank stelle keine wirkliche Gefahr dar. Er amüsierte sich nur darüber, wie Frankie immer wieder »ganz zufällig« Meiko auf dem Campus begegnete. Aber diese Beziehung hatte ja keinerlei Zukunft. Meiko war und blieb die korrekte und unnahbare Japanerin. Sie kehrte nächstes Jahr im Juni, wenn sie beide ihre Abschlußexamen abgelegt hatten, endgültig wieder nach Japan heim. Sollte ihr Frank also in Gottesnamen die Gesellschaft bieten, die er, Matsuo, ihr nicht länger unbefangen bieten konnte. Nicht guten Gewissens jedenfalls.

Er füllte seine Freizeit mit Studien und der Perfektionierung im Pool-Billard aus. Er gab sich keinerlei Mühe, Freundschaften zu schließen. Es gab zwar ein paar Kommilitonen, die ihm nicht unsympathisch waren, doch er sah keinen Sinn darin, Beziehungen aufzunehmen, die keine Zukunft haben konnten. Und jeden Sommer war er ohnehin ständig auf Reisen.

Er hatte bescheiden angefangen und anfangs im Sommer 1929 nur die Westküste und danach die Staaten im Westen bereist. Im vergangenen Sommer hatte er sich dann den ganzen Mittelwesten angesehen und sich überall eifrig Notizen gemacht. Nächste Woche nun wollte er zu seiner diesjährigen Sommerreise in die Industriestaaten des Nordostens aufbrechen. Nirgends war er besonders freundlich aufgenommen worden. Die Zeiten waren schlecht in Amerika. Die große Wirtschaftskrise, *The Depression*, schüttelte das Land, und nahezu automatisch begegneten die Leute jedem fremden, ausländischen Gesicht mit offener Ablehnung und zuweilen sogar mit tätlicher Feindseligkeit. Bestenfalls wurde man widerwillig geduldet.

Das war die Lage, was die Menschen in diesem Lande anging. Doch was Matsuo tatsächlich interessierte, war viel eher das Land selbst. Das Land.

Schon bei seiner ersten Reise waren ihm die geradezu atemraubenden Entfernungen und Dimensionen der Vereinigten Staaten deutlich geworden. Dazu diese Fülle an Bodenschätzen! Dieses fruchtbare, unermeßliche Ackerland! Dieser unerschöpfliche Platz, sich auszudehnen, zu wachsen! Wie konnte sein Vater nur davon träumen, Japan könne industriell je mit Amerika konkurrieren? Seit seiner Kindheit hatte man ihm eingetrichtert, daß Japan das von den Göttern auserwählte Land war. Wenn das wirklich stimmte, mußten die Götter selbst hier in Amerika gewohnt haben, ehe sie Japan segneten! Selbst im Würgegriff dieser schrecklichen Depression war noch die schiere Unauslotbarkeit der wirtschaftlichen Macht Amerikas zu erahnen.

Wenn dies das Land war, gegen das sein Vater zu einem Handels- und Wirtschaftskrieg antreten wollte, dann hatte er sich Gewaltiges vorgenommen!

Er legte die Bälle wieder zurecht, spielte seinen ersten Ball an, beugte sich über den Tisch und konzentrierte sich, indem er versuchte, die Gesprächsfetzen im Raum nicht mehr wahrzunehmen, auch nicht den läppischen Refrain des Liedes im Radio, *Minnie the Moocher.*

Vielleicht schaffte er es heute abend noch, den Tisch dreimal hintereinander abzuräumen.

Er ließ sich in das Queue einfließen, zielte sich auf den Spielball und ließ sich zustoßen.

Giri!

AUGUST

Es ist ein gutes Gefühl, wieder in Amerika zu sein, dachte Meiko, als das Schiff in die Einfahrt der beiden einander gegenüberstehenden Felsen kam, die man das *Golden Gate* nannte.

Bis zu diesem Sommer hatte sie ein solches Gefühl für schlicht unmöglich gehalten. Aber in den acht Wochen zu Hause in Japan hatte sie bemerkt, wie unausgefüllt und unzufrieden sie sich fühlte; gelangweilt sogar. Anfangs verstand sie es gar nicht. Ihre Eltern widmeten sich ihr genauso wie die beiden vorigen Sommer, und wie in den Vorjahren war sie auch jetzt wieder der Mittelpunkt des gesellschaftlichen Lebens die ganze Sagami-Bucht hinauf und hinunter gewesen; die große Quelle allen Wissens über das gigantische Land jenseits des Ozeans. Selbst Hirokis Vater besuchte sie, um sich zu erkundigen, wie es Matsuo in Amerika ergehe. Hiroki selbst war ebenfalls kaum weniger aufmerksam wie eh und je. Wenn auch nicht zu übersehen war, daß er sich im Geiste unentwegt mit etwas anderem beschäftigte. Und er verließ sie auch bald immer wieder, um weiter alte Tempel und Schreine zu durchforschen.

Es hätte eigentlich wieder ein vollkommener Feriensommer sein müssen. War es aber nicht gewesen. Sie spürte, wie die Distanz zu allen, denen sie sich immer so nahe gefühlt hatte, wuchs.

Ja, sie sah Japan selbst sich verändern. Bei jedem Aufenthalt zu Hause fiel ihr auf, wie die Militäruniformen in den Läden und auf den Straßen zunehmend dominierten. Dieses Jahr hatte sie mehr Soldaten als je zuvor gesehen. Und es herrschte doch nirgends Krieg. Sie empfand ein unbestimmbares Gefühl der Beunruhigung darüber.

Und die Gespräche in der Familie über die Heiratsvorbereitungen für das Frühjahr 1933 ließen sie nun merkwürdig kalt und unbeeindruckt. Weder das doch eigentlich zu erwartende Glücksgefühl stellte sich ein, noch die ungeduldige Vorfreude auf den wichtigsten Tag ihres Lebens . . . Nein, etwas war nicht mehr so wie früher. Sie hatte darüber nachgedacht und es zu erforschen versucht. Und dann hatte ihre Mutter eines Tages mit ihr über das Datum ihrer Rückkehr nach Amerika gesprochen, und sie hatte gemerkt, wie allein dieser Gedanke sie belebte.

Und sie wußte es plötzlich: Sie sehnte sich zurück nach San Francisco! Hungerte sogar danach. Und in einer kurzen Gefühlsaufwallung wußte sie auch, warum.

Es war nicht die Stadt selbst. Die hatte zwar ihre Schönheiten; ganz gewiß. Doch weder San Francisco noch die herrlichen Hügel und Täler um diese Stadt herum waren es. Nicht einmal ihr guter Freund Frank Slater zog sie so sehr zurück.

Nur Matsuo.

Sie wußte nicht genau, wann sich ihre Gefühle für Matsuo verändert hatten. Es war nicht über Nacht passiert. Eher langsam, fast unmerklich. Von der Bekanntschaft über Freundschaft bis zu . . .

. . . Liebe.

Ganz allmählich war es geschehen, daß Matsuo für sie nicht mehr nur Hirokis kleiner Bruder war. Seine Stärke war ihr bewußt geworden, auch seine Zartheit und seine Anständigkeit. Sie hatte bemerkt, wie sie auf seine Anrufe wartete, wenn sie zu Hause war, in der Wohnung, wo sie mit ihren Bediensteten lebte — dem älteren Ehepaar, das ihr Vater ihr mitgegeben hatte, damit es für sie sorgte. Wie sie an Matsuos Lippen hing. Auf sein Lächeln wartete. Sich nach jenen Augenblicken sehnte, in denen er in aller Unschuld ihren Arm nahm, um sie über die Straße zu geleiten.

Und sie wußte, daß Matsuo ihre Gefühle erwiderte. Und wenn es bei ihm vielleicht nicht auch Liebe war, dann auf jeden Fall eine starke Zuneigung. Sie sah es in seinen Augen und hörte es an seiner Stimme. Und vor allem sah sie es auf seinem Gesicht, wenn er in ihre Nähe kam. Die ganze Anspannung und Härte, die ihm das Leben in Amerika aufzwang, war dann mit einem Schlag wie weggeblasen. Was sonst konnte das sein als zumindest eine Art Liebe?

Doch was sollte geschehen? Nicht einmal mehr ein Jahr, und sie würde Hiroki heiraten! Und auch nicht einfach nur ihn. Es war die Verbindung ihrer Familie mit der adeligen Sippe Okumo! Gewiß, auch sie, die Mazaki, waren von Adel. Aber doch von niedrigerem. Ihr Vermögen stammte nicht, wie das der Okumo, aus Landbesitz, der ihnen direkt vom Kaiser verliehen worden war, sondern nur vom Seidenhandel. Und diese Heirat brachte ihre Familie der kaiserlichen Dynastie ein großes Stück näher. Als Hirokis Frau wurde sie eine Schwägerin der Kaiserin Nagaka, und ihre Kinder waren damit einst direkte Vettern des nächsten Tenno!

Nichts durfte dem im Wege stehen! Die Ehre ihrer Familie selbst stand hier auf dem Spiel. Ihr Lebensweg war ganz klar vorgezeichnet.

Sie dachte daran, was wohl amerikanische Mädchen von ihrer Situation halten würden. Sie hatten die Freiheit, zu heiraten, wen sie nur wollten. Andererseits — sie mußten darauf warten, gefragt zu werden. Und wenn ausgerechnet der nicht fragte, von dem man gefragt werden wollte . . .? Es konnte ihnen doch auch passieren, ihr ganzes Leben lang von niemandem gefragt zu werden! Was dies betraf, war sie schon von jeher der Meinung gewesen, die japanische Art, zwischen den Kindern vornehmer Familien die künftigen Ehepartner auszusuchen und alles dafür zu arrangieren, sei der westlichen Praxis weit überlegen. Keine Sorge um die Zukunft, denn sie war genau festgelegt und geplant. Man wurde Ehefrau und Mutter und zog Kinder groß. Und das war doch wohl letztlich der Sinn jeder Ehe: Kinder zu haben und den Fortbestand der eigenen Familie zu sichern. Aus Liebe — und oft nur aus Liebe — zu heiraten war einer dieser törichten abendländischen Gebräuche. Man mußte sich doch nur ansehen, was für Probleme eben dies in Amerika hervorrief . . .

Und doch . . . Meiko mußte einräumen, daß sie inzwischen diese amerikanische Sichtweise ein wenig besser verstand. Gewiß, man konnte nicht akzeptieren, daß so etwas universell in Gebrauch kam. Das würde zum Chaos führen. Doch für sie selbst böte diese Praxis den Weg, Matsuo zu heiraten! Wie wunderbar das wäre! Warum war er nicht der Bruder, der zu Hause in Japan blieb? Warum war Hiroki nicht nach Amerika geschickt worden? Dann würde sie nächsten Herbst Matsuo heiraten und könnte alles zusammen haben: die Ehre für die Familie, die Ehe und dazu noch die Liebe!

Es war ein schöner Wunschtraum. Aber sie träumte ihn, sooft es ging. Wenn er auch niemals mehr sein konnte als eben ein Wunschtraum. Ihr war nun einmal bestimmt, Hiroki zu heiraten und seine Kinder zur Welt zu bringen. Und das war ja auch nicht so schlimm. Jedenfalls hoffte sie das. Obwohl sie oft, wenn Hiroki sie ansah, merkte, daß in seinem Blick weder Liebe war noch Hunger. Und das versetzte ihr jedesmal innerlich einen Stich.

Aber gewiß war das alles nur Einbildung. Hiroki war ein junger Mann, der sich seinen Aufgaben ganz hingab. Alles, was er tat, tat er mit dem Herzen. Ihr Eheleben mochte vielleicht etwas hektisch werden. Doch zumindest würde Matsuo ja immer in der Nähe sein. Zumindest konnte sie ihn dann immer sehen und bei den Familienzusammenkünften mit ihm sprechen oder wenn er zu seinem Bruder und seinen Nichten und Neffen zu Besuch kam.

Für den Augenblick jedoch wollte sie das Beste aus ihrem letzten Jahr vor der Ehe machen und so viel Zeit wie möglich mit Matsuo verbringen. Es war ohnehin nicht viel. Matsuo hatte ihr immer weniger Aufmerksamkeit gewidmet. Seine Anrufe und Besuche waren immer seltener geworden. Er schien sich ausdrücklich von ihr zurückzuziehen und sich auf den allernötigsten Kontakt mit ihr zu beschränken. Anfangs war sie verletzt gewesen und hatte den Verdacht gehabt, er habe vielleicht eine Freundin gefunden, die ihm mehr geben konnte als sie. Wenn das aber so wäre, warum dann veränderte sich sein Gesicht stets wie eh und je, wenn sie sich zufällig auf dem Campus begegneten? Und warum umarmten seine Augen sie dann immer noch wie früher?

Sie verstand es nicht. Vielleicht hatte Matsuo vor seinen Gefühlen ihr gegenüber Angst und ging ihr aus dem Weg, um die Ehre ihrer beider Familien nicht zu gefährden. Wenn dies der Fall war, liebte sie ihn dafür nur um so mehr.

Als sich ihr Schiff dem Anlegepier näherte, sah sie unten eine bekannte Gestalt warten. Frank Slater. Sie mochte ihn. Er war ein guter Freund und ein sehr lieber, netter junger Mann. Warum begegnete Matsuo ihm nur mit so viel Feindschaft? Sie konnte sich nicht vorstellen, daß zwischen ihm und Matsuo etwas derart Schlimmes vorgefallen war.

Meikos Schiff traf früher ein als angekündigt, aber ich war bereits da, als es anlegte. Es war einer der großen Matson-Liner aus Honolulu. Sie hatte mir geschrieben, daß sie die Reise diesmal in zwei Etappen machen mußte: von Yokohama bis Hawaii und von dort bis San Francisco. Wegen der Einwanderungs-Restriktionen lohnte sich für kein japanisches Schiff mehr die direkte Fahrt hierher.

Die Luft vibrierte, als die große, tiefe Schiffssirene beim Eindocken losdröhnte. Auf dem Pier wartete eine große Menschenmenge; alles Leute, die die Rückkehrer von Urlaubsreisen nach Hawaii abholen wollten. Ich stand ganz vorne. Ich hatte schon seit dem Morgengrauen gewartet.

»Frank!« sagte sie, als sie mich die Gangway hinaufkommen sah. »Was für eine Überraschung! Ich dachte nicht im Traum daran, daß du mich abholen würdest!«

Sie sah einfach hinreißend aus. Ihre dunklen Augen sprühten vor Leben, und ihr Lächeln war so offen und strahlend, daß es fast schmerzte. Es war wunderbar, sie wiederzusehen.

»Konnte dich doch nicht dein ganzes Gepäck alleine schleppen lassen, oder?« sagte ich.

»Das ist sehr lieb von dir.«

Sie umarmte mich kurz und gab mir einen kleinen Kuß auf die Wange. Eine völlig unschuldige, herzliche Begrüßung, soweit es sie anging, das war mir durchaus klar. Aber allein die körperliche Berührung, die Nähe, ihr Geruch ließen mein Herz wie verrückt schlagen. Ich glaube, ich hatte ganz schön weiche Knie, als ich ihre Koffer nahm.

Meine Gefühle für sie waren mir nicht ganz klar. Man hätte sie natürlich leicht blinde Vernarrtheit nennen können. Aber es ging tiefer.

War es also Liebe? Wie konnte es Liebe sein? Konnte ich ein Mädchen aus einer so fremden Kultur lieben, das meine eigene für barbarisch hielt? Ein Mädchen, das verlobt war und in weniger als einem Jahr wieder in die Heimat zurückkehren würde, um dort zu heiraten? Konnte man so ein Mädchen lieben?

Sicher, man konnte.

Denn ich liebte sie, das wurde mir jetzt klar.

Anfangs hatte mich ihre pure Schönheit angezogen. Doch in den anderthalb Jahren, die ich sie jetzt kannte, war es nicht dabei geblieben. Sie hatte sich in dieser Zeit ja auch beträchtlich verändert. Nicht, was ihre Schönheit anging. Die war so makellos wie eh und je. Sie war allenfalls noch schöner geworden. Doch sonst hatte ich gewaltige Veränderungen an ihr festgestellt. Bei unseren ersten Gesprächen damals war sie mir immer mit einer Mischung aus Verletzlichkeit und Hochmut begegnet. Obwohl Amerika sie ängstigte und bedrückte, war es ihr immer gelungen, den Mut aufzubringen, mit einer gewissen Hochnäsigkeit auf uns herabzusehen. Doch mit der Zeit hatte sich das geändert. Am Ende war sie sogar einzuräumen bereit gewesen, es gebe möglicherweise auch andere akzeptable Lebensweisen als die japanische.

Und sie war sichtlich aufgeblüht in Berkeley. Wenn auch das ganze Land in der Wirtschaftskrise steckte, der Campus hier war nach wie vor eine Art Oase; zumindest für diejenigen Studenten, die sich das Studium leisten konnten oder ein Stipendium hatten wie ich. Und man konnte fast mitverfolgen, wie sich Meikos Horizont immer mehr weitete. Wie sie bemerkte, daß das Leben Myriaden von Möglichkeiten bot. Möglichkeiten, von denen sie bislang nicht einmal hatte träumen, geschweige erkunden können, ob sie für sie selbst in Frage kamen.

Und eben da, glaubte ich, lag meine Chance.

Ich dachte fast pausenlos an sie. Wenn ich mit ihr zusammen war, verflog die Zeit geradezu, während sie träge dahinkroch, wenn sie nicht da war. Ich wollte sie immer in meiner Nähe haben. Und darum wollte ich ihr noch diesen Herbst, falls ich einmal den rechten Mut aufbrachte, einen Heiratsantrag machen.

Ja! Ich mußte es tun. Es war mir klar: meine Chancen, daß sie ja sagen würde, waren minimal. Doch andererseits hatte ich im vergangenen Jahr einige Ermutigung erhalten. Nicht wegen irgend etwas, das sie gesagt oder getan hatte. Eher wegen dem, was sie nicht gesagt oder getan hatte.

Beispielsweise hatte sie auffällig wenig von ihrem Verlobten gesprochen. Anfangs, im ersten Jahr, hatte sie fast von nichts anderem geredet als von ihm; einem gewissen Hiroki, den ihre Eltern ihr als Mann ausgesucht hatten. Aber selbst damals schon war sie auffällig zurückhaltend mit Auskünften darüber gewesen, wer er genau war; wenn sie sich zweifellos auch recht enthusiastisch über diese Verbindung geäußert hatte. Mit der Zeit jedoch hatte sich das sehr geändert. Und gegen Ende unseres zweiten Jahres hatte sie ihn dann kaum noch erwähnt. Vielleicht hatte Amerika doch ein wenig ihren Enthusiasmus hinsichtlich der Praxis familien-vereinbarter Heiraten gedämpft . . .

Das zweite ermutigende Zeichen war, wie verhältnismäßig selten Matsuo auftauchte. Vor anderthalb Jahren noch war es ausgesprochen schwierig gewesen, Meiko ohne Matsuo an ihrer Seite oder zumindest in der Nähe zu begegnen. Doch als der letzte Winter wich und der Frühling kam, schien Matsuo immer weniger Zeit mit ihr zu verbringen — mit der logischen Folge, daß es mir immer leichter wurde, immer öfter mit ihr zusammen zu sein. Und das nutzte ich aus, wo ich nur konnte. Und so wurde unsere Freundschaft ziemlich eng. Meiko mochte mich, dessen war ich sicher. Und eben deshalb begann ich daran zu glauben, daß ich eine Chance — zumindest eine Chance! — hatte, sie zu überreden, diesen Hiroki sausen zu lassen und bei mir in den Staaten zu bleiben. Sie würde nie Angst haben müssen, ihr Gesicht zu verlieren oder gesellschaftlicher Ächtung ausgesetzt zu sein. Sie wäre ja weit weg von allem. Wir konnten hier in Amerika ein schönes und angenehmes Leben führen. Und ich hatte noch fast ein ganzes Jahr Zeit, sie davon zu überzeugen.

»Hat dich Matsuo geschickt?« fragte sie, als ich mich mit ihren vier Gepäckstücken abzumühen begann.

Ein klein wenig sank mir das Herz. »Nein. Wir stehen nach wie vor nicht auf bestem Fuß.«

Tatsächlich hatten wir seit unserem Wiedersehen vor jetzt bereits wieder anderthalb Jahren kein einziges Wort mehr miteinander gewechselt. Von Meiko wußte ich, daß Matsuo auch ihr gegenüber unsere gemeinsame Vergangenheit niemals auch nur andeutungsweise erwähnte. Seine Gründe dafür waren mir zwar nicht bekannt, doch ich war ihm dankbar dafür.

»Er sollte mich hier abholen.«

»Oh«, sagte ich.

Ich hatte angenommen, daß es ihr Wunsch gewesen war, daß *ich* sie abholte. Aber als ich mir jetzt ihren Brief in Erinnerung rief, mußte ich einräumen, daß sie nur ganz nebenbei das Datum ihrer Rückkehr erwähnt hatte — nichts weiter.

»Ich danke dir aber trotzdem, daß du gekommen bist. Willst du nicht mit mir warten, bis Matsuo kommt? Es wäre mir wirklich lieb, wenn ihr beide wieder Freunde sein könntet.«

Mir ebenfalls. Aber Matsuo hatte mir deutlich genug zu verstehen gegeben, daß das seiner Meinung nach nie mehr der Fall sein konnte.

»Ich glaube nicht, daß das eine sehr gute Idee ist«, sagte ich darum. Ich brachte ihr noch das Gepäck vom Schiff und verabschiedete mich dann, verbarg mich jedoch in der Nähe, wo ich sie gut im Auge behalten konnte. Tauchte Matsuo wirklich nicht auf, wollte ich nicht, daß sie allein und ohne Hilfe blieb.

Doch Matsuo erschien nach ein paar Minuten mit einem Taxi. Er machte die Tür auf und stieg aus. Und dann lagen sie einander in den Armen, ehe ich noch recht begriffen hatte.

Ich bekam einen völlig trockenen Mund. Das war ganz und gar nicht die Art, wie sie mich zur Begrüßung umarmt hatte. Dies hier war . . . hungrig. Eine begehrliche Umarmung. Sie lösten sich jedoch sehr rasch wieder voneinander. Selbst von meinem entfernten Standort aus war deutlich zu erkennen, daß sie beide, als sie ihr Gepäck einluden, sehr verlegen waren.

Und mit einem Schlag war mir klar, warum Meiko nur noch so wenig von ihrem Verlobten sprach. Und warum Matsuo sich so fern von ihr hielt.

Jedenfalls auf keinen Fall meinetwegen.

Ich hatte wieder einmal einen Kloß im Hals. Ich kam aus meinem Versteck hervor und ging davon.

Sie liebten einander, waren aber in einer ausweglosen Situation, und sie wußten es genau. Sie taten mir leid.

Nicht zu reden davon, wie leid ich mir selbst tat.

1932
Das Jahr des Affen

JUNI

Es war endlich soweit.

Matsuo stand vor dem Spiegel in seinem Zimmer und besah sich den Spitzbart, den er sich seit Neujahr hatte wachsen lassen. Er war dünn und stachlig und häßlich — *ziemlich* häßlich —, erfüllte aber seinen Zweck. Er setzte die Hornbrille auf, die er sich gekauft hatte, und prüfte das Resultat. Er war zufrieden. Selbst Nagata hätte ihn wohl ganz genau ansehen müssen, um ihn zu erkennen.

Nun brauchte die Tarnung nur noch das Tüpfelchen auf dem i. Er faltete ein weißes Taschentuch zu einem schmalen Band und wand sich dieses in der Art eines *haschimaki* um die Stirn. Er war bereit. Für einen Kampf, den er auf eine ganz spezielle Art führen wollte. Mit einem sich nach vorn verjüngenden Stab und mit sechzehn Kugeln auf einem mit grünem Filztuch belegten Tisch mit Banden.

Es mochte nur ein Spiel sein. Doch heute abend war es mehr. Es ging um mehr als um den bloßen Sieg. Um mehr als nur um das Geld für den Gewinner.

Es ging um nicht weniger als um seine *giri*.

Er nahm die Fähre hinüber zur anderen Seite der Bucht. Er bemühte sich, die Gespräche der Menschen um ihn herum nicht zur Kenntnis zu nehmen. Sie drehten sich um den großen Marsch auf Washington, mit dem die Veteranen ihre Pensionszulagen einfordern wollten.

Zu Hause gab es ebenfalls Unruhen. Die japanische Armee war im vergangenen Herbst in die Mandschurei eingefallen und festigte dort derzeit ihre Besatzungsmacht. Und erst letzten Monat war Premierminister Inukai vor den Augen seiner Tochter in seinem Haus einem Attentat von Armee-Fanatikern zum Opfer gefallen — nur, weil er eine Kürzung des Militär-Budgets angestrebt hatte.

War Japan etwa schon ebenso verrückt wie die übrige Welt?

Der Gedanke war ihm schwer erträglich. Er lehnte am Geländer der Fähre und trommelte nervös mit den Fingern. Konnte dieses lahme Schiff nicht etwas schneller drüben bei den Lichtern am anderen Ufer sein? In letzter Zeit war die Rede vom Bau einer gewaltigen Brücke über die Bucht zur Verbindung Oaklands mit San Francisco gewesen, und von einer zweiten, einer großen Hängebrücke über das *Golden Gate* hinweg! Er erinnerte sich, daß er, als er zum erstenmal davon hörte, nur gelacht hatte. Doch nachdem er im vergangenen Sommer in New York das gerade erst fertiggestellte *Empire State Building* gesehen hatte, das fast eine Viertelmeile in den Himmel ragte, war ihm das Lachen vergangen. Wenn irgend jemand das schaffte, dann die Amerikaner.

So sehr er sie verabscheute, er mußte zähneknirschend und mit einer gewissen Bewunderung einräumen, daß sie diesen ›Das schaffen wir‹-Geist hatten. Selbst auf der tiefsten Talsohle ihrer bislang schlimmsten wirtschaftlichen Depression hatten sie es fertiggebracht, ein Gebäude von einer Höhe zu errichten, wie sie sich bisher noch niemand hatte träumen lassen. Sie hatten in die Höhe gebaut, bis ihnen ihr gesunder Menschenverstand Einhalt gebot — um dann doch noch weiter nach oben aufzuschichten, immer weiter und weiter. Er war hinaufgefahren. Der Blick von der Aussichtsplattform war einfach überwältigend gewesen. Und dort oben im Wind, beim Blick über die Hafenanlagen und die geschäftige Stadt tief unten hatte er wieder an seinen Vater denken müssen und an seine Visionen von einer bevorstehenden Konfrontation mit Amerika. Japan konnte Amerika schlagen, gewiß — in den kleinen Dingen. Die Amerikaner hatten keinen Sinn für sorgfältige und schöne Handwerksarbeit. Sie dachten in gewaltigen Maßstäben. Wie konnte Japan, oder irgendein Land, gegen ein Volk bestehen, für das es keine Grenzen gab, kein ›Genug ist genug‹?

Und was geschah in der Heimat? Japan in der Mandschurei. Gewiß, diese Provinz auf dem Festland lieferte Japans wachsender Industrie die dringend benötigten Rohstoffe. Aber der Gedanke, daß sich sein Land dort im Krieg befand, störte ihn trotzdem. Es gab doch sicher andere Wege als das Töten, um dem Land zu verschaffen, was es benötigte!

Schließlich hatte doch auch er ganz persönlich einen Weg gefunden, seine Probleme zu lösen, ohne gleich brutale Gewalt anzuwenden! Zumindest hoffte er es. Und in einigen Stunden würde er es genau wissen.

Er verdrängte die Gedanken an Japan. Das waren Probleme für die Zukunft. Jetzt waren andere aktuell.

Die Fähre landete auf der San-Francisco-Seite.

»Wieviel fül eine Billaldtisch fül swei Stunde?« fragte er mit dick aufgetragenem japanischem Akzent den Mann mit dem rosigen Gesicht hinter der Theke im *O'Boyle's Pool Emporium.* Vor der Prohibition war das Lokal eine Kneipe gewesen. Doch Matsuo schätzte, daß es jetzt mehr Alkohol umsetzte als jemals zuvor, als dies noch legal gewesen war.

Es war noch früh an diesem Mittwochabend. In dem verräucherten, halbdunklen Lokal lungerten nur einige wenige Trinker herum. Die Aufhebung der Prohibition nach der für den Herbst anstehenden Präsidentenwahl war längst angekündigt. Niemand gab sich deshalb mehr besondere Mühe, zu verheimlichen, daß er trank. Das *O'Boyle* hatte schon sehr viel bessere Tage gesehen. Die Schäbigkeit, die jetzt alles überdeckte, ließ die Eichentäfelung an Wänden und Decke und die kunstvollen Schnitzereien an den Stützsäulen aber immer noch erkennen. Die riesigen, gewölbten Spiegel waren genauso schmutzig und blind wie die Fassadenfenster. Auf einer erhöhten, mit einem niedrigen Eichenholzgeländer abgetrennten Plattform ganz hinten standen drei Billardtische, jeder unter einer hellen Lampe. An keinem wurde gespielt.

»Meinst du 'n Pool-Tisch?« fragte der Mann. Matsuo kannte ihn. Es war O'Boyle persönlich.

Matsuo übertrieb seinen japanischen Akzent bis an die Grenze der Karikatur. »Ja. Ich wollen Pool spielen.«

O'Boyle besah ihn sich aus der Nähe. »Ich kann nicht sagen, Freundchen, was du bist, Chink oder Japs. Macht aber auch keinen Unterschied. In meinem Laden hier spielst du auf keinen Fall.«

»Japanel. Und del Pleis, glaube ich, ist fünfzig Cents die Stunde?« sagte Matsuo und legte dabei einen Silberdollar auf die Theke. Er wußte ganz genau, eine Stunde kostete lediglich einen Dime. Plus zehn Prozent sämtlicher Gewinngelder für O'Boyle.

O'Boyle starrte eine ganze Weile auf das Geld. Schließlich griff er sich den Dollar. »Also gut, ausnahmsweise. Aber nur für dieses eine Mal.«

Matsuo war bereits auf dem Weg nach hinten. Es herrschte schließlich Wirtschaftskrise.

»Aber nicht den linken Tisch!« rief ihm O'Boyle nach.

Matsuo ging zur Wand, nahm sich ein Queue und stellte die Bälle auf dem Tisch auf. Auf dem linken.

»He!« rief O'Boyle und kam nach hinten. »Verstehst du kein Englisch, du gelbes Schlitzauge? Nicht diesen Tisch, habe ich gesagt! Der ist jeden Mittwochabend reserviert.«

Matsuo blickte ihn durch die Fenstergläser seiner Brille direkt an. »Ich diese Tisch gut finde!« Und er spielte das Dreieck der aufgestellten Bälle an.

O'Boyle lächelte böse. »Na schön, Klugscheißer. Wie du willst. Aber jemand wird sehr, sehr ungemütlich werden, wenn er sieht, daß ein Japs an seinem Tisch spielt.«

Matsuo zielte. *Eben. Das will ich hoffen.*

Er spielte zwei Stunden lang und machte sich mit dem Tisch vertraut. Dann hörte er eine Stimme.

»Weil du ja bloß ein blöder Japs bist, der es nicht besser weiß, will ich es dir für diesmal durchgehen lassen.«

Matsuo drehte sich um und blickte den Mann an. Mick McGarrigle hatte sich nicht sehr verändert. Er hatte noch immer rote Haare und Sommersprossen und sein verkniffenes, arrogantes Gesicht. Brust und Bauch waren etwas fülliger geworden, und er hatte eine andere Mütze auf als damals immer. Das waren aber auch schon alle Veränderungen. Er hatte sein eigenes Queue mitgebracht und schraubte es eben zusammen. Drei Paladine waren um ihn herum.

»Das is' mein Tisch!« sagte er und deutete mit dem Daumen über die Schulter. »Raus.«

Wäre ihm so etwas gleich nach seiner Rückkehr nach Amerika passiert,

Matsuo wäre Mick mit Sicherheit sofort an die Gurgel gegangen und hätte ihn umgebracht. Doch das heute war etwas anderes. Auf diesen Moment hatte er sich jahrelang vorbereitet. Zorn und helle Wut stiegen zwar in ihm auf, doch er blieb nach außen völlig kühl und ruhig. Seine Maskierung half seiner Selbstbeherrschung.

Er blickte ihn offen an und wartete, ob Mick McGarrigle irgendein Zeichen des Erkennens von sich gab. Nichts. Gut. Die Maskierung erfüllte also ihren Zweck. So schwer war das auch gar nicht. Zwischen dem *haschimaki* und dem Spitzbart waren allenfalls seine Augen und seine Nase sichtbar. Und die Augen waren hinter der Hornbrille versteckt, die Nase hatte Mick bei ihrem letzten Zusammentreffen krumm geschlagen.

Er hatte nun O'Boyles Laden hier drei Jahre lang sorgfältig beobachtet. Gleich nach seiner Rückkehr nach Amerika hatte er damit begonnen, die belebtesten Gegenden der Stadt nach Mick abzusuchen. Und er hatte ihn schließlich hier bei O'Boyle entdeckt, ganz unten in der Tenderloin, und sich fortan viele Abende lang an die Fenster gedrückt und hineingespäht. Und beobachtet, wie Mick nach Belieben gegen jeden Gegner jede Partie gewann. Und immer war eine loyale Schar Getreuer um ihn herum, die jedesmal auf ihn wetteten und es nie zu bereuen hatten. Mick McGarrigle war der Held vom O'Boyle's. Sein ganzes Leben kreiste um die Pool-Tische hier, an denen er der unbestrittene Meister war.

Und nach dieser Entdeckung hatte Matsuo beschlossen, Pool zu lernen.

»Oh?« sagte er jetzt und tat ganz verblüfft.

»Sie spiele Billald?«

»Ja, ich spiele Billald, ganz lecht«, sagte Mick, und es trug ihm Gelächter der Seinen ein.

»Ich sehen möchte, wel ist bessele Spielel. Bessele ich anelkenne sofolt«, sagte Matsuo.

»Hau ab, Japs«, sagte Mick. »Ich verschwende meine Zeit doch nicht mit deinesgleichen.«

Matsuo griff in die Tasche und brachte fünf Zwanzig-Dollar-Münzen zum Vorschein. »Sie wollen vielleicht auf eine Paltie wetten?«

Mick fielen beim Anblick der Doppel-Adler fast die Augen aus dem Kopf.

Double Eagles!

Mick starrte auf die Goldmünzen, wie sie im Licht funkelten, und spuckte aus. An den Spieltischen ging in letzter Zeit immer weniger, und es sah auch so aus, als ob er seine Arbeitsstelle demnächst verlieren würde. Und zu stehlen gab es heutzutage erst recht nicht mehr viel. Hundert Dollar waren eine Menge Geld und enthoben ihn mancher akuter Sorge. Außerdem hörte man, daß es bald keine Goldmünzen mehr geben sollte. Sie sollten aus dem Verkehr gezogen werden. Für ihn stand fest, daß er heute abend ohne diese fünf Doppel-Adler nicht hier raus ging.

Um ihren Tisch begann sich bereits eine neugierige Menge zu versammeln.

»Soviel Geld habe ich nicht bei mir«, sagte Mick und überlegte bereits, wie er es machen wollte.

»Sie sichel haben Fleunde, was sammeln fül Sie!«

Tatsächlich erhob sich ein Chor von Stimmen mit Geboten von zwei bis fünf Dollar. Mick wurde ganz warm ums Herz. Das waren seine Freunde hier, seine Fans! Er hatte sie nie enttäuscht, und jetzt ließen sie auch ihn nicht im Stich. Er leerte seine Taschen, um zu zählen, wieviel er selbst zusammenbrachte, während die anderen, die eine Chance witterten, einen Wettgewinn einzustreichen, tief in ihre schmalen Geldbörsen griffen. Ihr Vertrauen in ihren Mann gegen so einen Japs-Parvenü war unbegrenzt.

Im Handumdrehen waren hundert Dollar in Scheinen und Münzen beisammen und lagen auf Micks Tischseite. Der Japs griff hinüber und begann sie einzusacken. Ein allgemeines Protestgeschrei war die Folge.

Der Japs musterte sie durch seine dicke Brille. »Sie so wenig übelzeugt, daß alle zusammen nicht können Geld wiedel zulückhole von ein almen Japs, wenn velielt?«

Das tat seine Wirkung. Sie beruhigten sich. Mick sah den Japs stirnrunzelnd scharf an. Irgend etwas kam ihm bekannt vor an dem Kerl. Aber nun ja, sie sahen schließlich einer wie der andere aus, diese Burschen.

Er gewann das Los um die Anfangswahl, das dem Japsen aber automatisch die Spielwahl gab. Er konnte sein Glück kaum fassen, als der Bursche doch tatsächlich *Chicago* wählte. Sein bestes Spiel! Seit zwei Jahren hatte es nicht einer geschafft, ihn im *Chicago* zu schlagen! Und die Zuschauer, die das auch wußten, grinsten wissend und einander zunickend in sich hinein. Am liebsten hätten sie laut herausgeprustet.

Fast zu schön, um wahr zu sein!

Es war Matsuo natürlich sehr genau bekannt, daß *Chicago* Micks Glanz-Spiel war. Eben deshalb hatte er selbst es nun drei Jahre lang trainiert. Man mußte alle fünfzehn Bälle in der amerikanischen Reihenfolge einlochen. Wer zuerst einundsechzig Punkte hatte, gewann.

Er trat zurück und beobachtete, wie Mick anstieß. Er war in der Tat ein hervorragender Spieler. Selbst aus seinem damaligen, verhältnismäßig weit entfernten Beobachtungsplatz draußen vor dem Fenster hatte er das immer feststellen können. Jetzt, aus der Nähe, war seine Technik noch eindrucksvoller. Er stieß verblüffend ruhig und sicher. Matsuos Spannung wuchs, als Mick problemlos die erste Serie abräumte und dann auch in der zweiten mit wachsender Sicherheit weitermachte, bis ihm erst beim neunundzwanzigsten Ball der erste Fehler unterlief.

Matsuo betrachtete die Zuschauer. Es waren ungefähr zwei Dutzend, fast lauter Männer in Arbeitskleidern, entspannt, rauchend und trinkend. Es gefiel ihnen. Alles lief ja auch bestens. Ihr Mann hatte achtundzwanzig Bälle am Stück gemacht, ehe der andere überhaupt zum erstenmal an den Tisch durfte.

Matsuo begann zu spielen. Er konzentrierte sich völlig auf die Stöße, vergaß Mick und erinnerte sich an sein *kyo-jutsu*-Training, sich selbst zu einem Teil des Queues zu machen. Nachdem er die erste Serie abgespielt hatte und sich die Bälle für die zweite auflegte, bemerkte er mit kurzem Blick auf die Menge, daß sie gar nicht mehr so laut und fröhlich war. Nach dem Ende seiner zweiten Serie sah er zu Mick hinüber. Er saß auf einem Barschemel in der Ecke, sein Queue quer über dem Schoß. Sein Gesicht war zur undurchdringlichen Maske erstarrt.

Bei seiner dritten Serie wurde die Stille immer größer. Ehe er die vierte begann, blickte er noch einmal zu Mick hinüber. Dessen sommersprossiges Gesicht war jetzt auch noch rotfleckig geworden. Auf seiner Stirn und auf der Oberlippe standen ihm feine Schweißperlen. Er versuchte seine wachsende Erregung zu unterdrücken, als Matsuo die vierte Serie spielte. Es war ihm klar, daß dies nun riskant für ihn wurde. Doch die Tatsache, daß sich die magische Zahl einundsechzig immer mehr näherte, machte es ihm schier unmöglich, seine Erregung noch zu verbergen oder zu zügeln.

Matsuo machte Punkt sechzig. Noch einer. Mick war aschfahl. Matsuo zielte auf den Siegball — die Nummer 14. Er mußte in die Ecktasche drüben. Als er stieß, traf ihn ein harter Stiefeltritt an die linke Wade. Sein Stoß ging daneben.

Der helle Zorn, der in ihm aufwallte, ließ Matsuo herumfahren. Er starrte den Mann an, der es gewesen war. Ein Riesenkerl. Er grinste und tat unschuldig.

»Hatte 'n Krampf im Fuß« sagte er. Alles brüllte vor Lachen.

»Das tut mil abel leid«, sagte Matsuo und kam ganz nahe auf ihn zu. Er setzte einen *atemi* an, griff das Bein des Mannes über dem Knie, und drückte mit Daumen und Zeigefinger heftig zu. Der Mann brüllte auf und sank schmerzverzerrt, sich an das Bein greifend, zu Boden.

»Oh!« rief Matsuo, im gleichen Unschuldston. »Noch ein Klampf! Wie tlaulig!«

Und als einige der Leute drohend auf ihn zutraten, wandte er sich ab und sah Mick an.

»Ihl Stoß!« sagte er und verbeugte sich.

Mick gewann allmählich seine normale Gesichtsfarbe wieder. Er starrte Matsuo verwirrt an. Dann aber beugte er sich achselzuckend über den Tisch und lochte seinen nächsten Ball, die Nummer dreißig, ein. Seine Gefolgschaft klatschte begeistert Beifall, als er abräumte und neu aufgestellt wurde. Er spielte weiter bis Ball achtundvierzig, ehe er wieder Probleme bekam.

Dreizehn Bälle lagen noch auf dem Tisch. Er mußte die 4 als nächstes einlochen, doch er kam nicht an der 5 vorbei. Er setzte also den Spielball an die 5, damit auch Matsuo keinen Punkt machen konnte.

Jedenfalls sah es zunächst so aus.

Doch Matsuo hatte nicht die Absicht, auf gleiche Weise ›Sicherheitsstöße‹ zu machen. Ihm ging es um einen total demoralisierenden Sieg. Und dazu mußte er auch Risiken eingehen. Er studierte die Lage der Bälle intensiv und legte sich im Kopf einen Stoß zurecht. Es war möglich — wenn auch nur schwer möglich. Und nur mit dem kompliziertesten denkbaren Stoß.

Er beugte sich über den Tisch und zielte den Spielball fast 180 Grad von der 4 weg.

Dann sagte er: »Seitentasche.«

Es sah völlig unmöglich aus. Er hoffte, daß ihn wenigstens jetzt keiner von Micks Anhängern noch einmal zu stoßen versuchte. Hatte bisher schon gespannte Stille geherrscht, so trat jetzt Grabesruhe ein. Alles schien den Atem anzuhalten.

Matsuo transponierte sich intensiver als jemals zuvor mit seinem ganzen Ich in sein Queue, wurde eins mit ihm, sprach ein lautloses Gebet zu allen seinen Ahnen und stieß den weißen Ball.

Er lief um drei Banden und kam dann, immer langsamer werdend, auf die 4 zu. Matsuo hielt den Atem an, als er touchierte und die 4 weiterrollen ließ bis zur 15, die sie ablenkte, die Seitenbande entlang bis zum Rand der Mitteltasche, wo die Kugel zum Stehen kam, sich etwas drehte . . .

. . . und hineinfiel.

In dem allgemeinen erregten Ausatmen schrie einer der Zuschauer vor Begeisterung auf, ehe er erschreckt wieder abbrach. *Geschafft! Ich habe es geschafft!*

Matsuo hätte losschreien, auf den grünen Filzbelag springen und tanzen mögen. Doch das ging natürlich nicht. Er mußte kühl und gelassen bleiben und die Rolle des undurchdringlichen Asiaten weiterspielen.

Er bewegte sich langsam, aber sehr bewußt, nahm seine Jacke und sagte: »Vielen Dank fül sell intellesante Abend!« zu Mick, der mit zusammengepreßtem Mund und kreidebleich dasaß. Dann wandte er sich an O'Boyle, gab ihm eine Handvoll Geld und sagte: »Eine Lunde fül alle!«

Mick war fassungslos. Verloren! Und auch noch gegen einen Japsen! Das konnte doch nicht wahr sein! Noch ehe jemand lachen oder rufen oder sich bewegen konnte, war er auf den Beinen.

»Augenblick, Japs!« sagte er.

»Du gehst hier nicht raus, ehe ich nicht eine Revanche gehabt habe und die Chance, den Verlust zurückzugewinnen.«

Die Menge sah schweigend zu.

»Abel sehl geln!« sagte der Japs mit Betonung, griff in die Tasche, holte seine fünf Goldzwanziger heraus und legte sie aufeinandergestapelt auf das Filztuch des Billardtisches.

»Abel ich wilklich nicht wollen noch mehl von Ihl Geld!«

»Da mach dir mal keine Sorgen!« meinte Mick mit einem zuversichtlichen Blick in die Runde seiner Getreuen. »Du kriegst auch gar keines.« Er wandte sich wieder an die anderen. »Gut, wer will mitgehen?«

Alle scharrten mit den Füßen, blickten einander an oder zu Boden, überallhin, nur nicht auf ihn, und begannen sich schließlich zurückzuziehen, die

Gruppe aufzulösen, zur Bar zurückzugehen, O'Boyle vorneweg mit seiner Handvoll Geld von Matsuo.

»He!« rief Mick ihnen hinterher. »Was soll das denn? Der hat doch bloß ein paar billige Japsen-Tricks aus der Jacke gezaubert, um zu gewinnen!«

»Da lernst du vielleicht besser selber ein paar«, murmelte jemand.

Ihre eisige Ablehnung war für Mick wie Peitschenhiebe. Er ging ihnen ein paar Schritte nach. »Ich kann ihn schlagen! Ihr wißt genau, daß ich ihn schlagen kann! Geht mit, und ich hole euch euer Geld zurück!«

»Schon zu viel verloren«, sagte ein anderer.

Das kann doch nicht sein! Das können die mir doch nicht antun . . .!

»Wartet doch, Leute!«

Aber keiner wartete mehr. Alle waren nach vorne gegangen. Nur er und der Japs waren jetzt noch an den Billardtischen. Sie standen einander zu beiden Seiten des stummen, unbeweglichen, grünen Tisches gegenüber.

Matsuo ließ Mick nicht aus den Augen. Dessen Blick war unstet und wanderte zwischen den anderen vorne an der Bar und dem Pool-Tisch ungläubig hin und her. Sein ganzer Ruf war ruiniert. Und sein Selbstbewußtsein lag in Scherben. Der einzige Stolz seines Lebens, sein Können am Pool-Tisch, war ihm in einer demütigenden Niederlage geraubt worden.

Matsuo war fast in Versuchung, ihm eine Geste des Mitleids zu gewähren. Doch dann sah er wieder Izumi-sans blutigen, zerschlagenen Kopf vor sich. Und es war ihm klar, daß die Demütigung, die er Mick zugefügt hatte, noch längst nicht reichte. Nichts war für ihn demütigend genug!

In Japan hätte Micks Niederlage dieses Abends ein Anlaß gewesen sein können, sich zu überlegen, ob er sich selbst töten mußte. Aber sie waren in Amerika, und es war natürlich klar, daß einer wie Mick eine solche Haltung niemals aufbringen würde.

Schließlich blieb Micks Blick auf Matsuo ruhen.

»Wie ist das Gefühl?« sagte Matsuo, ließ seinen künstlichen Akzent fallen und blickte Mick voll ins Gesicht. »Wie gefällt dir das, ein Niemand zu sein?«

»Was?« fragte Mick völlig perplex.

»Du hast sie enttäuscht, Mick. Sie haben ihr schwerverdientes Geld auf dich gesetzt. Und du hast es verloren, mit Pauken und Trompeten. Sie werden nie wieder Vertrauen zu dir haben. Für die bist du unten durch. Erledigt!«

Mick starrte ihn in aufwallender Wut an. »Du Japsen-Sau!« zischte er. Speichel war auf seiner Oberlippe. Er drehte sein Queue um, kam um den Tisch herum und versuchte, das dicke Ende Matsuo an den Kopf zu schmettern.

Matsuo benützte sein eigenes Queue als *bo* und parierte mühelos. Ehe Mick sich versah, hatte sein Gegner ihm sein Queue entwunden. Mick starrte verblüfft auf seine leeren Hände.

In den Augenwinkeln nahm Matsuo wahr, daß sie beide die Aufmerksamkeit der Leute an der Bar wieder zu erregen begannen. Sie wollten den sich offensichtlich anbahnenden Kampf nicht versäumen und kamen langsam wieder näher.

»Respekt, Mick!« sagte Matsuo. »Ich hätte nicht gedacht, daß du wirklich den Mumm hast, ganz allein auf einen Gegner loszugehen. Dein Stil ist doch eher, dich über alte japanische Ladeninhaber herzumachen, wenn sie dir den Rücken zukehren, oder zusammen mit deiner Bande einen einzelnen kleinen Japaner in einem Hinterhof zusammenzuschlagen und dann zu versuchen, ihn totzutreten.«

Mick fiel das Kinn herunter. Er wich unwillkürlich etwas zurück.

»*Du* bist das! Ich wußte doch, da stimmt etwas nicht mit dir! Aber ich hatte doch gehört, du wärst abgehauen in dein Japan!«

Matsuo verbeugte sich. »Richtig. Aber Chinky-Boy ist jetzt wieder da!«

Und er nahm Micks Queue und brach es entzwei.

»Scheiß-Schlitzauge!« zischte Mick. »Jetzt bist du ein toter Mann!«

Er ruderte stoßend durch die Menge der amüsierten Zuschauer und rannte hinter die Bartheke. Matsuo schlüpfte bereits in seine Jacke, als er sah, wie Mick und O'Boyle heftig diskutieren und dann sogar in ein Handgemenge gerieten.

Und dann kam Mick wieder hinter der Bartheke hervor — mit einem Revolver in der Faust. Die Menge wich auseinander. Mick blieb am Geländer stehen und zielte auf Matsuos Kopf.

Es wurde totenstill. Matsuo blickte in die Mündung des Revolvers. Seine Gedanken rasten. Er sah, wie Mick den Abzug spannte, wie sich der Zylinder drehte, wie Micks Augen schmal wurden.

»Sag der Welt Lebewohl, Japs!«

Da flog Matsuo bereits durch die Luft, rollte sich herum und rammte die Füße im Sprung in Micks Leib. Mick war, als explodiere etwas in seinem Innern, und unmittelbar darauf krachte ohrenbetäubend der Schuß, der jedoch in die Decke schlug, während die Zuschauer panisch Deckung zu suchen begannen. Im Zurücktaumeln schoß Mick noch einmal, hielt diesmal tiefer. Matsuo fuhr ein glühendheißer Schmerz durch die Schulter, nur ein Stückchen links von seinem Hals.

Er handelte ganz instinktiv und war mit einem Sprung durch die noch pulvergeschwängerte Luft vor Mick, griff blitzschnell in dessen rote Haare, riß daran und hieb die Handkante in Micks Kehle.

Der Revolver fiel Mick aus der Hand. Er sank auf die Knie und griff sich ächzend an die Kehle. Er brachte nur noch gurgelnde, japsende Keuchlaute hervor und versuchte, durch seinen zerschmetterten Kehlkopf Luft zu bekommen. Seine Augen wurden rot und rollten wild, sein Gesicht verfärbte sich tiefblau.

Geschrei erhob sich rundum.

»Er erstickt!« — »Holt einen Arzt!« — »Er stirbt!« — »Der Japs hat ihn umgebracht!« — »Schnappt ihn euch!«

Matsuo spürte, wie er von hinten von mehreren Händen gepackt und festgehalten wurde, was den Schmerz in seiner Schulter verstärkte. Doch er empfand ihn kaum, so sehr übermannte ihn der Zorn. *Verdammte Amerikaner!* Er war doch hier das Opfer! Er war doch schließlich unbewaffnet von einem Mann mit einem Revolver bedroht und angeschossen worden! Jeder, der auch nur einen Funken Ehrgefühl hätte, mußte doch auf seiner Seite sein! Und dennoch attackierten sie nun ihn! Nur, weil er Japaner war!

Er sammelte all seine Kräfte und befreite sich mit einem Ruck, tretend und mit Ellbogenhieben, und war schon auf dem Weg zur Tür. Es waren etwa dreißig Weiße im Lokal, doch obwohl sein linker Arm praktisch nicht mehr zu gebrauchen war, vermochten sie ihn alle zusammen nicht aufzuhalten. Diejenigen, die es versuchten, machten auf schmerzhafte Weise mit der *te*-Kampfkunst Bekanntschaft und fielen reihenweise gleichermaßen verblüfft wie schmerzverkrümmt zu seinen beiden Seiten zu Boden. Im nächsten Moment war er draußen auf der nur spärlich beleuchteten Straße.

Doch noch war er nicht außer Gefahr. Der Mob aus der Kneipe hatte den ersten Schreck überwunden und kam hinter ihm her.

Matsuo trieb sich selbst die Straße bergauf vorwärts. Er mußte ein Versteck finden. Gegen die ganze Horde kam er auf Dauer nicht an, schon gar nicht mit seinem verletzten Arm. Die linke Hand fühlte sich klebrig an. Unter einer Straßenlaterne blieb er kurz stehen und besah sie sich. Blut tropfte von ihr herab, aus dem Ärmel. Noch länger so zu bluten und sich zugleich der Meute entziehen war nicht zu schaffen. Ein Versteck, ein Versteck!

Er rannte in die nächstbeste düstere Seitenstraße. Der Gehsteig war schmal, die Haustreppen reichten fast bis zum Bordstein. Unter einer dieser Haustreppen führte eine weitere nach unten zu einer Basement-Wohnung. Er sprang sie einfach hinab — und verschwand gerade noch rechtzeitig in der Dunkelheit, ehe die Verfolger um die Ecke bogen.

Er druckte sich in den finstersten Winkel und wartete. Es schienen kaum ein paar Sekunden vergangen zu sein, als der Mob mit seinem heiseren, aufgeregten Geschrei herbeigerannt kam, direkt über ihm weg, an ihm vorbei. Er hielt den Atem an. Die Schritte der Verfolger wurden leiser.

Doch sie gaben nicht auf, das war ihm klar. Mehr als einen Block rannten sie bestimmt nicht weiter, ehe sie merkten, daß er nicht mehr da war und sich vermutlich irgendwo entlang des Weges versteckt haben mußte. Dann würden sie kehrtmachen. Sein Plan war, abzuwarten, ob noch Nachzügler kamen, und dann wieder zurücklaufen. Er stand auf —

— und die Knie knickten ihm ein.

Hatte er schon so viel Blut verloren? Er blickte zu Boden. Dort war tatsächlich eine große Blutlache zu seinen Füßen. Er versuchte sich seiner aufsteigenden Panik zu erwehren. Wenn er nicht von hier wegkam, hatten sie ihn in ein paar Minuten und hängten ihn ohne viel Federlesens an den nächsten Laternenpfahl. Sofern er nicht zuvor schon verblutet war.

Er drehte den Türknopf der Wohnung. Vielleicht war offen.

Es war abgeschlossen.

Er unternahm noch einmal eine verzweifelte Anstrengung, auf die Beine zu kommen. Halb hatte er sich bereits aufgerappelt, als die Tür geöffnet wurde und ein heller Lichtschein auf ihn fiel, der ihn blendete. Er drückte sich wie ein nächtliches, krabbelndes Insekt mit dem Rücken an die Mauer.

»Hauen Sie ab!« Es war eine Frauenstimme, aber rauh und heiser. Wie eine eingerostete Türangel.

Matsuo blickte zu der Silhouette in der Tür auf. Das Gesicht war nicht zu erkennen, es lag völlig im Schatten.

»Scheren Sie sich von meiner Tür weg!«

»Ich kann nicht«, sagte Matsuo. Und das war die Wahrheit. Er wußte, er käme nicht einmal die Treppe hinauf.

Ein Gewehr erschien wie aus dem Nichts. Sein Zwillingslauf blitzte im Lichtschein auf. Er war direkt auf ihn gerichtet.

»Weg, oder ich schieße!«

Matsuo sah keinen Ausweg. Er blickte nach oben, wo das Gesicht der Frau sein mußte.

»Dann schießen Sie«, sagte er. »Es ist immer noch ein ehrenhafterer Tod als der, den Ihre Landsleute mir zugedacht haben.«

Die beiden Läufe bewegten sich etwas. »Was für Landsleute?«

»Von O'Boyle's.«

»Sie sind ein Jappo, was? Mein Gott, Sie bluten ja! Was haben Sie getan, daß sie hinter Ihnen her sind?«

»Sie werden ohnehin gleich da sein. Da können sie es Ihnen selbst erzählen.«

»Verdammter Blödsinn!« sagte sie. Die Gewehrläufe verschwanden; starke Arme zogen ihn hoch und in die Wohnung. Es gelang ihm, sich halbwegs selbst von der Tür bis zu einem Stuhl an dem Tisch des Zimmers zu schleppen.

Die Frau schloß die Tür hinter ihm und stellte das Gewehr in die Ecke neben der Tür. Jetzt im Licht konnte er sie erkennen. Sie sah robust aus. Um die Sechzig. In einem Kleid aus grobem Tuch, mit einer langen Schürze. Ihr graues Haar hatte sie hinten zu einem Knoten gesteckt. Auf der Nase, die ebenso rot war wie ihre Backen, hatte sie eine Drahtgestellbrille.

Sie kam zu ihm und schlug die Hände zusammen. »Wie Sie aussehen! Ziehen Sie diese Jacke aus!«

Sie half ihm aus seiner blutdurchtränkten Jacke und dem Hemd darunter. Dann beugte sie sich nahe über seine Schulter und hielt sich die Brille, während sie die Wunde inspizierte. Sie brummte: »Ist nicht so schlimm. Blutet zwar wie verrückt, aber da habe ich schon bösere Sachen gesehen.« Sie ging hinaus und kam mit einer Schüssel Wasser wieder. »Wer hat Sie denn angeschossen?«

»Ein alter Bekannter«, sagte Matsuo. Er zog scharf den Atem ein, als sie ihm die Wunde mit dem kalten Wasser auszuwaschen begann.

»Ein Jappo wie Sie?«

»Nein, ein Amerikaner.«

»Warum?«

»Weil ich ihn beim Pool geschlagen habe.«

»Beim Billard? Und deswegen schießt er auf Sie?«

»Ich habe ihn sehr schlecht aussehen lassen.«

»Und jetzt sucht er da draußen nach Ihnen, um Sie ganz zu erledigen?«

»Nein.« Matsuo zögerte, dann beschloß er, ehrlich zu der Frau zu sein. Er vertraute ihr. Vielleicht, weil sie so vorsichtig und fürsorglich mit seiner Wunde umging. »Er ist tot. Ich habe ihn getötet.«

Ihre Hände verharrten kurz bewegungslos, ehe sie weitermachte. »Und das alles ist bei O'Boyle's passiert?«

»Ja.«

Sie knurrte. »Geschieht Ihnen ganz recht. In so einer Kaschemme zu verkehren. Obwohl ich ja sagen muß, ich wundere mich schon, daß man jemand wie Sie da überhaupt hineingelassen hat.«

»Das ist ja der andere Teil des Problems.« Er sah in ihr verwittertes Gesicht, als sie sich über ihn beugte. »Darf ich Sie nach Ihrem Namen fragen?«

»Worth«, sagte sie. »Betsy Worth. Sie können mich Mrs. Worth nennen.« Sie richtete sich auf. »So. Das geht jetzt für ein paar Stiche.«

»Stiche?« Er blickte über ihre Schulter hinweg. Die Kugel hatte über dem linken Schlüsselbein ein Dreieck aufgerissen. Mrs. Worth hatte die Wunde gereinigt und das lose hängende Dreieck aus Fleisch in sie zurückgedrückt. Trotzdem blutete es an den Rändern weiter. »Sind Sie Krankenschwester?«

»Ja und nein«, sagte sie. Sie verschwand kurz und kam mit ihrem Nähkörbchen wieder. »In einem Krankenhaus oder so habe ich zwar nie gearbeitet. Aber als ich mit Mr. Worth in Colorado lebte, gingen er und seine Freunde fast jede Woche auf die Jagd. Und kaum einmal kamen sie zurück, ohne daß irgendeiner von ihnen etwas von einem der anderen Jäger abbekommen hätte. Damals habe ich 'ner Menge Männer die Wunden genäht.«

Sie hatte inzwischen eine gebogene Nadel eingefädelt und schien bereit zu sein.

»Okay«, sagte sie. »Das wird jetzt ein bißchen wehtun.«

Matsuo biß die Zähne zusammen, als sie sich hinter ihn setzte. Er spürte, wie die Nadel durch seine Haut fuhr und der Faden durch das Fleisch gezogen wurde. Sie zog ihn an und schlang einen Knoten. Es schmerzte, aber es war erträglich.

Dann wurden draußen plötzlich Stimmen laut. Matsuos Herz klopfte ihm bis zum Hals. Sie hatten ihn gefunden. »Das sind sie«, sagte er.

Mrs. Worth hatte sie offenbar auch bereits gehört, denn sie half ihm sofort auf die Beine und führte ihn in das hintere Zimmer. Ihm war schwindlig. Immer wieder wurde ihm kurz schwarz vor den Augen. Sie ließ ihn an die Wand gelehnt stehen und eilte zurück zum Tisch. In der Dunkelheit glaubte er ausmachen zu können, daß er sich im Schlafzimmer befand.

Draußen wurde an die Tür gehämmert.

»He, Sie da drin!« rief einer. »Machen Sie auf!«

»Ich komme!« rief Mrs. Worth zurück, während sie Matsuos Kleider zusammenraffte und den Stuhl nach hinten in das andere Zimmer zog. Sie stellte ihn neben Matsuo und legte die Kleider daneben. »Setzen Sie sich hin, und verhalten Sie sich ruhig«, sagte sie, drückte ihn auf den Stuhl und schloß die Tür. Matsuo rückte den Stuhl wieder zur Tür und öffnete diese einen winzigen Spalt, so daß er ins vordere Zimmer sehen konnte.

»Nur die Ruhe!« sagte Mrs. Worth, als draußen weiter ungeduldig an die Tür gehämmert wurde. Sie nahm ihr Gewehr — die Läufe waren abgesägt, wie Matsuo jetzt sah — und hielt es im Anschlag, als sie die Tür öffnete. »Was ist los?« fragte sie in recht ungehaltenem Ton.

Sie stand so in der halboffenen Tür, daß niemand an ihr vorbei konnte. Mindestens ein halbes Dutzend Gesichter drängten sich draußen, die alle einen Blick in die Wohnung zu erhaschen versuchten.

»Ein Killer ist auf der Flucht«, sagte einer. »Ein Japs.«

»Ein Killer!« sagte Mrs. Worth. »Aha. Und wen hat er gekillt?«

»Einen unserer Freunde. Bei O'Boyle's unten. Wir wissen, daß er hier war.«

»So? Und woher?«

»Das Blut. Sehen Sie sich doch die Blutlache da an, direkt vor Ihrer Tür. Wo ist er?«

»Genau da habe ich ihn gefunden. Und ich habe ihm gesagt, er soll machen, daß er wegkommt. Genauso, wie ich jetzt hier vor Ihnen stehe.«

»Und, ist er weg?« Es klang ungläubig.

»Sehen Sie ihn vielleicht noch?«

»Wir wollen Ihnen nicht zu nahe treten, Ma'am. Aber der Kerl ist gefährlich. Und ich glaube nicht, daß er sich einfach so mir nichts, dir nichts von Ihnen hat wegschicken lassen. Vielleicht kommen wir doch besser rein und sehen mal nach. Könnte ja sein, daß er Sie gezwungen hat . . .«

Matsuo sah, wie die Frau daraufhin ihre doppelläufige Flinte ziemlich resolut hochhob und die Männer draußen verblüfft zurückwichen.

»Er hat das Ding hier auch sehr überzeugend gefunden«, sagte sie.

Nervöses Gelächter drang zu Matsuo herein. »Das glaube ich Ihnen gern«, meinte einer begütigend. »In welche Richtung ist er denn?«

»Hab' nicht darauf geachtet. So, und wenn die Herren jetzt erlauben, gehe ich wieder an meine Näharbeit.«

Und sie machte ihnen allen die Tür vor der Nase zu. Sie drehte den Schlüssel im Schloß herum und preßte das Ohr an die Tür. Nach einer Weile richtete sie sich auf und stellte das Gewehr wieder in seine Ecke.

Er empfing sie mit weit offener Tür, als sie zurückkam. Er blickte fragend in ihr unwilliges Gesicht. Seine Dankbarkeit war nicht mit Worten auszudrücken. Aber er mußte es trotzdem versuchen. »Danke«, sagte er. »Aber warum . . .?«

»Die Sorte kenne ich. In Colorado habe ich sie zur Genüge kennengelernt.«

Sie führte ihn in die Küche zurück, wo er sich wieder setzte. »Solche Kerle pflegten dort immer zu sagen: ›Nur ein toter Indianer ist ein guter Indianer‹. Das da draußen waren Burschen von dieser Sorte. Mr. Worth dachte da allerdings anders. Er pflegte zu sagen, einige der wertvollsten Menschen, die er je kennengelernt hatte, seien Indianer gewesen.«

Matsuo war die Vergangenheitsform nicht entgangen. »Ist er . . .?«

»Er ist schon lange tot, ja. Ein Bär hat ihn schlimm erwischt. Und einer seiner Indianerfreunde hat ihn den ganzen Weg zu unserer Hütte zurückgetragen.« Und als wollte sie ihn für seine neugierigen Fragen strafen, stieß sie die Nadel bei einem weiteren Stich heftig in Matsuos Schulter. »Ich tat, was ich konnte, aber er bekam dann Fieber und starb in meinen Armen. Ich war diesem Indianer immer dankbar, daß er mir die letzte Chance gegeben hat, mit ihm zusammen zu sein.«

»Ich bin kein Indianer«, sagte Matsuo, während sie den Faden knotete.

»Sie werden schon wieder.«

Sie wachte bis zum Morgengrauen bei ihm und sagte dann, daß jeder, der nach ihm gesucht habe, mittlerweile wohl aufgegeben habe. Und außerdem würden sie ihn ohne den Bart auch kaum noch erkennen.

»Und denken Sie daran, was ich Ihnen gesagt habe«, sagte Mrs. Worth schließlich noch. »Halten Sie die Wunde sauber. Passen Sie auf, daß sich keine Blasen bilden. Achten Sie darauf, ob sie näßt.«

Sie hatte die Wunde vernäht, so gut sie es vermochte, hatte Salbe darauf gestrichen, einen trockenen Verband angelegt und ihm auch noch eine Armschlinge aus einem Bettlakenstreifen gemacht. Danach hatte sie ihm eine Suppe gekocht und darauf bestanden, daß er sie trotz seiner Übelkeit aß, während sie derweil seine Jacke etwas auswusch. Sie hatte sie zum Trocknen an den Ofen gehängt und sich daran gemacht, ihm den Spitzbart abzurasieren. Und immer wieder darauf gedrängt, daß er seine Suppe aß.

»Und wechseln Sie den Verband heute noch. Am besten alle zwei oder drei Stunden.«

»Ja, sicher. Ist gut.« Er stand auf. Er fühlte sich schon wieder kräftiger. Kräftig genug, um zu Fuß bis zur Oaklandfähre zu gehen. »Wie kann ich mich bedanken?« Sie hatte bereits das Geld abgelehnt, das er ihr angeboten hatte.

»Das ist schon in Ordnung. Sehen Sie nur zu, daß Sie heil nach Hause kommen. Und versuchen Sie, allem aus dem Weg zu gehen. Sonst war meine ganze Näherei umsonst.«

Er sah sie an. »Es muß doch irgend etwas geben . . .«

Mrs. Worth griff bereits nach ihrem Gewehr. »Raus jetzt!«

Matsuo verbeugte sich. »Ich bin Ihnen auf ewig zu Dank verpflichtet.«

»Schon gut. Raus!«

Er ging. Er stieg die Treppe hinauf in das milchige erste Tageslicht. Das Papiergeld, das er gewonnen hatte, raschelte noch immer in seiner Jackentasche. Aber seine goldenen Doppel-Adler waren in Mrs. Worths Zuckerdose. Wenn sie sich die nächste Tasse Tee kochte, fand sie sie.

Er ging in Richtung Fähre. Der Schmerz in seiner Schulter war nur noch ein dumpfes, pochendes Ziehen. Die Straßen waren völlig leer. Seine Jacke war vom Auswaschen noch feucht, aber die Luft war bereits warm und sauber und salzig.

Es war ein gutes Gefühl, zu leben. Es war wundervoll, noch am Leben zu sein!

Und am besten war, daß er und Meiko übermorgen nach Japan abreisten, um nie mehr — betete er — den Fuß auf dieses dreimal verwünschte Land hier zu setzen, das er so haßte. Es würde ein gesegneter Tag für ihn sein, wenn er dieses Land hier verlassen konnte, das Feiglinge hervorbrachte — wie Frank Slater — und Auswurf wie Mick McGarrigle.

Und tapfere, wundervolle Menschen wie Mrs. Worth.

Er seufzte und schüttelte den Kopf.

Warum war diese Welt nur so verdammt kompliziert?

DRITTER TEIL

1933—1937

1933
Das Jahr des Hahns

APRIL

Während ich auf Commander Foster wartete, summte ich im stillen *Stormy Weather* vor mich hin. Der Text paßte wie die Faust aufs Auge zur allgemeinen Stimmung dieser Zeit. Speziell die Zeile: *Gloom and mis'ry ev'rywhere.* Bedrückung und Elend überall, ja. Seit zehn Monaten suchte ich nun Arbeit. Nichts.

Franklin D. Roosevelt war inzwischen offiziell Präsident, aber ich jedenfalls hatte noch keines seiner versprochenen Wunder gesehen. Überall herrschte noch Panik. Immer noch sah ich die verschreckten Gesichter der Menge vor mir, wie sie im vergangenen Monat vor den verschlossenen Banktüren gestanden und um ihre Ersparnisse gebangt hatten. Sämtliche Banken waren damals auf Anweisung des Präsidenten geschlossen worden. Und jetzt nahm er uns aus dem Goldstandard heraus. Es sah alles ziemlich düster aus.

»Hallo, Frankie!« Ich schreckte auf. Commander Foster winkte mich in sein Büro. »Kommen Sie doch rein!«

Der Commander war einer der wenigen Geschäftspartner meines Vaters gewesen, die sich damals zum Begräbnis eingefunden hatten. Es war mir eigentlich zuwider, Dads alte Geschäftsbeziehungen in Anspruch zu nehmen, aber besonderen Stolz konnte ich mir nicht mehr leisten. Ich war inzwischen bereit, sogar für die Marine zu arbeiten.

Wir machten erst mal, wie es die Höflichkeit erforderte, unverbindliche Konversation. Der Commander war ein grauhaariger, väterlicher Typ, sehr freundlich, mit einem verbindlichen Lächeln, das allerdings rasch verflog, als wir zum Thema kamen.

»Leider habe ich keine so gute Neuigkeit für Sie, Frankie«, sagte er. »Sie wissen, daß ich Ihnen selbstverständlich helfen würde, wenn ich könnte. Ich mochte Ihren Vater sehr gern. Er war ein ehrlicher Geschäftsmann, der sein Fach verstand. Slater-Fabrikate waren stets absolut zuverlässig. Und aus diesem Grund habe ich mich auch für Sie stark gemacht, Frankie. Aber leider erstickt die Marine bereits in Ingenieuren. Es gibt nicht einmal genug für die zu tun, die wir schon haben.«

Nicht, daß das sehr unerwartet für mich kam. Aber weniger enttäuschend war es darum noch lange nicht. Mein Gesicht spiegelte es wohl sehr deutlich wider.

»Aber sehen Sie«, sagte er in einem Versuch, mich etwas aufzumuntern, »in nächster Zeit beginnt die Regierung mit allen möglichen Arbeitsbeschaffungsprogrammen. Es sollen Dämme gebaut werden und Straßen und Denkmäler und all so was. Da wird man noch genug Ingenieure brauchen.«

»Ja, nur daß ich eben jetzt dringend einen Job brauche«, sagte ich. »Bis zum Herbst oder gar bis zum nächsten Jahr kann ich nicht mehr warten.« Mom hatte bereits das Haus verkauft, und wir waren in ein sehr viel kleineres gezogen. Dort wohnten wir zwar kostenlos, aber die Steuern und der Lebensunterhalt fraßen all unsere Ersparnisse auf. Ich hätte gerne eine eigene Wohnung gehabt, aber daran war im Augenblick überhaupt nicht zu denken.

»Alles, was ich Ihnen überhaupt anbieten könnte«, sagte der Commander achselzuckend, »wäre eine Stellung als ganz normaler Matrose. Und selbst dafür müßte man derzeit schon seine Beziehungen spielen lassen.«

Gewöhnlicher Matrose! Dafür hatte ich ja wohl nicht studiert. Ich hatte schließlich immerhin ein Ingenieur-Diplom. Aber was nützte es mir jetzt? Gar nichts. Decks schrubben bot man mir an! Ich sagte nichts.

»Wenn Sie irgendein spezielles Talent hätten! Spielen Sie womöglich Trompete? Oder können Sie stenographieren? Französisch? Deutsch?«

»Außer Englisch spreche ich nur Japanisch. Das wird wohl kaum . . .«

Commander Foster riß es fast vom Stuhl. »Was sagen Sie da? Japanisch? Sie meinen . . . Sie sprechen wirklich Japanisch?«

»Ja. Unser Gärtner früher war Japaner. Von dem hab' ich's gelernt.«

»Mann, Frankie! Warum sagen Sie das nicht gleich! Mir klingen die Ohren von einem Kameraden, der mir dauernd vorjammert, er kann nicht genug Leute in der Navy finden, die Japanisch beherrschen!«

»Wozu sollte . . .«

»Junge! Unsere ganze Aufmerksamkeit ist auf Japan gerichtet! Die Burschen werden ziemlich arrogant in letzter Zeit. Vergangenen Monat sind sie aus dem Völkerbund rausmarschiert. Wenn uns ihr Einmarsch in die Mandschurei nicht passe, dann sollten wir sie gefälligst gern haben. O ja, wir haben ein Auge auf diese gelben Affen. Ellis Zacharias, ein alter Klassenkamerad von mir aus Annapolis, ist jetzt beim Marine-Geheimdienst und sucht Leute wie Sie mit der Lupe! Ich rufe ihn gleich heute noch an.« Er stand auf und reichte mir die Hand über seinen Schreibtisch herüber. »Willkommen in der US Navy, Frankie!«

MAI

TOKIO

Rückblickend konnte Meiko kaum begreifen, daß ein Tag, der so viel Schrecken gebracht hatte, so völlig harmlos und unverdächtig begonnen hatte. Sie waren — die ganze Familie — im Wagen auf dem Weg zum Bahnhof gewesen, um mit dem Zug hinaus zur Sagami-Bucht zu fahren, wo sie ein

Frühlings-Wochenende verbringen wollten. Die Sonne hatte geschienen. Die knapp hundert Kilometer die Küste entlang bis zu ihrem Sommerhaus zwischen Odawara und Atami versprachen eine angenehme und friedliche Reise zu werden. Ihre, Meikos, Gedanken waren bei ihrer bevorstehenden Hochzeit gewesen.

Noch eine Woche. Eine Woche, und ich bin eine verheiratete Frau.

Wie schnell doch die Zeit vergangen war! Es war ihr, als sei es gerade erst eine Woche her, daß sie wieder in Japan war; tatsächlich aber waren Matsuo und sie seit schon fast einem Jahr zurück.

Wahrscheinlich war die Zeit so schnell vergangen, weil sie von den ganzen Hochzeitsvorbereitungen so in Anspruch genommen war. Sie hatte sich praktisch kopfüber in eine wilde Aktivität gestürzt. Es half, nicht immer an Matsuo zu denken. Matsuo hatte sich seinerseits sehr bemüht, ihr, soweit es nur möglich war, aus dem Weg zu gehen. Das machte es leichter für sie. Für sie beide, genau gesagt. Sie wußte es ganz sicher.

Morgen in einer Woche sollte sie also Hiroki heiraten. Und wenn sie erst einmal schwanger war, dann war die Verbindung ihrer Familie, der Mazaki, mit dem vornehmen Geschlecht der Okumo auf ewig besiegelt. Es war eine ganz herausragende Ehre für sie, als Trägerin dieser Familienverbindung auserwählt worden zu sein und damit auch ihrer Familie besondere neue Ehre zu verschaffen.

Nur, warum mußte es Hiroki Okumo sein? Es war ihr längst klar, daß sie nicht seine Frau werden wollte. Es war etwas an ihm, das ihr stets ein leises Unbehagen verursachte. Vielleicht war das der Grund, daß sie seinen Bruder begehrte . . .

Ein Schauder überlief sie. Sie dachte das Undenkbare. Sie mußte solche Gedanken für immer und ewig aus ihrem Kopf verbannen!

Wie sich die Dinge doch veränderten! Vor vier Jahren hatte sie diesen Tag kaum erwarten können. Jetzt fürchtete sie ihn. Und Matsuo war sogar nur ein Teil der Ursache dafür. Sie war nach Amerika gegangen und hatte dort vier Jahre lang gelebt — etwas, was jenseits aller Vorstellung für die meisten japanischen Frauen war; und auch jenseits der Erfahrungen der meisten japanischen Männer. Sie hatte sich verändert, kein Zweifel.

Und auch Hiroki hatte sich verändert. Gewiß, er sah nach wie vor ungewöhnlich gut aus. Aber seit sie ihn nach ihrer Rückkehr nach Japan etwas besser kennengelernt hatte, war ihr auch immer klarer geworden, daß seine Gedanken und Interessen mit den ihren so gut wie nichts gemeinsam hatten. Schon alle diese Jahre über hatte es Anzeichen einer größer werdenden Kluft gegeben, und nun war diese längst unüberbrückbar. Hiroki sprach von nichts anderem als von Politik. Jeder Art Politik. National, international, militärisch. Kaiserlich. Und pausenlos war er unterwegs, um in den entlegensten Ecken Japans in diesem Tempel oder jenem Schrein Nachforschungen anzustellen. Wohingegen ihn nicht im mindesten zu interessieren schien, ein guter Ehemann zu werden, sie kennenzulernen, eine Partnerbeziehung zu ihr aufzubauen.

Es stand ihr freilich nicht zu, sich zu beschweren oder Einwände zu erheben. Sie warf einen kurzen Blick nach vorne zu ihrem Vater, der neben dem Chauffeur saß. Für ihn war ihre Hochzeit von ganz außergewöhnlicher Bedeutung. Entsprechend war auch eine aufwendige Shinto-Zeremonie vorbereitet worden. Viele Mitglieder des Kaiserlichen Rates sollten anwesend sein. Nach der Heirat seiner Tochter würde sein politischer Einfluß enorm steigen.

Diese Politik! Selbst ihr Vater war bereits davon infiziert! Vermutlich von Hiroki und dessen Vater! Die drei Männer waren in den vergangenen Jahren enge Freunde geworden. Selbst dieses Wochenende, das doch eigentlich dazu gedacht war, der Familie noch eine kurze Verschnaufpause vor dem Wirbelsturm der allerletzten Vorbereitungen in der nächsten Woche zu verschaffen, war wieder zu einem politischen Manöver zweckentfremdet worden! Staatssekretär Nitobi sollte am Bahnhof zu ihnen stoßen und sie zur Sagami-Bucht hinaus begleiten. Ganz überschaute Meiko diese politische Konstellation und das, was dahintersteckte, nicht. Sie wußte nicht einmal, in welchem Ressort Nitobi Staatssekretär war. Weder ihr Vater noch ihr künftiger Ehemann hielten es für nötig und angebracht, daß sie sich mit derlei befasse. Immerhin hatte sie sich soviel zusammenreimen können, daß Nitobi offenbar einen bestimmenden Einfluß auf gewisse umstrittene Themen hatte und daß sein politischer Standort wohl ein ganzes Stück liberaler war als der des Landherrn Okumo, seines Sohnes und ihres Vaters. Für morgen abend war eine ›ganz zufällige‹ Begegnung Nitobis und Okumos arrangiert worden, bei der sich herausstellen sollte, ob Okumo den Staatssekretär dazu bringen konnte, gewisse politische Dinge mehr von seiner Warte aus zu sehen.

Der Wagen des Staatssekretärs fuhr direkt hinter ihnen am Tokioter Hauptbahnhof vor. Nitobi erwies sich als ein kleiner, untersetzter Mann in anthrazitfarbenem Busineß-Anzug mit steifem Filzhut und einem bleistiftdünnen Lippenbärtchen. Sein Lächeln schien niemals weiter zu reichen als bis in seine Mundwinkel. Er war Meiko vom ersten Augenblick an unsympathisch. Die devote Begrüßung, die ihm ihr Vater angedeihen ließ, hielt sie für reichlich übertrieben, ja fast schon abstoßend unterwürfig.

Gepäckträger kamen gerannt, übernahmen die Koffer, und dann gingen sie alle zusammen in das Bahnhofsgebäude. Ihr Vater hatte einen Privatwaggon gemietet. Sie konnten sich also an den langen Warteschlangen vor den Schaltern vorbei direkt zum Bahnsteig begeben.

Es war fast schon Abfahrtszeit.

Shimazu stand mit dem Rücken an einer Mauer und spielte wieder einmal als Bettelmönch auf seiner Blockflöte. Durch das Geflecht des Korbes über seinem Kopf beobachtete er das hastige Eilen und Drängen der Menge in der Halle des Hauptbahnhofs von Tokio. Den er verabscheute. Weil er direkt in den Schatten des kaiserlichen Palastes gebaut worden war. Vor nunmehr zwanzig Jahren, während der Meiji-Periode. Und obendrein war er, statt ihn im japanischen Stil zu halten, aus Ziegeln und Beton dem Vorbild des großen

Bahnhofs von Amsterdam nachempfunden worden. Shimazu schwor sich, dafür zu sorgen, daß dies — und andere westliche Auswüchse in und um Tokio — nach dem bevorstehenden Krieg und nach der Sicherung der Herrschaft des Tenno radikal ausgemerzt würden.

Schließlich fand er in der Menge, was er suchte: den schlanken, nervösen jungen Mann, der auf einem Bahnsteig unruhig auf und ab ging. Jeder Beobachter würde annehmen, er sehe einer sehr wichtigen Verabredung entgegen und sein Zug habe wohl Verspätung. Aber der junge Mann war Student und Mitglied des *Shimpeitai.* Und er war hier, um zwei Personen zu töten.

Shimazu war nicht unbekannt, wer die beiden ausersehenen Opfer waren. Er selbst war es schließlich gewesen, der den jungen Mann zwei Monate lang auf seine Aufgabe vorbereitet hatte. Er hatte ihn motiviert und aufgestachelt und ihm eingeimpft, wie wichtig es war, jene zu zertreten, die sich dem Sohn des Himmels auf dessen Weg zu der ihm zustehenden Rolle als Beherrscher der ganzen Welt entgegenstellten. Die beiden Opfer mußten jetzt jeden Moment erscheinen.

Er behielt den Eingang im Auge und spielte wieder etwas auf seiner Flöte. Er war noch nicht zur Hälfte mit dem Stück fertig, als es soweit war. Die beiden Zielpersonen kamen. Allerdings würde vorläufig noch nichts geschehen. Nicht, ehe der Zug in den Bahnhof einfuhr.

Meiko schlenderte noch ein wenig herum, bis der Zug kam. Sie blieb vor einem der Plakate stehen, die ihr schon vorhin, als sie den Bahnhof betreten hatte, aufgefallen waren.

SHIMPEITAI

1. Die Soldaten der Götter stehen mit ihren himmlischen Schwertern bereit, die Macht des Showa wiederherzustellen; als die Mission ihres Lebens zum Ruhme des Kaiserreiches.
2. Die Soldaten der Götter lehnen alle Institutionen und Aktivitäten ab, die sich auf Liberalismus und Sozialismus gründen, und wollen statt dessen einer Regierung, einer Wirtschaftspolitik und einer Kultur zur Macht verhelfen, die den Absichten des Tenno entsprechen.
3. Die Soldaten der Götter haben sich die Beseitigung jener Führer von Finanzgruppen, politischen Parteien und den Schurken in der Umgebung des Tenno samt ihren Aufpassern zum Ziel gesetzt, die den Aufstieg des Reiches behindern und hemmen. Und damit werden sie die kaiserliche Restauration durchsetzen und die Weltherrschaft des Tenno.

»Ah!« sagte jemand über Meikos Schulter. »Die *Shimpeitai!* Die Soldaten der Götter. Die vom Himmel gesandte Armee!«

Es war der Staatssekretär. Er lächelte. Obgleich es ihm wenig zu gefallen schien. Hinter ihm quirlte die Menge der Reisenden.

»Was hat das zu bedeuten?« fragte Meiko.

»Daß man nicht wagen soll«, sagte Nitobi, »die militärischen Abenteuer zu kritisieren, wer man auch sein mag: ein Mitglied der Oligarchie, der großen Parteien oder selbst des Kaiserlichen Hofes. Sonst wird man ein Opfer der ›Himmlischen Schwerter‹ der Shimpeitai.«

»Aber wer sind diese Shimpeitai?«

»Ihre Kader bestehen im wesentlichen aus jungen Armeeoffizieren, die fanatisch dem Tenno und dem *kodo* ergeben sind.«

»Ach, ja«, sagte Meiko. *»Kodo.«* Seit ihrer Rückkehr hatte Hiroki von wenig anderem gesprochen. Urprünglich hatte *kodo* nur die Unterwerfung unter den Willen des Kaisers bedeutet, war aber inzwischen rasch eine Kurzformel für Expansionismus geworden.

»Ich fürchte nur«, fügte der Staatssekretär hinzu, »die *Shimpeitai*-Führer sind in Wirklichkeit dem Kaiser sehr viel weniger ergeben, als sie tun. Es sieht sogar aus, als sähen einige den Tenno tatsächlich lieber beseitigt.«

Meiko verschlug es schier den Atem. »Das — kann ich gar nicht glauben!«

»Ich möchte es auch lieber nicht glauben. Aber das ändert nichts daran, daß es so ist. Der Tenno ist ein sehr sanfter Mensch. Er ist gegen den immer stärker werdenden Militarismus in unserem Land. Und das halten die *Shimpeitai* für Schwäche. Ebenso die Bereitschaft, sich mit der Herrschaft der weißen Rasse abzufinden oder sich ihr gar zu unterwerfen. Sie setzen deshalb sogar Gerüchte in die Welt, daß der Tenno ein schwacher Mann sei, nicht mal imstande, einen Sohn zu zeugen.«

Meiko war sprachlos. Derlei Reden grenzten ja fast schon an Blasphemie! Das war doch gewissenlos!

Allerdings . . . Tatsache war . . . ja, sie hatte doch selbst zu Hause schon abfällige Bemerkungen dieser Art gegen den Tenno vernommen! Versteckte Seitenhiebe ihres eigenen Vaters, Hirokis und dessen Vaters! Daß der Tenno in auswärtigen Angelegenheiten zu zaghaft sei. Ein besserer Meeresbiologe als Herrscher seines Volkes. Und daß er nun mit der Kaiserin Nagaka schon vier Töchter gezeugt habe, aber noch immer keinen Sohn! Kein Angehöriger des Clans der Satsuma, aus dem Nagaka hervorgegangen war, konnte sich frei von schwerer Last fühlen, solange sie dem Sonnenthron nicht endlich den männlichen Erben gebar! Denn bis zu diesem Tag würde der konkurrierende Clan der Choshu agitieren, daß der Tenno notfalls eine Konkubine bekommen müsse — vorzugsweise natürlich eine Jungfrau aus dem Clan der Choshu —, um endlich den Fortbestand der schon seit tausend Jahren ununterbrochenen Ahnenreihe der kaiserlichen Dynastie zu sichern!

Es hatte freilich für Meiko niemals ein Zweifel daran bestanden, daß ihr Vater und die anderen sich — wie sehr sie auch ihre Vorwürfe und ihre Unzufriedenheit artikulierten — niemals gegen den Tenno persönlich verschwören würden.

»Ich habe gerade erst in dieser Woche«, hörte sie den Staatssekretär sagen, »einen langen Brief an das Parlament geschrieben, in dem ich auf die Machenschaften der *Shimpeitai* und ihrer Hintermänner hinwies.« Der Stolz auf sich selbst war unübersehbar. »Das hat einen ganz schönen Wirbel verursacht, kann ich Ihnen sagen.«

»Haben Sie denn keine Angst?« fragte Meiko. Sie hörte, wie vom Stellwerk her der Zug einfuhr. Es herrschte jetzt überall ein sehr starkes Gedränge. Viele Militäruniformen stachen aus der Menge hervor.

»Natürlich nicht!« Der Staatssekretär warf sich dabei zwar in die Brust, aber in seinen Augen war doch ein unsicheres Flacken nicht zu übersehen. »Und selbst wenn, würde mich das nicht daran hindern, meine Meinung zu sagen. Wir können doch nicht zulassen, daß diese Leute tun, was ihnen gerade einfällt, und mit den Kräften unseres Volkes nach ihrem Belieben verfahren. Man muß ihnen ihre Grenzen aufzeigen.«

So eitel und selbstgefällig der Staatssekretär sich auch gab, Meiko mußte zugeben, daß er wohl doch ein recht mutiger Mann war. Er entschuldigte sich nun, um sich zu ihrer Reisegesellschaft zurückzubegeben. Meiko besah sich noch einmal die Proklamation. Ihre ganz unverhohlene Drohung, die stahlharte, unbeugsame Selbstgerechtigkeit, die daraus sprach, jagten ihr kalte Schauer über den Rücken. Was ging hier eigentlich vor, hier auf der Insel der Götter?

Jetzt! dachte Shimazu und versuchte dem Studenten aus der Ferne wie hypnotisch den Befehl zum Losschlagen zu geben. *Zuerst Nitobi, dann das Mädchen! Jetzt!*

Es war die einzige Möglichkeit, die verblieben war. Seit ihrer Rückkehr aus Amerika hatte sich nicht eine Gelegenheit ergeben, an das Mazaki-Mädchen heranzukommen. In der warmen Jahreszeit war sie ständig außerhalb der Stadt im Sommerhaus ihrer Familie gewesen. Bei weniger angenehmem Wetter war sie unerreichbar geblieben, weil sie entweder das Haus gar nicht verlassen hatte, und wenn, dann nur im Auto. Die Sache still und unauffällig abzuwickeln war inzwischen keine Zeit mehr. Nächste Woche sollte bereits die Hochzeit sein. Außerdem konnten sie jetzt auf diese Weise zwei Fliegen mit einer Klappe schlagen. Zusammen mit dem Mädchen ließ sich ein schon lange lästiger Politiker ausschalten.

Wenn sich wenigstens eine natürliche Kluft während der vergangenen vier Jahre, die sie fort gewesen war, aufgetan hätte! Aber Hirokis Entschlossenheit, sie zu heiraten, war keinen Deut geringer geworden. Und der jüngere Okumo hatte seinen Gefühlen heroisch widerstanden und in Amerika die Gelegenheit, das Mädchen seinem Bruder auszuspannen, nicht genützt. Hätte er sie dazu gebracht, ihn zu heiraten und mit ihm dort zu bleiben, wäre diese ganze riskante Geschichte jetzt nicht mehr nötig. Doch Matsuo Okumo hatte unerwartet viel Charakterstärke bewiesen — Shimazu wußte nur zu gut von Matsuos Gefühlen Meiko gegenüber.

Es bleibt also doch mir die Entscheidung, dachte er. Aber vielleicht war es gar nicht erforderlich? Vielleicht wurde Hirokis Entschlossenheit und Hingabe an seine Mission durch eine Frau und eine Familie gar nicht wirklich beeinträchtigt? Vielleicht nicht. Vielleicht aber eben doch! Nein, er konnte kein Risiko eingehen. Dazu war Hiroki für die Zukunft des Ordens viel zu wichtig. Nichts durfte dem im Wege stehen. Das Mazaki-Mädchen, daran führte kein Weg vorbei, mußte sterben. Hier in dieser abendländischen Obszönität von Bahnhof. Heute. Heute vormittag. *Jetzt!*

Der Attentäter war perfekt vorbereitet worden. Er wußte genau, was er zu tun hatte. In so mancher geheimen Sitzung bei vielen Tassen Sake in einem Raum, der so dunkel war wie die Augen eines Blinden, war er von dem durch jedes Wort und jede Geste bewiesenen Verrat des Staatssekretärs Nitobi überzeugt worden. Und von dem taktischen Verführungs-Spinnennetz, in das die in Amerika erzogene Tochter des adeligen Herrn Mazaki ihn eingesponnen hatte.

Keine Sorge, der Student war fest davon überzeugt, daß beide unbedingt sterben mußten.

Jetzt endlich, als der Zug einlief, begann er sich auf die Mazaki-Reisegesellschaft zuzubewegen.

Endlich!

Meiko stand bei ihrem Vater und dem Staatssekretär, als sie den jungen Mann sich aus der Menge lösen und auf sie zukommen sah. Er schrie etwas, während er auf sie einstürmte, doch sie konnte nicht verstehen, was. Er zog plötzlich die Hand aus der Tasche, schwang sie hoch über dem Kopf. Er war bereits nahe genug, daß Meiko erkennen konnte, daß er eine kleine Pistole in der Faust hielt.

Sie schrie in Panik los. Das veranlaßte den Staatssekretär, sich zu ihr herumzudrehen. Da rief der junge Mann bereits *»Tenschu!«* und begann zu schießen.

Der Staatssekretär versuchte sich wegzuducken und zu flüchten. Doch es war zu spät. Er war bereits getroffen. Er griff sich aufschreiend an die Brust und drehte sich um sich selbst. Ein heller Blutstrahl schoß aus seinem weißen Hemd hervor und explodierte gleich darauf auch aus seinem Kopf; sein steifer Hut flog durch die Luft und rollte davon. Er sackte auf dem Bahnsteig zusammen. Ein heftiges Zucken bebte noch einmal durch seinen Körper, dann lag er still und leblos da.

»Tenschu!« hatte der junge Mann inzwischen aber schon wieder gerufen und seine rauchende Pistole in die Luft gereckt, ehe er sich umwandte und nun auf Meiko zielte. Sie sah die dunkle Öffnung der Mündung auf sich gerichtet, konnte fast in sie hineinsehen bis zur Kugel und erkannte über Kimme und Korn der Waffe die wilden Augen des Attentäters. Sie versuchte voller Entsetzen sich umzudrehen und davonzulaufen, vermochte sich aber nicht von der Stelle zu rühren.

Dann spürte sie den Schlag an ihrer Schulter. Im gleichen Augenblick, als der Schuß fiel, war sie beiseite gestoßen worden. Und während sie zu Boden stürzte, sah sie den Schützen noch einmal auf sie zielen. Er zog den Abzug durch, und es machte ›klick‹. Aber keine Schußdetonation folgte. Der Mann stieß einen wütenden Schrei aus und warf sich wild vor den heranrollenden Zug.

Alles um Meiko herum begann zu verschwimmen. Sie lag wie gelähmt am Boden und sah vor sich die langsam größer werdende Blutlache unter dem Körper des Staatssekretärs. Überall breiteten sich in Windeseile Panik und Schrecken aus. Meiko riß sich von dem Anblick des Toten los und rappelte sich auf die Knie hoch. Sie sah sich keuchend und suchend um.

Noch jemand lag am Boden, ein Stück entfernt, fast am Rand des Bahnsteigs. Er sah aus wie . . .

Sie taumelte auf ihn zu. *O nein! Nein! Das kann doch nicht sein!*

Sie blieb stehen und beugte sich hinunter. »Vater!«

Sein Kopf war voller Blut. Es rann ihm über das rechte Auge, lief ihm aus der Nase und aus dem rechten Ohr. Sie wischte ihm mit ihrem Kimono das Gesicht ab. Er schlug die Augen auf. Der Schatten des Todes spiegelte sich darin. Er versuchte blinzelnd noch etwas zu erkennen.

»Meiko«, murmelte er kaum hörbar. »Warum . . .?« Und dann schlossen sich seine Augen, und er verstummte.

Meiko schrie nach einem Arzt, einer Ambulanz. Irgend jemand mußte ihrem Vater doch helfen können!

Mazaki niedergeschossen!

Hiroki versuchte auf dem Weg durch die Gänge des *Tokio Hospital* seine Gedanken zu ordnen. Er ging, so schnell er konnte, aber er vermochte dennoch nicht mit Matsuo Schritt zu halten, der vor ihm herstürmte und alles beiseitefegte.

Wie konnte so etwas geschehen? Gut, den Staatssekretär Nitobi vermißte niemand. Er war nur ein Stein auf dem Weg zu Japans Bestimmung gewesen. Aber der adelige Herr Mazaki — ein Mann, der nicht nur ein zuverlässiger politischer Verbündeter war, sondern auch sein Schwiegervater hatte werden sollen! Erschossen von einem, der *tenschu!* gerufen hatte!

Strafe des Himmels. Wahrhaftig, das war es. Eine Katastrophe.

Ganz tief in seinem Innern wußte Hiroki allerdings, daß er nicht ganz schuldlos war. Hatte er nicht den Aufstieg der radikaleren und gewalttätigeren Kräfte im Militär unterstüzt? Der Kakureta Kao hatte sich mit der Gesellschaft vom Schwarzen Drachen verbündet, um *kodo* unter den Militärs zu verbreiten, besonders unter den jungen Offizieren. Er, Hiroki, hatte bei alledem eine nicht unwesentliche Rolle gespielt — als Verbindungsmann zwischen dem Orden und dem Schwarzen Drachen.

Und sie waren über alle Erwartungen erfolgreich gewesen. Die Armee riß bereits an ihrer Leine, bellte buchstäblich schon danach, losgelassen zu werden, um sich gegen die übrige Welt in die große Schlacht für Tenno und Reich zu stürzen.

Vielleicht war er, Hiroki, zu erfolgreich gewesen . . . Mazaki war inzwischen vielleicht schon tot.

Vorne am Ende des Korridors erblickte er die versammelte Familie Mazaki. Etwas abseits von den anderen saß Meiko auf einem Stuhl. Sie hatte die Ellbogen auf ihre Knie gestützt und das Gesicht in den Händen verborgen. Sie bot ein Bild des Jammers. Sie blickte auf, als sie die Brüder kommen hörte, und Hiroki sah in ihrem Gesicht nur noch nackte Betrübnis. Sie schluchzte auf und lief ihnen mit ausgebreiteten Armen entgegen. Er blieb stehen, um sie in seine Arme zu schließen. Aber dann geschah etwas Unerwartetes.

Sie warf sich Matsuo in die Arme und klammerte sich an ihn, als sei er der letzte Halt in einer sich in Staub auflösenden Welt.

Hiroki spürte, wie sein Herzschlag einmal aussetzte. *Was ist das denn?* schoß es ihm durch den Kopf. *Konnte es sein, daß . . .?*

Aber er verwarf diesen Gedanken. Seit sie aus Amerika zurück waren, hatte sich Matsuo so gut wie nie in Tokio blicken lassen. Zwischen seiner militärischen Grundausbildung und seinem vorbereitenden Studium für den Marine-Geheimdienst sowie seiner zunehmenden Besessenheit, fliegen zu lernen, war er nur noch höchst selten nach Hause gekommen. Und wenn, hatte er niemals die Familie besucht, selbst wenn er ausdrücklich eingeladen gewesen war.

Nein, nein, da konnte er schon ganz sicher sein. Zwischen seinem Bruder und seiner Braut war gar nichts. Sie umarmte ihn, weil er ihr einfach als erster entgegenkam. Das war alles. Mehr nicht.

Es half trotzdem nichts. Der Anblick seiner Braut in den Armen seines Bruders rührte an einen tief in ihm bloßliegenden Nerv.

Hiroki sieht zu!

Matsuo zog Meikos Arme weg, die wie Schraubstöcke um seinen Hals lagen. Nichts, was er auf dieser Welt lieber getan hätte, als sie an sich zu reißen und ihre Schluchzer an seiner Brust zu ersticken. Den ganzen Tag hätte er hier stehen und sie festhalten und ihr Haar streicheln und ihr die Tränen trocknen mögen. Aber da stand doch Hiroki hinter ihnen! Es war ihm völlig klar, er durfte diese Umarmung keine Sekunde länger dauern lassen. Er befreite sich von Meiko und schob sie seinem Bruder zu. Sie ließ es dumpf und stumm geschehen.

Es fiel Matsuo so unendlich schwer.

Sie lehnte sich an Hiroki, doch ihre Augen ließen Matsuo nicht los.

»Ist er . . .?« Matsuo wollte den Satz nicht vollenden.

Meiko richtete sich auf und schien sich sichtlich zusammenzunehmen. »Nein, er lebt noch. Noch! Es war ein Kopfschuß. Er wird eben operiert.« Sie begann wieder zu schluchzen. »Er kann immer noch sterben!«

»Er wird es überleben!« sagte Matsuo mit fester Überzeugung, die er freilich gar nicht hatte. »Er ist stark und tapfer. Er wird es überleben.«

»Aber er hat sehr viel Blut verloren«, sagte Meiko. »Und selbst wenn er es überlebt, wird er wohl einen Gehirnschaden davontragen.«

Matsuo sehnte sich danach, sie wieder in die Arme zu nehmen. Es bedurfte seiner äußersten Willensanstrengung, nicht nach ihr zu greifen. Er steckte statt dessen die Hände tief in die Taschen seiner Marineuniform. Hiroki stand völlig unbeteiligt mit gefalteten Händen vor ihm. Matsuo versuchte, seinen Bruder im Geiste zumindest zu einer tröstenden Geste zu veranlassen. Daß er Meiko die Hand auf die Schulter lege. Aber er rührte sich nicht.

»Das ist schrecklich«, sagte Hiroki. »Die Kugeln waren offensichtlich alle für Staatssekretär Nitobi bestimmt. Doch das mindert die Tragödie natürlich nicht.«

Da ertrug es Matsuo nicht länger. Er nahm Meiko einfach am Arm und sagte:

»Setzen wir uns alle.«

Es sollte eine sehr lange Nacht werden.

DEZEMBER

TOKIO

Hiroki stand inmitten der lachenden, schulterklopfenden Festgäste und hob seine Saketasse. Er sprach ein stilles Gebet zum Himmel und trank sie in einem Zug aus.

Ganz Tokio feierte. Sobald die Kunde sich verbreiten würde, würde ganz Japan mitfeiern. Es war erst ein paar Minuten her. Die Sirene auf der Mauer des Kaiserlichen Palastes hatte zweimal aufgeheult. *Zweimal!*

Kaiserin Nagaka war in der vergangenen Nacht in die Wehen gekommen. Und jetzt war das Kind geboren.

Und zweimal die Sirene bedeutete: ein Sohn.

Der Kaiser hatte einen Sohn! Japan hatte einen Thronerben! Einen Satsuma! Der nächste Tenno hatte das Blut des Satsuma-Clans in seinen Adern! Wenn das kein Grund zum Feiern war!

Hiroki sah sich um. Sie hatten sich hier in ihrem üblichen Privatraum im Obergeschoß eines Restaurants in der Nähe des Sanno-Berges versammelt. Nicht weit von ihm stand sein Vater im Gespräch mit Mitsuru Toyama und dessen Protegé Koki Hirota und zwei anderen Hochrangigen des *Kokuryu-kai* — der Gesellschaft vom Schwarzen Drachen. Und zwei besondere militärische Gäste waren heute abend ebenfalls anwesend. General Terauschi vom Heer und Admiral Nagano von der Marine. Der Zweck des Treffens war, die beiden Teilstreitkräfte-Befehlshaber ihrem Kreis näherzubringen, ihnen einen erweiterten Blick auf die künftigen Möglichkeiten des Reiches als Weltmacht zu vermitteln. Hiroki war zwar offiziell nur als seines Vaters Sohn anwesend, aber es war kein Geheimnis, daß er auch die Interessen des Kakureta Kao hier vertrat. Mazaki hatte das Attentat zwar überlebt, war aber doch noch immer zu schwach, um ebenfalls anwesend zu sein.

Das ganze Jahr über hatten sie bereits regelmäßig diese Zusammenkünfte veranstaltet, um mit gleichgesinnten Persönlichkeiten und Politikern Wege und Möglichkeiten zu erörtern, wie Japan seinen ihm gebührenden Platz in der Welt einnehmen könne. Ihr Einflußbereich hatte sich auf diese Weise stetig ausgeweitet; so sehr, daß mittlerweile politische Beobachter in der Presse von ihnen als der *Tosei-ha* sprachen, der Herrschaftsfraktion.

Doch dieses ganze Jahr über war auch wie ein Gespenst die Furcht nicht von ihnen gewichen, die Kaiserin könne wieder nur ein Mädchen zur Welt bringen. Dann nämlich würde der Tenno unter den kaum noch vermeidbaren Druck geraten, mittels einer Konkubine endlich doch noch zu einem Thronfolger zu gelangen — einer Frau, die dann unausweichlich aus dem Choshu-Clan stammen würde.

Aber jetzt ist unser Weg frei, dachte Hiroki. *Jetzt gehört uns die Welt!*

Er winkte Matsuo zu, der eben eintrat. Matsuo, wieder in Marineuniform, kam nur selten zu diesen Treffen. Aber die Geburt eines Thronfolgers war natürlich ein besonderer Anlaß. Alle Berichte über Matsuos Karriere an der Offiziersschule waren geradezu überschwenglich. Er lernte ungemein rasch, und sämtliche Geheimdienste begannen sich bereits um ihn zu reißen. Seine Kenntnis des idiomatischen Amerika-Englisch erwies sich als unschätzbar bei der Übersetzung des abgehörten Funkverkehrs der amerikanischen Pazifikflotte. Hiroki war sehr stolz auf seinen jüngeren Bruder.

»Ist das nicht wundervoll?« strahlte Matsuo.

»Ein Zeichen des Himmels!« bestätigte Hiroki. »Für uns und die ganze Welt. Unsere Zeit ist da!«

Matsuo strahlte ebenfalls. Er wies jedoch die angebotene Tasse Sake zurück. »Ja. Für das Reich beginnt eine große Zeit!«

Allmählich begann jetzt Stille einzutreten. Hiroki gesellte sich zu dem Kreis um seinen Vater. Matsuo blieb zurück, als interessierter Zuhörer, aber nicht als aktiver Diskussionsteilnehmer.

Ihr Vater begann jetzt zu sprechen. »Wir müssen unsere Anstrengungen noch vergrößern. Wir müssen fortfahren in unseren Bemühungen, die richtigen Männer auf die strategisch wichtigen Kabinettsposten zu bringen, darüber hinaus aber auch damit beginnen, den Einfluß der *kodo*-Fraktion zu beschneiden. Diese Leute blicken lediglich nach Norden und Westen. Wie blödes Vieh mit Scheuklappen. Sie sehen nichts anderes. Sie denken, wenn es um Japans Zukunft geht, lediglich: Mandschurei, China, Rußland. Ich aber sage: Warum sehen wir nicht auch nach Süden? Philippinen? Malaya? Und warum nicht nach Osten? Dort liegt der gesamte Pazifik vor unserer Haustür. Mit unzähligen natürlichen Rohstoffquellen!«

Er ging, während er sprach, von einem Mann zum anderen, damit seine Ausstrahlung ganz persönlich und individuell zum Tragen kam. Hiroki bewunderte ihn im stillen und beneidete ihn um seine Redegabe. Zumal das, was er hier sagte, exakt den Ansichten des Kakureta Kao entsprach.

»Nun gibt es sicher viele, die sagen: Und warum nicht gleich Großbritannien? Oder Amerika? Darauf sage ich: Wir stellen uns ihnen ja entgegen! Der Pazifik gehört uns! Unser Ziel muß sein, ihn zum japanischen Binnensee zu machen.«

Allgemeine lautstarke Zustimmung erhob sich.
»*Hakko-itschi-u!*« rief auch Hiroki, indem er seine Saketasse hochreckte.
Alle anderen taten es ihm als Erwiderung auf Shimazus Lieblingsausdruck nach, der *Die Acht Ecken der Welt unter Einem Dach* bedeutete. Die *Tosei-ha* war sich darin einig, welchen Landes Dach damit gemeint sein sollte.
Nachdem die Tassen geleert waren, sagte Admiral Nagano jedoch: »Aber was ist mit Amerika? Wenn das Reich sich mit den Staaten anlegt, wird es zur See sein. Diese Aufgabe wird also der Marine zufallen. Die Marine aber möchte diese Konfrontation keinesfalls auf die leichte Schulter nehmen!«
Befreit doch nur den Kaiser von halbherzigen Admirälen! dachte Hiroki, schwieg aber.
Sein Vater begann seine Antwort mit einer respektvollen Verbeugung. »Ein sehr weises und weitschauendes Urteil! Amerika und Britannien leiden jedoch unter der schwersten Wirtschaftskrise ihrer vereinten Geschichte. Sie waren beide noch niemals so verwundbar wie jetzt!«
»Es wäre vielleicht nicht ganz uninteressant«, erklärte Toyama, »was des ehrenwerten Herrn Okumo in Amerika aufgewachsener und ausgebildeter Sohn dazu zu sagen hat.«
Okumo wandte sich Matsuo zu und hob die Augenbrauen etwas. Hiroki sah seinen Bruder hochschrecken, als habe er einen Stromschlag erhalten, und schlucken, ehe er zu sprechen begann. Hiroki unterdrückte ein Lächeln. Matsuo, die große Amerika-Autorität, war ganz offensichtlich überhaupt nicht darauf vorbereitet, hier zu sprechen.
»Die Wahl des richtigen Zeitpunkts . . .« Matsuo schluckte noch einmal. »Die Wahl des richtigen Zeitpunkts wird in jedem Konflikt mit den Amerikanern von entscheidender Bedeutung sein. Wir wissen beispielsweise, daß ein Großteil ihrer Kriegsschiffe — obschon ihre Marine noch eine beachtliche Anzahl zur Verfügung hat — stillgelegt sind, ›eingemottet‹, wie die Amerikaner das nennen, und an ihren Ankerketten in den Häfen und Buchten des ganzen Landes vor sich hinrosten. Sie bauen nur wenige neue Schiffe, eben weil sie so viele stillgelegt haben. Noch sechs oder acht Jahre, und all diese Schiffe sind hoffnungslos veraltet. Und außerdem so verrostet, daß sie nicht mehr reparabel sind.«
Hiroki sah die versammelten *Tosei-ha*-Führer einander zunicken und — lächeln. Er bemerkte auch das in den Augen von General Terauschi und Admiral Nagano aufflackernde Interesse. Was sie hörten, gefiel ihnen. Dieses Treffen gestaltete sich sehr erfolgreich. Matsuos Amerika-Erfahrung stellte sich tatsächlich als sehr vorteilhaft und nützlich heraus.
»Allerdings«, fuhr Matsuo jedoch nun fort, »sollte kein kluger Mann die Vereinigten Staaten unterschätzen. Weder Worte noch Karten, weder Statistiken noch Fotos geben einen korrekten Eindruck von dem gewaltigen Potential dieses Landes. Die Amerikaner selbst sind sich dieses Potentials noch gar nicht voll bewußt.«
»Was nützt das grenzenloseste Potential schon einer minderwertigen Rasse?« sagte Toyama.

Matsuo verbeugte sich. »Richtig, Toyama-san, da stimme ich Ihnen aus vollem Herzen zu. Die Amerikaner sind Barbaren. Sie besitzen nicht unsere innere Stärke und Entschlossenheit. Sie haben auch keinen göttlichen Tenno. Und es mag auch sein, daß ihre wirtschaftliche Depression sie zusätzlich schwächt, aber . . .« Er hielt inne. »Ich weiß nicht, wie ich es sagen soll. Ich kann es nicht belegen, aber ich habe die Erfahrung gemacht, daß es einige Amerikaner gibt — und mehr als einige wenige sind nicht nötig —, denen die Worte ›Das geht nicht‹ unbekannt sind. Es existiert irgend etwas in Amerika, das diese Art Leute ermutigt. Ich habe persönlich eine dreiviertel Meile hoch auf der Spitze eines ihrer ›Wolkenkratzer‹ gestanden, wie sie die Häuser nennen. Ich habe gewaltige Flüsse auf ihren Brücken überquert. Gebt diesen Leuten genug Zeit und genug Material, und sie vollbringen das schier Unmögliche. Genau aus diesem Grunde müssen wir bei jedem Konflikt mit Amerika unseren ersten Schlag blitzschnell und entscheidend ausführen. Den Krieg siegreich beenden, bevor er beginnt. Jede längere bewaffnete Auseinandersetzung gegen die Staaten können wir nicht durchstehen.«

Dies gefiel Toyama und all den übrigen Versammelten schon bedeutend weniger, wie Hiroki nicht entging. Auch die beiden Militärs machten betroffene Gesichter. Und es war unübersehbar, daß ihr Vater deshalb peinlich berührt war. Er verurteilte seinen jüngeren Bruder innerlich heftig wegen derart negativer Äußerungen vor einer solchen Versammlung bedeutender Männer.

Freilich, Matsuo war ja auch nicht im Besitze der Fähigkeiten eines Sehers. Er wußte nichts von den Visionen, daß ein großer Krieg kam, den Japan gewinnen würde. Es war an ihm, Hiroki, die Wogen der Erregung wieder zu glätten — wenn auch nicht Matsuo, sondern ihrem Vater zuliebe.

»Es besteht ja ohnehin noch kein Anlaß, uns jetzt wegen Amerika Sorgen zu machen«, sagte Hiroki in das Schweigen hinein. »Bei der jetzigen Zusammensetzung des Kabinetts können wir ohnehin nicht hoffen, irgendeinem Land erfolgreich gegenüberzutreten. Und wir können nicht daran denken, unseren Blick nach Osten zu richten, solange die *kodo*-Clique noch die jungen Offiziere beherrscht.«

Zustimmendes Gemurmel erfüllte den Raum, und der Blick seines Vaters signalisierte Hiroki Dankbarkeit. Er beschloß, die Gunst des Augenblicks für einen letzten Toast zu nützen.

»Auf das Ende der Macht der *kodo*-Clique und auf das Ende all der kurzsichtigen Kabinettsmitglieder, die sich der wahren Bestimmung Japans in den Weg stellen!«

Er sah mit unauffälligem Blick in die Runde, sah, daß sich Toyama kaum merklich zu ihm hin verbeugte. Es war erst einige Tage her, daß die Gesellschaft vom Schwarzen Drachen und der Kakureta Kao einen gemeinsamen Plan beschlossen hatten, der Hirokis Toast in die Realität umsetzen sollte.

1934

Das Jahr des Hundes

OKTOBER

SAGAMI-BUCHT

Meiko saß bei Matsuo. Sie betrachteten beide Meikos Vater, der in seinem Sessel döste. Der Arme war sehr erschöpft. Das war auch kein Wunder nach dem anstrengenden Spaziergang im Garten, zu dem Meiko ihn sanft, aber entschlossen genötigt hatte. Sie war selbst ebenfalls müde. Der linke Arm und das linke Bein ihres Vaters wurden allmählich wieder kräftiger, waren aber trotzdem noch immer ziemlich geschwächt. Er konnte überhaupt nur gehen, wenn er sich fest auf seine Tochter stützte. Als Matsuo vorbeigekommen war, hatte er ihr auf der letzten Runde durch den Garten die Hauptlast abgenommen.

Sie sah ihn an. Matsuo war eines dampfig feuchten Sommertages vor zwei Monaten vor der Tür gestanden und hatte erklärt, er wolle ihrem Vater einen Höflichkeitsbesuch abstatten. Doch Meiko war aus seinem Verhalten sofort klar geworden, daß dies nicht der einzige, ja nicht einmal der Hauptgrund für sein Kommen war.

Er war so unsicher und zögerlich gewesen an diesem Tag, so verlegen. Wie ein scheues Wildtier im Wald; bereit, beim leisesten Knacken eines Zweiges die Flucht zu ergreifen. Nur langsam, und erst nach mehreren Wochen regelmäßiger Besuche, ließ seine sichtliche Anspannung ein wenig nach. Er half ihr bei der Pflege ihres Vaters, um danach mit ihr am Steintisch zu sitzen und verhalten und leise mit ihr zu plaudern. Niemals riskierte er auch nur die kleinste Berührung und achtete geradezu ängstlich darauf, daß immer der Tisch zwischen ihnen blieb. Doch so peinlich genau er auch demonstrieren mochte, daß er die Besitzverhältnisse zu respektieren gedachte, es hielt das Personal nicht davon ab, zu tuscheln und sie durch Fenster- und Türschlitze zu beobachten.

»Wäre es nicht wundervoll, wenn das ganze Leben so sein könnte?« sagte er, als sie wieder einmal im Garten saßen, während der Abend fiel und es dunkel wurde.

Meiko blickte den Hügel hinab zum Wasser, wo bereits der aufgehende Mond zu glitzern begann. Bald würde es zu kühl sein, um noch länger hier im Garten zu verweilen. Sie murmelte zustimmend.

»Das einzige, was sich damit vergleichen läßt«, sagte er, »ist das Fliegen. Wenn man eins ist mit dem Himmel und den Wolken und die Erde unten vorbeiziehen sieht.« Er sah sie an. »Nur, daß ich beim Fliegen allein bin.«

»Möchtest du mich nicht mal mitnehmen? Ich würde gerne einmal mit dir durch eine Wolke fliegen.«

Der Gedanke belebte ihn sichtlich. »Aber ja. Ich könnte dich zu meiner Flugschule in Kasumigaura mitnehmen und mir dort die Genehmigung für einen Zweisitzer geben lassen. Das wäre wundervoll!«

Die Erregung in seinen Augen gefiel ihr. Immer wenn er vom Fliegen sprach, war er so. Sie war verwundert über die Faszination, die es auf ihn ausübte. Nur ein einziges Mal — bevor es zu spät war — wollte sie dieses Erlebnis mit ihm teilen. Sie glaubte allerdings nicht so recht daran, daß dieser Tag je kam.

»Eines Tages«, sagte sie und kämpfte gegen den Wunsch an, hinüberzugreifen und seine Hand zu fassen.

Schlagartig verschwand das Leuchten aus seinen Augen. »Ja. Eines Tages.«

»Hiroki ist gestern dagewesen«, sagte sie. Sie wollte das Thema nicht wechseln, aber sie wußte, sie mußte davon sprechen.

Matsuo wurde eine Spur angespannter. »Ach, ja?«

»Er fragte nach Vater . . . und erkundigte sich bei ihm dann nach der Hochzeit.«

»Nun, wer will es ihm verdenken«, meinte Matsuo tonlos. »Sie sollte ja schon vor achtzehn Monaten stattfinden.«

»Achtzehn Monate . . . ja, er erinnerte auch mich daran.«

»Und, was hast du ihm gesagt?«

»Was ich ihm immer sage. Was ich allen sage: die Wahrheit. Ich bin die einzige Tochter meines Vaters. Ich werde hier bei meiner Mutter bleiben und Vater pflegen, bis er wieder ganz gesund ist oder jedenfalls so gesund, wie es noch möglich ist. Solange er bereit ist, um seine Gesundheit zu kämpfen, bin ich es ebenfalls. Ehe er nicht aufgibt, gebe auch ich nicht auf.«

»Du hast bereits ein kleines Wunder vollbracht. Die Ärzte glaubten, er werde nie wieder sprechen können, und doch spricht er wieder. Sie sagten, er werde nie wieder gehen können, aber wie ist er heute gegangen! Du hast deine Zeit wirklich nicht verschwendet.«

»Aber er wünscht, daß die Hochzeitspläne weiterverfolgt werden.«

Matsuo richtete sich unwillkürlich auf seinem Stuhl auf. »Und?«

Sie hatte mit ihrem Vater hart verhandelt. Vor dem Attentat wäre dergleichen ganz undenkbar gewesen. Aber ihre Beziehung zueinander hatte sich verändert. Sie war nicht mehr nur seine Tochter. Sie war inzwischen auch seine Krankenpflegerin und Ärztin und ständige Begleiterin. Sie konnte ihn ermutigen und schelten. Sie konnte ihm sagen, was er zu tun hatte, wenn sie bei ihm war. Und jetzt . . . jetzt konnte sie auch Abmachungen mit ihm treffen. Ihre Kühnheit verwunderte sie selbst. Und vermutlich ihren Vater erst recht.

»Die Hochzeit mit Hiroki ist jetzt für das Frühjahr 1936 beschlossen worden. Diesen Winter wollen wir das genaue Datum festlegen, ganz gleich, wie sehr oder wie wenig Fortschritte die Genesung meines Vaters macht.«

»Das sind noch einmal achtzehn Monate. Ist mein Bruder damit einverstanden?«

»Ja. Ich habe ihm auch gar keine andere Wahl gelassen.«

Meiko hatte Hiroki erklärt, diese weiteren anderthalb Jahre Wartezeit seien der Wunsch ihres Vaters. Er hatte daraufhin ein wenig enttäuscht ausgesehen und sogar ein wenig ärgerlich.

»Hiroki hat immer noch die Wahl, meinen Vater davon zu überzeugen, daß es besser ist, diese Hochzeit abzusagen.«

Sie betete, daß er das tun möge. Und wie! Es würde ihr die Freiheit geben, eines Tages einen anderen zu heiraten.

»Hältst du es denn für möglich, daß er das tun könnte?« Hatte Matsuo etwa irgend etwas von Unzufriedenheit über sie, Meiko, in seiner Familie gehört?

»Hiroki hat viele Dinge im Kopf. Das wird ihm die Zeit schnell vergehen lassen. Doch mein Vater würde es nie zulassen, daß dein Vater sein Gesicht verliert. Man kann keine Heiratsvereinbarung absagen, während der Vater der Braut sich noch von den Folgen eines Attentats erholt!« Matsuo schüttelte langsam den Kopf — und traurig, wie sie wußte. »Nein, das wäre undenkbar«, sagte er.

Meiko sank das Herz tiefer. Er hatte ja recht. Es führte nun einmal kein Weg daran vorbei, daß sie früher oder später Hirokis Frau wurde. Kein Ausweg, keine Hoffnung. Tränen stiegen ihr in die Augen. Sie versuchte sie mit aller Macht zu unterdrücken, aber es gelang ihr nicht. Sie rollten ihr übers Gesicht. Sie wünschte, sie wäre eines dieser amerikanischen Mädchen, die sie vor Jahren noch bemitleidet hatte. Da war es doch immer noch besser, gar keine Aussicht auf eine Heirat zu haben, als dem, den man liebte, so nahe zu sein und doch für immer durch eine unüberwindliche Barriere von ihm getrennt. Ihre Brust verengte sich, und sie vermochte ein Aufschluchzen nicht zu verbergen.

Matsuo fuhr auf seinem Stuhl herum und blickte sie an. Er war schon halb auf, setzte sich jetzt aber wieder. Sie sah, wie er in der Dunkelheit seine Hand über den Tisch nach der ihren ausstreckte. Sie erwartete sie mit offener, nach oben gewendeter Handfläche.

Sie dachte an das Hauspersonal und wie geredet würde, wenn man sie hier händehaltend sah.

Der böse kami soll ihnen ihre Augen und Zungen ausreißen! dachte sie und legte ihre Hand auf die Matsuos. Die erste Berührung schon ließ sie erschauern. Ihre Finger berührten sich vorsichtig, sanft, tastend zuerst nur. Dann verschränkten sie sich fest ineinander.

»Sieh dir die Nacht an«, sagte Matsuo nach einer Weile. Seine Stimme war leise und belegt. »Vollkommene Sternennächte wie diese jetzt sind uns allen nur ganz wenige im Leben vergönnt. Sie sind sehr kostbar.«

Meiko sah ihm in die Augen und wußte, daß sein Schmerz so groß war wie der ihre.

»Ja«, sagte sie und unterdrückte ein neues Schluchzen. »Ja, das sind sie.«

1935

Das Jahr des Ebers

MÄRZ

TOKIO

»Toyama-san und seine Schwarzen Drachen tun also das Ihre?« fragte Shimazu.

Hiroki kniete vor seinem Herrn in dessen Raum im Tempel.

»Es läuft alles sehr gut, würde ich sagen«, erklärte Hiroki. »Obwohl ich eigentlich angenommen hatte, es würde sehr viel schneller vorangehen.«

Tatsächlich schien in letzter Zeit sogar überhaupt nichts mehr voranzugehen wie geplant. Weder in seinem Privatleben noch bei seiner Arbeit für den Tempel. Meiko war ganz unverständlich widerspenstig geworden, was die Hochzeit betraf. Sie versteifte sich mit großer Hartnäckigkeit darauf, daß es, solange ihr Vater nicht ganz wiederhergestellt war, nun einmal ihre Pflicht sei, an seiner Seite zu bleiben und ihm in jeder nur möglichen Weise behilflich zu sein. Und ihm stand kein Argument gegen diese *oy no on* zu Gebote, ihre Pflicht gegen ihre Familie. Und er mußte auch einräumen, daß Mazakis Genesung wirklich Fortschritte machte, wenn auch nervtötend langsam. Hiroki wollte endlich Meiko auf seinem *futon* haben und hungerte mittlerweile dem Tag entgegen, an dem er sie endlich seinen Wünschen gefügig machen durfte. Er spürte, wie er immer ungeduldiger wurde. O ja, der Tag würde schon noch kommen, da Meiko sich für die endlosen Verzögerungen revanchieren mußte.

Shimazu lachte hinter seiner Maske. »Ach, Hiroki! Immer ungeduldig! Aber der Boden muß sorgfältig gepflügt sein, wenn unsere Saat gut aufgehen soll, damit wir die reiche, volle Ernte einbringen können, die wir anstreben! Gerade hier wäre eine verfrühte Ernte schlimmer als überhaupt keine.«

Hiroki verbeugte sich zum Zeichen der Untwerfung. Shimazu hatte ja wie immer recht. Und was seine Zusammenarbeit mit Toyoma und den Schwarzen Drachen anging —

»Wenn die Notwendigkeit der Diskretion mir nur nicht so viele Fesseln auferlegen würde«, sagte er. »So viele junge Armeeoffiziere sind Mitglieder des Schwarzen Drachen und verärgert über die Passivität des Militärs. Sie aufzustacheln ist überhaupt nicht schwierig. Schwierig ist, sie in diesem Zustand zu halten und sie gleichzeitig zur Zurückhaltung zu mahnen.«

»Natürlich. Aber es würde unseren Absichten nur schaden, wenn sie zu früh bekannt würden. Merke dir meine Worte: Wenn die Explosion erst kommt — und nach den Februarwahlen wird sie sich mit Macht entladen —, mußt du in der Lage sein, deine Hände in Ablehnung zu ringen und öffentlich mit überzeugendem Zorn zu fordern, daß die Missetäter bestraft werden!«

»Ich verstehe.«

»Das ist auch unerläßlich. Die sich daraus entwickelnde Säuberung wird das Militär noch enger und fester an die Überzeugungen und Absichten des Ordens binden und es in die Bereitschaft versetzen, zur richtigen Zeit in die richtige Richtung loszuschlagen.«

»Ja. Aber es ist schwer zu warten.«

»Wir warten alle immer auf etwas. Wir hier im Tempel warten auf die Nachricht von dem Wiederauffinden des *kuroikaze.*«

Das ließ Hiroki seine Muskeln anspannen. »Ist denn etwas Neues entdeckt worden?«

»Noch nicht. Aber ich habe da gar keine Befürchtungen. Das Geheimnis des Schwarzen Windes wird wiedergefunden werden. So ist es in der Vision gesehen worden. Irgend jemand wird es finden. Yajima forscht mit ganz besonderem Fleiß danach.«

»Ja . . . Yajima.« Hiroki nahm sich sehr zusammen. »Auch ich forsche, wann immer ich Zeit dafür habe. Aber ich wünsche Yajima nur das Beste.«

»Das hoffe und erwarte ich auch. Es kommt überhaupt nicht darauf an, wer die Rollen findet. Nur, daß sie überhaupt noch zur rechten Zeit gefunden werden.«

Nicht doch. Das spielte durchaus eine Rolle. *Ich muß sie finden. Ich muß es sein.* Aber wie? Er hatte so viele andere Dinge zu tun. Er arbeitete bereits bis zur totalen Erschöpfung. *Zuviel zu tun! Viel zuviel!*

Tatsächlich stand ja weit mehr auf dem Spiel als nur die Rollen selbst. Anfangs waren sie allein Grund genug gewesen, all die Keller und Dachböden in jedem Schrein oder Tempel des Landes zu durchforsten. Doch es war ihm bald auch klar gewesen, daß es sich für jemanden, der bereit und willens war, die Rollen zu finden, in vielerlei Weise lohnen würde. Wer immer das verlorene Geheimnis des *kuroikaze* wiederfand, war mit einem Schlag ein Mann von enormem Einfluß und Macht im Orden. Und diese Macht konnte sich über den Kakureta Kao in Macht in ganz Japan ausweiten lassen.

In diesen letzten Jahren hatte er erfahren und begriffen, daß die Macht und der Einfluß des Ordens sehr viel weiter reichten, als er sich je hatte träumen lassen. Überall, im kaiserlichen Palast, beim Militär, in den höchsten Regierungsämtern gab es Leute, die entweder im Tempel erzogen worden oder dem Orden sonstwie verpflichtet waren. Und keiner von ihnen vergaß je seine Pflicht dem Kakureta Kao gegenüber.

Er hatte sich einen Plan zurechtgelegt, um die Grenzen des Einflusses des Ordens zu erkunden. Er wußte nicht, wie Shimazu darauf reagieren würde, also hatte er sich entschlossen, nur sehr vorsichtig auf den Busch zu klopfen. Und jetzt war ein günstiger Moment dafür.

»Sensei«, sagte er vorsichtig, »glauben Sie, daß der Tenno allen Respekt und alle Ehrerbietung erhält, die ihm zustehen?«

»Er kann gar nie zuviel erhalten«, antwortete Shimazu sofort. »Was immer ihm davon zuteil wird, genügt nicht.«

Doch im stillen dachte er: *Woher hat er eine Frage wie diese?* Er musterte Hiroki. Hiroki verbarg etwas vor ihm. Was plante er, das er geheimhalten wollte oder mußte?

»Das ist mir klar«, sagte Hiroki.

»Aber Ausländern nicht. Ich höre sie sich mokieren, wenn wir uns verbeugen, kommt der Tenno an uns vorüber. Und hier in des Tenno eigenem Land gibt es Akademien und Intellektuelle, die lehren und schreiben, daß Er kein Gott sei, sondern ein Sterblicher wie wir alle. Sie erklären: Er ist ein konstitutioneller Monarch und mehr nicht.«

Shimazu behielt seine gelassene Haltung. Er hatte bereits eine vage Idee, wohin ihn Hiroki führen wollte. Er spielte erst einmal mit.

»Das alles ist nichts Neues. Wir hatten immer Zweifler unter uns. Aber sie sind keine Stimmen von Gewicht.«

»Aber sie werden stärker, fürchte ich. Und es sind gefährliche Stimmen, gerade jetzt, wo wir das Land auf den bevorstehenden Krieg vorzubereiten versuchen. Wir müssen doch einen festgefügten Wall hinter unserem Tenno errichten, wenn wir die Welt herausfordern wollen, nicht wahr? Es darf keine Risse des Zweifels in ihm geben, nicht einmal die feinsten und kleinsten.«

»Da magst du recht haben«, sagte Shimazu und nickte langsam. »Worauf willst du hinaus?«

»Wir müssen einen Weg finden, der es vollkommen unakzeptabel macht — *illegal!* —, irgend etwas zu schreiben oder zu lehren, das auch nur andeutet, der Kaiser sei nicht göttlicher Herkunft oder er sei der Menschen Gesetz unterworfen. Hat der Orden irgendeine Möglichkeit, ein solches Gesetz durchzusetzen?«

Shimazu nahm mit leichtem Amüsement zur Kenntnis, daß Hiroki in Erwartung der Antwort wahrhaftig den Atem anhielt. Er ließ ihn lange warten, ehe er sagte: »Solche Möglichkeiten gibt es.«

Hiroki atmete langsam aus und versuchte seine Genugtuung nicht allzu deutlich sichtbar werden zu lassen.

Shimazu wußte jetzt, was sein Schüler im Sinn hatte. Er hatte sich einen Trick der Tokugawa-Shogun ausgeborgt. Diese hatten den Tenno seiner tatsächlichen Macht beraubt, aber bei jeder kleinsten Gelegenheit seine Göttlichkeit unterstrichen und aufgebaut. Die Idee war in ihrer Einfachheit geradezu elegant: Wenn man den Tenno nur in ansprechendem Maße vergöttlichte, hatte man praktisch freie Hand, Seine Kinder in Seinem Namen überallhin zu führen.

Es gefiel ihm durchaus, daß Hiroki so weit vorausdachte, und das mit solcher Subtilität. Eben dazu hatte er ihn von klein auf erzogen. Er sah es mit Zufriedenheit, daß Hirokis Gedanken offenbar weit entfernt von Hochzeit und Heirat waren. Mochten sie das auch weiterhin bleiben! Solange kein definitives Hochzeitsdatum festgesetzt war, war er bereit, das Mazaki-Mädchen in Ruhe zu lassen und zu vergessen. Sollte jedoch irgendwann ein neuer Hochzeitstermin vereinbart werden . . .

Vorerst einmal wollte er die Ordensoberen von Hirokis Plänen unterrichten und ihnen empfehlen, sie zu unterstützen. In diesem Fall konnten sie sich zum Vorteil des Tenno auswirken.

1936

Das Jahr der Ratte

FEBRUAR

Matsuo traf seinen Bruder auf der Ostseite des Hibaya-Parks gegenüber dem Hotel *Imperial.* Er beobachtete einen Zivilisten und einen jungen Armeehauptmann in etwa dreißig Metern Entfernung. Beim näheren Hinsehen erkannte er den Zivilisten als Toyama persönlich. Bei Matsuos Näherkommen entfernten die beiden sich auf einem Weg durch den Park.

»Ah, Matsuo«, sagte Hiroki. Er lächelte. »Sehr schöner Tag heute, wie? Mit so interessanter Aussicht!«

Matsuo fror etwas. Es war kalt. Im Winter war der Hibaya-Park mit den blattlosen Bäumen und den blumenlosen Beeten ziemlich trostlos. Der geräumte Schnee lag zu beiden Seiten der Wege aufgehäuft, und es roch nach noch mehr Schnee.

»Dort zum Beispiel«, fuhr Hiroki fort und deutete auf das obere Stockwerk des zweistöckigen Hotels *Imperial* auf der anderen Straßenseite.

Matsuo warf einen Blick auf die sehr moderne Fassade des Gebäudes. Seltsam. Zum Architekturstudium des Hotels Imperial hatte ihn sein Bruder ja wohl nicht zu diesem ›kleinen Spaziergang‹ an einem so kalten und trüben Tag wie heute gebeten?

»Wo?« fragte er dennoch.

»Zweiter Stock, drittes Fenster von links. Siehst du den Mann?«

Matsuo blinzelte durch die diesige Luft in die gezeigte Richtung. Ja, da stand ein Mann. Ein Amerikaner oder Europäer, im weißen Hemd. Er lehnte aus dem Fenster und verrenkte sich schier den Hals in Richtung auf den kaiserlichen Palast.

»Ist was mit ihm?«

»Er glaubt, den perfekten Logenplatz zu haben, wenn unser Kaiser vorbeifährt.« Hirokis Lächeln wurde leicht verkniffen. »Er wird schon noch merken, daß er sich da irrt.« Er deutete mit dem Kopf aufs Hotel. »Gehen wir mal hinüber?«

Hiroki fand das Benehmen seines Bruders zwar etwas seltsam, ging aber achselzuckend mit. »Bitte, meinetwegen. In der Hotelhalle ist es ohnehin angenehmer, denke ich. Da ist es warm.«

»Frierst du denn?« sagte Hiroki, als wäre er tatsächlich überrascht darüber. Ihm schien Kälte überhaupt nichts auszumachen. »Vielleicht suchen wir uns ein Lokal für einen heißen Sake, wenn der Tenno vorbei ist.«

Matsuo zog seinen Kopf in seine Marineuniform und nahm gleichen Schritt mit seinem Bruder auf. Er blickte kurz auf seine Epauletten. Die Messing-Leutnantsembleme, die er gestern abend so sorgfältig auf Hochglanz poliert hatte, waren angelaufen.

Auf dem Weg zum Hotel warf er noch einmal einen Blick hinauf zu dem Fenster mit dem Fremden, der sich nun plötzlich umdrehte und einen überraschten Ausruf von sich gab. Hände erschienen und zogen ihn vom Fenster fort. Matsuo faßte Hiroki am Arm und deutete nach oben.

Ohne seinen Bruder auch nur anzusehen, sagte Hiroki: »Ja, ich weiß.«

Sie waren noch auf dem Weg über die Straße, als sich die kaiserliche Eskorte bereits näherte. Als die Brüder auf den Eingang des Hotels zugingen, flog die Tür auf. Matsuo sah mit beunruhigter Überraschung, daß Militärpolizisten ein paar westliche Zivilisten, von denen einige nicht einmal ganz angezogen waren, aus dem Hotel heraus in die Kälte trieben und sie entlang den Bordsteinen mit dem Gesicht zur Straße aufstellten. Matsuo wollte hinübergehen, um herauszufinden, was da vor sich ging, als die Eskorte bereits vorüberkam. Er wandte sich der Straße zu und verbeugte sich vor dem Tenno. Aus den Augenwinkeln bemerkte er, daß die Soldaten die Ausländer zwangen, sich ebenso wie alle anderen tief zu verbeugen.

Als die Kolonne vorbei war, zogen die Soldaten ab und ließen die verwirrten und schockierten Ausländer, die einander ratlos anstarrten, einfach stehen. Matsuo begriff nun, aber es gefiel ihm nicht. Er sah, wie Hiroki mit kaltem Lächeln die Szene beobachtete.

»War das etwa der Grund, warum ich hierherkommen sollte?« fragte er ihn. »Damit ich das sehe?«

»Ich wollte es selbst auch sehen«, antwortete Hiroki. Sein Lächeln für seinen Bruder war wieder etwas wärmer. »Und ich wollte Gesellschaft dabei haben. Außerdem dachte ich, es würde dich vielleicht interessieren.«

»Du billigst das alles?« Matsuo hatte schon länger den leisen Verdacht, daß Hiroki und der Kakureta Kao sehr eng mit dem unbestrittenen Fanatismus verbunden waren, mit dem die Version von der Göttlichkeit des Tenno in letzter Zeit zunehmend propagiert wurde. Es ging schon seit einem Jahr wie eine Welle durch Regierung, Militär und Presse. Er versagte es sich jedoch, dies mit so vielen Worten laut auszusprechen.

»Selbstverständlich. Du bestreitest doch etwa nicht, daß der Sohn des Himmels Anspruch auf die ihm zukommende Ehrerbietung hat?«

»Meine Verehrung für den Tenno ist sehr groß, wie du genau weißt. Aber ich bin auch Japaner.« Er deutete auf die frierenden Weißen, die in das Hotel zurückeilten. »Die nicht.«

»Du weißt aber auch ganz genau, Bruder, daß es inzwischen durch Gesetz verboten ist, auf den Kaiser herabzusehen oder sonst irgendwie über ihm zu stehen, wenn er vorüberfährt.«

»Mit Gesetzen schafft man keine Ehrerbietung. Das muß von hier kommen.« Er pochte sich auf das Herz. »Und nicht von Gewehrläufen.«

»Ehrerbietung läßt sich auch lernen. Und wenn sie richtig gelernt wird, hält sie auch lebenslang. Das Volk darf mit der Göttlichkeit des Tenno nicht zu bequem leben. Sie muß immer etwas von einem Wunder behalten. Und das gilt auch für Ausländer. Ihnen ist heute eine Lektion erteilt worden, die sie nicht so schnell vergessen werden.«

»Nehmen wir mal an, du wärst zu Besuch in Rom. Würde es dir da sehr gefallen, ebenso behandelt zu werden, sooft der Papst an deinem Hotel vorbeifährt?«

Hiroki lächelte dünn. »Ich sehe keinen Grund, warum ich jemals nach Rom reisen sollte.«

Diese Arroganz seines Bruders war Matsuo neu. Vielleicht war sie auch immer schon dagewesen, dachte er, und ich habe sie nur nicht bemerkt, oder er tarnt sie jetzt nicht mehr. Matsuo war inzwischen weitergegangen, weg vom Hotel. Hiroki folgte ihm.

»Ist dir eigentlich aufgefallen«, sagte Matsuo, »daß all diese Artikel und Gesetze und öffentlichen Demonstrationen um die Göttlichkeit des Tenno im letzten Jahr ein wenig zu offensichtlich aufeinander abgestimmt waren?«

Hiroki zog die Augenbrauen hoch.

»Will mein Bruder damit andeuten, es gebe Drahtzieher, die das alles manipulieren?«

»Für unmöglich halte ich das jedenfalls nicht. Genau betrachtet, sieht es tatsächlich sogar sehr danach aus.«

»Es ist vielleicht nicht klug«, sagte Hiroki, »derartige Überlegungen in dieser Offenheit zu erörtern. Wenn es diese Manipulation nämlich geben sollte, dann muß man sich angesichts des gewaltigen Ausmaßes dieser Aktion vor denjenigen in acht nehmen, die sie betreiben. Denn diese Leute müssen dann offensichtlich sehr viel Macht und Einfluß haben.«

Matsuo sah ihn kurz an und sagte dann: »Ich *werde* mich in acht nehmen.«

»Gut. Es wäre vielleicht auch klug, den Berg Sanno die nächsten Tage zu meiden.«

»Wieso das?« Matsuo blickte hinüber zu dem hinter dem kaiserlichen Palast sich erhebenden Berg, wo das neue Parlamentsgebäude sich der Vollendung näherte. Auf dem Berg Sanno residierten Regierung und Parlament. Er war das Zentrum der zivilen Verwaltung.

»Es ist etwas im Gange«, sagte Hiroki sachlich. »Die gestrigen Wahlen haben der *kodo*-Fraktion in der Reichsversammlung einen schweren Schlag versetzt. Ich fürchte, sie wird gewalttätige Maßnahmen ergreifen. Du solltest meine Worte nicht auf die leichte Schulter nehmen.«

Aus Hirokis Miene und Verhalten war nichts Konkretes zu entnehmen. Doch Matsuo kannte seinen Bruder mittlerweile gut genug, um zu wissen, daß er vor unterdrückter Erregung geradezu vibrierte.

Hiroki vermochte sich kaum noch zu bezähmen. Nur mit äußerster Beherrschung gelang es ihm, sitzen zu bleiben und seine Füße in dem abgesenkten *kotatsu* zu wärmen, während er gemeinsam mit seinem Vater und seinem Bruder frühstückte. Lieber wäre er hin und her gelaufen, um die Nervosität abzureagieren, die ihn erzittern, sein Herz klopfen und seine Hände feucht werden ließ.

Es stand etwas bevor. Die jungen Armeeoffiziere waren wie halbverhungerte Tiger im Käfig. Toyamas Schwarze Drachen hatten unter der Federführung des Ordens ihre Aggressivität bis zum Siedepunkt aufgeheizt. Sie waren kaum noch zu halten. Sie wollten losschlagen, um China für den Tenno zu erobern. Der Rückschlag der jüngsten Wahlen hatte ihnen sozusagen endgültig den Schaum vor den Mund getrieben. Sie waren kurz vor dem Amoklaufen.

Nur wann? Heute früh? Heute abend? War es vielleicht schon losgegangen, und die Nachricht hatte sie hier einfach noch nicht erreicht? Die Ungewißheit war unerträglich.

Zumindest war die Familie in Sicherheit. Sein Vater ging heute nicht auf den Berg, und Matsuo hatte er selbst ja gestern ausdrücklich davor gewarnt. Tatsächlich war sein Bruder zu Hause geblieben, wo er mit je einem schweren sandgefüllten Keramikkrug an den Fingern jeder Hand herumging; seine Muskeln spannten sich jedesmal, wenn er sie langsam hob und senkte, ein ums andere Mal. Er mußte, da er diese schweren Krüge nur mit seinen Fingerspitzen so scheinbar leicht hob, enorme Kraft in Händen und Armen haben.

»Du scheinst immer noch sehr intensiv mit *shuri-te* beschäftigt zu sein, wie?« fragte Hiroki ihn in der Hoffnung, daß ein bißchen unverbindliche Konversation die ungewisse Wartezeit verkürzte.

»Das ist nicht mehr *shuri-te*«, antwortete Matsuo. »Die Meister aus Okinawa hatten vergangenes Jahr eine Zusammenkunft und beschlossen, die viel zu vielen Variationen fortan unter dem Namen *karate* zusammenzufassen.«

Hiroki überlegte gerade, ob er sich selbst in einem *dojo* dafür anmelden sollte, als das Telefon klingelte und ihn so plötzlich hochfahren ließ, daß er sich seinen heißen Tee über den Ärmel goß. Cho hob ab und gab dann an den Hausherrn Okumo weiter. Dessen Gesicht wurde weiß, während er lauschte. Er preßte den Hörer heftig an sein Ohr.

»Die Armee putscht!« sagte er, als er aufgelegt hatte. »Premierminister Okada ist einem Attentat zum Opfer gefallen. Sein Amtssitz wurde von den Aufständischen besetzt. Alle Zufahrtswege zum Berg sind blockiert. Der kaiserliche Palast ist von meuternden Truppen umstellt.«

»Der Tenno?« rief Matsuo und ließ seine Sandkrüge zu Boden fallen. »Ist er etwa . . .?«

»Der Tenno ist in Sicherheit . . . vorläufig jedenfalls. Noch haben keine Truppen den Graben um das Palastgelände überschritten.«

»Bewachen sie ihn, oder halten sie ihn gefangen?« fragte Hiroki.

»Das weiß offenbar noch niemand. Aber das ist noch nicht alles.« Seine Stimme zitterte. »Mörderkommandos haben in ganz Tokio zugeschlagen. General Wanatabe ist tot. Erschossen, zusammen mit Frau und Hauspersonal. Auch Finanzminister Takahashi ist tot. Admiral Suzuki ist verwundet, und Makino ist nur knapp mit dem Leben davongekommen. Am schlimmsten aber ist, daß Saito ermordet wurde. Erst gestern abend noch — vor ein paar

Stunden erst — waren er und ich zu Gast in der amerikanischen Botschaft bei Botschafter Grew, der uns einen albernen amerikanischen Film, *Naughty Marietta,* vorführte.« Er senkte den Kopf und bedeckte die Augen mit der Hand. »Saito wurde mit nicht weniger als sechsunddreißig Schüssen durchlöchert.«

Jetzt war Hiroki doch beunruhigt. Die anderen, die sein Vater erwähnt hatte, waren Gemäßigte gewesen, die sich kritisch oder sogar ablehnend über das Vorgehen der Armee in China und der Mandschurei geäußert hatten. Bei ihnen war es nur logisch, daß sie Opfer der Putschisten geworden waren. Doch der alte Saito-san . . . ein liebenswürdiger alter Herr, oberster Schatzkanzler, mindestens achtzig Jahre alt . . . tot! Wozu? Was ging da vor?

»Wilde Tiere!« sagte Matsuo.

»Mit diesem Vergleich tust du den Kreaturen der Wildnis sehr unrecht, fürchte ich«, sagte sein Vater. Er hatte inzwischen seine Haltung wiedergewonnen.

Hiroki wollte sich eben entschuldigen, als Cho hereingestürzt kam. »Soldaten, Herr!« rief er. »An der Tür!«

O nein! dachte Hiroki erschrocken. Furcht überkam ihn. *Doch nicht hier!*

Ehe sein Vater noch etwas sagen konnte, war bereits ein junger Leutnant hereingekommen und stieß Cho aus dem Weg.

»Herr Okumo?« fragte er.

»Das bin ich!« schrie ihn Okumo an. »Wie können Sie es wagen, hier . . .«

Der Offizier zog seine Pistole und zielte auf ihn, während er *»tenschu!«* rief.

Hiroki stand wie angewurzelt, gelähmt vor Schrecken. Er konnte nicht erkennen, daß Matsuo sich bewegte, aber dieser war urplötzlich bei dem Offizier und hieb ihm mit einem *ki-ai*-Schrei auf den Arm, der die Waffe hielt. Deutlich war das Geräusch eines brechenden Knochens zu hören, bevor sich Augenblicke später ein Schuß aus der zu Boden fallenden Pistole löste und in die Wand fuhr.

Matsuo war eine einzige blitzartige Bewegung. Mit einem Wutschrei warf er sich, wieder zuschlagend, auf den Offizier, der buchstäblich rückwärts in den Vorraum hinausflog, mitten in seine sechs Begleitsoldaten hinein, die dort warteten.

Hiroki stieß Cho zu seinem Vater hin. »Bring ihn weg!« schrie er ihn an und folgte dann seinem Bruder. Matsuo brauchte Hilfe.

Alle sechs Soldaten waren mit alten Arisaka-Gewehren bewaffnet, aber sichtlich geschockt, einem solchen Kämpfer wie Matsuo zu begegnen, der nun wie ein Berserker unter ihnen wütete. Unter schreckenerregenden Schreien flogen seine Fäuste und Füße und verschonten keinen der Soldaten.

Hiroki gesellte sich rasch zu ihm. Drei Uniformierte machten noch verzweifelte Versuche, sich Matsuos Ansturms zu erwehren, während zwei andere ihrem blutenden Offizier auf die Beine halfen. Der letzte aber trat zurück, um mit seinem Gewehr auf Matsuo zu zielen. Hiroki warf sich auf ihn und schlug ihn nieder, noch ehe er abdrücken konnte.

Der Körperkontakt mit dem anderen setzte irgend etwas in Hiroki frei.

Seine Angst verwandelte sich in einen Blutrausch. Diese Leute waren in ihr Haus eingedrungen, hatten seinen Vater ermorden wollen! Er entriß dem Soldaten sein Gewehr und hieb ihm den Kolben der Waffe an den Kopf. Einmal. Und noch einmal. Beim zweiten Schlag spürte er, wie etwas unter dem Kolben zerbrach. Den Mann durchlief ein letztes Zittern, dann lag er reglos.

Als Hiroki sich umdrehte, zielte gerade einer der beiden Soldaten auf ihn, die dem Offizier aufgeholfen hatten. Mit einem blitzschnellen Sprung vorwärts schlug Hiroki dem Mann das Gewehr, das er noch in der Hand hatte, ins Gesicht und trat ihm mit der gleichen Bewegung in den Leib, während ihm seine Faust an die Schläfe fuhr. Auch dieser Soldat fiel wie ein Stein zu Boden.

Matsuo hatte sich inzwischen ebenfalls eines seiner Gegner entledigt und trieb die beiden anderen zur Tür zurück. Der dritte Soldat, der noch auf den Beinen war, schloß sich den beiden Kameraden an, als sie die Flucht ergriffen.

Doch sie rannten nicht weit. Sobald sie draußen im Freien waren, drehten sie sich im Schnee um und begannen das Feuer zu eröffnen. Hiroki und Matsuo gingen zu beiden Seiten der Tür in Deckung, während die Kugeln in die Hauswand schlugen. Hiroki sprach hastig ein stilles Dankgebet zum *kami* des Hauses, daß dessen Bauherr die dicken Teakholzplanken für die Vorderwand gewählt hatte.

Es war ein wildes Geschieße. Die Soldaten feuerten, was das Zeug hielt.

»Sie wollen uns vermutlich vor allem in Schach halten«, sagte Matsuo. »Wir müssen aufpassen, daß sich nicht einer von hinten um das Haus anzuschleichen versucht.«

Wahrscheinlich hat er recht, dachte Hiroki und spähte also zu den Seitenfenstern hinaus, ob dort irgendeine Bewegung zu erkennen war. Er hoffte, daß ihr Vater in Sicherheit war. Der Eingangsraum sah schlimm aus. Überall Blut, dazu die drei toten Soldaten und der aus seinem zerschlagenen Mund stöhnende junge Leutnant. Hiroki kroch zu ihm hinüber und griff sich seine am Boden liegende Pistole. Er bot sie, indem er sie hochhielt, Matsuo auf der anderen Türseite an, doch dieser schüttelte nur ablehnend den Kopf.

Hältst dich wohl immer noch für einen verdammten Samurai, wie?

Er prüfte die Pistole. Es waren noch fünf Schuß in der Waffe. Er beschloß, sie für denjenigen Pechvogel aufzusparen, der es riskieren sollte, den Kopf zu einem Seitenfenster hereinzustecken.

Der Kugelregen dauerte noch ein paar Minuten an, hörte dann aber plötzlich auf. Einige gutturale Laute waren zu hören, dann herrschte wieder lastende Stille. Matsuo blickte vorsichtig hinter dem Türrahmen hervor nach draußen. Und dann zog sich ein breites Lächeln über sein Gesicht. Er stand auf und verbeugte sich in der offenen Tür. Hiroki sah hinaus.

Draußen stand Nagata und wischte eben die lange, blitzende Klinge seines *katana*-Schwertes sauber. Der Schnee rings um ihn herum war rot. Einer der Soldaten lag enthauptet links neben ihm, ein anderer hing kraftlos im Gebüsch und hielt sein Handgelenk, aus dem unaufhaltsam das Leben entströmte. Seine Hand war ihm abgeschlagen worden.

»Es waren drei«, sagte Hiroki.

Nagata verbeugte sich. »Ich hörte einen Schuß und kam nachsehen. Ich sah ihn an der Seite des Hauses. Dort ließ ich ihn auch liegen.«

Hiroki war voller Hochachtung für die eiserne Härte und Kraft dieses Mannes, der immerhin bereits auf die Siebzig zuging. Er hatte drei junge Männer getötet, die zusammen nicht so alt waren wie er, und er maß dieser Leistung dennoch kaum mehr Bedeutung bei, als habe er gerade etwas Unkraut im Garten gejätet.

Nagata schwang sein *katana* und schob es mit einer fließenden Bewegung in die Scheide zurück. »Wie kommt es überhaupt, daß Soldaten des Herrn Haus angreifen?« fragte er.

Hiroki drehte sich herum und ging zu dem verwundeten Offizier. »Genau das möchte ich auch wissen.«

Der junge Leutnant war fast bewußtlos. Seine Worte waren wegen der ausgeschlagenen Zähne kaum verständlich. Während Hiroki ihm den gebrochenen Arm umdrehte, um ihn zum Reden zu bringen, kam auch ihr Vater wieder herein.

»Wieso seid ihr in dieses Haus gekommen? Warum sollte Okumo ermordet werden? Warum?« fragte Hiroki eisig.

»Hauptmann Ando hat seinen Namen heute früh auf die Liste gesetzt. Okumo ist illoyal gegen den kaiserlichen Thron. Er will Japan den Vereinigten Staaten unterwerfen.«

»Wie kommen Sie zu so einer Behauptung?« sagte Okumo. Seine Hand, die den Leutnant an der Uniformjacke packte, zitterte. »Mein ganzes Leben habe ich dem Ziel untergeordnet, Japan zur mächtigsten Nation der Welt zu machen!«

»Hauptmann Ando sagte, Sie seien gestern abend zusammen mit dem Verräter Saito in der amerikanischen Botschaft gesehen worden!« Er hob seine Stimme. *»tenschu!* Tod allen Verrätern des Tenno!«

»Ich habe Verhandlungen wegen Öl und Eisenerz geführt!« schrie Okumo.

»Es hat keinen Sinn, mit ihm zu argumentieren«, beschwichtigte ihn Matsuo. »Einem wie ihm bist du doch keine Rechenschaft schuldig.«

Hiroki bedeutete Nagata, den Leutnant ebenso wie die drei Toten, um die er sich inzwischen schon gekümmert hatte, fortzuschaffen. Ein offizielles Verfahren für das hier würde es mit Sicherheit ja nicht geben.

Er versuchte seiner Erregung Herr zu werden. Sie war, das wußte er, auch eine Folge des Kampfes. Doch zum größeren Teil entsprang sie der Angst. Wären er und Matsuo und Nagata nicht dagewesen . . . hätte Matsuo nicht so blitzschnell gehandelt . . . Ihr Vater wäre jetzt tot. Und es wäre allein seine Schuld gewesen.

So war das alles nicht vorgesehen oder geplant gewesen. Die flügellahmen Politiker mit Scheuklappen sollten eliminiert werden, aber doch nicht sein eigener Vater!

Hatte er da vielleicht etwas vom Zaun gebrochen, das sich nicht mehr kontrollieren ließ?

Sein Vater ging langsam nach hinten. Er war offensichtlich sehr verwirrt.

»Vater?« sagte Hiroki.

»Bitte jetzt nicht. Ich muß eine Weile allein sein. Ich muß nachdenken.«

Hiroki blieb mit dem Gefühl der — wenn auch verständlichen — Zurückweisung bei Matsuo stehen.

»Gemeinsam kämpfen wir gut, Bruder«, sagte Matsuo zu ihm und verbeugte sich.

Hiroki erwiderte die Verbeugung.

»Ja. Wir verteidigen unser Haus sehr tapfer. Aber du warst es, der unserem Vater das Leben gerettet hat.«

»Nein. Dein Verdienst ist nicht geringer als das meine.«

Hiroki verbeugte sich wieder ob dieses Edelmutes. Er fühlte sich Matsuo jetzt so nahe wie nie zuvor. Dieser Kampf hatte das Band zwischen ihnen noch enger denn je geschmiedet. Er hoffte, für immer. Vielleicht, jedenfalls. Denn es war ihm gleichzeitig klar, daß der Weg, für den er sich entschieden hatte — für sich selbst und für ihr Land — dieses Band wohl noch aufs äußerste strapazieren würde.

Er war bereits zu weit gegangen, um noch umkehren zu können. Selbst wenn er es gewollt hätte.

MÄRZ

Matsuo starrte auf die Schlagzeilen der Morgenausgabe der *Yomiuri.* Die *Ni-ni-roku Jiken,* wie der Putsch vom 26. Februar inzwischen genannt wurde, war vorbei. Die aufständischen Truppen waren gefangengenommen und deportiert worden. Die Tischtücher, die sie auf den besetzten Gebäuden als Fahnen gehißt hatten, waren wieder heruntergeholt worden, und in Tokio schien alles wieder ruhig zu sein. Doch der Verlust so vieler führender Mitglieder hatte die Arbeit der Regierung stark beeinträchtigt.

Rechts unten auf der Titelseite war ein Foto zweier junger Armeeoffiziere. Der Bildtext beschrieb sie als die Hauptleute Nonaka und Ando. Sie hatten am Tag des Putsches gemeinsam das Manifest der Aufständischen unterzeichnet. Der Leutnant, der bei ihnen eingedrungen war, hatte gesagt, Ando sei es gewesen, der ihres Vaters Namen auf die Liste gesetzt und seine Liquidierung befohlen habe. Den anderen, Nonaka, hatte Matsuo schon irgendwo einmal gesehen . . .

Richtig! Im Hibiya-Park, im Gespräch mit Toyama. Am Tag vor dem Putsch!

»Es wird keine öffentlichen Prozesse geben«, sagte sein Vater, der eben hereinkam. Er schien sich von dem Schock erholt zu haben und wieder ganz der alte zu sein.

Hinter ihm kamen Hiroki, Toyama und andere Mitglieder der *Tosei-ha* herein. Auch General Terauschi und Admiral Nagano waren dabei. Seit dem

Putsch hatte es, wenn auch in verschiedenen Häusern und Hinterzimmern, fast pausenlos Sitzungen gegeben.

»Was wir jetzt benötigen«, erklärte Toyama, »ist ein Aktionsplan. Was unternehmen wir jetzt? Kann diese Tragödie . . .«

Tragödie, ha! dachte Matsuo. *Hinter der du selbst stecktest!*

» . . . sich zugunsten der *Tosei-ha* auswirken? Es ist mir durchaus klar, daß das vielleicht etwas verwegen ist, aber möglicherweise ist das eine vom Himmel geschickte Gelegenheit.« Er sah sich um. »Irgendwelche Vorschläge?«

Matsuo musterte die Gruppe in plötzlicher Anspannung. Es war ihm mit einem Schlag klar, daß womöglich hier und jetzt von diesen Männern Japans Zukunft entschieden wurde. Sie sahen ihre Chance, die gegenwärtige Schwäche der Armee auszunützen und sich ihrer zu bemächtigen. Hiroki sprach als erster.

»Wir sollten, denke ich, die Situation nützen. Wir stehen vor zwei weit offenen Lücken. Ich schlage vor, die eliminierten *kodo*-Elemente rasch durch Offiziere zu ersetzen, die nicht so enge Ansichten darüber haben, was Japan zu vollbringen vermag — Offiziere, die weiter sehen können als nur bis Rußland, China und in die Mandschurei. Und die unseren Zielen aufgeschlossen gegenüberstehen.«

Von überall her kam so rasch und ausnahmslos Zustimmung, daß Matsuo schlagartig klar wurde: dies war alles geplant gewesen! Er hörte mit kalter Anspannung zu, wie Hiroki weitersprach. Was er da sagte, war sichtlich genau abgesprochen und vorbereitet! Tagelang vermutlich. Vielleicht sogar seit Wochen? Doch Hiroki tat so, als sei es eine ganz spontane Rede.

Matsuos Entsetzen wuchs.

»Und was die Regierung betrifft . . . Sieben führende Politiker — einige von ihnen galten als Gemäßigte, doch habe ich sie immer schon als Bremsklötze empfunden — wurden ermordet und hinterließen empfindliche Lücken im Kabinett. Ich höre von meinem Vater, daß Prinz Sanjoni vom Tenno aufgefordert wurde, einen neuen Premierminister zu ernennen. Ich finde, wir sollten unsere gemeinsamen Anstrengungen darauf richten, daß Männer, die unsere Ansichten teilen, das entstandene Vakuum füllen und daß vor allem der neue Premierminister ein Mitglied der *Tosei-ha* ist. Ich denke, unser geschätzter Freund und Patriot Koki Hirota wäre eine ausgezeichnete Wahl dafür.«

Matsuo hob sich die Zeitung vor das Gesicht, um seine Erleichterung nicht zu zeigen, die ihm offen ins Gesicht geschrieben sein mußte. Ein Mitglied der Schwarzen Drachen — weltweit bekannt als Gangsterbande — und Premierminister? Absolut lächerlich! Niemals billigte der Tenno so etwas!

Am Ende der Woche jedoch vernahm er mit nicht geringer Verwunderung, daß Hirota tatsächlich von Prinz Sanjoni in den Palast beordert und dort vom Tenno beauftragt worden war, eine neue Regierung zu bilden! Und es dauerte keine zwei Wochen, und General Terauschi war Kriegs- und Admiral Nagano Marineminister!

Es war ernüchternd deutlich geworden, daß die *Tosei-ha*, die ›Herrschaftsfraktion‹, begonnen hatte, ihrem Namen alle Ehre zu machen. Und es fiel Matsuo auch wieder ein, wie ihm Hiroki — es war mittlerweile schon Jahre her — einmal erzählt hatte, daß der Bund des Schwarzen Drachen völlig vom Kakureta Kao abhängig war. Wer beherrschte da eigentlich letztlich und in Wahrheit die *Tosei-ha?* Und dann sah er ein Paar grüne Augen vor sich, die hinter einer Seidenmaske hervor auf ihn blickten. Ein Schauer lief ihm über den Rücken. Er glaubte die Antwort auf seine eigene Frage zu kennen.

1937
Das Jahr des Ochsen

MÄRZ

Du darfst nicht sterben, sensei!

Matsuo kniete neben dem *futon,* auf dem Nagata schwer atmend lag. Der alte Samurai war schweißgebadet und bereits leichenblaß. Seine Lungen rasselten bereits, wenn er atmete. Schon die ganze Zeit, seit Matsuo gekommen war, ging das so. Nagata wälzte sich unruhig hin und her, fieberte, und reagierte nicht einmal dann, wenn Matsuo seinen Namen rief.

Cho hatte ihn verständigt. Er war vom Marineministerium sofort hergekommen. Kimura hatte ihm bei seiner Ankunft erzählt, es habe in der Nacht mit Brustschmerzen begonnen. Ein Arzt war gerufen worden und hatte einen schweren Herzanfall konstatiert. Nagata hatte sich heftig geweigert, in ein Krankenhaus gebracht zu werden, und Kimura sogar schwören lassen, es selbst dann nicht zu tun, wenn er, Nagata, seiner Sinne nicht mehr mächtig sei. Und sein jetziger Zustand währte schon seit der Morgendämmerung.

Mein sensei stirbt.

Im Zug auf dem Weg hierher war es Matsuo nicht gelungen, sich mit dieser schlichten Tatsache abzufinden. Irgendwie war Nagata für ihn unzerstörbar und würde immer da sein, wenn er Rat benötigte oder einfach mit jemandem sprechen wollte. Doch seit er jetzt hier war und Nagata so sah, war es ihm ganz klar: Der Tod war schon im Raum, unübersehbar, und wartete auf den alten Samurai.

Trauer ergriff ihn und weckte in ihm den Wunsch, zu weinen. Er hielt die Tränen nur zurück, weil er wußte, Nagata erwartete dies um Kimuras willen von ihm. Noch stärker aber war seine Angst. Vor dem Weiterleben ohne den Schutz und den Beistand und das bloße Wissen des Vorhandenseins Nagatas. Und da war auch die Betrübnis darüber, daß der Mensch, der ihm für sein ganzes Leben am meisten bedeutet hatte, nun fortging, ohne daß er ihm jemals gesagt hatte, was er ihm bedeutete.

»Nagata-sensei«, sagte er leise und faßte die lederige Hand seines Lehrmeisters, nachdem ihn Kimura für einige Minuten allein mit ihm gelassen hatte, »ich bin es, Matsuo. Ich weiß, du kannst mich nicht hören, aber ich muß dies jetzt einfach sagen. Ich bin der Sohn des adeligen Herrn Okumo, doch mein Vater wirst immer nur du sein. Du hast mich großgezogen, du warst mein Lehrmeister in allen Dingen, du hast mir ein unauslöschliches Bewußtsein meiner selbst gegeben. Und diesen Teil von dir werde ich stets bewahren. Ich werde ihn nie entehren, indem ich vergesse, was du mich gelehrt hast. Alles, was ich bin und je sein werde, alles, was ich auf dieser Welt Gutes vollbringe, stammt von dem, was du mir gegeben hast. Und deshalb wirst du leben, solange auch ich lebe.«

Er hielt den Atem an, als Nagata langsam die Augen aufschlug und ihn ansah.

»Sage so etwas nie wieder«, flüsterte er mit rasselndem Keuchen. »Dein Vater ist der adelige Herr Okumo, mein Herr. Ihm schuldest du dein Leben. Du sprichst ja wie ein Amerikaner.«

Matsuo beugte gehorsam den Kopf. Doch innerlich sagte er zu sich selbst. *Und wenn schon. Du bist der wirkliche Vater dieses Mannes vor dir.*

Kimura kam wieder und ließ sich eilig neben ihm nieder, als sie sah, daß seine Augen offen waren. Matsuo zog sich zurück, um sie allein zu lassen. Nach einer Weile winkte ihn Kimura wieder herbei.

»Er hat einen Wunsch an dich«, sagte sie. Ihre Stimme zitterte, aber ihre Augen waren trocken. Sie bewies die Haltung einer wahren Frau eines Samurai.

»Mein *daisho«*, sagte Nagata kaum noch hörbar. ». . . ich vertraue es deiner Fürsorge an.«

Matsuo blickte hinüber zu den schwarzlackierten *katanakate*-Regalen, auf denen die beiden Masumane-Schwerter in ihren mit Perlenintarsien besetzten Scheiden übereinander lagen. Die Ehre dieses Vermächtnisses ließ Matsuo am ganzen Leibe zittern.

»Das kann ich nicht . . .«

»Du mußt!« sagte der alte Samurai, der plötzlich noch einmal eine letzte Kraft zu bekommen schien. Seine Stimme wurde lauter. »Diese Schwerter haben Magie in sich. Das Schicksal des Reiches und noch mehr ist mit ihnen verknüpft. Vor Hunderten von Jahren haben sie gegen die maskierten Mönche gefochten. Ich fürchte, es wird nicht mehr lange dauern, bis sie wieder das Blut des Kakureta Kao vergießen müssen.«

Hirokis Orden! Sollte das etwa heißen . . .? »Ich verstehe nicht, Nagata-san.«

»Die Mönche wollten dich haben. Wahrscheinlich wollen sie es noch immer. Sie kamen zu deinem Vater und wollten dich in ihren Tempel holen. Und das war, als du noch nicht einmal geboren warst! Ja, noch nicht einmal gezeugt! Sie waren so hartnäckig, daß der Herr beunruhigt war. Und mich dich dann nach Amerika bringen ließ, damit sie nicht an dich heran konnten. Nimm das *daisho* und behalte es in deiner Nähe. Es wird dir gute Dienste erweisen.«

»Ich bin seiner nicht würdig«, sagte Matsuo.

Nagata brachte noch ein Lächeln zustande, während ihm bereits die Stimme schwand. ». . . wie du dein Heim während des *Ni-ni-roku Jiken* verteidigt . . . stolz, dein *sensei* gewesen . . . niemand würdiger.«

Und dann schloß er die Augen, und kurz darauf setzte sein Atem aus. Doch ein Hauch eines letzten Lächelns war noch immer auf seinem Gesicht.

Matsuo lag in dieser Nacht schlaflos auf seinem *futon* und überdachte immer und immer wieder Nagatas letzte Worte. *Sie kamen zu deinem Vater und wollten dich in ihren Tempel holen. Noch ehe du geboren warst. Noch ehe du überhaupt gezeugt warst.* Wie also hatten sie von ihm wissen können? Und wozu hatten sie ihn haben wollen? Es war ein erschreckender, gespenstischer Gedanke.

Und wie war das mit seinem Vater denn nun wirklich? Hatte er ihn nach Amerika geschickt, um ihn dort mit dem Land und dem Volk vertraut zu machen oder um ihn von den Mönchen fernzuhalten? Was war die Wahrheit? Oder stimmte beides? War dies der Grund gewesen, warum ihm verboten war, in Amerika irgendwelche Aufmerksamkeit auf sich zu ziehen? Warum er bis in seine Teenagerjahre nicht einmal zu Besuch nach Japan hatte kommen dürfen?

Er griff sich die beiden Schwerter des *daisho* vom Boden neben seinem *futon* und wiegte sie in seinen Armen, wie man es mit einem verängstigten Kind tun würde. Die Alpträume von einst fielen ihm ein. Konnten diese auf ihn zukriechenden Gestalten von damals die Mönche des Kakureta Kao gewesen sein? Selbst in Erinnerung an die damaligen Schrecken überlief es ihn jetzt wieder kalt. Seit er 1926 nach Japan zurückgekehrt war, hatte ihn dieser schlimme Traum nie mehr verfolgt. Er war auch froh gewesen, von ihm befreit zu sein.

Mit den Schwerter im Arm schlief er ein.

. . . und fand sich mitten auf einem großen freien Feld in einer Armee bewaffneter Männer unter einem strahlenden Frühlingshimmel wieder. Meilen entfernt, auf einer Anhöhe ganz am hinteren Ende einer Halbinsel, stand eine riesige, geduckte Dreidächerpagode. Er blickte durch die Sehschlitze seines Helms auf die Hunderte bewaffneter Samurai zu seinen beiden Seiten. Sie alle schienen auf etwas zu warten.

Worauf?

Dann wiesen einige auf den Tempel. Von dort kamen vier Reiter mit einer Sänfte. Es dauerte lange, bis sie heran waren. Als sie endlich nahe genug waren, daß man ihre Gesichter hätte erkennen können, sah er, daß sie keine hatten. Statt dessen trugen sie Seidenmasken. Sie blieben inmitten der versammelten Samurai stehen, ließen vorsichtig die Sänfte zu Boden, drehten sich um und ritten wieder zum Tempel zurück.

Er sah ihnen noch eine Weile nach und wandte dann seine Aufmerksamkeit dem zu, was sie gebracht hatten. Es schien ein schwarzer Korb zu sein, kaum größer als ein kleiner Sarg. Einer der Shogun-Offiziere ritt näher und hob den Deckel hoch. Er warf einen Blick hinein, nahm dann seinen Helm ab und griff in den Korb. Er schien mit irgend etwas darin zu ringen. Als er wieder hochsah, war sein Gesichtsausdruck besorgt und verwirrt. Er winkte einige andere herbei.

Auch Matsuo kam näher, um zu sehen, was die Wächter des Kakureta Kao da gebracht hatten. Aber als er sich dem Korb näherte, bemerkte er, wie es ringsum eine Spur dunkler wurde. Oben am Himmel hatte sich ein kleiner schwarzer Punkt gebildet, der rasch größer und größer wurde und sich dabei über den ganzen Himmel ausdehnte; wie ein schwarzer Ölfleck auf glasklarem, ruhigem Wasser. Der Fleck verschluckte die Sonne, und die ganze Ebene versank in Dunkelheit. Wind erhob sich und wurde zu kaltem, steifem, scharfem Sturm, der an seiner Rüstung zerrte. Die Pferde scheuten und wieherten, einige brachen aus. Auch viele der sonst so tapferen Männer flüchteten in wilder Panik und stoben in alle Richtungen davon.

Matsuo blieb in dem immer dunkler werdenden Licht an seinem Platz, der Furcht und der wachsenden Hoffnungslosigkeit trotzend, die jede Faser seines Körpers erfaßt hatte. Was hier auch immer geschah, die Ursache mußte das Etwas in dem Korb, in dem Flechtsarg sein. Vielleicht konnte er diesen Alptraum beenden, wenn er es zu fassen bekam.

Doch der Wind wurde immer noch heftiger und riß ihn um. Er kroch auf den Korb zu und hoffte verzweifelt, ihn noch vor der völligen Finsternis zu erreichen, in der er ihn nicht mehr würde sehen können. Er bemerkte, daß das Gras um ihn herum völlig still war. Er kämpfte gegen einen Sturmwind von der Macht eines Hurrikans an — und trotzdem bewegte sich kein Grashalm! Doch etwas anderes geschah mit dem Gras. Es starb ab, welkte, wurde braun — binnen weniger Sekunden . . .

Der Wind heulte ihm in den Ohren und fegte selbst durch seine Seele, während schließlich die völlige Finsternis fiel. *Es gibt keine Hoffnung mehr.* Er konnte nicht einmal die Hand vor Augen erkennen. Er zog den kurzen *wakizashi* aus der Scheide und richtete sich mühsam auf den Knien auf. *Hat keinen Sinn.* Er suchte den Punkt über seinem Leib. *Überhaupt keinen Sinn.* Er . . .

. . . erwachte zitternd und schweißgebadet.

Der Traum war wieder da! Und er war schlimmer als alle, die ihn früher gequält hatten! Diese Verzweiflung, diese Hoffnungslosigkeit! Er blickte auf seine Hand und sah, wie der Mondschein, der durch das Fenster fiel, auf der blanken Klinge des *wakizashi* glitzerte. Langsam und vorsichtig schob er die Klinge in die Scheide zurück.

Der Schwarze Wind! Der Wind, der die Bäume nicht beugt! Ich habe den Schwarzen Wind gesehen! Es ist wahrhaftig geschehen!

Er versuchte sich zu beruhigen und strich begütigend über die *daisho.* Diese Klingen hier waren dabeigewesen! Sie waren über die Jahrhunderte weitergereicht worden bis zu Nagata, und jetzt zu ihm! Warum? Was hatte das zu bedeuten? Warum ausgerechnet er?

Eine Unzahl Fragen. Doch keine so bohrend wie die, die ihn Tag und Nacht quälen würde, so lange, bis er die Antwort wußte: Was war in dem schwarzen Flechtkorb gewesen?

JULI

SAGAMI-BUCHT

»Glaubst du, Hiroki hat mich vergessen?«

Matsuo starrte Meiko an. Sie saß auf der Planke vor der Mittelkabine. Sie trug einen kniekurzen rosafarbenen Kimono und hatte sich ein dazu passendes Tuch um den Kopf gebunden, damit der Wind ihr Haar nicht zu sehr zerzauste. Allerdings herrschte fast Flaute. Die dünne Brise reichte kaum aus, das einzige Dreiecksegel des kleinen Dinghis zu blähen und das Boot über die stillen Wasser der Bucht zu treiben.

Er lehnte sich an die Querstange und hatte die rechte Hand am Ruder. Er hielt das Boot ganz unbewußt im vollen Wind der leichten, östlichen Brise vom Hafen her.

»Du bist sehr schön«, sagte er.

Meiko lächelte und senkte den Kopf. »Das war nicht meine Frage.«

Er sagte: »Die Antwort ist Ja. Ja, ich glaube, er hat dich vergessen. Momentan jedenfalls. Doch früher oder später wird er sich wieder an dich erinnern.«

Meikos Lächeln verschwand. Sie blickte hinüber zum Land. Matsuo wußte, was sie dachte. Ihr Vater war mittlerweile fast vollständig wiederhergestellt. Er sprach zwar leicht schleppend und brauchte nach wie vor einen Stock zum Gehen, doch im großen und ganzen war er wieder imstande, ohne Hilfe auszukommen. Er konnte auch längst wieder an den Zusammenkünften des *Tosei-ha* teilnehmen. Meiko konnte keine weiteren Verzögerungsgründe für die Hochzeit mehr vorbringen, wenn Hiroki wieder kam und ein Datum festgelegt haben wollte.

Möge der Tag nie kommen, dachte Matsuo.

Hirokis hektische Aktivität von einer Sitzung und Versammlung zur anderen in den anderthalb Jahren seit dem Militärputsch hatte ihn so in Atem gehalten, daß er ganz offensichtlich keine Zeit gehabt hatte, sich um so etwas wie seine Hochzeit zu kümmern.

Er sprach aus, was er für einen aufmunternden Gedanken hielt. »Und selbst dann kann es gut sein, daß es noch einmal sehr lange dauert, bis der Gedanke an eine Heirat wieder in seinem Kopf Platz findet.«

Meiko ließ ihre Hand ins Wasser hängen. Sie schwieg.

Ja, es mochte tatsächlich noch lange dauern, bis diese ganze hektische Aktivität um Matsuos Vater und Bruder sich wieder legte. Es war so unglaublich viel passiert. Und passierte noch immer. Koki Hirotas Regierung hatte sich nur ein knappes Jahr an der Macht halten können. Mittlerweile war Prinz Konoye Premierminister, doch er war nicht fähig, die Militaristen zu zügeln. Selbst jetzt hatten die japanischen Truppen in China pausenlos Scharmützel mit Tschiangkaischeks Garnisonen in Wanping und an der Marco-Polo-Brücke vor Peking.

Matsuo blickte zur Küste, die jetzt schon weit hinter ihnen lag. Die Badenden am Ufer waren kaum noch zu erkennen, und die benachbarten Häuser Okumo und Mazaki waren nur noch kleine Punkte am Berg. Sogar jetzt, an diesem sonnigen Sonntagnachmittag, tagte im Hause Mazaki eine *Tosei-ha*-Versammlung, um zu beraten, wie man die Lage in China zum Vorteil wenden könne.

Er wandte sich wieder Meiko zu und wärmte sich an ihrem Anblick. Sie hatte das Kinn auf den Arm gelegt; dieser ruhte auf der Schandeckplanke. Sie blickte sinnend auf das glitzernde Wasser hinaus. Sie war alles, was er vom Leben begehrte. Die *Tosei-ha* konnte ihm nichts bieten. Alles, was er sich wünschte, befand sich hier bei ihm in diesem kleinen Boot.

Sollen sie doch planen und intrigieren. Ich bin, wo ich sein möchte.

Hiroki stand am Ende des Gartens und blickte hinab auf die weite, ruhig daliegende Sagami-Bucht. Hinter ihm saßen sein Vater, Toyoma und die anderen Mitglieder des *Tosei-ha* beim Haus an einem Tisch. Rechts von ihm hörte er in der Küche das Geschnatter und Geplapper des Personals des Hauses Mazaki, das mit dem Abräumen und Abwaschen nach dem Essen beschäftigt war. Die Bucht unten war voller weißer Segel — nur winzige Konfetti auf der großen, weiten Wasserfläche. Auch Meiko war irgendwo da unten. Zusammen mit seinem Bruder. Waren ziemlich viel zusammen, die beiden. Er wunderte sich etwas, daß ihm das nicht mehr ausmachte. Nun, vielleicht, weil er sie ja schon oft beobachtet hatte, wenn sie zusammenkamen, und sie sich immer nur wie gute alte Freunde benommen hatten. Wie Bruder und Schwester fast. Aber kaum wie ein heimliches Liebespaar.

Es war ihm klar, daß es ihm mehr ausmachen sollte. Sein Bruder und seine künftige Frau hatten etwas miteinander gemeinsam, von dem er ausgeschlossen war. Warum aber war er nicht eifersüchtig?

Weil sie eben mit Matsuo zusammen war. Sein Bruder war schließlich ein ehrenhafter Mann, der voll und ganz seiner Familie ergeben war. Wenn er Meiko mit Matsuo nicht vertrauen konnte, mit wem dann?

Er seufzte. Und wenn er ganz ehrlich war, war es ihm sogar ganz recht, daß Matsuo sich um Meiko kümmerte. Es geschah so unglaublich viel in letzter Zeit. Und diese schnelle gegenwärtige Entwicklung der Dinge konnte ja nicht deshalb zum Stillstand kommen, damit er Zeit bekam, mal schnell zu heiraten. Im Augenblick war eine Hochzeit alles andere als das, was man im Kopf haben konnte und durfte.

Aber vielleicht wäre es doch besser, das Thema bei Meiko mal wieder anzuschneiden. Vielleicht endlich ein Datum festsetzen. Nächstes Frühjahr. Vielleicht hatte sich bis dahin alles andere erledigt.

Er würde sie fragen, ja. Bald. Nicht heute. Morgen vielleicht. Aber spätestens nächste Woche.

Das Geplapper des Personals lenkte ihn kurz ab. Der neue grüne Kimono der Hausherrin mußte umgetauscht werden, wußten sie zu bereden. Seit der Anprobe hatte sich ihre Größe geändert. Er schüttelte lächelnd den Kopf.

In einem Haus mit zu viel Personal gab es nicht das kleinste Geheimnis mehr.

Ehe er wieder zu den anderen und damit zur chinesischen Frage zurückkehrte, warf er noch einmal einen Blick hinunter in die Bucht und fragte sich, in welchem der kleinen weißen Konfettipunkte wohl Meiko und Matsuo waren.

Meiko spürte, daß Matsuo sie beobachtete. Sie beobachtete ihn ihrerseits. Er saß an der Ruderpinne mit seinem losen hellblauen Hemd und den weißen Shorts wie der Kapitän eines Schlachtschiffes.

Sie waren so vertraut miteinander geworden und hatten sich seit der Genesungszeit ihres Vaters nun so häufig gesehen, daß in ihrem Vaterhaus — in Tokio und hier draußen an der Bucht gleichermaßen — niemand mehr seinem regelmäßigen Kommen und Gehen besondere Beachtung schenkte. Und er kam häufig. Jede freie Minute vom Marinegeheimdienst. Er gehörte mittlerweile längst zum Haus — so selbstverständlich wie die *fusama* und *shoji*, die man auf und zu schob, um die Räume zu teilen oder zu vereinen. Und Meiko war dies alles sehr recht.

Trotzdem — so eng ihre Beziehung war, es blieb letztlich ein unübersteigbarer Wall zwischen ihnen. Der Wall des *on*. Auch wenn sie sich gelegentlich einmal an den Händen hielten, war dies nicht mehr als ein kleiner Spalt in dieser Mauer. Und es war ihr klar: Matsuos *on* seinem Bruder ebenso wie ihrem *on* gegenüber, das sie ihrem Vater verpflichtete und der Ehre ihrer Familie, hielten ihn davon ab zu tun, wozu ihn seine Gefühle eigentlich drängten.

»Wir sind allein«, sagte er. Ganz nebenbei, als täte er das jeden Tag, streckte er sein Bein aus und kitzelte ihre Fußsohle ein wenig mit seinem großen Zeh. Eine Welle der Erregung lief ihre Beine hinauf und breitete sich in ihrem Leib aus.

Nach außen lächelte sie und zog ihr Bein zurück. »Keine Verwandten, keine laute Dienerschaft. Nur wir. Das ist sehr angenehm.«

Und diese Gegend! Sie war wie ein Traum. Zu ihrer einen Seite war der rauchende Berg Mihara, zur anderen der wachsame, schneebedeckte Fujiyama und rings um sie her das sanft dünende Wasser. Die Natur schien allein für sie beide ein grandioses Schauspiel vorzuführen.

Dann klang plötzlich Gelächter über das Wasser. Sie hob den Kopf und hielt die Hand über die Augen, bis sie gefunden hatte, woher es kam.

»Da, sieh dort!« sagte sie und deutete nach Osten. »Wir sind doch nicht so ganz allein.«

Kaum hundert Meter entfernt trieb ein kleines Boot an einer Ankerboje. Zwei Köpfe tauchten eben aus dem Wasser auf. Einige graubraune Gegenstände wurden in das Boot geworfen, ehe die beiden Taucher selbst hineinkletterten. Sie waren splitternackt. Eine Frau und ein Mann. Sie blieben nur kurz an Bord, ehe sie wieder ins Wasser sprangen und erneut hinabtauchten.

Meiko richtete sich auf. »Sie sammeln Austern! Sie haben eine Austernbank gefunden!« Sie sah ihn an. »Komm, tauchen wir auch!«

Seine Augen leuchteten auf. »Das wird ein Fest!« Er drehte das Boot in den Wind und ließ den kleinen Dreizackanker hinab.

»Wer als letzter eine heraufbringt, muß sie aufmachen!« rief Meiko.

Er blickte sie an und lächelte. »Du hast nicht die mindeste Chance, zu gewinnen.«

»So?« sagte sie. »So, so, Okumo-san?«

Sie zögerte einen Augenblick. Es war völlig normal und üblich, daß man nackt nach Austern tauchte. Aber sie hatte eine Schamschwelle zu überwinden, sich vor Matsuo zu entkleiden. Es mochte die letzte wankende Barriere zwischen ihnen niederreißen. Nach kurzem Nachdenken entschloß sie sich dazu. Es war ihr egal.

Sollten die *kami* der Bucht und des Bootes entscheiden, was geschah.

Matsuo bekam einen völlig trockenen Mund, als er zusah, wie Meiko ihren Obi löste, ihren Kimono öffnete und auf das Bootsdeck fallen ließ. Einen Augenblick stand sie nur mit einem winzigen Höschen bekleidet vor ihm. Ihre Brüste waren klein, aber fest, die Warzen aufgerichtet. Er sah kurz ihre schmale Taille, den winzigen Nabel, die Buchtung ihrer Hüften, und ihre Haut — ihre Haut war wahrhaftig ohne das kleinste Fältchen. Und schon war sie lachend und winkend mit einem schnellen, sauberen Hechtsprung über Bord und im Wasser.

Er stand in dem sanft schaukelnden Boot und blickte hastig atmend so lange den aufsteigenden Luftblasen und den sich ringförmig ausbreitenden Wellen nach, die ihr Sprung hinterlassen hatte, bis ihm die vom Wind bewegte Segelstange in den Rücken schlug, so daß er fast über Bord fiel. Er erinnerte sich daran, daß er natürlich schon Perlentaucher gesehen hatte, die immer unbekleidet arbeiteten. Aber noch nie hatte er gesehen, hätte er geträumt, erwartet . . .

Mit zitternden Händen entkleidete er sich bis auf seinen *fundoshi*-Lendenschurz und sprang Meiko nach. Als er hinabtauchte, kam ihm etwas Helles aus der Tiefe entgegen. Er kehrte ebenfalls wieder nach oben um.

Meiko hielt sich am Bootsrand fest und lachte, nach Atem ringend. »Wo bleibst du denn?« Das Wasser hatte ihr das Haar an den Kopf geklebt. Sie war schöner denn je.

»Kam ja gerade rein«, sagte er, so nebenbei es ging. »Hast du schon welche?«

»Noch nicht. Aber ich werde welche finden, darauf kannst du dich verlassen!« Und sie holte Atem und tauchte wieder. Er folgte ihr.

Je tiefer sie hinunterkamen, desto kälter und dunkler wurde es. Doch er konnte Meiko noch immer deutlich vor sich sehen. Sie erreichte den Grund zuerst und begann die Felsen abzusuchen. Er faßte seinerseits kurz einen Felsen ins Auge, konnte dann aber den Blick doch nicht von ihren vom Wasser und ihren Bewegungen geschaukelten Brüsten wenden. Ihr Seidenhöschen war im Wasser praktisch durchsichtig geworden und verbarg das dunkle Dreieck zwischen ihren Beinen nicht länger. Er sah, wie sie sich etwas griff und sich dann nach oben abstieß. Er folgte ihr. Seine Lungen — hatte er das Gefühl — platzten fast, und sein Herzschlag ging heftig.

Meiko hielt sich an der obersten Bootsplanke fest und wartete, bis Matsuo kam.

»Ich habe eine!« rief sie, sobald er auftauchte. Sie reckte sie hoch. »Ich bin Siegerin!«

»Laß sehen!« sagte er stirnrunzelnd und kam herbeigeschwommen. »Könnte ja auch nur eine leere Schale sein.«

»Nein, nein, das ist eine, lebend und echt!« sagte sie lachend. »Und eine Perle ist auch drin. Da bin ich ganz sicher!«

Er hielt sich mit einer Hand am Boot fest, und während er die Auster untersuchte, berührte er sie mit seinen wassertretenden Beinen. Und wieder durchlief Meiko eine Hitzewelle wie vom einem Stromschlag. Es war zwar nicht das erste Mal, daß sie ihn am Strand sah. Sie wußte, wie muskulös er gebaut war. Aber nie waren sie einander körperlich so nahe gekommen. Jede Bewegung seiner Muskeln, während er die Auster drehte und wendete, war sichtbar. Sie mußte die Versuchung unterdrücken, mit ihrer Hand diese Muskeln zu fühlen. Als er dann aufsah und sie seine Augen erblickte, fragte sie sich, ob ihr Begehren ebenso offenkundig war wie das seine.

Und plötzlich bekam sie Angst. Bis jetzt war das alles mehr ein Spiel gewesen — das Entkleiden, die körperliche Nähe im Wasser, die nicht mehr so zufälligen Berührungen . . . eine wenn auch verwegene Herausforderung des Schicksals.

»Komm, tauchen wir noch einmal«, sagte sie hastig. »Da unten ist eine ganze Bank.«

Aber er rührte sich nicht. Und sie ebenfalls nicht. Er ließ die Auster einfach zwischen ihnen ins Wasser fallen. Sie sank nach unten, bis sie nicht mehr zu sehen war, Spiralen drehend wie ein Ahornflügel im Frühling.

»Meiko.«

Er legte seine freie Hand auf ihre Schulter. Sie fühlte eine Hitzewelle durch ihre ganze Schulter und ihre Brüste im Wasser schießen. Er zog sie an sich. Als ihre Brustwarzen ihn berührten, explodierte die Hitzewelle in offene Flammen.

Und sie gab nach.

Sie legte selbst ihre Arme um seinen Nacken und preßte sich an ihn.

»Wir dürfen das nicht«, sagte er heiser flüsternd.

Es war ihr klar, daß dies ihrer beider letzte Chance war, innezuhalten. Aber sie sagte nur: »Ich weiß.«

Und dann preßten sich ihre Leiber aneinander, ihre Lippen fanden sich, und sie dachte nicht mehr an letzte Chancen und Innehalten. Sie wollte ihn, ganz und vollständig, und sie wußte, daß er sie ebenso begehrte. Und sonst war jetzt nichts mehr von Bedeutung.

Matsuo verging in Meikos Seufzen, während er seine Lippen in die ihren vergrub. Noch nie hatte er diese Empfindungen gehabt wie nun, diese Wogen von Lust, die ihm ihre sich an ihn pressenden Brüste, Beine und ihr Leib verursachten. Er wollte sie mit beiden Armen umfangen und sie so nahe es nur ging an sich drücken. Aber er mußte die eine Hand am Boot lassen. Er hielt sich an der Planke oben fest und streichelte mit der anderen Hand Meikos Rücken und Seiten. Ein kehliger Stöhnlaut entrang sich ihr, als er dann seine Hand zwischen sie beide schob und ihre Brüste fand. Von dort ließ er seine Finger abwärts und unter das Gummiband ihres Slips gleiten, bis er die dunkle Höhle erreicht hatte. Und er selbst spürte heftige Stromschläge durch seinen Körper zucken, als Meiko nach unten griff und seinen *fundoshi* zu lösen begann. Er schüttelte sich von ihm frei, während er gleichzeitig ihren Slip wegzog.

Und dann spürte er, wie sie ihre Arme und Beine wie Klammern um ihn legte. Sie spannte sich heftig an und schrie zweimal leise, als er sanft in sie eindrang. Danach drehte er sich und hielt sich mit beiden Händen an der Bootsplanke fest, während Meiko zwischen ihm und dem Boot wie eine Klette hing, den Kopf mit geschlossenen Augen zurückgeworfen, den Atem zwischen den zusammengebissenen Zähnen hervorpressend, während sie sich rhytmisch zu bewegen begann. Er selbst schloß ebenfalls die Augen und ließ die Sone, das Wasser, den Himmel und das Boot davonfließen, bis nur noch er und Meiko existierten. Er spürte, wie sich eine gewaltige Explosion in ihm anstaute. Meiko versteifte sich und beugte sich im Hohlkreuz nach hinten. Ihre Beine klammerten sich nur noch heftiger um ihn. Wie ein Schraubstock aus Samt. Und dann stieß sie einen plötzlichen Schrei aus und preßte ihre Lippen in die seinen. Und er explodierte in ihr.

Und nur ganz allmählich kehrte die Welt zurück.

»Sag doch etwas, Matsuo«, sagte sie.

Sie lag befriedigt und bequem in seinem Arm, während er das Boot zum Land zurücksteuerte. Er war völlig schweigsam gewesen, seit sie wieder ins Boot geklettert waren. Ihr Höschen und sein *fundoshi* waren fort, auf dem Grund der Bucht vermutlich, und darum waren sie nackt unter ihren Kleidern. Meiko fröstelte ein wenig. Die Luft war zwar warm, aber nach der Hitze ihre Liebesakts schien sie doch kühl zu sein.

Was dachte er? Bereute er, was geschehen war? Sie war sich nicht einmal ihrer eigenen Gefühle sicher. Freude und Betrübnis wechselten sich ab. Die Freude, daß sie, selbst wenn sie ihr ganzes restliches Leben mit Hiroki verbringen mußte, diesen Tag für immer in ihrer Erinnerung behalten konnte. Und die Betrübnis darüber, daß sie diese Lust von heute in eben allen diesen kommenden Jahren vermissen würde.

Aber Matsuo . . . er lebte nach so strengen Grundsätzen. Empfand er ebenso gemischte Gefühle? Oder beherrschte ihn allein das Schuldgefühl? Haßte er sie jetzt? Hatte er das Gefühl, verführt, zum Betrug seines eigenen Bruders verleitet worden zu sein? Und daß dies eben allein ihre Schuld war? Wenn er nur etwas sagte!

»Habe ich dich verführt?« fragte sie.

Und er nickte schwer.

Das ist nicht fair! wollte sie sagen, beherrschte sich jedoch. War es tatsächlich so gewesen? Schon in ihrem Unterbewußtsein? Als sie ihren Kimono abgelegt und sich ihm nackt gezeigt hatte?

»Ist das wirklich deine Meinung?«

Er nickte wieder, aber nun lächelte er dazu. »Ja, gewiß, du hast mich verführt. Aber nicht erst heute. Im Januar waren es bereits zehn Jahre. Beim *Hatsu-U-Mode*-Fest.«

Ihre Erleichterung war groß. Ihre Hand lag auf seinem Leib. Sie schob sie ein wenig nach unten über seine Shorts. Durch den weißen Stoff fühlte sie, wie es unter ihren Fingern anschwoll und hart wurde.

Es ist ein Wunder, dachte sie und massierte ihn sanft. Sie hatte zwar heimlich schon all die Jahre in den Kissenbüchern ihrer Eltern gelesen, doch bis heute noch nie einen Mann berührt. Und es war alles so neu. *Wie ein Wunder.*

Pochende Lust überkam Matsuo, Hitze in den Lenden, wo Meiko ihn liebkoste. Es breitete sich über seinen ganzen Körper aus. Es gab nur eine Erklärung für seine Gefühle: Er war ertrunken und wurde nun in den Himmel hinaufgetragen. Er erinnerte sich nicht an das Ertrinken, aber er wußte, daß man sich so wie er jetzt nur im Himmel fühlen konnte.

Ich müßte mich selbst hassen.

Seit sie ins Boot zurückgeklettert waren, wartete er darauf, daß ihn der Abscheu vor sich selbst überkäme. Er hatte sich doch geschworen, Meiko immer nur aus der Ferne zu lieben und sich damit zufriedenzugeben. Und nun hatte er dieses Gelübde gebrochen. Er hatte das Vertrauen seines Bruders mißbraucht. Er hatte die Ehre seiner ganzen Familie befleckt, indem er seines Bruders Braut defloriert hatte.

Er fühlte sich schuldig, ja. Doch es gelang ihm nicht, sich selbst zu verabscheuen. Gut, er konnte diesen Nachmittag vielleicht vor sich selbst mit dem Argument rechtfertigen, daß Hiroki sich eigentlich längst des Rechts auf Meiko begeben habe — durch seine ständigen Besuche bei Prostituierten und die Inanspruchnahme ihrer einigermaßen ungewöhnlichen Dienste ebenso wie dadurch, daß er zahllose Gelegenheiten, ein neues Hochzeitsdatum festzusetzen, ungenutzt hatte verstreichen lassen. Doch tatsächlich verspürte er zu seiner Überraschung keinerlei Bedürfnis für ethische oder moralische Klimmzüge zur Wahrung seines Gesichts.

Weil er Meiko liebte. Er liebte sie mehr als jede andere Frau auf der Welt. Und noch mehr war doch, falls überhaupt möglich, auch gar nicht nötig. Er schob seine freie Hand seinerseits innen an Meikos Schenkel hinauf, bis er ihre Feuchtigkeit spürte. Sie erschauerte und zog das Knie etwas an, um seinen Fingern Platz zu schaffen.

Als sie den Anlegeplatz des Hauses am Ufer erreichten, waren sie beide bereits wieder atemlos vor Verlangen. Matsuo zog das Boot auf den Sand und löste das Hauptsegel. Ohne noch darauf zu warten, daß es ganz gefallen war, faßte er Meiko an der Hand und zog sie eiligst den Berg hinauf mit sich, und sie ließ es geschehen. Er lief mit ihr zu der *ten-tami*-Gartenhütte, die Nagata immer als Unterkunft gedient hatte, wenn die Familie hier an der Bucht weilte. Seit Nagatas Tod stand sie leer.

Er riß die Tür auf, sie stürzten sich förmlich hinein. Es war heiß und stickig, doch er merkte es kaum. Die Tür war noch nicht ganz zu, als er sie bereits im Arm hatte und sie küßte. Fiebrig entkleideten sie einander, zerrissen sich die Kleider fast in der Ungeduld und der Eile und der Erwartung. Ein Windstoß stieß die Tür noch einmal auf. Als Matsuo sie wieder schloß, sah er draußen auf dem Gehweg ganz kurz jemanden hinter den Büschen stehen. Es ging jedoch zu schnell, um zu erkennen, wer es war. Der Türriegel schnappte hörbar ein, und Matsuo vergaß alles andere, weil Meiko sich bereits an ihn drängte und ihre Lippen die seinen suchten.

Hiroki war auf dem Weg zum Ende des Gartens hinab und blickte noch einmal auf die Bucht hinaus. Die Besucher waren fort. Hinter ihm begann die Sonne bereits zum Horizont zu sinken. Der Strand unten war noch immer sehr belebt. Auf dem Sand stand ein Dinghi. Es sah wie das Familienboot aus, doch Meiko und Matsuo waren nirgends zu sehen.

Als er suchend über die Bucht blickte, bemerkte er, wie drüben in den Personalräumen schlagartig Stille eintrat. Das übliche Geschnatter war plötzlich erstorben, nur eine einzige männliche Stimme sprach. Verblüfft erkannte er sie als die Stimme Chos. Was hatte der Personalleiter des Hauses Okumo dem Personal des Hauses Mazaki so Wichtiges mitzuteilen, daß dieses so interessiert lauschte? Er näherte sich vorsichtig.

Als er die entscheidenden Worte verstanden hatte, hatte er das Gefühl, der Boden unter seinen Füßen würde nachgeben. *Matsuo und Meiko . . . nackt . . . zusammen.* Zorn durchraste ihn wie ein wilder Aufschrei. Er wandte sich um und rannte den Weg zum Familienhaus entlang. Sollte das die Wahrheit sein — und mit einer schrecklichen, verzweifelten Sicherheit wußte er, daß es die Wahrheit war —, brachte er Matsuo um! Die ganze Zeit unter einer Decke mit ihr! Während ihm nicht einmal erlaubt war, sie zu berühren! *Ich bringe ihn um!*

Dann sah er Matsuos wirbelnde Fäuste vor sich, an dem Tag, als die Putschisten ins Haus gekommen waren und Matsuo ihrem Vater das Leben gerettet hatte. Er blieb stehen. Er war sich zwar sicher, daß Matsuo zu beschämt sein würde, sich zu verteidigen. Wenn er es aber doch tat?

In den Tumult seiner aufgebrachten Gefühle begann sich die Warnung zur

Vorsicht zu mischen. Er versuchte, seine Selbstkontrolle wiederzugewinnen. Selbst wenn er Matsuo tötete — und Meiko mit ihm! — *Ich will meine Finger um ihre Kehle spüren!* —, verletzte er damit nur seinen Vater aufs tiefste und brachte Gerede und Schande über die Familie.

Der Vater mußte es mit eigenen Augen ebenfalls sehen! Wenn er jetzt allein hinging und die beiden überraschte, mußte er die Demütigung auch allein tragen und verkraften. War sein Vater an seiner Seite, dann war die weitaus größere Demütigung bei Matsuo!

Er kehrte um und stürmte hinauf zu seinem Vater, der noch bei Mazaki saß.

»Oh, Matsuo«, sagte Meiko, als sie nebeneinander auf dem harten Holzboden lagen, und strich mit dem Finger seine Gesichtslinie entlang. Das zweite Mal war noch wunderschöner gewesen als das erste Mal. Sie fühlte sich völlig im Frieden mit der ganzen Welt. »Wie kann dies schlecht sein?«

»Sprechen wir nicht davon«, sagte er. »Wir wollen einfach nur hier liegen bleiben und es genießen, solange es noch dauert. Denn gleich danach müssen wir nach Hause gehen und wieder so tun, als sei nichts geschehen.«

»Das wird am schwersten sein, nicht wahr?«

Er nickte ernst. »Es scheint mir fast unmöglich«, sagte sie. »Ich kann mir nicht denken, wie ich es ertragen soll, in deiner Nähe zu sein, dich zu sehen und so zu tun, als gäbe es nichts zwischen uns außer Freundschaft. Werden wir das können?«

»Wir müssen.«

»Für immer?«

»Ich kann mir gar nicht vorstellen, für immer von dir getrennt zu sein.«

»Was machen wir dann?«

Noch ehe Matsuo antworten konnte, hörten sie draußen Schritte. Er griff noch nach ihren Kleidern, als die Tür aufflog und das Tageslicht auf sie fiel.

Es stimmt also!

Hiroki merkte, wie ihm schwindlig wurde, als er und sein Vater durch die aufgestoßene Tür auf Matsuo und Meiko starrten, die auf dem Boden der Gartenhütte lagen. Er sah ihrer beider Nacktheit, die Schwellung von Meikos Brüsten, das dunkle Dreieck zwischen ihren Beinen und das nasse Glänzen auf ihren Schenkeln. Er sah den Schock in beider Gesicht, während sie sich hastig zu bedecken suchten.

Hiroki wollte schreien, sich auf sie stürzen und beide erwürgen. Betrogen! Vom eigenen Bruder zum Narren gemacht! Blinde Wut staute sich in ihm auf und — wagte er es sich in diesem Moment einzugestehen? — auch Begierde und Lust. Der unvermutete Anblick von Meiko in ihrer Nacktheit erregte ihn so heftig und schlagartig, daß er nicht wußte, was er lieber tat. Sie erwürgen oder vergewaltigen. Wenn nicht beides.

Er ging auf sie zu, doch sein Vater hielt ihn, den Arm hebend, zurück.

»Zieht euch an«, sagte er ganz ruhig. »Wir warten draußen auf euch.« Er zog die Tür zu und blickte Hiroki an. »Du tust mir sehr leid, mein Sohn, aber wir müssen die Ruhe bewahren.«

»Sie sollte doch meine Frau werden!« sagte Hiroki und beherrschte sich nur mühsam, nicht zu schreien. »Das ist unerträglich!« Wie konnte sein Vater, nach dem, was sie beide soeben gesehen hatten, so ruhig bleiben?

»Die Heirat ist natürlich jetzt unmöglich, das ist klar. Aber woher wußtest du denn . . .?«

»Ich habe zufällig mitgehört, als ich im Garten drüben war, wie Cho es dem Personal von Mazaki erzählt hat.«

Die Dienerschaft! Sogar die Dienerschaft weiß es! schrie sich Hiroki innerlich selbst zu. Er war ihr Gespött! Wie konnte er jetzt noch sein Gesicht wahren?

»Es tut mir in der Seele weh, Hiroki«, sagte sein Vater. »Doch man kann nichts mehr ungeschehen machen. Wir müssen also den besten Weg finden, damit fertig zu werden. Was wir auch tun, wir dürfen uns durch derlei Dinge nicht von unseren wirklichen und großen Zielen abbringen lassen! Versuche, dich zu beruhigen.«

Hiroki mahlte mit den Zähnen und schwieg.

Wie lange ging das schon?

Matsuo und Meiko, sein Bruder und seine Braut! Wie konnten sie ihm das antun? Wie konnten sie ihn derart hintergehen und demütigen? Wie konnten sie ihm so etwas antun?

Wie lange bin ich schon der Narr?

Dies konnte nicht vergeben und vergessen werden! Dies ließ sich nicht einfach vor die Tür kehren. Dies konnte man nicht einfach auf sich beruhen lassen. Dafür mußte bezahlt werden. Diese Rechnung mußte beglichen werden. Irgendwie.

Sein Vater hatte ihn aufgefordert, die Ruhe zu bewahren. Also beherrschte er sich. Er ließ seine Betrübnis und seinen Zorn erstarren.

Zu hartem Eis.

»Was tun wir jetzt?«

Meiko band ihren Kimono eng zu. So heiß es in der Hütte war, jetzt fror sie. Matsuo hatte seine Shorts bereits übergestreift und zwängte sich in sein Hemd. Sein Gesicht war grimmig entschlossen, wie Meiko selbst im Halbdunkel der Hütte erkennen konnte.

»Wir tun, was wir tun müssen. Ich sehe keine Wahl für uns. Wir gehen jetzt hinaus und stellen uns der Musik, wie die Amerikaner bekanntlich sagen. Danach gehst du nach Hause zurück, und ich . . .«

Sie wartete, aber er sprach nicht weiter. Plötzlich hatte sie Angst. »Was wirst du?«

»Ich kann nicht ehrenhaft weiterleben, nachdem ich solche Schande über meine Familie gebracht habe . . .« Seine Stimme erstarb.

»Du denkst doch nicht etwa an . . .?« Das Wort *seppuku* wollte nicht über ihre Lippen.

Er wandte sich ab.

Meiko hielt sich erschrocken beide Hände vor den Mund. Der Gedanke, daß Matsuo sich den eigenen Leib aufschlitze, verursachte ihr einen plötzlichen Brechreiz.

»Nein!«

Er stand auf.

»Was bleibt mir sonst übrig?«

»Das kannst du nicht tun!« sagte sie, stellte sich vor ihn und umschlang ihn mit ihren Armen. »Du bist kein Samurai! Du bist nicht verpflichtet, deinem *daimyo* Genugtuung zu geben! Das ist eine Familienangelegenheit!«

Er führte sie zur Tür.

»Matsuo, sag etwas!«

Er sagte nichts. Er öffnete die Tür, und im einfallenden Licht sah sie sein versteinertes Gesicht. Sie wollte schreien, bis sie sah, wie Hiroki und sein Vater mit denselben versteinerten Gesichtern ihr entgegenblickten. Die erbarmungslose Anklage in ihren Blicken ließ ihr die Knie weich werden. Sie fühlte sich ausgesetzt und schmutzig wie irgendeine schleimige, ins ungewohnte grelle Licht blinzelnde Kreatur, die man unter einem Felsen hervorgezerrt und nackt und bloß vor sich hat und anstarrt. Scham und plötzlicher Abscheu überkamen sie. Sie rannte schluchzend davon und nach Hause.

Matsuo spürte, was Meiko empfand, und hatte das Verlangen, ihr nachzulaufen. Doch das hieße, ein Gefühl zu zeigen, dessen er nicht mehr würdig war. Er mußte sich jetzt seinem Vater und seinem Bruder stellen. Er verbeugte sich vor beiden. Er sah seines Vaters unbewegte Augen — obgleich er eine Spur von Schmerz und Trauer in ihnen zu erkennen glaubte. Doch ansonsten verbarg er seine wahren Empfindungen und Gefühle völlig.

Ganz anders Hiroki. Obwohl auch er üblicherweise doch geschult darin war, seine Gefühle niemals zu zeigen, war nun unübersehbar, daß ihn der kalte Zorn beherrschte.

Matsuo war völlig klar, daß er nicht allein nach allen Regeln und Üblichkeiten Schande über sich und seine Familie gebracht, sondern darüber hinaus auch für immer und ewig die Beziehung zu seinem Bruder zerstört hatte.

Es blieb ihm nur ein einziger ehrenhafter Weg.

»Wenn ihr auf mich warten wollt«, sagte er, ehe einer der beiden den Mund aufmachen konnte, »komme ich sogleich mit den Dingen wieder, mit denen diese Angelegenheit bereinigt werden wird.«

Ohne auf eine Antwort zu warten, eilte er davon in sein Zimmer. Dort ging er direkt zu den Regalen mit Nagatas *daisho* und nahm beide Schwerter von dem *katana-kake.* Er hielt sie, in jeder Hand eines, und spürte die Kraft ihres früheren Besitzers in sich einfließen.

Helft mir, stark zu sein! flehte er die beiden Schwerter stumm an. Er schauderte. Hatte er den Mut? Konnte er es wirklich tun? Wenn nicht, würde das seine Entehrung noch vergrößern.

Auf dem Weg zurück traf er direkt vor dem Haus auf seinen Vater und seinen Bruder.

»Dacht' ich's mir doch, daß du das im Sinn hast!« sagte sein Vater streng. »Ich verbiete es dir!«

»Aber Vater . . .«

»Gib sie mir!« forderte sein Vater und streckte gebieterisch die Hand aus.

Verstand er denn nicht? Während Matsuo zögerte, trat sein Vater noch einen Schritt näher auf ihn zu, noch immer mit fordernd ausgestreckter Hand. Mit einer Mischung aus Zögern und Erleichterung händigte er ihm die Schwerter aus. Doch der sofortige abfällige und enttäuschte Blick Hirokis schmerzte mindestens so sehr, wie es die Klingen in seinem Leib getan hätten — glaubte er.

»Du wirst keinen Gedanken an *seppuku* mehr verschwenden«, sagte sein Vater. »Diese Angelegenheit erfordert kein derartiges Drama.«

»Vater«, sagte er, verbeugte sich und verfluchte die Erleichterung, die er durch sich strömen fühlte, »ich habe die Familie entehrt.«

»Das stimmt. Dein Betragen war beschämend. Aber zum Glück ist dies eine private Angelegenheit zwischen zwei Familien. Die Familie Mazaki ist jedoch davon genauso betroffen, denn deren Tochter ist nicht weniger schuldig als du, mein Sohn.«

Matsuo verbeugte sich noch einmal, sprachlos vor Dankbarkeit, daß sein Vater in diesem Meer von Dunkelheit noch einen Lichtstrahl fand.

»Wir müssen also die Tatsache in Betracht ziehen, daß sie, obwohl mit deinem Bruder verlobt, immerhin noch nicht seine Frau ist. Wäre sie das schon gewesen, wäre dein Fehltritt in der Tat unverzeihlich gewesen. Ich bin vollkommen davon überzeugt, daß du dich niemals mit deines Bruders Ehefrau vergessen hättest und daß . . .« Er seufzte. Er schien an dieser Stelle mit einem Blick auf Hiroki zu zögern. ». . . und daß es auch nie geschehen wäre, wäre die Hochzeit nicht so lange hinausgeschoben worden.«

Matsuo verbeugte sich erneut. Das Mitgefühl und die Weisheit seines Vaters bewegten ihn. Aber er spürte doch auch den verborgenen Schmerz in seiner Stimme.

»Gleichwohl mildern all diese Umstände die Entehrung deiner Familie nur. Nicht annähernd machen sie die Verletzung gegenstandslos, die du deinem Bruder zugefügt hast.«

Dies war Matsuo nur allzu klar. Er war nicht imstande, seinem Bruder in die Augen zu sehen.

Hiroki traute seinen Ohren nicht. Was sagte sein Vater da alles? Wieso relativierte er Matsuos Schuld? Ließ sogar anklingen, er selbst trage einen Teil der Schuld an der Schande seines Bruders? Heißer Zorn stieg in ihm auf. Die Ungerechtigkeit der Verteidigung Matsuos durch seinen Vater, dieser nur allzu deutliche Versuch, des jüngeren Bruders Status in der Familie auf seine, Hirokis Kosten zu bewahren, verstärkten nur noch den Druck, den er zunehmend in sich verspürte. Doch er war nicht imstande, auch nur ein Wort zu sagen.

Ihr Vater sprach weiter: »Und noch einen Grund gibt es, warum du jeden Gedanken an *seppuku* aus deinem Kopf verbannen mußt. Einen alles überragenden Grund!« Er machte eine Pause, ehe er sagte: *»Chu.«*

Hiroki sah den verständnislosen Blick auf Matsuos Gesicht. Er konnte nur ein Spiegelbild seines eigenen Gesichtsausdrucks sein.

»Du besitzt besondere Kenntnisse, die für den Tenno in Zukunft von vitaler Wichtigkeit sein könnten. In naher Zukunft! Wir haben aus Tokio erfahren, daß morgen früh ein Ultimatum an die chinesische Garnison in Peking ergehen wird, das Gebiet zu räumen. Wenn sie sich weigern, es zu befolgen — und daran kann meines Erachtens keinerlei Zweifel bestehen —, wird Japan China den Krieg erklären. Wenn das geschehen ist, besteht kein Zweifel, daß England und Amerika das nicht einfach hinnehmen können.«

Hiroki sah, wie sein Vater die Hand sanft auf Matsuos Schulter legte. Es war eine Geste, die er wie eine Ohrfeige empfand. Er hätte am liebsten laut geschrien: *Ich bin doch schließlich derjenige, der in seiner Ehre gekränkt wurde! Er ist doch derjenige, der sich vergangen hat! Warum bekommt er diese Geste der Zuneigung?*

»Und das ist dann der Zeitpunkt«, sprach sein Vater jedoch bereits weiter, »wo deine Erfahrungen in Amerika sich auszuzahlen beginnen werden. Jetzt und im kommenden Jahr wird der Tenno über den Kaiserlichen Rat immer öfter dein Wissen in Anspruch nehmen. Du darfst ihm deine besonderen Kenntnisse deshalb nicht durch einen so undankbaren Akt wie den *seppuku* vorenthalten. Dein Tenno braucht dich. Du mußt für ihn da sein. Es ist deine *chu!«*

Hiroki wurde speiübel, als er nun auch noch hören mußte, von welch unschätzbarem Wert Matsuo für den Tenno sei. Alles, was er bisher von seinem Bruder über die Vereinigten Staaten gehört hatte, waren zaghafte Worte der Vorsicht! Sollte dies vielleicht alles sein, was Japan von Matsuo Okumos angeblich so unschätzbaren amerikanischen Erfahrungen hatte? Wenn das so war, dann war Japan besser daran, wenn er *seppuku* verübte!

Und er würde mit Freuden als seines lieben Bruders Sekundant dabei assistieren, dessen Aufgabe war, ihm den Kopf abzuschlagen, sobald er sich den Bauch aufgeschlitzt hatte.

Meiko lehnte heftig keuchend an der Hauswand. Sie versuchte, wieder zu Atem zu kommen, aber es ging nicht. Sie mußte ihre Fassung wiedergewinnen. Sie konnte in diesem Zustand unmöglich das Haus betreten. Sie mußte erst wieder ganz ruhig sein.

Was nun? Wie sollte sie es ihrem Vater beibringen, ohne einen Rückschlag in seiner Genesung zu verursachen? Aber er mußte es von ihr erfahren, noch ehe Hirokis Vater zu ihm kam. Nur wie? Wie sollten ihr diese Worte über die Lippen kommen? Vielleicht konnte sie sich ihrer Mutter anvertrauen? Die würde zwar erst jammern und wehklagen, konnte aber dann sicher behilflich sein.

Doch so sehr sie auch ihrer Familie wegen besorgt war, die Angst um Matsuo überschattete alles. Sein Blick, als sie ihn verlassen hatte . . . ohne Zweifel würde er, wenn ihn niemand davon abhielt, *seppuku* verüben.

Sie richtete sich von der Mauer auf, die noch immer warm von der Sonne war. Sie mußte wissen, was mit Matsuo geschah, ob er in Sicherheit und am Leben war, ehe sie nur daran denken konnte, sich um andere Dinge zu kümmern.

Kikou von der Dienerschaft kam eben zum Haus. Meiko rief sie zu sich. »Geh hinüber zum Haus der Okumo und versuche den jüngeren Okumo-san zu finden.«

Kikous Augen wurden groß. Niemals wäre Meiko bisher etwas dergleichen zu sagen eingefallen! Aber jetzt war ja wohl nichts mehr zu verbergen.

»Du brauchst nichts zu sagen. Stelle lediglich fest, ob er wohlauf ist, und komme dann sofort wieder zu mir. Ich warte hier.«

»Ich kann nur hoffen, daß dir dein Bruder eines Tages vergeben wird«, sagte Matsuos Vater. »Man kann es natürlich nicht so rasch von ihm verlangen und erwarten. Aber ich hege zuversichtlich die Erwartung, daß es euch beiden irgendwann möglich sein wird, den heutigen Tag zu vergessen und zu begraben und euch wieder brüderlich in Liebe und Vertrauen zugeneigt zu sein.«

Matsuo warf einen kurzen Blick auf Hiroki. Doch in dessen Gesicht war nur steinerner, kalter Zorn. Er drehte sich nun auch wortlos um und ging ins Haus.

»Ich befürchte allerdings«, fuhr der Vater leise fort, indem er Hiroki nachblickte, »daß du ihm eine Wunde zugefügt hast, die nie mehr verheilen wird.« Er wandte sich mit todernstem Gesicht wieder Matsuo zu. »Und auch mir, mein Sohn, hast du eine schlimme Wunde zugefügt. Niemals hätte ich im Traum gedacht, daß du mich derart enttäuschen würdest.«

Seine Worte schmerzten Matsuo fast so sehr wie ein *wakizashi*.

Cho kam auf des Vaters Ruf herbeigelaufen. Matsuo sah zu, wie ihm dieser seine Schwerter übergab, mit dem Auftrag, sie an ihren Platz zurückzubringen. Dann ging auch er davon und ließ Matsuo mit Cho allein.

Der Diener hielt die Schwerter in den Händen und sank vor Matsuo in die Knie.

»Es ist alles meine Schuld, Okumo-san«, sagte er schluchzend.

»Was meinst du damit?« fragte Matsuo, voll Zorn darüber, daß bereits die Dienerschaft wußte, was vorgefallen war.

»Ich habe Sie und Fräulein Mazaki gesehen. Und ich habe es den anderen Dienern erzählt. Das muß Ihr Bruder mitgehört haben. Es ist alles meine Schuld! Sie können mir die Zunge abschneiden, wenn Sie wollen!«

Einen Augenblick lang war Matsuo versucht, ihm recht zu geben. Dann sah er die Tränen im Gesicht des alten Mannes. Er klopfte ihm begütigend auf die zuckende Schulter.

»Nein, nein, Cho, es ist ganz allein meine Schuld.«

Cho schien dies freilich gar nicht zu hören. Er erhob sich stumm und trug die Schwerter ins Haus. Matsuo blickte hinauf in den wolkenlosen Himmel. Der Tag hatte vielversprechend begonnen. Er war überwältigend geworden. Und endete nun mit einer Tragödie. Warum? Warum mußte dies passieren?

Und Meiko. Was mochte sie jetzt durchmachen? Er war drauf und dran, zu ihr zu gehen, und bezwang sich nur mühsam. Er mußte ihr jetzt fernbleiben; selbst wenn sie einander jetzt mehr brauchten als je zuvor — und sei es nur, um einander zu trösten.

Ein überraschter Schrei schreckte ihn hoch. Er fuhr herum. Der Lärm schien aus dem Haus zu kommen. Er lief hinein. Kazuko stand dort im Flur und hielt sich die Hand mit gespreizten Fingern vor das Gesicht.

»Was ist? Was schreist du denn?«

Das Dienstmädchen sah ihn völlig entgeistert und verschreckt an. »Okumo-san! Sie leben ja!«

»Natürlich lebe ich. Wieso . . .?«

»Kikou kam schreiend gelaufen, Sie seien tot! Sie hätten *seppuku* verübt!«

»Kikou? Vom Haus Mazaki drüben? Was hatte sie hier zu suchen?«

»Ich weiß nicht. Ich hatte Angst, in Ihrem Zimmer nachzusehen.«

Ein schlimmer Verdacht keimte in ihm auf. Er ließ das Mädchen stehen und rannte hinauf in sein Zimmer, vorbei an Hiroki und seinem Vater, die eben den Korridor entlangkamen. Er blieb wie angewurzelt in der Tür stehen.

Cho lag auf einem blutgetränkten *futon*. Matsuo hatte noch nie so viel Blut gesehen. Konnte das von einem einzigen Menschen sein? Er trat näher und faßte den Toten an der Schulter. Er hatte sich die Kehle durchgeschnitten.

»Cho!«

Sein Vater und Hiroki kamen herbeigestürzt. Sie drehten den Toten um, so daß er mit dem Gesicht nach oben lag.

»Wer hat das getan?« rief Okumo.

»Er selbst.«

»Mit deinem *daisho?*«

Matsuo schüttelte erschüttert den Kopf. Nein, Cho wäre es niemals in den Sinn gekommen, diese edlen Schwerter mit seinem Bauernblut zu besudeln. Er deutete auf das blutige Messer in Chos Hand. »Da! Und er hat sogar seinen eigenen *futon* dafür mitgebracht.«

»Aber warum denn?« fragte sein Vater.

Matsuo brachte kein Wort mehr heraus. Hiroki hatte keine Probleme in dieser Hinsicht.

»Er hinterließ meinem Bruder eine Nachricht«, sagte er und ging davon.

»Ich habe ihm verziehen, Vater! Ich sagte ihm das auch.«

»Aber er konnte es sich selbst nicht verzeihen!« Seines Vaters Stimme war alles andere als versöhnlich. »Er hatte etwas gesehen, das er nicht sehen sollte. Und deshalb konnte er nicht mehr zu diesem Haus gehören. Und weil es für ihn keinen anderen Platz auf der Welt gab, konnte er auch nicht mehr weiterleben.«

Und dann drehte auch er sich abrupt um und verließ den Raum.

Matsuo fühlte sich elend und verlassen. Er stand mit seinen *daisho*-Schwertern reglos wie eine Statue da, als die weinende Dienerschaft sich um Cho zu kümmern begann. Sein ganzes Lebensgebäude schien vor seinen Augen zusammenzustürzen. Gebrochenes Vertrauen, ruinierter Ruf, eine zerstörte Verlobung, ein treuer Diener tot. Bei allen Göttern, was noch würde passieren, ehe dieser Tag zu Ende war?

Meiko hatte die Schreie von drüben im Hause Okumo gehört und in den längerwerdenden Schatten des Gartens mit heftigem Herzklopfen gewartet. Sie betete, es möge nicht Matsuo sein.

Es kann nicht Matsuo sein! Es darf nicht Matsuo sein! Doch als Kikou keuchend in den Garten gestolpert kam, das Gesicht verweint, war ihr klar, daß etwas Fürchterliches geschehen sein mußte. Sie sprang auf und lief Kikou entgegen.

»Was ist, Kikou?«

»Er ist tot!« schrie das Mädchen.

Meiko fühlte, wie ihre Beine nachgaben. Sie ließ sich schwer auf eine Bank fallen. »Du mußt dich irren!«

»Aber ich habe ihn gesehen! Sein Zimmer war auf, und ich habe hineingesehen, und da war er auf dem Boden, und das Blut . . . oh, dieses viele Blut . . .!«

Nein. Nein. Nein! Meiko hatte das Gefühl, als sei sie selbst ins Herz gestochen worden. Sie stand mühsam auf und entfernte sich von der schluchzenden Kikou, hinunter zur Bucht. Sie vermochte keinen klaren Gedanken zu fassen. Ihre Füße trugen sie automatisch voran.

Matsuo tot . . . Es war unvorstellbar. Ihn nie mehr zu sehen. Nie mehr seine Stimme zu hören. Sein Lachen. Eine Welt ohne Matsuo war tot und leer. Eine dunkle Welt, in der sie nicht leben wollte.

Der Strand war leer und verlassen und lag bereits im Schatten. Niemand war mehr da. Dort drüben lag das Dingi auf dem Sand. Die steigende Flut begann bereits an seine Außenwand zu klatschen. Ganz impulsiv zog sie das Boot ins Wasser, stieg hinein und zog das Segel hoch. Es ging rasch hinaus aufs Meer. Der Wind hatte gedreht und kam jetzt von Land. Die Tränen liefen ihr übers Gesicht, als sie sich noch einmal umsah und von ihrem Heim Abschied nahm. Sie wußte, sie mußte tun, was sie jetzt tat. Es war für alle das beste. Und jetzt, da die Entscheidung gefallen war, fühlte sie einen tiefen Frieden über sich kommen.

Sie überließ ihr Segel einfach dem Wind und der Drift nach Steuerbord. Immer geradeaus nach Osten. Hinaus in den Pazifik.

Matsuo stand mit gesenktem Kopf am Strand. Er hatte fortgewollt von allem. Und dann hatte er sich daran erinnert, daß das Boot noch gar nicht ordentlich festgemacht war. Er wollte es noch gegen die Flut sichern. Aber es war nicht mehr da. Er sah sich in der einbrechenden Dunkelheit um. In einiger Entfernung erblickte er jemanden. Ein Hausmädchen der Mazaki.

Er rief zu ihr hinüber: »He, du! Hast du unser Segelboot gesehen?«

Das Mädchen wandte sich ihm zu und wich schreckensbleich zurück.

»Was ist denn?« fragte er.

Sie begann schreiend fortzulaufen. Er rannte ihr nach und holte sie rasch ein. Sie wand sich in panischer Angst, als er sie faßte und festhielt.

»Laß das!« schrie er sie an. »Du weißt doch, wer ich bin! Ich tue dir doch nichts!«

»Okumu-san! Sie sind doch tot! Ich habe es doch mit eigenen Augen gesehen!«

Nur einen Augenblick war Matsuo verwirrt, dann war ihm alles klar. Er erinnerte sich an den Schrei, ehe er Cho gefunden hatte.

»Das war nicht ich«, sagte er. *Aber ich hätte es sein müssen.* »Du hast Cho gesehen.«

Sie schlug sich die Hände vor das Gesicht. »O nein! Und ich habe ihr gesagt, Sie wären es!«

»Wem? Meiko?«

»Ja! O bitte, seien Sie nicht böse auf mich!«

Die arme Meiko! Sie würde sich die Schuld geben! »Wo ist sie?«

»Ich habe gesehen, wie sie mit dem Segelboot hinausgefahren ist.«

Matsuo fühlte eisige Finger sein Herz umklammern. Er blickte auf die dunkle, glatte, endlose Bucht hinaus und suchte verzweifelt nach einem weißen Fleck. Aber weit und breit war nichts zu sehen.

»Wann war das?«

»Vor über einer Stunde. Ich habe auf die Herrin gewartet, als Sie mich anriefen.«

Matsuo aber hatte sich bereits umgedreht und rannte zum Haus.

Die Nacht war hereingebrochen. Es war Zeit.

Meiko hatte keine Angst. Normalerweise hätten die Dunkelheit und die rollenden Wellen des Meeres sie gleichermaßen in Angst und Schrecken versetzt. Jetzt waren sie ihr willkommen. Selbst die langen, großen Schatten der vorbeikommenden Frachter, deren Kielwellen ihr kleines Boot wie eine Nußschale auf dem Wasser schaukeln ließen, berührten sie nicht mehr.

Sie steuerte das Boot in die sanfte Brise, kniete sich dann nieder und betete darum, daß das Meer sie schnell nehmen möge. Sie stand auf und begann sich zu entkleiden, hielt dann aber inne. Es war besser, die Kleider anzubehalten. Sie zogen sie rascher hinab. Sie schnürte ihren Obi wieder zu und blickte ein letztes Mal hinüber zu dem Saum der Lichter entlang der Sagami-Bucht und der Halbinsel Izu. Es war nur ein kurzer Blick. Es war ihr klar, würde sie länger hinsehen, verließe sie der Mut. Dann sprang sie über Bord. Das Wasser war kalt. Sie kam wieder an die Oberfläche und begann weiter ins Meer hinauszuschwimmen.

Sie konnte überall sein!

Matsuo stand am Steuer des Motorbootes, das er sich ausgeliehen hatte, und ließ die Maschine mit Vollgas laufen. Er steuerte mit einer Hand, während er mit der anderen den Suchscheinwerfer führte. Seine Arme und Beine waren bleischwer, die Genickmuskeln schmerzten verspannt. Aber er gönnte sich keinen Augenblick der Entspannung.

Es war ihm klar, daß es purer Zufall sein würde, Meiko zu entdecken. Sie war vor dem Wind gesegelt, direkt hinaus auf den Pazifik. Oder hatte sie etwa in Richtung Oshima gesteuert? Vielleicht südlich die Küste der Halbinsel entlang? Irgendwo zwischen die *Izu-Sichoto,* die sieben Izu-Inseln? Selbst bei Tageslicht war die Suche nach Meiko ein fast hoffnungsloses Unterfangen. Und jetzt, nachts . . .

Wenn er wenigstens die ungefähre Richtung wüßte, in die sie gesegelt war!

Er suchte und suchte, rief ihren Namen in die Nacht, ließ den Strahl seines Suchscheinwerfers über die schwarze Oberfläche des Wassers wandern und schwor sich, weiterzusuchen, bis er keinen Treibstoff mehr hatte, und dann beim ersten Tageslicht wieder hinauszufahren.

Er wies mit Gewalt den Gedanken von sich, sie niemals mehr zu finden. Er würde sie finden. Mochte es dauern, so lange es wollte.

Die Kälte. Die Müdigkeit. Die Schwäche.

Meiko wußte nicht mehr, wie lange sie schon schwamm. Es schien eine Ewigkeit zu sein. Ihre Arme waren so schwer, daß sie sie kaum noch bewegen konnte. Ihre Beine zogen sie schon wie Blei nach unten. Ihre Lungen schmerzten, und ihre Augen brannten vom Salzwasser. Zeit hatte jegliche Bedeutung verloren. Es gab nur mehr die Nacht und den Ozean. Eine Weile war ihr anfangs das Boot noch gefolgt, ein schemenhafter weißer Fleck, der mit der Strömung und der östlichen Brise trieb. Dann war es irgendwann verschwunden gewesen. Wie lange war das nun schon her?

Irgendwo weit hinter ihr war ein Geräusch wie splitterndes Holz, aber sie war schon zu schwach, um sich noch umzudrehen und hinzusehen. Sie hätte in der Dunkelheit der Nacht ohnehin nichts sehen können.

Sie geriet unter eine Welle und schluckte Wasser. Mit letzter Kraft kam sie wieder hoch und konnte es aushusten. Sie holte ein letztes Mal Atem, ehe sie erneut überspült wurde. Sie hatte nun all ihre Kraft aufgebraucht. Ihre Arme trieben reglos und nutzlos über ihrem Kopf, die Beine hingen nach unten.

Dann aber trieb sie mit einem Mal die Panik hoch, als ihr klar wurde, daß sie nicht wirklich sterben wollte, daß sie Angst vor dem Tod hatte. Sie versuchte wieder nach oben zu kommen. Doch sie war zu schwach auch nur für die kleinste Bewegung, geschweige denn dafür, sich noch zu retten. Die letzte Atemluft drang aus ihrem Mund und stieg als Blasen im Wasser nach oben. *Luft!* Doch sie war schon zu tief gesunken.

In ihren Ohren begann es zu dröhnen. Das Wasser um sie herum begann zu glühen. Sie wartete darauf, daß die Meeresgötter sie holten.

Matsuo saß am Strand südlich von Atami und starrte auf die Überreste ihres Dingis. Ein Fischerboot hatte es im Morgengrauen gefunden und an Land gezogen — besser gesagt, was von ihm übrig war. Die Backbordseite war eingedrückt, das Segel zerrissen, der Mast wie ein Zahnstocher geknickt.

Mit Kummer im Herzen stellte er sich vor, wie es vermutlich gewesen war: Meiko in der kleinen Nußschale; aus dem Dunkel taucht ein riesiger Frachter auf und schneidet das Boot auseinander, während sie über Bord geschleudert wird und ertrinkt; der Frachter fährt weiter, ohne daß jemand von der Besatzung auch nur ahnt, das Leben des Menschen ausgelöscht zu haben, das ihm, Matsuo, teurer als die Welt gewesen war.

Er verbarg das Gesicht in den Händen und weinte.

TOKIO

Shimazu war noch nie so voller Furcht gewesen. »Du hast ihm doch nicht etwas getan? Sag mir, daß er noch lebt!«

»Natürlich lebt er noch!« sagte Hiroki. »Wieso ist Matsuos Wohlergehen so wichtig? Besonders nach dem, was er getan hat?« Er war sichtlich verletzt.

Shimazu sank erleichtert auf sein Kissen zurück. »Ich hatte schon Angst, du wärest gewalttätig geworden!«

»Und wenn?« Daß Hiroki sogar seinen üblichen respektvollen Ton gegen seinen Lehrmeister vergaß, war ein Zeichen, wie sehr er sich verletzt fühlte.

»Es darf kein Blutvergießen zwischen dir und deinem Bruder geben, hast du verstanden? Niemals!«

Hiroki war wie versteinert. »Warum sagen Sie das?«

»Weil die Zukunft Japans womöglich auf eurer beider Schultern ruhen könnte! Der Tenno braucht euch beide!«

Hiroki senkte den Kopf und schwieg.

Shimazu hätte ihm gerne von dem Tag vor dreißig Jahren erzählt, als jener Seher an den in den Tempel gebrachten Kindern den *motsu*-Ritus vollzog. Er hatte sie im Arm gehalten und ihnen ihre Zukunft vorausgesagt, soweit sie mit dem Orden zusammenhing. Es war wenig Interessantes darunter gewesen — bis er den Erstgeborenen des Herrn Okumo gewiegt und die Worte gesprochen hatte, die alle wie elektrisiert hatten aufhorchen lassen.

Ich sehe diesen und noch einen, einen Bruder. Freuet Euch! Der eine wird den Orden zum höchsten Ruhm in seiner Geschichte führen! Doch hütet Euch! Einer von ihnen trägt in sich die Saat des Verderbens des Ordens! Und hütet Euch! Sollte einer das Blut des anderen vergießen, wird es den Orden nicht mehr geben!

Es waren damals nicht wenige gewesen, die daraufhin in Panik dafür gestimmt hatten, das Kind Hiroki zu töten, ebenso wie die Mutter seines noch ungeborenen Bruders. Doch er, Shimazu, damals noch ein junger Mönch der Äußeren Zirkel, hatte das Wort ergriffen. Er hatte gefordert, der Orden müsse sich der Herausforderung der Vision stellen, um die Chance, die sie verhieß, nicht zu vertun. Würden beide Kinder getötet, wäre zwar die Drohung der Vision vom Orden genommen, aber eben auch die Möglichkeit, ›zum höchsten Ruhm in seiner Geschichte‹ zu gelangen. Warum also entschloß sich der Orden nicht, beide Kinder im Tempel zu erziehen, wo sie unter ständiger Beobachtung waren? Und wenn an einem der beiden irgendwann Anzeichen zu entdecken waren, daß er eine Gefahr für den Orden darstellte, konnte er beseitigt werden, ehe diese Gefahr noch konkret wurde.

Darüber war unter den Oberen lange diskutiert worden, und am Ende hatte sich die Mehrheit für den von Shimazu angesprochenen Mut zur Größe des Ruhms ausgesprochen. Und es war beschlossen worden, den Herrn Okumo einzuweihen.

Und Okumo hatte sich teuer verkauft. Als Gegenleistung für seinen Erstgeborenen verlangte er feste Zusagen zur Unterstützung seiner Pläne, Japan zur Weltmacht zu machen. Weil diese Pläne ohnehin völlig mit den Zielen des Ordens übereinstimmten, gab es insoweit keine Hindernisse für eine Vereinbarung. Als dann jedoch das Thema seines zweiten Sohnes zur Sprache kam, wurde Okumo hellhörig. Die Oberen waren da ein wenig zu ungeduldig gewesen. Dieser zweite Sohn war ja noch nicht einmal gezeugt! Okumo gab schließlich Hiroki in die Obhut des Ordens, verweigerte aber feste Zusagen hinsichtlich seines möglichen zweiten Kindes. Shimazu war zum Lehrmeister Hirokis bestimmt worden. Bis ins Jahr 1910 ging alles gut. Dann wurde Okumos zweiter Sohn geboren. Statt ihn jedoch dem Orden zu übergeben, schickte ihn der Vater damals unverzüglich nach Amerika. Die Ordensoberen hatten das als sicheren Beweis dafür angesehen, daß dieser jüngere Bruder der im Sinne der Vision gefährliche war. Shimazu hingegen war sich da nicht so absolut sicher.

Einer der Brüder muß sterben, doch welcher? Seit jenen Tagen damals hatte diese Frage Shimazu verfolgt. Trug einer der beiden die Saat des Ruhmes in sich und der andere die der Zerstörung, oder waren beide Saaten in einem von ihnen vereint? *Das Blut des anderen vergießen:* was bedeutete es? Nur eine Wunde? Oder den Brudermord? Wenn die Vision des Sehers nur präziser gewesen wäre! Wie auch immer, es war von äußerster Wichtigkeit, daß es zu keinen Gewalttätigkeiten zwischen den Brüdern kam.

Der Vorfall gestern in der Sagami-Bucht war ein Alarmsignal gewesen. Doch am Ende hatte sich alles perfekt gefügt! Schon seit langer Zeit hatte er gewußt, daß es für den Orden und damit für das Reich am besten wäre, wenn

Hiroki von seinen Heiratsplänen abkäme und sich eine Kluft zwischen ihm und seinem Bruder auftun würde. Und eben dies hatte sich gestern binnen wenigen Stunden ereignet und eingestellt. Die Brüder waren für immer entzweit, und Hirokis Braut war Futter für die Fische in der Sagami-Bucht geworden. Kein Zweifel, das Ewige Gesicht wachte über ihm!

Es durfte nur keine zu starke Feindschaft zwischen den Brüdern entstehen.

Er forschte: »Hast du das Gefühl, du müßtest dieser Sache wegen deiner *giri* Genugtuung verschaffen, selbst deinem Bruder gegenüber?«

»Mein Vater hat es verboten«, sagte Hiroki, »aber . . .«

»Ehe du weitersprichst«, unterbrach ihn Shimazu, »bedenke dies: Die Frau, die dich hintergangen hat, ist tot. Der Diener, der die beiden entdeckt hat, ist ebenfalls tot. Dein Bruder hat also bereits die Last zweier Toter zu tragen und die Scham über das, was er getan hat, sooft er über die Schwelle eures Hauses tritt. Überlege, ob dies die Waagschalen nicht bereits ins Gleichgewicht bringt.«

Er wartete auf Hirokis Antwort. Aber der schwieg.

»Ich erwarte von dir, daß du deinem Bruder vergibst. Betrachte die beiden Toten als ausreichende Entschädigung für deinen Gesichtsverlust. Du kannst deinen Bruder hassen. Aber du mußt einen Weg finden, auch weiterhin mit ihm zusammenzuarbeiten.«

Hiroki seufzte. »Meiner *giri* ist Genugtuung verschafft. Ich werde Matsuo nicht weiter verfolgen.«

»Ausgezeichnet! Und nun freue dich! Heute ist ein wundervoller Tag! Wir marschieren gegen China!« Hiroki lächelte, doch es war ein künstliches, gezwungenes Lächeln. Shimazu indessen war sicher, daß sich dies bald ändern würde.

VIERTER TEIL

1940—1941

1940
Das Jahr des Drachen

JUNI

HONOLULU

Ich entschied mich, heute die lange Strecke nach Pearl zu fahren.

Ich mußte mehrmals die Woche zum Stützpunkt hinaus. Auf normalem, direktem Weg waren es genau acht Meilen von meinem Büro bis zum Hafen. Doch wenn ich Zeit hatte, fuhr ich gern den Umweg, der dann zehn Meilen betrug. An besonders schönen Tagen dehnte ich die Strecke auch schon mal bis auf zwölf Meilen aus. Und dies heute war ein ganz besonders schöner. Ein weicher blauer Himmel und gerade so viel Windhauch, daß die Johannisbrot- und Krukenbäume ganz leicht raschelten und man von kühlender Luft umfächelt wurde. Ein Tag, wie geschaffen für die zwölf Meilen.

Ich verließ meine Kabine im Distriktbüro des Nachrichtendienstes und ging zu meinem Wagen. Ich hatte zur Zeit zwei dienstliche Aufgaben. Vormittags übersetzte ich abgehörte japanische Funksprüche für die DIO, nachmittags, wo nichts dergleichen anfiel, erledigte ich Verwaltungskram für die ONI draußen in Pearl.

Ich fuhr die King Street nach Westen — *ewa,* wie die Einheimischen hier sagten. Ich drehte das Radio in meinem Marine-Dienstwagen an. KGBM spielte — wie passend — *You Are My Sunshine,* den derzeitigen Ohrwurm.

Schwer zu glauben, daß halb Europa unterjocht war. Die Tschechoslowakei, Albanien, Polen, Norwegen, die Niederlande, Belgien — alle überrollt. Und gestern waren die Deutschen nun auch in Paris einmarschiert. Drüben im Westen rückten die Japaner tiefer und tiefer nach China hinein vor. Sie hatten Hainan genommen und die Spratly-Inseln. Ich war froh, daß wir in Amerika mit alldem nichts zu tun hatten. Ich für meinen Teil hatte keinerlei Sehnsucht danach, in irgendeinen Krieg zu ziehen. Und ich kannte auch niemanden, der einen solchen Wunsch hatte. Ich wollte hier auf den Inseln bleiben und sonst nichts.

Ich kam an der *Punchbowl* vorbei, jenem erloschenen Vulkankrater, der sich über Honolulu erhebt, und fuhr weiter, aus der Stadt hinaus, wo die King auf die Moanalua Road trifft, der ich dann nordwärts am Salzsee vorbei bis nach Halewa Heights hinein folgte. Oben auf der Anhöhe, meinem Lieblingsplatz hier, hielt ich an, stieg aus und gab mich bei einer Zigarette der Schönheit der Aussicht hin.

Die Koolau-Berge hinter mir waren in Wolken gehüllt. Vor mir erstreckte sich weit abwärts der Hang bis zu dem tiefblauen Wasser von Pearl Harbor, nur unterbrochen von den Anlagen der Aiea-Zuckerraffinerie. Und weit drüben war die Ewa-Ebene, die sich über Pearl hinaus bis zu den Waianee-Bergen hinzog. An einer Stelle, wo ein Zuckerrohrfeld vor der Ernte abgebrannt wurde, stieg weißer Rauch hoch.

Ich war jetzt schon zwei Jahre hier und fühlte mich doch immer noch als *malihini.* Aber ich konnte nicht genug kriegen von diesen Inseln. Im Januar 1938 war ich vom Elften Marinedistrikt in San Diego hierher versetzt worden, nur einige Wochen nachdem die Japse die U.S.S. *Panay* auf dem Yangtse bei Nanking versenkt hatten. Trotz aller möglichen offiziellen Entschuldigungen, die auch diplomatisch akzeptiert wurden, befand damals der Marinegeheimdienst, daß es höchste Zeit sei, ein schärferes Auge auf die Japaner zu haben und die Lauscher in den Pazifik hinaus stärker aufzustellen als bisher. Und weil ich Japanisch sprach, wurde ich alsbald der ONI Honolulu zugeteilt.

Ich liebte die Inseln. Das war allerdings nicht von Anfang an so gewesen. Ich hatte keinerlei Lust gehabt, zweitausend Meilen von Frisco entfernt zu sitzen. Doch die Depression war, statt nachzulassen, noch schlimmer geworden. Als mich die Navy also hier heraus versetzte, hatte ich letztlich keine Wahl. Ich kam. Und habe es nie bereut. Von Anfang an fand ich mich in das Lebensgefühl der Inseln hinein, mühelos und ganz natürlich, als wäre ich in sie hineingeboren. Ich spürte die erste Ahnung davon bereits in dem Augenblick, als ich in dem kleinen Seitenbecken des Hafens von Pearl Harbor von Bord meines Truppentransporters ging. Nach einer Woche war mir klar, daß ich nie mehr von hier weg wollte. Und dieser Wunsch verstärkte sich noch, je länger ich hier war.

Was hätte mich auch fortziehen sollen? Und wohin? Meine Mutter hatte wieder geheiratet und war glücklich und zufrieden mit ihrem neuen Leben. Zu Weihnachten und an den Geburtstagen schrieben wir uns die üblichen Briefe und schickten uns kleine Geschenke. Aber weder fehlte ich ihr noch sie mir. Und in ganz Kalifornien — im ganzen Land, genau gesagt — hatte ich keine Bindungen. Außerdem war ich hier gewissermaßen im Paradies. Ich liebte schlicht alles an diesen Inseln hier: die Menschen, die Landschaften, die Passatwinde, die ganze besondere Atmosphäre hier, die man den ›Aloha-Geist‹ nannte. Selbst noch das Obst hier liebte ich. Ich, Frank Slater, größter Melonenhasser der Welt, fing an, ganz wild nach *papaya* zu werden. Meine ganze Freizeit verbrachte ich am Strand von Waikiki, wo ich mir von einem der *beach boys* dort das Wellenreiten beibringen ließ und wo ich schon nach einer Woche in der berühmten Kuhio-Brandung herumturnte, als hätte ich nie etwas anderes getan.

Sogar eine leidliche Kenntnis des Inseldialekts eignete ich mir an — eine Art *Pidgin,* aber doch von ganz eigener Art. Gar nicht leicht. Weil sie hier gerade so ungefähr ein Dutzend Buchstaben in ihrem Alphabet haben, klingt bei den Hawaiianern irgendwie alles sehr ähnlich.

Kurz, die Inseln wirkten mit der Zeit wahre Wunder auf mich. Und sie bewirkten auch wahre Wunder. So, wie sich am Strand meine blasse Haut rötete und schälte, bis eine neue, nun pigmentierte Schicht darunter entstanden war, blieb auf Oahu ganz allgemein die Haut des alten Frank Slater aus Kalifornien zurück, wie auch so manches andere nutzlose Gepäck von früher.

Ich rauchte meine Zigarette zu Ende und fuhr nach Pearl Harbor hinunter. Am Haupttor des Marinestützpunkts kannte mich der Posten vom Sehen und warf nur der Form halber einen kurzen Blick auf den Aufkleber der Windschutzscheibe, ehe er mich durchwinkte. Ich fuhr bis zum Gebäude des Nachrichtendienstes, einem flachen, niedrigen, weißen Komplex nicht weit weg vom Hauptquartier CINCPAC HQ mit Blick auf die neuen Schlachtschiffdocks auf Ford Island hinüber, einer Insel, die einen grünen Fleck inmitten des East Loch darstellte, samt einem Flugplatz und einigen Hangars. Im Augenblick ankerten nur wenige Schiffe. Der große Kran auf den Trockendocks war in Betrieb.

Captain Harrison Thornton brummelte gerade irgend etwas vor sich hin, als ich kam. Ich war inzwischen Junior Lieutenant, Harry mein direkter Vorgesetzter. Er war nun seit einem Jahr hier. Versetzt zum Vierzehnten Marinedistrikt. Und wunschlos glücklich darüber. Wenn nur der verdammte Papierkrieg und Bürokram nicht gewesen wäre. Er war ein *old boy* und hatte von Nachrichtendienst kein Ahnung. Doch was das betraf, galt das für praktisch alle vorgesetzten Offiziere, die zu uns kamen. Jedenfalls, soweit ich dies beurteilen konnte.

Hawaii galt als Sonderfall. Eine Versetzung hierher war ein gemütlicher Austragsposten kurz vor der Pensionierung für Offiziere, die Verbindung zu alten Kameraden aus der Militärakademie von einst gehalten hatten, welche jetzt auf hohen Posten saßen. Auch Harry glaubte, soviel ich mitbekam, sich hier einen geruhsamen Job verschafft zu haben. Bis zum letzten Monat jedenfalls, als Pearl Harbor anstelle von San Diego offizieller Heimathafen der Pazifik-Flotte wurde. Was eine Menge Mehrarbeit für das Nachrichtenbüro des Vierzehnten Distrikts bedeutete. Und damit auch für Harry Thornton.

»Scheiß-Roosevelt, Scheiß-Stark!« knurrte er. Er wühlte in dem Papierberg auf seinem Schreibtisch herum. Er hatte ein rundes Gesicht und eine wegen des gelichteten Haares bereits ziemlich hohe Stirn, dicke, buschige Brauen und strichdünne, kaum vorhandene Lippen. Und ewig schwitzte er gewaltig, ganz gleich, zu welcher Tageszeit und ob es warm war oder kühl. Heute war es zugegeben sehr heiß. Doch selbst ganz früh am Morgen, wenn er gerade erst in frischer Uniform eintrudelte, hatte er immer schon dicke Schweißperlen auf der Stirn und Schweißflecken unter den Achseln und am Rücken. Und sein Deckenventilator lief ununterbrochen.

»Was ist los?« fragte ich. »Verdammt!« schimpfte er mit angeekeltem Gesicht. »Wir brauchen einfach mehr Leute. Schon jetzt kommen wir mit der Registrierung des ganzen Schiffsverkehrs im Hafen nicht mehr mit. Wie soll man da noch irgendeinen Nachrichtendienst koordinieren?«

»Warum sehen Sie's nicht mal anders?« sagte ich. »Wenn wir selbst es schon nicht schaffen, dann dürften die Japaner ja wohl erst recht nicht mehr den Durchblick haben.«

Er lächelte kurz, aber lustig fand er die Bemerkung offenbar nicht. »Die haben vermutlich jede Menge Leute dafür. Leben doch allein hundertfünfzigtausend Japse hier auf den Inseln!«

»Na, sehen Sie«, sagte ich. »Das ist doch nur gut für Sie. Sie haben doch so etwa hundert Schiffe hier, auf . . .«

»Hundertundzwei, bitteschön.«

»Okay. Hundertzwei Schiffe, auf die Sie aufpassen müssen. Aber ich habe es mit zehnmal so vielen Japse-Agenten allein hier auf Oahu zu tun.«

»Wollen Sie tauschen?« fragte er sarkastisch.

Ich schüttelte den Kopf. Ich hatte zwar jede Menge Arbeit — in erster Linie die täglichen Übersetzungen —, doch alles in allem hatte ich es sehr gut getroffen. Ich hatte mein eigenes kleines Büro im DIO-Gebäude in Honolulu, wo ich kommen und gehen konnte, wann ich wollte, solange ich nur pünktlich ablieferte. Außerdem hatte ich nur noch hier draußen Bürokram zu erledigen. Hauptsächlich Marine-Personalakten und Unterlagen von Baufirmen, die für die Navy arbeiteten. Dann und wann fiel auch mal eine Überwachung an. Das war zwar eine langweilige Angelegenheit, aber zumindest kam man dabei mal raus und herum. Hinsichtlich der Personalfluktuation im japanischen Konsulat arbeitete ich auch mit dem FBI drüben im *Federal Building* zusammen. Und dann hatte ich noch die hier lebenden Japaner im Auge zu behalten, die verdächtig klingende Telegramme nach Hause schickten. Über alles, was sich dabei auch nur entfernt auf Pearl Harbor und die Pazifikflotte beziehen konnte, mußte ich Harry direkt Meldung erstatten.

»Irgendwas los?« fragte er mich nun auch sogleich, während er sich eine Camel aus seinem Päckchen zog und auch mir eine anbot.

Wir rauchten, und ich schüttelte den Kopf. »Sie wissen doch, daß alles Interessante über *Purpur* geht.«

Harrys buschige Brauen gingen auf und ab, als sei er Groucho Marx. »Ich habe so was läuten hören, daß *Purpur* geknackt ist.«

Das riß mich derart hoch, daß er ganz erschrocken zurückfuhr. »Was! *Purpur* geknackt?« Ich flüsterte förmlich, obwohl weit und breit niemand war außer uns.

»Friedman, wie ich gehört habe.« Ich setzte mich wieder hin. Ich war wie erschlagen. *Purpur* war der vertrackteste japanische Code. Sämtliche diplomatischen Berichte höheren Kalibers wurden damit chiffriert. Lieber Gott, wenn wir *Purpur* hätten . . .

»Von jetzt an erfahren wir jeden Furz von ihnen«, sagte Harry. »Stark, was?« Aber es klang eher ironisch.

»Wieso? Was meinen Sie?« fragte ich.

»Denken Sie doch nur mal, was da alles an zusätzlichen Übersetzungen auf Sie zukommt!«

Ich mußte lachen. »Ja, aber jedenfalls übersetze ich dann etwas, das auch was wert ist. Nicht bloß unwichtiges Blabla wie jetzt . . .«

Purpur geknackt! Das war nicht zu fassen. Die sich daraus ergebenden Möglichkeiten beschäftigten mich noch den ganzen Tag über.

Als ich mit meinem Bürokram fertig war, fuhr ich auf dem südlichen, kürzeren Weg zurück. Ich hörte mir während der Fahrt vorbei an den Flugplätzen Hickam und Rogers und den Sümpfen an der Keehi-Lagune Burns und Allen auf KGU an. Kurz vor der Stadt stand die riesige Dole-Ananas auf ihren Stahlstelzen und machte dem Aloha-Tower als höchstem Bauwerk in Honolulu Konkurrenz.

Ich hatte noch zwei Dinge zu erledigen, ehe ich nach Hause fuhr, nach Kalihi. Auf der Nuuanu Avenue befand sich nahe der Hausnummer 1742 das japanische Konsulat. Ich parkte in einiger Entfernung und ging dann in den Hof von 1742. Dort wohnte ein früherer Navy-Mann, der uns hinein ließ, so oft wir wollten. Ich kletterte auf den Krukenbaum im Hof und griff mir das Fernglas, das wir in einer Höhlung des Baumes immer liegen hatten. Der Hinterhof des japanischen Konsulats war von hier aus einsehbar. Ich beobachtete ein paar Minuten lang, aber es tat sich absolut nichts, also legte ich das Fernglas wieder in das Baumloch zurück und ging.

Das alles war eher wie ein Indianerspiel. Wir hatten ja alle ihre Telefonleitungen angezapft. Die lieferten uns in einer Woche weit mehr Informationen als all die aberhundert Stunden, die wir in diesem blöden Baum hockten und durchs Fernglas starrten. Andererseits wollten wir nicht ganz damit aufhören — schon deshalb nicht, weil die Japaner vermutlich wußten, daß wir immer in diesem Baum saßen; und wenn wir dieses Spielchen plötzlich aufgaben, konnten sie mißtrauisch werden und vermuten, daß wir eine andere Informationsquelle aufgetan hätten. Also hielten wir alle immer mal reihum kurz an, um ein paar Minuten lang auf den Baum zu steigen.

Dann fuhr ich auch noch am *Bon Marché* auf der North King vorbei. Normalerweise kaufte ich hier zwar nicht, aber in einer Anzeige im Honolulu *Adviser* hatte ich gelesen, daß sie ein Sonderangebot Hemden hatten. Und ich brauchte ein paar neue. Ich kam an einer japanischen Verkäuferin vorbei und brauchte fast eine Minute, bis ich wußte: *Die kenne ich!*

Ich kehrte um und beobachtete sie aus einiger Entfernung. Ich war völlig verblüfft und sprachlos. Es schien ebenso unmöglich wie unwahrscheinlich. Aber ich kannte sie.

Meiko!

Acht Jahre war es inzwischen her, seit ich sie zuletzt gesehen hatte. Aber vergessen hatte ich sie nie. Immer wieder hatte ich mich dabei ertappt, wie ich an sie dachte, mir ihr Bild zu vergegenwärtigen versuchte. Manchmal zu den seltsamsten Zeiten. Und da stand ich nun plötzlich hier in Honolulu vor ihr, wo sie als Verkäuferin arbeitete!

Und sobald ich sie erkannt hatte, wurde mir schlagartig klar, daß irgend etwas Schlimmes passiert sein mußte. Warum sonst sollte sie hier in Honululu als Verkäuferin arbeiten?

Ich ging zu ihr hinüber. Sie ordnete gerade Nylonstrümpfe unter der Glasscheibe.

»Aloha«, sagte ich.

Sie blickte auf. »Aloha auch Ihnen, Sir. Was kann ich für Sie tun?«

Aus der Nähe konnte ich sehen, wie sehr sie sich verändert hatte. Zwar war sie noch immer atemraubend schön. Das dichte Haar glänzte nach wie vor nachtschwarz, wie ich es in Erinnerung hatte. Doch sie war sehr mager und sah erschöpft aus. Noch immer waren ihre Mandelaugen hell und tiefgründig, aber es war nicht mehr das alte Feuer in ihnen. Einem Fremden wäre dies kaum aufgefallen. Aber ich war schließlich kein Fremder. Mir kam es vor, als habe man irgendwie ihre ganze Vitalität aus ihr herausgeprügelt.

»Sir?« wiederholte sie und sah mich leicht verwundert an. Ich hatte sie wohl allzu aufdringlich angestarrt. Ich überlegte krampfhaft und wollte mir etwas Originelles einfallen lassen. Irgend etwas Geistreiches, das ihr sofort ein erkennendes Lächeln abgewinnen würde. Aber ich brachte nur heraus:

»Meiko, ich bin es. Frank Slater. Vom College.«

Sie wich jäh einen Schritt zurück, als hätte ich sie mit *buuuh!* erschreckt. Nun, ich hatte mich ja wohl auch verändert in den acht Jahren, nahm ich an. Da war erstens schon mal die Marine-Uniform. Und dann das jahrelange Surfen auf den Wellen von Kuhio . . . es hatte mich ausgezehrt und braungebrannt wie einen Einheimischen. Ein ganz unerwarteter Zusatzeffekt war, daß mein Slater-Fleck nun kaum noch zu sehen war. Ich dachte sogar kaum noch an ihn.

»Oh, Frank!« sagte sie und kam wieder näher.

»Du bist das?«

Ich ergriff ihre Hände und drückte sie. Und wäre die Verkaufstheke nicht zwischen uns gewesen, hätte ich sie zweifellos umarmt.

»Was in aller Welt machst du hier?« sagten wir beide zugleich und mußten dann lachen. Ein Abteilungsleiter kam vorbei und blickte Meiko tadelnd an. Ihr Lächeln verschwand sofort.

»Du gehst besser. Ich bin eingestellt worden, weil eine Menge Japaner hier kaufen. Aber der Abteilungsleiter wartet nur auf eine Gelegenheit, mich rauszuschmeißen.«

»Wo können wir uns treffen?« fragte ich sie und merkte, wie sie sich augenblicklich wie ins Schneckenhaus zurückzog. Sie wich zwar nicht wieder zurück, aber es war deutlich zu sehen, wie bei ihr sozusagen sämtliche Fenster und Türen zugingen.

»Ich muß wieder arbeiten«, sagte sie leise und wich meinem Blick aus. Demonstrativ und hastig begann sie wieder an ihren Nylon-Schachteln herumzufummeln.

»Gehen wir zusammen essen?«

»Ich habe nur eine halbe Stunde Mittagspause.«

»Das reicht doch.«

»Ich habe mein Essen dabei.«

»Na, dann eben abends.«

»Ich weiß nicht.«

»Wir haben uns schließlich eine Menge zu erzählen! Die vielen Jahre, die wir uns nicht gesehen haben!«

Nun sah sie mich endlich an. »Sie waren schlimm.«

»Es hilft manchmal, über das Schlimme zu reden, besonders mit einem alten Freund.«

Plötzlich waren die dämlichen Nylonstrümpfe wieder ungeheuer wichtig. »Ich verdiene keine Freunde.«

Es war also noch schlimmer, als ich vermutet hatte. Das war nicht mehr die alte Meiko von einst, die das Leben geliebt hatte — und auch sich selbst. Das hier war ein anderer Mensch, eine Besiegte, eine Fremde. Doch ich hatte nicht die Absicht, aufzugeben. Ich mußte wissen, was mit ihr passiert war. Ob noch eine Spur jener Meiko existierte, die damals immer auf den Hügeln saß und über die Bucht von San Francisco auf das Meer hinausblickte und einen derartigen inneren Frieden, solche Ruhe und Gelassenheit ausstrahlte, daß man glauben konnte, auf der ganzen Welt gebe es nichts, was ihr je irgend etwas anhaben könnte? Und wenn das der Fall war, dann mußte es doch wundervoll sein, es wiederzuentdecken und sie, wenn irgend möglich, wieder dorthin zu führen.

»Also zum Abendessen«, sagte ich, als sei es abgemacht. »Und wenn du über sonst nichts reden möchtest, dann reden wir eben nur über das Wetter.«

Sie sagte nichts, und ich wartete. Ich dachte nicht daran, mich abwimmeln zu lassen. Schließlich meinte sie achselzuckend: »Wenn du meinst.«

Sie wollte nicht zu Hause abgeholt werden. Ich sagte ihr also, ich erwarte sie abends vor dem Geschäft. Punkt sieben. Ich wußte bereits, was ich anziehen wollte. Bei *The Hub* hatte ich einen weißen Tropen-Leinenanzug gesehen, für stolze 27 Dollar und 50 Cents. Und ich wollte einen Tisch im *Royal Hawaiian* reservieren. Das hier war schließlich kein alltägliches Rendezvous. Ich hatte vor, einen großen Abend daraus zu machen.

Ich sah sie an und fragte mich, ob irgend etwas sie wieder froh machen könnte. An mir sollte es jedenfalls nicht liegen. Das Herz tat mir weh, als ich sie bei ihren Nylonstrümpfen zurückließ. Was war da nur passiert?

Meiko stand verkrampft und zitternd vor dem *Bon Marché* und wartete. Sie bereute es längst, daß sie sich von Frank zum Abendessen hatte überreden lassen. Aber wie hätte sie ihn wieder loswerden sollen? Sie hatte ja versucht, ihn anzurufen und abzusagen. Im Telefonbuch hatte sie einen *Slater, F. X.* gefunden und von einem Münzfernsprecher aus dort angerufen. Aber niemand hatte abgehoben. Es waren also nur zwei Möglichkeiten geblieben. Die Verabredung einzuhalten oder ihn zu versetzen. Er wußte schließlich nicht, wo sie wohnte.

Aber da er wußte, wo sie arbeitete, würde er morgen dort wieder auftauchen und herausfinden wollen, warum sie ihn denn versetzt habe. Und das konnte sie nicht ertragen. Genausowenig, wie sie es sich leisten konnte, ihre Stellung zu verlieren. Sie war auf das schäbige Gehalt angewiesen, das sie bei *Bon Marché* bekam. Also hatte sie letztlich keine Wahl.

Und so stand sie in der Abenddämmerung in dem einzigen guten Kleid, das sie besaß, und konnte nur hoffen, daß Frank nicht die Absicht hatte, in irgendein besseres Lokal zu gehen.

Es ging auf sieben zu. Seltsam spielte das Schicksal zuweilen! Der einzige Amerikaner auf der Welt, der sie gut genug kannte, um sie wiederzuerkennen, hatte ausgerechnet auf dieser Insel eines schönen Tages vor ihr gestanden.

Und doch . . . warum hatte sie so gar keine Lust, ihn wiederzusehen? Darüber brauchte sie nicht lange nachzudenken. Frank hatte sie in ihrem früheren Leben gekannt. Er kannte die Meiko von einst, die Meiko, die schon lange nicht mehr existierte. Jene Meiko, die zu sein sie heute abend wieder vorgeben mußte. Frank war ein Teil der Vergangenheit.

Und diese Vergangenheit war tot.

Jedenfalls hatte sie das gedacht, als sie an jenem Morgen vor drei Jahren plötzlich in Licht und Helligkeit erwacht war. Jeder Muskel ihres Körpers hatte geschmerzt, jede kleinste Bewegung war wie ein Messerstich gewesen.

Sie hatte sich in einem winzigen Raum in einer Hängematte befunden. Durch ein Fenster — ein Schiffsbullauge — schien grell die Sonne. Der Gestank von geräuchertem Fisch hing in der Luft. Ein verschwitzter, untersetzter Mann in einem fleckigen Kimono und starkem Osaka-Akzent beugte sich über sie und erzählte ihr, daß sie an Bord der *Tsuru Maru* sei und daß es ihnen allen sehr leid täte, letzte Nacht ihr kleines Boot gerammt und zerstört zu haben. Aber sie hätte schließlich auch nicht mitten in der Nacht und ohne jedes Licht hier draußen sein dürfen. Und wenn er nicht zufällig gerade an der Reling eine Zigarette geraucht und das Krachen und Splittern gehört hätte, hätte niemand sie bemerkt, und sie wäre ertrunken. Es sei auch der reine Zufall gewesen, daß der Suchscheinwerfer sie gerade noch rechtzeitig erfaßt habe. Sekunden später wäre sie nicht mehr zu retten gewesen.

Die Götter hatten sie also nicht angenommen. Warum?

Der Mann sagte ihr, ihr Frachter könne nicht nach Japan zurückfahren. Sie müsse bis zum nächsten Hafen an Bord bleiben und sich dort um ihre Rückreise bemühen.

Und Meiko hatte in alldem die Absicht und den Wunsch der Götter zu erkennen geglaubt. Vielleicht war es deren Absicht, daß sie zwar weiterleben sollte, aber nicht in Japan. Sie hatten sie sozusagen ins Exil geschickt. Wenn dies jedoch so war, dann wollte sie gehen, wohin immer die Götter sie auch schickten. Denn in Japan wartete ohnehin nur Ehrlosigkeit auf sie. Und Leid.

Der erste Hafen des Fischdampfers war Honolulu gewesen. Und Meiko hatte beschlossen, dort zu bleiben.

Sie wollte nicht, daß Frank ihr armseliges, winziges Ein-Zimmer-Apartment sah — in einem schäbigen Haus in der Hotel Street. Sie hätte sich geschämt. Doch bei ihrem Gehalt war es alles, was sie sich leisten konnte. Weshalb also sich schämen? Niemand ihrer wenigen Bekannten hier auf Oahu — Freunde hatte sie nicht, allenfalls einige flüchtige Bekannte — fand irgend etwas Tadelnswertes an ihrer Unterkunft.

Warum habe ich nur zugesagt? Sie fragte es sich zum hundertsten Mal.

Wäre sie nicht so vollkommen überrascht gewesen, als er plötzlich vor ihr stand, wäre es ihr vielleicht gelungen, sich irgendeine Ausrede einfallen zu lassen, um sowohl ihr Gesicht wie die Zurückgezogenheit ihrer jetzigen Existenz zu wahren.

Sie fühlte sich plötzlich sehr müde. Warum, um alles in der Welt, sollte sie die alte Meiko spielen? Sie wußte nicht einmal, ob sie es konnte. Sie wollte im Grunde einfach nur allein gelassen werden, hier in ihrem neuen Leben, das sie sich ohne ihre Familie und ohne Japan eingerichtet hatte. Und ohne Matsuo.

Da kam Frank bereits im Wagen herangefahren und sprang lachend und sorglos heraus. Er hatte ein Hyazinthengesteck mitgebracht, das er überreichte. Und er war auf die Minute pünktlich.

Er sah, zugegeben, prächtig aus in seinem weißen Anzug. Er war völlig unbefangen und benahm sich ganz vertraut und formlos. »Also, wohin möchtest du gerne?«

Nach Hause. Zurück in mein Apartment. »Es ist mir alles recht, Frank«, sagte sie.

»Warst du schon mal im *Royal Hawaiian?*«

»Nein.« Selbst wenn sie den Wunsch gehabt hätte, sie hätte es sich nie leisten können.

»Wird dir gefallen.«

»Dafür bin ich doch gar nicht angezogen.«

»Ach was, du siehst großartig aus.«

Sie fuhren schweigend. Meiko beobachtete ihn. Wie hatte Frank sich verändert! Er schien noch gewachsen zu sein seit damals. Die Schultern waren breiter. Die Sonne hatte seine Haare gebleicht und seine Haut gebräunt. Das machte seine blauen Augen noch auffälliger. Und es war unverkennbar, daß er sich auch innerlich ziemlich verändert hatte. Das war nicht mehr der schüchterne Collegeboy von einst, sondern ein selbstbewußter Mann.

Er parkte vor dem riesigen Komplex mit rosa Stuck, der ein wenig an eine Karawanserei erinnerte, und führte sie durch die Lobby auf eine zum Strand hinabführende Terrasse. Sie lehnten eine Weile am Geländer, um in die Brandung hinauszusehen. Frank blickte nach links hinüber und sagte:

»Sieh dir da drüben *Diamond's Head* im Abendsonnenschein an. Ist das nicht schön?«

»Wo?« sagte sie. »Habe ich nie gesehen.«

Er sah sie überrascht an. »Seit wann bist du denn hier?«

»Seit drei Jahren.« *Drei endlose Jahre.* »Warum?«

»Du meinst, du bist seit drei Jahren hier und immer noch eine *malihini,* die *Diamond's Head* nicht kennt?«

»Entschuldigung«, sagte sie. »Ist das eine Bildungslücke?«

Er begütigte eilends. »Nein, nein, natürlich nicht. Es ist nur . . . sehr überraschend.« Er deutete auf den dunkelbraunen Berg aus vulkanischem Gestein, der sich hinter dem Strand erhob. »Das dort.«

»Sieht nicht sehr nach Diamanten aus.«

»Das stimmt. Mehr wie Gibraltar. Hat seinen Namen auch nur von den Kalzitkristallen, die Matrosen im vorigen Jahrhundert dort gefunden und fälschlicherweise für Diamanten gehalten haben.«

Sie gingen in das Restaurant, wo er einen Tisch reserviert hatte. Es erschien Meiko zu vornehm für ihre schlichte Kleidung, und deshalb war sie froh, daß die Beleuchtung so schummrig war. Trotzdem fühlte sie sich unbehaglich, bis sie endlich an ihrem Tisch in einer Nische saßen.

Sie zögerte, als der Kellner nach den Cocktails fragte. Frank schlug einen *Mai-tai* vor und bestellte für sich selbst ein *Kirin*-Bier. »Zu deinen Ehren«, meinte er lächelnd.

Er unternahm unverdrossen einen Versuch nach dem anderen, Konversation zu machen, sprach über die Inseln im allgemeinen, über die besten und größten Hotels in Waikiki, die einem gewissen Matson gehörten, der auch der Eigentümer der Schiffslinie war, die die meisten Urlauber aus den Staaten hierherbrachte. Er schien diesen Matson irgendwie zu beneiden. Es entging ihr nicht, wie er mit gewisser Mühe versuchte, bestimmten Themen aus dem Weg zu gehen. Sie versuchte das Spiel mitzuspielen, so gut es ihr möglich war, aber nach ihrem ersten Drink war die zähe Konversation dann auch schon versiegt, und sie saßen in Schweigen da, das sich allmählich unbehaglich zu dehnen begann, bis er es endlich nicht mehr aushielt und ganz direkt wurde.

»Irgend etwas ist zwischen Matsuo und dir passiert, nicht wahr?«

Die Frage verblüffte Meiko so sehr, daß sie ihr Glas umkippte. Während der Fleck das rosa Tischtuch in dunkles Rot verfärbte, stieg Panik in ihr auf. Wie konnte er irgend etwas davon wissen? Wie konnte irgend jemand etwas davon wissen? Sie rang nach Atem. Sie mußte hinaus an die frische Luft!

Sie mühte sich hinter dem Tisch hervor und rannte quer über die leere Tanzfläche nach draußen und zum Strand. Die frische, salzige Seeluft schmerzte in den Lungen, aber sie lief weiter, stolperte, sank ein, verlor einen Schuh im Sand, während sie am benachbarten Hotel vorbeikam. Schließlich blieb sie keuchend unter einer großen Bananenstaude stehen und lehnte sich schluchzend an den dicken Stamm.

Sie hörte weiche, leise Schritte im Sand hinter sich und dann Franks Stimme.

»Es tut mir leid«, sagte er. »Das war idiotisch von mir, ich weiß. Ich wußte einfach nicht, was ich sonst noch sagen sollte. Und ich wollte wirklich nur wissen, was eigentlich geschehen ist. Entschuldige, bitte.«

Sie drehte sich zu ihm um. Er stand mit ihrem Schuh in der Hand vor ihr.

»Aber woher wußtest du es denn?«

»Eure Gefühle füreinander, damals, waren mir nicht verborgen geblieben. Und als ich heute morgen in dein Gesicht sah, wurde mir klar, daß irgend etwas Schlimmes in deinem Leben passiert sein mußte.« Er zuckte mit den Schultern. »Und dich hier, Tausende Meilen von deiner Heimat, zu entdecken . . . das konnte doch nur damit zusammenhängen.«

»Du wußtest, daß er mich liebte?« Meiko war völlig entgeistert. »Hat er dir das gesagt?«

Frank lächelte — bedauernd, glaubte sie zu erkennen. »Nein, nein. Wir sprachen ja nicht mehr viel miteinander. Aber wenn man euch zusammen sah oder dich über ihn sprechen hörte, hätte man blind sein müssen . . .« Er brach ab.

So offenkundig war es? Wußten es denn alle?

»Ich entschuldige mich noch einmal«, sagte er schließlich. »Komm, gehen wir zurück zum Essen. Und ich verspreche dir, ich werde mit keinem Wort mehr davon reden.«

»Ich habe keinen Hunger«, sagte Meiko.

Frank atmete sichtlich auf. »Ich bin froh, daß du das sagst. Ich habe auch den Appetit verloren.« Er deutete auf die Strandpromenade. »Gehen wir ein wenig?«

»Ich werde dir erzählen, was geschehen ist.« Als sie es ausgesprochen hatte, war sie selbst verwundert darüber.

»Es muß nicht sein«, sagte Frank. »Es hat Zeit.«

»Nein. Es muß jetzt sein.«

Und alles, was sich zugetragen und bisher wie eine schwere Bürde auf ihr gelastet hatte, brach mit einemmal wie mit Urgewalt aus ihr hervor. Drei Jahre hatte sie es mit sich herumgeschleppt; eine Ewigkeit. Und nun redete sie es sich in einer Sturzflut der Worte von der Seele — es sprudelte wie von allein aus ihr hervor, als hätte sie die ganze Zeit nur darauf gewartet, daß der richtige Zuhörer endlich kam. Jemand, der Matsuo kannte und ihren ganzen Schmerz um ihn mit ihr teilen konnte.

Sie gingen die schmale Straße mit den stattlichen Eisenbäumen entlang, er die Hände in den Taschen, sie die Arme eng über der Brust verschränkt. Die ganze Geschichte strömte aus ihr. Sie hatte das Gefühl, sie nicht zu erzählen, sondern sich von ihr zu befreien.

O mein Gott! dachte ich nur, während ich Meiko an mich drückte und sie sich ausweinte. *Was für eine Tragödie!*

Wir waren umgekehrt und schon wieder auf dem Sand vor der Brandung, als sie die Beherrschung verloren hatte. Und ich zog sie an mich und sagte ihr, sie solle sich ruhig ausweinen. Sie war so klein und schmächtig in meinen Armen. Ihre Tränen schienen überhaupt nicht mehr aufzuhören. Ich versuchte sie zu trösten, so gut ich konnte. Der ganze, jahrelang unterdrückte und in ihr eingeschlossene Kummer brach wie bei einem Dammbruch aus ihr hervor. Ich war bereit, hier mit ihr zu stehen und sie sich ausweinen zu lassen, und wenn es bis morgen früh dauerte.

Ich versuchte ständig den Gedanken an Matsuos Tod zu verdrängen, aber es gelang mir nicht. *Seppuku* — entsetzlich. Welch ein Horror, sich selbst ein Messer in den Leib zu stoßen und es dann erst quer und anschließend aufwärts durchs eigene Fleisch zu schneiden! Allein der Gedanke ließ Übelkeit in mir aufsteigen. Aber es sah Matsuo ähnlich, etwas traditionell Japanisches zu tun. Ich konnte es nahezu körperlich spüren, wie er wohl versucht hatte, mit diesem rituellen Akt die letzte Spur Amerikas aus sich herauszuschneiden und so als wahrer Sohn Nippons in sein Jenseits einzugehen.

Aber welch ein sinnloser Tod! Und das schlimmste für mich war der Gedanke, daß er wohl mit seiner unveränderten Ansicht über mich in den Tod gegangen war. Immer hatte ich irgendwie noch die Hoffnung gehegt, daß einst ein Tag kommen möge, an dem ich die Dinge mit Matsuo in Ordnung bringen konnte. Nun war diese Hoffnung dahin. Ich drückte Meiko noch enger an mich. Auch ich brauchte nun so etwas wie Trost.

Ich dachte darüber nach, was um ein Haar mit ihr geschehen wäre. Wie sie einfach im Meer versunken wäre, hätte dieses Schiff nicht zufällig ihr kleines Segelboot gerammt. Ein paar Meter links oder rechts nur . . .

Ich hielt sie ganz eng an mich gedrückt. Sekunden und Minuten, Meter und Zentimeter entschieden zuweilen über die dramatischsten Wendungen menschlicher Schicksale . . . welch ein seltsames Leben! Zweieinhalb Jahre lang war ich jetzt schon in Honolulu, Meiko drei Jahre. Dutzende Male mußte ich in dem einen Jahr, seit sie dort arbeitete, schon am *Bon Marché* vorübergekommen sein. Aber heute war ich zum ersten Mal hineingegangen und zufällig an dem Verkaufstisch für Strümpfe vorbeigekommen, gerade als sie dort stand . . . Hätte sie sich in diesem Moment gerade nach unten gebeugt, wäre ich vorbeigegangen, ohne von ihr Kenntnis zu nehmen . . .

Meiko begann sich langsam von mir freizumachen.

»Entschuldige«, sagte sie und wandte sich ab.

»Dazu besteht kein Anlaß. Du brauchst dich niemals und für nichts bei mir zu entschuldigen.« Ein Gedanke kam mir. Erst zögerte ich noch, dann fragte ich geradeheraus: »Hat Matsuo dir jemals erzählt, was zwischen uns beiden geschehen ist?«

Sie schüttelte den Kopf. Der Mond war inzwischen aufgegangen und tauchte alles in geisterhaftes Licht. »Nein.«

»Dann ist es wohl Zeit, daß ich meinerseits eine kleine Beichte ablege«, sagte ich. Ich streckte die Hand nach ihr aus, in der Hoffnung, sie würde sie ergreifen. »Ich erzähle es dir auf dem Rückweg zu meinem Wagen.«

Sie nahm meine Hand, und ich fühlte mich sehr erleichtert. Die Berührung mit ihr machte mir wieder bewußt, wie sehr sie immer noch meine Gefühle beherrschte. Ich hatte sie mittlerweile verdrängt gehabt. Jugendliche Romantik. Phantasien nach einem Mädchen, von dem ich doch genau wußte, wie unerreichbar es mir für immer bliebe.

Und nun, hier am Strand von Waikiki, schien dieser alte Jugendtraum plötzlich keineswegs mehr unerfüllbar zu sein.

SEPTEMBER

TOKIO

Hiroki stand im Oberhaus im Parlamentsgebäude und blickte über die Versammlung hinweg. Die meisten anwesenden Männer waren mit Beginn der Sitzung in der nächsten Stunde Mitglieder der Kaiserlichen Versammlung. Erregung und Erwartung waren überall spürbar. Auch Hiroki selbst verspürte sie. Denn womöglich stand hier die wichtigste Kaiserliche Versammlung seit dem Bestehen des Reiches bevor.

»Wo ist dein Bruder?« fragte Koki Hirota neben ihm.

»Mein Bruder? Matsuo ist zu Hause. Warum fragst du?«

Hirotas Gesicht war ausdruckslos. »Nun, ich glaube, es ist am besten für unsere Pläne, wenn er bei dieser Kaiserlichen Versammlung nicht anwesend ist. Er könnte Ansichten ähnlich denen äußern, die er bei der Geburt des Kronprinzen von sich gab.«

Hiroki nickte. »Ja, da bin ich ganz deiner Meinung.«

Es stimmte. Matsuo hatte hier nichts zu suchen. Hiroki überlegte. Zürnte er seinem Bruder eigentlich immer noch? Nein, nein. Das nicht mehr. Wenn auch sein Gleichmut in dieser Hinsicht sicher nicht möglich gewesen wäre, hätte Meiko weitergelebt und ihn so ständig an das Geschehene erinnert. Mit ihrem Tod war alles auf eine wenn auch unangenehme Episode zusammengeschrumpft, die im Interesse der Familienharmonie begraben und vergessen werden konnte.

»Ich bin auch froh, daß Admiral Yamomoto nicht teilnehmen wird«, sagte Koki eben.

Hiroki warf einen schnellen Blick hinüber zu dem kleinen, etwas dicklichen Marineoffizier, der mit seiner ordenübersäten Uniform Mittelpunkt einer Gruppe war, die ihm andächtig lauschte.

»Warum das?«

»Er redet so ziemlich das gleiche wie dein Bruder.«

»Ach ja?«

Hiroki war bereit gewesen, so ziemlich alles zu tun — außer einen Mord zu begehen —, um Matsuo von der Teilnahme an dieser Kaiserlichen Versammlung abzuhalten. Es war allerdings auch höchst unwahrscheinlich gewesen, daß er eingeladen wurde. Wenn allerdings ihrem Vater einfiele, daß er Matsuo dabei haben wollte, hätte dieser zweifellos auch eine Einladung erhalten.

Doch seine Befürchtungen hatten sich als grundlos erwiesen. Matsuo hatte keinerlei Interesse an Politik an den Tag gelegt. Nach dem Vorfall draußen im Sommerhaus hatte er sich ganz von der Familie zurückgezogen. Im ersten Jahr danach hatte er sich darauf beschränkt, zu Geburtstagen und dem einen oder anderen Festtag zu kurzen Besuchen zu erscheinen, sonst aber seine ganze Zeit dem Marinenachrichtendienst gewidmet. Dort hatte er sich buchstäblich in

Arbeit ertränkt. Dann war er zwei Jahre lang nach Panama versetzt worden, um dort einen Geheimdienststützpunkt für Nachrichten aus Amerika aufzubauen. Seit kurzem war er wieder zurück. Er hatte inzwischen einen beachtlichen Ruf als Amerika-Experte. Schon aus diesem Grund hätte er eigentlich eine Einladung zu der Versammlung heute bekommen müssen, wenn nicht die *Tosei-ha* all ihre Beziehungen hätte spielen lassen, um eben dies zu verhindern. Überhaupt alle, von denen zu erwarten war, daß sie gegen die Allianz sprächen, waren von der *Tosei-ha* abgeblockt worden. Es sollten keinerlei Schatten des Zweifels auf die Versammlung fallen.

Neugierig geworden, näherte sich Hiroki wie unabsichtlich der Gruppe um Yamamoto, um jedoch sofort in die Konversation hineingezogen zu werden.

»Ah, Okumo-san! Der Admiral sprach gerade von seinen Ansichten über die Nachteile des Dreimächtepakts.«

Nach der heutigen Kaiserlichen Versammlung, nach welcher der Tenno persönlich Japans Bündnis mit Deutschland und Italien unterzeichnen sollte, war der Dreimächtepakt eine Tatsache. Allenfalls die formellen Dokumente mußten dann noch ausgefertigt werden. Nun hatte Yamamoto jedoch in Harvard studiert und war jahrelang Marineattaché in Washington gewesen. Es war schon interessant zu erfahren, was er dachte. Hiroki verbeugte sich vor dem Admiral.

»Es wäre mir eine Ehre, des Admirals Ansichten zu erfahren.«

Yamamoto erwiderte die Verbeugung. »Ich habe hier eben schon erläutert, daß ich eine ganze Reihe von Nachteilen erblicke, besonders aber diese zwei: Der Pakt unterstellt, daß Japan aus dem Bündnis mit Deutschland und Italien irgendwelche Vorteile ziehen könne. Dieser Meinung bin ich nicht.«

Hiroki entgegnete nichts. Der Dreimächtepakt war im Augenblick eine unabdingbare politische Notwendigkeit. Später konnte man ihn immer noch fallenlassen.

»Und der größte Nachteil dieser Allianz ist die Tatsache, daß sie unweigerlich Krieg mit Amerika bedeutet.«

»Ist der Admiral der Meinung, daß Japan einen Krieg gegen die Vereinigten Staaten fürchten muß?«

»Ich glaube, Japan sollte jedem Krieg aus dem Weg gehen, den es nicht gewinnen kann.«

Mit einem Schlag wandte sich das Interesse der gesamten Gruppe Hiroki zu, der in der Tat das Gefühl hatte, diese Feststellung dürfe nicht unwidersprochen bleiben.

»Die Vereinigten Staaten«, erklärte er, »werden von einem verkrüppelten, kranken Mann geführt, der von einem Kabinett anderer kranker alter Männer beraten wird. Dergleichen Leute brauchen wir nicht zu fürchten.«

Yamamoto schüttelte langsam und nachsichtig den Kopf. »Es werden keineswegs kranke alte Männer sein, die den Amerikanern Schiffe und Flugzeuge bauen, welche sie uns in endlosem Strom entgegenschicken können. Es werden auch keine kranken alten Männer sein, die ihre Uniformen schneidern und ihre Gewehre produzieren und ihre Nahrungsmittel. Und alles andere als kranke alte Männer, die gegen uns marschieren werden.« Er straffte die Schultern. »Wenn ein Krieg unvermeidlich ist, dann werde ich mich wie tausend Teufel für Japan schlagen. Wir können gegen die Amerikaner wie die Berserker kämpfen. Ein halbes Jahr lang vielleicht. Doch dann überwältigen sie uns schlicht und einfach. Mit ihrer unerhörten Material- und Rohstoffüberlegenheit. Da mögen wir so tapfer kämpfen, wie wir wollen.«

Und damit verbeugte und entfernte er sich.

Die Gruppe löste sich auf. Hiroki blickte dem Admiral nach. Es war ihm durchaus klar, warum Yamamoto seine vermutlich letzte Gelegenheit, gegen die ›Achse‹ zu argumentieren, so eifrig ergriffen hatte. Denn dieses Bündnis hatte ab heute dann den Segen des Kaiserlichen Willens, und danach durfte sich keine Stimme mehr dagegen erheben.

Koki hatte schon recht. Was Yamamoto gesagt hatte, klang zum Verwechseln nach Matsuo. Bedeutete das etwa, daß die beiden erfahrensten Amerika-Experten Japans den Krieg gegen die USA auch am meisten fürchteten?

Das war ein beunruhigender Gedanke. Hiroki zog es vor, nicht weiter darüber nachzugrübeln.

Sie knieten im kaiserlichen Palast nebeneinander. Hiroki hielt sich wie sein Vater steif aufrecht, die Hände auf den Knien. Er hatte sich bereits so tief verbeugt, daß seine Stirn die rauhe Oberfläche des *tatami* unter ihm berührte. Vor und über ihnen saß auf einem reichgeschnitzten Thron vor einer Wand aus golddurchwirktem Stoff der Tenno in Person. Nie konnte Hiroki sich daran gewöhnen, daß der mächtige Sohn des Himmels ein so schmächtiges kleines Männchen war, mit seinem runden Gesicht, dem dünnen Bärtchen und den Eulenaugen hinter der dicken Brille.

Vor und neben Hiroki knieten die höchsten Amts- und Würdenträger Japans — Diener eines Gottes.

Eine Kaiserliche Versammlung ist nur eine reine Formalität, sagte er sich zum tausendsten Male. *Lediglich eine Formalität.* Die Regierung hatte längst die verbindliche Entscheidung über den Beitritt zum ›Achsen‹-Bündnis Deutschlands und Italiens getroffen. Nur der Tradition und den Vorschriften der Meiji-Verfassung folgend, holte man pro forma zu einer Entscheidung von derartiger Bedeutung die Zustimmung des Gottkaisers ein. Eine tatsächliche Einspruchsmöglichkeit besaß der Tenno gar nicht. Und er hatte auch gar nicht die kleinsten Anstalten gemacht, solche Einsprüche zu erheben. Seine Rolle bei einer Kaiserlichen Versammlung bestand lediglich darin, die Beschlüsse seiner Berater anzuhören, ohne irgendwelche Kommentare dazu abzugeben. *Lediglich eine Formalität.*

Gleichwohl munkelte man, der Tenno sei nicht so ganz glücklich über diese Allianz — eine Tatsache, die Hiroki ziemlich nervös machte. Ein einziges Wort nur, eine Silbe, selbst lediglich die Andeutung von Ablehnung — das Heben einer Augenbraue genügte —, und der ganze Pakt war gestorben . . . Monate, ja Jahre diffizilster Manöver der *Tosai-ha* wären umsonst!

Und wenn dieser Fall eintreten sollte, dann war auch klar, daß alles zum größten Teil auf ihn zurückfiel.

Er war es immerhin gewesen, der so nachdrücklich die Ansicht vertreten und forciert hatte, der Nation müsse mit allem Nachdruck und immer wieder klargemacht werden, die Göttlichkeit des Tenno sei absolut außerhalb jeden Zweifels und jeder Diskussion. Er war es gewesen, der die *Tosei-ha* immer und immer wieder gedrängt hatte, ihren Einfluß zu benützen, damit im Parlament Gesetze verabschiedet wurden, die schon die leisesten Zweifel an der Göttlichkeit des Tenno — geschweige denn geäußerte gegenteilige Ansichten — unter strengste Strafen stellten. Er war es gewesen, der dies alles aus der Geschichte abgeleitet hatte: schon die Tokugawa-Shogune hatten es genauso gemacht; sie hatten den göttlichen Status des Tenno aufgeblasen, ihn zu einer so entrückten Gottheit emporstilisiert, daß jedes Lidzucken von ihm zum göttlichen Gebot erklärt werden konnte. Und hatten damit dann jahrhundertelang nach Belieben regiert — alles angeblich immer nur in seinem göttlichen Namen.

Und jetzt hatten sie das Land erneut an diesem Punkt. Der Tenno war praktisch völlig isoliert von seinem Volk und hatte keinerlei Entscheidungsbefugnis, was die Regierungsgeschäfte betraf.

Die *Tosei-ha* konnte bereits wieder fast alles tun, was sie wollte — im Namen des Tenno, verstand sich. Es war eine so gut wie narrensichere Konstruktion; lediglich mit Ausnahme einer offiziellen Kaiserlichen Versammlung wie dieser hier. Der göttliche Status des Tenno konnte gut ein Schuß nach hinten werden, wenn es dem Kaiser einfiele, irgendeinen Einwand zu erheben.

Die letzten Kabinettsmitglieder und Staatssekretäre hatten sich inzwischen erhoben, verbeugt und kurz ihre Ansicht vorgetragen, warum sie meinten, der Kaiser solle den Dreimächtepakt gutheißen. Hirohito saß statuengleich stumm und reglos auf seinem Thron. Und so sollte und mußte es auch sein. Wenn er auf diese Weise die Versammlung ohne jede Äußerung enden ließ, dann war der Lauf der Geschichte des Landes beschlossene Sache. Dies war der entscheidende Moment. War der Pakt erst einmal gebilligt und unterzeichnet, gab es kein Zurück mehr.

Weiter keine Regung von Hirohito. Auch nicht das Erheben, als Zeichen dafür, daß die Versammlung beendet sei. Er saß wie sein eigenes Standbild. Unerforschliche Augen hinter den dicken Brillengläsern. Totenstille breitete sich aus. Jedes Kleiderrascheln, selbst Atemgeräusche verstummten, als der Tenno sich kaum merklich vorbeugte.

Will er etwa eine Rede halten?

Hiroki spürte, wie ihm am ganzen Körper der Schweiß ausbrach. Die Schweißperlen auf Stirn und Oberlippe begannen langsam zu laufen.

Was zögert er denn?

Die Sekunden verrannen in bleierner Langsamkeit. Hiroki spürte sein Herz immer schneller schlagen.

Dann war es urplötzlich vorbei. Wortlos erhob sich der Tenno. Hiroki verbeugte sich mit allen anderen schweigend bis zum Boden, aber am liebsten hätte er einen Freudenschrei ausgestoßen.

Geschafft! Es drängte ihn aufzuspringen, um Shimazu die gute Nachricht zu überbringen. *Nichts kann uns jetzt mehr aufhalten!*

1941
Das Jahr der Schlange

JANUAR

›AU‹ AU-KANAL, LAUANI, MAUI

Frank hing über den Bootsrand hinaus und hatte den Kopf in dem Eimer mit dem Glasboden stecken. Er beobachtete den Meeresboden und suchte nach Buckelwalen.

Meiko beobachtete ihn.

»Das mußt du sehen!« sagte er mit unverhohlener Begeisterung. »Jeden Winter kommen sie hier in den Kanal zur Paarung. Du mußt die Wale einfach sehen!«

Das war der Grund, warum sie hier in ihrem kleinen Motorboot herumschipperten und das Meer absuchten.

Meiko hatte schon oft Buckelwale gesehen und wußte, wie sie geschmeidig und gewandt mit den Wellen schwammen und aus ihnen hervorschossen, um zu atmen, und dann wieder hinabtauchten in ihrer monströsen Größe und dabei doch so sanft. Doch wenn sie sich gelegentlich dann ganz aus dem Wasser schleuderten, um mit gewaltigem Klatschen wie eine Granate wieder auf das Wasser zurückzufallen, war rein gar nichts Graziöses mehr an ihnen, nur noch Gewaltigkeit. Dann konnte man Angst vor ihnen bekommen.

Frank wollte sich nicht damit begnügen, die Tiere aus sicherer Entfernung zu beobachten. Er wollte sie auch unten in der Tiefe, in ihrer eigenen Welt sehen.

»Da ist einer!« rief er plötzlich. Seine Stimme hallte in dem Eimer. »Und was für ein großer!« Er schob Meiko den Eimer zu. »Schnell! Direkt unter uns!«

Sie blickte nach unten. In dem kristallklaren Wasser hielten sich oben die Schwärme kleinerer Korallenfische in allen Regenbogenfarben auf. Und tief unter ihnen zogen nicht nur einer, sondern gleich drei Buckelwale majestätisch vorbei, in entgegengesetzten Richtungen.

Wohin schwimmen sie? dachte Meiko. *Was denken sie?* Es war stets dieses fast spürbare *wa* um diese Tiere, eine Art innerer Frieden, der sich aus ihrem Anblick und ihrer Bewegung mitteilte.

Sie waren bereits vorbei und wieder verschwunden. Aber die Ruhe, die sie verkörperten, blieb. Meiko blickte noch eine Weile hinab, doch sie kamen nicht wieder.

Sie schob Frank den Eimer wieder hin. »Wunderschöne Tiere.«

»Ich sagte dir ja, es wird dir gefallen.« Er lächelte zufrieden. »Vielleicht kommen noch welche.«

Sie beobachtete ihn wieder, wie er den Kopf zurück in den Eimer im Wasser steckte, um den Grund abzusuchen. In den vergangenen Monaten hatte er sich rührend um sie gekümmert. Seit Matsuos Tod war ihre Welt grau und trübe, ereignislos und voll Trauer gewesen. Sie hatte in einem Zustand emotionaler Narkose gelebt — eine lebende Tote, kaum mehr —, freudlos, schmerzlos und hoffnungslos. Sie war wie eine Schlafwandlerin durch das Leben gegangen.

Und jetzt war sie wieder wach. Sie nahm wieder den Salzgeruch des Meeres wahr, die Sonne am blauen Himmel, die vier Inseln um sie herum: die sattgrünen Hügel von Maui und Lanai rechts, hinter ihnen die flache Masse von Molokai, und vorne, weit im Süden, Molokais arme Schwester, das niedrige, braune, unansehnliche und unzugängliche Kahoolawe. Dazwischen diese sanften Leviathane, wie sie auftauchten und wieder zurückglitten, immer zwischen der Oberfläche und der Tiefe . . .

Und das alles verdankte sie Frank.

Er war ein sympathischer Mann. Vergangenen Sommer war er dreißig geworden, aber noch immer hatte er diese knabenhafte Lust und Freude an den Entdeckungen der Wunder dieser Welt. Seit ihrer Wiederbegegnung hatte seine stille Lebensfreude allmählich auch von ihr Besitz zu ergreifen begonnen. Und sie fühlte sich wieder lebendig. Acht Monate war das jetzt her, und sie waren sich die ganze Zeit über ständig nähergekommen, obwohl die letzte Barriere noch nicht gefallen war.

Die Erinnerung an einen anderen sonnigen Nachmittag in einem Boot kam ihr — vor jetzt fast vier Jahren. Und Frank war plötzlich Matsuo, wie er den Arm über dem Steuer des Außenbordmotors hängen hatte. Meiko benötigte nur einen Lidschlag lang, ehe die Vision wieder verschwand. Aber ihre Erinnerung blieb.

Matsuo war so ganz anders gewesen. Immer in Bewegung. Immer auf der Jagd nach etwas, das er doch nie gefunden hatte. Immer schien er im Konflikt mit der Welt um ihn herum gelebt zu haben, immer im Kampf um seinen Platz in dieser Welt gewesen zu sein. Unablässig schien er eine Spur von Turbulenzen hinter sich her gezogen zu haben, wohin er auch ging. Stets war die Welt voller Aufregungen gewesen, wenn er in der Nähe war.

Es war ihr nicht ganz erklärlich, wieso sie sich von derart entgegengesetzten Polen wie diesen beiden Männern dennoch in gleicher Weise angezogen fühlte. Vielleicht, weil sie in ihrem Leben jetzt alles andere als Aufregungen brauchte. Was sie jetzt brauchte, war ein Mann wie Frank.

»O mein Gott!« rief Frank in diesem Moment und schoß hoch. Er warf den Eimer in das Boot und griff nach den Paddeln.

»Was ist?« fragte sie beunruhigt angesichts seiner Hast. »Da kommt einer hoch, genau unter uns!«

Aber es war nichts zu sehen als das ruhige Wasser. Frank paddelte wie verrückt, Meiko beobachtete das Meer. Und dann teilte sich das Wasser tatsächlich direkt links neben dem Boot, und eine gewaltige, graue Masse stieg empor. Die Kugel eines Auges, das größer war als ihre Faust, blickte sie an, starr und ausdruckslos. Sie duckte sich, als das pulsierende Blasloch sich öffnete und ein warmer, salziger Regen daraus auf sie niederging.

»Faß ihn an!« schrie ihr Frank zu.

Sie sah, wie er plötzlich im Boot lag und über die Bootsplanke hinaus zu greifen versuchte, so weit er konnte. Dann sah sie wieder auf den Wal, der direkt neben dem Boot blieb und sich in einem langsamen, eleganten Bogen krümmte. Und sie griff hinaus — und berührte den Wal.

Die Haut fühlte sich weich und glitschig an; ganz verblüffend weich. Sie ließ ihre Hand daran entlanggleiten, und es schien ewig zu dauern, bis der Wal schließlich wieder hinabsank und in der Tiefe verschwand. Eine Aufwärtsbewegung seiner Schwanzflosse berührte noch den Boden des Bootes. Hatte er die beiden winzigen Menschlein registriert, wahrgenommen? Und ihre Nußschale, in der sie waren? Es war kaum denkbar.

»Wir haben es getan!« sagte Frank ganz atemlos und außer sich. Er hing noch immer über der Planke und starrte ins Wasser nach unten. »Wir haben einen Wal angefaßt, Meiko! Es war wie . . . wie . . .«

». . . wie wenn man einen Gott berührt«, sagte Meiko und blickte wie verwundert auf ihre feuchte Hand.

Frank starrte sie an. »Genau«, sagte er, »Genau so war es.«

Er griff nach ihrer Hand, und sie nahm sie. Die beiden Hände, die den Wal berührt hatten, schlossen sich über dem Wasser ineinander.

MÄRZ

TOKIO

Matsuo war nervös. Er ging in dem geräumigen Büro des Admirals im Marineministerium unruhig hin und her. Der Admiral hatte ihn herbestellt, um eine wichtige Angelegenheit mit ihm zu besprechen.

Matsuo hatte, als ihn die Order erreichte, eben an der jährlichen Nirwana-Zeremonie *Nehan-E* im *Tofuku-ji* in Kyoto teilgenommen und im *karasansui*-Garten der Gründerhalle des Tempels meditiert; in dessen Komposition aus Grün und weißem Sand hatte er Ruhe und Seelenfrieden gesucht. Seit Meikos Tod fühlte er sich immer stärker zu der alten Stadt hingezogen. Während seiner Zeit in Panama hatte sie ihm sehr gefehlt. Kyoto war für ihn zu einer Art persönlichem Heiligtum geworden. Die Zeitlosigkeit ihrer zahllosen Schreine und Tempel und die Schönheit der Hügel rings um diese Stadt herum waren wie ein Schutzschild gegen die zunehmende Hektik in ganz Japan. Dort konnte er auf Wegen gehen, die Kaiser früherer Zeiten gegangen waren, als Kyoto noch Kaiserstadt war, oder unter Bäumen sitzen, die die große, fünfstöckige Pagode des *To-ji*-Tempels umstanden, oder den Widerschein der blattgoldbelegten Dächer des *Kinkaku-ji* in den stillen Wassern zu seinen Füßen betrachten. Und er pflegte sich dabei sein Leben in einer weniger turbulenten Zeit vorzustellen.

Nur das Fliegen hoch oben am Himmel über dem grünen, blauen und harmonischen Japan vermittelte ihm ähnliche Gefühle inneren Friedens.

Auf seinem *futon*, das war gewiß, konnte er keine Ruhe finden; schon gar nicht, wenn er in Reichweite von Nagatas *daisho* schlief. Immer wieder brachten diese Schwerter ihm Träume von Meiko — glückliche Träume von einer lebendigen Meiko, in denen sie an endlosen Stränden ging, mit jemandem an ihrer Seite. Diesen anderen konnte er nie erkennen, aber er ahnte, daß er kein Japaner war. Meiko indessen schien zufrieden zu sein. Waren diese Schwertträume, wie er sie bei sich selbst nannte, etwa Visionen eines nächsten Lebens? Wenn es so war, dann war Meiko glücklich, und das machte ihn froh.

Hinter ihm ging die Tür auf. Er drehte sich um und verbeugte sich tief. Admiral Yamamoto war eingetreten. Er trug eine einfache Dienstuniform ohne alle Abzeichen, erwiderte die Verbeugung und umarmte Matsuo.

»Es ist lange her seit Kasumigaura«, sagte er. »Fliegen Sie noch immer?«

Matsuo nickte. »Sooft es geht. Sie?«

»Ebenfalls. Aber ich habe mit jedem Jahr weniger Zeit, mich ab und zu in die Luft zu flüchten. Nehmen Sie doch Platz.«

Admiral Yamamoto war Kommandeur der Marinefliegerschule in Kasumigaura gewesen, als Matsuo dort ausgebildet wurde, und hatte ihm seine Vorstellungen von Luftmacht als integralem Bestandteil der Seemacht vermittelt. Später war der Admiral dann im Marineministerium für die Marinefliegerei zuständig gewesen, bis er in seine jetzige Position als Befehlshaber der Vereinigten Flotten aufgerückt war. Matsuo kannte ihn als ausdauernden Kartenspieler, dem es nichts ausmachte, nächtelang beim Poker, *shogi* oder Bridge zu sitzen.

Trotz der Jahre und der vielen langen Nächte sah er kaum älter aus als damals. Sein Haar war kurzgeschoren und borstig, das Kinn eckig und die Augen so lebhaft wie eh und je.

»Wir sind im Jahr der Schlange. Nächsten Monat werde ich siebenundfünfzig«, sagte er. Er war ans Fenster gegangen und blickte hinaus auf den erwachenden Frühling Tokios, ehe er sich umdrehte und Matsuo direkt ansah. »Ich fürchte, daß wir bei meinem achtundfünfzigsten Geburtstag schon im Krieg mit Amerika sind.«

Matsuo stand schweigend und verblüfft da. Japan war bereits im Krieg mit China und hatte Teile der holländischen und französischen Kolonialgebiete in Indochina besetzt. Er kannte gut die sich unaufhörlich an die ordensgeschmückte Brust klopfenden Militärs vom Schlage des Ministers Tojo, die ständig von noch ausgedehnteren Konflikten träumten, selbst von der Herausforderung der USA. Doch den Admiral diese Worte mit solcher Sicherheit der Überzeugung aussprechen zu hören war schon ein Schock.

»Es muß doch Wege geben, das zu vermeiden«, meinte er.

Yamamoto schüttelte betrübt den Kopf. »Wohl kaum. Ich glaube mich aus unseren Gesprächen in Kasumigaura zu erinnern, daß Sie ganz andere Ansichten haben als Ihr Bruder. Ansichten, die ich teile, wie Sie wissen. Wir beide kennen Amerika und wissen, daß Japan keinen längeren Krieg gegen die Vereinigten Staaten gewinnen kann. Das Reich muß nun jedoch entweder bald expandieren, oder es wird für immer auf sich selbst beschränkt und isoliert bleiben. Und das Risiko eines Krieges mit den Amerikanern ist unausweichlich, wenn wir uns der Philippinen zu bemächtigen versuchen — was wir müssen, wenn wir uns nach Süden ausbreiten wollen.«

Er ging zu der Landkarte des pazifischen Raums, die an der Wand hing, und deutete auf Hawaii — mit der Hand, an der er in der Schlacht von Tsushima im Russisch-Japanischen Krieg zwei Finger verloren hatte.

»Seit neun Monaten haben die USA ihre Pazifikflotte hier stationiert. Das ist bereits auf halbem Weg zu uns.« Er machte eine weite Geste westwärts über die Karte hin. »Unmittelbar nach einer Kriegserklärung wird diese Flotte auslaufen.« Er machte dieselbe Geste in Gegenrichtung ostwärts. »Die Kaiserliche Marine wird bereit sein, sich ihr zu stellen.« Seine beiden Arme trafen sich in der Mitte des Pazifiks. »Ob wir die Schlacht dieses geballten Aufeinandertreffens gewinnen oder nicht, sei dahingestellt. Ich denke, wir können sie gewinnen. Aber nicht, ohne daß auch unsere Flotte erhebliche Verluste erleidet. Doch wie sollen wir dann, in der Zeit, da sie wieder aufgebaut wird, die Philippinen halten, Malaya, Niederländisch-Ostindien und Singapur dazu? Ohne funktionsfähige Marine?«

»Ich weiß es auch nicht«, antwortete Matsuo. »Aber auch die Amerikaner werden natürlich ihre Flotte wiederaufbauen. Und schneller als wir.«

Yamamoto nickte knapp. »Eben. Ganz genau. Wenn ich das doch nur dem Oberkommando klar machen könnte!«

»Sie müssen es!« sagte Matsuo. »Wir müssen es!«

»Nein«, winkte der Admiral ab. »Das habe ich nun schon monatelang vergeblich versucht. Sie nehmen einfach nicht zur Kenntnis, was ihnen nicht gefällt.« Er atmete tief durch. »Also können wir allenfalls den Flottenaufmarschplan im Pazifik ändern, da wir nichts gegen die Ansichten auf dem Berg Sanno ausrichten können. Erinnern Sie sich daran, wie die japanische Marine den Krieg von 1904 gegen Rußland begann?«

Japanische Torpedoboote hatten die russische Flotte vor Port Arthur überraschend angegriffen und einige ihrer besten Schlachtschiffe versenkt. Es war ein historischer Seesieg.

Zuerst war Matsuo nicht klar, was der Admiral meinte. Dann sprang ihm die Parallele plötzlich in die Augen. »Sie meinen doch nicht etwa . . .?«

»Natürlich meine ich das.« Der Finger des Admirals zeigte wieder auf den vorhin angedeuteten Ort des Aufeinandertreffens mitten im Pazifik. »Wir dürfen sie nicht hier erwarten, sondern wir müssen sie bereits hier angreifen und besiegen.«

Und sein dicker Finger deutete auf Hawaii.

Matsuo riß es hoch. Er kam herbei und starrte auf die Karte. Welch ein verwegener Plan! Brillant! Die Amerikaner hatten ihre Flotte als ausdrückliche Warnung an Japan von San Diego nach Pearl Harbor verlegt. Hiroki hatte diese Anwesenheit der US-Kriegsflotte auf der Route der großen Schiffahrtswege dramatisch *Taiheiyo-no-gan* genannt — das Krebsgeschwür im Pazifik. Admiral Yamamotos Plan nutzte eben diese Tatsache ihrer größeren Nähe zu Japans Vorteil!

»Kann das gelingen?« fragte er atemlos.

»Keine Ahnung. Deshalb habe ich Sie ja kommen lassen. Wir haben Nachrichtenmaterial über Oahu und Pearl Harbor, doch keines, das für die Planung eines Angriffs dienlich wäre.«

»Aus der Luft natürlich?«

Der Admiral lächelte. »Natürlich. Doch zuerst muß ich wissen, ob ein Luftangriff auf den Hafen tatsächlich durchführbar ist. Und dies wird Ihre Aufgabe sein. Ich habe bereits veranlaßt, daß Sie beim Nachrichtendienst von Ihren gegenwärtigen Aufgaben entbunden und mir direkt und persönlich unterstellt werden. Sie berichten also unmittelbar mir. Und nur mir.«

Matsuo besah sich die Landkarte, auf welcher die Hawaii-Inseln nur kleine Flecke in einer endlosen blauen Fläche waren.

»Wenn wir sie dort treffen können, zu einem Zeitpunkt, da genug Schiffe im Hafen liegen . . .«

»Ein Angriff lohnt sich nur, wenn mindestens vier Schlachtschiffe ankern. Und es wäre natürlich hervorragend, wenn wir auch einen Flugzeugträger erwischen könnten. Da der Krieg mit den Amerikanern so oder so unausweichlich ist, muß das Ziel dieses Überraschungsangriffs ein vernichtender Schlag bei möglichst geringen eigenen Verlusten sein. Das gibt uns dann Zeit, unsere Eroberungen auf den Philippinen und in Ostindien zu festigen. Ein halbes Jahr nach Ausbruch der Feindseligkeiten könnten wir dann vielleicht um einen Frieden zu akzeptablen Bedingungen verhandeln. Japans wirtschaftliche Zukunft wird garantiert sein, und wir haben einen längeren Krieg gegen einen Feind vermieden, gegen den wir nicht gewinnen können.«

»Und denken Sie auch an eine Besetzung Hawaiis?« sagte Matsuo, ohne den Blick von der Karte zu wenden. Als keine Antwort kam, wandte er sich um. Der Admiral hatte ein breites Grinsen aufgesetzt.

»Hervorragend!« sagte er und legte Matsuo die Hand auf die Schulter. »Sie denken wie ein Admiral! Ein Blitzangriff auf Hafen und Flugplätze, der die Amerikaner verheerend trifft und nach dem sie erst einmal ihre Wunden lecken müssen, verschafft uns Zeit. Wenn wir aber Hawaii auch noch besetzen, nehmen wir ihnen ihren Hauptstützpunkt im Pazifik! Und damit gewinnen wir weitere Zeit zur Stabilisierung unserer Position in der Südsee. Obendrein ist es ein überaus wertvolles Verhandlungs-Unterpfand, wenn es an Friedensgespräche geht: Gut, ihr bekommt Hawaii zurück, wenn ihr nichts gegen unsere Eroberungen in Asien und im Südpazifik einwendet.«

»Nur ein Problem sehe ich«, meinte Matsuo zögernd.

»Und welches? Reden Sie nur!«

»Wenn ich mich recht an meinen Geschichtsunterricht erinnere, dann war es 1904 so, daß wir zwar die diplomatischen Beziehungen zu Rußland abbrachen, ehe wir sofort darauf angriffen, aber erst danach offiziell den Krieg erklärten.«

»Richtig.« Yamamoto nickte.

»Aber gegen die Amerikaner wäre das meiner Meinung nach ein verheerender Fehler. Wir müssen zuerst den Krieg erklären, ehe wir — dann natürlich sofort — angreifen. Ganz unbedingt muß zuerst die Kriegserklärung erfolgt sein.«

»Das entspräche ehrenvoller Kriegführung, da bin ich ganz Ihrer Meinung«, sagte Yamamoto, doch seine Augenbrauen hatten sich zusammengezogen. »Aber das scheint nicht Ihr einziges Argument dafür zu sein, vermute ich? Strategische Gründe?«

»Ja, Admiral. Die Isolationisten!«

Der Admiral bekam große Augen. »Aber natürlich, richtig! Sie haben völlig recht!«

Es gab kaum einen anderen Japaner, mit dem Matsuo so hätte reden und bei dem er so sicher hätte sein können, sofort verstanden zu werden. Nur jemand, der ebenfalls jahrelang in Amerika gelebt hatte, verstand, wie groß die Abneigung der Amerikaner gegen einen Krieg in Übersee war und wie viele ihrer Volksvertreter eben diese Haltung vertraten. Diese Männer würden jeden Krieg zu blockieren oder zu verhindern versuchen, von dem sie glaubten, er rieche nach Abenteuerei, oder bei dem die Volksmeinung dahin ging, man solle sich um die eigenen Angelegenheiten kümmern und nicht um die anderer Völker irgendwo draußen in der Welt. Diese Stimmungslage mußte Japan für sich nutzen!

»Nach dem, was ich aus Amerika hörte, bin ich überzeugt davon, daß Präsident Roosevelt den Krieg will. Alles mögliche hat er schon versucht, die wirtschaftliche Depression seines Landes zu überwinden. Ein Krieg ist seine letzte Chance, dieses Ziel zu erreichen. Ich bin jedoch ziemlich sicher, daß wir uns auf die isolationistische Strömung in Amerika, die alle Kriegsgelüste wenn auch nicht stoppt, so doch verzögert, verlassen können. Jedenfalls, solange sie nicht das Gefühl eines Dolchstoßes in den Rücken haben müssen. Und gerade deshalb müssen wir Amerika gegenüber außergewöhnlich korrekt handeln. Wir dürfen auf keinen Fall angreifen, ehe nicht der Krieg offiziell erklärt ist. Und wir dürfen nur militärische Ziele attackieren. Auf Oahu darf beispielsweise in Honolulu selbst nicht der geringste Schaden verursacht werden. Andernfalls nämlich würden dann gerade die Isolationisten lauter als irgendwer sonst unsere Köpfe fordern.«

»Ein sehr bedeutsamer Punkt«, bestätigte ihm der Admiral. »Ich werde dafür sorgen, daß er von Anbeginn ein integraler Bestandteil des ganzen Plans wird. Ich sehe schon jetzt, es war klug von mir, mich Ihrer Assistenz zu versichern. Doch ehe wir uns jetzt in Details vertiefen«, sagte er, während er Matsuo zur Tür geleitete, »müssen wir vor allem eine Studie darüber anfertigen, was machbar ist. Und diese Studie werden Sie erstellen. Wenn Hawaii zu stark befestigt ist oder die Gewässer darum herum zu intensiv bewacht werden, hat ein Angriff auf Pearl Harbor wenig Sinn.«

Er blieb stehen und blickte Matsuo noch eine Weile versonnen an. «Meine Wahl fiel auch deshalb auf Sie, weil Sie den Krieg gegen Amerika genauso fürchten wie ich. Bewahren Sie sich diese Furcht, und halten Sie sie sich ständig bei Ihrer Arbeit an diesen Plänen vor Augen. Ich hoffe, wir müssen die Pläne nie ausführen. Beten Sie um ein Wunder, daß die Dinge einen anderen Lauf nehmen.«

Matsuo fühlte sich, als er erst begriffen hatte, unter der enormen Last dieses Auftrags schier zusammenbrechen. Dies, aber auch die Ehre, von Admiral Yamamoto persönlich ausgewählt worden zu sein, machten ihn buchstäblich sprachlos. Er verabschiedete sich mit stummer Verbeugung.

Draußen in der frischen Luft mußte er erst einmal seine Gedanken ordnen. Er atmete tief durch und beschloß, sich sofort an die Arbeit zu machen. Er würde mit in die Speichen des Rades der Geschichte greifen!

In seinem Büro setzte er sich mit Leutnant Shigeo Mikawa zusammen. »Was wissen Sie über Pearl Harbor?« fragte er ihn.

Shigeo hatte sich mit diesem Thema im Nachrichtendienst über Hawaii besonders beschäftigt. »Alles«, sagte er dann auch lächelnd. Er war knochendürr und Kettenraucher. Er rühmte sich nicht ohne Stolz, eine angezündete Zigarette nicht mehr aus dem Mund nehmen zu müssen, bis sie aufgeraucht sei. Auch jetzt sprach er mit der unvermeidlichen Zigarette im Mund, während der Rauch sich zu seinen Augen hinauf kräuselte und ihn zum Blinzeln zwang. »Absolut alles. Was möchten Sie wissen?«

»Fangen wir am besten mit den Karten und Fotos an.«

»Kein Problem.« Shigeo zog eine Schublade nach der anderen auf. »Da hätten wir topographische Karten von Oahu und nautische von Pearl Harbor. Hunderte Fotos vom Hafen selbst. In Farbe, in Schwarzweiß. Wie hätten Sie's gerne?«

Matsuo staunte. »Wo haben Sie die denn alle her?«

Shigeo schob ihm die Karten hinüber. »Ich habe sie von unseren Agenten ganz normal in Regierungsbüros kaufen lassen und in Sportanglergeschäften. Können Sie behalten. Ich habe das Zeug massenhaft.«

»Und die Fotos?«

»Farbe.«

»Ja, gut.«

Shigeo zog einen großen Umschlag aus einer seiner unerschöpflichen Schubladen. »Nehmen Sie, was Sie haben wollen. Ich habe Duplikate von praktisch allen.«

Matsuo schüttete den Inhalt des Umschlags auf Shigeos Schreibtisch und besah sich alle Aufnahmen der Reihe nach. Farben und Schärfe waren perfekt. Einige der besten hatten wellengeschnittene Ränder. Er drehte eine um. Sie war mit einer Briefmarke beklebt und an eine Anschrift in Tokio adressiert. Und die Grußbotschaft lautete: »Ist das nicht wunderschön?« Links oben am Rand war etwas aufgedruckt:

Ford Island: The Pearl in the Harbor.

Matsuo lachte laut. »Eine normale Postkarte!«

Das war ja alles einfacher, als er es sich vorgestellt hatte!

MÄRZ

HONOLULU

Ich erwachte durch Meikos Schluchzen. Ganz leise und unterdrückt, aber jedes Aufschluchzen ließ das Bett leise vibrieren. Vor nunmehr etwa einem Monat hatten wir das erste Mal hier in meinem Apartment in Kalihi miteinander geschlafen und seitdem mit zunehmender Häufigkeit unsere Nächte zusammen verbracht.

Als ich mich zu ihr herumdrehte, wandte sie sich ab, aber das Zucken ihrer nackten Schultern blieb.

Ich zog sie sanft zu mir herum. Ihre Augen waren verschwollen und rot, ihr Gesicht tränennaß. Ich überlegte, ob sie etwa wegen Matsuo weine. Der Gedanke verursachte mir Druck im Magen. Ich wollte nicht, daß sie ewig an Matsuo dachte. Sie sollte an mich denken.

»Was ist?«

»Ich bin so glücklich!« sagte sie zu meiner Verwunderung und brach erneut in Tränen aus, während sie sich eng an mich klammerte.

»Wenn du schon so heulst, wenn du glücklich bist«, sagte ich, »wie ist das erst, wenn du traurig bist?« Das rang ihr zumindest ein kleines Lächeln unter all den Tränen ab.

»Also, was ist?«

»Nein, wirklich«, sagte sie mit einem kleinen Achselzucken, »ich bin einfach glücklich. Ich hätte nie gedacht, daß ich das noch einmal sein könnte. Aber es ist so.«

Sie konnte nicht wissen, welche Gefühle sie damit in mir auslöste. Die vergangenen Monate hatten mir mehr bedeutet als irgendeine andere Zeit meines Lebens. Mit ihr zusammen zu sein, jeden Abend, jede Nacht, jeden freien Tag — es war wie ein Traum. Noch nie hatte ich mich einer Frau so nahe gefühlt. Es sollte niemals enden. Und ich wollte das auch ganz offiziell machen.

»Dann heirate mich doch«, sagte ich.

»Ach, Frank . . .« sagte sie und lockerte ihre Umarmung.

Aber ich ließ sie nicht weg. »Nein, nein. Zweimal bist du mir schon ausgewichen. Diesmal nicht mehr. Ja oder Nein. Und wenn Nein, mußt du schon einen guten Grund nennen.«

»Also schön«, sagte sie und starrte an die Decke. »Du bist amerikanischer Marineoffizier. Ich bin Japanerin. Dein Land und meines stehen nicht auf bestem Fuß miteinander, und niemand scheint in dieser Hinsicht in näherer

Zukunft Verbesserungen zu erwarten. Ganz im Gegenteil. Eine Japanerin als Frau könnte deiner Karriere sehr schaden.«

Sie sah mich lächeln.

»Das ist überhaupt nicht komisch!« sagte sie.

»Wie lange hast du das denn auswendig gelernt?«

»Gar nicht. Es ist nur . . . ich habe eben schon eine Menge darüber nachgedacht.«

»Oh, das hast du?« Es bedeutete mir sehr viel. »Nun, ich habe ebenfalls sehr viel darüber nachgedacht. Nur, daß ich außerdem auch etwas getan habe.«

Ich hüpfte aus dem Bett und ging zur Schublade meiner Kommode. Unter den Socken hatte ich einen Umschlag liegen, den ich nun holte.

»Erinnerst du dich an meinen kleinen Ausflug nach Maui letzte Woche? Da habe ich etwas gekauft.«

Ich reichte ihr den Umschlag. Sie zog das Dokument, das in ihm war, heraus und las es.

»Ist das etwa ein Kaufvertrag?«

Ich nickte. »Zweihundert Acres Zuckerrohrplantage auf Maui. Ein Abkömmling eines der ersten Missionare hier verkauft einen Teil seines Landes. Ich habe eine Zusage, daß ich noch mehr haben kann.«

»Aber wozu denn?«

Ich lehnte mich ins Kissen zurück. »Ich bin schon ein paar Jahre lang mit der Idee herumgelaufen, und jetzt habe ich mich endlich entschlossen. Ich werde meine Militärzeit nicht verlängern, wenn meine jetzige Verpflichtung abgelaufen ist. Ich werde Zuckerfarmer.«

»Du hast doch überhaupt keine Ahnung davon!«

»Das kann man lernen.« Ich ließ meinen Finger ihren Arm hinauf, über ihre Schulter und bis zu ihrer Brust spazieren. »Wir können es lernen.«

Ihre Augen wurden groß. »Du willst deine Marinekarriere aufgeben?«

»Genau. Und ich gehe nie mehr von hier weg. Ich kann mir gar nicht vorstellen, irgendwo anders zu leben. Das ist das Paradies hier! Und alles, was ihm lediglich noch fehlt, bist du!«

»Aber Frank . . .!«

»Kein Aber mehr. Daß du Japanerin bist, kann meiner Marinekarriere nicht schaden, weil es keine solche mehr geben wird. Und auf Maui — da wirst eher du akzeptiert als ich.«

Sie schwieg. Immerhin keine Ablehnung also.

Ich blieb jedoch dran. »Nun? Was sagst du also? Wir ziehen dort hinüber, und der Rest der Welt kann uns mal. Die sollen doch tun, was sie nicht lassen können. Wir haben uns und unsere kleine Zuckerfarm. Außerdem werden wir auch noch Papaya pflanzen und Ananas und Brotfrucht und Guavas und Bananen. Vielleicht werden wir damit nicht reich. Aber jedenfalls müssen wir nie hungern.«

»Wir wären fort von aller Welt, nicht wahr?« sagte sie und starrte ins Leere.

»Und in unserer eigenen. In der es keinen Menschen kümmert, ob du Japanerin bist oder vom Mars.«

Sie umarmte mich, stand auf und ging zu dem Stuhl, auf dem ihre Handtasche lag. Sie sah bezaubernd aus in ihrer schlanken Nacktheit, während sie nach etwas suchte. Neues Begehren nach ihr regte sich in mir.

Sie kam mit einem Sparbuch wieder, das sie mir in die Hand drückte.

»Was ist das?«

»Dreihundert Dollar. Meine ganzen Ersparnisse. Eine bescheidene Mitgift. Wenn du sie annehmen willst.«

»Mitgift?« Dann erst begriff ich. »Du heiratest mich also?«

Sie nickte lächelnd, und wir umarmten uns. Ich hätte gleichzeitig lachen und weinen können. Jetzt hatte ich alles, was ich mir je erträumt hätte!

»Wann?«

»Wann du willst«, sagte sie. »Ich habe keine Familie, die ich einladen müßte.«

Ich dachte nach. »Wenn ich nächste Woche Urlaub kriegen kann, können wir schon am Freitag heiraten und unsere Flitterwochen auf unserer Plantage verbringen! Na, wie hört sich das an?«

»Wunderbar«, sagte sie leise und preßte ihren schlanken Leib an mich. Ich küßte sie. Während ich sie noch enger an mich zog, klingelte das Telefon. Harry Thornton war dran.

»Die *Salt Lake City* ist im Hafen«, sagte er. »Ihr Kapitän war hier und hat nach Ihnen gefragt.«

Die Störung ärgerte mich. »Und?«

»Captain Zacharias hat nach Ihnen persönlich gefragt.«

»Zacharias?« sagte ich. »Ellis Zacharias? Ist er bei Ihnen?«

»Im Augenblick ist er drüben bei CINCPAC, aber auf dem Rückweg will er noch einmal vorbeikommen. Er will sich, bevor er wieder auslaufen muß, mit uns zusammensetzen. Ich weiß zwar nicht, was er so Wichtiges hat, aber sehen Sie mal zu, daß Sie noch vor Mittag hier sein können.«

»Ist gut.« Ich legte auf.

»Was ist?« wollte Meiko wissen.

»Mein alter Kommandeur aus San Diego ist hier. Ich muß ihn nachher treffen.«

»Den verehrst du, nicht wahr?« Sie beobachtete mich eindringlich. »Ich halte Ellis Zacharias für den fähigsten Mann im Marinenachrichtendienst. Aber ich will jetzt nicht über ihn reden. Ich will über uns reden. Wo waren wir stehengeblieben?«

Meiko rückte dichter an mich heran. »Wir haben nicht geredet.«

Captain Ellis M. Zacharias, dunkelhaarig, schlankwüchsig und ein drahtiger Typ, saß in Harrys Büro und paffte an einer Zigarette, als ich kam. Es war großartig, ihn wieder mal zu sehen. Am liebsten hätte ich ihn umarmt. Aber natürlich beließen wir es bei einem festen Händedruck.

»Sie sehen braungebrannt wie ein *beach boy* aus, Frank«, sagte er. »Kriegen Sie hier in diesem Country Club eigentlich gar nichts zu tun?«

»Sicher doch. Jeder Offizier muß mindestens zweimal täglich an den Strand zum Schwimmen.«

Er lachte. »Kommen Sie. Ich spendiere Ihnen ein Essen.«

Wir gingen in den Officers Club hinüber und redeten über gemeinsame Bekannte aus den alten Zeiten von San Diego. Harry, der mit uns kam, sah recht gelangweilt drein. Wir bekamen einen Tisch und bestellten erst einmal etwas zu trinken. Es war zwar noch ein bißchen früh, aber ich bestellte mir trotzdem einen Scotch. Zach ebenfalls. Harry blieb bei Gin-Tonic.

Schließlich stellte ich meine Frage, die mich schon seit Monaten beschäftigte: »Was ist los mit Ihrer *Salt Lake City?*«

Der Captain sah leicht amüsiert drein. »Wieso?«

»Oder ist es geheim?« sagte ich. »Dann habe ich natürlich nichts gesagt. Immerhin, soviel wird man ja noch sagen dürfen: Wenn der frühere Geheimdienstchef des Elften Marinedistrikts auf einmal Kapitän eines Schweren Kreuzers wird, dann macht man sich ja so seine Gedanken.«

Aber er schüttelte den Kopf. »Nein, nein. Ich bin nicht mehr beim Nachrichtendienst. Ich bin jetzt ganz normaler Kreuzerkommandant. Steckt nichts Besonderes dahinter. Letzten November haben sie mir eröffnet, ich würde von der ONI zur *Salt Lake City* versetzt. Aus.«

Ich konnte das gar nicht glauben. Zach war ein Vierteljahrhundert lang beim Nachrichtendienst und in Japan stationiert gewesen und beherrschte die Sprache wie ein Einheimischer. Die Japaner kannten ihn gut und respektierten ihn. Warum in aller Welt sollte das ONI ausgerechnet ihn auf einen Kreuzer abschieben, auf dem er nichts weiter als den Wachhund für Schlachtschiffe und Frachter zu spielen hatte? Und das zu einem Zeitpunkt, da die Beziehungen zu Japan immer kritischer wurden?

»Das kann doch wohl nicht alles sein. Ich meine, schön, ich weiß, Sie halten im Marineministerium nicht gerade den Beliebtheitsrekord —«

»Stark hört nun mal nicht gern Kritik. Admiral Richardson war bekanntlich Kommandeur der Pazifikflotte. Wie Sie wissen, war er entschieden dagegen, als Stark ihm mitteilte, der Präsident wünsche die Verlegung der Flotte nach Pearl Harbor.«

»Ja«, erwiderte ich, »er sprach von einer gottverdammten Mausefalle.«

»Richtig. Und? Ist Richardson noch Kommandeur der Pazifikflotte? Ist er nicht, wie wir wissen. Der Präsident wollte von Stark einen Mann haben, der sein Maul weniger weit aufreißt. Also ist Kimmel Kommandeur geworden, und Richardson ist weg. Und ich auch, was das betrifft.«

»Das ist doch der pure Blödsinn!«

»Wie die ganze Verlegung der Pazifikflotte nach Pearl. Ich bin völlig einer Meinung mit Richardson.« Er starrte zum Fenster hinaus. »Das hier *ist* eine gottverdammte Mausefalle!«

»Immer langsam, Captain«, sagte Harry.

»Übertreiben wir es mal nicht. So schlimm ist es nun auch wieder nicht. Und es hat immerhin den Vorteil, daß die Flotte hier wirklich Gewehr bei Fuß stehen kann.«

Zach blickte ihn an. »Eben. Das meine ich ja.« Sein Ton war etwas ungemütlich geworden.

»Was?«

Er kam etwas näher. »Ich habe gerade eben die *Salt Lake City* durch diesen Flaschenhals da unten manövriert. Keine fünfhundert Yards in der Breite. Und derart flaches Wasser, daß ich ständig Angst hatte, bei mehr als zehn Knoten Fahrt auf Grund zu laufen. Und wie muß da erst ein Flugzeugträger oder so ein dicker, fetter Brocken wie die *Arizona* raus- und reinkriechen! Um Pearl für den Angriffsfall freizumachen, bräuchte man eine Frühlings-Hochflut und einen guten halben Tag Frist!«

»He, he«, sagte Harry, »welcher Angriff denn?«

Um Zachs Mundwinkel zuckte es leicht. »Ich hatte letzten Monat, als Kischisaburo Nomura in Frisco war, ein sehr interessantes längeres Gespräch mit ihm.«

»Ja, weiß ich«, sagte ich. Ich war froh, das anbringen zu können. Nomura war der neue japanische Botschafter in Washington, und eine meiner Aufgaben war es, den gesamten ihn betreffenden Funkverkehr zu verfolgen.

Zach hob mir sein Glas kurz entgegen. »Immer noch gut in Schuß, Frank, was? Ich habe Sie damals ungern zum Vierzehnten Distrikt ziehen lassen.«

»Eben wegen so kleiner Treffen wie diesem glaube ich eigentlich doch, daß Sie noch immer bei unserem Verein sind«, sagte ich.

»Falsch«, sagte er kopfschüttelnd. »Ich habe mich quasi ganz privat mit Nomura getroffen. Wir kennen uns aus alten Zeiten. Er sagt, Japan will keinen Krieg und lieber alles hübsch friedlich und freundlich. Nicht, daß ich glaube, er lügt. Ich glaube, er selbst wird belogen, was das betrifft. Die Burschen in Tokio hungern nämlich geradezu nach Schlachtenruhm. Die brauchen nur einen kleinen Stubs, und ab geht die Post.«

»Ja, glauben Sie denn, sie wollen Pearl Harbor angreifen?« fragte Harry ganz perplex, indem er sich aufsetzte und sein Glas abstellte.

»Da habe ich überhaupt keinen Zweifel«, erklärte Zach. »Wenn sie beschließen, gegen uns in den Krieg zu ziehen, werden sie genau das tun. Schon rein historisch läßt sich folgern, daß dies ihr Plan sein wird. Und außerdem ist es ja auch logisch. Wenn sie hier vier oder noch mehr von unseren dicken Brocken kaputtschlagen können, haben sie vorerst freie Hand auf den Philippinen und in Ostindien. Immerhin haben sie jetzt schon eine Zwei-zu-eins-Übermacht gegen uns im Pazifik.«

»Wir sehen sie doch lange vorher, wenn sie kommen«, sagte Harry. »Und dann empfangen wir sie, daß ihnen Hören und Sehen vergehen.«

»Ach ja? Ich habe mich gerade erst mit Kimmel darüber unterhalten und bin da gar nicht so sicher, wissen Sie. Für eine ausreichende Vorwarnung ist ständige Luftaufklärung in fünfhundert Meilen Umkreis nötig. Aber die meisten der alten PBY-Maschinen stehen flügellahm auf Ford Island herum, weil Ersatzteile fehlen.«

»Wir brauchen doch keine fünfhundert Meilen, um uns vor einer angreifenden Flotte zu sichern«, widersprach Harry. Er wurde zunehmend hitziger und streitbarer.

Doch Zach schüttelte langsam den Kopf. »Wer redet denn von einer Seeschlacht? Der Krieg hier, mein Lieber, beginnt mit einem Luftangriff, verstehen Sie! An einem Wochenende. Wahrscheinlich sogar an einem Sonntagmorgen. Mit dem Wind von Norden her.«

»Sie machen doch keine Witze, oder?« sagte ich. Mir begann unbehaglich zu werden.

»Sagen wir mal so«, meinte Zach und sah jetzt ziemlich ernst aus, »wenn sich die Beziehungen weiter verschlechtern, würde ich ziemlich schlecht schlafen, wenn ich hier hocken müßte. Und ganz besonders, wenn ich wüßte, daß mit mir zusammen noch vier Schlachtschiffe vor Anker liegen.«

Wir schwiegen alle drei eine Weile. Ich glaube, ich hatte sogar das Gefühl, Zach sei wohl doch ein ziemlicher Angsthase.

Er stellte sein Glas hin und klatschte in die Hände. »Na schön, genug Stammtischpolitik. Vielleicht kriegt Nomura ja auch alles wieder hin, und wir sorgen uns ganz umsonst. Und selbst wenn es noch gespannter wird, habt ihr ja immerhin noch das *Purpur-Wunder,* über das ihr rechtzeitig alles erfahrt, wenn sich was Großes tut.« Das *Purpur-Wunder* war jenes kleine elektrische Gerät, mit dem es gelungen war, den japanischen PA-C2-Code zu knacken, den wir *Purpur* nannten. Man fütterte das Code-Kauderwelsch vorne hinein, und hinten raus kam klares Japanisch oder auch Englisch. Für jeden tagtäglich mühselig werkelnden Dechiffrier-Sklaven wie mich bedeutete dieses kleine Ding in der Tat ein Wunder.

»Das *Purpur-Wunder?«* sagte ich. »Ich wollte, wir hätten's. Das einzige Wunder, das wir hier haben, ist auf den alten Roten Code programmiert.«

Zach war sehr verblüfft. »Was? Den Roten verwenden die Japaner doch schon seit siebenunddreißig nicht mehr! Wollen Sie damit etwa sagen, Sie sitzen hier praktisch vor Japans Haustür und dechiffrieren keinen *Purpur?«*

»Genau das will ich damit sagen«, erklärte ich. »Wir müssen uns hier mit Zusammenfassungen vom Ministerium begnügen — wenn die es dort grade mal nicht vergessen, sie uns zu schicken. Glauben Sie mir, Zach, das frustriert ganz schön.«

Harry schwieg.

»Also bestellen wir was zu essen«, sagte Zach nach einer Weile. »Ich weiß nicht, was da vorgeht, aber das alles weckt in mir den Wunsch, mich zu besaufen. Andererseits möchte ich lieber einen klaren Kopf behalten. Also, essen wir wenigstens was.«

Und während des ganzen folgenden Essens vermieden wir es alle drei sorgfältig, das Thema Japan anzuschneiden. Ich stocherte nur auf meinem Teller herum. Mir war der Appetit vergangen.

JUNI

TOKIO

»Deutschland hat Rußland angegriffen!«

Als Shimazu Hiroki dies sagen hörte, spürte er, wie sich sein Puls beschleunigte. »Ist das wahr?«

»Aber ja! Ich habe es mir nochmals bestätigen lassen, ehe ich herkam!«

Es hatte begonnen! Shimazu spürte, wie die Dinge in Gang kamen, Tempo bekamen, den Krieg immer näher brachten. Schon gegen Ende April hatte er eigentlich so etwas erwartet, als die Seher Besorgnis in dem Großen Gesicht zu erkennen geglaubt und ihr Gefühl verkündet hatten, daß sich Gewaltiges ereignen werde. Doch dann hatte sich diese Besorgnis im Laufe des Monats Mai wieder gelegt, und nichts weiter von Bedeutung war noch berichtet worden.

Und jetzt dies! Es war von so immenser Wichtigkeit! Jetzt, wo die Deutschen ihre Westflanke bedrohten, mußten die Russen ihre Streitkräfte von der chinesischen und mandschurischen Grenze abziehen. Das erlaubte Japan, seine eigene Truppenkonzentration dort beträchtlich zu verringern.

Der nachlassende Druck auf die asiatischen Territorien des Reiches gab somit dem Orden die langerwartete Gelegenheit, Japans Blick nach Süden zu lenken — und auch dorthin vorzustoßen! Shimazu wußte, die Leute, welche der Orden in die entscheidenden Positionen lanciert hatte, würden sich diese Gelegenheit auch keinesfalls entgehen lassen.

»Hat das Oberkommando schon reagiert?«

»Ja. Die Kommandeure der Streitkräfte haben bereits die Mobilmachung vorbereitet. Die Handelsflotte wird zurückgerufen. Natürlich dauert das alles seine Zeit. Doch die Räder haben sich jedenfalls zu drehen begonnen.«

»Ausgezeichnet«, sagte Shimazu. »Es ist auch keine Zeit zu verlieren.«

Das war leicht untertrieben. Das chinesische Abenteuer kostete Japan täglich achtundzwanzigtausend Gallonen Öl. Es waren kaum noch Reserven vorhanden. Das Reich brauchte, um die asiatischen Besitzungen zu halten, eine konstante Versorgung mit Gummi, Zinn, Eisen und Öl.

»Jetzt ist es soweit«, sagte Hiroki. »Überall um uns herum sitzen die Franzosen, die Holländer, die Engländer und die Amerikaner und stehlen uns das tägliche Brot vom eigenen Tisch.« Er breitete die Arme aus. »Aber dies hier ist unser Teil der Welt! Wir wollen ihn wiederhaben! Und wir werden ihn uns zurückerobern!«

JULI

HONOLULU

Meiko verstand nicht, warum Frank so nervös war. Schon vor Tagesanbruch war er auf gewesen und lief in der Wohnung herum wie ein Tiger im Käfig. Immer wieder ging er hinaus und blickte zum Himmel empor, um dann wieder hereinzukommen und weiter hin und her zu rennen. Zwischendurch setzte er sich hin und starrte die Zeitungen an, die er aus Pearl mitgebracht hatte. Normalerweise genoß er es, am Sonntag lange schlafen zu können.

Gerade erst stieg die erste Morgenröte auf. Als ein schwaches Flugzeuggeräusch hörbar war, zuckte Frank zusammen. Ohne ein Wort stürzte er auf den Balkon hinaus und starrte nach oben in den leeren Himmel. Er führte sich wie ein Irrer auf.

Sie hatte ihn bereits gefragt, was denn los sei, aber er hatte nur ausweichende Antworten gegeben. Zuerst hatte sie noch geglaubt, er habe wohl gestern abend beim Fest zum Unabhängigkeitstag bei Captain Thornton ein wenig zu tief ins Glas geschaut. Frank hatte in letzter Zeit ohnehin des öfteren Magenbeschwerden gehabt — schon ohne alle die Hot Dogs, Hamburgers und gerösteten Maiskolben, die der Captain hatte auffahren lassen. Aber dann erinnerte sie sich, daß Frank gestern abend tatsächlich kaum etwas gegessen und sich im übrigen mit einigen Bieren vom Faß begnügt hatte.

Sie machte sich Sorgen um ihren Mann. Er war ihr so nahe jetzt, und sie war auch dabei, ihn lieben zu lernen. Gewiß, sie hatte ihn auch schon an ihrem Hochzeitstag geliebt. Wenn auch nicht so wie einst Matsuo. Sie hatte ohnehin ihre Zweifel gehabt, ob sie jemals imstande sein würde, noch einmal so tiefe Gefühle für einen anderen Menschen zu empfinden. Sie war sich nur nicht klar darüber, ob das allein an Matsuo gelegen hatten, oder daran, daß er eben der erste Mann in ihrem Leben gewesen war.

Doch welche Rolle spielte das jetzt noch. Matsuo gehörte der Vergangenheit an und war für immer fort. Und sie lernte nun Frank von Tag zu Tag mehr lieben.

Sie stand auf, schlüpfte in ihren Kimono und ging hinaus zu ihm auf den Balkon. Als sie seinen Arm um ihn legte, schreckte er auf.

»Willst du mir denn nicht sagen, was es ist?«

Er drehte sich herum und blickte sie an. »Fahren wir ein bißchen weg«, sagte er. »Ich versuche es dir auf der Fahrt zu erklären.«

Er benahm sich ein wenig so, als würde er sich wegen irgend etwas schuldig fühlen, und das machte sie unruhig.

Sie fuhren nach Westen auf einen Berg hinauf, von dem aus man ganz Pearl Harbor überblicken konnte. Frank half Meiko aus dem Wagen und zog sie mit sich noch weiter nach oben bis zu einer kleinen Kuppe. Dort standen sie unter einer Gruppe Johannisbrot-Bäume. Er legte den Arm um ihre Schultern und starrte hinab zum Hafen, der noch still und schlafend dalag. Die ersten Sonnenstrahlen begannen sie gerade zu wärmen.

»Pearl Harbor ist verflucht, weißt du«, sagte er leise. »Der Sage nach lebte dort im *East Loch* die Göttin Kaapuhau, und deswegen ist das ein heiliger Ort. Ungefähr um die Zeit, als ich geboren wurde, begann dort der Bau des Trockendocks Eins. Mit Problemen und Ärger am laufenden Band. Seltsame Unfälle, ganz sonderbare Verletzungen. Und 1913, kurz vor der Fertigstellung, brach dann die ganze Geschichte aus völlig unbekannten Gründen zusammen. Vier Jahre Arbeit hatte sich binnen Minuten in Ruinen verwandelt. Später dann, als das ganze Becken erneut trockengelegt wurde, fand man auf dem Grund einen riesigen toten Hai.«

Meiko überlief ein Schauer. »Und dann?«

»Dann holten sie einen großen *kahuna*, um die angemessenen Opfer zu bringen, und tatsächlich ging von da an alles problemlos. Trotzdem gibt es heute noch Einheimische, die behaupten, der Hafen wäre verflucht und die Göttin wollte nicht, daß hier irgend etwas gebaut wird.«

»Bist du etwa deshalb so nervös?«

Er lachte, aber es war kein sehr befreites Lachen. »Natürlich nicht. Es ist nur . . . ich bin jetzt vier Jahre hier, aber ich habe noch nie so viele Schiffe im Hafen gesehen.«

»Gestern war schließlich Nationalfeiertag.«

»Weiß ich ja. Und deshalb liegt hier der größte Teil der Pazifikflotte das ganze Dreitage-Wochenende über.«

»Und? Ich verstehe immer noch nicht, was du meinst.«

Er seufzte und holte nach einer Weile tief Atem. Nur zögernd begann er zu sprechen. »Ein Mann, den ich sehr schätze, sagte mir, wir müßten uns vor einem Samstag- oder Sonntagmorgen, an dem vier oder noch mehr Schlachtschiffe und ein oder zwei Flugzeugträger im Hafen liegen, sehr hüten. Wenn nämlich Japan zum Krieg mit uns entschlossen sei, würde es nur auf eine solche Gelegenheit warten und hier einen Überraschungsangriff aus der Luft beginnen.« Er deutete auf den Hafen unten, der geradezu vollgestopft mit Schiffen war. »Und sieh es dir an. Da unten schläft der Großteil unserer Pazifikflotte. Wie auf dem Präsentierteller!«

»Du willst doch nicht sagen, Japan wird uns angreifen?« Der Gedanke erschreckte Meiko.

Franks Arm um ihre Schulter drückte heftiger. »Ich weiß nicht, was ich glauben soll. »Nichts auf der Welt würde ich mir weniger wünschen als das. Aber so wie es heute auf der ganzen Welt aussieht, sind die Chancen wirklich nicht mehr sehr groß, daß wir nicht ebenfalls eines Tages von irgendeinem Wahnsinn in Mitleidenschaft gezogen werden.« Meiko war mit einem Schlag eiskalt am ganzen Leibe. »Wir sind hier aber doch so weit weg von allem.«

»Nein, leider nicht«, sagte Frank kopfschüttelnd. »Im Gegenteil, wir sind mittendrin. Und irgend etwas Großes ist im Gange. Mittwoch erst haben wir erfahren, daß in Japan zwei Millionen Reservisten und neue Rekruten eingezogen worden sind. Irgend etwas bereitet sich vor.« Er schickte einen flehenden Blick zum Himmel. »Aber bitte, lieber Gott, nicht hier! Nicht hier bei uns!«

»Warum hast du mir von alldem nie etwas gesagt?«

Er blickte sie verlegen an, sagte aber nichts.

Meiko sah ihn liebevoll an und umarmte ihn. »Du machst dir meinetwegen Sorgen, nicht wahr? Mehr als um alles andere sorgst du dich um mich.«

»Ja. Um dich, und mich. Um uns beide. Wenn es Krieg gibt, brauche ich mir nicht länger den Kopf zu zerbrechen, ob ich dabei bleiben will oder nicht. Dann wird nichts aus Maui und der Zuckerfarm. Und wenn wir Krieg gegen Japan führen . . . o Gott, das wird schwer für dich werden.«

Meiko wußte, woran er dachte. Und seine Sorge rührte sie. »So schlimm wird es sicher nicht werden. Für die meisten anderen Offiziersfrauen bin ich doch immer schon Luft gewesen. Da macht es keinen großen Unterschied, ob sie mich ganz schneiden.«

»Ja. Aber ich werde alles tun, was in meinen Kräften steht, um dein Land zu besiegen. Wird das nicht . . .?«

Doch Meiko wußte, daß es für sie kein Japan mehr gab. Matsuo war tot und ihre Familie ihretwegen entehrt. Sie wollte Matsuo jetzt jedoch nicht erwähnen. Sie versuchte, Frank auf andere Art zu trösten.

»Mein Land ist jetzt Hawaii«, sagte sie schließlich.

Er mußte lachen. Das war wie eine Erlösung nach diesem ernsten Gespräch. »Was habe ich nur getan, daß ich dich verdient habe«, sagte er.

»Es muß etwas Schreckliches gewesen sein. Aber im Ernst, Frank, hoffentlich bereust du es nicht eines Tages, mich geheiratet zu haben.«

Er schloß sie in seine Arme. »Den Tag wirst du nicht erleben.«

Sie schmiegte sich an ihn und spürte, daß er sich etwas entspannte. Und doch war, als sie zu ihm aufsah, sein Blick ganz unwillkürlich wieder zum Himmel gerichtet. Er suchte den Horizont ab.

»Immer noch besorgt?«

»Entschuldige«, sagte er. Es war ihm sichtlich peinlich. »Ich werde einfach nur keine ruhige Minute mehr haben, bis dieses Wochenende vorüber und die Flotte wieder fort ist. Danach können wir dann lange Zeit wieder ruhig schlafen. Vor Dezember wird es keinen solchen Andrang mehr geben.«

AUGUST

TOKIO

Im obersten Stockwerk der fünfstöckigen Pagode des Ordens war es dunkel. Die drückende, feuchte Hitze des Sommers in Tokio hing in der Luft und klebte den fünf Menschen förmlich am Leibe. Sie saßen mit gekreuzten Beinen im Kreis um eine einzige Kerze herum.

»Es geht also alles gut?« fragte Yonai, einer der Oberen. Er war der Älteste des Ordens und eigentlich nur ein Rumpf mit einem Kopf. Seine Gliedmaßen waren ihm schon vor langer Zeit abgenommen worden, danach auch noch die Hüften und die Schultern. Er ruhte liegend auf Kissen.

Shimazu wartete, daß Hiroki antwortete. Er hatte ihn ohne Vorwarnung hierher in den Ältestenrat mitgebracht und wußte, daß er völlig verstört war. Aber er wollte, daß die Oberen die Nachricht von draußen aus erster Hand hörten.

Schließlich fand Hiroki seine Stimme. »Ganz außerordentlich gut, Herr«, sagte er. »Sogar so gut, daß ich sicher bin, die Ereignisse der letzten fünf Wochen sind das Werk der Götter selbst.«

Ein anderer der Oberen, Ryusaku, zugleich Seher, nickte gleichmütig. Der Widerschein des flackernden Kerzenlichts in seinen leeren, dunklen Augenhöhlen war durch die Maskenlöcher sichtbar. »Das mag sein. Aber gib uns jetzt Einzelheiten. Welche Fortschritte genau haben die Dinge gemacht?«

Hiroki räusperte sich nervös und zählte die einzelnen Punkte an seinen Fingern auf. »Deutschland greift Rußland an. Wir unterzeichnen einen Nichtangriffspakt mit Rußland, was uns Tausende Soldaten an der russisch-mandschurischen Grenze freisetzt. Ein Abkommen mit der französischen Vichy-Regierung erlaubt uns den Einmarsch in Indochina und den Abbau von Rohstoffen. Als Präsident Roosevelt davon erfährt, beleidigt er uns durch das Einfrieren allen japanischen Vermögens in den Vereinigten Staaten. Die Engländer ziehen sofort nach. Und dann geht der amerikanische Präsident sogar noch einen Schritt weiter.«

»Ja«, bestätigte Shimazu. »Das Embargo.« Obgleich es so perfekt in die Pläne des Ordens paßte, konnte er doch einen Anflug von Widerwillen nicht verbergen.

Die langfingrigen Hände des Oberen Kakuischi, der weder Beine noch Stimme mehr hatte, gingen hoch und schrieben Zeichen in die Luft, Yonai übersetzte sie.

»Also volle Sanktionen gegen das Reich?«

»Keinerlei Handel mit uns, ausgenommen Baumwolle und Lebensmittel«, erklärte Shimazu.

»Und wie sind die Reaktionen im Lande?« wollte Ryasaku wissen.

Hiroki lächelte. »Wenn Ihr auf den Wind hört, Herr, könnt Ihr die zornige Stimme des Volkes vernehmen, die sich gegen die Vereinigten Staaten von Amerika erhebt. Wir mußten sogar zusätzliche Polizeikräfte vor die amerikanische Botschaft schicken, um sie gegen die zornige Menge zu schützen. Das Volk sieht jetzt klar, wie England und Amerika immer nur versucht haben, uns den Atem abzuwürgen. Ohne ihr Öl, ihr Eisen, ihren Schrott, ihre Kohle und alle anderen Rohstoffe, die wir von ihnen importieren, wären wir in einem halben Jahr am Ende. Und deshalb müssen wir zwingend nach Süden expandieren. Unser Überleben hängt davon ab.«

Alle schwiegen eine Weile. Schließlich ergriff der Obere Yonai mit leiser Stimme wieder das Wort.

»Vielleicht sehen wir wirklich ein Werk der Götter vor uns. Wenn es auch nur sehr selten vorkommt, daß ihre Wege derartig eindeutig sind. Ich frage mich, ob uns dieser Präsident Roosevelt nicht nur als Vorwand für seine eigenen Absichten benutzt. Es ist allgemein bekannt, daß er eine heftige Abneigung gegen das Dritte Reich und dessen militärische Erfolge in Europa hegt und nichts Eiligeres zu tun hätte, als in den Krieg dort einzutreten, wenn ihn sein eigenes Land nur ließe. Und es ist nicht schwer zu sehen, daß es ein großer strategischer Vorteil für Amerika wäre, gegen Deutschland zu marschieren, noch ehe England zusammengebrochen ist, was ebenfalls eintreten wird, sobald Deutschland Moskau genommen und Rußland besiegt hat.«

Sein Blick bohrte sich in Hirokis Augen.

»Treibt dieser Präsident Roosevelt also tatsächlich nur ein Spiel mit uns? Versucht er uns zum Losschlagen zu provozieren, noch ehe wir völlig dazu bereit sind? Könnte es sein, daß er Japan, als Mitunterzeichner des Dreimächtepakts, als Sprungbrett für den Kriegseintritt gegen Deutschland benutzen möchte?«

Hiroki zögerte, ehe er antwortete. »Womöglich hat er Pläne dieser Art, Herr. Und vielleicht spielt auch sein Haß auf uns eine Rolle. Noch heute werde ich zornig, wenn ich mich seiner Rede vor drei Jahren erinnere, als wir in China einmarschierten: wir seien eine Pestbeule und müßten unter Quarantäne gestellt werden.«

»Ja, erinnert ihr euch?« rief nun auch Shimazu, bebend vor Empörung. »Die Arroganz dieses Menschen! Und dazu diese Blindheit, was sein eigenes Land betrifft! Es ist keine anderthalb Jahrhunderte her, daß diese Vereinigten Staaten an der Ostküste Amerikas selbst erst ein kleines Krebsgeschwür der weißen Welt waren. Seitdem aber hat es sich über den ganzen Kontinent ausgebreitet und die eingeborenen Indianer und Mexikaner mit Schnaps und Seuchen und Kugeln zugrundegerichtet. Doch das genügte ihnen noch nicht! Sie dehnten sich auch noch bis hinauf nach Alaska und den Aleuten aus, die weit in den Pazifik hinausgreifen. Und weiter bis Hawaii und Wake und Midway. Bis sie endlich mitten unter uns waren und sich auch noch gierig der Philippinen bemächtigten und sich so den anderen Räubern beigesellten, den Briten, Holländern und Franzosen. Und da wagt es dieser Roosevelt, uns unsere Expansion nach China vorzuwerfen? Dem Mann muß eine Lektion erteilt werden! Man muß ihm die Nase in den Schmutz seiner eigenen unsauberen Geschichte stecken!«

Shimazu hielt erschrocken inne, als er gewahr wurde, daß er aufgesprungen war und mit voller Lautstärke schrie.

Hiroki war sprachlos. Noch niemals hatte er Shimazu dermaßen erregt erlebt. Und das auch noch vor den Ordensoberen! Er fand kaum den Mut, weiterzusprechen. Sich derart gehen zu lassen, war schlicht unvorstellbar.

Trotzdem konnte er seine Hochachtung vor der sicheren Exaktheit des Urteils seines *sensei* über die internationale Lage nicht unterdrücken. Dieser scheinbar einfache Mönch, der den Tempel niemals verließ, hatte seinen Finger am Puls der ganzen Welt! Wieder ein Beweis dafür, wie wenig man die Reichweite des Arms seines *sensei* unterschätzen durfte!

»Wenn Präsident Roosevelt«, sagte nun Ryusaku mit ruhiger Stimme, nachdem Shimazu sich wieder gesetzt hatte, »also Krieg will, dann soll er seinen Krieg haben. Aber zu unseres Tenno Bedingungen! Wir werden losschlagen, wenn wir bereit sind, keinen Augenblick früher!«

Und was für ein Schlag das werden wird! dachte Hiroki. Er hatte einiges über den noch immer in der Vorbereitungsphase steckenden Plan Yamamotos für einen Überraschungsangriff auf Pearl Harbor in Erfahrung gebracht. Einfach brillant! Er hätte bei dem Gedanken daran jetzt am liebsten laut aufgelacht. Wo doch der Admiral immer ein so entschiedener Gegner eines Krieges gegen Amerika gewesen war! Hiroki hatte sich sogar schon gefragt, ob man ihn denn guten Gewissens noch länger auf seinem Posten als Kommandeur der Vereinigten Flotte belassen konnte. Doch offenbar hatte Yamamoto sich zum Tiger gewandelt, nachdem er erst einmal eingesehen hatte, daß dieser Krieg, den er nicht wollte, ganz unausweichlich geworden war.

Ja, alles lief ganz perfekt.

Der gliedmaßenlose Obere Yonai übersetzte des stimmlosen Oberen Kakuischis Handzeichen:

»Was gibt es für Fortschritte bei deiner Suche nach den Rollen?«

»Leider nur sehr geringe«, sagte Hiroki, wobei ihm bewußt war, daß seine Ausreden so durchsichtig wie klares Quellwasser im Frühling waren.

Shimazu und die drei Oberen — selbst der augenlose Ryusaku — starrten ihn an, bis er schier in die Erde versinken wollte. Es war ihm ganz unerklärlich, warum. Er war stark genug, einer ganzen Nation seinen Willen aufzuzwingen! Aber vor diesen alten, weltfremden Mönchen hier saß er mit Schuldgefühlen wie ein kleines Kind! Es gab Momente — wie diesen jetzt! —, da er zornig darüber wurde, wie tief man ihm Furcht und Ehrerbietung vor dem Orden eingeimpft hatte.

»Wir wissen, daß du hart für Japans Zukunft arbeitest und dafür, daß die Nation ihre Bestimmung erfüllt«, sagte Shimazu schließlich würdevoll. »Aber du darfst dich auch nicht so vollständig in politischen Aktivitäten verlieren, daß du deine eigentliche und wichtigste Aufgabe vergißt. Erinnere dich an die Vision! In dem kommenden Krieg muß Japan über den Schwarzen Wind verfügen!«

Hiroki schloß die Augen. Die Tage hatten nicht genug Stunden! Wenn er wenigstens die Möglichkeit hätte, andere mit der Suche zu beauftragen! Wenn nur nicht der Verlust der Rollen ein so großes Geheimnis wäre!

Ryusaku sagte: »Wie ich höre, hat Yajima es aufgegeben, in der Ebene von Kanto weiterzusuchen, und will sich nun weiter nach Süden wenden. Offenbar ist er auf Hinweise gestoßen, die ihm dies nahelegten. Ich hoffe, du nimmst deinen Anteil an dieser großen Aufgabe wieder auf dich. Es ist von Wichtigkeit für den Tenno und für Japan. Du darfst uns nicht im Stich lassen.«

»Das werde ich nicht«, sagte Hiroki mit einer Zuversicht, die er tatsächlich aber gar nicht hatte. Er hatte in Wirklichkeit keine Ahnung, wo er die Zeit für die mühsame Suche, welche die Aufgabe erforderte, hernehmen sollte.

Aber er richtete sich auf und verbeugte sich.

»Das werde ich nicht!«

»Sie sehen ja ganz schön sauer aus«, sagte Shigeo, als er in Matsuos Büro kam, in dem ein wildes Durcheinander herrschte.

»Ich verliere die Geduld mit Amerika«, grummelte Matsuo.

»Sie?« sagte Shigeo. »Vielleicht marschieren wir wirklich direkt auf den Krieg zu!«

Matsuo knirschte in Gedanken an das amerikanische Embargo mit den Zähnen.

Sie wollen den Krieg gegen uns, das ist die einzige Erklärung!

Er war wütend. Jedem, den er kannte, hatte er die ganze Zeit schlagend nachgewiesen, daß keine Rede von einem Krieg mit Amerika sein könne, als habe er damit irgend etwas ändern können. Statt dessen hatten nun die Ereignisse der letzten Wochen dies von erhoffter Unwahrscheinlichkeit in sichere Unvermeidlichkeit verändert. Wie die Dinge jetzt standen, konnte Japan nur akzeptieren, zu einem geknebelten, verkrüppelten, instabilen Staat zu werden — oder eben in den Krieg ziehen.

Und dies machte mit einem Schlag seine Arbeit — das Sammeln von Informationen — nur von noch größerer Bedeutsamkeit.

Sein Kopf schwirrte ihm bereits von all den Fakten und Zahlen, Auf- und Abwärtsbewegungen, Konstanten und so weiter und so weiter. Kommandeur Fuschida wollte absolut zuverlässige Informationen darüber, daß die Wasserhöhe um Ford Island, wo die Schlachtschiffe und Flugzeugträger ankerten, während eines Luftangriffs zuverlässig und wirklich nur fünfzehn Meter betrug. Er hatte bestimmte Schwierigkeiten mit den von Bombern transportierten Torpedos. Bei Übungsabwürfen sanken sie bis auf den Grund und bohrten sich in den Schlamm. Er arbeitete zusammen mit Kommandeur Genda fieberhaft an der Lösung dieses Problems. Genda mußte im übrigen ganz exakt die Dicke der Stahlplatten der Schlachtschiffdecks wissen, damit eine ausreichende Sprengkraft der verwendeten Bomben sichergestellt werden konnte.

Details und nochmals Details! Sie machten ihm Kopfschmerzen!

Shigeo warf ihm ein Foto auf den Schreibtisch. »Sieht so aus, daß die Beobachter beobachtet werden.«

Matsuo griff nach dem Foto. »Wieso?«

»Ist von einem der rückwärtigen Fenster des Konsulats in Hawaii aufgenommen.«

»Ich sehe nur ein paar Bäume.«

Shigeo deutete auf einen der Bäume. »Ja, aber auf dem da sitzt einer.«

»Tatsächlich?«

»Ja. Jemand beobachtet das Konsulat regelmäßig. Der hier kommt am häufigsten.«

Und er legte ihm ein zweites Foto auf den Tisch. Eine Aufnahme mit einem stärkeren Objektiv. Die Gestalt eines Mannes auf dem Baum war deutlich zu erkennen. Er blickte mit einem Fernglas direkt auf das Konsulat. Sein Gesicht war daher verdeckt.

»Von welchem Verein mag er sein? FBI? ONI?«

»Wir haben ihn abgepaßt, als er vom Baum herunterkletterte«, sagte Shigeo, »und ihn dann noch einmal fotografiert.« Und er legte ihm eine dritte Aufnahme auf den Tisch. Matsuo sah einen Mann um die Dreißig mit sandfarbenem Haar, wie er gerade die Tür eines Autos öffnete. »Er ist beim ONI. Ein gewisser . . .«

»Frank Slater!« rief Matsuo.

Shigeo war völlig perplex. »Woher . . .?«

Matsuo hörte ihn kaum noch. Frank Slater war auf Oahu beim Nachrichtendienst der US-Navy und beobachtete das japanische Konsulat! Nicht zu fassen!

Und doch, eine gewisse verquere Logik war natürlich nicht zu übersehen. Franks Vater hatte einst mit der Marine zu tun gehabt, und Frank selbst beherrschte die japanische Sprache — dank seiner, Matsuos, Hilfe. Was war also im Grunde logischer, als daß er auf Oahu stationiert war?

»Wir haben seine Personalien erst heute festgestellt! Wie können Sie da . . .?«

»Glauben Sie etwa im Ernst, Sie könnten mir irgend etwas mitteilen, was ich nicht bereits wüßte?« sagte Matsuo. Konnte nie schaden, Shigeo ein wenig aus den Pantinen zu kippen. Das trieb ihn nur zu noch verbissenerer Arbeit an. »Was wissen Sie sonst noch über ihn?«

»Nun ja . . . er ist seit über vier Jahren dort, arbeitet vorwiegend als Übersetzer, und — ach ja, er ist mit einer Japanerin verheiratet.«

Mit einer Japanerin verheiratet. Das ist ja interessant.

»Schön. Und was wollen Sie jetzt, da Sie ihn identifiziert haben, mit ihm machen?«

»Erst einmal«, sagte Shigeo, »werde ich auf jeden Fall das Konsulat informieren, damit künftig die sensibleren Kontakte dort so abgewickelt werden, daß man sie nicht im Hinterhof der Nuuanu Avenue beobachten kann. Und dann werde ich Slaters Frau von einem unserer Leute dort mal ein wenig unter die Lupe nehmen lassen. Vielleicht können wir sie überreden, daß sie . . .«

»Schluß damit!« sagte Matsuo. »Sie werden nichts dergleichen tun!«

Shigeo sah ihn unsicher an. »Aber das ist doch die normale Vorgehensweise. Das machen wir ständig. Bei allen Amerikanern, die mit Japanerinnen verheiratet sind.«

Matsuos Gedanken jagten sich. Obgleich die Zeit seinen Haß auf Frank Slater etwas gemildert hatte, empfand er doch nach wie vor Verachtung für ihn. Und er war nun auch ein potentieller Feind. Er hätte also alles tun müssen, Informationen von ihm zu erlangen, wann und wo und wie immer möglich.

Aber zu versuchen, seine japanische Frau . . .

Er schüttelte den Kopf. Es mußte Grenzen für alles geben, selbst für einen militärischen Nachrichtendienst. Er durfte Shigeo natürlich nicht wissen lassen, daß es für seine Entscheidung persönliche Motive gab.

»Er könnte Verdacht schöpfen«, sagte er statt dessen. »Wenn er mitkriegt, daß wir ihm auf der Spur sind, wird er auch vermuten, daß wir hinter sein kleines Baumgeheimnis gekommen sind, und damit aufhören. Wenn wir ihn aber weitermachen lassen, können wir ihm lediglich die Leute vorführen, die wir ihn sehen lassen wollen. Und das könnte von Vorteil sein.«

Shigeo nickte achselzuckend. »Mag sein, ja.« Doch sehr überzeugt klang es nicht.

»Vergessen Sie die Frau dieses Frank Slater«, sagte Matsuo mit Nachdruck. »Konzentrieren Sie sich statt dessen lieber auf die Dicke der Stahlplatten an Deck der *Arizona.*«

Wieder fühlte er seinen Ärger hochsteigen. Gut. Wenn die Amerikaner unbedingt Krieg wollten, dann sollten sie ihren Krieg bekommen. Und zwar einen, wie sie noch keinen erlebt hatten!

NOVEMBER

HONOLULU

Zach war wieder einmal im Hafen, und ich sah ihm an der Nasenspitze an, wie zornig er war. Er hatte dem CINCPAC-Hauptquartier den Vorschlag gemacht, sich während seiner Durchreise auf Hawaii mit Saburo Kurusu zu treffen, Japans Bevollmächtigtem und allgemeinem internationalen *troubleshooter,* der — angeblich auf einer ›Friedensmission‹ — nach Washington unterwegs war.

»Kurusu und ich, Gott, wir kennen uns ewig«, sagte er, als er bei mir in meinem DIO-Stadtbüro saß. »Ich weiß genau, ich hätte einiges aus ihm herauskriegen können, vielleicht sogar einen Hinweis darauf, wie ernsthaft diese sogenannte Friedensmission nach Washington wirklich gemeint ist.«

»Und man wollte nicht?«

Er schüttelte den Kopf. »Sie haben mir statt dessen einen Haufen Befehle gegeben, die mich untätig so lange an Bord hielten, bis er wieder weg war.«

Ich konnte gut verstehen, daß er unheimlich sauer war. Mir ging es ja kaum anders. Kein Mensch schien den Nachrichtendienst der Marine ernst zu nehmen. Seit Admiral Turner im vergangenen Jahr die Kriegsplanung übernommen hatte, hatte er sämtliche Nachrichtendienste vergattert, all ihre Informationen durch sein Büro zu schleusen. Und die ONI war auf diese Weise jetzt nur noch eine Notierbehörde. Wir durften Nachrichten sammeln und übersetzen und weiterleiten, aber keinerlei Warnungen ausgeben oder gar Alarm schlagen. Alles, aber buchstäblich alles hatte über das Kriegsplanungsamt zu laufen; und dann vielleicht — wenn Turner das für angebracht hielt — kam das eine oder andere auch zu uns durch. Turner hatte sämtliche Nachrichten-, Informations- und Geheimdienste völlig unter seiner Kontrolle. Kein Wunder, daß er allgemein ›Turner der Schreckliche‹ genannt wurde.

Und dann letzten Monat seine Ernennung Admiral Wilkinsons zum Chef des Marinenachrichtendienstes — unser vierter Chef in einem Jahr!

Zach sagte: »Ich kenne Ping . . .«

»Ping?«

»Wilkinsons Spitzname. Er war auf der Akademie drei Jahrgänge über mir. Guter Mann. Ehrenmedaille und alles.«

»Ja, aber er hat doch in seiner ganzen Karriere nicht im entferntesten irgendwas mit Nachrichtendienst zu tun gehabt.«

»Ihr Captain Thornton vielleicht? Das scheint doch geradezu der jetzt übliche Brauch zu sein, oder?«

»Ein blöder Brauch, wenn Sie mich fragen.«

Zach beugte sich vor. »Schauen Sie. Sie haben einen Job, und in dem arbeiten Sie nach besten Kräften, ganz egal, was sich ganz oben abspielt, aber in der Hoffnung, daß es irgendwo die Leiter raufgeht und irgendwas bewirken wird. Aber vor allem halten Sie den Rand, wenn es darum geht, irgendwas daran zu kritisieren, wie die Dinge ganz da oben behandelt werden.«

»So wie Sie zum Beispiel?« sagte ich lachend. Jeder im Marinenachrichtendienst wußte, wie wenig Zach jemals seinen ›Rand‹ gehalten hatte, wenn es um die oberste ONI-Spitze ging.

Aber er lachte nicht mit. »Nein. Eben nicht wie ich. Schauen Sie mich doch an. Was mache ich? Einen Kreuzer führen!«

Ich sagte nichts. Das war ja wohl deutlich genug gewesen.

»Haben Sie jetzt endlich ein *Purpur-Wunder?«* fragte er.

»Nein. Ein achtes Gerät ist zwar verfügbar geworden, und ich habe es auch beantragt. Aber sie haben es nach London geschickt.«

»Nach London? Die Engländer hatten doch schon zwei!«

»Weiß ich.«

Er schüttelte verständnislos den Kopf. »Ich kann Ihnen nur raten, Freund, gucken Sie viel in den Himmel. Auf den Luftangriff hier können Sie rechnen. Und zwar schon bald. In Tokio ist letzten Monat Tojo Premierminister geworden.«

»*Kamisori.*« Ich nickte. »Das Rasiermesser. Ein Bursche mit so einem Spitznamen flößt einem nicht so besonders viel Vertrauen hinsichtlich Friedensmissionen ein, wie?«

»Genau deswegen wollte ich ja unbedingt mit Kurusu reden. Ich kenne auch Tojo. Der ist ein Militarist und Nationalist reinsten Wassers. Nicht besonders helle, aber mit viel Durchsetzungskraft. Und diejenigen, die er nicht überzeugen oder gegen die er sich nicht durchsetzen kann, erpreßt er. Hat mal die *Kempeitai* geleitet — das japanische Gegenstück zur Gestapo — und hat daher natürlich noch immer starke Verbindungen zu ihr. Ich weiß zum Beispiel definitiv, daß er praktisch über seine sämtlichen Regierungsmitglieder Dossiers hat. Er ist Premier geworden, ohne die Ämter des Kriegs- und des Innenministers aufgegeben zu haben. Glauben Sie mir, zu all dieser Macht ist er nicht allein deshalb gekommen, weil er ein so überragender Kopf ist oder so schöne blauen Augen hat!«

Wir trennten uns lachend, und Zach fuhr zu seiner *Salt Lake City* zurück und ich nach Hause zu Meiko. Die Zeit bei ihr war die einzige, wo ich mich entspannen und wieder in einer wirklichen Welt fühlen konnte. Aber meistens hatte ich Muskelkater im Gesicht. Vom vielen Zähneknirschen. Nach meinem Gespräch mit Zach brauchte ich Meiko jetzt dringender denn je.

Doch als ich heimkam, war die Wohnung leer. Ich machte mich also über ein wenig Bürokram her, den ich von Pearl mitgenommen hatte. Ich wußte, wo Meiko war: auf einem Spaziergang am Strand von Ala Moana. Das machte sie sehr oft. Ich war sehr sicher, daß sie durchaus glücklich war, mit mir verheiratet zu sein. Und ich tat, was ich konnte, sie glücklich zu machen. Doch bei jemandem wie Meiko konnte man nie etwas genau wissen. Sie war nicht dazu erzogen worden, Glück und Liebe von einer Ehe zu erwarten. Wenn sie dazukamen — schön. Dann war es eben eine Dreingabe. Aber für die Japaner war das nicht der Hauptzweck einer Ehe. Der Fortbestand der Familie und dadurch wiederum die Bewahrung der sozialen Ordnung — das war in Japan Sinn und Zweck von Ehen.

Diese langen Strandspaziergänge — ich hatte immer so ein Gefühl, daß sie dabei an *ihn* dachte. An Matsuo. Sie erwähnte ihn niemals. Aber ich spürte, wie sie immer noch nicht über ihn hinweg war. Und wohl auch nie sein würde. Daß er einen Ort ihres Herzens erreicht hatte, den ich noch nicht gefunden hatte.

Aber ich suchte ihn. Ich suchte ihn die ganze Zeit.

TOKIO

Matsuo wälzte sich unruhig auf seinem *futon* hin und her. Er konnte keinen Schlaf finden. Die ganze Anspannung, die steigende emotionale Aufladung wegen des bevorstehenden Konfikts ließen ihn immer seltener ruhig schlafen; wenn er überhaupt einschlafen konnte. Die Luft selbst schien über dieser Alles-oder-Nichts-Haltung des Premiers und seiner Anhänger zu knistern.

Matsuo hatte General Hideki Tojo vom ersten Augenblick an nicht gemocht. Seine persönlichen Manieren waren ihm zuwider, ganz besonders seine fast sklavische Imitation der deutschen Faschisten. Viele hielten Tojo zwar für einen klaren Denker und mitreißenden Redner, aber diese Ansicht teilte Matsuo nicht. Nach seinem Gefühl kam dieser Ruf des Generals vorwiegend daher, daß er in seinem Redestil einfach direkter war als sonst üblich; die sonst so typischen Indirektheit der japanischen Äußerungsweise durchbrach.

Man mußte freilich einräumen, daß er ein sehr tatkräftiger Regierungschef war. Er hatte dem ganzen Land den Kriegswillen aufoktroyiert. Er hatte ihn in Bewegung gesetzt und brachte ihn seitdem weiter auf Touren. Auch er selbst, Matsuo, hatte bemerkt, wie schwer er sich der allgemein vorherrschenden Zeitströmung zu entziehen vermochte — dieser wachsenden Bereitschaft, auch auf nationaler Ebene alles zu riskieren.

Er hatte sogar bereits begonnen, daran zu glauben, daß immerhin eine Chance bestehe, den Krieg zu gewinnen. Zwar war bei seinen ruhelosen Gedanken und Überlegungen im Morgengrauen, wenn er die Myriaden von Fakten durchdachte, die er seit seinem ersten Treffen mit Yamamoto nun schon gesammelt hatte, immer auch diese leise warnende Stimme im Hinterkopf: *Dies ist Wahnsinn, absoluter Wahnsinn!*, und er hörte auch auf diese Stimme und war ganz ihrer Ansicht. Doch dann, tagsüber, in der Hektik und aufgeheizten Atmosphäre seiner Arbeit, wurde sie verschüttet und zugedeckt.

Alles war bereit. Kommandeur Genda hatte das Problem mit den vom Flugzeug abgeworfenen Torpedos gelöst — ganz simpel durch hölzerne Schwimmstabilisatoren an ihren Flossen. Flossen waren auch an die Granaten montiert worden, die die Stahlplatten der Schlachtschiffdecks durchschlagen sollten. Der Kreuzer *Taiyo Maru* hatte eine Testfahrt entlang der geplanten Route der Flugzeugträger absolviert, nordwärts, dann östlich bis halbwegs zwischen Alëuten und Midway und dann steil nach Süden auf Hawaii zu. Nicht ein einziges amerikanisches Schiff oder Flugzeug war ihm auf der ganzen Fahrt begegnet.

Gestern nun war der Flugzeugträger *Shokaku* eingetroffen, und die ganze Streitmacht von Flugzeugträgern, Zerstörern, Kreuzern, U-Booten und Tankern — zweiunddreißig Schiffe im ganzen — war komplett. Sie lag in der Tankan-Bucht auf den kalten Kurilen und wartete nur noch auf den Marschbefehl.

Keine Truppentransporter waren dabei. Tojo und sein Kriegsministerium hatten den Plan verworfen, Hawaii sofort einzunehmen und zu halten, weil dadurch zu viele Truppen gebunden würden. Matsuo hatte das dumpfe Gefühl, diese Entscheidung würde das Land noch einmal tief zu bedauern haben. Aber er konnte keinen Einfluß mehr darauf nehmen.

Als der Himmel über der Edogawa-Bank die Farben der Kirschblüten annahm, gab er es auf, noch einmal einzuschlafen zu versuchen. Er rollte seinen *futon* zusammen, verstaute ihn im Wandschrank und ging hinaus zu seinem üblichen kalten Morgenbad.

Als er später in sein Büro kam, war Shigeo bereits da. Obwohl ihm Matsuo kein Wort von Yamamotos Plan erzählt hatte, hatte er sich zusammenreimen können, was nun unmittelbar bevorstand. Seine gute Manieren untersagten es ihm jedoch, entsprechende Anspielungen zu machen. Obwohl sein gesteigerter Enthusiasmus für sämtliche Pearl-Harbor-Aufklärung an sich schon Bände sprach.

Er reichte ihm einige neuere Luftaufnahmen. Sie waren verblüffend.

»Wo haben Sie die her?«

»Einer unserer Leute machte in meinem Auftrag in einem gemieteten Flugzeug einen Touristenflug vom Flugplatz John Rogers aus. Wie Sie sehen, füllt sich der Hafen. Massenhaft große Schiffe, darunter zwei große Flugzeugträger. Die *Lexington* und die *Enterprise*.«

Matsuo besah sich das oberste Foto. »Kein Zweifel an der Identität?«

»Doppelt und dreifach überprüft.«

»Schlachtschiffe?«

»Vier.«

Matsuo wühlte die Fotos durch. Die vier Schlachtschiffe ankerten vor Ford Island, mitten im Hafen, und sahen völlig wehrlos aus. Irgend etwas gefiel ihm nicht daran. Shigeo schien es zu riechen.

»Stimmt was nicht?« fragte er, während er sich bereits wieder eine neue Zigarette ansteckte.

»Ich weiß nicht. Ich habe irgendwie ein komisches Gefühl bei allem.«

»Wieso? Besser könnte es gar nicht sein.«

»Eben. Es ist zu perfekt.«

Der Hafen war offen, die Schiffe lagen wie auf dem Präsentierteller. Das alles erschien ihm wie eine Art Einladung. Als sei ein riesiger Zeigefinger hinter den Fotos.

Aber das war natürlich Unsinn.

Er gab Shigeo das Paket Fotos zurück und ging die anderen Papiere auf seinem Schreibtisch durch. Fotos von den Luftwaffenstützpunkten Schofield, Wheeler, Hickam und Ewa, und viele von den Stränden westlich von Pearl Harbor und ostwärts nach Honolulu zu, die Matsuo im Hinblick auf eine mögliche — inzwischen abgesagte — Invasionslandung bestellt hatte.

Auf einem der Fotos war eine einsame Spaziergängerin zu sehen, die am Strand nahe dem Wasser entlangging. Er hielt es lachend hoch und zeigte es Shigeo.

»Ihr Fotograf hat anscheinend ein Auge sowohl für militärische Anlagen wie für Frauen.«

Shigeo grinste. »Na ja, hilft der Tarnung eines Amateurfotografen.«

Matsuo wollte das Foto bereits wieder beiseite legen, als ihn irgend etwas an der Frau interessierte. Es war eine Aufnahme aus weiter Entfernung, die Gesichtszüge der Frau waren verschwommen, aber etwas an ihrer ganzen Gestalt — ihr Kopf, wie sie die Schultern hielt — ließ irgendeine ferne Erinnerung in ihm anklingen. Irgend etwas an ihr war ihm bekannt und vertraut. Er glaubte es jeden Augenblick zu wissen.

»Gefällt sie Ihnen?« sagte Shigeo. »Sie ist hübsch.«

»Woher wissen Sie denn das? Ihr Gesicht ist doch gar nicht zu erkennen.«

»Ah, wir haben jede Menge Fotos von ihr. Sie geht da an diesem Strandabschnitt sehr oft spazieren. Ist mit einem Nachrichtenoffizier verheiratet. Sie haben zwar angeordnet, sie in Ruhe zu lassen, aber ich dachte trotzdem, es könnte nicht schaden, ein kleines Fotoalbum von ihr anzulegen.«

Die Erinnerung begann näher zu kriechen . . . sie war fast schon in Reichweite . . .

»Ich erinnere mich nicht, Ihnen gesagt zu haben, jemanden in Ruhe zu lassen.«

»Aber sicher doch. Sogar mit besonderem Nachdruck. Im August damals. ›Lassen Sie die Frau von Frank Slater in Ruhe!‹«

Mrs. Frank Slater!

Und dann fiel es ihm wie Schuppen von den Augen. Die Frau auf dem Foto — ja, natürlich: an Meiko erinnerte sie ihn! Frank hatte Meiko gekannt und sich ganz offensichtlich während ihrer College-Jahre sehr für ihn interessiert. Hatte er tatsächlich eine Frau gefunden und geheiratet, die ihr ähnlich sah?

Ein Schauder lief ihm über den Rücken. Ein völlig irrsinniger Gedanke kam ihm.

»Wie heißt diese Mrs. Slater mit Vornamen?«

Shigeo zog eine Schublade heraus und holte einen dünnen Aktenordner hervor. Er blätterte ihn durch und zog eine weiße Karte heraus.

»Meiko«, sagte er. »Meiko Slater.«

Matsuo spürte, wie ihm die Knie weich wurden. Er zog sich hastig einen Stuhl heran und setzte sich. Er machte den Mund auf, brachte aber keinen Ton heraus. Schließlich gelang ihm ein einziges Wort.

»Fotos.«

Shigeo sah ihn forschend an, als er ihm den Aktenordner reichte. Matsuo beachtete ihn gar nicht. Machte sich nicht einmal mehr die Mühe von Erklärungen. Er zitterte inwendig und äußerlich.

»Geht es Ihnen nicht gut? Sie sehen aus, als würde Ihnen übel.«

Matsuo hörte ihn kaum. *Konnte sie es wirklich sein? War es tatsächlich möglich, daß sie noch lebte?*

Schließlich beruhigte er sich mit dem Gedanken, es könnte ja wohl nicht gut möglich sein, daß Frank Slater mit Meiko — seiner Meiko — verheiratet sei. Trotzdem fühlte er, daß ihm am ganzen Leibe der Schweiß ausbrach, als er die Aktenmappe aufschlug.

Sein Blick fiel auf das oberste Foto. Das Gesicht einer Japanerin. Selbst durch die schwarzweiße Grobkörnigkeit waren ihr vollkommener Teint und ihre Lippen zu erkennen und die Mandelaugen, die ihm so vertraut waren. Er hielt den Atem an, als er die anderen Fotos durchsah. Kein Zweifel.

Meiko Mazaki.

»Sie lebt also!« rief er und sprang auf, während er den Aktendeckel mit den Fotos einfach in die Luft warf. »Sie lebt!« Und er lachte und weinte zugleich, während er dem nun völlig verwunderten Shigeo um den Hals fiel.

Meiko lebte! Auf Oahu. Verheiratet mit Frank Slater!

Es war ihm egal. Und wenn sie mit Franklin D. Roosevelt verheiratet gewesen wäre — sie lebte! Und es war ihm ganz egal, ob er lügen, betrügen, Berichte fälschen oder sich einen ganzen Kreuzer stehlen mußte. Er würde Mittel und Wege finden, um nach Hawaii zu kommen und sie zu holen!

2. DEZEMBER

TOKIO

Hiroki saß in dem hohen Konferenzraum im Marineministerium und hörte den Ausführungen des Außenministers mit wachsendem Unbehagen zu.

»Es ist mir berichtet worden«, sagte Minister Togo, »daß wir zum kommenden Wochenende den Beginn von Feindseligkeiten gegen Amerika und England planen, ohne daß ich erfahren hätte, wo und wann genau.«

Shigenori Togo machte mal wieder Schwierigkeiten, wie üblich. Er schien es nicht lassen zu können. Auch als Botschafter in Berlin hatte er sich 1939 gegen die Allianz mit Deutschland gesperrt — in einem solchen Maße, daß man ihn schließlich nach Moskau versetzen mußte. Der aufgeblasene kleine Mann mochte ja in Gottes Namen Außenminister sein, aber das gab ihm noch lange nicht das Recht, dem Oberkommando dessen Politik vorzuschreiben. Und nun stolzierte er hier im Konferenzraum auf und ab und fuchtelte mit dem Zeigefinger in der Luft herum wie ein Oberlehrer, der seinen Schülern etwas mit besonderem Nachdruck beibringen möchte. Das Ganze war zudem ausgesprochen anmaßend, weil Premier Tojo nicht anwesend war.

»Wir müssen in dieser Sache nun mal für die größtmögliche Geheimhaltung sorgen«, wandte der Stabschef des Heeres, Sugiyama ein.

»Das können Sie vielleicht machen, was den Ort betrifft, aber ich muß doch über den Zeitpunkt informiert sein, damit ich eine formelle Kriegserklärung vorbereiten kann!«

Nagano, Stabschef der Marine, sagte: »Es geht aber doch um einen Überraschungsangriff!«

»Ohne formelle Kriegserklärung?« Togo sah tief schockiert aus. »Das widerspricht doch völlig der Haager Konvention!«

»Wir brauchen den Überraschungseffekt zur Sicherstellung des Erfolgs unserer Kriegsziele im Süden.«

»Und an den Verlust nationaler Ehre denken Sie nicht?«

Er fängt an zu salbadern wie Matsuo und Yamamoto! dachte Hiroki. Doch noch beherrschte er sich und schwieg.

»Für derlei ist es zu spät«, konterte Admiral Nagano kühl. »Alle Pläne laufen bereits.«

»Dann ändern Sie die Pläne! Ich verlange eine offizielle Erklärung des Abbruchs der Beziehungen und dann eine Kriegserklärung, wie es sich gehört! Und ich bin im übrigen ganz sicher, daß der Tenno dies ebenso sähe, wenn ich es ihm vortragen würde.«

Das reichte jetzt aber. Hiroki wußte, daß es Zeit war, etwas zu sagen. »Darf ich mir die Freiheit nehmen, mich dazu zu äußern?« sagte er.

Außenminister Togo nickte. »Aber bitte sehr. Okumo-san. Ich bin überaus interessiert an den Überlegungen des ersten Ministers des Reiches für militärische und wirtschaftliche Koordination.«

Hiroki deutete eine Verbeugung an. Seit einiger Zeit bekleidete er dieses neue Amt mit der Aufgabe, dafür zu sorgen, daß die wertvollen Rohstoffe aus den demnächst zu erobernden Territorien sinnvoll und effizient verwendet würden. Im Augenblick war es noch eine Sinekure. Seine tatsächliche Arbeit begann mit dem Krieg.

»Der Außenminister ist natürlich völlig im Recht«, sagte er nun. »Selbstverständlich muß Japan die Haager Konvention beachten. Washington wird auch die offizielle Kriegserklärung erhalten, bevor der erste Schuß abgefeuert wird.«

Er bemerkte die schockierten Gesichtern der Militärs mit nicht geringer Amüsiertheit.

»Und Sie garantieren mir, daß es auch einen angemessenen Zeitraum zwischen Kriegserklärung und Angriff gibt?« wollte Togo, sichtlich noch immer nicht ganz ohne Mißtrauen, wissen.

»Wir werden die Haager Landkriegsordnung buchstabengetreu beachten!«

Togo verbeugte sich. »Ausgezeichnet. Ausgezeichnet!« Er verbeugte sich noch einmal nach links und rechts und entfernte sich. Kaum war die Tür hinter ihm zu, ging ungehaltener Aufruhr los.

»Bewahren Sie die Ruhe, meine Herren«, sagte Hiroki.

»Wie soll ich ruhig sein!« rief Nagano. »Wenn wir die Haager Konvention wirklich befolgen wollen, können wir die ganze Hawaii-Geschichte abblasen. Wenn die Amerikaner gewarnt sind und uns erwarten, werden unsere Verluste untragbar hoch sein!«

»Hat irgendwer von den Herren die Haager Landkriegsordnung schon einmal gelesen?«

Sie schüttelten alle zögernd und unsicher die Köpfe.

»Dann gestatten Sie mir, Sie darüber zu informieren. In der ganzen Konvention steht nirgends auch nur das kleinste Wort über ein Zeitminimum, das verstreichen müßte. Wir geben Washington genau eine halbe Stunde Zeit. Damit erfüllen wir den Buchstaben des Gesetzes, aber den Amerikanern bleibt keine Zeit mehr, ihre Verteidigung zu organisieren.«

Verstehendes und befreites Lächeln breitete sich auf den Gesichtern der Militärs aus, und es gab die große Kameraderie mit Schulterklopfen. Sake wurde eingeschenkt, und Hiroki brachte seinen Trinkspruch aus, der längst sein Markenzeichen war:

»Auf den Tag, an dem wir Tee in Washington trinken.«

HONOLULU

Der Dienstag begann schon schlecht und wurde dann immer noch schlechter.

Ich ging ohnehin bereits die ganze Zeit auf Nagelbrettern. Schon seit *Thanksgiving,* als das Marineministerium eine Kriegswarnung ausgegeben hatte. Die diplomatischen Beziehungen seien so gut wie abgebrochen; ›in den nächsten Tagen muß jederzeit mit einem Akt der Aggression von seiten Japans gerechnet werden.‹ Das Problem dabei war nur, daß kein Mensch auf die Idee zu kommen schien, Pearl könnte das Ziel dieses ersten ›Akts der Aggression‹ sein. Die allgemeine feste Überzeugung schien statt dessen zu sein, daß der Angriff weit im Süden, auf den Philippinen nämlich, erfolgen werde. Allenfalls noch auf Wake. Aber ganz entschieden nicht auf Hawaii. Am nächsten Tag schickte Admiral Halsey folgerichtig sein Flaggschiff, den Flugzeugträger *Enterprise*, zur Verstärkung der dortigen Verteidigung nach Wake.

Und die Reaktion von CINCPAC auf diese Kriegswarnung? Die Ausrufung von Alarmstufe Eins. Was gerade verstärkte Sicherheitsmaßnahmen gegen mögliche Feindsabotage bedeutete. Aus.

Mein Unbehagen war über das Wochenende immer weiter gewachsen, als ich sah, wie sich der Hafen mit mehr und mehr Schiffen füllte. Am Schlachtschiffpier auf Ford Island begannen sich die dicken Brummer geradezu zu drängeln. Insgesamt waren nun rund achtzig Schiffe im Hafen, darunter acht große Schlachtschiffe sowie der Flugzeugträger *Lexington*! Wer konnte sich ein schöneres Ziel für einen Angriff wünschen oder ausdenken? Am Montagmorgen war ich also erst einmal verständlicherweise gewaltig erleichtert, daß Pearl noch immer heil und wohlbehalten war. Doch die Anspannung hatte mich ganz schön geschafft. Und noch jetzt, am Dienstag, hatte ich mich von dem Streß des Wochenendes mit seiner ständigen Angst nicht völlig erholt.

Schlechte Nachrichten waren das letzte, was mir noch fehlte. Aber sie begannen sofort auf mich niederzuprasseln.

Es ging mit Pete Jeffries los. Er war einer von den Abhörern. Und er brachte die erste dicke Nummer, als er den Kopf zu mir ins Zimmer steckte.

»Raten Sie mal, was die japanische Flotte gestern gemacht hat?« Sein Ton signalisierte eine seltsame Unruhe und Ratlosigkeit.

»Nämlich?«

»Sie haben ihre Rufsignale schon wieder geändert!«

»Was denn, schon wieder? Haben sie doch gerade erst letzten Monat!«

»Na eben. Scheint ihnen so gut gefallen zu haben, daß sie's gleich noch mal machen wollten.« Er seufzte demonstrativ. »Jetzt geht der ganze Mist von vorne los, bis wir wieder wissen, wer da draußen mit wem redet.«

»Na, dann alles Gute!« sagte ich und lächelte ihm nach, als er sich winkend verabschiedete. Doch sobald er weg war, verging mir das Lächeln. Daß die Radiorufsignale der Kriegschiffe binnen eines einzigen Monats zweimal geändert wurden, hatte es bisher noch in keiner Marine der Welt jemals gegeben. Schon weil mit dergleichen ja ein ganz gewaltiger Aufwand verbunden war; Papierkrieg und Bürokratie, und das nicht zu knapp. Üblicherweise brauchten die Schiffe selbst einen oder zwei Tage, bis die Umstellung überhaupt funktionierte. So etwas machte niemand ohne zwingenden Grund und sehr eingehende Planung. Daß die Rufsignale am 1. November geändert wurden und dann am 1. Dezember schon wieder, hatte also notwendigerweise etwas zu bedeuten. Nur was?

Ich arbeitete ohne Mittagspause durch. Übersetzungen von Nachrichten niedrigeren Wichtigkeitsgrades aus dem Japanischen. Kurz gesagt, Müll. Nichts als Müll. Da hockte ich und verplemperte meine Zeit mit dem Übersetzen völlig belangloser Konversation, für deren Chiffrierung gar keine Veranlassung bestand, während gleichzeitig das wirklich Wichtige — die Botschaften via *Purpur* nämlich — an uns vorbeisegelte, um weit drüben in Washington dechiffriert und übersetzt und uns anschließend wieder herübergetröpfelt zu werden — falls irgendwer in Washington das für angebracht hielt. Acht Monate lang hatte ich nun alle Hebel in Bewegung gesetzt, damit wir hier im Vierzehnten ONI-Distrikt endlich so ein *Purpur-Wunder*-Gerät bekämen. Aber es war, als redete ich gegen eine Wand. In schöner Regelmäßigkeit teilte Washington freundlich mit, es werde geprüft, ob eine Notwendigkeit bestehe, der Vierzehnten ONI ein *Purpur-Wunder*-Gerät zuzuteilen. Und sooft ich auch nachfragte und drängelte, kam die beruhigende Auskunft: Die Sache sei in Bearbeitung.

Harry Thornton war bei alledem keine sehr große Hilfe. Sein Standpunkt war ungefähr der, daß wir, wenn der liebe Gott ein *Purpur-Wunder* für uns vorgesehen habe, es am Ende schon bekämen; wozu also die Hast? Wenn irgend etwas Wichtiges aufgefangen wurde, würde uns das Washington sicher wissen lassen. Und außerdem, kein *Purpur-Wunder* zu haben bedeutete doch auch, entsprechend weniger zu tun zu haben! Nicht?

Am Nachmittag dann kam es noch dicker, als meine Schicht des Abhörens des Funkverkehrs in das japanische Konsulat begann. Ich sollte Jeff Kaluta ablösen. Er war auch da, war aber dabei, die ganze Installation abzubauen.

»Was ist das denn?« fragte ich. »Stimmt was nicht mit dem Abhörkanal?«

»Richtig«, sagte er. »Daß wir keinen mehr haben.«

»Oh, Scheiße!« sagte ich. »Sind sie uns draufgekommen?«

»Nö.« Er ging zur Tür und machte sie leise zu. »Die Abblase stammt von unserm eigenen Laden.«

Ich stand da wie behämmert. Er erzählte mir die ganze Geschichte.

Ein Fernmeldetechniker von der Mutual Telephone Company hatte der ONI und dem FBI vertraulich gemeldet, daß er zufällig unsere beiden Abhörleitungen in das japanische Konsulat auf der Nuuanu Avenue gefunden habe. Er hatte den Japanern nichts gesagt, wollte aber wissen, was er tun sollte. Bob Shivers vom FBI drüben im Federal Building hatte ihm eingeschärft, die FBI-Leitung jedenfalls nicht anzurühren und sich im übrigens nicht weiter um die ganze Sache zu kümmern.

»Und? Was ist dann mit unserer Leitung passiert?«

»Unser Arschloch von Thornton hat angeordnet, sie stillzulegen!« sagte Kaluta.

Ehe ich noch recht überlegt hatte, war ich bereits zur Tür hinaus, auf der Straße, in meinem Auto und auf dem Weg nach Pearl. Ich nahm die kurze Strecke. Die schöne Landschaft konnte mir im Augenblick gestohlen bleiben. Ich hatte eine solche Wut, ich hätte am liebsten alles zusammengeschlagen. Und sie war noch nicht wesentlich abgekühlt, als ich zu Harry ins Büro stürmte. Immerhin gelang es mir, meinen Zorn zu unterdrücken und mich nach außen hin beherrscht zu geben.

»Ja, Frank?« sagte er. »Was gibt's?«

»Erlauben Sie mir, offen zu reden. Was zum Teufel haben Sie sich dabei gedacht, unsere Abhörleitung ins japanische Konsulat stillzulegen?«

Thorntons Brauen gingen ganz überrascht nach oben. »Aber hören Sie mal, das liegt doch wohl auf der Hand, oder? Die japanisch-amerikanischen Beziehungen sind am Punkt des Abbruchs. Dieser Telefontechniker wird natürlich den Mund nicht halten, und die Abhörgeschichte wird publik werden. Und weil Oahu hier mit japanischen Agenten gerammelt voll ist, wissen die dann doch im Handumdrehen, daß sie abgehört werden. Und das könnte ihnen so gelegen kommen wie nur was, um die Sache aufzublasen bis zum Gehtnichtmehr.«

Die Kinnladen taten mir weh, so knirschte ich nun schon die ganze Zeit mit den Zähnen. »Sir, wenn die japanisch-amerikanischen Beziehungen so schlecht sind, wie Sie sagen, meinen Sie nicht, daß gerade dann eine Abhörleitung wichtiger ist denn je? Ganz besonders, wo wir kein *Purpur-Wunder* hier haben?«

»Ich habe diese Abhörleitung niemals gebilligt. Nachdem sie aber nun einmal schon existierte, als ich hierherkam, habe ich es dabei belassen. Aber wenn diese Tatsache öffentlich bekannt würde, wäre das nicht gut für unser Ansehen. Wir sollten, meine ich, doch über solchem Unsinn stehen.«

»Es ist eine Kriegswarnung ausgegeben worden! Meinen Sie nicht, daß . . .«

»Falls die Japse angreifen sollten, dann bestimmt nicht hier, sondern im Süden. Das ist das Gebiet, auf das sie aus sind. Bis hierher kommen sie doch überhaupt nicht. Schon Wake ist viel zu weit im Osten für sie. Behalten Sie im Auge, daß sie hinter Öl und Rohstoffen her sind. Hier gibt es nichts, was sie interessieren könnte.«

Ich ging zum Fenster und deutete auf den Hafen hinunter. »Dieses Wochenende werden da unten sechsundneunzig Schiffe aufeinander hocken, Sir. Inklusive Schlachtschiffe und einem Flugzeugträger, und dann . . .«

»Kein Flugzeugträger«, unterbrach mich Thornton. »Die *Lexington* läuft am Donnerstag nach Midway aus.«

»Na großartig!« sagte ich. Ich merkte zwar, daß ich zu laut wurde, aber ich konnte nichts dagegen tun. »Ganz großartig und wunderbar! Wir kriegen eine Kriegswarnung und schicken das *Big E* und die *Lex*, unsere wichtigsten Träger für kampfbereite Flugzeuge, in den Westpazifik raus.«

»Na und? Wir haben doch Flugzeuge drauf!«

»Sicher doch! Aber keine Aufklärer, die uns vorwarnen können.«

»So, und was ist mit den fünfzig nagelneuen PBY, die wir gerade erst gekriegt haben?«

»Ist ja alles sehr schön. Nur daß die noch derart nagelneu sind, daß sie noch nicht mal eingeflogen sind! Und wir außerdem keinerlei Ersatzteile für sie haben. Wir brauchen aber unbedingt Aufklärung!«

»Und was, glauben Sie, tut Halsey die ganze Zeit. Er fliegt doch pausenlos Aufklärung. Bis nach Wake runter. Und sobald die *Lex* auf dem Weg nach Midway ist, tut Newton das gleiche! Wir haben also eine ganze Menge Aufklärung!«

»Aber nicht nordwärts, wo es am dringendsten wäre! Wissen Sie noch, was Zach sagte? Sie werden an einem Wochenende kommen. Von Norden her.«

Thornton lachte auf. »Ach, Sie und Ihr Zach! Ihr habt doch beide zu viele Heftchen über die Gelbe Gefahr gelesen! Das sind doch alles Schundheftchen-Theorien!«

Sein Spott machte mich nur noch wilder. Vor ein paar Monaten hatte er mich mal ein Heft *Operator No. 5* lesen gesehen und kam jetzt immer wieder damit daher.

»Wir sind hier nicht in einem Roman, sondern in der Wirklichkeit!« rief ich.

»Eben. Und in Wirklichkeit wird sich hier auf Oahu überhaupt nichts tun.«

Ich hätte schreien können. *Sind eigentlich alle hirnvernagelt?* Ich schwieg statt dessen. Es war sinnlos. Es blieb nichts übrig, als zu salutieren und zu gehen. Thornton war ein hoffnungsloser Fall. Wenn auch letztlich nicht viel schlimmer als alle anderen auch. Alle schienen einfach den Kopf in den Sand zu stecken. Was wir jetzt bräuchten, wäre einer wie Zach Ellis. Dann wären wir auf alles gefaßt.

Aber den hatten wir nicht.

Und wir waren auf gar nichts gefaßt.

Mir wurde übel, wenn ich daran dachte. Dabei kam das Schlimmste erst noch. Als ich ins Büro in Honolulu zurückkam, lief dort Pete Jeffries schon eine ganze Weile mit finsterem Blick nervös hin und her.

»Na, die neuen Signale noch immer nicht rausgetüftelt?«

Er warf mir einen Blick zu, der es in sich hatte. »Soll das ein Witz sein oder was?«

»He!« sagte ich. »Was ist, Pete?«

»Sie meinen, Sie wissen noch gar nichts?«

»Weiß was nicht?«

»Die japanischen Flugzeugträgereinheiten Eins und Zwo. Weg. Wir haben sie verloren.«

In meinem Magen schienen Dutzende spitzer Eiszapfen zu sein. »Was soll das heißen, verloren?«

»Verloren. Buchstabiere: nicht auffindbar. Schlicht und ergreifend weg. Verschwunden! Die Einheiten Drei und Vier sind kein Problem. Hocken auf den Marshalls und vor Formosa. Eins und Zwei hingegen — futsch. Nicht der kleinste Piepser mehr von denen. Seit Tagen.«

»Wollen Sie damit vielleicht sagen, die könnten womöglich im Moment irgendwo nördlich von Kauai sein, ohne daß Sie das feststellen könnten?«

Jeffries sah mich an. »Angesichts ihrer absoluten Funkstille und unserer beschissenen Aufklärung: Ja! Sie könnten in diesem Augenblick um *Diamond's Head* rumkommen, und ich hätte keinen blassen Schimmer davon!«

Er lachte auf! »Aber machen Sie sich mal keine Sorgen. Wenn Sie mich fragen, die pirschen sich ins Chinesische Meer rein, um dort irgendeine Sauerei anzustellen.«

Machen Sie sich keine Sorgen. Der Mann hatte Nerven. Ich jedenfalls wurde das Gefühl nicht los, daß die beiden ›verlorenen‹ Flugzeugträgereinheiten dabei waren, sich hinauf nach Norden davonzumachen, um von dort aus den Schlag gegen Pearl vorzubereiten. Nur schien ich wirklich der einzige auf ganz Hawaii zu sein, der sich dieser Art Sorgen machte.

Und keiner wollte auf mich hören.

3. DEZEMBER

Am Mittwochmorgen fuhr ich auf meinem Weg zum DIO am japanischen Konsulat vorbei. Nachdem wir die Leitung nicht mehr hatten, war mein kleiner Hochsitz auf dem Baum im Hof plötzlich von einem kleinen Spielchen zu einer wichtigen Informationsquelle geworden. Und ich war sehr froh, daß ich gekommen war, als ich sah, was sich dort im Hinterhof des Konsulats tat.

Rauch stieg auf. Eine Gruppe sogenannter Assistenten stand um eine rostige Mülltonne herum und warf geduldig Papier in das aus ihr hochlodernde Feuer.

Ich machte mich schleunigst zu meinem Büro auf und rief Bob Shrivers vom FBI drüben an. Er bestätigte mir meine Befürchtungen.

»Ja«, sagte er. »Sie haben fast die ganze vergangene Nacht telefonisch darüber beratschlagt. Von Tokio kam der Befehl, alle Codebücher bis auf eines von jeder Sorte — Typ O und Typ L — zu verbrennen. Woher wissen Sie denn das?«

»Weil ich mich ein wenig in ihrem Hinterhof umgesehen habe. Sie führen den Befehl bereits aus.«

»Sehen Sie's von der positiven Seite«, sagte Bob Shrivers. »Das bedeutet, von jetzt an benutzen sie ausschließlich PA-K2. Und das ist viel leichter zu dechiffrieren als die J-Serie. Wenn Sie jedoch ein Magengeschwür haben und das noch so richtig aufquellen lassen möchten, dann lesen Sie mal, was Kita gestern von seinem Außenministerium bekommen hat.«

»Nämlich?«

»Übersetzen Sie es sich ruhig selbst. Ich möchte Ihre Meinung nicht beeinflussen.«

Ich ging eilends den Stoß dechiffrierter Nachrichten auf meinem Schreibtisch durch, die auf Übersetzung warteten, bis ich die gesuchte fand. *Japanisches Außenministerium. An: Chefkonsul Kita.* Ich begann zu übersetzen. Es handelte sich um einen ganz direkten, offenen Spionageauftrag. Der Abschnitt, der mir am meisten kalte Schauer über den Rücken laufen ließ, lautete:

Angesichts der gegenwärtigen Situation ist die Anwesenheit von Kriegsschiffen, Flugzeugträgern und Kreuzern im Hafen von äußerster Bedeutsamkeit. Berichten Sie ab sofort täglich mit größtmöglicher Genauigkeit. Drahten Sie mir, falls über Pearl Harbor Fesselballone aufgelassen werden oder ob es Anzeichen dafür gibt, daß etwas dergleichen geplant ist. Melden Sie desgleichen, ob die Kriegsschiffe mit Torpedonetzen ausgerüstet sind.

Im Hafen! Bisher waren die Japaner noch nie daran interessiert gewesen, welche Schiffe in einem Hafen lagen. Sie wollten immer nur wissen, welche unserer Schiffe draußen herumfuhren. Wieso also dieses plötzliche Interesse, welche Schiffe in Pearl Harbor ankerten? Wieso das Interesse an etwaigen Fesselballonen und Torpedonetzen. Doch nur deshalb, weil . . .

Ich ließ Thornton anrufen. Er war in einer Sitzung. Ich ließ ihm eine Kopie des Kabels samt einer Notiz über die Verbrennung der Codebücher und der Anfrage schicken, ob wir nicht besser SINCPAC informieren sollten, und wartete auf seine Antwort.

Er brauchte bis zum späten Nachmittag, um zurückzurufen. »Ich vermag dieser Nachricht keine so besondere Bedeutung beizumessen.«

Keine so besondere Bedeutung. Die Japaner verbrannten auf der ganzen Welt ihre Codebücher und zerstörten ihre eigenen *Purpur-Geräte.* Für meinen bescheidenen Verstand war dies doch wohl ein Signal dafür, daß sich das Land auf den Krieg mit der ganzen Welt vorbereitete! Und nicht genug damit. Das Konsulat in Honolulu schickte tägliche Berichte über die Anzahl der im Hafen von Pearl liegenden Schiffe nach Tokio! *Im Hafen . . .!*

Ich beeilte mich, nach Hause zu kommen, und suchte Meiko. Ich mußte von diesem ganzen Mist wegkommen! Und der einzige Weg dafür, den ich wußte, war, auf unserer verbeulten alten Couch zu sitzen und sie im Arm zu halten. Irgendwie war die Welt dann doch immer wieder im Lot, wenn Meiko bei mir war. Nicht völlig im Lot, das nun auch wieder nicht. Aber doch sehr viel mehr als ohne sie.

Doch Meiko war nicht da. Ihr Rad stand nicht da. Das bedeutete also, daß sie wieder mal in Ala Moana am Strand spazierenging.

Heute paßte auch wieder mal alles zusammen.

Meiko ging ihren üblichen Weg. Manchmal war ihr schon der Gedanke gekommen, daß sie, wären die Gezeiten nicht, allmählich einen festen Trampelpfad ausgetreten hätte. Es herrschte Ebbe. Sie suchte nach Muscheln. Sie hatte schon Hunderte zu Hause, aber sie suchte immer wieder neue. Braune, weiße und grüne gab es massenhaft, aber blaue waren selten. Noch seltener rote. Das Wasser hier war sehr ruhig. Erst weiter draußen donnerte die Brandung an die Korallenriffe.

Sie ging westwärts. Als sie einmal aufblickte, sah sie einen Mann. Er stand als Silhouette vor der untergehenden Sonne. Er sah seltsam aus, wie er so dastand, voll gekleidet mit Strohhut, Hemd, langer Hose, Schuhe an den Füßen, die im Wasser standen. Er schien auf jemanden zu warten und starrte ihr entgegen.

Sie versuchte ihn zu ignorieren und wandte ihr Augenmerk wieder der Wasserlinie zu. Es kam recht häufig vor, daß auf ihren Spaziergängen Männer ihre Bekanntschaft suchten, und sie hatte Übung darin, rasch klarzustellen, daß sie nicht an Gesellschaft interessiert war. Frank verstand wenigstens, daß sie ab und zu allein sein mußte, und bestand nicht darauf, sie zu begleiten. Den Göttern sei Dank für Frank! Manchmal fragte sie sich, was sie denn getan habe, um ihn zu verdienen.

Sie wünschte, mehr für ihn tun zu können. Es war ihr klar, wie sehr ihn die zunehmend sichtbare Unausweichlichkeit eines Krieges mit Japan beunruhigte und schmerzte. Und das nicht einmal so sehr seinetwegen oder seines Landes wegen. Sondern ihretwegen. Er wußte, was auf sie zukäme, wenn sie hier in Amerika lebte, während sein Land im Krieg mit dem ihren war, und . . .

Sie unterbrach sich selbst in ihren Gedanken. Sie mußte aufhören, von Japan als ihrer Heimat zu denken. Ihre Heimat war jetzt Hawaii.

Matsuo war tot, und in Japan hielt man sie ebenfalls für tot. Was für sie bedeutete, von ihrer *chu* und ihrer *ko* und all den anderen *on* des japanischen Lebens entbunden und der damit verbundenen Verpflichtungen ledig zu sein. Wie könnte sie auch Verpflichtungen gegenüber Menschen haben, die sie für tot hielten?

Sie blickte auf. Der Mann, nun schon sehr viel näher, stand immer noch da und schaute ihr entgegen. Er stand direkt vor der Sonne im Gegenlicht, und sein Gesicht war deshalb nicht zu erkennen. Es war ziemlich offensichtlich, daß er weiter da stehenbleiben wollte. Also mußte sie wohl um ihn herum gehen. Sie machte einen weiten Bogen und sah ihn nicht an, während sie landwärts an ihm vorüber wollte. Als sie direkt an ihm vorbeikam, zog er den Hut und wandte sich ihr zu.

»Meiko?«

Seine Stimme war heiser, aber sie war ihr vertraut. Sie blickte auf und direkt in sein Gesicht.

Und sie glaubte, die Beine versagten ihr den Dienst.

Matsuo!

Sie taumelte, aber er fing sie auf. Als er sie an sich zog, sah sie ihm ins Gesicht. Es konnte nicht sein! Aber er war es! Der gleiche intensive Blick, die gebrochene Nase, die . . .

»Ich warte schon den ganzen Tag auf dich!« sagte er mit belegter Stimme, kaum fähig zu sprechen, und nickte, während Tränen in seine Augen stiegen und in ihre ebenfalls. »Ja, ich lebe! Genau wie du!«

Matsuo! Zurück aus dem Reich der Toten!

Sie standen da und hielten einander fest.

Ich lief unruhig in der Wohnung hin und her. Ich griff nach dem *Adviser* und überflog die Nachrichten. Ich blätterte direkt bis zu den Comics weiter. Ich las

Joe Palooka und *Li'l Abner,* aber die Sprechblasen drangen nicht in meinen Kopf. Ich sah nur die Zeichnungen. Sie sahen aus, als stammten sie vom gleichen Zeichner.

Ich versuchte, meinen neuesten Raymond Chandler, *Farewell My Lovely,* weiterzulesen. Ich war zu unruhig zum Lesen, es ging nicht. Ich schaltete das Radio an und hörte *Jack Armstrong* auf KGMB, nur um gleich wieder abzudrehen. Ich trank noch einen Scotch mit Soda, aber auch das beruhigte mich nicht. Ich brauchte Meiko. Wo blieb sie denn nur? War ihr am Ende etwas zugestoßen? Normalerweise blieb sie nicht so lange aus. Am Strand da unten und auf den Straßen gab es immer mal wieder wildgewordene Autofahrer. Und sie hatte nur ein Fahrrad.

Ich fing an, mir Sorgen zu machen. Ich mußte irgend etwas tun. Ich beschloß, nach Ala Moana zu fahren und sie abzuholen.

Als sie beide wieder einigermaßen gefaßt waren, Meiko sich etwas von dem Schock erholt hatte, Matsuo am Leben zu sehen, und sich wieder etwas sicherer auf den Beinen fühlte, gingen sie gemeinsam zu den Banyan-Bäumen, die den Strand säumten, und setzten sich in den Schatten. Sie erzählten einander ihre Geschichten seit jenem Julitag im Jahr 1937.

»Der arme Cho!« sagte Meiko, als sie hörte, wessen Leiche Kikou damals auf dem Boden von Matsuos Zimmer gesehen hatte.

»Ich dachte damals auch so«, sagte Matsuo. »Aber heute nicht mehr. Seine lose Zunge war die Ursache unserer Entdeckung, und sein Selbstmord der Grund, daß du von deiner Familie und aus deiner Heimat vertrieben wurdest.«

Meiko war überrascht über die Bitterkeit seiner Worte. Nie zuvor hatte sie ihn so reden gehört. Sie betrachtete ihn zum ersten Mal, seit er sich am Strand zu erkennen gegeben hatte, genauer. Bis jetzt hatten der Schock und die Freude des Wiedersehens sie nicht dazu kommen lassen.

Er hatte sich verändert. Zwar war schon immer eine Art Spannungsfeld um ihn gewesen, eine ständig drängende Energie, die ihn durch sein ganzes Leben zu treiben schien. Doch jetzt war er wie brennendes Feuer. Als habe ihn jemand angeschaltet und unter Hochspannung gesetzt.

»Ich bin gekommen, dich heimzuholen«, sagte er, während er ihre Hand hielt und tief in ihre Augen sah. »Nach Hause.«

Wie oft hatte sie sich in den vergangenen Jahren, in denen sie ihn tot wähnte, einen solchen Augenblick vorgestellt? Wie oft sich in Phantasien ergangen, ihr Matsuo stehe plötzlich vor ihr und führe sie zurück nach Hause? *Nach Hause.* Kaskaden von Bildern stürmten auf sie ein. Ihre Eltern, das Elternhaus, die grünen Inseln der Inlandsee. Die Schreine, die Tempel, die Shinto-Feste, *bento*-Essen in den Straßen Tokios . . .

. . . und sie erinnerte sich an Frank und bekam Atemnot. Die alles überstrahlende Freude wurde mit einem Schlag getrübt. Es war ihr plötzlich klar, vor welch einer schlimmen Wahl sie stand.

»Matsuo, ich . . . bin verheiratet.«

»Ich weiß.« Sie sah ein Aufflackern in seinen Augen, obwohl er äußerlich ruhig blieb. »Mit Frank Slater. Aber das spielt jetzt keine Rolle mehr.«

»Doch, es spielt eine Rolle«, sagte sie und spürte, daß so etwas wie leiser Zorn in ihr aufflammte.

»Du hast ihn in dem falschen Glauben, ich sei tot, geheiratet. Daran kannst du jetzt nicht mehr gebunden sein.«

»Wir haben einander gegenseitig in gutem Glauben geheiratet. Ich habe mich ihm nach Recht und Gesetz versprochen. Aber es ist auch mehr als das, Matsuo. Er hat mir das Leben zurückgegeben, als ich nicht mehr glaubte, daß es noch ein Leben für mich gebe. Er war sehr gut zu mir.«

Matsuo hörte ihr nickend zu. »Das verstehe ich durchaus. Und deswegen bin ich ihm auch verpflichtet.« Er hielt inne und fragte nach einer Weile: »Liebst du ihn?«

Meiko hatte die Frage befürchtet, aber sie mußte sich ihr stellen. »Ich werde niemals irgend jemanden so lieben wie dich, Matsuo. Aber trotzdem . . . ja, ich liebe Frank auch. Anders als dich, mit einem anderen Teil meiner selbst.«

Matsuo wandte den Blick von ihr. Sie sah, wie seine Kinnladen mahlten. Er starrte auf das Meer hinaus. Seine Stimme war bitter, als er schließlich wieder sprach.

»Was war ich für ein Narr! Was für ein Träumer! Ich dachte immer, es wäre so einfach. Wie eine Szene im Kino. Ich gebe mich dir zu erkennen, wir umarmen uns leidenschaftlich, und dann führe ich dich heim nach Japan, und wir leben glücklich bis an unser seliges Ende.«

»Matsuo!«

Er wandte sich ihr zu. »Du mußt mit mir kommen, Meiko!«

Es gab einen Teil in ihr, der sich nichts sehnlicher wünschte, als ganz Hawaii einfach zu vergessen und mit ihm auf der Stelle bis nach Japan heimzulaufen. Ein anderer Teil in ihr jedoch rief ihr das Gesicht eines guten und anständigen Mannes ins Bewußtsein, der sich jetzt zu Hause ihretwegen Sorgen machte und auf ihre Heimkehr wartete — seiner Frau, die er liebte und der er vertraute.

»Ich kann nicht so einfach weg.«

»Ich habe dich viereinhalb Jahre lang betrauert. Und jetzt, da ich dich lebend wiedergefunden habe, kann ich dich nicht noch einmal verlieren. Meiko, ich werde das nicht zulassen!«

»Auch ich habe dich betrauert. Und nie aufgehört, dich zu lieben. Und ich will ja mit dir zurückgehen. Aber nicht jetzt sofort, so ohne weiteres.«

»Du mußt aber.«

»Und was würdest du später einmal von mir denken, wenn ich Frank, ohne ein Wort zu sagen, davonliefe? Was ich von mir selbst halten würde, weiß ich jetzt schon.«

Darüber mußte er nachdenken.

»Es ist aber keine Zeit mehr!« stieß er schließlich hervor. »Nicht einmal mehr eine Woche!«

Obwohl die Sonne noch warm war, spürte Meiko plötzlich einen eisigen Schauer ihren Rücken hinablaufen. »Was soll das heißen?«

Er sah wieder weg. »Ich hätte das nicht sagen sollen. Vergiß es.«

Und da sagte sie, fast flüsternd: »Weil ihr die amerikanische Flotte angreift. Nicht wahr, das ist es? Noch dieses Wochenende?«

»Meiko«, sagte er und packte sie fest am Arm, »du darfst das nicht einmal denken, geschweige denn je wieder aussprechen!«

»Aber Frank weiß es!« sagte sie. »Er wartet die ganze Zeit schon darauf. Ein Luftangriff von Norden her, an einem Samstag- oder Sonntagmorgen. Er hatte ihn schon für gestern erwartet. Er hat deshalb das ganze Wochenende kaum schlafen können.«

Matsuo fielen fast die Augen aus dem Kopf, als Meiko geendet hatte. »Willst du damit sagen, sie locken uns in eine Falle?«

»Nein, eben nicht! Kein Mensch hört auf Frank!«

Matsuo war offenbar erleichtert. Doch Meiko erschien die Luft plötzlich dick und schwer; sie konnte kaum noch atmen.

»Das ist es also, nicht wahr? Ein Überfall und danach die Kriegserklärung.«

»Kein Überfall. Wir erklären zuerst den Krieg, dann greifen wir an. Unmittelbar danach.«

»Aber warum? Warum?«

»Es muß sein«, sagte er, und sein Ausdruck wurde entschlossen und hart. »Die Amerikaner lassen uns keine andere Wahl.«

Meiko stand auf. »Es gibt immer eine Wahl. Es muß einfach eine geben. Ihr könnt doch nicht einfach . . .« Sie brach mitten im Satz ab. Auf der Strandpromenade, im Schatten der Bäume, kam Frank direkt auf sie zu.

»Was ist?« fragte Matsuo und wollte sich ebenfalls erheben.

»Bleib unten!« sagte sie, ohne ihn anzusehen. Sie versuchte, die Lippen beim Sprechen nicht zu bewegen.

»Frank kommt. Er darf dich nicht sehen!«

»Geh zu ihm«, flüsterte Matsuo. »Damit er nicht herkommt. Ich bin morgen nachmittag wieder hier und erwarte dann deine Entscheidung.«

Ich will mich aber nicht entscheiden müssen! dachte Meiko. Doch sie schwieg. Sie winkte Frank zu und lief ihm entgegen. Sie mußte mühsam ein Schluchzen unterdrücken, als sie sah, wie sich sein Gesicht bei ihrem Anblick aufhellte. Sie haßte sich dafür, daß sie lächelte und tat, als wäre nichts geschehen. Als hätte sich nicht soeben die ganze Welt verändert.

Aber sie hatte sich verändert.

Matsuo wartete, so lange er konnte. Als die Spannung unerträglich wurde, richtete er sich auf den Knien auf und spähte vorsichtig um den Banyan-Baum herum. Da waren sie, bereits in einiger Entfernung. Sie gingen davon, mit den Rücken zu ihm. Frank hatte den Arm um Meikos Schulter gelegt und zog sie eng an sich.

Diese einfache Geste mit ihrer Wärme und Intimität und Besitzergreifung ließ einen heißen, blinden Zorn in ihm aufwallen. Er hatte das Bedürfnis, ihn laut und wild hinauszuschreien und hinter den beiden herzurennen, um Frank den Arm wegzureißen. Ihn ihm auszureißen und ins Meer zu schleudern! Er hieb die Faust an den Baumstamm und schloß die Augen.

Der Anfall blindwütigen, frustrierten Zorns ging vorüber und ließ ihn matt und schwach zurück. Als er noch einmal aufblickte, waren Meiko und Frank verschwunden. Er ließ sich an den Baumstamm sinken.

Was war los mit ihm? Noch nie hatte er einen derart aufwallenden Jähzorn erlebt. So kannte er sich nicht. Es war beängstigend. Er hatte zu viel zu tun, zu viel Verantwortung zu tragen, als daß er seine Urteilsfähigkeit durch wilde Gefühlsausbrüche dieser Art beeinträchtigen lassen durfte.

Aber vielleicht war eben dies das Problem: zu viele Verantwortlichkeiten, zu viele Anforderungen bei der Koordination der Nachrichtensammlung über Pearl Harbor. Und jetzt saß er hier heimlich, hier in Honolulu, um Meiko zu treffen. Und setzte damit wieder einmal die Ehre seiner Familie aufs Spiel — und die seines Amtes dazu, weil er einen Vorwand konstruiert hatte, Kontakt mit der Frau dieses amerikanischen Nachrichtenoffiziers aufzunehmen: Sie besäße wichtige Informationen über die Verteidigungsanlagen des Hafens . . . Und dann noch der Ausgang dieser Begegnung. So ganz anders, als er es sich gedacht hatte . . .

Kein Wunder, daß er sich wie eine abgezogene Handgranate fühlte.

Er setzte den Hut wieder auf, erhob sich und ging am Strand entlang nachdenklich davon. Wenn Meiko nun beschloß, bei Frank zu bleiben? Vor allem, wenn sie mit ihm über den Angriff auf die Flotte sprach — was ihm so entschlüpft war? Es würde Franks Verdacht bestärken und bestätigen, den er nach Meikos Worten schon lange hatte. Und dann konnte er mit Hilfe von Meikos Bericht die Verantwortlichen davon überzeugen, die Flotte unverzüglich über den ganzen Pazifik zu verstreuen. Und der Angriff auf Pearl Harbor wurde ein Fehlschlag.

Er blickte aufs Meer hinaus. Die Einsatztruppe hatte bereits den halben Weg noch Oahu hinter sich.

Was habe ich nur getan?

Meiko lag neben Frank. Sie war hellwach. Sie hatte den Versuch, doch noch Schlaf zu finden, längst aufgegeben. Sie fühlte sich, als würde sie entzweigerissen. Sie konnte an nichts anderes denken als an Matsuo. All diese jetzt mehr als vier langen Jahre war er am Leben gewesen! Fast wie von Zauberhand war er an einem Strand auf Oahu plötzlich vor ihr gestanden. Und was sie von ihm erfahren hatte! Und er hatte sich so verändert. Noch unruhiger, noch drängender, noch energiegeladener, als sie ihn in Erinnerung gehabt hatte . . . Doch sie spürte, daß er in seinem Innern noch immer der alte war.

Und doch wollte sie Frank nicht verlassen. Wie könnte sie ihn denn einfach im Stich lassen? Er hatte es nicht verdient, so verletzt zu werden.

Doch es führte auch kein Weg an Matsuo vorbei, nun, da sie wußte, daß er lebte. Sie wollte bei ihm sein, heute nacht und jede Nacht. Sie liebte ihn nach wie vor. Sie hatte nie aufgehört, ihn zu lieben.

Was soll ich nur tun?

Die Frage wurde zur Qual. Sie zwang ihr ein leises Wimmern ab.

»Ist was?« fragte Frank neben ihr.

»Ja.« War er etwa schon lange wach? »Ich kann und kann nicht einschlafen.«

»Probleme?« sagte er und kam näher. »Willst du darüber reden?«

Ach bitte, sei nicht so gut zu mir, dachte sie und fühlte sich elend und seiner nicht würdig. *Kannst du nicht mal böse, nicht immer so verständnisvoll sein?*

»Ich . . . habe über den Krieg nachgedacht«, sagte sie. Und das war ja nicht mal gelogen, denn Matsuos Versprecher über den Luftangriff auf die US-Flotte hatte einen langen Schatten über seine Wiederkehr geworfen.

»Ach, denk einfach nicht dran«, sagte er und schob einen Arm unter sie, um sie zu sich heranzuziehen. »Das ist mein Ressort.«

»Aber ich möchte nicht, daß dir irgend etwas zustößt, wenn dieser Krieg beginnt«, sagte sie.

»Mach dir darum mal keine Sorgen. In meinem Job ist man immer hübsch hinter den Linien. Wir führen Krieg mit Funkgeräten, nicht mit Gewehren.«

»Ja, aber was ist mit dem kommenden Wochenende? Wenn nun der Angriff, auf den du dauernd wartest, kommt? Versprich mir eines. Geh nicht zum Hafen hinunter, was auch passiert.«

»Wenn es ein Samstag- oder Sonntagmorgen ist — und das wird es sein, falls es überhaupt passiert —, bin ich auf jeden Fall hier bei dir.«

Wenn ich *aber nicht hier bin? Wenn* ich *weg bin? Wo wird er dann sein?* Sie verspürte den Wunsch, ihm zu erzählen, was sie von dem japanischen Plan wußte. Aber das würde bedeuten, ihm auch zu sagen, daß Matsuo lebte und sich hier auf Oahu befand. Das konnte sie nicht tun. Jedenfalls jetzt noch nicht.

Vielleicht nie.

Sie lagen ruhig nebeneinander im Dunkeln. Bald wurde Franks Atmen langsam und rhythmisch. Er war wieder eingeschlafen. Für sie gab es nach wie vor keinen Schlaf.

4. DEZEMBER

Immer kommt einmal ein Punkt, wo man an sich selbst zweifeln muß. Wenn alle anderen der Meinung sind, man sei im Unrecht. Und vielleicht stimmt es tatsächlich. Wenn alle anderen glauben, man sei ein wenig übergeschnappt. Und vielleicht ist man es wirklich.

Auf jeden Fall muß man sich die Frage stellen.

Am Donnerstagmorgen stand ich vor dem Marinehospital und stellte mir selbst Fragen, als ich auf die Einsatzeinheit Zwei hinabblickte, die aus Pearls letztem Flugzeugträger, der *Lexington*, sowie drei schweren Kreuzern und fünf Zerstörern bestand. Sie liefen eben nach Midway aus; langsam wie Schnecken krochen sie durch den engen Hafenkanal gegenüber dem Waipio Point. Bis zur Ankunft der *Saratoga* aus Puget war nun kein Flugzeugträger mehr da.

Am liebsten hätte ich gesehen, wenn sie alle abgedampft wären, sämtliche Schiffe da unten. Dann gäbe es für niemanden ein Motiv, Interesse an Pearl Harbor zu zeigen. Ein einziger Blick allerdings belehrte mich eines Besseren. Acht schwere Brocken — die Schlachtschiffe *Pennsylvania, Arizona, West Virginia, California, Maryland, Nevada, Oklahoma* und *Tennessee* — lagen paarweise am Ostufer von Ford Island, aufgefädelt wie in einer Schießbude. Am Samstag und Sonntag würden mehr Schiffe hier sein als zu jedem anderen Zeitpunkt seit dem Wochenende vom vergangenen vierten Juli.

Innerlich kapitulierte ich. Was konnte ich schon machen? Gar nichts. Also kümmerte ich mich besser nicht mehr darum. Ich hatte mich da schon bis zu einem Punkt hineinziehen lassen, der an Obsession grenzte. Vielleicht war es an der Zeit, mich einfach hinzusetzen und die Sache den *Big Boys* zu überlassen, die dafür bezahlt wurden. Vielleicht hatte Admiral Turner ja seine Gründe, jedes kleinste Nachrichtenpartikelchen durch sein Amt für Kriegsplanung filtern und nur das wieder herauszulassen, was unbedingt nötig war. Und vielleicht war Harry Thornton in Turners und Starks und die Pläne des ganzen Marineministeriums eingeweiht und durfte es mich nur nicht wissen lassen.

Meine ganzen Probleme waren womöglich einfach eine Folge meiner Position zwischen allen Stühlen. Wegen meiner Übersetzertätigkeit hatte ich Zugang zu sehr viel Nachrichtenmaterial über Japan. Vermutlich wußte sogar niemand in ganz Oahu mehr darüber als ich. Und was ich wußte, bereitete mir Sorgen. Aber wenn ich nun tatsächlich nicht das ganze Szenarium kannte, sondern nur einen Teil davon? Diejenigen, die den totalen Überblick haben mußten, schienen jedenfalls nicht besorgt zu sein. Warum also machte ich mich eigentlich selbst verrückt, wenn ich gar nicht das ganze Bild kannte? Es schien auch schon auf meine Ehe abzufärben. Meiko war wie verwandelt. Zweifellos meine Schuld. Meine Zwangsvorstellung von der zunehmenden Unvermeidlichkeit eines japanischen Angriffs auf Pearl Harbor hatte wohl mittlerweile ihren Tribut von ihr gefordert. Heute morgen war sie wie eine zusammengepreßte Sprungfeder gewesen, die bei der kleinsten Berührung bis an die Decke saust. Sie fing zehn Sätze an und beendete keinen.

Aber das änderte sich jetzt. Ich mußte mir diese fixe Idee vom Überfall aus dem Kopf schlagen und basta. Es war höchste Zeit, endlich wieder normal zu werden.

Meiko wollte zwar gerne in Matsuos leidenschaftlicher Umarmung vergehen, aber es ging nicht. Sie war zu angespannt.

Sie hatten sich wieder am Strand getroffen, und sie hatte ihm gesagt: »Ich komme mit dir.« Und er hatte sie daraufhin mit einem Freudenschrei in die Arme geschlossen und sie herumgewirbelt. Sie hätte seine Freude gerne geteilt. Aber es war ihr nicht möglich. Noch nicht.

Noch wußte sie keinen Weg, Frank mit Anstand zu verlassen.

»Aber noch nicht heute«, sagte sie. »Ich brauche noch etwas Zeit.«

»Die haben wir nicht mehr«, sagte er und hielt sie etwas von sich. »Es muß jetzt sein.«

Sie wehrte kopfschüttelnd ab.

»Nein, das kann ich nicht. Wieviel Zeit ist noch?«

»Du mußt von hier . . .« Er unterbrach sich, sein Gesicht war ernst. »Bis Samstagabend, allerspätestens.«

Meiko spürte, wie sich eine Welle von Übelkeit in ihr auszubreiten begann. Sie konnte kaum sprechen. »Am Sonntagmorgen also . . .?«

Matsuo sagte zuerst nichts. Er starrte ihr nur in die Augen. Schließlich sagte er: »Du hast Frank nichts gesagt? Über mich? Und über den Angriff?«

Sie vermochte nur stumm den Kopf zu schütteln.

»Gut. Einen Augenblick lang, gestern . . .« Er machte eine unbestimmte Handbewegung. »Na gut. Aber wenn du dann ohnehin noch etwas länger hier bist, möchte ich, daß du etwas für mich tust, falls sich die Gelegenheit dazu ergibt.«

»Nein!« rief sie. »Das kannst du nicht von mir verlangen. Bitte . . .«

»Es ist nicht so schlimm«, sagte er. »Ich verlange ja gar nicht, daß du ihn regelrecht ausspionierst. Nur falls sich die Gelegenheit ohnehin ergeben sollte . . .«

»Ausgeschlossen! Wie kannst du so etwas von mir verlangen?«

»Es ist doch nicht für mich! Es ist für dich!«

Sie sah ihn erstaunt an. »Wieso für mich?«

Er wich ihrem Blick aus. »Ich möchte nicht, daß mein Bruder und andere glauben, du kämst nur wegen des Krieges nach Japan zurück, wie ein verirrtes Kind, das sich vor dem Gewitter noch schnell nach Hause rettet. Ich möchte, daß du mit hocherhobenem Kopf heimkommen kannst.«

Meiko sah, daß es ihm ernst damit war. Er dachte tatsächlich nur an sie. Es ging ihm wirklich darum, daß ihre Heimkehr richtig geplant war. Doch er verlangte von ihr nicht nur, daß sie Frank verließ, sondern auch noch, daß sie ihn hinterging!

»Der Angriff beginnt wie vorgesehen, was immer auch geschehen mag«, fuhr Matsuo schließlich fort. »Weder du noch ich können irgend etwas daran ändern. Doch wenn du etwas über die Amerikaner hier besorgen könntest . . . nur ein kleines Detail . . .«

»Frank bringt oft Akten mit nach Hause«, sagte sie. »Ich glaube jedoch nicht, daß sie von Wichtigkeit sind. Ich will aber sehen, ob irgendwas Nützliches darunter ist.« Sie glaubte ihm diese Zusage in dem sicheren Wissen, machen zu können, daß sie auf gar keinen Fall auf irgend etwas von Bedeutung stoßen werde.

»Gut.« Matsuo klopfte lächelnd den Sand neben sich glatt. »Komm, setz dich jetzt zu mir und erzähle mir von unserem künftigen Leben daheim in Tokio.«

Meiko hörte ihn jedoch kaum. Sie spürte eine eisige Hand von Schuld und Angst auf sich lasten.

»Der Mann dort«, sagte sie und gab sich Mühe, weder hinzusehen noch hinzudeuten, »der dort mit dem Blumenhemd am Wasser. Ich bin mir nicht sicher, aber ich glaube, das ist jetzt das dritte Mal, daß er an uns vorbeigeht.«

Matsuo warf nur einen kurzen Blick hinüber. »Mag sein, ja. Ich habe nicht so achtgegeben. Wenn du da bist, habe ich nur Augen für dich.«

Normalerweise hätten sie solche Worte erröten lassen, doch jetzt nahm sie sie kaum richtig wahr, so beunruhigt war sie. Wenn man sie nun zusammen mit Matsuo festnahm? Dann hatte sie nicht nur vor vier Jahren ihre Familie entehrt, sondern auch noch Frank.

»Ich muß gehen.«

»Ja«, stimmte er ihr leise zu. »Wir treffen uns besser nicht mehr hier. Ich bin gestern abend mit einem Konsulatswagen in einer Gegend namens Halewa Heights gewesen. Ich warte dort heute abend und die drei kommenden Abende jeweils bis elf Uhr. Du brauchst mit dem Wagen oder mit dem Fahrrad nur bis zum Ende des erschlossenen Gebiets zu fahren, dann finde ich dich schon. Wichtig ist lediglich, daß du vor elf Uhr da bist. Danach ist es zu spät.«

»Wieso zu spät?«

»Es ist jetzt nicht die Zeit, es zu erklären. Jedenfalls ist es besser, wenn wir nicht mehr zusammen gesehen werden.« Er stand auf. »Heute abend. Komm schon heute. Bitte.«

Er schlenderte davon. Meiko bemerkte, daß der Mann im Blumenhemd sich rasch entfernte, als er Meiko in seine Richtung kommen sah.

Sie fuhr nach Hause. Alles in ihr war Anspannung und Nervosität.

Matsuo saß wartend im Konsulatswagen und blickte auf Pearl Harbor hinab, das sich weit hinzog. Die Aussicht von Halewa Heights war großartig. Mit einem ganz einfachen Fernglas konnte er jede einzelne Mole des East Loch erkennen und fast jede Antenne auf den Schlachtschiffen zählen, die vor Ford Island ankerten. Leider war die *Lexington* nicht mehr da. Yamamoto und er hatten gehofft, wenigstens einen der drei großen Flugzeugträger der amerikanischen Pazifikflotte im Hafen zu überraschen. Aber man konnte schließlich nicht alles haben. Immerhin lagen hier nicht weniger als acht ihrer schweren Schlachtschiffe als leichte Beute.

Ehe er hierhergefahren war, hatte er noch ein längeres Gespräch mit Yoshikawa gehabt, einem kleinen Angestellten des Konsulats von Hawaii, der jedoch in Wirklichkeit ein Agent des Marinenachrichtendienstes war. Sie hatten sich im Hinterzimmer einer schäbigen Bar in der Hotel Street getroffen. Dort waren sie sicher. Der Inhaber war selbst japanischer Agent. Sie hatten ganz offen miteinander geredet; jedenfalls hatte sich Yoshikawa keinen Zwang angetan. Matsuo erwähnte kein Wort von dem, was er über den geplanten Angriff wußte. Das Angriffsziel Pearl Harbor war nach wie vor geheimste Kommandosache und nur für die höchsten Regierungs- und Militärränge bestimmt. Konsul Kita und sein Stab ahnten absolut nichts, und es war wichtig, daß es auch so blieb. Wer nichts wußte, konnte nichts ausplaudern, und sei es nur unabsichtlich, etwa bei einem abgehörten Telefongespräch.

Als Matsuo ihn fragte, ob es im Funkverkehr irgendwelche Erwähnung des Mount Niitaka gegeben habe, antwortete Yoshikawa, daß am Dienstag eine recht mysteriöse Nachricht eingegangen sei, von der sie nicht wüßten, wem sie gelte. Sie habe jedenfalls gelautet: *»Niitaka yama nobore ischi-nirei-ya«*

Dazu hatte Matsuo genickt, als enthalte diese Nachricht eine über ihren reinen Wortlaut hinausgehende Botschaft. Jetzt, hier in seinem Auto, auf der noch ungeteerten Straße über den Rohbauten der Häuser einer neuen Wohnanlage mit Blick hinab auf die US-Pazifikflotte im Hafen von Pearl Harbor, dachte er wieder an den Wortlaut.

Ersteigt Mount Niitaka, 1208.

Es war das vereinbarte Signal, der Marschbefehl für die Einsatztruppe aus Tokio: Angriff auf Pearl Harbor, 8. Dezember. Die Kampftruppe hatte zwar die internationale Datumslinie bereits überschritten, aber die Planung lief nach wie vor nach Tokio-Zeit. Und der achte Dezember nach Tokio-Zeit war hier in Pearl Harbor noch Sonntag, der siebte.

Er sah auf die Uhr. 9 Uhr. Noch achtundfünfzig Stunden bis zur Übergabe der japanischen Kriegserklärung an den amerikanischen Außenminister in Washington. Eine Stunde danach bombten die japanischen Flugzeuge die Schiffe dort unten zusammen.

Er wartete ungeduldig noch bis Viertel nach elf, ehe er sich zu der Einsicht durchrang, daß Meiko heute wohl nicht mehr kam.

Das U-Boot, das sie abholen sollte, tauchte um Mitternacht lediglich zehn Minuten lang auf. Wenn sie dann nicht in dem Schlauchboot, das er im Kofferraum liegen hatte, in der Nähe waren, kam es erst in genau vierundzwanzig Stunden wieder.

Er hoffte, Meiko würde nicht bis zur letzten Minute warten. Es waren nun nur noch zwei Abende übrig.

6. DEZEMBER

TOKIO

Hiroki betrachtete die angespannten Gesichter in der Runde. Sugiyama und Nagano, die Stabschefs des Heeres und der Marine, samt ihren Stellvertretern warteten im Lagerraum auf seine Ausführungen.

Sie haben alle Angst, dachte er. Die kalte, harte Realität dessen, was sie bisher nur geplant hatten, zeigte sich über aller zur Schau getragenen Ruhe und Zuversicht auf ihren Gesichtern. Es schien fast, als würden sie am liebsten alles wieder abblasen. Man mußte ihnen etwas Rückgrat machen.

Nun ja, vielleicht war es nicht ganz gerecht. Sie besaßen nicht seine Einsicht, konnten sie nicht haben. Sie hatten die Seher nicht gehört, wußten nicht, daß der Krieg trotz scheinbar unüberwindlicher Nachteile doch gewonnen würde. Sie wußten lediglich, daß sie einen der industriellen Giganten der Welt angreifen sollten.

»Welche Nachrichten bringen Sie uns?« fragte nun Nagano.

»Ich habe den Außenminister davon überzeugt, die Übergabe der letzten Note noch eine weitere halbe Stunde hinauszuzögern.«

Der Marinebefehlshaber reckte die Faust in die Luft und rief: »*Banzai!*«, und alle stimmten ein.

Die Bedeutung war klar. Wenn die Delegation erst eine halbe Stunde vor dem festgesetzten Angriffsbeginn beim amerikanischen Außenminister eintraf und man ein Minimum von einer Viertelstunde für die Lektüre der Erklärung rechnete, dann blieb gerade allenfalls eine Viertelstunde, eine Warnung in den Pazifik hinauszuschicken.

Sake wurde eingeschenkt, und die Oberkommandierenden erwarteteten Hirokis Trinkspruch.

»Tee in Washington«, sagte er, und sie tranken.

»Ihre Feigheit kommt uns sehr zustatten«, sagte Shimazu, als ihm Hiroki von den sichtbaren Ängsten der obersten Militärs berichtet hatte. Der Lauf der Dinge war durchaus in Shimazus Sinne. »Je mehr Pearl Harbor als Überfall ohne Vorwarnung erscheint, desto besser.«

»Wie das, *sensei?*«

»Überlege. Je zorniger die Amerikaner werden, desto unwahrscheinlicher, daß sie zu baldigen Friedensverhandlungen bereit sind. Admiral Yamamoto ist zwar darauf aus, doch wir müssen dies unter allen Umständen verhindern. Der Orden fördert diesen Konflikt nicht nur für was Wohlergehen des Reiches, sondern auch deshalb, um Asien ein für allemal von der Herrschaft der Weißen zu befreien. Und ehe dies nicht erreicht ist, darf es keine Waffenruhe geben.«

»Nun, vielleicht haben wir Glück«, meinte Hiroki, »und erreichen, daß in Washington die Übergabe der Kriegserklärung noch weiter hinausgezögert wird. Obwohl das sehr unwahrscheinlich ist. Die Erklärung wird bereits in unserem sichersten Geheimcode auf englisch übermittelt. Es muß also in der Botschaft nicht erst noch eine Übersetzung angefertigt werden.«

»Was diesen Code angeht«, sagte Shimazu, »ist er wirklich ganz sicher?«

»Völlig.«

Shimazu konnte nur hoffen, daß Hiroki recht hatte. Denn wenn die Amerikaner die Übermittlung der vierzehnteiligen Botschaft mithörten und sie sofort dechiffrierten, hatten sie noch Zeit, sich auf den Angriff einzustellen; und aus dem Plan für einen entscheidenden Sieg konnte dann leicht ein demütigender Fehlschlag werden.

Doch Hiroki hatte natürlich recht! Die Visionen des Sehers hatten übereinstimmend erstaunliche Siege zu Beginn des Krieges vorhergesagt. Und noch immer waren die Visionen eingetroffen! Wie konnte er das nur vergessen? Hatte er in der Hektik der Tagesgeschäfte bei den Kriegsvorbereitungen etwa die geistigen Ziele verloren, die ihn vor so vielen Jahren überhaupt erst in den Orden geführt hatten?

Er mußte sich eingestehen, daß dies wohl zutraf. Doch er hatte eine Rechtfertigung: Alle meine Bemühungen dienen dem Sohn des Himmels, dem Reich und der Ehre des Ordens! Ich werde alle materiellen Dinge wieder zurückstellen und auf den geistigen Pfad zurückkehren!

Nach dem Krieg.

Nach dem Sieg.

Doch vor kurzem hatte er unter dem Einfluß der Drogen der Seher eine beunruhigende Vision gehabt. Als sich ein gelblicher Nebel vor ihm teilte, hatte er die Rückkehr von Meiko Mazaki nach Japan gesehen. Wie sollte das möglich sein? Sie war doch tot!

Oder etwa nicht?

OAHU

Eine meiner Gewohnheiten war, jeden ersten Samstagmorgen im Monat in meinem Büro in Pearl zuzubringen. Es war dann immer ruhig, man wurde nicht gestört; eine gute Gelegenheit, den ganzen nicht so akuten Papierkram aufzuarbeiten, der sich im vergangenen Monat angesammelt hatte.

Ich kam flott voran. Vergangene Nacht war es mir gelungen, meine ständigen Sorgen hinsichtlich einer bevorstehenden Katastrophe für Pearl zu verdrängen, und ich hatte verhältnismäßig gut geschlafen. Ich war frisch und ausgeruht erwacht und freute mich, daß Hawaii sichtlich immer noch in tiefem Frieden dalag. Meiko schlief noch, als ich ging, aber ich hatte vor, heute abend mit ihr zur *Battle of the Bands* zu gehen. Sie liebte amerikanische Swingmusik, und ich hoffte, daß sie der Abend ihre in den letzten Tagen offensichtlich gedrückte Stimmung vergessen ließ.

Nach dem Essen ging ich die Funksprüche durch. Es waren ein paar *sehr* lange von Tokio nach Washington darunter in *Purpur*. Da ging doch bestimmt etwas vor! Mehr denn je wünschte ich mir, wir hätten eines von diesen *Wunder* genannten Dechiffriergeräten hier.

Ich war gerade damit durch und wollte eben gehen, um nach Honolulu zurückzufahren, als der stämmige, schon kahl werdende Fred Jansen hereinkam. Er war hier der leitende Schiffsbeamte. Er hatte wohl gesehen, daß ich im Haus war. Er nahm Haltung an und salutierte. »Sir, ist Captain Thornton heute zu erreichen?«

»Nein, Janson, ist er nicht.« Ich warf einen schnellen Blick auf die Uhr. Knapp eins. Thornton saß höchstwahrscheinlich in diesem Moment auf seinem Platz im Stadion und wartete auf den Beginn des alljährlichen *Shrine*

Game. University of Honolulu gegen Willamette. Da gab es so gut wie keinen Mann im ganzen Stützpunkt, der nicht seine Wette dazu abgab. »Warum, ist was?«

»Ja, Sir.« Er hielt eine dreißig Zentimeter lange Papprolle hoch. »Habe ich oben auf dem Safe liegen gesehen.«

»Und?«

»Sollte doch wohl besser übers Wochenende weggeschlossen werden. Ich habe aber die Kombination für den Safe nicht.«

Hatte ich auch nicht. Die war den höheren Rängen vorbehalten, wie den Commanders Layton und Rochefort und den Captains Mayfield und Thornton.

»Lassen Sie mal sehen.«

Janson zog ein Blatt heraus und rollte es auf meinem Schreibtisch auseinander.

»Schien mir nicht korrekt, daß es einfach rumliegt.«

Ich sah, was er meinte. Es war eine Kartenskizze des Hafens. Mit Bleistift angefertigt. Jedes einzelne vor Anker liegende Schiff war mit Namen eingetragen. Selbst die Torpedo- und U-Bootnetze waren eingezeichnet.

Ich rollte das Blatt wieder zusammen und steckte es in die Papprolle zurück. »Ich kümmere mich darum«, sagte ich.

Janson war sichtlich erleichtert, das Problem los zu sein, salutierte wieder und entfernte sich. Ich nahm mir vor, demjenigen, der dafür verantwortlich war, am Montagmorgen gewaltig eins auf den Deckel zu geben. Nur, was machte ich bis dahin mit dem Ding?

Es fiel mir nur eine Lösung ein: es mit nach Hause zu nehmen.

Ich sperrte mein Büro zu und ging zum Wagen.

Meiko verbarg ihr Unbehagen, als sie die Rolle anstarrte, die Frank auf den Tisch gelegt hatte.

»Kannst du die nicht wieder wegschaffen?«

»Schatz, ich sagte dir doch, ich konnte sie nicht im Büro herumliegen lassen.«

»Aber jetzt liegt sie hier herum. Wenn sie nun jemand stiehlt? Oder sie geht sonstwie verloren? Oder unser Haus brennt ab?«

Frank lachte gutmütig. »Eins und zwei passieren nicht. Und wenn drei, Gott behüte, unser Haus abbrennen sollte, dann muß die ONI nur eine neue Lagekarte zeichnen. Schau her, ich verstecke sie nicht mal.« Er ging hinüber zum Kühlschrank und legte die Rolle oben drauf. »Siehst du. Da haben wir sie ständig im Blickfeld. Morgen abend ist sie ohnehin überholt. Die Schiffslage ändert sich von Tag zu Tag je nach Ein- und Auslaufen.«

»Warum verbrennen wir sie dann nicht einfach gleich?« Sie bemerkte selbst, daß ihre Stimme schrill klang.

»Meiko, was ist denn?« sagte er und lächelte plötzlich nicht mehr. »Es ist doch weiß Gott nicht das erste Mal, daß ich Akten und Dokumente mit nach

Hause bringe. Und noch nie hast du so ein Theater gemacht. Hast du irgendwas?«

»Ich fühle mich einfach nicht gut, Frank«, sagte sie. Und das war nicht gelogen. Diese Karte jetzt hier im Hause zu wissen irritierte sie. Es war, als wüßte man, daß in irgendeinem Zimmer eine giftige Schlange herumkroch.

Er trat zu ihr und legte ihr die Hand auf die Stirn. »Du wirst doch nicht etwa krank?«

»Ich weiß nicht. Es . . . gibt sich schon wieder. Ich bin nur dauernd so müde.«

»Sollen wir heute abend zu Hause bleiben?«

Sie brachte ein Lächeln zustande. »Wenn es dir nichts ausmacht. Ich möchte gern früh schlafen gehen.«

»Das wird wohl am besten sein, Schatz, ja. Aber wenn es bis Montag nicht besser ist, nehme ich dich mit zum Armee-Hospital, damit ein Arzt dich mal untersucht.«

»Na gut«, sagte sie. »Schön. Ich glaube, ich lege mich lieber gleich hin. Ein kleines Nickerchen vor dem Essen.«

Sie machte sich los und ging ins Schlafzimmer. Und sie hatte dabei das Gefühl, als würde sie den Gang entlangkriechen und eine schleimige Spur hinterlassen.

Es war elf. Sie sah zum dutzendsten Mal in den letzten Minuten auf die Leuchtziffern der Uhr neben dem Bett.

Es muß jetzt sein!

Sie war kurz nach dem Abendessen wieder ins Bett gegangen. Sie sei so müde, hatte sie gesagt. Aber sie hatte die ganze Zeit wach gelegen. Frank hatte im Wohnzimmer gesessen, hatte Radio gehört und geraucht. Sie wälzte sich unruhig hin und her und wußte nicht, was sie tun sollte. Sie wußte nur, sie mußte heute abend weg — oder sie konnte es nie mehr.

Aber wie? Wie sollte sie aus dem Haus kommen? Als Frank vor einer halben Stunde nach ihr sah, hatte sie sich schlafend gestellt. Jetzt schlief er selbst friedlich neben ihr.

Sie legte sanft eine Hand auf seine Schulter.

Armer Frank.

Verzweifelt hatte sie die ganzen letzten Tage überlegt, wie sie es ihm sagen könnte. Aber es war hoffnungslos. Es gab keine Möglichkeit, keine Worte, die ihm den Schmerz mildern könnten, von ihr verlassen zu werden. Es ging nicht anders, als daß sie heimlich ging, wie ein Dieb in der Nacht.

Dieb! Vielleicht war das die Lösung! Sie könnte die Hafenkarte stehlen und Frank in dem Glauben lassen, dies sei der Grund für ihre Flucht. Aber würde es das leichter für ihn machen? Weniger schmerzlich? Wenn er glaubte, sie habe ihn Japans wegen verlassen, statt in Wirklichkeit eines anderen Mannes wegen? Das glaubte sie selbst nicht. Aber sie klammerte sich gleichwohl an diesen Strohhalm.

Sie küßte ihn noch einmal sanft auf die Wange und schlüpfte dann leise und vorsichtig aus dem Bett. Auf dem Weg zog sie einen Hauskimono vom Haken neben der Schlafzimmertür und schlich sich dann leise, die Tür hinter sich zuziehend, hinaus. Sie zog ihr Nachthemd aus und den Kimono an, dann erst schaltete sie das Licht ein und setzte sich in der Küche an den Tisch, um einen kurzen Brief an Frank zu schreiben. Sie konnte nur hoffen, daß er verstand. Als sie anfing, glaubte sie genau zu wissen, was sie schreiben wollte. Doch während des Schreibens kamen ihr immer mehr Zweifel, und sie spürte, wie ihr Tränen in die Augen traten. Sie zerknüllte, was sie geschrieben hatte, und schrieb auf ein neues Blatt einfach das, was ihr in den Sinn kam. Sie ließ das Blatt auf dem Tisch liegen, nahm die Rolle mit der Karte und ging zur Tür. Die Hand am Türknauf, blieb sie noch einmal stehen. Sie blickte zurück ins Schlafzimmer. Das konnte doch nicht wirklich sein. Das hatte Frank nicht verdient. Der Druck, den sie in sich spürte, wurde immer größer. Die Verzweiflung, die Angst, die Scham. Warum ging es nicht anders als so? Sie wußte es nicht. Und so oder so waren die Würfel jetzt gefallen. Sie konnte nicht mehr zurück.

Sie verwünschte sich selbst und lief fort, suchte sich in der Dunkelheit ihr Fahrrad und fuhr, so schnell es ging, in Richtung Halewa Heights.

Ich wußte sofort beim Erwachen, daß ich allein war. Ich fühlte die Leere im Bett neben mir und wußte instinktiv, Meiko war nicht nur gerade aufgestanden, sondern sie war auch nicht mehr in der Wohnung.

Warum?

Ich war mit einem Satz aus dem Bett und rief nach ihr, obschon mir völlig klar war, daß ich keine Antwort bekommen würde. Mein Herz klopfte plötzlich heftig. Ich lief nach vorn. Das Küchenlicht brannte noch immer. Und dann sah ich den Zettel auf dem Küchentisch.

> *Liebster Frank.*
> *Ich habe Dich nie belogen, nicht ein einziges Mal seit dem Tag, als wir uns im Bon Marché wiedergetroffen haben. Bis jetzt. Bitte hasse mich nicht für das, was ich jetzt tue.*
> *Es ist chu.*
>
> *Vergib mir Meiko*

Chu? Ihre Verpflichtung gegenüber dem Tenno? Was in aller Welt konnte . . .?

Und dann fiel mein Blick voller böser Ahnungen zum Kühlschrank. Die Papprolle mit der Hafenkarte von Pearl Harbor war weg.

»O nein!« hörte ich mich selbst sagen. Ich hatte das Gefühl, als würde alles in mir zusammenfallen. »O lieber Gott, nein!«

In Panik fuhr ich mit der Hand über die Oberseite des Kühlschranks und verrenkte mir den Hals, um hinter ihn zu schauen. Keine Rolle. Keine Karte.

Ich las Meikos Zettel noch einmal. Er hatte zwei kreisförmige Flecken, und die Tinte war dort etwas ausgelaufen. Sie waren noch immer feucht. Tränen? Wenn ja, war noch Hoffnung. Es konnte noch nicht lange her sein. Vielleicht fand ich sie noch rechtzeitig, konnte sie vor sich selbst bewahren und vor dem, was immer sie glaubte, ihrer *chu* schuldig zu sein.

Ich rannte hinauf zum Parkplatz. Unser Wagen war da. Aber ihr Fahrrad nicht. Es gab praktisch nur zwei Möglichkeiten, wo sie hingefahren sein konnte. Zum Strand oder zum japanischen Konsulat. Ich beschloß, es zuerst in Ala Moana zu versuchen, ohne daß ich hätte sagen können, warum. Vielleicht wegen ihres gewohnten, heftigen Drangs, zu diesem Strand zu gehen. Ich fuhr los und raste durch die Kalihi und fuhr über die Kreuzungen hinweg, ohne anzuhalten. Und dann sah ich etwas. Ganz kurz nur. Ich hielt an, blickte noch einmal hin, aber was immer ich gesehen hatte, es war weg. Statt meine Fahrt zum Ala Moana-Strand fortzusetzen, blieb ich nun stehen und wartete und starrte in die Dunkelheit.

Es war weit vorne gewesen, vielleicht eine Dreiviertelmeile entfernt. Nur eine schnelle Bewegung unter einer Straßenlaterne. Irgend etwas. Fußgänger, Auto. Oder auch jemand auf einem Fahrrad.

Ich drehte um und trat aufs Gas. Ich wußte, es ging mir kostbare Zeit verloren, wenn es sich als Fehlschlag erwies. Aber irgend etwas gab mir ein, so zu handeln. Es zog mich geradezu dorthin. Auf jeden Fall konnte ich schnell feststellen, was es war, und dann immer noch wieder umdrehen und weiter nach Ala Moana fahren.

Die Straße ging aufwärts und mündete in die Moanaloa Road. Beim Näherkommen sah ich es wieder. Und diesmal erkannte ich es. Jemand auf einem Fahrrad. Ich fuhr langsamer und schaltete die Scheinwerfer aus. Als ich noch näher war, ließ das Licht eines entgegenkommenden Autos keinen Zweifel mehr. Es war eine Frau auf einem Fahrrad. Im Gepäckträger hinten war eine lange Papprolle eingeklemmt.

Mit einem Schlag hatte ich Atemnot. Meiko. Wohin fuhr sie? Was bezweckte sie damit? Ich wollte nichts als aufs Gas treten, sie einholen, stoppen, vom Rad ziehen und sie schütteln, bis sie wieder zur Vernunft kam.

Statt dessen ließ ich mich weiter zurückfallen. Wenn ich etwa eine halbe Meile hinter ihr blieb, nicht schneller fuhr als sie und mich ganz rechts hielt, damit mich andere Autos überholen konnten, konnte ich ihr unbemerkt folgen. Ganz offensichtlich wollte sie sich mit jemandem treffen. Wahrscheinlich mit jemandem, der Kontakt mir ihr aufgenommen und sie gegen mich aufgestachelt hatte. Und gegen mein Land, in dem sie aufgenommen worden war.

Ich wollte wissen, wer dieser Jemand war.

Matsuo ging nervös vor dem Wagen auf und ab. Er rauchte und sah immer wieder auf die Uhr. Wo blieb Meiko denn nur? Die Zeit wurde verteufelt knappp. Es blieben nur noch Minuten, ehe er zum Strand losfahren mußte. Erreichte er heute nacht das U-Boot nicht, war der Krieg für ihn schon vorüber, ehe er begonnen hatte. Morgen wurde Pearl Harbor angegriffen. Und dann saß er hier fest. Vielleicht setzte man ihn gefangen. Bis weiß Gott wann. Vorausgesetzt, der Angriffsplan lief noch immer wie vorgesehen. Er hatte keine Möglichkeit, es zu erfahren. Die Agenten im Konsulat hörten lediglich die Marinesignale mit, ohne zu wissen, was sie bedeuteten oder worauf sie achten mußten. Sie hatten nicht die leiseste Ahnung von dem bevorstehenden Angriff. Und die anfahrenden Schiffe hielten untereinander absolute Funkstille. Wenn die See in der Nacht eines verschluckte, kein Mensch würde es je erfahren . . ..

Natürlich konnten die Schiffe von Aufklärungsflugzeugen entdeckt worden sein. Dann wäre das Überraschungsmoment nicht mehr gegeben. Der Angriff müßte abgeblasen werden, die Schiffe nach Tokio zurückkehren.

Aber wenn er Meiko wiederhatte, konnte er dies alles verschmerzen.

Er war seinen Zigarettenstummel zu Boden und zertrat ihn wütend. Was sollte er tun? Wie sollte er ohne Meiko fort von hier? Er wußte, wo sie wohnte. Am liebsten, dachte er, würde er geradewegs hinfahren und sie aus Franks Bett reißen! Aber wozu sollte das gut sein? Sie mußte sich doch aus freien Stücken für ihn und gegen Frank entscheiden. Andernfalls nützte es gar nichts, wenn er sie wiederbekam!

Er wollte sich gerade eine neue Zigarette anstecken, als er sie sah, wie sie auf ihrem Rad den Berg heraufkam. Ein Triumphgefühl stieg in ihm hoch. Er lief zum Auto und griff durchs offene Fenster hinein.

Meikos Lungen brannten, und ihre Beine schmerzten, als sie die Straßen von Halewa Heights erreicht hatte. Es waren keine fünf Meilen bis hierher gewesen, doch es war praktisch nur bergauf gegangen. Hier draußen wurden die Häuser schon spärlicher. Die meisten lagen dunkel und still da. Hier und dort waren Autos davor geparkt. Wie sollte sie Matsuo hier finden? Es schien fast unmöglich.

Dann aber blinkten weit vorne im konturlosen Dunkel Autoscheinwerfer dreimal auf. Sie trat noch einmal in die Pedale, mußte dann aber auf dem tiefer werdenden Sandgrund der ungepflasterten Straße absteigen und schieben. Sie sah, wie jemand auf sie zugelaufen kam.

»Meiko!«

Es war nur ein lautes Flüstern, doch unverkennbar Matsuo. Sie warf ihr Rad einfach hin und lief auf ihn zu. Er nahm sie in die Arme, so fest, daß es fast schmerzte.

»Ich dachte schon, du kommst nicht mehr. Ich habe zu allen unseren Göttern gebetet, daß ich nicht allein von hier fort muß.«

Jedenfalls fragte er nicht, ob sie etwas ›Nützliches‹ mitgebracht habe. So, wie er sich am Donnerstag geäußert hatte, war es ihr fast so vorgekommen, als sei ihm nur das wichtig.

»Bring mich von hier weg!« sagte sie. »Schnell!«

Sie wollte möglichst schnell fort sein, jenseits jeder Möglichkeit zur

Umkehr, ganz gleich, was sie empfand oder beschlossen hatte. Es gab keine Rückkehr mehr.

»Ja«, sagte Matsuo. »Natürlich. Wir müssen uns sowieso beeilen. Wir sind fast schon zu spät dran.« Und er zog sie mit sich zum Wagen.

»Warte!« sagte sie. Sie lief zurück zu ihrem Fahrrad und holte die Papprolle vom Gepäckträger. »Ich habe eine Hafenliegekarte mitgebracht. Sie . . .«

Und dann sah sie die sich rasch nähernden Scheinwerfer, hörte den knirschenden Kies. Jemand sprang aus dem heranbrausenden Wagen, noch ehe er richtig stand. Sie konnte nicht erkennen, wer es war, das Licht blendete sie zu sehr, aber sie hatte das Gefühl, als würde alle Kraft sie verlassen, als sie die Stimme hörte. Franks Stimme.

»Meiko!«

Ich hieb den Gang heraus, trat heftig auf die Bremse und war schon draußen und rannte auf sie zu, ehe der Wagen stand. Im Scheinwerferlicht hatte ich ihr entgeistertes Gesicht erkannt, aber auch einen anderen Wagen und jemanden, der darin saß. Und der Anblick dieser Gestalt dort, die versuchte, aus meiner Frau eine Verräterin zu machen, ließ mich jede Vorsicht und Beherrschung vergessen.

Ich griff blindwütig an.

Ich stürzte an Meiko vorbei und hörte sie noch meinen Namen rufen, als ich mich auf ihren Komplizen stürzte. Heißer Zorn erfüllte mich, und ich war entschlossen, den Kerl mit bloßen Händen zu erwürgen. Noch hatte ich in der Dunkelheit nicht genau erkennen können, wie groß er war, doch ich war völlig sicher, daß das Feuer meiner Wut alle eventuelle körperliche Unterlegenheit aufwiegen würde.

Es war ein Irrtum.

Ein Hammerschlag an meinen Hals beendete meinen Ansturm abrupt. Wie ein elektrischer Stromschlag fuhr die Lähmung meinen linken Arm hinab. Er schien plötzlich eine Tonne zu wiegen. Noch ehe ich zu irgendeiner Reaktion fähig war, bekam ich eine Faust in den Leib, daß ich mich zusammenkrümmte und mich damit wehrlos einem Nackenschlag aussetzte.

Ich ging zu Boden, unfähig, mich wieder zu erheben. Ich verspürte nichts als Schmerz und war zu keiner Bewegung mehr imstande. Mein Gegner beugte sich zu mir herab.

»Werde ich denn nie Ruhe vor dir haben?«

Zuerst erkannte ich die Stimme nicht. Sie war ganz sanft. Sie klang weder spöttisch noch tröstlich, war aber kalt und hart und kaum weniger zornig als ich selbst. Und dann wußte ich es auf einmal. Wäre ich dazu imstande gewesen, ich hätte meinen Schock und meine Trauer wie ein waidwundes Tier hinausgebrüllt. Wie hatte ich ein so vollkommener Narr sein können! Wie war es möglich, daß ich mich so vollständig von Meikos Lügen hatte einwickeln lassen? Doch ich lag am Boden, hielt mir den schmerzenden Leib und versuchte, mich nicht zu übergeben. Nur ein schmerzhaftes Stöhnen entrang sich mir.

Matsuo.
Ich konnte jetzt im Widerschein der Lichter meines Wagens sein Gesicht erkennen. Er sah kaum älter aus, seit ich ihn in Berkeley zuletzt gesehen hatte.
Meiko kam herbeigelaufen und stand über uns.
»O Frank!« sagte sie schluchzend, und ich sah die Tränen in ihren Augen. »O Frank, es tut mir so leid!«
»Du bist nie, wo du sein solltest, Frank«, sagte Matsuo mit einer kalten und harten Stimme. »Wenn man dich braucht, bist du fort. Braucht man dich nicht, tauchst du auf. Und es ist von besonderer Tragik, daß du ausgerechnet jetzt hier aufgetaucht bist. Weil ich dich nicht am Leben lassen kann.«
Er packte mich an den Haaren, riß mir den Kopf zurück und holte zu einem Schlag an meine Kehle aus. Doch Meiko schrie auf und riß ihn am Arm.
»Nein! Das kannst du nicht tun!«
»Ich habe keine andere Wahl! Du hast mir erzählt, daß er den Angriff erwartet. Jetzt, nachdem du den Hafenliegeplan gestohlen hast, weiß er mit Sicherheit, daß der Angriff bevorsteht.«
»Dann nehmen wir ihn mit!«
»Ausgeschlossen. In dem kleinen Schlauchboot ist kaum für uns beide Platz. Es bleibt mir nichts anderes übrig!«
Meiko drängte sich zwischen ihn und mich. »Ich verbiete es dir! Wenn du ihn töten willst, dann mußt du auch mich töten! Weil ich sonst nämlich zur Marine gehe und ihnen alles erzähle!«
Ich sah, wie Matsuo sie ungläubig anstarrte.
Ich begriff nichts. Sie hatte mich eingewickelt, mich in die Falle gelockt, und jetzt nahm sie Partei für mich? Aber ich konnte mich nicht weiter mit dieser Frage beschäftigen. Die Zeit arbeitete für mich. Meine Schmerzkrämpfe waren vorüber, und ich hatte bereits wieder Gefühl in den Gliedmaßen. Es gab nur eine Chance für mich. Ich mußte Meiko vergessen — und meine Revanche an Matsuo. Ich mußte die Flotte warnen. Wenn ich in meinen Wagen kam . . .
Jetzt oder nie. Ich stieß mich hoch, kam auf die Beine und rannte mit zusammengebissenen Zähnen zu meinem Wagen. Hinter mir waren bereits Schritte, und dann hörte ich Meikos Aufschrei: »Nein!« Im nächsten Augenblick saß ich im Auto und dankte Gott, daß ich vorhin den Motor hatte laufen lassen. Ich legte den Rückwärtsgang ein. Eine Staubwolke wirbelte hoch, als sich die Räder kreischend drehten. Sie verbarg Meiko und Matsuo meinen Blicken, während der Wagen rückwärts schoß.
Dann aber kam Matsuo wie ein Phantom aus der Wolke hervorgestürmt und warf sich gegen die Seite des Wagens, bekam neben mir den Scheibenrahmen zu fassen und stemmte die Füße auf das Trittbrett. Ich trat wild auf die Bremse und schaffte es fast, ihn durch den plötzlichen Ruck abzuwerfen, doch er hielt sich. Ich begann Schlangenlinien zu fahren und dabei das Fenster hochzukurbeln, um ihm die Finger einzuklemmen, so daß er loslassen mußte. Doch bevor ich noch so weit war, hatte er bereits wieder festen Stand. Ich hörte den Hieb buchstäblich durch die Luft heranzischen. Die Scheibe zersplitterte in tausend Scherben. Er hatte sie mit der bloßen Handkante zerschmettert.

Ich versuchte nach wie vor, ihn durch heftige Schlangenlinien abzuschütteln, doch statt dessen bekam er das Steuerrad zu fassen. Er hielt es mit eisernem Griff, bis das Auto im Bogen fast bis zu meinem vorherigen Standplatz zurückgefahren war. In einem letzten verzweifelten Versuch warf ich mich gegen die Tür und stieß sie wild auf. Das riß Matsuo endlich vom Trittbrett. Er wurde noch ein Stück mitgeschleift, dann ließ er plötzlich los und rollte sich auf dem Boden hastig zur Seite. Ich merkte zu spät, warum. Ich fuhr direkt auf eine Baumgruppe zu. Ich warf mich buchstäblich auf die Bremse. Es nützte nichts mehr. Der Wagen schleuderte, ich verlor die Kontrolle über ihn, und das Fahrzeug krachte mit der Breitseite gegen die Bäume. Der Aufprall war heftig, doch ich war noch bei Sinnen und imstande, mich zu bewegen. Ich arbeitete mich aus dem Auto heraus, aber da stand Matsuo bereits vor mir. Er starrte mich an. In seinen Augen funkelte kalte Mordlust.

Als er ausholte, hatte ich nur noch einen Gedanken. *Er bringt mich um.*

Dann sah ich seine Faust kommen.

Die Welt zerbarst in tausend Sterne.

Meiko verlor völlig die Beherrschung, als sie Matsuo kommen sah. Er trug Franks leblose Gestalt wie einen Sack auf der Schulter.

Er kann nicht tot sein! O bitte, Frank kann doch nicht tot sein!

Matsuo schien ihre Gedanken zu erraten. »Er ist nur bewußtlos«, sagte er.

Meiko verspürte eine unendliche Erleichterung. »Was . . . hast du mit ihm vor?«

Matsuo sah sich um, blickte dorthin, wo die halbfertigen Häuser waren. »Ich weiß noch nicht, aber ich glaube, ich habe eine Idee.«

Er ließ Frank zu Boden sinken und lief zu einem der Grundstücke. Er suchte dort herum. Meiko kniete sich inzwischen zu Frank und begann ihm sanft die Haare aus der Stirn zu streichen.

»Armer Frank«, flüsterte sie. Sie fühlte sich entsetzlich beschämt. »Es ist alles meine Schuld. Wäre ich doch nur nicht in dein Leben getreten, hätte ich deinen Heiratsantrag doch abgelehnt. Dann wäre das alles nicht passiert.«

Matsuo kam zurück. Er hatte einen Hammer im Gürtel stecken und irgendeinen anderen Gegenstand in der Tasche. Er hob Frank hoch und warf ihn sich wieder über die Schulter.

»Was, um Himmels willen, hast du vor?« fragte Meiko und hatte Angst vor der Antwort.

Matsuo war bereits auf dem Weg bergauf. »Ich bringe ihn an einen Ort, wo ihn bis morgen keine Menschenseele findet«, sagte er.

Meiko folgte ihm. Sie war von der Veränderung, die mit Matsuo vor sich gegangen war, ebenso ernüchtert wie verblüfft. Er führte sich wie ein mordlüsternes, blutgieriges Raubtier auf! Was war mit ihm geschehen, daß er so geworden war? War es ihre Schuld! Konnten diese Jahre, in denen er sie tot geglaubt hatte, diese Wirkung auf ihn gehabt haben? War sie wirklich eine Art Unglücksbringerin? Sie hatte Schande über ihre Familie gebracht. Und jetzt —

was hatte sie dem armen Frank angetan! Brachte sie jedem Unglück, den sie liebte? Es war alles so verworren. Sie wußte nicht einmal mehr, ob sie wirklich mit Matsuo nach Japan zurückkehren wollte. Mit diesem neuen, unbekannten Matsuo.

Sie folgte ihm bis hinauf auf die baumbestandene Umgebung der neuen Wohnanlage und bis zu einer kleinen Lichtung. Oben am klaren Himmel standen die Sterne und der Mond. Matsuo legte Frank neben einen Baum. Was hatte er nur vor?

»Matsuo . . .!«

»Gleich, ich habe es sofort!«

Er zog den Hammer unter dem Gürtel hervor und nahm den anderen Gegenstand aus seiner Tasche. Dann zog er Franks Arm an dem Baum hoch und hielt das Ding aus seiner Tasche darüber. Meiko trat näher, und ihre Augen weiteten sich. Es war ein zehn Zentimeter langer Zimmermannsnagel. Sie schrie entsetzt auf, als Matsuo den Hammer hob.

Ich kam durch Schmerzensschreie wieder zu Bewußtsein — meine eigenen.

Als ich aus der Verschwommenheit meines Blicks wieder etwas erkennen konnte, sah ich Matsuo aufgerichtet vor mir stehen. Hinter ihm stand halb abgewandt Meiko, das Gesicht in den Händen verborgen und schluchzend. Mein Kopf und Rücken waren an einen Baum gepreßt. Ich saß am Boden. Und mein Arm . . .

Der Schmerz in meinem rechten Unterarm war unerträglich. Ich hatte solchen Schmerz noch nie verspürt, hätte ihn nicht einmal für möglich gehalten. Er schoß aus dem Oberarm und pulsierte wie flüssiges Feuer zwischen Schulter und Fingerspitzen vor und zurück. Und dann sah ich es. Ein Riesennagel war durch meinen Arm getrieben! Ich war an den Baum genagelt worden! Etwas seitlich des Handgelenks.

Ich zog instinktiv den Arm herunter, und eine neue Woge von Schmerz durchraste mich, noch schlimmer als zuvor. Alles begann sich um mich zu drehen.

»Ich lasse dich am Leben«, hörte ich Matsuo kalt und brutal sagen, so halblaut und scheinbar ungerührt er auch sprach. »Ihretwegen. Weil sie es will und weil sie sagt, du seist immer gut zu ihr gewesen.« Und es gibt noch einen anderen Grund. Sieh da hinunter.« Er deutete hinter sich.

Mit meinem schmerzverschwommenen Blick sah ich die Lichter der Flotte unten im Hafen im East Loch.

»Ich habe dich hierhergebracht, damit du einen Logenplatz hast, morgen früh. Du sollst keine Minute versäumen! Dein Land versucht, das meine zu erwürgen. Ihr habt uns nur zwei Möglichkeiten gelassen. Unter eurer Knute weiterzuleben oder Krieg gegen euch zu führen. Morgen früh wirst du aus erster Hand sehen, wie wir uns entschieden haben. Du wirst zusehen, wie eure Pazifikflotte vernichtet wird.«

Selbst durch die wahnsinnigen Schmerzen, die in meinem Arm tobten, wurde mir ganz klar bewußt, was er mir da sagte. Der Angriff kam also wirklich. Morgen früh.

»Der letzte Teil der Kriegserklärung ist bereits unserer Botschaft in Washington übermittelt worden. Botschafter Nomura und unser Sonderbeauftragter Kurusu haben einen Termin bei Außenminister Hull. Um dreizehn Uhr Washingtoner Zeit. Dabei werden sie ihm die Kriegserklärung überreichen. Und schon kurz danach sind unsere Flugzeuge über Pearl Harbor.«

Er machte eine Art Kunstpause, ehe er fortfuhr: »Immerhin gehe ich ein gewisses Risiko ein, dich hier lebend zurückzulassen. Es besteht schließlich durchaus die Chance, daß du dich von diesem Nagel befreist und die Flotte noch warnst. Aber ich kenne dich ja, Frank. Falls nicht irgend jemand zufällig vorbeikommt und dich befreit, was aber höchst unwahrscheinlich ist, dann bist du morgen früh noch hier.«

Er sah mich lange und eindringlich an, als wollte er meine Gedanken lesen, ehe er sich abrupt abwandte und ging. Er blieb neben Meiko stehen und sagte etwas zu ihr, aber sie wandte sich ab und kam zu mir. Die Tränen auf ihrem Gesicht funkelten im Mondschein.

»O Frank!« sagte sie und warf sich neben mir auf die Knie. »Ich hatte keine Ahnung, daß dies alles passieren würde, glaube mir, bitte. Und ich wußte wirklich nicht, daß Matsuo noch am Leben ist. Ich schwöre es dir.«

»Wir müssen los, Meiko!« sagte Matsuo auf japanisch. »Wir sind ohnehin schon verspätet!«

»Bitte, verstehe mich, Frank! Ich hatte bei alledem keine Wahl.«

Matsuo kam herbei, faßte sie am Arm und zog sie grob mit sich fort.

»Es ist *chu*, Frank!« rief sie, als er sie den Hügel hinab zerrte. »Es ist *chu!*«

Ich hockte halb gekreuzigt am Baum und sah, wie sie verschwanden, wie Meiko sich noch ein letztes Mal nach mir umdrehte, ehe sie in der Dunkelheit und den Berg hinunter verschwunden war. Ich wollte ihr nachrufen, ihr etwas sagen, was vielleicht ihren Entschluß noch ändern, sie zurückbringen würde. Aber meine Zunge war dick und wie angeklebt an meinen Gaumen. Außerdem war ich durch die Schmerzen und auch durch meinen Kummer zu schwach, um zu irgend etwas anderem fähig zu sein, als hinter ihr herzustarren wie ein taubstummer Idiot. Und ohnehin — was vermochte ich schon groß gegen diese atavistischen japanischen Bräuche, gegen ihre endlose *chu*-Verpflichtung ihrem Kaiser gegenüber auszurichten? Das konnte keine Macht der Welt.

Und außerdem existierte ja noch ein anderes Problem, das jetzt akuter und vordringlicher war als alle anderen. Ich mußte mich befreien und die Flotte warnen!

Ich versuchte, mich etwas zu drehen, und fand dabei unvermittelt meine Stimme wieder — wenn auch nur für einen Schmerzensschrei. Die kleinste Bewegung an der Nagelwunde hatte eine Schmerzexplosion zur Folge, die mir schwarz vor den Augen werden ließ. Wie sollte ich mich da jemals befreien? Überraschend war nur, wie wenig die Wunde blutete. Es war mir allerdings klar, daß sich das sofort ändern würde, sobald ich den Arm freibekäme. Ich würde dann bewußtlos werden und verbluten.

Doch dann fiel mir plötzlich ein, daß ich mich ja gar nicht mit Gewalt zu befreien versuchen mußte! Matsuo hatte gesagt, daß der letzte Teil der Kriegserklärung bereits nach Washington in die Botschaft übermittelt worden sei — acht oder zwölf Stunden vor dem Angriff! Natürlich war das in *Purpur* chiffriert! Und in Washington hatten sie drei *Purpur-Wunder*-Geräte!

Wenn mich die Schmerzen nicht so gepeinigt hätten — ich hätte laut auflachen können. Wir hatten die Nachricht doch schneller dechiffriert als die Japaner selbst! Und auf dem Tisch des Außenministers lag die Kopie bereits Stunden vor dem angesetzten Übergabetermin! Die Warnung war längst an sämtliche Pazifikeinheiten hinausgegangen! Die japanischen Flugzeuge konnten ruhig kommen! Sie würden schon sehen, was sie erwartete. Zu lachen hatten sie dann nichts mehr, soviel stand fest!

Und vielleicht verging dann auch Matsuo das Lachen über seinen Überraschungsangriff.

7. DEZEMBER

Wir haben uns verspätet! dachte Matsuo immerzu, während er mit dem Schlauchboot aufs Meer hinauspaddelte. Die Offizierskollegen vom Marine-Nachrichtendienst hatten ihn vor diesem Ausflug hierher auch gewarnt. Ein Himmelfahrtskommando, hatten sie gesagt; viel zu riskant. Eine Gleichung mit viel zu vielen Unbekannten. Sie hatten recht gehabt. Nichts war nach Plan gelaufen, absolut nichts!

Wenn wenigstens Meiko etwas sagen würde! Aber sie war die ganze Fahrt von Halewa Heights herunter stumm wie ein Fisch geblieben und saß auch jetzt wie in Trance vorne im Schlauchboot.

»Meiko«, sagte er schließlich. »Verstehst du denn nicht? Ich konnte nicht anders handeln!«

Aber ihre Stimme war spröde wie Eis und kalt wie Januarwind. »Niemals werde ich verstehen können, was du getan hast. Nicht einmal in meiner schlimmsten Phantasie hätte ich mir eine solche Brutalität vorstellen können! Ich werde niemals vergessen können, was du da getan hast. Wie konntest du so etwas tun, Matsuo?«

Gewiß, er war brutal mit Frank umgesprungen. Aber die Situation hatte es doch erfordert! Schließlich hatte er es nicht zum Spaß getan! Es herrschte Krieg! Konnte sie das denn nicht begreifen?

Er unterbrach sein Paddeln, um auf die Uhr zu blicken. Fast schon eine Viertelstunde nach Mitternacht. Zu spät! Vermutlich war das U-Boot längst dagewesen und schon wieder weggetaucht. Höchstwahrscheinlich. Und sie trieben hier in einer Nußschale von Schlauchboot vor Oahu, einem Territorium der Vereinigten Staaten, wo man in knapp acht Stunden alle Japaner hassen und fürchten würde. Und er hatte eine Hafenliegekarte bei sich — von eben dem Hafen, der morgen früh angegriffen wurde. Und damit nicht genug. Die Frau, die er, solange er denken konnte, geliebt hatte, hielt ihn nun für ein wildes Tier.

Was konnte eigentlich noch alles schiefgehen?

Sie warteten schweigend, aber kein U-Boot zeigte sich. Um halb eins griff Matsuo wieder zum Paddel, um zum Ufer zurückzukehren. Er konnte nur hoffen, unbemerkt an einer abgelegenen Stelle der Inselberge zu landen und dort den Ausgang des Angriffs im Verborgenen abzuwarten. Vielleicht auch den Ausgang des Krieges. Vielleicht fanden sie ein Versteck für ein Jahr oder bis der Krieg eben vorüber war, und konnten dann versuchen, nach Japan heimzukehren.

Als er das Paddel hob, begann die See plötzlich zu sprudeln und zu schäumen, und ein aufragender Turm durchbrach den Meeresspiegel. Kaskaden von Wasser liefen von ihm ab.

Matsuo hielt den Atem an. *Ist es meines?*

Und dann tauchte das Boot ganz auf, und ein Miniatur-U-Boot und ein Wasserflugzeug erschienen auf seinem Achterdeck.

Jetzt bestand kein Zweifel mehr. Erleichterung durchflutete ihn wie eine kühlende Brise.

Sie waren gerettet.

Kommandant Fuschida blickte von der Hafenliegekarte auf und starrte Matsuo versonnen an. Seine dünnen Lippen kräuselten sich zu einem Lächeln unter seinem kurzen, buschigen Bart. »Das ist eine höchst bemerkenswerte Leistung!«

Matsuo war mit mehr als nur etwas Reserviertheit auf dem Flugzeugträger *Agaki* empfangen worden, dem Flaggschiff der Einsatzstreitmacht. *Und mit vollem Recht,* dachte er. Er wäre selbst ebenfalls höchst mißtrauisch gewesen, wären mit dem Wasserflugzeug ein Mann und eine Frau angekommen und hätten ihm eröffnet, die aktuellste Schiffsliegekarte ausgerechnet jenes Hafens zu besitzen, der als Angriffsziel nur einigen wenigen Privilegierten in ganz Japan bekannt war. Trotz des Briefes von Admiral Yamamoto, den er bei sich hatte — persönlich unterzeichnet und mit seinem persönlichen *hanko* gesiegelt — waren die Schiffsoffiziere überaus zurückhaltend gewesen. Bis Fuschida selbst erschienen war, ihn umarmt und als den besten Nachrichtenoffizier Japans vorgestellt hatte. Da war er dann plötzlich unter Freunden.

»Eine bemerkenswerte Leistung, die wir vor allem den Bemühungen von Meiko Mazaki verdanken«, nahm Matsuo den Ausspruch des Kommandanten wieder auf. Er hätte Meiko jetzt gerne hier gehabt, um sie die Bewunderung genießen zu lassen, die die Offiziere ihrem Beitrag zu dem entscheidenden Angriff nun zollten. Doch sie hatte sich sofort in ihrer Kabine eingeschlossen, die ihr zugeteilt worden war, und weigerte sich nun, wieder herauszukommen.

»Sind Sie auch sicher, daß die eingezeichneten Positionen alle der Realität entsprechen?« fragte Fuschida.

»Was die U-Boote-Netze angeht, kann ich dazu nichts sagen«, erklärte Matsuo. »Aber die Schiffe habe ich mit eigenen Augen gesehen, und sie liegen exakt so, wie es auf dieser Karte eingezeichnet ist.«

»Es befinden sich also keine Flugzeugträger im Hafen?« fragte der Kommandant mit leiser Enttäuschung.

»Nein. Der letzte lief am Donnerstag aus. Aber stellen Sie sich doch einmal vor! Acht schwere Schlachtschiffe nebeneinander vor der zentralen Insel im Hafen, die nur darauf warten, versenkt zu werden!«

Ein Murmeln lief durch den ganzen Raum, während sich die Piloten der vertikalen und der Torpedo-Bomber näherdrängten, um sich den Hafenliegeplan genauer anzusehen.

Matsuo zog den Kommandanten etwas beiseite. »Ein wenig Sorgen mache ich mir allerdings doch«, sagte er halblaut.

»Worüber?« fragte Fuschida mit hochgezogenen Brauen.

»Wegen unseres Ziels! Kommt es Ihnen nicht auch etwas eigenartig vor? Sechsundneunzig Schiffe im Hafen, acht davon Schlachtschiffe, aufgereiht wie die Zielscheiben in der Schießbude? Und dazu die Tatsache, daß Ihrer ganzen Einsatzflotte während der gesamten Anfahrt nicht ein einziges amerikanisches Schiff oder Aufklärungsflugzeug begegnet ist? Selbst jetzt nicht, schon so nahe an Hawaii? Und nun dieser komplette Schiffsliegeplan mit jedem einzelnen Schiff, Lage und Name im East Loch? Ist das nicht alles etwas zu perfekt?«

»Mag sein. Ich würde jedoch eher annehmen, daß es der Ausdruck des allgemein bekannten übersteigerten amerikanischen Selbstbewußtseins ist. Wer wird schon wagen, uns anzugreifen? Das ist doch ihre ständige Rede und Überzeugung. Nun, in ein paar Stunden werden sie sich eines Besseren belehren lassen müssen.«

»Ich hoffe nur, es ist keine Falle.«

Fuschida wehrte kopfschüttelnd ab. »Aber nein! Und selbst wenn, dann kämpfen wir uns einfach hinein und wieder heraus! Wir haben Kontingentpläne für den Fall erarbeitet, daß das Überraschungsmoment wider Erwarten doch nicht greift.« Er verbeugte sich. »Aber ich bin Ihnen dankbar für Ihre Überlegungen.«

»Da wäre noch etwas«, sagte Matsuo, als der Kommandant sich bereits zum Gehen wandte. »Wie ich hörte, ist einer der Piloten krank und fällt aus.«

Fuschida nickte. »Eine Ohrenentzündung. Man kann ihn nicht fliegen lassen.«

»Ich übernehme seinen Platz.«

»Ich weiß nicht . . .«, gab Fuschida langsam zu bedenken. »Darüber muß ich erst noch nachdenken.«

Dies war die übliche japanische Art der Ablehnung. Matsuo bedrängte den Kommandanten deshalb weiter.

»Wenn es ein Sturzkampfbomber wäre, würde ich nicht fragen. Mit diesen

Maschinen habe ich keine Erfahrung. Aber ich habe eine volle A6M-Ausbildung — durch den Admiral persönlich. Ich war sogar seit den ersten Anfängen an der Vorbereitung dieses Unternehmens beteiligt. Seit der Admiral es zu planen begann. Und ich habe deshalb einen Anspruch darauf, am Angriff teilzunehmen.«

Fuschida zögerte weiter. Matsuos Hoffnung sank. Er war wie besessen von der Idee, gegen Amerika loszuschlagen. Gegen Frank Slater. Weil er Meiko besessen hatte. Gegen alle die Mick McGarrigles. Und die ganzen *Japan Exclusion*-Ligen und *Gesetze gegen Landfremde.* Gegen das Land der tausend Demütigungen, dessen Bewohner ihn immer wie einen Paria, einen *eta*, behandelt hatten. Gegen das Land, welches das seine in einen Verzweiflungsakt getrieben hatte.

Dann aber überzog das Gesicht des Flugkommandeurs ein Lächeln. Für Matsuo war es wie der Durchbruch der Sonne durch eine graue Wolkendecke.

»Also gut. Gewiß. Selbstverständlich haben Sie sich das Anrecht darauf verdient!«

Matsuo verbeugte sich tief. Wie eine Welle überflutete ihn die Genugtuung. Er eilte zu Meikos Kabine, um ihr die gute Nachricht mitzuteilen. Er klopfte mehrmals, aber sie antwortete nicht. Er rüttelte an der Tür, aber sie war von innen versperrt. Entweder schlief Meiko tief, oder sie gab es vor. Letzteres war wohl wahrscheinlicher. Er war so begierig danach, bei ihr zu sitzen und ihr alles zu erklären. Doch dazu war keine Zeit mehr. Es dauerte nur noch einige Stunden bis zum Start, und er hatte noch eine Menge Vorbereitungen zu treffen.

Er schlief nicht mehr. Er verbrachte statt dessen die nächsten beiden Stunden damit, sich mit dem Flug- und Einsatzplan vertraut zu machen. Die Angriffsluftflotte bestand aus 353 Maschinen, die in zwei Wellen anfliegen sollten. Matsuos Maschine gehörte zu den dreiundvierzig Jägern, die Geleitschutz für die erste Bomberwelle flogen. Startzeit für diese war 06.00 Uhr. Eineinviertel Stunden später startete dann die zweite Welle.

Er probierte die Uniform an, die er bekam. Draußen donnerten bereits die Motoren, die von den Mechanikern noch ein letztes Mal überprüft wurden. Die Flieger aßen ein besonderes *sekihan*-Frühstück — Rote Bohnen und Reis —, und jeder bekam eine Tasse Sake für einen zeremoniellen Trinkspruch. Matsuo erhob seine Tasse zusammen mit den anderen Piloten, trank aber nicht, sondern benetzte sich lediglich die Lippen und opferte es dann auf dem Schiffs-Shinto-Schrein der *Agaki.*

Dann war es Zeit. Er hängte sich seine Fluginstruktionen um den Hals und band sich ein weißes *haschimaki*-Tuch um die Stirn, ehe er die Fliegermütze aufsetzte. Auf dem Weg zu den Maschinen bekamen sie alle ein *bento* mit Reisbällchen, eingelegten Früchten und Fisch, Schokolade und Koffeintabletten. Das Paket zitterte in seiner Hand, als er die Treppe hinaufstieg. Was ihn anging, so benötigte er wirklich keine Anregungs- oder Aufputschmittel, um sich wachzuhalten. Ganz im Gegenteil glaubte er schier zu platzen vor Aufregung und Erwartung.

Er trat hinaus in das Donnern der Motoren auf dem großen Startdeck. Der salzige Seewind von Osten her war schneidend. Der Himmel war klar, die Sonne stieg eben über den Horizont — das japanische Banner in grandioser Natürlichkeit! Der Wind war steif und peitschte weiße Gischtkronen über dem Wasser auf. Pearl Harbor lag noch 230 Meilen südlich und leicht östlich von ihrem Standort. Matsuo hoffte, der Himmel möge auch dort noch klar sein.

Er wurde zu seiner Maschine eingewiesen und lief auf sie zu. Dann ging alles mit oft geübter Gewohnheitsroutine vor sich. Das Einsteigen, Anschnallen, Schließen der Kanzel und die letzten technischen Startvorbereitungen. Er mußte die fast unerträgliche Anspannung, die sich in ihm aufzubauen begann, bewältigen. Er ließ das Zittern und Vibrieren seiner Maschine und ihres Motors in sich übergehen, um Teil des Flugzeugs selbst zu werden. Er liebte diese Maschine. Mitsubishi A6M2 Zero-sen. Der beste Jäger der Welt. Vielleicht nicht der schnellste, nicht der PS-stärkste, nicht der schwerstbewaffnete. Aber ein Flugzeug, das alles andere, was sich am Himmel zeigen mochte, ausmanövrieren und herunterholen konnte.

Er war bereit und wartete, bis sich die *Agaki* und die anderen fünf Flugzeugträger neben ihnen in den Wind gedreht hatten. Dann sah er zu, wie ein Jäger nach dem anderen startete, bis er selbst an der Reihe war. Er mußte ein kurzes Schwindelgefühl überwinden, als das Ende des Startdecks näherkam, das sich im Wellengang vor dem Horizont hob und senkte. Er gab Vollgas und hob ab, hinauf in den Himmel im steilen Fünfundvierzig-Grad-Winkel, noch ehe die Startbahn ganz zu Ende war. Ganz unvermittelt verspürte er ein heiteres Glücksgefühl und begann laut zu lachen. Er lachte während der ganzen Aufstiegsphase, bis sie ihre Formation gebildet hatten und alle dreiundvierzig oben waren. Nun begannen unten die Bomber zu starten.

Er nagte an seinen Lippen, als er die endlose, weiße, flockige Wolkendecke sah, die unter ihnen alles verbarg. Hier oben in 15 000 Fuß Höhe war die Sonne hell und warm. 140 Bomber verschiedener Typen flogen eine Meile unter ihnen. Aber wo war Oahu?

Neunzig Minuten Flug bei 180 Stundenmeilen — der Hawaii-Archipel müßte eigentlich schon direkt unter ihnen sein. Aber wer konnte das schon sagen. Der Kommandant der Jäger war Oberstleutnant Itaya. Aber auch er folgte, wie alle anderen, nur der Führung von Kommandeur Fuschida selbst. Machten die Staffelkapitäne sich vielleicht ebenfalls Sorgen wie er? Oder wußten sie ganz genau, wo sie waren? Doch nachdem absolute Funkstille befohlen war, konnte er sich nur zurücklehnen, den Einsatzführern folgen und das Beste hoffen.

Dann brachen, als wäre es göttlicher Plan, die undurchdringlichen Wolken mit einemmal auf, und weit unten wurde der Sandstrand einer grünen Insel sichtbar. Die Küstenlinie von Oahu war in sein Gedächtnis eingebrannt. Er erkannte sofort Kahuku Point, ihren nördlichsten Punkt. Sie waren exakt im Flug- und Zeitplan!

Er wartete auf Fuschidas Signal. Schoß er einmal aus seiner Signalpistole, dann hieß dies: Überraschungselement noch immer voll auf unserer Seite. Zwei Signalschüsse bedeuteten: Kein Überrumpelungseffekt mehr möglich. Und da war es bereits. *Ein* Schuß! Die Sturzbomber begannen ihren Anflug hinab auf Meereshöhe und bereiteten sich auf den allerersten Schlag vor. Matsuo wartete darauf, daß auch die Jäger nach Plan hinuntergingen, um sich zu Angriffspulks zu formieren. Aber Itayas Maschine machte keinerlei Anstalten. Hatte er etwa das Signal übersehen? Dann blitzte wieder ein Signalschuß auf. Was war das nun? Kein Überrumpelungseffekt mehr? Oder wiederholte Fuschida nur sein vorheriges Signal nun auch für die Jäger?

Ein kleines Unbehagen spannte ihm die Magenmuskeln an. Wenn der zweite Signalschuß bedeutete, daß eine Überrumpelung nicht mehr möglich war, flogen sie dann direkt in des Tigers weitgeöffneten Rachen?

Es blieb keine Zeit mehr, jetzt noch darüber zu sinnieren. Itaya kippte mit seiner Staffel weg, in Richtung auf das Flugfeld Hickham zu. Matsuos Staffelkapitän stieß auf das Tal zwischen den beiden engen Bergketten Oahus hinab. Matsuo wußte, daß er ihr Ziel, das Flugfeld Wheeler, ohne jede Schwierigkeit erkennen würde. Und falls die dort stationierten P-40-Heeres-Jäger in der Luft waren und sie schon erwarteten, war jede noch offene Frage beantwortet.

Als ihre aus sieben Maschinen bestehende Staffel über das Lager Schofield hinwegdonnerte, besah sich Matsuo die Truppenunterkünfte dort unten. Sie sahen völlig ruhig und still aus. Wie man es eben an einem verschlafenen Sonntagmorgen gar nicht anders erwarten würde.

Vielleicht war es also doch keine Falle.

Er sah auf die Uhr. 7 Uhr 54. Fast 13 Uhr 30 in der amerikanischen Hauptstadt. Bereits Montag in Tokio. Die vierzehnteilige Kriegserklärung war nun bereits übergeben. Nichts mehr weiter zu tun als den Angriffsplan durchzuführen.

Er blickte nach vorn auf das sich nähernde Dreieck der Startbahnen der *Wheeler Air Force Base* — des exakten Mittelpunkts der Insel. Jetzt gab es kein Zurück mehr.

Soll der Krieg denn beginnen!

Ich hatte die ganze Nacht über wach gelegen. Der Schmerz in meinem rechten Arm hatte sich von weißglühendem Kohlenfeuer in eisiges Pochen verwandelt, das mir das Gefühl gab, als sterbe ein Teil von mir allmählich ab. Die ganze Nacht über hatte ich den Hafen unten beobachtet und darauf gewartet, daß die Schiffe die Anker lichteten und ins offene Meer hinaus ausliefen. Aber nichts geschah. Die Lichter auf den großen Schiffen blieben völlig gleichmäßig und unverändert. Das einzige, was sich bewegte, waren die Pinassen mit ihrem Pendelverkehr vom Ufer zu den Schiffen. Und selbst sie hörten gegen Morgen auf zu fahren. Und dann war alles still und schlief.

Ich wartete auf die Morgendämmerung, in der Hoffnung, ich hätte mich doch geirrt und die Abfahrt der großen Brummer, wie der *Arizona* oder der

Pennsylvania, nur nicht mitgekriegt. Aber als der Morgen graute, waren sie alle noch da. Alle sechsundneunzig.

Mit der Sonne keimte noch einmal eine schwache Hoffnung in mir auf. Vielleicht war der Angriff abgeblasen worden? Vielleicht war es gar nicht zur Überreichung der Kriegserklärung gekommen? Als der Himmel immer heller wurde, kam ich zu dem Ergebnis, genau so müsse es sich wohl verhalten. Eine Vereinbarung in letzter Minute war erzielt worden.

Doch dann hörte ich sie kommen.

Matsuo folgte seinem Staffelkapitän in steilem Sturzflug auf die Landebahnen von Wheeler hinab. Zu seiner Überraschung sah er die P-40 in sauberer Linie aufgereiht stehen. Kein Motor lief, kein Propeller drehte sich. Er verspürte große Erleichterung.

Keine Falle! Sie erwarten uns nicht! Keine Falle!

Er kam im direkten Anflug auf die schlafende Flugzeugreihe zu und feuerte Garben aus seinen 20-mm-Bordkanonen in die Tragflächen. Die Flugzeuge zitterten und brachen ein, als die unerwarteten blauen Bohnen auf sie regneten. Manche explodierten, nachdem ihre Treibstofftanks Feuer gefangen hatten.

Es war fast so schnell vorüber, wie es begonnen hatte.

Wie Übungszielschießen! Ein paar der Maschinen unten schafften es, wenigstens, in die Luft zu kommen, und eine oder zwei versuchten ein Gefecht, ehe sich die Davongekommenen eilends aufmachten, um den Hafen zu schützen.

Noch einmal kamen ihm Zweifel.

Zu leicht! Alles zu verdammt leicht und einfach!

Seine Staffel ließ die brennenden P-40 hinter sich und jagte nun südwärts, um sich mit den anderen zum direkten Angriff auf den Hafen zu vereinigen. Matsuo hielt sich etwas zurück. Er umkreiste Wheeler noch einmal und brauste dann im Tiefflug darüber weg, um ungefähr abschätzen zu können, welcher Schaden verursacht worden war. Zufrieden stellte er fest, daß wohl nur ganz wenige von den Maschinen dort unten jemals wieder fliegen würden. Er wollte eben abdrehen, um südwärts zu seiner Staffel aufzuschließen, als er ein metallisches Krachen an seinem Rumpf hörte. Er sah nach unten. Ein einziger einsamer amerikanischer Soldat stand dort mitten auf einer der Rollbahnen und schoß mit einer Pistole auf ihn.

Matsuo feuerte eine Garbe aus seinen 20-mm-Bordkanonen, um den Mann zu erschrecken. Die Kugeln rissen den Asphalt der Startbahn links und rechts von ihm auf, aber der Mann blieb unerschütterlich wie eine Statue stehen und schoß weiter mit seiner mickrigen Pistole auf sein Flugzeug.

Matsuo drehte ab und umkreiste das Flugfeld, während der Mann unten in aller Seelenruhe ein neues Magazin in seine Pistole einschob.

Er flog ihn nun direkt an, ganz niedrig. Noch immer weigerte sich der Bursche einfach, Fersengeld zu geben, hob statt dessen seine Pistole und schoß erneut auf ihn. Matsuo hatte ihn genau im Visier. Er brauchte nur noch den Knopf auf seinem Steuerknüppel zu drücken, und sein 7,7 mm-Front-MG zerfetzte den Amerikaner dort unten zu Häckseln.

Aber er schoß nicht. Irgendwie imponierte ihm der einsame Schütze dort unten. Sein Todesmut beeindruckte ihn, schlug eine Saite in ihm an. Er konnte so nicht töten — von hoch oben mit derart ungleich verteilten Waffen und Chancen.

Er drehte ab und wackelte grüßend mit den Flügeln. Und ein Gedanke kam ihm: wenn Amerika viele Soldaten wie diesen da unten hatte, dann wurde es ein schwerer Krieg!

Doch warum rannten nicht mehr wie dieser zu ihren Maschinen? Das sah alles so aus, als würde die ganze Insel noch in tiefem Schlaf liegen! Die Kriegserklärung war doch schon überreicht? War denn niemand gewarnt worden?

Verwirrt und beunruhigt begann er südwärts auf den Hafen zuzufliegen. Es war 8.20 Uhr. Die erste Bomberwelle müßte bereits abgeladen haben. Bald kam die zweite.

Lange ehe er den Hafen sah, sah er die aufsteigenden Rauchsäulen. Er beschloß, ostwärts anzufliegen, um festzustellen, welcher Schaden entstanden war. Als erstes wollte er über Halewa Heights hinwegfliegen.

Ich saß noch immer da, an den Baum gespießt wie ein gottverdammtes Insekt, und sah dem Desaster zu.

Zuerst waren die Torpedobomber gekommen, in ganz tiefem, flachem Anflug auf die Reihe der Schlachtschiffe, und ließen ihre explosiven Fische fallen, um sofort danach abzudrehen. Anschließend kamen die Sturzbomber und zuletzt die hochfliegenden Horizontalbomber. Schwarze und graue Explosionswolken der Flak, die endlich zu schießen begann, platzten in den Himmel. Aber es war alles zu spät. Viel zu spät.

Dann explodierte mit einem Schlag die *Arizona.* Im einen Moment war sie noch vorhanden und lag stolz und mächtig da, im nächsten Augenblick flog ihr eines Ende mit Getöse in die Luft, so daß selbst unter mir oben noch die Erde zitterte, als das Bug-Depot einen Volltreffer abbekam und einen Trümmerregen Hunderte von Metern hoch in die Luft schickte. O Gott! All die Männer an Bord! Die Besatzung mußte tausend Mann stark sein! Wie viele konnten das überlebt haben?

Direkt vor der *Arizona* schoß gleich danach eine Rauchsäule auch aus der *Oklahoma,* die sich daraufhin zur Seite legte und kenterte. Und der Angriff ging immer noch weiter, erbarmungslos, bis der ganze Hafen völlig in Rauch und Flammen gehüllt war. Und als ich eben dachte, nun müßten sich die Japse wohl leergeschossen und ausgebombt haben, kam eine neue Welle und schlug ihrerseits zu.

Was war eigentlich los? Das lief doch alles völlig verkehrt! Die Kriegserklärung mußte doch längst dechiffriert und die Flotte schon seit Stunden gewarnt sein!

Alles mein Fehler. Ich hatte von diesem Angriff gewußt. Und ich hatte die ganze Nacht hier gelegen und darauf vertraut, daß die Leute mit dem *Purpur-Wunder* sich schon darum kümmern würden, daß die Warnungen erfolgten und rechtzeitig hinausgingen. Waren sie aber nicht. Irgendwer irgendwo hatte geschlafen. Ich hätte es in der Hand gehabt, noch alles zu wenden. Ich hätte die Warnung weitergeben können, hatte es aber nicht getan. Statt dessen hatte ich mich dafür entschieden, mir den Schmerz meiner Befreiung von dem Nagel zu ersparen und darauf zu warten, daß irgendwann schon jemand kommen werde, um mich hier wegzuholen.

In blinder Zornesaufwallung — über Japan, Meiko und Matsuo, hauptsächlich jedoch über mich selbst — versuchte ich meinen Arm von dem Baum und dem Nagel loszureißen. Der vulkanische Schmerz, der mich daraufhin durchraste, machte mich halb ohnmächtig. Als ich total erschöpft wieder an den Baumstamm zurücksank und in den verschwimmenden Himmel hinaufstarrte, hörte ich das Geräusch eines einmotorigen Flugzeugs näherkommen. Ich sah hinauf. Ein einzelnes Jagdflugzeug mit großen roten Sonnen auf den Flügeln und am Rumpf kam über die Bäume heran und kreiste zweimal über mir.

Ich brauchte den Piloten nicht zu erkennen, um zu wissen, wer allein das sein konnte.

Matsuo blickte hinab auf die bewaldeten Hügel von Halewa Heights. Frank saß noch immer dort, an den Baum genagelt, wie er es nicht anders erwartet hatte. Ein Junge ohne Ehre wird eben nur zu einem Mann ohne Ehre. Er kippte weg und flog über Honolulu hin. Er sah, daß es von dem Angriff praktisch unberührt geblieben war.

Perfekt! dachte er, während er um die schwarzen Rauchsäulen kreiste, die vom East Loch in Pearl Harbor aufstiegen. Alles war exakt nach Plan verlaufen! Nur militärische Ziele waren getroffen worden. Er wollte noch einen letzten Blick auf die zerstörte amerikanische Pazifikflotte werfen, ehe er dann wieder am Rendezvous-Punkt zu seiner Staffel stieß.

Er kam niedrig von Osten her, überflog die Öltanks und das Marinehospital, ehe er nordwärts auf Ford Island zog. Sein Herz klopfte heftig, als er erblickte, wie es dort aussah.

Der East Loch war eine Trümmerwüste. Er richtete sein Augenmerk als erstes auf die Mole der großen Schlachtschiffe vor Ford Island. Sie hatten den Hauptschlag des Angriffs abbekommen und waren durch den öligen, dicken Rauch kaum noch zu sehen. Zwei der Schlachtschiffe waren bereits gesunken, ein drittes stand kurz davor. Männer rannten umher, kletterten Leitern hinauf und hinunter, drängten sich um die noch einsatzfähigen Flakgeschütze und auf gekenterten Schiffsrümpfen; andere schwammen verzweifelt um ihr Leben im brennenden Ölwasser.

Und viele bewegten sich nicht mehr, sondern lagen still auf den Decks oder trieben, Gesichter nach unten, im Brackwasser des Hafens.

Selbst wenn der Angriff jetzt abgebrochen würde, wäre er schon ein voller Erfolg, dachte Matsuo. Doch obwohl ihn Triumph hätte erfüllen sollen, wollte sich dieser nicht recht einstellen. Der nackte, häßliche Horror von Gewalt, Tod und Verderben dort unten stieg als beißender Gestank bis zu ihm in seine Pilotenkanzel hinauf. Er versuchte es von sich abzuschütteln, sich mit Macht auf Sieg und Triumph einzustellen, indem er sich gerade zwang, sich das widerliche Gesicht von Mick McGarrigle ins Gedächtnis zu rufen. Aber es klappte nicht. Was ihm statt dessen ins Gedächtnis kam, war das Gesicht von Mrs. Worth, die ihn vor nunmehr fast zehn Jahren vor jenem Mob in San Francisco gerettet hatte. Er fragte sich, ob sie vielleicht einen Sohn hatte, der jetzt dort unten auf einem dieser Schiffe in der Falle saß . . .

. . . und plötzlich sah er auch Franks Gesicht vor sich, wie er ihn gestern abend an den Baum genagelt hatte. Bei allen Göttern: hatte er das wirklich getan? Hatte er es tatsächlich fertiggebracht, einem Menschen einen Nagel durch den Arm zu schlagen? Einem Menschen, den er seit seiner Kindheit kannte?

Er mußte ein plötzliches heftiges Würgen unterdrücken. Er zog den Steuerknüppel so wild an, daß die Maschine steil nach oben stieg, weit hinauf, wo die Luft noch sauber war. Hoch über der offenen See nahm er Kurs auf den Rendezvouspunkt zwanzig Meilen nordwestlich von Kanea Point. Er hatte nur noch wenig Treibstoff und mußte darauf hoffen, dort einen oder zwei Bomber zu treffen. Sie hatten im Gegensatz zu den Zero-Jägern Heimführungsgeräte. Ohne die Bomber konnte er kaum hoffen, seinen Flugzeugträger wiederzufinden.

Er traf wirklich auf zwei kreisende Bomber, gesellte sich zu ihnen, und gemeinsam flogen sie nordwärts. Matsuo hatte nur noch das Bedürfnis, der schrecklichen Verwüstung Pearl Harbors so weit wie möglich zu entfliehen und sie für alle Zeit weit hinter sich zu lassen.

Doch das düstere Gemälde all der brennenden Schiffe, toter oder noch verzweifelt um ihr Leben kämpfenden Menschen verließ ihn auf dem ganzen Weg zurück zur *Agaki* nicht mehr.

Seit dem Start der Flugzeuge am frühen Morgen war der riesige Flugzeugträger in eine seltsame Grabesstille versunken gewesen. Jetzt aber hörte Meiko hastige Laufschritte und erregte Stimmen draußen vor ihrer Kabine. Sie öffnete die Tür und spähte hinaus. Doch der Gang war leer. Irgendwoher von oben waren jedoch Jubelrufe zu hören.

Sie beschloß nachzuforschen, was da vor sich ging. Und wenn schon sonst nichts wäre, dann bekäme sie dort oben wenigstens etwas frische Luft. Trotz der stickigen Luft in ihrer Kabine und des ständigen flauen Gefühls im Magen, weil das Schiff unaufhörlich rollte, hatte sie bisher noch keinen Schritt hinaus getan.

Sie hatte gehört, daß Matsuo an ihre Tür geklopft hatte, ehe er abflog. Doch sie hatte sich leise hinter die Innenseite der Kabinentür geduckt und ihn fortgewünscht. Sie hatte ihn nicht mehr sehen wollen, nach dem, was er Frank angetan hatte. Das war nicht mehr der Matsuo, den sie damals zuletzt in der Sagami-Bucht gesehen hatte. Er hatte sich in einen brutalen Fremden verwandelt.

Und dennoch beherrschte sie seit seinem Abflug nichts anderes als die Sorge um seine Rückkehr.

Das Jubelgeschrei auf dem Oberdeck verdoppelte sich. Es war jetzt 10 Uhr. Kehrten die Flugzeuge etwa jetzt schon zurück? Sie eilte nach oben.

Die Luft an Deck war herrlich rein und frisch. Die helle Vormittagssonne blendete sie anfangs. Überall standen Gruppen von Matrosen der Besatzung und winkten nach Süden mit ihren Mützen. Meiko sah zuerst nichts . . .

. . . dann sah auch sie es. Am Horizont erschienen sich rasch nähernde schwarze Punkte. Sie kamen allein oder in kleinen Gruppen, viele mit schon stotternden Motoren, weil ihnen bereits der Treibstoff ausging. Ein Zero-Jäger mußte sogar in Sichtnähe des Schiffes notwassern, der Pilot kletterte heraus und schwamm zu den Rettungsleinen, die ihm sofort zugeworfen wurden. Aber es war nicht Matsuo.

Bei jedem Aufsetzen und schnellen Abbremsen eines Flugzeugs auf dem Landedeck erhoben sich Jubelschreie. Jeder aus seiner Maschine springende Pilot wurde umringt und mit hundert Fragen bestürmt.

Wo blieb Matsuo? Sie sah ihn nicht, so viele Flugzeuge auch landeten. In ihrer Brust zog es sich zusammen. War er vielleicht verwundet? Abgeschossen?

Ein Zweisitzer kam noch — ein Bomber, vermutete sie — und dann ganz am Schluß ein einsamer Jäger, mit stotterndem, spuckendem Motor, sichtlich mit den letzten Tropfen Treibstoff. Als er landete und ausrollte, wartete sie angespannt darauf, daß der Pilot ausstieg. Sie versuchte vergeblich, sein Gesicht zu erkennen. Er blieb noch eine ganze Weile regungslos in der Kanzel sitzen, ehe er schließlich öffnete, aus dem Sitz kletterte und auf das Deck hinuntersprang. Er wehrte alle Glückwünsche und Fragen ab.

Es war Matsuo, sie erkannte ihn nun. Doch sein Gesicht war wachsbleich und so angespannt, daß er kaum wiederzuerkennen war. Sie war sicher, daß er sie nicht sah. Er ging zur Reling, beugte sich über sie und erbrach sich. Und danach legte er die Arme aufs Geländer und barg den Kopf in den Händen.

Meiko wartete. Endlich schien er ihre Anwesenheit zu spüren. Er blickte auf, und sie sah seine gequälten Augen.

»Meiko«, sagte er mit rauher Stimme. »Was haben wir nur getan?« Sie öffnete ihm ihre Arme, und er fiel fast in sie hinein. »Was habe ich nur getan?«

Er umfaßte sie und preßte sie so heftig an sich, daß sie kaum noch atmen konnte. Doch er sagte nichts weiter. Der alte Matsuo — ihr Matsuo — war zurückgekehrt. Und obgleich nichts je wieder so sein würde wie früher — es würde nun doch alles gut werden.

FÜNFTER TEIL

1942—1943

1942

Das Jahr des Pferdes

JANUAR

TOKIO

Meiko und ihre Eltern wärmten sich am *kotatsu*. Der Winter war eingekehrt in Tokio. Es war kalt im Haus, aber sie tranken Tee und lachten miteinander, während sie sich die Füße wärmten.

Meiko hätten selbst Eiszapfen an der Nase nichts ausgemacht. Sie genoß es einfach, wieder zu Hause zu sein. Die ganze Überfahrt lang hatte sie gefürchtet, daß man ihr möglicherweise nicht mal erlauben würde, die Schwelle ihres Elternhauses wieder zu überschreiten.

Sie zweifelte zwar nicht daran, daß ihre Mutter sie mit offenen Armen aufnähme. Aber ihr Vater . . . sie war auf einen kühlen, sogar kalten Empfang — oder überhaupt keinen, was das betraf — gefaßt gewesen; auf eine Mauer von Ablehnung.

Die Anspannung darüber war nahezu mit jeder Meile, die die heimkehrende siegreiche Streitmacht sich Japan näherte, gewachsen. Matsuo war ihr eine große Hilfe gewesen. Er hatte ihr Selbstbewußtsein und ihr Selbstvertrauen sorgsam wiederaufgebaut. Sie hatte ihm nach dem Einsatz erlaubt, in ihre Kabine zu kommen und schließlich auch in ihr Bett, wo sie einander nach mehr als viereinhalb Jahren zum ersten Mal wieder liebten. Zuerst war nichts mehr so gewesen wie einst. Trotz aller Wärme und Hingabe war alles eher Verzweiflung gewesen, und das schlimme Bild des an einen Baum genagelten Frank Slater mit seinen unendlich leidenden Augen hatte sie unablässig verfolgt. Doch allmählich hatte sich in den Tagen der Rückkehr nach Japan ihr altes Band doch wieder gefestigt, das sie nun schon seit ihren Jugendjahren verband.

Die ersten Tage zu Hause in Tokio hatte sie in Matsuos Wohnung verbracht, während sie auf Nachricht wartete, ob ihr Vater bereit sei, sie wieder in seinem Haus aufzunehmen. Sie hatte Matsuos Freund Shigeo kennengelernt, dessen Jubel über den großen Erfolg des Überraschungsangriffs kaum Grenzen kannte.

Sie hätte sich niemals Sorgen zu machen brauchen. Ihr Vater nahm sie in seine weitgeöffneten Arme und vergoß Freudentränen. Für ihn war sie wie von den Toten wiederauferstanden.

Von allen Veränderungen war die größte mit ihrem Vater vor sich gegangen. Er war noch weißhaariger geworden, ging aber fast wieder normal, und auch die Verzerrung seines rechten Mundwinkels seit dem Schlaganfall damals war inzwischen so gut wie verschwunden. Doch viel bedeutsamere Veränderungen, spürte sie, hatten sich in seinem Inneren ereignet. Hatte er einst kaum von etwas anderem als von Politik gesprochen, so erwähnte er das Thema jetzt kaum noch — und das trotz der nahezu hysterischen Euphorie, die seit Pearl Harbor das ganze Land beherrschte, zumal darauf ja auch die großen Siege gegen britische, holländische und amerikanische Streitkräfte gefolgt waren. Er beschränkte sich nun vielmehr ganz auf Familienangelegenheiten.

Meiko fand, in dem augenblicklichen Gefühl gemeinsamer Harmonie und Wärme am *kotatsu* sei die beste Zeit, ihren Eltern die Neuigkeit zu eröffnen.

»Matsuo und ich werden heiraten«, sagte sie. Sie sah, wie ihre Mutter die Augen senkte und ihr Vater den Blick abwandte.

»Ich habe das erwartet«, sagte er.

»Ich hoffe, du bist nicht dagegen.«

»Matsuo ist ein guter Mann und ein Mann für eine Familie«, sagte ihr Vater. »Obwohl ich gehofft hatte, nie mehr etwas mit der Familie Okumo zu tun haben zu müssen, freut es mich trotzdem für dich.«

Meiko verstand. So sehr ihr Vater sie verheiratet sehen wollte, so sehr waren ihm Okumo, Hiroki und natürlich vor allem Matsuo schmerzliche Erinnerungen an ihren Fehltritt. Er wollte das alles für immer hinter sich haben. Sie wußte aber natürlich auch, daß ihm völlig klar war, daß jede andere Möglichkeit zu heiraten für sie ausgeschlossen war. Sie war die Frau eines Amerikaners gewesen. Sie hatte es ihm bereits in der ersten Woche gestanden. Was er am wenigsten verstehen konnte, waren die Veränderungen, die dadurch mit ihr vorgegangen waren. Nach ihrer Erfahrung als Ehefrau in Amerika — mit der dort herrschenden Unabhängigkeit und Freiheit — war es in der Tat unvorstellbar, daß sie jemals noch die traditionelle, übliche Rolle einer unterwürfigen, stets drei Schritte hinter ihrem Mann bleibenden japanischen Ehefrau einnehmen könnte. Sie war gesellschaftlich geächtet und konnte höchstens einen ebenfalls gesellschaftlich Geächteten heiraten.

»Wir werden glücklich miteinander sein«, sagte sie.

»Du wirst Hiroki begegnen. Es ist ganz unvermeidlich. Sie sind schließlich Brüder.«

»Ich werde Hiroki keineswegs begegnen, es sei denn, ich wünsche es selbst«, sagte sie und hoffte, es mit genug Nachdruck verkündet zu haben, während sie tatsächlich gegen ein plötzlich aufsteigendes Übelkeitsgefühl ankämpfen mußte. »Matsuo hat mir versprochen, wenn ein Zusammentreffen mit Hiroki sein muß, dann wird er selbst das tun. Und um die Wahrheit zu sagen: sie treffen sich genau jetzt.«

Das ist einfach zuviel! dachte Hiroki. Er hielt sich krampfhaft an seinem Schreibtisch fest. Sie saßen in seinem Büro auf dem Berg Sanno gleich gegenüber dem Parlamentsgebäude. Er starrte seinen Bruder an. Noch immer wühlte der Zorn wie ein wildes Tier in ihm. Als wolle es ihn zerreißen, aus ihm herausspringen und sich auf Matsuo stürzen.

Aber er bezähmte und beherrschte sich. Er schrie und brüllte nicht, erhob nicht einmal die Stimme, runzelte nur leicht die Stirn.

»Ist das nicht recht eigenartig, Bruder«, sagte er mit Eiseskälte, »daß du diese Frau ›zufällig‹ in Hawaii gefunden hast? Und ist es nicht noch merkwürdiger, daß du selbst Transportmittel und Personal der Kaiserlichen Marine aufgeboten hast, um sie zurück nach Japan zu bringen?«

Er bemerkte nicht ohne Genugtuung, wie sich Matsuos Miene unter dieser Andeutung unkorrekter Handlungsweise sichtlich verhärtete. *Lieber Bruder, ich kann immer noch wie in meinem ersten Ideogramm in dir lesen.*

»Sie hatte Zugang zu Informationen von unschätzbarem Wert. Diese hat sie mitgebracht.«

»Davon habe ich gehört. Aber du wußtest doch genau, daß ihre bloße Anwesenheit in Japan für mich eine ständige Beleidigung sein würde.« Selbst Matsuos Anwesenheit hatte er all die Jahre schon als Zumutung empfunden; nur die Gewißheit, daß Meiko tot und Futter für die Haie auf dem Meeresgrund geworden war, hatte es ihm überhaupt erträglich gemacht. Doch jetzt . . . »Und trotzdem hast du keinen Augenblick gezögert, sie mitzubringen. Nicht genug damit, hast du auch noch die Stirn, mir zu verkünden, daß du sie heiraten wirst. Soll denn der Zumutungen niemals ein Ende sein? Willst du unbedingt, daß ich mein Gesicht verliere? Muß ich wirklich nicht nur ihre Anwesenheit in Tokio ertragen, sondern auch noch, daß sie meine Schwägerin wird?«

»Es tut mir sehr leid, daß du so denkst«, sagte Matsuo, »doch an den Dingen ändert das alles überhaupt nichts.«

Hiroki spürte seine Beherrschung schwinden. »Ach, du denkst wohl, es ist ganz normal, daß mir mein eigener Bruder den Dolch in den Rücken sticht? Nein, nein! Ganz sicher werde ich diese Königin der Huren niemals als meine Schwägerin akzeptieren!«

Er bereute seine Worte sofort, als er sah, wie sich Matsuos Gesicht veränderte. Wie eine Maske fiel es über ihn, und seine Augen hatten plötzlich einen tödlichen Blick. Hiroki wurde eiskalt ums Herz.

»Du wirst nie mehr in dieser Weise von ihr sprechen«, sagte Matsuo mit steinerner Härte, und seine Drohung war unüberhörbar. »Ist das klar? *Nie wieder*!« Und noch ehe Hiroki etwas erwidern konnte, sprach er weiter. »Und was den Dolchstoß in den Rücken angeht, so solltest du vielleicht darüber nachdenken, daß dies der Sprachgebrauch der Amerikaner bezüglich unseres Angriffs auf Pearl Harbor ist.« Hiroki war froh über diesen abrupten Themenwechsel und ergriff die Gelegenheit beim Schopf. »Die Verzögerung der Übergabe der Kriegserklärung war eine rein zufällige und bürokratisch bedingte. Es gab gewisse Schwierigkeiten, ein sauber lesbares Transskript zu verfertigen. Das allein war der Grund für die verspätete Übergabe. Ein völlig unbeabsichtigter administrativer Fehler.« *Wenn auch überaus gelegen. Die Götter waren wahrhaftig auf der Seite des Ordens*!

»Draußen in der Welt weiß das aber niemand. Die Kriegserklärung, das ist die nackte Tatsache, wurde erst überreicht, als der Angriff bereits im Gange war. Und in aller Welt wird Japan nun als hinterlistig und feige angesehen.« Sein Blick umwölkte sich in der Erinnerung. »Wir haben nichtsahnende Menschen angegriffen, die sich im Frieden mit aller Welt wähnten. Wir haben als Nation unser Gesicht verloren. Ich schäme mich.«

»Ich nicht«, erwiderte Hiroki in der blasierten Art, die er sich über die Jahre angeeignet hatte. »Es war eine Verkettung unglücklicher Umstände, und damit hat es sich. Ganz abgesehen davon, daß es uns einen Sieg ohnegleichen beschert hat. Wir haben der amerikanischen Pazifikflotte fast ohne eigene Verluste einen tödlichen Schlag versetzt.«

»So tot ist sie nicht. Oder hast du diesen heuchlerischen Roosevelt nicht gehört? Er bezeichnet den Angriff als ›völlig ohne Grund und Anlaß‹, wo doch niemand besser weiß als er, daß er alles, was nur in seiner Macht stand, getan hat, uns keine andere Wahl zu lassen als diesen Krieg. Und selbst die Isolationisten, die bisher stets gegen ihn waren, sind nun auf seiner Seite! Ich hatte gehofft, sie würden jeder Kriegspolitik weiter Widerstand entgegensetzen. Doch selbst sie rufen nun nach dem Blut Japans!«

»Na und?« sagte Hiroki mit arrogantem Auflachen. »Unsere Marine ist unbesiegbar! Nichts und niemand hält ihr stand! In weniger als einem Monat werden wir Guam eingenommen haben, und Wake, und Hongkong! Wir haben hunderttausend Mann auf der malaiischen Halbinsel stehen. Manila gehört uns bereits, MacArthur ist auf die Halbinsel Bataan zurückgedrängt. Dort werden wir ihm den Rest geben. In ein paar Wochen sind wir in Burma und auf Borneo. Nichts wird uns aufhalten. Wir kontrollieren die Meere von Afrika bis Midway!«

»Und wie lange?«

»Solange wir wollen!«

»Das bezweifle ich. Die Deutschen haben sich vor Moskau festgerannt. An ihrer ganzen Ostfront ist jeglicher Krieg eingefroren und zum Stillstand gekommen. Und weil die Deutschen das Gros ihrer Streitkräfte nach Rußland werfen mußten, hat das den Engländern gewaltig Luft verschafft. Und Amerika seinerseits hat Gelegenheit, aus diesem Grund alle seine Kräfte auf den pazifischen Kriegsschauplatz zu konzentrieren. Also gegen uns!«

»Sollen sie doch kommen!« sagte Hiroki. »Pearl Harbor war nur ein Vorgeschmack dessen, was sie noch erwartet. Wenn sie die Hucke voll bekommen wollen — sie brauchen es nur zu sagen! Wir werden sie aus Asien hinausjagen, alle miteinander; die Briten, die Holländer und die Amerikaner! Und sie werden draußen bleiben! Und zwar für alle Zukunft!«

Matsuo sah ihn schweigend und kopfschüttelnd an.

»Du hast überhaupt keine Ahnung, scheint es, auf was wir uns da eingelassen haben.«

Ich weiß, wie dieser Krieg ausgeht! dachte Hiroki indessen voll Überzeugung. Leider gab es in Japan eine Menge Leute, die ebenso verzagt und kleinmütig waren wie sein Bruder Matsuo; ganz besonders im Parlament. Wenn er doch nur über die Visionen der Seher reden dürfte! Wenn sie alle wüßten, was er wußte, gäbe es kein einziges furchtsames Herz in Japan!

Es hatte keinen Sinn, weiter darüber zu debattieren. Er stand auf und bedeutete Matsuo damit, zu gehen. »Ich muß mich wieder meiner Arbeit widmen.«

»Selbstverständlich«, sagte Matsuo ebenso förmlich und verbeugte sich. »Ich habe bereits zu viel von deiner kostbaren Zeit in Anspruch genommen.« Er entfernte sich ohne ein weiteres Wort.

Hiroki blieb noch eine ganze Weile unbeweglich hinter seinem Schreibtisch stehen. Natürlich hatte er zu tun. Aber alles, was er denken konnte, war: Meiko! Und wie sie aussah, als er sie zum letzten Mal gesehen hatte. Nackt. Zusammen mit seinem Bruder. Auf dem Boden der Gärtnerhütte . . .

Eine Woge von Begierde flutete über ihn hin. Es war ihm über die Jahre hinweg gelungen, sie fast vollständig aus seinem Gedächtnis zu verbannen. Fast hatte er schon vergessen gehabt, daß sie jemals existiert hatte. Und nun dieser Schock. Sie lebte, und sie war wieder da. Warum hatten ihr die Götter diese Rückkehr erlaubt? Warum durfte sie überhaupt noch am Leben sein?

Am Leben . . . es wäre ihm ein Vergnügen, das zu ändern, sie bewußtlos zu prügeln, ganz langsam und systematisch, und sie dann zu packen und jeden Funken Leben aus ihr zu würgen. Während er sich selbst in sie ergoß . . .

Aber wäre selbst das genug?

Ein Schauder überlief ihn. Er hatte längst ein neues Mädchen in Yoshiwara; eine, gegen die Yukiko geradezu zahm war. Heute abend würde wohl Blut fließen, damit er sich Meiko aus dem Sinn waschen konnte.

Denn es lasteten zu viele Verantwortlichkeiten auf seinen Schultern, zu viele bedeutsame Entscheidungen waren zu treffen, zu viele Leute verlangten seine Aufmerksamkeit, als daß er sich erlauben konnte, seine Gedanken von einer einzigen Frau beherrschen zu lassen.

Er war Minister für militärische und wirtschaftliche Koordination und hatte damit eine in der Geschichte Japans beispiellose Funktion. Der Druck seiner Verantwortung war gewaltig; andererseits war seine Macht . . . er selbst bezweifelte, ob sogar der größte der Tokugawa-Shogune von einst auch nur über ein Zehntel der Machtvollkommenheit verfügt hatte, die er nun im Kaiserreich besaß.

Die niedere wie hohe *zaibatsu*-Oligarchie bedrängte ihn täglich. Genehmigungen für Filialen und Geschäfte in den besetzten Gebieten. Schon im voraus für Borneo, Burma, Rangun, die Philippinen, sobald sie nur eingenommen wären . . . In ständiger Abstimmung mit Shimazu koordinierte er die industriellen Anstrengungen mit dem militärischen Vormarsch und dem verfügbaren Arbeitspotential. Alle waren sie rücksichtslos und begierig, überall ja die Ersten zu sein, um die neu eroberten Rohstoffquellen möglichst schnell auszubeuten und damit ihre Gewinne zu machen. Keine Minute ließen sie ihn in Ruhe. Anrufe, Briefe, Geschenke, Einladungen zu Diners, in Geishahäuser . . . er wurde unablässig und massiv bedrängt. Und nicht weniger lasteten dabei die Verantwortlichkeiten auf ihm. Schließlich und endlich war das eigentliche Ziel von allem die Sicherung und Festigung des japanischen Einflusses in der Welt. Und er war die reine Verkörperung dieses Zieles. Wie konnte er sich da von irgendeinem Weib irritieren und ablenken lassen?

Aber es half ihm wenig. Noch als er den Knopf drückte, der seinem Sekretär draußen mitteilte, er sei bereit für den nächsten Besucher, war ihr Bild wieder da. Meiko, nackt, neben seinem Bruder . . .

FEBRUAR

Meiko nippte kurz an der dritten Tasse Sake und stellte sie dann ab. Die *baishakunin*, die Jungfrau vom Schrein, nahm die Tassen fort. Meiko blickte auf. Matsuo sah sie mit brennenden Augen an. Sie wußte, daß sie hinreißend aussah in ihrem bestickten Kopfschleier und dem hellroten seidenen Hochzeits-Kimono.

Sie wandten sich zu ihren Familien um. Meikos Eltern waren anwesend, mit zufriedenen Gesichtern, wenn auch ohne jedes Lächeln, sichtlich gehemmt durch die Anwesenheit des ernst blickenden Landherrn Okumo. Zum Glück war wenigstens Hiroki nicht erschienen. Nun ja, er war auch nicht eingeladen worden. Dafür waren Shigeo und eine Gruppe weiterer Offiziere vom Marine-Nachrichtendienst da, fröhlich und strahlend.

Nachdem die traditionelle Shinto-Zeremonie vorüber war, überbrachte Okumo die förmlichen Glückwünsche, und entfernte sich dann sofort. Als sie das Tempeltor durchschritten und den wartenden Wagen bestiegen, dachte Meiko darüber nach, wie anders sich doch all die Dinge entwickelt hatten. Wäre dies hier vor fünf Jahren geschehen, mit Hiroki als ihrem Bräutigam — ein prächtiges, üppiges Hochzeitsbankett hätte sie erwartet, Hunderte von Gästen, Freunden und Verwandten wären anwesend gewesen, viele Male hätte sie sich umziehen und zeigen müssen. Heute war nur ein bescheidenes Essen im kleinen Kreis geplant, in einem kleinen Raum eines kleinen Restaurants in Chiyoda-ku.

Sie lehnte sich an Matsuo. Es kümmerte sie alles nicht. Ein Gerichtsbeschluß hatte festgelegt, daß ihre Ehe in Hawaii mit Frank keine Rechtsgültigkeit in Japan besaß und daß sie folglich jederzeit eine legale Ehe nach japanischem Recht eingehen konnte. Und jetzt waren sie tatsächlich Mann und Frau, wie sie es sich immer gewünscht hatte. Sie schloß die Augen und versuchte dem Glück dieses endlich doch noch wahrgewordenen Traums nachzuspüren.

»Matsuo?« sagte sie dann unvermittelt. Die Gelegenheit hier, allein, war günstig. »Wir haben nie darüber gesprochen. Aber möchtest du bald Kinder, oder sollen wir noch warten?«

»Sobald du selbst welche möchtest«, sagte Matsuo. »Gefällt dir das?«

»Nun, sehr viele Wahlmöglichkeiten habe ich nicht mehr.«
»Wieso?«
»Weil du schon im Spätsommer Vater werden wirst.«
Er sah sie groß an. »Du meinst . . .?«
Sie nickte. Er nahm sie in die Arme. »Bist du ganz sicher?«
»Aber gewiß. Man weiß, wenn man Mutter wird.«
Mutter . . . Sie wurde Mutter. Ganz ungewohnt, sich selbst so zu sehen . . . Sie hatte sich immer schon vorgestellt, Kinder zu haben. Und jetzt wurde es wahr. Sie wußte einfach, daß sie schwanger war. Alle Anzeichen deuteten darauf hin. Ihre weichen Brüste, die Morgenübelkeit . . .
»Wunderbar!« rief er. »Und wann ist es geschehen?«
»An Bord der *Agaki*.«
Matsuo strahlte. »Mein Sohn, gezeugt auf See!«
»Was macht dich so sicher, daß es ein Sohn sein wird?«
»Man weiß es, wenn man Vater wird! Wann genau wird es sein?«
»Irgendwann im September.«
Er drückte sie an sich. »Er wird ein großer Seemann werden!«
Meiko teilte seine Freude, dachte jedoch auch: was für eine Rolle spielte es denn schon, ob ihr Kind an Land, auf See oder in der Luft gezeugt wurde. Es war ein Symbol ihrer Liebe, das sie ihr Leben lang ehren mußten.

APRIL

Matsuo starrte hinaus auf die blühenden Kirschbäume, die die Straßen und den Berg Sanno überall säumten. Wie die blauuniformierten Regierungsbeamten in ihrer Mittagspause versuchte auch er, Ruhe aus dem Anblick der Natur zu gewinnen. Doch so sehr er sich auch bemühte, es gelang ihm nicht. Die Berichte aus dem Feld waren nicht dazu angetan, jemals wieder Ruhe zu finden.

Er wandte sich vom Fenster ab und steckte sich eine neue Zigarette an. Nun wartete er hier in Hirokis Büro bereits fast zwei Stunden. Seine Geduld war erschöpft. In den letzten Monaten war kaum noch ein Zugang zu Hiroki möglich. Höchstens an den Tenno selbst war in ganz Japan noch schwieriger heranzukommen als an ihn. Der Termin bei seinem Bruder war auf elf Uhr festgesetzt gewesen, und jetzt war es fast schon eins.

Er hatte aber ebenfalls mehr als genug zu tun! In jüngster Zeit hatte sich der Funkverkehr zwischen den Schiffen der amerikanischen Pazifikflotte auffällig verstärkt. Sie planten irgend etwas. Wenn er ihren Code kannte, konnte er auch feststellen, was. Aber so, wie es war, konnten sie nur den Grad der einschlägigen Aktivität selbst feststellen, wachsam sein und hoffen, irgendwann ihren Code zu knacken.

Er war ganz sicher, daß sich schon sehr bald etwas ereignen werde. Doch wie auch immer — was er hier mit Hiroki zu besprechen hatte, war auf lange Sicht von noch größerer Wichtigkeit.

Und deshalb würde er weiter warten.

In diesem Moment ging die Tür auf, und Hiroki erschien. Wie üblich, trug er einen schwarzen Kimono. Er sah deutlich gealtert aus. In seinem schwarzen Haar waren sogar schon erste weiße Fäden zu sehen.

Matsuo wartete auf eine Entschuldigung oder Erklärung für die erhebliche Verspätung, doch Hiroki holte einfach nur seinen *hanko* aus der Tasche und begann damit Dokumente zu siegeln.

Matsuo schluckte seinen Zorn hinunter. »Wir waren für elf Uhr verabredet.«

»Die Konferenz mit dem Premier hat sich unvorhergesehen länger hingezogen. Was wolltest du?«

Matsuo ging zum Schreibtisch, beugte sich über ihn hinüber und legte seine Hand auf die Papiere Hirokis. »Deine Aufmerksamkeit will ich.«

Hirokis Kopf fuhr hoch, und Matsuo erblickte einen Moment lang Ungehaltenheit, ja Haß in seinem Blick, doch dann war es schon wieder vorbei und hinter seiner ständigen Maske verborgen. Er seufzte und legte seinen *hanko* weg. »Also gut. Aber fasse dich bitte kurz. Weshalb kommst du?«

»Wegen Bataan«, sagte Matsuo.

Hiroki lächelte. »Bataan ist unser bisher größter Sieg. Wir haben die Briten durch die Einnahme Singapurs gedemütigt. Jetzt, mit dem Fall Bataans, haben wir den Vereinigten Staaten die größte militärische Niederlage ihrer Geschichte zugefügt. Der Tenno ist stolz auf seine Streitkräfte.«

»Ist er auch stolz darauf, wie sie die Zehntausende von Gefangenen behandeln, die sie gemacht haben?«

Hirokis Lächeln verschwand. »Wir behelligen den Tenno nicht mit solchen Nebensächlichkeiten.«

»Vollständige Mißachtung der Genfer Konvention ist mehr als nur eine ›Nebensächlichkeit‹.«

Seit seiner Rückkehr waren Matsuo immer wieder sporadische Berichte über Brutalität gegenüber Kriegsgefangenen, aber auch der Zivilbevölkerung gegenüber zu Ohren gekommen. Anfangs hatte er sie für vereinzelte Übergriffe gehalten — zwar bedauerlich, aber letztlich in keinem Krieg völlig vermeidbar. Doch dann begann sich allmählich zu zeigen, daß dies System und Methode zu haben schien. Er hatte genaue Ermittlungen anstellen lassen, als die Berichte aus Bataan gekommen waren. Das Ergebnis war niederschmetternd gewesen. Ungezügelte, systematische Brutalität!

An die siebzigtausend amerikanische und philippinische Kriegsgefangene, hungergeschwächt, viele zusätzlich an Malaria und anderen Tropenkrankheiten leidend, waren gezwungen worden, ohne Nahrung und Wasser fünfundsechzig Meilen zu Fuß durch den Dschungel zu marschieren, vor aufgepflanzten Bajonetten hergetrieben wie eine Viehherde. Wer nicht mehr konnte und umfiel, wurde verscharrt, auch wenn er noch gar nicht tot war, oder mit den Bajonetten niedergemacht oder zu Tode geprügelt und einfach am Weg liegengelassen. Nur noch sechzigtausend Mann erreichten die Gefangenenlager.

»Das muß ein Ende haben!« sagte er. »Wie können wir uns noch aufrecht als ehrenhafte Nation zeigen, wenn wir solche Grausamkeiten zulassen?«

»Die Gefangenen mußten durch den Dschungel! Es gab keine andere Möglichkeit. Die Eisenbahnstrecken waren völlig unzureichend! Wir waren auf fünfundzwanzigtausend Gefangene vorbereitet, aber nicht auf dreimal so viele! Wir dachten auch, sie hätten ihre eigenen Eisernen Rationen bei sich, was jedoch nicht der Fall war. Und unsere Truppen hatten lediglich Verpflegung für sich selbst.«

»Das glaube ich nicht. Das glaubst du doch selbst nicht! Es gibt immer Möglichkeiten. Und vor allem war es ja kein Einzelfall. Du verkaufst der *zaibatsu* Kriegsgefangene als Sklavenarbeiter in den besetzten Gebieten!«

Hiroki fuhr hoch. »Was geht das alles dich an! Du bist Nachrichtenoffizier und mehr nicht! Kümmere du dich um deine Aufgaben! Ganz abgesehen davon, wie kannst du auch noch Respekt für diese Würmer von Kreaturen aufbringen, die so schnell kapitulieren? Sie haben keinen Funken Ehre im Leib, keinen Mut, keinen Stolz und keine Scham! Ist dir bekannt, daß sie uns darum baten, ihre Familien davon zu verständigen, daß sie am Leben und in Gefangenschaft seien, nachdem sie sich ergeben hatten und entwaffnet waren? Würdest du das glauben? Ein japanischer Soldat, dem das Unglück widerfahren würde, gefangengenommen zu werden, und der keine Möglichkeit mehr besäße, sich selbst zu töten, würde die Schande seiner Gefangennahme vor aller Welt zu verbergen suchen!«

Es war nicht das erste Mal, daß Matsuo sich mit dieser Denkweise konfrontiert sah. Sie war sehr verbreitet geäußert worden, als bekannt geworden war, daß General MacArthur sich von Corregidor nach Australien abgesetzt hatte. Jeder Offizier, den er kannte, hatte sich darüber mokiert. Ein General, der nicht bei seiner Truppe blieb und mit ihr starb! Matsuo hatte ihnen MacArthurs Überlegungen nahezubringen versucht, doch der Versuch war sinnlos gewesen. Mittlerweile aber war die Sache so wichtig, daß er sich Hiroki auf jeden Fall verständlich machen mußte.

»Die Völker des Westens haben eine andere Denkweise als wir«, sagte er. »Wenn sie nach bestem Vermögen gekämpft haben und sich einer Übermacht gegenübersehen, gegen die zu gewinnen unmöglich ist, ergeben sie sich. Sie erblicken darin keine Schande, sofern offenbar geworden ist, daß sie nicht mehr siegen können, daß sie also umsonst kämpfen und sterben würden.«

Hiroki hatte für all dies nur Verachtung übrig. »Völlig undenkbar für einen japanischen Soldaten! Er weiß, daß er sein Leben freudig hingeben muß, damit noch vor seinem Tod so viele Feinde wie möglich sterben, bis er die letzte Kugel für sich selbst aufspart. Das ist *bushido!*«

»Die Abendländer kennen kein *bushido*! Sie wurzeln in anderen Traditionen und Denkweisen als wir! Ihre ganze Lebensanschauung ist von der unseren verschieden. Wir müssen sie zu verstehen lernen, wenn wir nach dem Krieg mit ihnen zusammenleben wollen.«

Auch dies beeindruckte seinen Bruder wenig. »Ich gehe lieber von der Annahme aus, daß nach diesem Krieg *sie* von uns lernen müssen!«

»So eine Sturheit! Sie wird nur dazu führen, daß die Amerikaner keinerlei Friedensgespräche akzeptieren werden, bis der einzige Ort, wo noch japanisch gesprochen wird, die Hölle ist, wie es kürzlich ein amerikanischer Regierungsbeamter in einer Zeitung formulierte.«

»Welch eine Anmaßung von einem so willensschwachen Volk!« tat Hiroki auch dies zynisch lächelnd ab. »Kein Wunder, daß unsere Truppen sie wegmähen wie reifen Weizen. Ich bedaure nur, daß wir mit diesen verachtenswerten westlichen Ländern nicht schon viel früher Krieg begonnen haben. Wir hätten sie schon längst aus Asien hinauswerfen sollen. Und was die Friedensverhandlungen oder -bedingungen angeht, so werden wir sie zu gegebener Zeit diktieren. Bruder, denke daran, was ich dir jetzt sage: der Tag wird kommen, an dem japanisch nicht in der Hölle, sondern in Washington gesprochen wird!«

Matsuo resignierte. Es hatte keinen Sinn. Hiroki war derart in Denkvorstellungen der Unbesiegbarkeit und Überlegenheit Japans verfallen, daß ihn kein Gedanke daran anrühren konnte, wie etwa Kriegsgefangene behandelt wurden. Man redete bei ihm gegen eine Wand. Trotzdem, er mußte es weiter versuchen.

»Gibt es denn keine Möglichkeit, dich davon zu überzeugen, daß wir uns an die Genfer Konvention halten müssen?«

»Warum läßt du mich denn nicht mit diesem Kram in Ruhe?« sagte Hiroki unwirsch.

»Weil ich nicht bis zum Tenno gelange. Premierminister Tojo blockt mir jeden Zugang zu ihm ab. Nicht nur eine Einzelaudienz, sondern auch die Teilnahme an einer Generalaudienz hat er unterbunden, ebenso meine Teilnahme an den Sitzungen des Kaiserlichen Rats. Also komme ich zu dir. Nach Tojo bist du ja heute der vermutlich mächtigste Mann im Lande.« Weil diese Bemerkung Hiroki sichtlich gefiel, entschloß sich Matsuo, auf dieser Klaviatur noch etwas weiterzuspielen. »Falls man nicht überhaupt sagen könnte, daß deine Machtfülle die Tojos sogar noch übertrifft, angesichts deiner prominenten Verbindungen zu Armee und Marine und zur *zaibatsu*. Und genau deshalb . . .«

Er wurde von einer Serie heftiger Explosionen draußen unterbrochen. Gleich darauf begannen die Fliegeralarm-Sirenen zu heulen. Sie stürzten beide ans Fenster. Zunächst war nichts zu erkennen. Dann hörten sie das Stakkato der Flak und Flugzeuggeräusche. Und plötzlich kam die Maschine in Sicht. Matsuo erkannte sie sofort.

»Ein Amerikaner!«

»Ausgeschlossen!« rief Hiroki.

»Ein B-25-Bomber.«

Nachdem das Flugzeug abgedreht hatte und verschwunden war, stand draußen die mittägliche Menschenmenge und jubelte und winkte. Offenbar glaubten die Leute, es habe sich um eine effektvolle Vorführung eines japanischen Flugzeugs gehandelt. Daß dem ganz und gar nicht so wahr, zeigten die Rauchschwaden, die vom Industriegebiet im Osten herzogen. Die Amerikaner waren da! Sie hatten bereits den geheiligten Luftraum über dem Kaiserpalast verletzt!

Matsuo hatte ein unbehagliches Gefühl. Von nun an würde es wohl ein anderer Krieg werden als bisher.

Meiko und Matsuo schlenderten Hand in Hand über die Ginza. Matsuo war einsilbig und geistesabwesend. Sie wußte nicht, was genau ihn so beschäftigte, aber es war ihr nicht entgangen, daß ihn der amerikanische Fliegerangriff von letzter Woche tief beunruhigt hatte. Sie versuchte ihn aufzumuntern. »Würde man nie glauben, daß wir hier angegriffen wurden, nicht?« sagte sie.

»Vom Anblick der Häuser her gewiß nicht. Aber sieh dir die Gesichter an. Da siehst du die Wirkung.«

In der Tat waren Veränderungen an den Menschen unübersehbar. Seit dem stolzen Sieg von Pearl Harbor waren Tokio und das ganze Land in einer einzigen Euphorie gewesen. Sogar westliche Kleidung wurde, obwohl nicht offiziell verboten, so gut wie kaum noch getragen und war mit Beginn des Jahres fast völlig aus dem Straßenbild verschwunden. Der Kimono war bei Männern wie Frauen die übliche Kleidung, ausgenommen allenfalls bei jenen Männern, die Uniformen oder uniformähnliche Jacken und Mützen trugen. Doch seit letzter Woche waren die *Augen* der Menschen anders.

»Daß der tatsächlich angerichtete Schaden kaum nennenswert ist«, fuhr Matsuo fort, »kann nicht verhehlen, daß dieser Angriff ein großer Erfolg war. Die amerikanischen Zeitungen schreiben ihn einem Flieger namens Dolittle zu und schlachten ihn natürlich propagandistisch gewaltig aus. Das Entscheidende ist die psychologische Wirkung. Die Menschen haben begriffen, daß wir zwar an unsere militärische Überlegenheit glauben können, so lange wir wollen, aber nicht mehr daran, daß unser Verteidigungswall undurchdringlich ist. Der Krieg rückt jetzt der Heimat näher, Meiko.«

»Ist es das, was dich seitdem so sehr beschäftigt?«

»Das und noch anderes. Ich glaube, daß es Zeit ist, den Krieg zu beenden. Wir haben bereits alles erreicht, was unser sogenanntes Kriegsziel war. Unser Einflußbereich von Indochina bis zu den Philippinen ist gesichert, sogar bis hinaus zu den Salomonen, nach Wake und den Marshall-Inseln. Und wir haben die Amerikaner und Europäer aus Asien hinausgeworfen. Jetzt ist es an der Zeit, sich an den Verhandlungstisch zu setzen.«

Meiko fand das großartig. »Und wann?«

»Wenn ich das wüßte«, sagte Matsuo. »Aber ich fürchte, so bald wird es nicht geschehen. Admiral Yamamoto ist zwar sehr dafür, aber das Oberkommando ist noch zu erfolgstrunken und redet jetzt bereits von Neuguinea und der Invasion Australiens.« Er schüttelte den Kopf. »Neuguinea wäre ja allenfalls noch begreiflich. Aber wie sollen wir denn Australien halten? Falls wir es überhaupt einnehmen können!«

»Haben diese Kriegstreiber denn noch nicht genug?«
»Wahrscheinlich nie. Jetzt könnten wir die Verhandlungsbedingungen für einen Frieden noch diktieren. Wenn wir aber zu lange warten, wird das jemand anders tun.«
Meiko waren andere Sorgen näher. Die Sirenen und Bombeneinschläge während des Luftangriffes hatten ihr in ihrem bereits sichtbar schwangeren Zustand Kontraktionen verursacht. Der Angriff hatte ihr zu Bewußtsein gebracht, wie verletzlich ihre Stadt hier doch eigentlich war. Auch ihr eigenes Haus war, wie die meisten anderen, aus Holz — aus altem, zundertrockenem Holz obendrein. In den zwanziger Jahren war Tokio nach dem verheerenden großen Kano-Erdbeben und dem anschließenden Feuer wieder aufgebaut worden. Das Bauholz der meisten Häuser hatte also über zwei Jahrzehnte lang Zeit gehabt, auszutrocknen. Holz der Bau, Holz die Böden, Papier die Wände, Stroh die Matten — ganz Tokio war ein riesiger Haufen Zunder. Praktisch alles bestand aus Brennmaterial, sogar bis hin zu ihren Schuhen, den *geta* aus Holz.
Ein Schauder überlief sie. »Ich wünschte, dieser Krieg wäre vorbei. Die Vorstellung, daß noch einmal ein Bomber über die Stadt fliegt . . .«
». . . und daß unser Kind unter einem Himmel aufwächst, an dem jedem Augenblick ein Angreifer erscheinen kann . . .«
Unser Kind!
Meiko faßte sich mit der freien Hand an den Leib. Sie war jetzt im fünften Monat. Gestern jedoch hatte ihr die Hebamme gesagt, es sehe eher nach sechs Monaten aus. Sie war fast in Ohnmacht gefallen. Das konnte doch nicht sein! Im Dezember war erstmals ihre Regel ausgeblieben. Im November war sie zwar schon sehr schwach gewesen, war aber jedenfalls gekommen. Um alles in der Welt: das konnte nicht sein! Durfte nicht sein! *Es muß einfach unser Kind sein!*
Sie bemerkte, daß Matsuo sie seltsam ansah.
»Ist etwas?«
»Nein, wieso?«
Er lächelte schwach. »Weil du mir, hättest du nur noch ein wenig heftiger gedrückt, mindestens zwei Finger abgequetscht hättest.«
Sie lachte gezwungen und lockerte ihren Griff. Aber der Knoten in ihr verstärkte sich noch.

HASHIRAJIMA

MAI

Der Kartenraum auf der *Yamato* war riesig. Matsuo blickte sich um und versuchte zu überschlagen, wie viele *tatami* wohl nötig wären, seinen Boden zu bedecken. Es war jedoch zu dunkel, um es abschätzen zu können. Das einzige Licht war in der Mitte über dem Kartentisch, an dem die Lagebesprechungen der Vereinigten Flottenverbände stattfanden und auf dem die Schiffe über den ganzen Pazifik hin und her geschoben wurden.

Er wartete darauf, daß Admiral Yamamoto ihn beiseite nahm. Nach der Analyse der Berichte über die Schlacht im Korallenmeer zu Beginn des Monats hatte Matsuo um eine dringende Audienz nachgesucht. Der Admiral hatte ihn zum Liegeplatz seiner Flotte bestellt, hierher, südlich Hiroshima, an Bord seines Achtzigtausend-Tonnen-Flaggschiffs, des größten Schlachtschiffs der Welt.

»Begreifen Sie meine Strategie für die Operation MI?« fragte eine Stimme hinter ihm.

Er schreckte auf, drehte sich herum, verbeugte sich vor dem herangetretenen Admiral und sagte: »Ich denke schon, ja.«

»Es wird die Entscheidungsschlacht. Von gewaltigen Dimensionen. Ich biete acht Flugzeugträger auf, elf Schlachtschiffe, zweiundzwanzig Kreuzer, fünfundsechzig Zerstörer, einundzwanzig U-Boote und Hunderte von Kampfflugzeugen. Bei den Midways werden wir die amerikanische Pazifikflotte endgültig vernichten. Kommen Sie, ich zeige es Ihnen.«

Am Kartentisch deutete er nach Norden zu den Alëuten hinauf, wo diese sich wie eine riesige Wirbelsäule von Alaska weg ins Meer hinaus erstreckten. »Dort führen wir einen Scheinangriff auf US-Territorium aus — Dutch Harbor — am 3. Juni, und lenken so ihre Aufmerksamkeit ab. Am 4. Juni beginnt die Bombardierung von Midway. Und im Verlauf von dessen Einnahme werden wir zerbomben und versenken, was von ihrer Pazifikflotte allenfalls noch übrig ist.«

Matsuo hatte Mühe, auf dem riesigen Kartentisch die ganze Größe und Komplexität des Unternehmens zu überblicken. Sechs getrennte Stoßkeile mit einander überlappenden Operationen waren geplant. Der Zeitplan hatte gewisse Schwierigkeiten. Der Aufwand überstieg alles bisher Dagewesene, und das Risiko war enorm. Und das alles für ein paar sich mitten im Pazifik verlierende winzige Koralleninseln, die Midways? Allein die Deckflächen aller beteiligten Schiffe zusammengenommen waren vermutlich größer.

Yamamoto nahm ihn beiseite und sprach leise auf ihn ein. »Damit werden wir den Krieg beenden. Mit der Kontrolle über Midway können wir die amerikanischen Versorgungslinien nach Australien blockieren und direkt Hawaii bedrohen. Nach diesem Sieg wird meine Stellung so gestärkt sein, daß ich Tojo dazu drängen kann, Frieden mit den USA zu suchen. Ohne Australien als Aufmarschterrain für eine Gegenoffensive, dazu mit der direkten Bedrohung Hawaiis müssen die Amerikaner sich an den Verhandlungstisch setzen. Das wird den Krieg beenden, und wir haben, was wir brauchen, um unsere Vorherrschaft für tausend Jahre zu sichern.«

Matsuo schloß die Augen. *Sein Wort in der Götter Ohr!*

Er sagte: »Um so wichtiger ist, daß Sie mich anhören. Was ich Ihnen zu berichten habe, könnte den Ausgang der Operation MI entscheidend beeinflussen.«

Yamamotos Augen wurden enger. »Kommen Sie.«

Sie gingen in die Kabine des Admirals. Matsuo lehnte die angebotene Tasse Sake ab, zündete sich aber eine Zigarette an. Sie setzten sich in tiefe Polstersessel.

»Also?« sagte der Admiral.

»Es besteht Grund zu der Annahme, daß die Amerikaner unseren Marine-Code geknackt haben.«

»Ausgeschlossen!«

»Der Meinung war ich auch. Bis zu unserer Niederlage in der Schlacht im Korallenmeer vor zwei Wochen.«

Der Admiral hob den Kopf. Presse und Rundfunk waren voll von Lobgesängen über den ›ruhmreichen Sieg‹ der Kaiserlichen Marine vor Neu-Guinea. Und tatsächlich sah es auf dem Papier durchaus wie ein Sieg aus. Die Amerikaner hatten in dieser ersten reinen Flugzeugträgerschlacht ihre *Lexington* verloren, und die *Yorktown* war schwer beschädigt worden; rein nach der versenkten Tonnage waren sie die Verlierer. Doch Tatsache war, daß das eigentliche Ziel des ganzen Unternehmens im Korallenmeer die Einnahme von Port Moresby gewesen war, was die Kontrolle der ganzen Südküste Neuguineas ermöglicht hätte und die akute Bedrohung Nordaustraliens dazu.

Und eben das war nicht gelungen. Die Amerikaner hatten es trotz aller Verluste verhindert. Port Moresby kontrollierten nach wie vor die dort sitzenden Australier.

Dem Admiral mußte dies alles, dessen war Matsuo sicher, bekannt sein. Ein kurzes Nicken Yamamotos bestätigte es ihm auch.

»Die Amerikaner haben Glück gehabt«, sagte der Admiral.

»Ein bißchen zu viel Glück, würde ich sagen«, erwiderte Matsuo. »Im so unermeßlichen großen Pazifik ziehen sie ausgerechnet dort ihre ganzen Flugzeugträger zusammen! Und ausgerechnet zu dem Zeitpunkt, als wir auf Port Moresby zustoßen wollen. An reinen Zufall kann ich da nicht glauben.«

»Unser Marinecode ist doch viel zu komplex! Es erscheint mir völlig ausgeschlossen, daß sie ihn knacken konnten.«

Mit der Komplexität mochte der Admiral ja recht haben. Der Marinecode war in der Tat ein unerhört kompliziertes, multiverschachteltes System mit fünfstelligen Codenummern, die sich auf ein altes japanisches Buch mit Ideogrammen bezogen, die ihrerseits wieder auf fünfstellige Codezahlengruppen aus einem anderen Code-Buch Bezug nahmen. Die Annahme, die Amerikaner könnten es schaffen, in ein derartig labyrinthisch verknäueltes System einzudringen, war im höchsten Maße unwahrscheinlich. Trotzdem hatte Matsuo seine Gründe für die Vermutung, daß sie es eben doch geschafft haben könnten.

»Ich vermute, es ist irgendwann nach dem Luftangriff des Colonels Dolittle auf Tokio passiert«, sagte Matsuo. »Die meisten unserer verfügbaren Schiffe der Vereinten Flottenverbände wurden auf die Verfolgung jener Flugzeugträger geschickt, die US-Bomber in Reichweite bringen konnten. Der Funkverkehr zwischen allen diesen Schiffen war sehr lebhaft. Und wie Sie wissen, ist der Stil eines Funkers so individuell wie eine Unterschrift. Die Amerikaner konnten beim Abhören also Rufsignale, Schiffsnamen und Positionen leicht identifizieren und sich damit an ein Dechiffrier-System für den Code heranarbeiten.«

Yamamoto war noch keineswegs überzeugt. »Ich halte es nach wie vor für unmöglich.«

»Wie auch immer, es könnte nichts schaden, vor Beginn der Operation MI einen neuen Code einzuführen.«

»Dafür bleibt keine Zeit mehr.«

Matsuo mußte eine Äußerung ungeduldigen Unmuts unterdrücken. Er hatte schon einmal vorgeschlagen, zum 1. Mai einen neuen Code einzuführen, und auch damals hatte man ihm bedeutet, es bleibe keine Zeit dafür, und den Codewechsel bis Juni zurückgestellt.

»Sieg oder Niederlage könnten davon abhängen!« sagte er drängend.

»Von einer Verzögerung ebenfalls, und sollte sie auch nur einige Tage dauern. Wir wissen, daß die *Yorktown* in Pearl Harbor zur Reparatur liegt. Zwei weitere Flugzeugträger werden bei Midway überholt. Der Zeitpunkt, loszuschlagen, ist jetzt!« Der Admiral schlug mit der Hand mehrmals auf seine Sessellehne. »Jetzt, jetzt, jetzt! Wir nehmen Midway ein, und ich werde dafür sorgen, daß die anschließende Seeschlacht die letzte dieses Krieges ist!«

Matsuo senkte im Gehorsam vor seinem Vorgesetzten den Kopf. Yamamoto hatte immerhin auch einen Ruf als wagemutiger Spieler, der selten verlor, wenn es wirklich darauf ankam. Aber tief im Innern wurde er doch das Gefühl nicht los, daß der Admiral diesmal eine fürchterliche Katastrophe heraufbeschwor.

JUNI

TOKIO

»Ein Desaster! Ein Desaster ohnegleichen!«

Shimazu ließ Hiroki gewähren, der zähneknirschend und augenrollend hin und her lief und sich über die vernichtende Niederlage der Schlacht bei Midway ausließ.

Shimazu kannte die Einzelheiten. Die Amerikaner hatten den Angriff irgendwie vorausgeahnt und hatten rund um das winzige Atoll herum bereitgestanden. Die beiden Flugzeugträger, die man in sicherer, weiter Entfernung vor Australien gewähnt hatte, waren da, ebenso wie die *Yorktown*, die trotz der verheerenden Schäden aus der Schlacht im Korallenmeer erst einige Wochen zuvor wie durch ein Wunder vollständig repariert und seetüchtig war. Wenn sie auch diesmal nicht mehr entkam, sondern auf dem Grund des Meeres landete. Doch was bedeutete dies schon angesichts der Tatsache, daß die Verluste der Vereinigten Kaiserlichen Flottenverbände durch die amerikanischen U-Boote und Torpedo-Bomber geradezu vernichtend waren! Vier Flugzeugträger — *Agaki, Hiryu, Kaga* und *Soryu* — ein schwerer Kreuzer, 2 200 Seeleute, 234 Flugzeuge. Und was am schlimmsten war, die Amerikaner hatten nach wie vor die Herrschaft über Midway!

Jetzt beginnt es also, dachte Shimazu.

»Du scheinst vergessen zu haben«, sagte er zu Hiroki, als sich dieser etwas beruhigt hatte, »daß der Seher ausdrücklich Verluste nach den ersten großen Siegen voraussagte. Du hättest darauf gefaßt sein müssen.« Trotzdem, er konnte Hiroki seine Reaktion nicht allzusehr verübeln. Die scheinbar endlose Folge schneller und glorreicher Siege während der ersten Kriegsmonate hatte sie alle in eine trügerische Sicherheit eingelullt. Es schien buchstäblich nichts mehr zu geben, was Japan unmöglich war. Er selbst hatte bereits an den mehr düsteren Prohezeiungen des Sehers von einst zu zweifeln begonnen.

Doch nun konnte es gar keine Zweifel mehr daran geben.

»Auch Niederlagen haben ihr Gutes«, sagte er. »Sie stärken den Verteidigungswillen der Kaiserlichen Streifkräfte, machen sie wachsamer und nicht mehr so nachlässig und selbstsicher.« Er deutete auf die Berichte, die Hiroki in der Hand hielt. »Laß mir das hier. Wir werden es später verbrennen. Es eignet sich nicht zur Veröffentlichung. Es ist nicht gut, wenn die Leute von solchen Niederlagen erfahren. Zumal unser Volk angesichts bisheriger stolzer Siege schon ein wenig überheblich geworden ist. Auf eine Niederlage dieses Ausmaßes ist es nicht vorbereitet.«

»Es werden Maßnahmen ergriffen, den Schlag abzumildern«, sagte Hiroki.

»Ganz besonders muß der Tenno dagegen abgeschirmt werden. Ich denke, am besten überspielen wir es, wenn wir die Einnahme der beiden Aleüteninseln Attu und Kiska groß herausstreichen, auch wenn dies eine an sich ganz nebensächliche Geschichte im Zuge eines reinen Ablenkungsmanövers ist. Aber es bleibt als einzig positives Ergebnis der Operation MI übrig. Alle Berichte müssen besonders unterstreichen, daß wir nun einen Brückenkopf zum amerikanischen Kontinent haben und deshalb sämtliche Amerikaner bereits das große Zittern bekommen haben!«

»Richtig«, stimmte ihm Hiroki aufatmend zu. »Genau das müssen wir! Ich werde den Informationsminister unverzüglich in diesem Sinne anweisen.«

»Und wie kommt die Suche nach den Rollen voran?«

»Ich habe in dieser Sache heute nachmittag eine Aussprache mit Yajima.«

»Gut.« Shimazu lächelte im stillen. Er wußte, Yajima hatte seit Kriegsbeginn nun schon des öfteren vergeblich versucht, zu Hiroki vorzudringen. Aber das war vor der Schlacht von Midway gewesen. Jetzt hatten Yajima und die Suche nach dem verlorenen Geheimnis des *kuroikaze* plötzlich wieder Hirokis Interesse. Und das war gut so.

Wenn er, Shimazu, jetzt nur noch den Sinn seiner eigenen letzten Visionen mit Hilfe der Droge der Seher enträtseln könnte! Zweimal hatte sich ihm auf gleiche Weise der Nebel geteilt und ihm ein Kind gezeigt, einen Knaben, dem irgendeine enorme Bedeutung zukam, der einen Brennpunkt von Stärke darstellte. Wer war der Knabe? Und warum war er so wichtig?

Hiroki mußte eine ziemliche Überraschung verbergen, als Yajima in sein Büro eintrat. Seit fast einem Jahr nun hatte er ihn nicht mehr gesehen. Er hatte sich drastisch verändert. Das früher für Yajima so charakteristische volle Mondgesicht war schmal und eingefallen, der einst untersetzte Körper war fast dürr geworden, und über dem linken Auge trug er eine schwarze Kappe.

Sie verbeugten sich voreinander. Als sie sich setzten, bemerkte Hiroki, daß Yajima auch schon an beiden Händen die Ring- und kleinen Finger fehlten.

»Willkommen, mein alter Freund«, sagte er mit belegter Stimme. »Du . . . hast dich verändert.«

Yajimas Lächeln war nur der Hauch einer Andeutung. »Ich bin bereits auf dem Wege zu meinem Ziel. Ich muß freilich auch gestehen, daß ich desto ungeduldiger werde, je näher ich ihm komme. Du weißt, daß es schon immer mein Wunsch war, über den Viertel Zirkel des Ordens hinauszugelangen. Sechzehn Jahre lang habe ich mir diese Ehre versagt.«

Hiroki war verblüfft. Wenn Yajima sich wirklich entschlossen hatte, in die höheren Ränge des Kakureta Kao aufzusteigen, hatte er keine Zeit und Gelegenheit mehr, weiter nach den Rollen zu suchen. »Ich habe gar keinen Zweifel daran, daß du dem Orden dort ebensoviel Ehre machen wirst wie im Vierten Zirkel. Wann wirst du Mitglied im Fünften?«

»Natürlich nicht, ehe wir die Rollen gefunden haben«, sagte Yajima etwas erstaunt. »Das war doch unsere Abmachung, nicht wahr?«

»Gewiß«, antwortete Hiroki voll Erleichterung. »Aber mit deinen Händen . . . und nur noch einem Auge . . .«

Wieder das andeutungsweise Lächeln. »Nun, ich kann eine Seite auch mit drei Fingern umblättern und mit einem Auge lesen. Und ich kann ohne Zehen ebenso gehen wie mit ihnen.«

Auf Yajimas Füße hatte er bei seinem Eintreten gar nicht geachtet. Es war ihm jetzt auch nicht von Wichtigkeit.

»Ich hatte das Gefühl, den Orden zu betrügen«, fuhr Yajima fort. »Ich konnte nicht einen meiner Sinne ganz aufgeben, weil ich dann nicht mehr mit all meiner Kraft nach den *kuroikaze*-Rollen weitersuchen könnte. Also blieb mir nur die Möglichkeit, von allen nur ein wenig herzugeben. Das befähigt mich auch, nach dem erfolgreichen Abschluß unserer Suche schneller in die Inneren Zirkel zu gelangen. Ich habe auch gefastet.« Er lächelte wieder, diesmal übertrieben künstlich. »Es geht alles gut voran.«

Hiroki schluckte. »Gewiß. Das ist sehr offensichtlich. Ich bin etwas beschämt. Ich habe in letzter Zeit nicht mehr meinen gebührenden Anteil an der Suche geleistet. Das ist auch der Grund, warum ich dich herbestellt habe. Ich möchte das wieder mehr aktivieren.«

»Du hast doch schon genug getan! Du hast mir ausreichende Mittel dafür verschafft und mir Türen geöffnet, die mir sonst verschlossen geblieben wären. Und du bist mit dem Krieg und den Staatsangelegenheiten schon genug belastet. Der ganze Orden ist stolz auf dich. Du bringst uns allen viel Ehre mit dem, was du so nahe am Herzen des Tenno vollbringst. Ich würde mich selbst für sehr niedrig und selbstsüchtig halten, wenn ich dich diesen Pflichten entzöge.«

»Aber ich versichere dir, lieber alter Freund Yajima, daß es auch eine Staatsangelegenheit ist, die Rollen zu finden. Sag mir, wie ist der Stand der Dinge?«

»Wir sind ihnen sehr nahe. Ich habe weit unten im Süden, in Onomichi, den Mönch Okamoto ausfindig gemacht.«

Onomichi. Das war in der Tat weit im Süden. An der Inlandssee.

»Glaubst du, er hat die Rollen auf einer der Inseln versteckt?«

Zu seiner Erleichterung schüttelte Yajima den Kopf. Die Inlandssee war mit einer Unzahl winziger Inselchen übersät. Wenn man sie abzusuchen beginnen müßte . . .

»Ich glaube auch nicht, daß er mit ihnen nach Shikoku oder Kyushu hinüber gegangen ist. Die alte Tempelchronik, die ich in Onomichi fand, berichtet, daß einmal ein Mönch unseres Ordens dort nur übernachten wollte. Er sei jedoch so schwach und krank gewesen, daß sie ihn drängten, noch dazubleiben. Er aber zog trotzdem weiter. Ich habe so ein Gefühl . . .« Yajima schloß sein verbliebenes Auge, als blickte er einer inneren Vision nach. ». . . daß er noch bis Hiroshima kam.«

Hiroki fragte sich, ob Yajima sich — und nicht nur einmal — für die Suche nach den Rollen etwa der Seher-Droge bedient habe.

»Dann suchen wir eben dort weiter.«

»Wir?« fragte Yajima. »Du willst mich also begleiten?«

»Selbstverständlich! Du hast die ganze Last schon zu lange allein getragen.«

»Aber deine Arbeit hier . . .«

»Ich weiß.« Hiroki seufzte und hoffte, es würde nach aufrichtigem Zögern klingen. »Ich muß natürlich von Zeit zu Zeit hier sein. Aber auch dann werde ich im Geiste bei dir und bei der Suche sein.«

Yajima sprang freudig auf. »Dann schaffen wir es bald! Ich weiß es! Und dann können wir dem Tenno die Waffe an die Hand geben, welche alle vernichtet, die sich seinem Göttlichen Willen entgegenzustellen versuchen!« Etwas ruhiger fuhr er fort: »Und ich bin dann frei, mich in die Inneren Zirkel des Ordens zurückzuziehen und dort meinen Platz einzunehmen. Um meinen Weg zum Großen Gesicht zu vollenden.«

Sie vereinbarten, sich am Ende der Woche in Hiroshima zum Beginn ihrer Suche in den dortigen Tempeln und Schreinen zu treffen.

Als Yajima fort war, starrte Hiroko lange ins Leere. *Yajima . . . du armer Mann. Wie kannst du nur so naiv sein?*

Die Zukunft Japans lag hier! Hier in seinem Büro, wo die Militärs und die Giganten der Industrie sich die Kriegsbeute teilten. Wobei Hiroki durchaus darauf achtete, daß der Orden dabei nicht zu kurz kam. Nicht in zählbarer Münze vielleicht, aber doch in Form von Zinsen und Anteilen.

Auch er selbst hatte seinen Gewinnanteil, wenn auch auf weniger materielle Weise. Er hatte nicht die Absicht, nach dem Krieg wieder in der Anonymität zu verschwinden. Viele Menschen würden ihm dann verpflichtet sein, und das würde ihm Macht und Unabhängigkeit verschaffen — auch vom Kakureta Kao, auf den er dann nicht mehr angewiesen war.

Doch soweit war es noch nicht. Noch war er zur Erhaltung seiner Stellung auf den Orden angewiesen. Und um sich dessen zu vergewissern, war es unbedingt nötig, mit dabei zu sein, wenn Yajima die Rollen endlich ans Licht beförderte.

AUGUST

Die Wehen begannen ganz unten in ihrem Rücken und zogen sich ringförmig nach vorn. Sporadisch zuerst, dann ganz klar und regelmäßig.

Unmöglich! Falscher Alarm! dachte Meiko. *Es kann nicht sein, es darf nicht sein! Es ist noch nicht an der Zeit*!

Sie war sehr dick geworden in den letzten Monaten, und dieser aufgeblähte Leib und die geschwollenen Fußknöchel machten sie ungelenk und schwerfällig. Aber immer noch hatte sie sich an die Hoffnung geklammert, es sei gewiß Matsuos Kind. Jetzt freilich hatte es keinen Sinn mehr, sich noch etwas vorzumachen.

Sie ließ Matsuo die Hebamme rufen. Die Besorgnis auf seinem Gesicht mischte sich mit Freude, Frage und Erwartung. Sie betete, daß er noch genauso blicken möge, wenn alles vorüber war.

Die Wehen blieben, wurden stärker und folgten in immer kürzeren Abständen. Die Hebamme kam und schickte Matsuo erst einmal fort, ehe sie mit ihren Vorbereitungen begann. Sie badete Meiko und band zwei Seidenkordeln an ihren *futon*, an denen Meiko sich festhalten und ziehen konnte, wenn die Wehen das Stadium der Schmerzensschreie erreichten. Bis eine Wehe wieder abflaute, konnte sie auf diese Weise den Schrei unterdrücken. Denn das Gebären war eine intime Angelegenheit, von dem nichts nach außen zu dringen hatte.

Mit zunehmender Heftigkeit der Wehen rückte die Hebamme das vorbereitete Babybett neben Meikos *futon*, um es Meiko sehen zu lassen. Meiko starrte es an und spürte Tränen in ihre Augen steigen. Wie winzig! Bald lag dieses winzige Leben in ihr dort in diesem Bett. Es würde sie traurig machen, sie sich buchstäblich ausgeleert fühlen lassen. All die Monate hatte sie gespürt, wie es in ihr wuchs, sich wendete und bewegte, sie stieß; ein Teil ihrer selbst. Aber es würde sicher auch ein schönes Gefühl sein, es berühren und anfassen zu können. Sie wußte bereits, daß sie nicht würde ablassen wollen, das Kind die ganze Nacht bei sich im Arm zu behalten und an sich zu drücken; doch auch, daß es sein eigenes Bett brauchte. Es wäre ein schlechtes Omen für ein Kind, auf die Welt zu kommen, ohne sein eigenes Bett zu besitzen.

Die Wehen ließen ihr alle Gedanken verschwimmen. Sie steigerten sich noch, bis sie mit Hilfe der Hebamme dem letzten Pressen entgegentrieb, von dem sie glaubte, zerrissen zu werden, ehe dann plötzlich alles vorüber war.

Sie lag erschöpft und keuchend und wartete auf den ersten Schrei, der nun jeden Augenblick kommen mußte.

Er kam. Aber es war ein ersticktes, vibrierendes Wimmern. »Ist alles in Ordnung mit dem Baby?«

»Aber ja«, rief die Hebamme. »Und es ist ein schönes Kind!«

»Lassen Sie sehen! Geben Sie ihn mir doch!«

»Augenblick noch, ich muß ihn ja erst noch säubern!« Sie hörte plätscherndes Wasser zwischen den Schreien, dann kniete die Hebamme neben ihr und reichte ihr das winzige, in ein Tuch gehüllte Bündel. Pechschwarzes Haar auf einem großen, runden Kopf, Hautfalten am Hals, winzige Finger, unter dem Kinn zu einer einzigen Faust geballt. Ein kleines Öhrchen, ein kleines Näschen. Große braune Augen, als sie das Kind zu sich wendete . . .

. . . und ein Muttermal über der rechten Augenbraue hinauf bis zum Haaransatz.

Sie wollte schreien, das Kind von sich stoßen, verstecken. Aber sie konnte nicht. Er war ihr Kind. Sie liebte es vom ersten Augenblick an und schwor sich, ihm alle Liebe und Zärtlichkeit zu schenken, die sie hatte. Er war ihr Kind.

Und Franks.

Die Nachwehen kamen, aber sie ließ das Baby nicht mehr los, bis die Nachgeburt ausgestoßen war.

Dann hörte sie, wie die Hebamme hinausging und sagte: »Es ist ein Junge.«

Matsuo war bereits im Zimmer, strahlend und mit großen Augen. Er kniete sich neben Meiko nieder und sah die Blutflecken auf dem *futon*. Sein Lächeln verschwand und wich der Besorgnis.

»Ist alles in Ordnung?«

»Mir geht es gut«, sagte sie.

Er sah auf die Hebamme, die ihm zulächelte und bestätigend nickte, und dann wieder auf Meiko. Sein Lächeln kam wieder.

»Und unser Junge? Ist er genauso prächtig wie seine Mutter?«

»Matsuo . . .« begann Meiko, wußte aber nicht, wie sie fortfahren sollte. Sie konnte die Wahrheit schließlich nicht verbergen und es wäre auch unverzeihlich, es zu versuchen, selbst wenn es möglich gewesen wäre. Sie reichte ihm einfach nur stumm das Kind und wartete atemlos auf seine Reaktion, als er es nahm und ansah.

Sein Gesicht veränderte sich wie ein Garten in der Sonne, über den die Schatten der Wolken fallen. Er begriff sofort.

»Oh, Matsuo«, sagte sie aufschluchzend und glaubte, das Herz müsse ihr zerspringen. »Ich wußte es selbst nicht! Wirklich, ich wußte es nicht!«

Steif und hölzern reichte er ihr das Baby zurück, das Gesicht versteinert, aber mit Trauer und Kummer in den Augen. Wortlos stand er auf und ging.

»Du kannst ihn hier großziehen«, sagte er am Frühstückstisch.

Dank allen Göttern! dachte Meiko mit dem schlafenden Kind im Arm. Wäre Matsuo ein Japaner mit traditionellen Ansichten, hätte er sie aus seinem Hause verbannt. Statt dessen hatte er das Haus verlassen.

Er war verschwunden und die ganze Nacht fortgeblieben. Sie war allein gewesen und hatte viel geweint. Sie hatte ihr Schicksal verflucht, aber unablässig das kleine Leben betrachtet, das jetzt in seinem winzigen Bettchen neben ihr lag. Sie hatte darauf gelauscht, wie es atmete und wimmerte.

Im Morgengrauen war Matsuo unrasiert und mit verschwommenen Augen zurückgekommen. Sie versuchte den Sake-Geruch an ihm zu erschnuppern. Aber er roch nicht nach Alkohol. Auch nicht nach einer anderen Frau. Was hatte er gemacht? War er etwa einfach nur herumgelaufen? Sie wagte es nicht, ihn zu fragen.

»Das ist sehr großzügig von dir, Matsuo«, sagte sie und forschte in seinem Gesicht nach einem Anzeichen seiner Gefühle.

»Ich habe die ganze Nacht darüber nachgedacht. Das Kind kann ja nichts dafür. Es kann bei uns leben und aufwachsen, aber ich kann ihm natürlich nicht meinen Namen geben.«

Meiko senkte den Kopf. Dagegen konnte man nichts einwenden. »Ich weiß, wie du dich . . .«

»Nein«, unterbrach er sie heftig, »du weißt nicht, wie ich mich fühle. Wie könntest du auch? Jeden Tag die ganze Zeit war ich bei dir, habe miterlebt, wie das Kind, das ich zur Hälfte das meine glaubte, in dir wuchs, und dachte mir Namen aus, malte mir seine Zukunft aus und fragte mich, ob ich ein guter Vater würde. Und gestern hast du es zur Welt gebracht, und nun hast du einen Sohn. Gestern wartete ich und rannte auf und ab und litt mit dir. Und heute habe ich nichts mehr.«

Sie begriff, wie schmerzlich es für ihn sein mußte. »Es tut mir so leid. Aber ich wußte es nicht, glaube es mir.«

»Wieso solltest du es nicht wissen?«

»Erst in den letzten Monaten habe ich manchmal an die Möglichkeit gedacht.«

»Und hast kein Wort gesagt.«

»Wie konnte ich denn? Wo ich doch selbst nicht glaubte, daß es so war. Selbst nicht glauben wollte, daß es so war! Wenn du mir sonst nichts glauben kannst, glaube mir wenigstens das!«

Er starrte sie reglos und versteinert an. »Ich war schließlich seine Frau!« schrie sie.

Matsuo sah sie an und deutete dann auf seinen Kopf. »Hier verstehe und weiß ich es ja auch.« Er deutete auf sein Herz. »Aber hier nicht.« Er hieb verzweifelt auf den Tisch, daß das Kind aufschreckte. »Werde ich Frank Slater denn niemals los?«

»Du nicht und ich nicht, Matsuo. Als ich auf deine Heimkehr wartete, kam mir der Gedanke, daß es vielleicht ein Zeichen der Götter ist. Daß wir beide niemals Frank Slater vergessen dürfen. Und was wir ihm angetan haben. Wie wir seinen Sohn großziehen, kann vielleicht einiges wiedergutmachen. Ich werde ihn Nakanaori taufen.«

Nakanaori . . . Versöhnung. Beim ersten Tageslicht war ihr dieser Name in den Sinn gekommen.

»Aber wir werden Frank Slater niemals wiedersehen«, sagte Matsuo.

»Das glaube ich nicht«, sagte Meiko. Und sie war wirklich überzeugt davon. »Ich glaube, Nakanaori wird uns eines Tages wieder zusammenführen. Und all das, was wir einander angetan haben, überwinden.«

Matsuo sah versonnen ins Leere. Er schien weit weg zu sein, in einer fernen, anderen Zeit. Was mochte er sehen? Einen verängstigten Jungen, der flüchtete, statt ihm beizustehen? Oder einen Mann, den er an einen Baum genagelt hatte?

NOVEMBER

HIROSHIMA

Hiroki beugte sich über Yajimas Schulter. Noch einmal las er das Fragment, das sie gefunden hatten. Das Blatt zitterte in Yajimas verstümmelten Händen

> *. . . und er wird so für die Dauer von zwei Tagen aller seiner Sinne beraubt sein. Er wird kein Gefühl in seiner Haut haben und auch nicht in den darunterliegenden Regionen seines ganzen Leibes. Er wird keine Empfindung auf seiner Zunge haben. Seine Augen werden nichts sehen, seine Ohren nichts hören, seine Nase wird nichts riechen. Auf diese Weise wird er der Brennpunkt des Schwarzen Windes werden. Wenn sein Schlaf endet, wird der Schwarze Wind sich erheben und so lange wehen, bis er wieder in den Schlaf sinkt. Wehe den Feinden des Sohnes des Himmels, die es wagen . . .*

Mehr stand nicht auf dem Fragment.

Yajima wandte sich mit leuchtenden Augen Hiroki zu.

»Siehst du es nun, Hiroki? Es nennt ausdrücklich den *kuroikaze* beim Namen.«

Hiroki nickte. Sein Hochgefühl wurde jedoch durch seine Erschöpfung etwas beeinträchtigt. Monatelang hatte er nun immer wieder in gewissen Abständen Yajima auf seiner Suche begleitet. All die vielen großen und kleinen Schreine Hiroshimas und seiner nördlichen Vorstädte hatten sie durchstöbert und waren jeder kleinsten Spur nachgegangen, auch wenn sie alle in Sackgassen geführt hatten. Und dazwischen war er immer wieder nach Tokio zurückgeeilt, um sich mit Shimazu zu beraten, sein Ministeramt zu verwalten und sich über die Entwicklung des Krieges auf dem laufenden zu halten.

Und da sah es gar nicht so gut aus. Letzten Monat waren die Amerikaner auf den Salomonen gelandet, jenem versumpften und krankheiten- und insektenverseuchten Archipel östlich von Neuguinea, am äußersten Ende des Einflußbereichs des Reiches. Sie hatten auf Guadalcanal und Tulagi Brückenköpfe errichtet und waren sogar schon so weit gegangen, auf dem kleinen Stück, das sie auf Guadalcanal eingenommen hatten, einen Flugplatz anzulegen. Und obwohl japanische Bomber ständig Angriffe flogen und japanische Infanterie selbstmörderische Sturmangriffe unternahm, hielten die Amerikaner ihre Position, bauten sie sogar noch aus.

Das mochte erst ein winziger Kratzer auf der glänzenden Rüstung des Reiches sein, doch Hiroki fühlte sich dennoch mehr denn je angespornt, endlich die Rollen zu finden. Gegen jede Logik und Vernunft, die bei seinen täglichen Unterredungen mit den Militärs betimmend waren, war für ihn mittlerweile der *kuroikaze* der Schlüssel des Krieges.

Auch dieser winzige, uralte Schrein hier am Fuße des Berges Futaba mit seinen verwitterten und windschiefen *torii* hatte zuerst nur wie eine weitere Sackgasse ausgesehen. Doch dann hatte draußen ein Wolkenbruch eingesetzt, und sie hatten beide gemeint, daß sie das Unwetter so gut wie irgendwo anders auch hier abwarten könnten. Und dabei waren sie dann auf eben dieses Fragment gestoßen. Die erste wirklich konkrete Spur auf ihrer nun schon fünfzehn Jahre währenden Suche! Und ein Hoffnungsschimmer, daß am Ende doch nicht alles vergebens sein könnte.

»Wo aber ist der Rest?« sagte Hiroki. Sie hatten gemeinsam bereits den ganzen Raum durchsucht, doch mehr als dieses Stück war nicht aufgetaucht.

»Wenn es ihn noch gibt, werden wir ihn finden«, sagte Yajima. »Und wenn sonst nichts mehr davon existiert, genügt es vielleicht auch schon.«

»Es sagt uns nichts darüber, wie wir den *kuroikaze* erwecken können.«

»Vielleicht doch. Es ist die Rede von einem Mann, der aller seiner Sinne beraubt ist! Und daß eben er der *shoten*, der Mittelpunkt und Ausgangspunkt des Schwarzen Windes wird! Die Chirurgen des Ordens können einen solchen Zustand ohne weiteres herstellen!«

Fast schon war Hiroki bereit, Yajimas Zuversicht zu teilen, als ihn etwas zurückhielt.

»Die Mitglieder des Innersten Zirkels des Ordens werden aber doch ihres letzten Sinnes beraubt, ehe sie zum Anblick des Gesichts gesandt werden, nicht wahr?«

»Ja, gewiß. Doch das hier ist etwas anderes. Siehst du denn nicht, Hiroki? Es paßt alles! Die Inneren Zirkel des Ordens geben ihre Sinne über einen Zeitraum von Jahren auf, doch ein *shoten* des Schwarzen Windes mit einem Schlag! Abrupt wird er von allen Kontakten zur materiellen Welt abgeschnitten! Er spürt nicht mehr den *futon*, auf dem er liegt, weiß nicht mehr, ob er sitzt oder ruht, hört nichts, sieht nichts, riecht nichts. Er schwebt in einem unendlichen formlosen Nichts. Und eben aus diesem muß er offensichtlich den *kuroikaze* holen und gegen die Feinde des Tenno schicken! Unsere Tempel-Chirurgen haben alle Fähigkeiten, einen Mann in diesen Zustand zu versetzen! Wir können es vollbringen, Hiroki! Wir können den Schwarzen Wind wieder unserem Willen untertan machen!«

Wenn du nur recht hättest, Yajima! dachte Hiroki. Dann kam ihm ein unbehaglicher Gedanke. »Es ist ein ganz besonderer Mann erforderlich, sich dem zu unterziehen. An wen hast du denn . . .?«

Yajima ließ ihn gar nicht erst ausreden. »Es wäre mir eine Ehre!« sagte er. »Hiroki, ich glaube, wir brauchen nicht weiter zu suchen. Kehren wir heim und zeigen wir Shimazu, was wir gefunden haben! Er wird stolz auf uns sein.«

»Es wird unserem *sensei* große Ehre einbringen!«

»Und wenn ich so kühn sein darf, dich um diesen Gefallen zu bitten, mein Freund«, sagte Yajima mit tiefer Verbeugung, »dann gestatte mir, Shimazu darum zu bitten, der erste *shoten* des Schwarzen Windes zu werden.«

Hirokis Kehle war mit einem Schlag trocken. Die Vorstellung, wie die Chirurgenmesser diesen Mann, den er seit seiner Kindheit kannte, buchstäblich zerstückeln würden, verursachte ihm ein Schaudern. Es war deutlich an Yajimas Blick zu erkennen, daß jeder Versuch, ihn davon abzuhalten, sinnlos war. Yajima hungerte geradezu danach, sich den Messern des Ordens als Opferlamm darzubieten. Hiroki hatte Mitleid mit ihm, gleichzeitig aber beneidete er ihn auch. Yajima wußte so genau, was er wollte. Und würde es auch erreichen.

»Bedeutet dies . . .« er vermochte kaum zu Ende zu sprechen, ». . . daß ich meinen ältesten und engsten Freund verliere?«

»Aber nicht doch! Selbst wenn ich nicht im Fleische an deiner Seite sein kann, werde ich es doch in deinem Geiste immer sein. Und so werden wir auch gemeinsam die Feinde des Tenno zerschmettern!«

»Wie kann ich mich da noch dagegenstellen?« gelang ihm gerade noch zu sagen. »Du hast dich über all die Jahre vollständiger als ich der Suche gewidmet. Wie könnte man sich da deinem Wunsch widersetzen.«

Yajima verbeugte sich erneut. »Du bist sehr gütig.«

»Ich denke auch, du solltest allein die Ehre haben, das Fragment dem Orden zu präsentieren.«

Yajima war zu Tränen gerührt. »Diese Ehre würdest du mir erweisen?«

»Ich bestehe sogar darauf.«

Hiroki sagte freilich nicht, daß es ihm ganz recht war, nicht schweigend dabei stehen zu müssen, wenn Yajima alles, was er besaß, dem Orden vermachte.

»Oh, Hiroki! Ich werde trotzdem nicht versäumen, Shimazu und die Oberen wissen zu lassen, daß dieses Fragment hier ohne dich niemals hätte gefunden werden können.«

Hiroki bedankte sich förmlich und blickte ihm nach, wie er davoneilte. Armer Yajima. Immer in Eile, sich zu opfern. Immer derart mit dem nächsten Leben beschäftigt, daß er vergaß, das jetzige zu leben.

Nein, sein Fall war das nicht. Irgend etwas sagte ihm, daß es noch sehr viel mehr über den Schwarzen Wind zu erfahren gab. Er jedenfalls würde weitersuchen, um auch den Rest des Fragments zu finden.

1943
Das Jahr des Widders

JANUAR

HIROSHIMA

Hiroki kehrte in den Shinto-Schrein zurück, wo sie das Fragment gefunden hatten. In seinem Kopf pochte wie ein Hammer die schiere Verzweiflung. Er hatte inzwischen in immer größer werdendem Umkreis um den Fundort alle Schreine und Tempel durchforstet, aber nicht das Geringste mehr entdecken können. Er begann bereits die Hoffnung zu verlieren. Entweder waren die Rollen wirklich auf ewig zerstört — zu Staub zerfallen oder vernichtet —, oder die alten Mönche hatten sie einfach zu gut versteckt.

Seine Suche wurde dadurch beträchtlich erschwert, daß er von nun an wieder ganz allein und auf sich gestellt war. Yajima war im Tempel in Tokio geblieben, den er künftig nie mehr verlassen würde — schon weil er, sobald die Chirurgen ihre Arbeit an ihm getan hatten, dazu gar nicht mehr in der Lage war.

Hiroki zog es vor, während dieser Prozedur, da Yajima in Stücke, buchstäblich von der sinnlichen Welt abgeschnitten wurde, nicht auch noch anwesend zu sein. Auch sonst hielt ihn nicht mehr viel in Tokio. Das Oberkommando hatte Guadalcanal aufgegeben. Kaum siebzehntausend der vierzigtausend Soldaten, die auf diese Dschungelinsel geschickt worden waren, hatten überlebt. Und mehr als den amerikanischen und australischen Waffen waren die Männer der Cholera und anderen Krankheiten erlegen. Bei den Lagebesprechungen in Tokio beliebte man deshalb zu sagen, Japan habe ja nicht gegen die Amerikaner verloren, sondern gegen den Dschungel. Hiroki wußte es freilich besser. So sehr die Arbeiter der Rüstungsbetriebe im ganzen Land sich auch in Schichten rund um die Uhr abrackerten, brachten sie doch nur einen Bruchteil des Ausstoßes an Schiffen, Panzern und Flugzeugen zustande, die Amerika zu produzieren vermochte. Und die amerikanischen Soldaten, obwohl Tausende Meilen von zu Hause entfernt, waren mit ihren festen Kampfuniformen, ihren Zelten und ihren unvergleichlichen K-Rationen auch besser untergebracht, ausgerüstet und verpflegt als der Großteil selbst der japanischen Zivilisten.

Immer wieder kamen ihm jetzt Admiral Yamamotos prophetische Worte vor dem Kaiserlichen Rat bei der Unterzeichnung des ›Dreimächteabkommens‹ ins Gedächtnis. *Wir können wohl sechs Monate lang den Kampf unseres Lebens gegen die Amerikaner führen. Dann jedoch werden wir schlicht und einfach von ihrer rein materiellen Überlegenheit erdrückt werden, mögen wir so tapfer kämpfen, wie wir wollen.*

Noch wurde es in Tokio natürlich mit heftigstem Nachdruck bestritten, aber ihm war längst klar: Japan hatte das Gesetz des Handelns in diesem Krieg verloren. Zwar drehte sich ihm bei dieser Erkenntnis schier der Magen um, doch die Realitäten hatten ihn einfach zu dieser Einsicht gezwungen. Fortan war dies nur noch ein Hinhalte- und Zermürbungskrieg, bis endlich der *kuroikaze* gegen den Feind eingesetzt werden konnte. Yajima und mit ihm viele im Orden waren überzeugt davon, dessen Geheimnis sei wirklich wiedergefunden. Die mündliche Überlieferung des Kakureta Kao schien freilich zu besagen, daß einst irgendeine chemische Substanz zur Erweckung des Schwarzen Windes benutzt worden sei. Nie jedoch war in diesem Zusammenhang von chirurgischen Maßnahmen die Rede gewesen. Es war ihm nicht gelungen, Yajima davon zu überzeugen, noch zu warten, ehe er sich freiwillig unter das Messer begab. Er hatte keinen Augenblick die weitere Suche nach den Rollen aufgegeben.

Er wollte nicht weiter über Yajima nachdenken. Matsuo kam ihm statt dessen in den Sinn. Seine Frau, diese Königin der Huren, hatte ihm ein Kind geboren, aber wenn man den Berichten glauben konnte, war es nicht seines. Dennoch behielt er die Mutter bei sich. Wahrhaftig, sein Bruder war ein merkwürdiger Patron!

Er setzte seine Kerze ab und blickte sich in dem Raum um, in dem er war. Er war winzig, aus dem natürlichen Fels des Berges gehauen, an den dieser Schrein hier gebaut worden war. Alles hatten sie bereits durchforscht, sämtliche Regale. Und selbst hinter den Regalen hatten sie gesucht, bis ins letzte Fleckchen. Und trotzdem hatte ihn etwas noch einmal hierhergetrieben. Warum? Woher kam dieses vage Gefühl, hier doch noch etwas finden zu können? Sie hatten doch nichts übersehen! Es war doch nichts mehr . . .

In einer der umgekippten Urnen am Boden unter einem Regal blinkte ein Widerschein der Kerzenflamme auf. Er stürzte sich förmlich darauf — und ließ die Urne vor Schreck fast fallen, als eine graue Maus heraushüpfte. Er drehte das Gefäß um und schüttelte es aus. Aber es fiel lediglich etwas Staub heraus, mehr nicht. Doch dann hielt er doch noch die Kerze an die Öffnung — und da war es. Altes, vergilbtes Papier, zerknüllt und verkrumpelt. Sein Herzschlag wurde jäh schneller, als er die ersten Bruchstücke der Schrift erkannte. Mit zwei Fingern holte er vorsichtig und langsam den Streifen heraus. Er war voller Flecken von Mäuseexkrementen und auch angenagt. Aber es bestand kein Zweifel. Er hatte ein weiteres Bruchstück der Überbleibsel der Rollen gefunden.

Er begann das Wenige, was lesbar geblieben war, zu entziffern, und es war ihm bald klar, daß es unmittelbar vor das andere Fragment gehörte, welches sie vergangene Woche gefunden hatten. Allerdings war kein einziger Satz vollständig und ergab einen klaren Sinn. Bedeutsam aber war, daß ein spezielles Schriftbilder-Paar immer wieder auftauchte: *kodomo.*

Er lehnte sich zurück und begann zu überlegen, warum wohl gerade dieses

Zeichen im Zusammenhang mit dem Schwarzen Wind so oft erschien. Und als ihm die Erkenntnis kam, riß es ihn förmlich hoch. Er schrie unwillkürlich auf. Er zitterte vor Erregung. Er mußte zu Yajima, er mußte ihm Einhalt gebieten.

Er wäre sofort zum nächsten Telefon gelaufen, wäre ihm nicht klar gewesen, daß es hier im Tempel natürlich gar keines gab. Aber er rannte fort, als habe er ein Gespenst gesehen. Er mußte nach Tokio! So schnell wie möglich!

TOKIO

Die Morgendämmerung war eben rosa über dem Himmel emporgestiegen, als sein Zug in Tokio eingefahren war. Mit einem Taxi war er zum Tempel und dann zu den Räumen Shimazus geeilt, den er ohne Vorrede mit der Frage überfiel:

»*Sensei*, ist Yajima schon . . .?«

Shimazu winkte ihn nach nebenan. »Er ist hier.«

Hiroki wurde ganz schwach vor Erleichterung. Er stürmte los. »Yajima! Den Göttern sei Dank, daß ich noch rechtzeitig komme. Ich . . .«

»Er kann dich nicht hören«, sagte Shimazu.

Hirokis Hochgefühl zerplatzte wie eine Blase. »Sie meinen, man hat bereits begonnen . . .?«

»Es ist schon beendet«, sagte Shimazu. »Er hat keine Ohren mehr, um zu hören, was wir sagen, und keine Zunge, um unsere Fragen zu beantworten. Sein verbliebenes Auge hat er uns ebenso gegeben wie seinen Tast- und Geruchssinn. Sein Rückgrat wurde, so sehr es nur vertretbar schien, reduziert. Er hat keinerlei Empfindungen und Kontrollen über seinen Leib mehr. Die Nervenverbindungen zu Kopf und Gesicht wurden ebenfalls durchtrennt.«

Hiroki fühlte sich selbst schrumpfen. Er hob eine Laterne hoch. Der Anblick Yajimas raubte ihm den Atem.

Er lag in einer halb sitzenden Position in Kissen und sah wie eine ungelenke Puppe aus. Man hatte ihm einen sauberen schwarzen Kimono angezogen. Seine Arme und Beine waren natürlich plaziert, aber es war dennoch deutlich zu erkennen, daß keinerlei Gefühl oder Funktion mehr in ihnen war. Über beiden Augenhöhlen waren jetzt schwarze Klappen. Darunter hing das Gesicht schlaff und ausdruckslos nach unten. Aus den haltlosen Lippen lief etwas Speichel.

Dann war plötzlich ein leises, unbestimmtes Stöhnen zu hören. Hiroki fuhr zurück. Seine Nackenhaare sträubten sich ihm. »Ich dachte, er hat keine Stimme mehr!«

»Er kann nicht mehr sprechen. Die Zunge ist ihm entfernt worden. Aber er atmet natürlich noch. Er kann Laute hervorbringen, die er jedoch selbst nicht hört.«

»Leidet er denn Schmerzen?«

Shimazu sagte lächelnd: »Er ist auf ewig jenseits dieser Dimension. Er weiß nicht einmal mehr, ob er sitzt oder liegt. Er ist in einem Zustand der Schwebe jenseits aller sinnlichen Eindrücke.«

»Aber war er imstande, den Schwarzen Wind zu erwecken?« Hiroki stellte die Frage nur der Form halber. Er kannte die Antwort bereits.

»Nein«, sagte Shimazu, »tragischerweise nicht.« Er sah Hiroki leicht stirnrunzelnd an. »Ich spüre, dies überrascht dich gar nicht sehr?«

Hiroki ließ die Laterne sinken. Es war ihm lieber, wenn der Anblick des bedauernswerten Yajima im Dunkel versank. »Ich habe ein weiteres Stück der Rollen gefunden.«

Shimazu hob überrascht den Kopf.

»Nur ein weiteres Bruchstück«, erklärte Hiroki. Er holte den Umschlag hervor, in dem er es hatte. »Doch ich glaube, es erklärt, warum Yajima den *kuroikaze* gar nicht erwecken konnte.«

Shimazu studierte das Fragment lange. »Wenn das wahr wäre . . .« murmelte er schließlich.

»Ich sehe keine andere Möglichkeit der Deutung«, sagte Hiroki. Er starrte in die Ecke auf Yajimas verkrüppelten Körper, aus dem wieder eine Art leisen Wimmerns drang. Sein Geist war noch lebendig, aber gefangen und sinnlos-nutzlos isoliert im Gefängnis dieses wertlos gewordenen Leibes. Wenn nicht bereits jetzt, würde er binnen kurzem eben diesen Geist und Verstand verlieren . . .

»*Kinder*?« sagte Shimazu, noch immer mit ungläubiger Verwunderung.

Der Text ließ in der Tat keinen Zweifel daran, daß die einstigen Mitglieder des Ordens Kinder zur Erweckung des Schwarzen Windes benützt hatten.

Nach langem Schweigen murmelte Shimazu dann halblaut: »Japan ist voll von Kindern.«

JULI

Was geschieht mit uns? sinnierte Meiko. Sie ging durch die vernachlässigten Straßen Tokios. Noch vor einem Jahr hatte hier nichts darauf hingedeutet, daß sich das Land im Krieg befand. Jetzt war die ganze Stadt voller Pockennarben und Versehrungen. Alle paar Schritte waren Schlaglöcher in den Straßen und Gehsteigen. Die Alleen, Gärten, leeren Grundstücke sahen ungepflegt aus, voller Schutzgräben, alle einen Meter tief und bis zu dreieinhalb Meter lang. Die letzte Verteidigungslinie bei Luftangriffen. Seit jenem Tag, als dieser einzelne Bomber über der Stadt aufgetaucht war, hatte es zwar keinen Fliegeralarm mehr gegeben, doch wer konnte schon sagen, wann der nächste kam?

Überall um sie her häuften sich die Anzeichen des Krieges, die das so delikate Gespinst der traditionellen japanischen Lebensart zerstörten. In den Rüstungsbetrieben arbeitende Landbevölkerung strömte unablässig in die Stadt und verursachte ein kaum noch erträgliches permanentes Gedränge auf allen Straßen. Überall mußte man Schlange stehen. Für Reis. Für Tee. Für Kleidung. Für Eisenbahnfahrkarten, für Fahrradschlauch-Flickmaterial . . . für alles. Der Kimono wurde immer schneller ein Relikt einer eleganteren Vergangenheit. Die neue, auch von der Regierung empfohlene Frauenkleidung war der *monpei*, eine Mischung aus Armeedienstuniform und Harempluderhose: eng an Hüfte und Fesseln und bauschig dazwischen.

Und dann erst die Stadt selbst! Meiko brach schier das Herz beim Anblick ihres geliebten Tokio in seinem jetzigen Zustand. Es wurde buchstäblich nackt ausgezogen, weil jedes Stück Eisen als Schrott gebraucht wurde. Geländer und Laternenpfähle verschwanden über Nacht, Fenstergitter wurden entfernt. Boiler, Heizkörper, Rohre riß man aus alten Gebäuden, ausrangierte Fahrzeuge wurden skelettiert wie von Bakterienarmeen.

Viel mehr Schaden konnten amerikanische Bomber, falls sie je noch kamen, in der Stadt auch nicht mehr anrichten, schien es fast.

Sie stellte sich in die lange Schlange vor einem Lastwagen, um ihre übliche Ration Milch zu bekommen. Normalerweise schickte sie Nakanaoris Kindermädchen, aber es war heute krank; also hatte sie selbst gehen müssen. Vielleicht hätte sie, überlegte sie, Naka lieber mitnehmen sollen, als ihn zu Hause bei Matsuo zu lassen. Seit er dreißig Tage alt geworden und damit sicher war, daß das Leben festen Fuß in ihm gefaßt hatte, sie ihn also im Schrein hatte präsentieren können, waren Mutter und Sohn unzertrennlich. Sie pflegte ihn auf traditionelle Weise auf dem Rücken mit sich zu tragen, wohin sie auch ging.

Sie liebte ihre Eltern, sie hatte Frank geliebt, und sie liebte jetzt Matsuo wieder. Aber niemals hatte sie sich vorstellen können, sich so eins mit einem anderen Menschen fühlen zu können wie mit ihrem Kind. Naka war jetzt fast ein Jahr alt und hatte praktisch sein ganzes bisheriges Leben aus der Perspektive über ihre Schulter hinweg verbracht, immer dicht bei ihr, damit sie ihn wärmen, seinen Atem, jeden Herzschlag und jede Bewegung spüren konnte. Das Kind war ein Teil ihres Lebens, und sie liebte es mehr als sich selbst.

Wenn doch Matsuo diese Liebe mitempfinden könnte! Aber er vermied den Kontakt mit Naka. Sie hatte befürchtet, diese Kühle beeinträchtige den Jungen in seinem Wohlergehen. Doch er schien es einfach mit noch mehr Zuneigung und Bindung an sie zu kompensieren.

Matsuo hatte ihr nicht erlaubt, daß sie oder das Kind ihn ›Vater‹ nannten. Doch da sie nun einmal als Familie zusammenlebten, mußte Naka den Herrn des Hauses irgendwie benennen und ansprechen können. Einfach Matsuos Name ging natürlich nicht. Nach vielem Hin und Her und endlosen Diskussionen einigten sie sich endlich auf *Oji-san*, Onkel. Und so sehr Matsuo sich auch bemüht hatte, eine unsichtbare Mauer vor dem Kind zu errichten, suchte Naka ständig seine Nähe und gebrauchte den Namen *Oji-san* mit hartnäckiger Ausdauer.

Und heute war er wieder bei seinem *Oji-san*. Sie waren heute sogar völlig allein miteinander. Es war ihr gar nicht unrecht, daß der Junge eine Chance bekam, das ›Kleine-Jungen-Wunder‹ an Matsuo zu versuchen. Früher oder später erlag er ihm ja wohl ohnehin. Vielleicht war die Idee aber doch nicht so gut. Seit Admiral Yamamotos Tod war Matsuo immer häufiger deprimiert.

Sie machte sich Sorgen um ihn. Da war die tiefe Kluft zwischen ihm und seinem Bruder. Die Entfremdung auch zu seinem Vater. Freunde hatte er ohnehin kaum je gehabt. Er hatte den Admiral sehr verehrt. Er war sehr einsam geworden, ein Außenseiter. Sie hätte ihm gerne geholfen, doch es gab kaum Möglichkeiten dafür.

Immer heftiger drängte es sie nach Hause. Sie hatte plötzlich Angst vor einem Ausbruch von Frustration, die Matsuo überwältigen könnte, wenn er mit dem Kind allein war. Sie war zwar sicher, er würde seine Enttäuschung und Verzweiflung niemals an einem Kind auslassen. Trotzdem war ihr klar, daß Naka in einem sehr herausfordernden Alter war. Sie trat unruhig von einem Fuß auf den anderen, als könnte sie damit die Schlange vor der Milchausgabe schneller vorwärts bringen.

Matsuo wußte selbst, wie gedrückt seine Stimmung war. Er versuchte auch gar nicht erst, dagegen anzukämpfen. Irgendwie genoß er diesen Zustand lethargischer Verzweiflung sogar. Das gestattete ihm, einfach untätig mit gekreuzten Beinen dazusitzen und ohne das kleinste Schuldgefühl Tee zu trinken.

Wozu sollte er überhaupt Schuldgefühle haben, zum Teufel? Schön, es gab Codes zu knacken, Schiffs- und Truppenbewegungen zu verfolgen, Agentenberichte abzuwägen, und er saß hier untätig einfach zu Hause und spielte Kindermädchen für Frank Slaters Sohn. Na und?

Naka lächelte ihm vom Boden, wo er in seinem Strampelanzug auf dem *tatami* herumkrabbelte, strahlend zu. Sämtliche Götter wußten, wie sehr er dieses Kind verabscheute! Warum also verhielt es sich nicht ebenso? Oder fürchtete ihn zumindest? Nein, strahlte ihn ewig nur an und klammerte sich, wenn nur eine Gelegenheit dazu war, an seine Beine!

Frank Slaters Sohn. Die Hoffnung, sich irgendwann an diese Tatsache gewöhnen zu können, hatte getrogen. Der Schock hatte sich zwar gelegt, und seine Enttäuschung war zu einem dumpfen Knoten in seinem Innern geschrumpft. Doch die schiere Ironie der Ereignisse loderte nach wie vor bei jedem Blick auf das Kind in ihm auf.

Nakanaori Mazaki, die Verkörperung dieser schmerzlichen Erfahrungen, hatte sich mittlerweile an einem Tischbein aufgerichtet, sichtlich stolz auf sich selbst. Er hatte ein großes, rundes Gesicht, dunkle Augen und ganz ungewöhnlich schwarzes Haar. Meiko kämmte es sorgsam nach vorn über sein Muttermal. Oder besser gesagt Vatermal.

»*Oji-stan*!« stolperte er mit der Zunge über die zweite Silbe. Matsuo starrte ihn lediglich an. Warum mußte dieses Kind jemals geboren werden? Seine

Gefühle waren im höchsten Maße irrational, das war ihm durchaus klar. Aber er konnte nichts dagegen tun. Selbst wie das Kind sich nun bei seinen ersten Gehversuchen vorsichtig von einem Halt zum nächsten mühte, rang ihm nur blinde Verachtung ab: *Eine mutlose Seele. Wie sein Vater*!

Es war ihm auch durchaus klar, daß seine allgemein gedrückte Seelenlage direkt mit Yamamotos Tod zusammenhing. Die Nachricht hatte ihn fast umgeworfen. Der vernünftigste und sachlichste Offizier der ganzen Kaiserlichen Marine, der beste strategische Kopf ganz Asiens, wenn nicht der Welt, war nicht mehr! Von siebzehn amerikanischen P-38-Jägern in dem Mitsubishi-Bomber, der ihn am 18. April nach Bougainville zu einer Inspektion der Stützpunkte auf den Salomonen bringen sollte, abgeschossen! Das Oberkommando hatte in dem Versuch, die Bedeutung dieses Verlustes vor den Amerikanern zu verschleiern, die Bekanntgabe seines Todes bis Ende Mai hinausgezögert, als die Urne mit der Asche des Admirals nach Japan heimkehrte. Matsuo war am Dock gestanden und hatte geweint, als die weiße Urne feierlich vom Schlachtschiff *Musaschi* getragen wurde.

Er selbst hatte die Nachricht selbstverständlich sofort erfahren. Aus dem ziemlich euphorischen Tonfall der amerikanischen Funksprüche war auch bald klar gewesen, daß die Amerikaner sehr schnell genau über die Bedeutung des Mannes, den sie getötet hatten, im Bilde gewesen waren. Ja, sie hatten sogar ausdrücklich seinetwegen auf der Lauer gelegen!

Und das war für Matsuo nur ein weiteres Indiz dafür gewesen, daß die Amerikaner tatsächlich sämtliche japanischen Codes geknackt haben mußten und daß folglich schnellstmöglich ein völlig neues Code-System nötig war. Aber nach wie vor vertröstete man ihn ein übers andere Mal. Sicher, er habe ja recht, aber im Augenblick könne man es einfach nicht riskieren, wegen der Einführung eines neuen Codes das gesamte Kommunikationssystem zu unterbrechen.

Und es gab ja auch zusätzliche Verdachtsmomente zu dem Vorfall. Yamamoto war überaus enttäuscht gewesen, wie Matsuo wußte. Weil all seine verzweifelten Versuche, das Oberkommando zu überzeugen, nichts fruchteten: man solle Frieden anbieten und den Krieg beenden, solange man noch einige Faustpfänder in der Hand hatte. Weil künftig der Krieg nur noch ein verlängertes Hinhalten sei und eine reelle Chance, gegen die amerikanische materielle Übermacht zu gewinnen, nicht mehr existiere; Japans Niederlage sei bei Fortsetzung des jetzigen Kurses völlig unvermeidlich. Da er mit alldem nichts ausrichten und auch nicht ehrenvoll zurücktreten konnte, blieb ihm nur ein Weg übrig.

Nie würde es über seine, Matsuos, Lippen kommen. Doch die Vermutung hatte sich in ihm festgesetzt, daß Yamamoto völlig klar gewesen war, daß die Ankündigung seines Inspektionsfluges abgehört und dechiffriert werden würde. Wahrscheinlich hatte er auf diese Weise den Tod gesucht, um nicht länger mitansehen zu müssen, wie Japan von Tag zu Tag mehr von der ständig stärker anwachsenden amerikanischen Kriegsmaschinerie überrollt wurde.

Er war ein unersetzlicher Verlust für Japan. Für ihn, Matsuo persönlich, war es der Verlust eines Vertrauten. Stets hatte der Admiral, so oft er nach Tokio kam, Kontakt mit ihm aufgenommen. Sie hatten sich zum Essen getroffen und die Lage miteinander erörtert, offen und ehrlich, und meist waren sie gleicher Meinung gewesen. Yamamoto war der einzige hochrangige Offizier, mit dem Matsuo ganz offen zu sprechen riskieren konnte, weil er wußte, der Admiral teilte seine eigenen Einschätzungen der Dinge.

Jetzt, da es ihn nicht mehr gab, fühlte sich Matsuo isolierter denn je. Außer Meiko hatte er kaum noch jemanden. Aber vielleicht war ja gerade sie mit ein Grund für seine Isolation? Zumal er auch nicht die unter japanischen Männern übliche Einstellung zu außerehelichen Beziehungen teilte, sei es zu Geliebten oder Prostituierten. Stets hatte er abgelehnt, wenn ihn Offizierskollegen zum Ausgehen eingeladen hatten. Geishas langweilten ihn, und der Besuch von Bordellen interessierte ihn überhaupt nicht. Und mittlerweile hatte er so oft abgelehnt, daß ihn auch nie mehr jemand aufforderte, mitzukommen. Allenfalls Shigeo.

Er schreckte über dem Geräusch reißenden Papiers aus seinen Gedanken auf. Naka hatte seine kleinen Finger durch das Wachspapier des *shoji* gebohrt und zog es ratschend mit sich.

»Laß das, Naka! Tu das nicht!«

Doch das Kind blickte ihn nur über die Schulter an und bohrte, stolz über seine Leistung, ein zweites Loch. Das Geräusch des reißenden Wachspapiers vergrößerte Matsuos Zorn nur noch. Er war bereits hoch und hatte die Hand erhoben, um das Kind zu schlagen, als der Junge sich ihm mit unschuldigem strahlendem Lächeln zuwandte und ihm sein ungelenkes *Oji-stan* zurief.

Matsuo hielt inne. Er erinnerte sich, daß in ganz Japan kein Krabbelkind jemals dem Wachspapier der *shoji* hatte widerstehen können. Er selbst hatte es mit Nagata-*shoji* ebenso gemacht. Vor langer, langer Zeit.

»*Oji-stan*«, jubelte das Kind.

Und kam dann plötzlich mit seinen ersten freien Schritten auf ihn zugegangen! Seine ersten Schritte! Und Meiko war nicht da und sah sie nicht! Und fing ihn nicht auf, wenn er gleich nicht mehr weiterkonnte und fiel! Aber mußte er ausgerechnet mit seinen weit ausgestreckten Armen auf ihn zukommen? Auf ihn, der keinerlei Lust und Bedürfnis verspürte, den Kleinen aufzufangen und zu halten? Ihn, Matsuo, den Naka gleichwohl mit stolzem Glück im strahlenden Gesicht ansteuerte, unentrinnbar, wie es schien.

Und dann blieb er an einem der *tatami* hängen und stolperte und fiel, und das strahlende Lächeln in seinem Gesicht machte Panik Platz — doch da hatte ihn Matsuo bereits, ehe er noch zu Boden schlug, mit den Händen abgefangen, gerade eben noch an den Fingern erwischt. Er zog ihn hoch, ließ ihn dann jedoch sofort wieder los, sobald er die Balance hatte. Naka aber fiel nun gegen ihn und schlang instinktiv schutzsuchend die Arme um seinen Hals, legte seinen Kopf an seine Schulter und stammelte: »*Oji-stan*!«

Und wie von selbst schlossen sich seine Arme um das Kind, sanft und vorsichtig, wie um es nicht zu zerbrechen. Und mit dumpfem Staunen bemerkte er die Wogen von Emotion, die sich in ihm aufstauten, die Welle dieses warmen Beschützergefühls, die ihn überkam, für dieses winzige Lebewesen, das Frank Slaters Sohn war . . . Und sogleich versuchte er wieder, seine Gefühle von sich zu schieben. Und als es ihm fast gelungen war, beugte sich Naka zurück und sah ihm ins Gesicht, lächelte und klopfte ihm auf die Schulter. »*Oji-stan*!«

Es war nichts anderes mehr möglich, Matsuo drückte den Jungen heftig an sich. »Es tut mir leid«, flüsterte er. »Es tut mir leid, daß ich dich gehaßt habe. Du hast dir schließlich deinen Vater so wenig ausgesucht wie ich mir den meinen.« Er hielt das verwunderte Kind von sich und strich ihm die Haare aus dem Gesicht, um sich den Slater-Fleck auf seiner Stirn zu betrachten. Er mußte lächeln. Und Nako lächelte ebenfalls. »Ach, Frank Slaters Sohn! Es hätte besser kommen können. Aber auch schlimmer.«

Meiko zögerte, als sie die Hand schon am Türknauf hatte. Von innen kam ein kreischendes Geräusch. Ein Kinderschrei! Sie ließ fast die Milchkanne fallen, als sie ins Haus rannte.

Naka lag am Boden im Wohnraum, mit hochrotem Kopf und kreischend — vor Lachen und Vergnügen! Meiko glaubte ihren Augen nicht zu trauen.

Matsuo kauerte rechts hinter dem völlig zerfetzten *shoji*, hatte den Kopf durchgesteckt und schnitt Grimassen, die Naka offenbar zum Krummlachen fand.

»Was . . . geht hier vor?« stammelte sie.

»Schau mal, was wir können, Meiko!« rief Matsuo statt dessen, kam herbei und zog Naka hoch, drehte ihn zu Meiko herum und ließ ihn los. »Na los, geh zu Mama!«

Und sie sah Naka mit ausgestreckten Armen auf sich zustaksen. Sie fing ihn auf und drückte ihn an sich. Sie konnte es nicht glauben.

»Hast du ihm das beigebracht?«

»Selbstverständlich nicht!« sagte Matsuo strahlend. »Das hat er sich ganz alleine beigebracht. Und sieh mal, was er sich noch beigebracht hat!«

Er nahm ihr Naka von der Hüfte, wo sie ihn hielt, und stellte ihn vor die *shoji*-Wand. Dann trat er zurück neben sie. Naka fuhr mit der Hand über das durchscheinende Papier. Er hatte begriffen. Ganz systematisch, planvoll und zielstrebig bohrte er seinen Finger durch eine andere, noch ganze Fläche, und riß sie auf. Dann blickte er beifallheischend Meiko an.

Das Reißen des Papiers schien Meiko in die Realität zurückzuholen. »Bin ich verrückt oder wer?«

»Nein, niemand«, sagte Matsuo. Er sah sie an, und sie erkannte in seinen Augen eine ganz neue Sanftheit, wie sie sie selbst während ihrer Schwangerschaft nicht mehr an ihm gesehen hatte — überhaupt nie mehr seit jenem verhängnisvollen Tag damals vor sechs Jahren in der Sagami-Bucht.

»Es ist etwas passiert«, sagte er leise. »Ich habe viel zu lange versucht, die Vergangenheit zu ändern. Als ob das möglich wäre. Dabei hat mich Nagata doch gelehrt, daß ein kluger und weiser Mann zwar aus der Vergangenheit lernt, aber niemals in ihr zu leben versucht. Weil man höchstens die Gegenwart und die Zukunft verändern kann.«

Sie umarmte ihn. »O Matsuo, weißt du eigentlich, wie sehr ich dich liebe?«

»Du hast auch ein Talent für Kindernamen«, sagte er leise.

NOVEMBER

Die Wirkung des Äthers ließ nach. Hiroki beobachtete, wie der Atem des Kindes allmählich wieder rascher ging. Aber nur das Zwerchfell und der Brustkorb zeigten Atembewegungen. Kein anderer Muskel war zu irgendeiner Bewegung fähig. Er wartete darauf, daß es zu weinen begann, als sicheres Zeichen wiederkehrenden Bewußtseins.

Es? Nun, das Kind war natürlich ein *er*. Ein drei Jahre alter Knabe. Allerdings war es einfach, als *es* von diesen Kindern zu denken. Vermutlich gab es bessere Wege, aber bis sie gefunden waren, war dieser am besten. So viele Kinder, so viele chirurgische Behandlungen . . .

. . . und Fehlschläge.

Selbst die Chirurgen des Ordens begannen bereits zu zweifeln. Sie äußerten zwar natürlich niemals ein Wort, aber nach so vielen Jahren unter den maskierten Mitgliedern des Kakureta Kao konnte Hiroki Bewegungen und Haltungen genauso deuten, wie andere Leute den Gesichtsausdruck ihrer Mitmenschen. Ein bestimmter Zynismus bei den Chirurgen war unverkennbar.

Und wer konnte es ihnen übelnehmen? Nachdem sie nun Tag für Tag mit ihren Skalpellen Kinder verstümmelten, ohne jemals einen *shoten* zu finden, der den Schwarzen Wind zu erwecken imstande war, mußte selbst der dem Orden ergebenste Mönch den Sinn dieser Prozedur in Frage stellen.

Aber sie mußten einfach Erfolg haben! Die Amerikaner stürmten bereits die Gilbert-Inseln. Makin und Betio waren schon gefallen, Tarawa würde zweifellos bald folgen. Japans tapferste Truppen wurden überall einfach überwältigt. Nichts konnte die Amerikaner mehr aufhalten. Außer allenfalls der Schwarze Wind. Und selbst er . . .

Ein leises Stöhnen entrang sich dem Kind und erhob sich zu einem gepeinigten Schrei. Es war wieder bei Bewußtsein. Ehe der Äther es in den Schlaf versenkt hatte, hatte es Sinne gehabt, sehen, hören, tasten, riechen, schmecken, sich seines Leibes bewußt sein können. Jetzt erwachte es in einer Existenz, der dies alles fehlte. Es bemerkte soeben, daß es aller dieser Möglichkeiten beraubt war, ein formloses, empfindungsloses Etwas — oder besser gesagt Nichts . . .

Hiroki schnürte es mit einem Male die Kehle zu. Der Gedanke, was dieses Kind wohl denken, welchen endlosen Schrecken es verspüren mußte . . .

Etwas geschah. Wie ein eisiger Würgegriff drückte es auf ihn. Er wußte nicht, was genau geschehen war, was sich verändert hatte. Aber alles im Raum war plötzlich anders. Bösartig anders. War es dunkler geworden? Ja. Das Licht in den Laternen war trüber.

»Was ist?« sagte er.

Die Ärzte sahen ihn an, und in ihren Blicken durch die Löcher der Gesichtsmasken starrte ihm Verwirrung entgegen. Shimazu sagte kein Wort, aber Hiroki bemerkte, wie seine Anspannung wuchs. Dann wurde es rasch noch dunkler. Es wurde kalt, als würde sich ein eisiger Nebel aus der Luft heraus lösen und das Leuchten der Lichter verschlucken. Der Nebel begann zu wallen, und aus den Mauern des Raumes selbst schien sich eine Brise zu erheben.

Es steigerte und steigerte sich, und dann rief Shimazu aus: *»Kuroikaze*! Der Schwarze Wind! Er erhebt sich!«

»Das Sedativum!« schrie Hiroki einen der Chirurgen an. »Rasch! Gebt es ihm!«

Der alte Mönch band dem Kind eilig den Arm ab und griff nach der wiederaufgefüllten Injektionsnadel. Der Wind wurde immer stärker. Hiroki sah, wie die Hand des Arztes zitterte, als er die Injektion eindrückte.

Nein! Er hat die Vene nicht getroffen!

Die Haut hob sich, als die Injektion das subkutane Gewebe füllte. So dauerte es mindestens zehn Minuten, bis das Sedativum wirkte! Viel zu lange! Bis dahin waren sie alle schon tot

Hiroki verlor den Halt, als der Wind immer stärker blies, und fiel zu Boden. »Der Äther! Holt den Äther! Narkotisiert ihn!«

»Wir müssen erst von unten welchen holen!« rief einer der Chirurgen.

Aus den Augenwinkeln sah er Shimazu auf das Kind zukriechen, gegen den Wind ankämpfend, der ihnen mittlerweile in den Ohren brüllte und an ihren Kleidern zerrte. Er packte das Kind am Fuß und zog es zu sich heran, und Hiroki sah, wie sich in der Hand Shimazus ein Dolch hob und zustieß . . .

Und schlagartig wurde es wieder hell, und der Wind legte sich zu einem sanften Säuseln. Die Mönche rappelten sich nacheinander auf, lachten und begannen *banzai*-Rufe, während sie sich um das tote Kind versammelten. Hiroki hielt sich fern. Der Anblick des in seinem Blute liegenden Kindes hätte nur sein Triumphgefühl zerstört.

Japan würde den Krieg gewinnen! Die Prophezeiung des Sehers erwies sich als wahr! Sie hatte den Schwarzen Wind zurückgebracht! Jetzt, nachdem sie eine Probe dessen, was geschehen konnte, erlebt hatten, würden sie ihre Anstrengungen, einen zweiten *shoten* hervorzubringen, verdoppeln. Von jetzt an gab es keine, fast eine Katastrophe auslösende Lähmung mehr. Warum nach so vielen Fehlschlägen ausgerechnet bei diesem Kind hier der Erfolg gekommen war, ließ sich nicht sagen. Aber das würden sie noch herausfinden. Und sie würden die elementare Wucht des *kuroikaze* zu bändigen und zu zähmen lernen, um ihn dann nach ihrem Willen zu beherrschen!

Und mit ihm die Amerikaner über den ganzen Pazifik zurückzutreiben!

SECHSTER TEIL

1944

1944

Das Jahr des Affen

MÄRZ

BALAJURO-ATOLL, MARSHALL-INSELN

Es war heiß in der Hütte, und ich war durstig. Ich genehmigte mir also einen kräftigen Schluck aus meiner Feldflasche und genoß das Brennen des Bourbon, als er mir die Kehle hinabrann.

Ich hatte ihn nötig.

Knapp und Ahern, die beiden anderen, sahen nicht einmal auf. Anfangs hatten sie sich angestoßen und auf die Feldflasche gezeigt, aber inzwischen waren sie daran gewöhnt. Sie wußten, ich war beim HYPO-Team gewesen, als der Krieg begonnen hatte, und das wog schwer. Außerdem tat ich meinen Job. Warum mich also nicht in Ruhe lassen.

Ich war nach wie vor beim geheimen Nachrichtendienst, aber nicht mehr so voll bei der Sache. Alles hatte sich verändert. Ich selbst auch. In der letzten Zeit vor Kriegsausbruch war ich noch ein hingebungsvoller, eifriger, höchst kompetenter Nachrichtenoffizier gewesen. Meine Welt von damals war noch voller Hoffnung und Zuversicht gewesen. Aber nun . . .

Jetzt war das Leben für mich nichts weiter als eine platte Prärie ohne jeden Horizont, die sich endlos in alle Richtungen erstreckte und auf der es nicht den kleinsten Hügel, Baum oder Strauch gab. Es spielte gar keine Rolle, daß es nichts gab, wohin ich hätte gehen können, weil ich gar keinen Willen hatte, mich irgendwie zu bewegen, noch die kleinste Absicht, überhaupt irgendwo zu sein. Ganz gleich, wie viele Menschen um mich herum waren, ich war allein.

Und auch wenn ich trank, war ich üblicherweise allein.

Das verbarg ich auch weder vor mir noch vor anderen. Keine Ausreden, kein Jammern. Und kein Anklagen; weder das Schicksal noch sonstwen. Keine nagenden Obsessionen. Kein besessener Zwang. Ich betrank mich einfach, weil ich betrunken sein wollte, aus. Ich ging auch sehr systematisch vor bei alledem. Zwar sagten mir meine schmerzenden Innereien, wie sehr ich mich zugrunderichtete, aber das war okay. Wäre ich ein Japs gewesen, hätte ich damals *seppuku* verübt, als die MP mich fand und mich von dem Baum befreite. Aber den Mumm, mir ein Messer durch die Gedärme zu ziehen, hatte ich nicht. Also verübte ich seitdem *seppuku* auf meine eigene Art. Ich versuchte seitdem, mich zu Tode zu saufen. Geht langsamer, hat aber dieselbe Wirkung. Nach und nach hatten sie mich in den letzten anderthalb Jahren auch immer weiter von wichtiger Nachrichtenarbeit abgeschoben, bis ich schließlich hier auf diesem abgelegenen Atoll auf den Marshall-Inseln gelandet war. Na und? So übel war es hier auf Balajuro gar nicht. Wenn einem die Malariasümpfe nichts ausmachten. Draußen im Dschungel, der so dicht war, daß kein Sonnenstrahl bis auf den Boden hinabkam, und der deshalb auch eine ewige Nässe war. Bei jedem Schritt rülpste und gurgelte der Boden unter einem, und Schlangen und Insekten und weiß der Teufel was alles für Schleimzeug schreckten dann auf. Wollte man nicht bei jedem Atemzug eine halbe Wolke Moskitos mitschlucken, durfte man überhaupt nie ohne Netz über dem Kopf sein.

Fast wünschte ich mir, die Japaner hätten die Insel hier verteidigt, wie zuvor weiter im Norden Kwajalein. Dort hatte Admiral Hill erst mal drei volle Tage reinballern lassen, bis der Dschungel in Rauch aufgegangen war. Aber hier auf Balajuro war er einfach nur angetanzt und hatte es in Besitz genommen, ohne daß auch nur ein Schuß fiel. Und deshalb war dieser ganze verdammte Dschungel hier völlig unversehrt und voller Leben. Und wir kämpften weniger gegen Japse oder sonstwen, als gegen den Dschungel. Weil er sich unablässig mühte, den schmalen Streifen Landebahn, den wir ihm abgerungen hatten, schnellstens wieder zuwachsen zu lassen.

Wir waren drei Mann in der Abhörstation. Außer mir noch Radiomann Everett Ahern und Fähnrich zur See Sam Knapp. Ahern: stolze einundzwanzig Jahre, dunkelhaarig, ein langer dürrer Lulatsch, der noch nicht mal die Reste seiner Pubertätspickel los war. Knapp: mir im Alter näher, blond und auch mit Babyface. Einen Monat lang hocken wir hier draußen nun schon zusammen. Aber wir kamen ganz gut miteinander aus. Unser Dienst war die meiste Zeit stinklangweilig — abhören, dechiffrieren, übersetzen, weiterleiten von Zusammenfassungen —, obwohl wir wußten, daß das alles wichtig war. Es konnte ja jederzeit ein Hinweis auf einen japanischen Geleitzug darunter sein. Und ein rechtzeitig erkannter Angriff konnte Tausende Leben retten.

Seit Midway hielt niemand im Nachrichtendienst noch irgend etwas für sicher.

Schon ulkig, wie die Dinge aus der Perspektive des Nachrichtendienstes aussahen.

Nachdem ich aus dem Militärhospital in Pearl raus war, kam ich zu Rocheforts HYPO-Einheit. Dort arbeiteten wir wie die Sklaven, um den IN25 zu knacken, den Hauptcode der japanischen Marine. Ich fühlte mich immer noch ziemlich mies. Wegen mir selbst im besonderen und wegen des ganzen Lebens im allgemeinen. Und in dieser Zeit begann ich dann auch ernsthaft zu saufen. Allerdings beschränkte ich es damals noch auf die Zeit außerhalb der Dienststunden. Im Dienst bei der HYPO war ich immer noch hundertprozentig fit. Und sogar noch mehr. Denn damals hatte ich einen mächtigen Rochus auf die Japse. Wegen Pearl Harbor. Alle die schönen Schiffe. Und die Menschen . . . Und natürlich auch sonst.

Nun, wir schufteten und rackerten, aber monatelang absolut für die Katz. Und dann stießen wir plötzlich völlig unerwartet auf eine Goldader. Vom 18.

bis 21. April ließ Yamamoto praktisch jedes verfügbare Schiff seiner Vereinigten Flottenverbände den ganzen westlichen Pazifik durchkämmen. Auf der Suche nach den Flugzeugträgern, von denen aus Dolittle seinen Einzel-Luftangriff auf Tokio geflogen hatte . . .

Plötzlich merkte ich, daß Sam mit mir sprach. Die ganze Zeit schon löcherten sie mich mit dieser berühmt gewordenen Frage von damals: WO WARST DU, ALS SIE PEARL HARBOR ANGRIFFEN?

Ich sah ihn fragend an, und er wiederholte: »Ich sagte, du warst doch damals direkt in Pearl Harbor dabei, Frank, oder?«

»Von Anfang bis Ende habe ich es gesehen.«

»Da hast du wohl auch deine Verwundung her, wie?« Er nickte mit dem Kopf in Richtung auf meinen narbigen rechten Arm.

Ich hielt ihn hoch und besah mir die beiden nickelgroßen Narben, eine auf der Ober-, eine auf der Unterseite. Die Ärzte im Marinehospital hatten getan, was sie konnten. Sie hielten die Wunde offen und drainierten, damit sie von innen heraus heilen konnte. Nicht einmal eine Infektion bekam ich. Aber bis heute konnte ich keine volle Faust mehr schließen. Mein Ringfinger ließ sich nicht mehr richtig beugen.

Die Sicherheitsleute hatten mich ausgequetscht wie eine Zitrone. Es war scheußlich peinlich, aber ich sagte ihnen die — fast — ganze Wahrheit: Ein japanischer Agent hatte aus meinem Haus die aktuelle Hafenliegemappe gestohlen. Er nagelte mich an den Baum, damit ich ihn nicht weiter verfolgen konnte.

Nach meiner Frau fragte mich kein Mensch. Und von selbst redete ich auch nicht davon. Ich hatte es schließlich sogar geschafft, nicht mehr an Meiko zu denken. Wenn ich nur vollgesoffen genug war, gelang es mir sogar fast, zu glauben, sie habe niemals existiert. Nicht vergessen konnte ich jedoch die Flammen und Rauchwolken jenes Sonntagmorgens und die erdbebenartigen Explosionen, mit denen die Schiffe in die Luft flogen. An jedem einzelnen Namen der langen Verlustliste glaubte ich eine persönliche Mitschuld zu tragen. Sie lagen mir auf der Seele. Die ganze Zeit. Bis jetzt jedenfalls noch.

»Die verdammte Wunde habe ich nicht weit vom Hafen abgekriegt«, sagte ich.

Ahern antwortete: »Ich war gerade am anderen Ende der Insel, als es losging. Auf einer Radarstation.«

»Ach? Wo denn?«

»Kahaku Point. Wir probierten da gerade aus, welches Zeug besser war, unseres oder die Opana-Station der Armee.«

Mein Interesse erwachte. »An dem Sonntagmorgen? Und ihr habt nichts gehört?«

»Aber sicher haben wir was gehört!« Er wurde lebhaft. »Wir sollten den Laden um sieben Uhr morgens dicht machen. Gerade als wir dabei waren, tauchte dieser Riesenfleck auf dem Schirm auf, hundertvierzig Meilen Nord, drei Grad Ost, genau auf uns zukommend. Sah wie eine ganze Menge Flugzeuge auf einem Haufen aus. Wir dachten uns, ist wohl das Geschwader

B -17, das wir ohnehin erwarteten. Aber der Sicherheit halber fragten wir bei Opana von der Army nach, und die hatten sie auch drauf.«

»Und? Habt ihr keine Meldung gemacht?«

»Na klar doch. Direkt rein zur ONI und zur Schlüsselzentrale.«

»Und keiner hat was unternommen?« Ich konnte es kaum fassen.

»Genau. Sie haben uns gesagt, macht euch mal keine Sorgen. Also haben wir uns keine gemacht. Aber einfach nur des Trainings halber haben wir die Brüder doch noch weiterverfolgt, bis wir sie dann in den Bergen vom Schirm verloren haben. So um zwanzig vor acht.«

»Scheiße!« sagte ich. »Das gibt es doch nicht! Ihr hattet sie drauf, und man hätte den Hafen noch warnen können!«

Ahern ließ sich in seinen Sessel fallen. »Das weiß ich heute auch. Damals . . . wir haben es gemeldet, aber man hat uns gesagt: ›Forget it!‹ Was hätten wir da noch machen sollen?«

»Nichts«, sagte ich. »Aber lieber Gott, stell dir vor, was möglich gewesen wäre. Bei fast einer Stunde Vorwarnung!«

»Und mehr wäre möglich gewesen«, mischte sich nun Sam Knapp ein.

»Wieso?« fragte ich.

»Von den Japsen selber. Mit ihrer Vierzehn-Punkte-Botschaft.«

Ich winkte ab. »Der Angriff war doch längst im Anrollen, als diese heimtückischen Bastarde ihre miese Kriegserklärung ablieferten.«

»Schon«, sagte Knapp mit wissendem Blinzeln. »Als sie sie ablieferten.«

»Was willst du denn damit sagen?«

»Mann, wir hatten sie doch längst. Abgehört, dechiffriert — mit dem *Purpur-Wunder* — und säuberlich ausgetippt, lange bevor die Brüder ins State Department marschiert kamen.«

»Was?« Das durfte doch wohl nicht wahr sein! »Und woher weißt du das?«

»Ich war damals in Washington, bei der ONI. Da liefen Latrinenparolen um, wir hätten die ersten dreizehn ihrer vierzehn Teile schon seit neunzehn Uhr dechiffriert. Von einem Freund in der Fernostabteilung der Army bei G-2 hörte ich dasselbe. Sie sagten mir, es sähe böse aus. Zwar wüßten sie noch nicht, was im Teil Vierzehn stehe, aber wer die ersten dreizehn gelesen habe, brauche das auch nicht mehr eigens zu wissen. Die Japse brächen eben die Beziehungen ab, und folglich gäbe es Krieg.«

Plötzlich interessierte mich das alles wieder ganz gewaltig. »Wenn ich das richtig sehe, willst du damit sagen, die ganze Geschichte war spätestens am Samstagabend um sieben dechiffriert und ausgetippt?«

»So habe ich es gehört.«

»Und du hast nichts unternommen?«

»Selbstverständlich nicht!« sagte Knapp und lief zornrot an. »Wie wäre ich denn dazu gekommen? Ich habe das alles doch erst hinterher erfahren. Wie zum Beispiel auch, daß Commander Kramer selbst eine Kopie ins Weiße Haus rüberbrachte. Roosevelt hatte sie um zehn Uhr abends in der Hand!«

Ich überschlug den Zeitablauf. Zehn Uhr abends *Eastern Time* war fast sechzehn Stunden vor dem ersten Schuß auf Oahu! *Sechzehn Stunden! Hätten wir das Purpur-Wunder* in Pearl Harbor gehabt, wäre sogar noch Zeit gewesen, sämtliche Schiffe aus dem Hafen auslaufen zu lassen und kampfbereit zu machen!

»Und der Schluß?«

»Die ganze Erklärung war fertig und zirkulierte im State Department um halb acht am Sonntagmorgen. Und das ist Tatsache, kein Gerücht.«

»Also zwei Uhr morgens in Pearl Harbor!« Immer noch genug Zeit, die Flotte zu alarmieren!

»Und wieso hat uns kein Aas irgendwas gesagt?« fragte Ahern völlig perplex. »Wieso hat uns niemand gewarnt?«

»Weil es sich natürlich niemals so abgespielt hat«, sagte ich und versuchte mindestens ebensosehr mich wie den Jungen zu überzeugen. »Ist doch alles nur Hörensagen. Gerüchtescheiß, wenn ein Haufen Kerle in den Unterkünften und Messen und Abhörstationen zusammenhocken und . . .«, ich machte eine Kunstpause, um das richtig wirken zu lassen, ». . . darauf warten, daß irgendwas passiert!«

»Sicher hast du recht«, sagte Everett Ahern langsam und feixte dann: »Na klar doch. Wer glaubt denn auch, daß der gute alte FDR die ganze Pazifikflotte auf dem Präsentierteller sitzen läßt, wenn er genau weiß, die Japse sind im Anrollen?« Er suchte Bestätigung bei Knapp. »Oder?«

»Ich habe nur erzählt«, erklärte Knapp achselzuckend, »was ich tatsächlich gehört habe.«

Wir sprachen wieder von anderen Dingen, speziell davon, wie ich meine Urlaubswoche in Hawaii verbringen würde. Ich lächelte, gab Kommentare oder nickte zustimmend, aber tatsächlich war ich ganz woanders. Immer wieder dachte ich daran, was Matsuo gesagt hatte, als er mich an den Baum nagelte. *Der letzte Teil der Kriegserklärung ist bereits an unsere Botschaft in Washington übermittelt* Wie nahtlos das mit dem übereinstimmte, was Knapp da eben an paranoidem Klatsch und Tratsch von sich gegeben hatte, bereitete mir doch Unbehagen. Die ganzen Fragen, die mich selbst damals immer umgetrieben hatten, waren wieder da: Wieso stand uns keine ausreichende Luftaufklärung zur Verfügung? Warum bekamen wir in Honolulu kein *Purpur-Wunder*-Gerät? Warum waren Captain Zacharias' sämtliche Warnungen ignoriert worden? Warum hatte man ihn auf einen Schweren Kreuzer abgeschoben? Warum ließ man es zu, daß so viele Schiffe gleichzeitig zu einem bestimmten Zeitpunkt im Hafen lagen, wo es doch Alarmzeichen genug gab, wie beispielsweise den zweimaligen Wechsel der Rufsignale im Vormonat, das Verbrennen von Codebüchern und das ›Verschwinden‹ der Flugzeugträgerflotten Eins und Zwei?

Das alles rotierte unablässig in meinem Kopf herum, bis ich es mit Gewalt verdrängte. Na und, welche Rolle spielte das alles noch? Es war nun mal passiert und nicht mehr zu ändern! Vermutlich war das alles nie mehr völlig zu klären. Auf jeden Fall nicht von mir. Warum sich also den Kopf über Fragen zerbrechen, auf die es keine Antworten gab?

Ich nahm einen langen Zug aus meiner Feldflasche.

Eigentlich sollten wir um vier Uhr nachmittags starten. Aber die NP-1, mit der ich fliegen sollte, hatte Maschinenschaden. Wir konnten erst nach Sonnenuntergang abfliegen.

Immerhin, wir flogen endlich. Ich war der einzige Passagier. Ehe ich ein wenig schlafen wollte, warf ich noch einen letzten Blick auf die Insel hinunter. Balajuro wurde klein und winzig unter uns. Ein gold- und onyxfarbiger Ring im Meer, auf dem der Mondschein glitzerte. Besonders fehlen würde es mir in der Woche meines Urlaubs gewiß nicht. Hier draußen im westlichen Pazifik unterschieden sich die Inseln so wenig voneinander wie die Tage.

Etwas in der Luft unter uns erregte meine Aufmerksamkeit. Über der Insel hatte sich eine kleine Wolke gebildet. Sie sah völlig harmlos aus und hing über dem Rand der korallengesäumten Lagune, aber irgend etwas an ihr stimmte nicht.

Sie war schwarz.

Es gibt keine schwarzen Wolken. Rauch kann schwarz sein. Aber Wolken sind Wasserdampf und reflektieren das Licht um sie herum. Und noch dazu in dieser klaren Nacht, bei Vollmond über dem Horizont im Osten. Diese einzelne Wolke hätte silbrig weiß sein müssen! Vom Boden aus können Wolken auch mal schwarz aussehen, gut, wenn genug von ihnen da sind, um Sonne und Mond zu verdecken. Aber ich war *über* dieser Wolke, und sie war trotzdem schwarz! Sogar tiefschwarz. Ich versuchte zu erkennen, ob irgendwo ein Feuer war. Nirgends eine Flamme. Nirgends eine Rauchfahne.

Und die Wolke wuchs sichtbar.

Sie wuchs buchstäblich von Sekunde zu Sekunde. Von innen heraus. Es sah ein wenig so aus, als wäre ein Loch im Himmel, aus dem irgendeine schwarze Substanz ausfloß und sich ausbreitete. Sie blubberte und brodelte, als würde in ihr ein Höllenfeuer brennen.

Es lief mir eiskalt über den Rücken. Die Temperatur hier drinnen im Flugzeug schien rapide zu sinken. Das war mehr als einfach nur eine meteorologische Kuriosität, dachte ich. Diese Schwärze war derart unnatürlich intensiv! Sie sah geradezu *hungrig* aus und schien sämtlichen Mondschein ringsum zu verschlucken.

Dort unten ging etwas höchst Seltsames vor.

Das Flugzeug drehte ostwärts ab, und ich verlor Wolke und Insel aus dem Blickfeld. Ich sprang auf und lief nach vorn zum Piloten. Ich überzeugte ihn nach einigem Hin und Her, noch eine Schleife zu fliegen, um nachzusehen, was das sei. Es verschlug mir fast den Atem. Die Wolke war mittlerweile riesengroß geworden, bedeckte bereits die ganze Lagune und dehnte sich nun über den Dschungel aus.

»Was zum Teufel ist das denn?« sagte der Pilot.

Ich griff nach seinem Sprechgerät. »Keine Ahnung. Ich rufe mal runter.«

Ich bekam Ahern. »Na klar«, sagte er. »Selbstverständlich sehen wir sie. Ist wohl irgend so ein ganz wilder Taifun . . . Der kommt ja ran! So was hab' ich noch nie gesehen. Seht lieber zu da oben, daß ihr wegkommt. Vielleicht kommt ihr ihm noch aus dem Weg.«

»Ev!« schrie ich ins Mikro, »das ist kein Taifun, Mann. Ist nur über Balajuro. Als würde es direkt auf der Insel hocken!«

»Was?« rief Ahern, während es auf dem Kanal wie verrückt knatterte. »Mann, das bläst hier vielleicht schon. Kannst kaum . . .« Knattern ». . . verdammt kalt plötzlich, Frank. Ein ganz komischer Wind, das. Gott, was soll . . .«

Es knatterte wieder, dann war die Verbindung tot.

»Was machen wir, Sir?« fragte der Pilot.

Die Frage verblüffte mich ein wenig, bis mir klar wurde, daß ich ja der einzige Offizier im Flugzeug war. Ich legte zwar keinerlei Wert darauf, aber so war es nun mal.

»Kreisen Sie weiter«, sagte ich. »Aber passen Sie auf, daß wir nicht in das Ding reinkommen.«

»Keine Sorge, die Absicht habe ich bestimmt nicht«, sagte der Pilot. Sein Gesichtsausdruck spiegelte den meinen wider. Auch in seinem Innern schrillte es Alarm: *Bloß da wegbleiben!*

»Vielleicht zieht es weg, dann landen wir«, sagte ich. Es zog aber nicht weg, sondern dehnte sich nur noch weiter über die ganze Insel aus. Ich wartete auf Blitze oder daß wir von den Luftturbulenzen ins Schaukeln gerieten. Aber alles blieb völlig ruhig. Viel zu ruhig. Und die Wolke machte sich weiter und weiter über dem friedlichen kleinen Atoll breit.

Ich nahm Kontakt mit Tarawa auf und kriegte schließlich einen einigermaßen kompetenten Offizier an die Leitung, einen gewissen Captain Abrams. Als ich ihm beschrieb, was hier los war, hörte ich ihn fluchen. Es war zwar eine Menge statisches Rauschen im Kopfhörer, aber ich hörte doch deutlich, wie er sagte: »Nicht schon wieder, verdammt!«

»Sir?«

»Nichts. Halten Sie sich nur aus der Wolke raus!«

»Ist denn so was schon mal passiert?« fragte ich.

Er ignorierte meine Frage völlig und sagte: »Haben Sie einen Fotoapparat an Bord?«

»Weiß nicht.«

»Dann stellen Sie das fest. Wenn ja, machen Sie ein paar Aufnahmen. Ich schicke Ihnen Hilfe.«

»Hilfe? Wogegen?«

»Stellen Sie keine Fragen, Lieutenant. Bleiben Sie, wo Sie sind, bis wir kommen.«

»Entschuldigung, Captain«, sagte ich, »aber ich . . .«

»O du Scheiße!« stieß der Pilot plötzlich hervor.

Ich blickte hinab zur Wolke und fühlte, wie mir die Knie weich wurden. Sie hatte sich verändert. Sie hing zwar noch immer wie eine Klette über der Insel, aber in diesem Augenblick begann sie sich senkrecht nach oben auszudehnen, blitzschnell und weit hinaus über unsere Flughöhe, direkt bis zu den Sternen; eine senkrechte schwarze Säule, die in den Himmel schoß. Sie warf eine gewaltige Schattenlinie weit über den im Mondschein liegenden Pazifik.

Als wir durch diesen Schatten flogen, war es, als habe der Mond mit einem Schlag zu existieren aufgehört. Ich versuchte zu schlucken, aber mein Mund war strohtrocken. Das gab es doch einfach nicht! So etwas kannte weder die Wissenschaft, noch gab es eine Naturerscheinung dieser Art. Ein Alptraum!

Und im nächsten Moment war alles weg.

Wie aufreißender Nebel in der Morgensonne löste sich die Schwärze in nichts auf und war binnen Sekunden nicht mehr vorhanden.

Ich griff zum Mikro und versuchte Ahern zu rufen, aber nichts rührte sich. »Runter!« sagte ich.

Der Pilot warf mir einen besorgten Blick zu. »Meinen Sie wirklich, Sir! Vielleicht sollen wir auf die angekündigte Hilfe aus Tarawa warten.«

Vielleicht. Aber da unten waren Knapp und Ahern und noch eine Menge andere. Und ihre Funkgeräte funktionierten nicht mehr. Vielleicht brauchten sie Hilfe.

Ich deutete nach unten. »Runter.«

Wir machten zwei niedrige Überflüge. Kein Lebenszeichen war zu entdecken. Kein Licht, kein Feuer, nicht die kleinste Bewegung. Mir wurde zunehmend unbehaglicher. Selbst wenn da unten das gesamte Stromnetzt zusammengebrochen war, hätten sie doch mit der Taschenlampe winken können, wenn sie uns hörten!

»Landen Sie!« sagte ich. Der Pilot drehte statt dessen ab, aufs Wasser hinaus. »Was ist? Die Landebahn ist da drüben!«

»Ja, Sir. Aber stockfinster. In der Lagune ist es sicherer.«

Da hatte er recht. Die PBN-1 war ein Amphibienflugzeug, sie konnte auch wassern.

Als er in der Lagune aufsetzte, hörte ich ein dumpfes Geräuschstakkato gegen den Rumpf hämmern. Es wurde mit dem Flugzeug langsamer und hörte auf, als wir standen.

»Was war das?«

»Klang wie irgendwas im Wasser«, sagte der Pilot achselzuckend.

Ich griff mir eine Taschenlampe und öffnete die Luke, während der Pilot das Schlauchboot aus dem Verschlag holte. Sobald ich nur den Kopf hinausgestreckt hatte, wußte ich, auf dieser Insel war etwas Furchtbares geschehen.

»Halt!« rief ich dem Piloten zu. »Hören Sie das?«

»Was? Ich höre nichts.«

»Eben! Nichts! Es ist totenstill!«

Außer dem sanften Klatschen des Wassers an die Schwimmer der Maschine und die Korallenriffe der Lagune war in der Tat kein Laut zu hören. Kein Insekt, kein Vogel, kein durch den Dschungel streichendes Tier. Absolut nichts.

»Ich war einen ganzen Monat lang auf diesem Stein im Meer hier, aber es war nicht eine Sekunde lang völlig still. Das ist ja die reinste Grabesstille!«

Ich ließ den Strahl der Taschenlampe über das Wasser wandern. »O Gott! Sehen Sie das?«

Der Pilot sah hin. »Verdammt.«

Die Wasseroberfläche war übersät mit Fischen. Fische aller Art, vom Stichling bis zum kleinen Hai. Alle bauchoben und tot.

»Das war das Klopfen am Rumpf«, sagte der Pilot.

Nicht nur die Fische, selbst die Korallen und das Plankton schienen tot zu sein.

»Was hat sie getötet? Ich habe eine Menge tropischer Stürme erlebt. Aber noch keinen, der sämtliche Fische umgebracht hat!« sagte der Pilot.

»Das war kein Sturm!« sagte ich und fühlte mich wie vereist. »Oder haben Sie vielleicht irgendwelche Sturmschäden beim Überfliegen entdecken können? Entwurzelte Bäume?«

»Es war viel zu dunkel.«

Ich sah mich um. Ich konnte nur den seltsam veränderten Dschungel erkennen. Er war nicht nur absolut stumm, sondern sah auch irgendwie . . . gespenstisch aus. Im Mondschein waren zwar nur die Umrisse zu erkennen, aber irgend etwas hatte sich verändert. Was, konnte ich nicht sagen. Aber ich wußte, das war nicht mehr derselbe Dschungel, den ich vorhin beim Start verlassen hatte.

Oben am Himmel erklangen plötzlich Flugzeuggeräusche. Erst eine Maschine. Dann noch eine. Und noch eine. Das Funkgerät knackte und knatterte. Der Pilot lief hinüber.

»Captain Abrams aus Tarawa«, sagte er.

Ich ging nach vorne zu ihm, übernahm das Mikro und meldete mich.

»Sehen Sie zu, daß Sie aus der Lagune und von Balajuro wegkommen, Lieutenant!« bellte Abrams mich an. »Aber dalli!«

»Sir, ich hatte Freunde auf der Insel. Sie könnten Hilfe brauchen.«

Sein Tonfall wurde etwas verbindlicher. »Glauben Sie mir, Lieutenant, niemand auf dieser Insel braucht noch irgendwelche Hilfe.«

Eigentlich war mir das auch längst klar, spätestens, seit ich die toten Fische gesehen hatte. Aber es ihn aussprechen zu hören schnürte mir die Kehle zu. Ich hatte Knapp und Ahern nicht sehr lange gekannt, aber sie waren in Ordnung gewesen.

»Fliegen Sie etwa zwei Meilen vor die Küste hinaus, und ankern Sie dort für die Nacht«, sagte Abrams.

Der Pilot nahm mir das Mikro aus der Hand. »Ich bin bereits in Midway überfällig, Sir.«

»Ihre sämtlichen Befehle sind außer Kraft. Sie stehen unter meinem Befehl und ankern wie angeordnet. Sie werden sofort verhört. Ende.«

Der Pilot sah mich an, ich ihn. Uns war klar, wir waren hier in irgendeine große Sache hineingeraten, aus der wir vorerst nicht mehr herauskamen.

Balajuro war tot.

Das hatte ich schon gestern abend gewußt. Aber noch nicht, wie tot.

Die Marine hatte mich und den Piloten die halbe Nacht vernommen. Der Pilot hieß Tom Kendall, und wir hatten uns schnell angefreundet. Die Vernehmer in ihrem Flugboot waren ziemlich spröde mit Auskünften gewesen. Deshalb war ich bereits darauf gefaßt, einiges Schlimme zu sehen, wenn es Tag würde.

Aber es war noch viel schlimmer.

Der Dschungel war völlig braun. Und welk. Das war die Veränderung, die ich in der Nacht bemerkt hatte, ohne erkennen zu können, was es war. Alles völlig abgestorben und verwelkt. Blätter, Zweige, Ranken, alles hing tot und schlaff herunter. Als wäre der Dschungel über Nacht geschmolzen und eingeschrumpelt.

Wir fuhren mit unserer PBN wieder durch die treibenden toten Fische in der Lagune. Am Ufer erwartete uns Captain Abrams. Er war dunkel, windhunddürr und fuchtelte beim Sprechen ständig in der Luft herum. Er hatte etwa zehn Leute bei sich, einige uniformiert, die Mehrzahl aber Zivilisten.

»Als erstes«, sagte er, sobald er nur unsere militärische Ehrenbezeugung erwidert hatte, »prägen Sie sich ein: Alles, was Sie gestern abend gesehen haben und heute noch sehen werden, unterliegt striktester Geheimhaltung. Alles! Klar?«

Sein typischer New-York-Akzent war jetzt noch deutlicher zu hören als über Funk.

»Ja, Sir!« sagten wir unisono.

»Gut, dann fangen wir gleich an. Ich werde Sie ein wenig auf das vorbereiten, was Sie noch sehen werden. Aber ich möchte Sie erst mal was fragen. Was, glauben Sie, stimmt mit den ganzen toten Fischen da draußen in der Lagune nicht?«

Ich überlegte kurz. Dann wußte ich es. »Sie stinken nicht.«

»Richtig.«

»Tote Fische müßten jetzt aber schon stinken wie die Pest.«

Seine Stimme blieb völlig ruhig. »Nicht, wenn die Bakterien ebenfalls tot sind.«

Die Bedeutung dessen, was hier auf Balajuro geschehen war, begann mir allmählich zu dämmern.

»Und das war nicht das erste Mal, daß so etwas passierte, Sir?«

Er sah mich steinern an. »Nein. Das dritte Mal. Allerdings sind Sie und Kendall die ersten, die überhaupt etwas davon mit eigenen Augen gesehen . . . und überlebt haben.«

»Eine neue Waffe, die die Japse ausprobieren?«

Er nickte. »Wir dachten zuerst, eine Art Gas oder etwas in der Art. Aber nachdem wir jetzt wissen, was Sie gesehen haben . . .«

»Das war alles andere als Gas, Sir. Das war . . .« Aber mir fehlten die Worte. Ich wollte etwas sagen wie: seltsam, fremdartig, übernatürlich. Etwas, das nicht von dieser Welt ist. Aber das hätte wohl albern geklungen, wenn nicht sogar leicht verrückt. Ich war nur froh, daß ich nicht der einzige Augenzeuge gewesen war. Mit jeder Stunde, die inzwischen vergangen war, wurde diese hochschießende schwarze Säule irrealer, weniger *möglich*. Hätte nicht Kendall genau dasselbe gesehen wie ich, ich hätte mittlerweile an meinem Verstand gezweifelt.

»Ja, Lieutenant? Es war was?« sagte Abrams.
»Eine Katastrophe, Sir. Eine . . . un-natürliche Katastrophe.«
»Da mögen Sie recht haben. Und das macht es nur noch schlimmer.«
Er bedeutete uns, mitzukommen. Ein Teil seiner Begleitung hier war erst am Morgen auf dem Flugplatz gelandet. Auf dem Weg zum Stützpunkt — hinter ihm her über den Jeep-Fahrweg durch den Dschungel — wurde ich das Gefühl nicht los, mich in einem Traum zu bewegen. Um so mehr, als der Dschungel ringsum so braun und tot und absolut still war. Der Boden war buchstäblich übersät mit toten Insekten, Vögeln und dann und wann einem Reptil oder einem kleinen Affen. Nichts, aber absolut nichts rührte sich in dem toten Laub. Selbst das Moos an den Baumstämmen war tot. Es sah aus wie ein getürkter Dschungel im Filmatelier. Wie in einem sterilen Tarzanfilm, den ein leicht irrer und obendrein farbenblinder Regisseur inszeniert hat.
Diese absolute Stille und Leblosigkeit ging einem an die Nieren. Als wäre man auf dem Mond.
Auf dem Stützpunkt wurde es noch schlimmer. Eine surrealistische Begräbnisszene. Aus allen Baracken und Unterständen trugen Sanitäter tuchbedeckte Leichen und luden sie in ihre Transporter.
»Alle?« fragte ich Abrams.
»Bis auf die letzte Kakerlake«, sagte er. »Wie bei allen diesen Welken.«
»Welke?« sagte ich. »Nennen Sie das so?«
»Ja. Von verwelken, verwelkt. Wissen Sie ein besseres Wort?«
Ich blickte mich um und schüttelte den Kopf. »Ich wüßte gern, was mit meinen beiden Kollegen auf der Station . . .«
»Bestehen Sie lieber nicht darauf. Wir lassen sie alle mittels ihrer Hundemarken identifizieren.«
»Ich möchte nur sicher sein, Sir.«
Seinen Blick war ich allmählich gewöhnt.
»Wenn Sie unbedingt meinen, bitte.«
Ich ging hinüber zu unserem Abhörverschlag. Nicht, daß ich wild auf den Anblick von Leichen gewesen wäre. Aber ich empfand es als meine Pflicht. Wir waren immerhin ein Team gewesen. Sie hätten es umgekehrt genauso gehalten, glaubte ich.
Auf dem Boden lagen zwei Gestalten unter Tüchern. Ich ließ mir bewußt keine Zeit zum Überlegen, kniete nieder und zog das Tuch von dem mir nächsten.
Knapp. Aber nicht, wie ich ihn in Erinnerung hatte. Zwar waren seine Gesichtszüge im wesentlichen die gleichen, doch irgendwie sah er geschrumpft aus. Sein ganzer Körper ebenfalls. Als habe die ›Welke‹ — oder was immer es auch war — buchstäblich jedes Leben aus ihm gesogen. Sein Gesichtsausdruck zeigte weder Schmerz noch Furcht, einfach nur Trauer und unverhüllte Hoffnungslosigkeit.
Ahern, der ohnehin schon immer wie geschrumpelt ausgesehen hatte, schien nur noch aus Haut und Knochen zu bestehen. Und genau derselbe Gesichtsausdruck wie Knapp.

»Macht einem Gänsehaut, wie?«

Ich blickte auf. Abrams stand hinter mir.

»Sie sehen alle so aus. Jede einzelne Leiche. Auf allen drei Inseln, die die Welke getroffen hat. Mir wäre lieber, sie hätten alle den ›Blick von unsäglichem Horror‹, wie es in den Schundheften immer heißt.«

Ich sagte ihm lieber nicht, daß ich diese billigen Schundhefte immer noch mochte und las, wo ich sie nur kriegen konnte. Aber er hatte natürlich recht. Dieser hoffnungslose, verlorene Ausdruck in ihren Gesichtern . . . auf gewisse Weise war das noch fürchterlicher als der ›unsägliche Horror‹.

Atemlos kam einer der Zivilisten hereingestürzt. »Captain! Wir haben was gefunden! Ein Kind!«

»Lebendig?«

»Das nicht. Aber ein japanisches.«

Ein Soldat hatte am Rande des Atolls etwas Dunkles im Wasser treiben gesehen, war hingegangen und hatte das Kind entdeckt; mitten unter den toten Fischen. Schätzungsweise drei Jahre alt und in mancher Hinsicht ungewöhnlich. Japaner. Wie kam ein Kind dieses Alters nach Balajuro? Und dann . . . es sah aus, als wäre es im ersten Stadium der Auflösung.

Niemand hatte irgendeine Erklärung.

Ich sah mir die kleine Leiche an. Ich wollte nicht unbedingt zu nahe heran, aber ich erkannte frische Operationswunden. Das Kind schien verstümmelt worden zu sein. Wo, zum Teufel, kam es her?

Vom offenen Meer draußen spülte eine Welle eine lebende Krabbe über die Korallen in die Lagune, wo sie ein Festessen erwartete. Wie ein riesiges Tuch hatte sich vergangene Nacht der Tod über Balajuro gelegt. Doch schon meldete sich die Natur wieder, um das Leben zurückzubringen. Zum ersten Mal seit Pearl Harbor dachte ich nicht mehr nur an meinen nächsten Drink. Ich wollte Antworten haben. Auf diese sonderbare ›Welke‹. Auf dieses sonderbare japanische Kind . . .

Ich nahm Captain Abrams beiseite. »Ich möchte mit da rein.«

»Was rein, wo rein?«

»Diese Welke-Geschichte. Sie haben doch ein Team, das der Sache nachgeht. Ich melde mich freiwillig.«

Wieder einer dieser Blicke. »Als der Krieg losging, waren Sie einfacher Leutnant. Nach zweieinhalb Jahren aktivem Dienst sind Sie's immer noch. Was, meinen Sie, sagt das über Sie?«

Eine ziemliche Menge, das wußte ich selbst. Und wenig Gutes. Im Krieg ging es ja an sich immer schnell und dicke mit Beförderungen. Aber ich hielt die Schnauze.

»Ich habe erst gestern abend mit zwei von Ihren Vorgesetzten geredet. Sie sagen, Sie sind nicht mehr so zuverlässig wie früher mal.«

»Das kommt daher, weil es mich nicht mehr interessiert, was meine Vorgesetzten von mir halten.«

»Eine spezielle Empfehlung kann man das ja wohl nicht nennen, wie?«

»Nehmen Sie es so«, sagte ich achselzuckend und versuchte, kühl zu tun — doch zum ersten Mal seit Jahren interessierte mich endlich mal wieder was außer der Flasche, und ich wollte hier wirklich dabei sein. »Ich bin einer, der nichts zu verlieren hat. Und ich habe diese ›Welke‹-Sache mit eigenen Augen gesehen und überlebt, so daß ich darüber berichten kann. Wie kann ich da eine falsche Wahl für Sie sein?«

»Da ist was Wahres dran«, sagte Abrams. »Spielt aber keine Rolle.«

»Wieso nicht?«

»Weil Sie und Kendall bereits ganz automatisch im Team sind. Jeder wäre es, der auch nur ein entferntes Flüstern von der Welke vernommen hat. Da machen wir den Laden ganz hermetisch dicht. Kein Mensch darf das erfahren.«

»Und Sie glauben wirklich, es ist eine japanische Geheimwaffe?« Es wollte mir nicht in den Kopf, daß sich das, was sich hier zugetragen hatte, irgendwie Menschenwerk sein konnte.

»Jedenfalls scheint es darauf hinauszulaufen. Wenn, dann stehen uns verdammt harte Zeiten bevor. Kein Sterbenswörtchen davon darf raus. Für die kämpfende Truppe und ganz besonders für die Kriegsberichterstatter existiert irgend etwas namens ›Welke‹ nicht. Verstanden?«

MAI

»Der Schwarze Wind ist ein Erfolg ohnegleichen!«

Shimazu blickte von den frischen Fotos eines verwüsteten Atolls hoch und sah Hiroki an, der mit großer Lebhaftigkeit das Ausmaß der totalen Zerstörung der kleinen Inseln, auf denen die Kinder ausgesetzt worden waren, beschrieb. Seit dem tragischen Irrtum mit Yajima war das Feuer der Hoffnung und des Eifers in seinen Augen fast erloschen gewesen. Es war gut, es jetzt wieder auflodern zu sehen.

»Aber wir brauchen noch weitere *shoten*!«

»Die Chirurgen arbeiten bis zur Erschöpfung!« Sein Schüler wußte doch auch, welch eine schwierige und zeitraubende Arbeit die Vorbereitung eines *shoten* war! »Und es gibt viele Mißerfolge dabei!«

»Zu viele! Auf jeden Erfolg kommen zehn Mißerfolge! Das muß sich doch ändern lassen!«

»Es läßt sich ändern«, sagte Shimazu und sah Hiroki eindringlich an. »Du mußt nur den Rest der Rollen finden!«

»Das weiß ich, *sensei*. Aber sie entziehen sich mir!«

Die Anwendung des *kuroikaze* lag ausschließlich in Hirokis Händen. Seine Mittel und Methoden mußten selbst vor dem Oberkommando und dem Tenno geheimgehalten werden. Wenn Er jemals erfuhr, daß man verstümmelte Kinder als *shoten* für den Schwarzen Wind benutzte, verbot er es mit Sicherheit sofort, ungeachtet, wie dringend man sie brauchte. Wie bei vielen anderen Dingen, die Art und Weise der Kriegsführung betreffend, war es am besten, den Kaiser nicht mit unerfreulichen Details zu belasten.

»Es ist wohl noch zu früh für eine Sitzung des Kaiserlichen Rates?«

Shimazu wartete ungeduldig auf den Tag, an dem der Kakureta Kao vor den Tenno hintreten und sich als Retter Japans feiern lassen konnte. Fortan konnte ihm dann niemand mehr seinen rechtmäßigen Platz als Hüter des Kaiserreichs streitig machen, und die Reinigung des japanischen Lebens von allen westlichen Einflüssen konnte beginnen. Nach der Verweigerung seines ihm gebührenden Ruhms für die Vernichtung der mongolischen Flotte im zwölften Jahrhundert und nach dem Scheitern des Versuchs, das Shogunat zu stürzen — im sechzehnten Jahrhundert —, war nun endlich seine Zeit wiedergekommen. All die Jahrhunderte des Wartens trugen jetzt ihre Früchte. Sieg und Triumph lockten.

»Nein, *sensei*. Noch nicht. Zuerst müssen wir einen großen, bedeutenden Sieg vorweisen können.«

»Und wann wird das sein?« *Wie lange muß ich noch warten?*

»Ich weiß es nicht. Ohne eine ausreichende Anzahl von *shoten* kann ich keine größere *kuroikaze*-Offensive starten. Wie soll das geschehen, wenn die Chirurgen mir einen einzigen pro Monat zur Verfügung stellen? Die jetzige Situation ist untragbar!«

»Die mongolische Flotte wurde durch einen einzigen *kuroikaze* vernichtet!«

»Darf ich meinen *seinsei* in aller Bescheidenheit darauf aufmerksam machen, daß dies ganz etwas anderes ist. Die *kuroikaze* sind für die moderne Art Seekrieg nicht so sehr geeignet. Am besten waren sie früher bei den massierten Armeen oder Flotten. Aber in diesem Krieg, dessen Schlachten mittels Sprüngen von einer Insel zur nächsten ausgefochten werden und mit Schiffen und Truppen des Feindes, die über Tausende Quadratmeilen Ozean verstreut sind, sind nun einmal sehr viele *shoten* nötig. Auf ganzen Inselketten muß der Schwarze Wind einzeln erweckt werden, so daß die amerikanischen Truppen und ihre Kommandeure in derartige Verwirrung und solchen Schrecken versetzt werden, daß ich endlich auch einen *shoten* in ihren Kommandoposten einschmuggeln kann oder gleich direkt in das Zentrum ihrer Streitkräfte, während es vor Anker liegt. Aber unter den gegenwärtigen Umständen ist das völlig unmöglich!«

»Die Schriftrollen werden zur rechten Zeit noch auftauchen«, sagte Shimazu in unerschütterlichem Glauben an die Visionen der Seher. Es gab freilich auch andere Visionen, die weniger erfreulich waren. Das namenlose Kind tauchte immer wieder auf. Sein Verdacht hatte sich auf Meikos Kind zu richten begonnen. Aber *warum* erschien es ihm in seinen Visionen immer wieder? *Warum* witterte er Gefahr von ihm?

»Aber bis dahin«, erwiderte Hiroki, »brauchen wir noch viele *shoten*.«

»Bringe uns die Kinder«, sagte Shimazu, »und wir geben dir die *shoten*.«

Hiroki eilte vom Tempel in sein Büro zurück. Auch wenn die Kaiserlichen Truppen keine neuen Eroberungen mehr machten, füllten seine Pflichten als Minister für militärische und wirtschaftliche Koordination doch jede Minute des Tages aus.

Matsuo wartete bereits auf ihn. Er war in Marineuniform. Hiroki fand, er sah müde und abgespannt aus. Seit einem Jahr hatten sie sich nur selten gesehen.

»Ja, mein Bruder?« sagte er mit höflicher Verbeugung. »Was kann ich für dich tun?«

Matsuo stand auf und erwiderte die Verbeugung. »Wie ich hörte, wurden drei kleine Pazifikinseln, die die Amerikaner besetzt halten, verwüstet. Und daß dies irgendwie mit dem Kakureta Kao zusammenhängen soll. Darf ich fragen, wie genau?«

Hiroki verbarg seine Überraschung. Wie hatte das bekannt werden können? Gut, Matsuo war beim Geheimdienst und hatte dort einen guten Ruf und gewisse Beziehungen. Trotzdem war es sehr unangenehm zu erfahren, daß etwas hatte durchsickern können. Zumal bei der besonderen Vorsicht, die er, Hiroki walten ließ.

Die Erprobungen des Schwarzen Windes waren unter den denkbar strengsten Sicherheitsmaßnahmen durchgeführt worden. Der Marinebefehlshaber allein war eingeweiht und wußte, warum ein nur mit der allernötigsten Besatzung bemanntes U-Boot dem Orden zur Verfügung gestellt worden war. Er, Hiroki, hatte bisher persönlich bei allen drei Einsätzen dafür gesorgt, daß das unter Sedativa gesetzte *shoten*-Kind ungesehen an Bord kam, wo es in einem Korb lag und den Augen der Besatzung entzogen blieb, bis es von zwei Angehörigen der Äußeren Zirkel des Ordens zu seinem Bestimmungsort gebracht wurde. Auch das hatte er eigentlich persönlich besorgen wollen, doch Shimazu hatte es ihm mit dem Argument verboten, er sei hier unentbehrlich. Der *shoten* wurde an Land gebracht und in Küstennähe in einem Versteck verborgen. Das U-Boot und die Helfer entfernten sich daraufhin schnellstmöglich wieder. Sobald die Wirkung des Sedativums auf das Kind nachließ, erhob sich der Schwarze Wind. Zwischen den Einsätzen wurde die U-Boot-Besatzung in absoluter Isolation gehalten. Und doch war etwas durchgesickert!

»Falls ich dir irgend etwas darüber sage«, sagte Hiroki, »muß ich dich im Namen des Tenno zur absoluten Verschwiegenheit verpflichten.«

»Ich schwöre es im Namen des Sohnes des Himmmels«, antwortete Matsuo mit einer Verbeugung.

»Gut. Wir haben den *kuroikaze* gegen die Amerikaner eingesetzt.«

Er sah, wie Matsuo große Augen bekam. »Den Schwarzen Wind? Ich dachte . . .«

»Du dachtest, das sei eine Legende. Wie so viele. Ich versichere dir, das ist es nicht. Japan und die ganze Welt werden erfahren, wie real der Schwarze Wind ist, wenn wir ihn erst voll unter unserer Kontrolle haben.«

Matsuo zeigte Besorgnis. »Der Orden hat ihn also nicht unter Kontrolle?«

»Du mußt bedenken, daß es Jahrhunderte her ist, seit zuletzt ein Schwarzer Wind erweckt wurde. Es gibt keinen lebenden Menschen, der damit Erfahrung hätte. Doch wir bereiten einen Großangriff gegen die Amerikaner vor. Sie werden vom *kuroikaze* zerschmettert werden!«

Matsuos Stimme klang wenig überzeugt, als er erwiderte: »Das ist ja großartig. Vielleicht ist es doch noch nicht zu spät, aus diesem Krieg als Sieger hervorzugehen.«

»Wir werden einen *völligen* Sieg davontragen!« Hiroki verspürte angesichts des Defätismus seines Bruders bereits wieder Zorn in sich aufsteigen.

»Es wird sich zeigen. Aber es interessiert mich sehr, wie diese Schwarzen Winde erweckt werden. Könnte der Orden denn nicht das Geheimnis mit der Marine teilen, um . . .«

»Es ist untersagt! Der Kakureta Kao ist der alleinige Hüter und Erwecker des Schwarzen Windes!«

Matsuo lächelte. »Ich dachte mir schon, daß du etwas dieser Art sagen würdest.« Er sah sich kurz im Raum um. »Geht es dir sonst gut?«

»Danke der Nachfrage. Ja.«

Sie machten eine Weile höfliche Konversation und vermieden jedes persönliche Thema. Hiroki war allerdings stark in Versuchung, sich nach Meikos Kind zu erkundigen und Matsuo nach dem Muttermal auf dessen Stirn zu fragen. Und wie sehr dieses denn jenem seines Freundes aus der Knabenzeit, Frank Slater, gleiche, von dem er einst immer erzählt hatte. Doch so sehr ihm auch das Aufreißen alter, inzwischen vielleicht verheilter Wunden Genugtuung bereitet hätte, er widerstand der Versuchung. Er fürchtete seinen Bruder.

Und außerdem handelte es sich hier um nichts weiter als um höfliche Konversation zweier Männer, die zwar blutsverwandt sein mochten, aber längst jegliche Zuneigung oder Interesse füreinander verloren hatten. Es war besser, das Gespräch rasch zu beenden.

»Es tut mir leid, Bruder, aber meine Zeit ist knapp. Wenn du mich also freundlicherweise entschuldigen würdest . . .«

»Aber selbstverständlich«, erklärte Matsuo und stand auf. »Tut mir sehr leid. Es mangelt in unserem Lande derzeit an allem. Draußen auf der Straße an allem für ein zivilisiertes Leben. Hier an Zeit.« Er hielt seine Zeitung hoch, den *Yomiuri*. »Die Zeitungen berichten, daß es in manchen Vierteln sogar akut an Kindern mangelt. Vor allem im Viertel des Karureta-Kao-Tempels. Kinder verschwinden aus der Schule, von Spielplätzen, aus Höfen, selbst aus ihren Betten. Ist das nicht seltsam? Weiß der Orden zufällig davon?«

Hirokis Anspannung wuchs. *Worauf will er hinaus? Vermutet er etwas*? Aber im Gesicht seines Bruders war nichts Verdächtiges zu entdecken. Konnte das wirklich nur eine belanglose Frage sein?

»Warum fragst du das?«

»Ach, nur so. Es scheint ja wenig zu geschehen, ohne daß der Kakureta Kao es weiß. Ich fragte mich nur, ob der Orden etwa den verzweifelten Eltern helfen könnte.«

»Der Orden ist gegewärtig ausschließlich mit des Tenno Krieg beschäftigt«, erklärte Hiroki steif. »Das hat Vorrang vor allem anderen.«

»Gewiß doch«, sagte Matsuo. »Dann werde ich dich jetzt wieder deinem prallvollen Terminkalender überlassen.«

Hiroki merkte, daß er zitterte, als Matsuo gegangen war. Niemand durfte jemals etwas von den Kindern erfahren! Niemand, der etwas darüber herausfand, durfte weiterleben!

Und wenn es sein eigener Bruder war.

JULI

SAIPAN

Die ›Welken‹ erschreckten und erstaunten uns nach wie vor und gaben uns Rätsel auf. Sie schienen völlig zufällig und ohne jedes System aufzutreten, was Zeit und Ort betraf. Fünf waren es inzwischen gewesen, und nach wie vor waren Kendall und ich die einzigen, die jemals irgend etwas davon gesehen hatten und noch lebten. Oben wurde man bereits ziemlich nervös und fürchtete das Durchsickern von Gerüchten über diese neue japanische Super-Geheimwaffe: Daß auf ganzen Inseln jeder Funke Leben ausgelöscht wurde. Etwas, gegen das man absolut nichts tun konnte.

Das konnte die Kriegsmoral unterminieren.

Bedauerlicherweise waren wir so weit wie eh und je von der Antwort auf unsere Fragen entfernt, seit Balajuro vor vier Monaten gestorben war. Wir standen also unter Erfolgsdruck, und ich persönlich verwendete jede freie und nüchterne Minute darauf. Und das wurde immer häufiger. Die neue Arbeit ließ mir keine Zeit mehr, an Meiko und Matsuo zu denken und mich daraufhin vollaufen zu lassen.

Ich hatte sämtliche Geheimdienstberichte der von der ›Welke‹ betroffenen Inseln durchforstet. Und ich hatte einen gemeinsamen Nenner entdeckt, den ich Abrams vortrug.

»Jedesmal tauchte kurz vorher ein einzelnes feindliches U-Boot in der Gegend auf.«

»Halten Sie das für bedeutsam?« sagte Abrams. »Einzelne U-Boote machen wir am laufenden Band aus.«

»Ja, aber die liegen üblicherweise entlang den Schiffahrtswegen auf der Lauer oder in der Nähe von Stützpunkten. Die hier nicht. In vier von den fünf Fällen wurde ein U-Boot geortet, das sich auf geradem Kurs von der Insel entfernte, die einige Stunden später von der Welke heimgesucht wurde. Wenn man annimmt, daß es zuvor irgend etwas, das diese Welke verursacht oder auslöst, ausgesetzt hat, erklärt sich das.«

»Klingt plausibel«, sagte Abrams. »Aber worauf wollen Sie hinaus?«

»Himmel, Abrams! Wir müssen künftig besser auf Japse-U-Boote aufpassen, die sich heimlich von Inseln absetzen, auf denen unsere Jungs sitzen!«

Er schnaubte. »Mann, haben Sie eine Ahnung, auf wie vielen Inseln wir sitzen? Wir wenden schon eine Unmenge Zeit und Leute dafür auf, an wirklich kritischen Stellen U-Boote aufzuspüren. Was glauben Sie, welchen Aufwand es erfordern würde, auch noch an sämtliche nicht so kritischen Stellen U-Boot-Aufspürer zu postieren?«

»Wir brauchen nur auf einer einzigen Insel aufzupassen«, sagte ich. »Auf unserer hier.«

»Saipan? Was macht Sie da so sicher? Denken Sie daran, bisher haben sich die Japse nur pfannkuchenflache Atolle dafür ausgesucht. Die Insel hier aber ist groß und gebirgig. Woher wollen Sie wissen, ob diese Welke auch hier funktioniert?«

»Können wir uns bei dieser Sache irgendein Risiko erlauben? Und hier auf Saipan hat's ja wohl schon genug tote Japse gegeben, so daß sie in dieser Hinsicht keinerlei Rücksicht zu nehmen brauchen, wenn sie die Welke hier einsetzen wollen.«

Abrams nickte. »Wo Sie recht haben, haben Sie recht.«

Die Eroberung Saipans hatte einen horrenden Blutzoll gekostet. Fünfzigtausend Tote, schätzten wir. Dreitausend von uns, der Rest Japaner und Zivilbevölkerung. Letztere war am schlimmsten betroffen gewesen. Die Frauen und Kinder hatten sich in Höhlen am Nordende der Insel versteckt, und als die militärische Niederlage der Japaner feststand, begingen sie zu Tausenden Selbstmord. Offenbar hatte man ihnen Greuelmärchen erzählt, was die Amerikaner alles mit ihnen machen würden. Schlachterprobte Marines erzählten sich mit belegten Stimmen, wie sie mit eigenen Augen Mütter, ihre Kinder an sich gepreßt, sich über zweihundert Meter hohe Steilklippen hinabstürzen sahen.

Saipan war die Hauptinsel der Marianen und für die Japaner von ungeheurer psychologischer Bedeutung. Seit fast dreißig Jahren hielten sie Saipan. Die ganze Zeit war es ihre zentrale Relaisstation für die Nachrichtenverbindungen im ganzen Südpazifik. Sie nannten es das ›Tor zum Süden‹.

Ich sagte: »Außerdem sind wir hier strategisch besonders günstig plaziert. Von hier aus nordwärts liegen wie an der Schnur aufgereiht die Bonin- und die Izu-Inseln. Sie sind wie Hüpfsteine im Wasser, direkt rauf nach Tokio. Und außerdem sind wir auch noch in direkter Flugreichweite der B-29 zum japanischen Festland.«

»Ist mir ja alles bekannt«, sagte Abrams ungeduldig. »Warum sonst hätten wir uns derart die Ärsche aufgerissen, um hierherzukommen? Also, was?«

»Sie wollen Saipan zurückhaben«, sagte ich. »Wenn sie irgendwas wollen, dann das hier.«

Er starrte mich an. »Verdammt«, sagte er, »Da könnten Sie recht haben. Also gut, richten wir eine U-Boot-Wache ein. Wir schnappen es uns, wenn es sich anpirscht. Jedenfalls können wir, wenn's uns durch die Lappen geht, die Küste absuchen, ob und was sie dort ausgesetzt haben. Wir . . .«

»Und Sie verlieren eine Menge Leute, wenn es losgeht, ehe sie's gefunden haben.«

»Haben Sie 'ne bessere Idee?« fauchte er mich an.

»Na sicher. Sie schicken einen einzigen Mann los. Sobald wir rausgekriegt haben, wo ungefähr das U anlegen wird, evakuieren Sie dieses ganze Stück der Insel und schicken einen einzigen Mann rein. Und wenn er Glück hat, findet er das Ding rechtzeitig. Wenn nicht, haben Sie nur einen Mann verloren.«

»Und wer, glauben Sie, meldet sich freiwillig dafür?«

»Ich.«

Ich wartete auf seine Reaktion. Lachte er mich aus? Nahm er mich ernst?

»Haben Sie sie nicht mehr alle?« fragte er.

»Einen besseren Mann als mich können Sie für den Job gar nicht kriegen«, sagte ich. »Ich habe gesehen, wie das ist. Ich weiß, wann es losgeht und wann es an der Zeit ist, Fersengeld zu geben.«

»Mann, Sie haben genug gesehen, um zu wissen, daß Ihnen Fersengeld geben keinen Scheiß mehr nützt. Haben Sie so was wie Todessehnsucht, sagen Sie mal?«

Hatte ich nicht. Ich wollte keineswegs sterben. Hatte ich noch nie gewollt. Aber natürlich war etwas anders mit mir geworden seit jener Nacht vor dem Angriff auf Pearl Harbor. Davor war mir schon der reine Gedanke an den Tod unerträglich. Es hatte doch noch so viele Dinge zu sehen und zu erleben gegeben. Aber jetzt? Der Tod hatte für mich seine Schrecken verloren. Ich suchte ihn nicht. Aber wenn er denn kommen sollte, bitte. So, wie ich die Dinge sah, gab es vom Leben nicht mehr viel zu erwarten.

»Keine Todessehnsucht«, sagte ich. »Ich habe ja auch 'ne Sicherheitsleine.«

»So? Wie sieht die denn aus?«

Ich erklärte es ihm.

Zwei Nächte später war das U da.

Alles wäre perfekt gewesen, wenn wir es schon bei der Anfahrt erwischt hätten. Wir hätten ihr Welke-Dings geschnappt und festgestellt, wie es gebaut war. Aber sie kamen ungesehen rein. Erst als das U sich wieder davonmachte, entdeckten wir es. Schnurgerade zog es von der Nordostküste weg. Um dreiundzwanzig Uhr zweiunddreißig. Zwei Zerstörer wurden hinterhergeschickt, verloren die Spur aber.

Um dreiundzwanzig Uhr fünfzig war ich am Strand. Während ich zu suchen begann, schafften Hubschrauber, Transporter und Jeeps alles, was Beine hatte, nach Süden.

Bei Tageslicht wäre mir der ganze Mist natürlich leichter gefallen. Obwohl auch dann alles mögliche hinter allem möglichen unauffindbar versteckt und unentdeckt bleiben konnte. Krater und zersplitterte Palmen und jede Menge sonstige Trümmer gab es als Überbleibsel des höllischen Bombardements vom letzten Monat vor dem Sturm in Hülle und Fülle.

Es war Flut. Der Sand über der Wasserlinie war aber noch so aufgewühlt von den Kämpfen, daß man unter all den alten Spuren eine frische leicht übersah. Und ich wußte ja auch gar nicht, wonach ich suchte. Irgendein metallischer Gegenstand, nahm ich an. Also konzentrierte ich mich darauf.

Ich durchkämmte lange Küstenbogen und geriet tiefer und tiefer in den zerfetzten Dschungel. Alles hier roch nach Tod. Als hätte die Welke bereits zugeschlagen. Tote Tiere, tote Menschen überall in den Trümmern. Tot seit über einem Monat. Für die Aasfresser mußten sie ein Festmahl gewesen sein. Doch selbst jetzt noch war die Luft, wenn der Wind zur Küste hin blies, voll von süßlichem Verwesungsgeruch. Da half dann nur Atem anhalten, Hand vor den Mund und möglichst rasch weg.

Sehr schnell wurde mir klar, einen Fehler begangen zu haben. Es war eine völlig unlösbare Aufgabe für einen einzigen Mann. Selbst ein ganzer Zug Leute wäre zu wenig gewesen. Doch jetzt war ich nun mal hier und machte weiter. Zum Umkehren war es ohnehin zu spät.

Und dann begann es.

Zuerst war da dieser eiskalte Hauch in meinem Nacken. Ich erstarrte und wartete, daß es vorüberging. Es ging aber nicht vorüber. Es breitete sich vielmehr über meine Schultern aus und lief den ganzen Rücken hinunter. Ich fuhr herum. Zuerst sah ich gar nichts. Dann entdeckte ich den dunklen Fleck in den Trümmern im Mondschein links von mir. Er schien sich zu bewegen und zu wachsen. Ein Schatten. Ich ging näher heran.

Und da war es — eine schwarze Wolke, spiralartig rotierend und dabei immer weiter anwachsend. Ich rannte darauf zu. Es mußte aus irgendeinem Gerät kommen. Wenn ich das Ding rechtzeitig zu fassen bekam, konnte ich es vielleicht abstellen oder vernichten.

Vor Monaten schon hatte ich eine solche schwarze Wolke ja zum ersten Mal vom Flugzeug aus gesehen. Von dort oben hatte es ausgesehen, als würde sie sich ganz langsam über Balajuro ausdehnen. Jetzt zeigte sich, daß dies eine Sinnestäuschung gewesen war. Denn als ich nach oben blickte, sah ich die Wolke sich mit ganz unglaublicher Schnelligkeit ausbreiten. Sie verschluckte den Mond, die Sterne, den ganzen Himmel. Noch ehe ich dreißig Meter weit gelaufen war, lag die Wolke wie ein Baldachin über dem ganzen Ende der Insel, und ich war von völliger Dunkelheit eingeschlossen.

Dann veränderte sich der Wind. Nicht allein in der Richtung, sondern auch in der Stärke. Er kam direkt aus dem Zentrum der Wolke. Und es war nicht einer dieser heftigen Passatwinde. Seine Luft war stickig, eisig, muffig, naß, sauer. Wie aus einer Gruft. Ich rieb mir die Augen und hustete. Übelkeit würgte mich.

Und aus der steifen Brise wurde ein Wind, der Wind wurde zum Sturm, riß an mir, brüllte mir in die Ohren, brüllte durch mich hindurch, war eine Art Stöhnen, ein Klagelaut von so herzzerreißender Verzweiflung, daß sich meiner Brust ganz ungewollt ein Schluchzen entrang. Ich kämpfte noch etwa fünf Meter gegen den Sturm an und gab es dann auf. Es hatte keinen Sinn. Es gab kein Vorwärtskommen mehr.

Als ich dann stand und mich umsah, kam ich aus dem Staunen nicht heraus. Der Wind heulte und zerrte weiter an mir, fegte mir ins Gesicht und riß an meinen Kleidern, aber der zerbombte Dschungel rings um mich herum war still und stumm. Kein Hauch bewegte auch nur ein Blatt, nicht ein Grashalm bog sich.

Und mit einem Schlag wurde mir eiskalt. Ich wollte nur noch fort von hier. Die ganzen letzten Monate war ich trotz allem, was ich über Balajuro gesehen hatte, überzeugt davon gewesen, daß es eine rationale, wissenschaftliche Erklärung für die ›Welken‹ geben mußte. Jetzt begriff ich, daß das ein Irrtum war. An dem, was sich hier abspielte, war nichts rational. Ich mußte von dieser Insel runter! Ich mußte zurück zum Strand! Ich drehte mich um und wollte zu laufen beginnen, aber meine Beine bewegten sich einfach nicht. Ich stand wie angewachsen.

»Hat keinen Sinn!« hörte ich mich selbst schreien.

Mit einemmal fühlte ich mich todmüde, in einem Nebel von Erschöpfung. Der Strand war keine siebzig Meter entfernt, aber das war so viel wie zwanzigtausend Meilen. Nie kam ich dorthin. Ganz merkwürdige Empfindungen regten sich in mir und blieben dann irgendwie stehen. Leere. Unsägliche Einsamkeit. Ewiges, unerfülltes Sehnen. Alles war hoffnungslos, unendlich hoffnungslos. Und durch alles zog sich eine formlose, ganz abstrakte Furcht, ein stummer Schauer von Entsetzen, der bis in die dunkelsten Winkel der Seele drang.

Ich sank in die Knie. »Überhaupt keinen Sinn . . .«

Irgendwie klang das vertraut. Ich peinigte meine Erinnerungen, bis es kam: Genau das gleiche hatte Ahern gesagt, als die Wolke über Balajuro fiel. Gehörte das dazu? War dieses verzweifelte Aufgeben etwa Bestandteil der ›Welke‹? Entzog sie einem erst alle Hoffnung und jegliche Willenskraft — und dann das Leben?

Ich wußte nicht, was die Wolke dem Dschungel antat. Es war dunkel. Viel jedenfalls gab es hier nach der Strandschlächterei vor einem Monat ohnehin nicht mehr zu zerstören. Aber ich wußte, was sie *mir* antat.

Und da kämpfte ich mich hoch. *Schwächling*! Schon aufrecht zu stehen nahm mir fast alle Kraft. Ich fürchtete mich. Ich fürchtete mich entsetzlich. Dann schleppte ich mich in einer Mischung aus Taumeln und Stolpern zum Strand. Und den ganzen Weg über zerrte die Hoffnungslosigkeit an mir und brüllte mit meiner eigenen Stimme in mein Gehirn . . .

. . . hat alles keinen Sinn das schaffst du nie und selbst wenn du es versuchst es ist doch alles umsonst so hoffnungslos genausogut kannst du dich gleich hinlegen und auf das Unvermeidliche warten das ja sowieso kommt ohne dieses sinnlose Sich-Wehren . . .

Doch ich zwang mich trotzdem, weiterzulaufen. Irgendwoher unter der lähmenden Resignation der Verzweiflung stieg ein winziger Funke Zorn in mir hoch, wortlos, aber darum nicht minder wild entschlossen. Und an ihn klammerte ich mich. Verdammt! Verdammt! Noch einmal zwangen sie mich nicht hinunter! Noch einmal brachten sie mich nicht dazu, aufzugeben. Diesmal nicht!

Und mit dem Zorn kam Hoffnung. Es gab eine Chance, zu entkommen! Ich konnte es schaffen! Ich mußte nur entschlossen einen Fuß vor den anderen setzen, auf den Strand zu, und dann war ich bald an dem Motorboot, das hinter den Wellenbrechern vertäut war!

Und so setzte ich trotzig einen Fuß vor den anderen. Wieder versuchte der Wind mich zurückzutreiben. In welche Richtung ich mich auch wandte, immer schien er mir direkt ins Gesicht zu blasen, mich zurückzustoßen. Doch ich ließ mich nicht mehr aufhalten. Und endlich hatte ich den Strand erreicht. Ich stieg in die sanfte Brandung. Das Wasser war erfrischend. Es schien mir den Kopf klar zu machen. Die Wucht des Windes schien hier irgendwie vermindert.

Ich tastete mich weiter durch die Dunkelheit und fand endlich den Wellenbrecher. Ich griff danach. Ich fühlte mich jetzt wieder stärker. Und je weiter weg vom Strand ich kam, desto mehr kehrte meine Kraft zurück. Bald hatte ich das Boot in Griffweite. Ich zog mich über die Reling und suchte den Starter. Als der Motor aufheulte, machte ich die Leine los, legte den Gang ein und steuerte aufs offene Meer hinaus. Sobald ich fuhr, zog ich die Signalpistole aus ihrem Fach und schoß einmal in die Luft.

Erst als der helle rote Schein den Himmel erleuchtete, wagte ich einen Blick zurück.

Die schwarze Wolke war noch immer da, dunkler und drohender denn je. Sie wuchs, dehnte sich den Strand entlang in alle Richtungen aus und landeinwärts auf die Berge zu.

Dann donnerten links von mir die Geschütze der *Indianapolis* los, die vor der Küste lag. Durch die Dunkelheit konnte ich kaum die ersten gelben Explosionen der Einschläge im nahen Dschungel sehen. Der Lärm war infernalisch.

Die Dunkelheit begann sich plötzlich aufzulösen, so rasch wie ein Morgennebel. Und der Strand lag im schimmernden Mondlicht wie zuvor.

Am nächsten Tag durchkämmten wir den ganzen Strand und den Dschungel. Wir fanden nichts Ungewöhnliches.

Außer der Leiche eines kleinen japanischen Kindes.

Die Geschoßsplitter hatten es fast bis zur Unkenntlichkeit verstümmelt. Rundherum lagen einige Überreste eines Korbes, wie es schien, fast von der Form eines kleinen Sarges. Ich erinnerte mich, daß wir auch auf Balajuro ein totes Kind gefunden hatten. Ganz kurz kam mir der Gedanke, ob da vielleicht ein Zusammenhang bestand. Doch ich verwarf ihn gleich wieder.

Wie sollte denn?

NOVEMBER

TOKIO

Hiroki genoß die Ruhe und Einsamkeit in den unteren Räumen des Tempels. Hier, bei Shimazu, herrschte eine Art von Zeitlosigkeit. Hier sah es heute so aus wie es vor dreißig Jahren, als er zum ersten Mal hiergewesen war, schon ausgesehen hatte. Diese Dauerhaftigkeit war wohltuend. Denn draußen in der Stadt, außerhalb des Tempels, war der beständige Wechsel, die immerwährende Veränderung die Regel. Es war schon wohltuend, in diesen Zeiten überhaupt in etwas Trost zu finden. Sich einige Momente von dem hektischen Treiben dort draußen abzusondern war allein schon Erholung und Genuß. Wenn auch die Ereignisse der Welt draußen sogar bis hierher in den Tempel nachwirkten und zumindest Hiroki und Shimazu bohrend beschäftigten.

»Der Krieg ist so gut wie verloren«, sagte Hiroki.

Shimazu fragte: »Hat der Tenno seine Kinder etwa aufgefordert, sich zu ergeben?«

»Nein, aber . . .«

»Dann ist der Krieg auch noch nicht verloren. Weißt du denn nicht mehr, was der Seher prophezeite?«

Natürlich wußte er es noch. Das ganze vergangene Jahr hatte Hiroki sich die Prophezeiung Hunderte und Tausende Male in Erinnerung gerufen. Er mußte sie nicht eigens noch mal hören. Doch er ließ Shimazu gewähren.

»Und dann, wenn alles am schwärzesten erscheint, wird die Schwärze uns retten: Der erstgeborene Sohn eines Adeligen wird den *kuroikaze* erwecken, welcher alle, die sich dem kaiserlichen Willen entgegenstellen, niederwerfen wird. Und nach der Schwärze wird das blendende Licht des Sohnes der Sonne erscheinen.«

Ach, wie gern war Hiroki bereit, daran zu glauben! Doch die Katastrophen des vergangenen Sommers — der Verlust Saipans und der ganzen Marianen, die Niederlagen in Burma und der Beginn der amerikanischen Höhenbombardierungen des japanischen Festlands selbst — hatten Premierminister Tojo zum Rücktritt gezwungen; trotz aller Bemühungen des Ordens, ihn zu halten. Der Herbst war dann noch schlimmer geworden. Die Amerikaner hatten die Palau-Inseln überrannt und in scheinbar unaufhaltsamem Vormarsch die Philippinen erreicht. Auf ihrem Weg war todeswund die kaiserliche Marine liegengeblieben, die nun im Leyte-Golf ihre Wunden leckte.

»Ich glaube nicht, daß die Lage noch schwärzer werden kann, als sie schon ist. Unsere Armee ist nach Waffen und Soldaten an allen Fronten unterlegen. Unsere Marine ist zerschlagen, unsere Nachschublinien funktionieren nicht mehr, unsere besten Piloten sind tot, und die, die wir noch haben, machen ihre eigenen Flugzeuge zu Bomben.«

»Nun ja«, sagte Shimazu. »Die *Kamikaze*. Sie scheinen nicht so wirksam zu sein wie vermutet.«

Noch immer wunderte sich Hiroki, wie viele blutjunge Männer, kaum zwanzig oder allenfalls knapp darüber, sich freiwillig als *Kamikaze*-Flieger meldeten. Sie drängten sich danach, baten ausdrücklich um die Gelegenheit, sich zu zu opfern. Nun ja, wenn es einem schon bestimmt war, im Krieg für den Tenno zu sterben — war es da nicht gleich besser, einige tausend Pfund Sprengstoff auf das Deck eines amerikanischen Flugzeugträgers zu lenken? Es war ehrenvoll, tapfer, würdig, sauber, schnell und ruhmreich. Und völlig schmerzlos.

»Im Gegenteil, sie sind sogar sehr wirksam. Sie haben vielen amerikanischen Schiffen fürchterlichen Schaden zugefügt. Es reicht aber nicht, um das Kriegsglück noch einmal zu wenden. Die *Kamikaze* werden auch weiterhin den Amerikanern große Verluste zufügen, aber . . .« er seufzte, es war wieder einmal die alte Geschichte, ». . . aber es fliegen einfach zu viele amerikanische Begleitschutzstaffeln um zu viele amerikanische Schiffe, die zu viele Flakgeschütze haben, mit zuviel Munition, als daß unsere begrenzte Anzahl von *Kamikaze*-Fliegern sie entscheidend schwächen oder gar aufhalten könnte.«

Jetzt mußte er sich immer öfter an Matsuos Warnungen vor dem Krieg erinnern: *Amerika wird uns mit seinen Rohstoffen und seiner Industriekapazität erdrücken.* Der kleine Bruder hatte natürlich recht gehabt. Doch bis heute konnte er, Hiroki, das nicht offen zugeben.

»Das Oberkommando verlangt den bedingungslosen Einsatz des *kuroikaze*«, sagte Hiroki. »Doch die Amerikaner wissen inzwischen, wie sie sich des Schwarzen Windes erwehren können. Sie haben ihr Radar und ihr Sonar überall. Jedesmal machen sie unser U-Boot mit dem *shoten* sofort aus und schicken Schlachtschiffe hinterher. Und sobald der *kuroikaze* sich erhebt, eröffnen sie schweres Feuer auf die Küste. Sie schießen den Dschungel nieder, wo der Schwarze Wind ist, und töten ihn ab, noch ehe er seine volle Kraft erreicht hat, indem sie das *shoten*-Kind töten.«

Es war zum Verzweifeln. Da hatte man nun die absolut überlegene Waffe — wenn auch nicht in ausreichendem Maße — und wurde von den Barbaren ihres Einsatzes beraubt!

»Dann werden wir ihre Kriegsmaschinerie eben durch mehr konventionelle Methoden drosseln«, sagte Shimazu ganz ruhig. »Mögen sie unsere äußeren Verteidigungsringe durchbrochen haben, unsere inneren sind sehr viel stabiler. Wir werden sie stoppen. Alles wird geschehen, wie es der Seher prophezeit hat.«

»In weniger als einem Jahr werden sie auf japanischem Boden stehen!«

Shimazu erhob die Stimme. »Dann werden wir sie eben hier besiegen! Sie werden eine Million Soldaten an Land setzen müssen, und der Schwarze Wind wird unter sie fahren und unter ihnen wüten, noch ehe sie unseren Boden betreten haben. Genauso, wie es vor siebenhundert Jahren dem Mongolen Kublai Khan widerfuhr! Und diejenigen, die es doch bis ans Ufer schaffen, wird er dort erwarten! Und sie werden kaum ihre eigenen Truppen am Ufer beschießen!«

»Dazu haben wir nicht genug *shoten*«, sagte Hiroki nur.

»Wir werden sie haben«, sagte Shimazu fanatisch. »Wir werden!«

Hiroki hätte am liebsten geschrien, sich die Haare gerauft und seinen bisher so verehrten Meister an den Schultern gepack, um ihn mit hinaus in die wirkliche Welt zu zerren, damit er endlich einmal mit den Realitäten konfrontiert wurde!

Statt dessen sagte er nur ergeben: »Ja, *sensei*.«

SIEBENTER TEIL

1945

1945

Das Jahr des Hahns

MÄRZ

TOKIO

Meiko lag im Dunkeln in Matsuos Armen. So hätte sie sich eigentlich geborgen und sicher fühlen sollen. Doch es war eine Anspannung in ihr wie in einer Sprungfeder. Sie schloß die Augen und versuchte zu schlafen, aber überall war das Heulen des Windes um sie herum, das sie einhüllte und durchdrang zugleich.

Das Wetter war in letzter Zeit sehr kühl und frisch. Letzten Sonntag hatte es sogar noch geschneit. Die unansehnlich gewordene und kriegsmüde Stadt war von einem Tuch aus makellosem Weiß zugedeckt worden. Aber selbst da noch waren die Bomber gekommen — die *B-san,* wie die Leute die B-29 nannten —, unsichtbar über den Schneewolken, und hatten im sanften Flockentanz ihre tödliche Last abgeladen und verschlafene Wohnviertel in weithin leuchtende Flammenmeere verwandelt.

Es war gerade fünf Tage her. Der Schnee war schon längst wieder geschmolzen, sowohl in der Hitzeglut der nächtlichen Brände wie in der Tageswärme. Wie üblich hielt der Frühling einen überraschenden Einzug in Tokio.

Der Wind war es jedoch vor allem, der ihr auf die Nerven ging. Am Morgen hatte nur eine leichte Brise geweht. Bis zum Nachmittag war ein steifer Wind daraus geworden, der abends ein ausgewachsener Sturm war, fast schon mit Orkanstärke. Er riß an der Bambus-*sudare,* die vor dem Fenster halb hochgezogen war, rüttelte an Wänden und Fenstern und pfiff durch alle Ritzen. Der Paravent im vorderen Raum war schon so oft umgefallen, daß Matsuo es schließlich satt gehabt und ihn für die Nacht einfach liegen gelassen hatte.

Sie horchte in das Pfeifen des Sturmes hinein nach anderen Geräuschen, doch er übertönte alles andere. Als es elf wurde, entspannte sie sich etwas. Vielleicht kamen sie heute doch nicht mehr. Am Nachmittag war eine einsame B-29 auf einem Aufklärungsflug über der Stadt gewesen. Die Amerikaner wußten sehr genau, welches Wetter heute in Tokio herrschte. Aber plötzlich heulten die Sirenen doch.

Matsuo fuhr neben Meiko auf dem *futon* hoch. »Nein! Nicht schon wieder!« Er sprang auf und lief zum Fenster. »Doch nicht ausgerechnet heute nacht!«

Meiko kam zu ihm. Der Sturm brüllte ihnen ins Gesicht, als sie hinausblickten auf die ›flache Seite‹ der Stadt, wie sie genannt wurde. Ihr Haus stand etwas zur ›Bergseite‹ Tokios. Wegen der Verdunkelungspflicht schalteten sie kein Licht ein, jedoch wie üblich das Radio.

Eine Zeitlang geschah nichts, doch Meiko gab sich gleichwohl keinen falschen Hoffnungen hin. Die Radiodurchsagen kündigten ja auch einen besonders starken Bombenverband im Anflug auf Tokio an. Sie warteten. Meiko sah ab und zu nach Naka, der jedoch so friedlich schlief, wie es nur ein zweieinhalbjähriges Kind kann. Als sie zu Matsuo zurückkam, spürte sie, wie angespannt er war, als sie sich an seinen Arm lehnte. Jeder einzelne seiner Muskeln schien in Alarmbereitschaft zu sein.

Gegen Mitternacht fielen die ersten langbrennenden Leuchtbomben, mit denen die Vorausflugzeuge das Zielgebiet für die nachfolgenden Bombergeschwader markierten. Sie steckten ein riesiges Areal der ›flachen Seite‹ ab, unten in dem Gebiet, wo sich die großen Fabriken und die zahllosen Hütten der Arbeiter um sie herum drängten.

Dann kam bereits die zweite Welle, die mit dem Flächenbombardement der abgesteckten Stadtteile begann. Die Bomber waren am schwarzen Himmel unsichtbar. Nur ihr Dröhnen war nicht zu überhören. Und die Flammenspur, die ihre Bomben am Boden zogen, war wie die Kiellinie eines Ozeanriesen. Das ganze Hafengebiet war bald ein einziges Flammenmeer, das der Sturm noch weiter anfachte und weit in den Himmel hinauf züngeln ließ. Ein gewaltiger Funkenflug zog sich über die ganze Stadt hin. Die ganze Holzschachtel, die Tokio im Grunde darstellte, war angezündet. Der Feuerschein ließ nun auch die Unterseiten der Rümpfe der meilenhoch oben am Himmel dahinziehenden Bomber aufleuchten. Die ganze Luft begann sich mit Brandgeruch zu füllen.

Dann wanderte das Feuer über die Leuchtmarkierungen hinaus.

»Es kommt auf uns zu«, sagte Matsuo.

Meikos Brust krampfte sich zusammen. »Meinst du, bis zu uns?«

»Schau es dir an! Wenn kein Wunder geschieht, bläst es uns der Wind im Handumdrehen herüber.«

Sie dachte an den schlafenden Nako in seinem Bett. Sie mußte die aufkeimende Panik unterdrücken. »Was sollen wir tun?«

»Ich gehe raus«, sagte Matsuo. »Wir haben Wasser da. Vielleicht kann ich das Haus damit retten.«

Vielleicht! dachte Meiko, die wie hypnotisiert am Fenster stand und das Feuer näherkommen sah. *Mit vielleicht ist uns nicht geholfen*!

Matsuo spürte die Hitze, kaum daß er draußen war. Die ganze Luft war voller Funken. Er wickelte den Schlauch ab und drehte das Wasser an. Der Druck war jedoch nur sehr schwach. Er hätte nicht einmal zum Gartensprengen gereicht, geschweige dazu, das Dach und die Hauswände einzunässen. Mit dem plötzlichen Wärmeeinbruch war der Schnee, der noch vor ein paar

Tagen auf dem Dach gelegen hatte, wie weggeblasen gewesen, und das Schmelzwasser füllte nun die Regentonnen bis obenhin. Matsuo füllte aus der nächststehenden Tonne zwei Eimer und stellte sie hinten in den Hof.

Er inspizierte das Dach. Die schon aufgebogenen Holzschindeln warteten nur auf einen Funken, um wie Zunder zu brennen. Er holte sich die Leiter und kletterte mit einem Eimer Wasser hinauf. Hier oben war die Brandluft noch heißer und beißender. Er mußte sich am Giebel festhalten, um nicht vom Sturm heruntergeweht zu werden. Auch wenn er sich vom Wind abwandte, brannte ihm noch der Rauch in den Augen und in der Kehle. Der Funkenflug wurde stärker, und ganze brennende Holzteile flogen mit. Matsuo machte sich die Haare naß, damit sie nicht versengt wurden, und goß den Eimer Wasser über das Dach. Das Wasser lief ab und sammelte sich wieder unten im Regenfaß.

Vielleicht funktioniert es, dachte er. Auf diese Weise konnte er das Dach naß halten, ohne viel Wasser zu verbrauchen. Als er sich dann aber umwandte und sich die Hand über die Augen hielt, um nach Osten zu blicken, schrie er unwillkürlich auf.

Der Feuersturm hatte sie fast schon erreicht. Er war wie ein sich voranfressendes Ungeheuer. Er übersprang selbst größere Lücken in der Bebauung und steckte Brände hier und dort an, als würden Streichhölzer angerieben. Buchstäblich die ganze Stadt stand bereits in Flammen. Matsuo sah resigniert auf seinen armseligen Wassereimer und wußte, wie sinnlos der Versuch war, damit etwas auszurichten. Er warf ihn in den Garten hinunter und kletterte vom Dach. Es war keine Sekunde mehr zu verlieren.

»Meiko!« rief er ins Haus. »Hol Naka. Wir müssen raus!«

»Ich habe ihn schon bei mir«, sagte sie. Der Junge schmiegte sich verschlafen an sie. »Können wir unser Haus nicht retten?«

Dieses *unser* schnitt ihm wie ein Messer ins Herz. Sie waren erst ein paar Jahre hier, doch es waren gute Jahre gewesen. Ein gutes kleines Haus, sauber, ordentlich, bereits voll von Erinnerungen. *Ihr* Haus. Das sie jetzt verloren.

»Nimm mit, was du kannst, aber beeile dich. Wir müssen weg von hier!«

Er selbst wollte nichts mehr mitnehmen. Doch dann dachte er . . . an Nagatas *daisho* auf ihrem *katana-kake!* Er rannte hinein und holte die beiden Schwerter. Er steckte sie sich in den Gürtel. Alles andere ließ sich ersetzen.

Diese Hitze!

Meiko rannte neben Matsuo her, der den weinenden Naka trug. Sie liefen durch das Feuermeer Tokios. Selbst die Luft schien zu brennen. Meiko hatte nur ihren leichten Schlaf-Kimono an. Er konnte, wie ihre Holz-*geta,* jeden Augenblick in Flammen aufgehen. Immer wieder hielt Matsuo an Wasserfässern an und bestand darauf, daß sie hineinstieg, worauf er selbst das gleiche tat. Auch Nakas Decke durchnäßte er immer wieder. Das behagte dem Kind natürlich wenig. Es weinte unaufhörlich. Meiko wollte bereits gegen die Prozedur protestieren, als sie vor sich eine Frau laufen sah, die ihr Baby auf dem Rücken trug. Und es brannte! Meiko wollte schreien, aber da war die Frau bereits um eine Ecke hinter einer Feuerwand verschwunden.

An jeder Straßenkreuzung prallten verwirrte Menschenmengen aufeinander, die alle nicht wußten, wohin sie fliehen sollten. Matsuo kämpfte sich zielstrebig durch sie hindurch. Er schien sehr genau zu wissen, wohin er wollte.

»Weiter!« rief er. »Wir müssen mit dem Wind!«

Aber der Feuersturm raste überall.

»Wohin laufen wir denn?« keuchte Meiko. »Woher weißt du denn, wohin?«

Er sah ihr kurz in die Augen, wandte dann den Blick ab. »Es . . . ist nur eine Hoffnung. Halte die Daumen, daß ich recht habe.«

Sie kamen an Feuerwehren vorbei, die tapfer und todesmutig mit fast nur noch tröpfelnden Schläuchen einem Meer von Feuer beizukommen versuchten. Die Luft wurde immer heißer und stickiger. Rechts von ihnen züngelte plötzlich eine Feuersäule steil empor. Gleich darauf zwei weitere. Sie standen wie Türme in der Nacht, glühend und gefräßig, alle Hitze ringsumher aufsaugend und sofort wieder von sich speiend. Feuertornados. Meiko hatte von solchen Erscheinungen gehört, wie sie damals auch im Anschluß an das große Erdbeben von 1923 entstanden waren. Man nannte sie *tatsumaki*, Drachenschwänze.

An einer der nächsten Kreuzungen schoß drei Blocks weiter vorn ein weiterer *tatsumaki* empor. Der ganze Häuserblock darum herum leuchtete auf wie Lampions, ehe er in einer Flammenexplosion lichterloh zu brennen begann. Matsuo eilte ihnen voran, durch Askusa und vorbei am Tempel Kwan-yins, der Göttin der Barmherzigkeit. Der Park ringsherum brannte ebenfalls. Die großen Gingkobäume waren Riesenfackeln, und aus dem brennenden Tempel drangen die Schreie der dort eingeschlossenen Gläubigen. Das Feuer kannte keine Barmherzigkeit.

Matsuo drängte zum Fluß. Er schob sie am Ufergebüsch des Sumida entlang vorwärts. Das Feuer wütete auf dem anderen Ufer nicht weniger als in dem Bezirk, aus dem sie eben entflohen. Der ganze Himmel über ihnen leuchtete orangefarben vom Widerschein der Glut, als sei die Erde der Sonne zu nahe gekommen. Und nirgends Schatten.

»Was sollen wir nur tun?« rief Meiko. Zum ersten Mal verspürte sie Todesangst.

»Nimm meine Hand«, sagte Matsuo. Er drückte Naka an sich und kämpfte sich durch die Menschenmenge auf eine Brücke.

»Aber da drüben brennt es doch auch!« schrie Meiko.

Doch er blieb mitten auf der Brücke stehen und preßte auch Meiko eng an sich.

»Genau hier bleiben wir«, keuchte er. »Die Brücke ist aus Stahl, kann also nicht brennen.«

Aber heiß konnte sie werden. Glühen konnte sie. Während ein *tatsumaki* nach dem anderen über die Stadt hochfuhr, während ein Malstrom von Feuer, Asche, Rauch und durch die Luft wirbelnden brennenden Papier- und Holzstücken alles überrollte, begann die Stahlkonstruktion der Brücke tatsächlich immer heißer zu werden. Und immer mehr Menschen drängten sich inzwischen auf ihr. Meiko glaubte, allmählich zu ersticken.

»Ich kann nicht mehr atmen!« keuchte sie. »Und sieh dir Naka an!« Des Jungen Augen waren verdreht, sein Kopf hing schlaff herab. »Wir werden hier sterben!«

Matsuo blickte sich gehetzt um. Doch es gab keinen Ausweg mehr. Selbst wenn sie gewollt hätten, konnten sie nicht mehr vor oder zurück. Sie waren eingekeilt in die Menschenmenge. Weiter oben begann eine andere Brücke sichtbar zu glühen.

»Wir springen«, sagte er.

Meiko sah hinab auf das dunkle Wasser des Flusses. Im Widerschein der Flammen sah sie überall Trümmer treiben. Und dort, war das nicht ein Mensch? Sie blickte Matsuo an, und er sah die Panik, die Verzweiflung, das Entsetzen in ihren Augen.

»Nur Mut«, sagte er, »ich kriege uns schon durch, alle drei. Du mußt nur daran glauben!«

Sie sah seine Kraft und Entschlossenheit, weiterzuleben, und fand daraus auch den eigenen Mut wieder. Er half ihr auf das Geländer und stieß sie sanft hinunter, ehe noch Zeit war, nachzudenken oder zu zögern. Das Wasser, in das sie stürzte, war kalt, aber nach der Hitze der Feuersbrunst wie eine Erfrischung. Sie kämpfte sich wieder an die Oberfläche und hörte ein anderes Aufklatschen, gleich darauf Kinderweinen.

»Er ist in Ordnung«, rief Matsuo aus dem Dunkeln. Gleich darauf war er neben ihr und ließ das Kind sich an den Hals der Mutter klammern.

»Oh, Naka«, stöhnte sie, während sie Mühe hatte, sich und das Kind über Wasser zu halten. Matsuo stützte sie beide.

»Schwimme nicht gegen die Strömung an!« rief er. »Laß dich einfach stromabwärts treiben.«

Selbst die Oberfläche des schlammigen Sumida war nun von der Feuershitze aufgewärmt. Sie kämpften gegen das Untergehen an und trieben an Toten vorbei und an den vielen Sterbenden zu beiden Seiten der Ufer. Rauchschwaden zogen über den Fluß hinweg. Die rotbrennende Stadt verschwand zeitweilig dahinter. Ein schaurig-schöner Anblick — wären nicht überall die Schreie gewesen.

Je länger sie trieben, desto mehr Menschen, die es ihnen gleichgetan hatten, begegneten ihnen. Manche hielten durch, manche fielen zurück und versanken. Meiko sah einen vermeintlichen Baumstamm vorübertreiben und versuchte ihn zu fassen bekommen und sich an ihn zu klammern. Er rollte herum, und ein weit offener Mund starrte ihr entgegen. Sie schrie entsetzt auf und ließ los und beschränkte sich fortan darauf, ihren Blickwinkel auf Matsuo, Naka und den Fluß einzugrenzen. Sie durfte, wollte sie nicht den Verstand verlieren, nichts mehr zur Kenntnis nehmen außer Matsuo und dem Kind.

Sie wechselte sich mit Matsuo ab, Naka zu tragen. Allmählich begannen die Flammen und die Hitze hinter ihnen zu bleiben. Bis dann die Kälte wieder heranzukriechen begann, von der Meiko geglaubt hatte, sie nie mehr zu erleben, als sie schließlich an einer stinkenden, modrigen Sandbank in der Tokiobucht antrieben. Das Wasser des Sumida war niedriger, als sie dachte. War es weiter oben etwa schon in der Feuerhitze verdunstet? Oder waren die ganzen Kanäle und Zuläufe jetzt von Toten verstopft?

Sie standen auf der Sandbank, eng aneinandergeschmiegt, und starrten hinauf zu der brennenden Stadt und ins Wasser, in dem unaufhörlich Tote vorübertrieben. Oben am Himmel aber kamen immer weitere B-29-Geschwader und luden ihre Bombenfracht ab, die in der ohnehin schon brennenden Stadt neue Feuerstürme entfachten. Erst gegen drei Uhr morgens hörte es auf, und der Himmel über ihnen wurde wieder still. Und auch der Wind legte sich allmählich. Und das Feuer verzehrte sich nach und nach selbst.

Der Morgen dämmerte bereits herauf, als die Sirenen Entwarnung heulten.

Matsuo stand in den Ruinen seines Hauses. Er hatte Meiko und Naka im Hause Mazaki gelassen, das, weit oben im Akasaka-Distrikt gelegen, von Bomben und Feuer verschont geblieben war. Hier aber war nichts mehr übrig. Das Haus war völlig verbrannt.

Doch selbst dieser Verlust wog angesichts des unvorstellbaren Grauens der vergangenen Nacht gering. Sie hatten diesen Horror buchstäblich am eigenen Leibe erlebt. Sobald Matsuo Meiko und Naka bei seinen Schwiegereltern in Sicherheit wußte, war er in das ebenfalls unversehrte Parlamentsgebäude geeilt. Der gesamte Regierungsdistrikt Chiyoda-ku um den kaiserlichen Palast herum war von den Bomben verschont geblieben. Ganz oben vom Turm des Parlamentsgebäudes aus überblickte man die ›flache Seite‹ Tokios vollständig. Es war ein herzzerreißender Anblick. Obwohl Matsuo die ganze vergangene Nacht mitten im Feuersturm gewesen war, hatte er sich doch kein Bild vom ganzen Außmaß der Zerstörung machen können, wie es sich ihm jetzt darbot. Noch immer hing Rauch über allem. Wo gestern noch Fabriken, Wohngebiete, Parks, Bäume gewesen waren, rauchten jetzt nur noch verkohlte Trümmer. Das gesamte Stadtzentrum war eingeebnet. Obwohl er hier wohnte, hatte er Tokio nie als seine Heimat angesehen. Dafür galt ihm viel eher Kyoto. Doch die Stadt jetzt in dieser Verwüstung zu erblicken trieb ihm die Tränen in die Augen.

Er stieg vom Turm und ging wie betäubt von dem riesigen Ausmaß von Verwüstung von der Peripherie des Zentrums in Richtung Stadtmitte. Außer einem Stahlträger da und dort, einem Betonpfeiler oder Mauerrest war buchstäblich nichts stehengeblieben. Gelegentlich ragte auch ein Baumstumpf empor oder ein verkohlter Telefonmast. Weiße Rauchschwaden machten vollends eine tote Geisterstadt aus Tokio. Wagenreste und ausgebrannte Autowracks säumten die Straßen, und dann Leichen, Leichen, Leichen. In Haustoren oder Gräben und Unterständen, die sie eigentlich hätten schützen sollen. Der Gestank verbrannten Menschenfleisches und verkohlten Holzes vermischte sich. Und immer mehr Tote lagen auf den Straßen und in den rauchenden Trümmern, verkohlt und verschrumpelt im Hitzesturm. Manche waren buchstäblich eingeäschert, andere schienen nur verkohlt, zerfielen aber zu Staub, sobald man sie berührte. Und der Wind trug ihre Asche davon.

Und es wurden immer noch mehr. Sie lagen überall, unzählige Tausende, die tot und vermißt waren und deren festgestellte Anzahl stündlich stieg. Schätzungen besagten, die Zahlen würden sich noch verdoppeln, bis alle Berichte gesammelt und ausgewertet seien.

Zweihunderttausend Tote! Fast ausschließlich Zivilbevölkerung! Matsuo wußte, welche Gefühle die Amerikaner wegen Pearl Harbor hegten. Aber auch Rachedurst konnte eine derartige Brutalität und Grausamkeit nicht rechtfertigen! In Pearl Harbor war nur der East Loch angegriffen, Honolulu selbst ausdrücklich verschont worden! Er war ja selbst dabeigewesen und hatte es mit eigenen Augen gesehen. Nicht eine einzige Bombe, nicht eine Kugel hatte die Stadt selbst getroffen! Ausschließlich militärische Ziele waren bombardiert, nur Soldaten getötet worden. Zugegeben, diese waren im Schlaf überrascht worden und ohne Kriegswarnung gewesen. Und er persönlich bedauerte das tief. Doch an der Tatsache war nicht zu rütteln, daß sie alle Angehörige der amerikanischen Streitkräfte waren! Die Frauen, Kinder, Arbeiter Tokios indessen, die vergangene Nacht buchstäblich eingeäschert worden waren, waren keine Kombattanten. Und trotzdem hatten die Bomber stundenlang Tod und Verderben über sie gebracht.

Beim Gedanken an all die verstümmelten und verschmorten Leichen auf den Straßen, deren größere die kleineren vergeblich mit ihren eigenen Leibern zu schützen versucht hatten, übermannte ihn Zorn.

Reicht es nicht aus, uns in der Schlacht zu besiegen? Wollen sie etwa unser ganzes Volk vom Angesicht der Erde tilgen?

Dieser Krieg mußte beendet werden!

»Das kann nicht ungerächt bleiben! Wir müssen zurückschlagen!«

Shimazu saß schweigend inmitten des Rauchs verbrannten Holzes. Hiroki lief erregt hin und her, um seinen Zorn abzureagieren. Den Tempeldistrikt hatte das Feuer selbst nicht mehr erreicht, dennoch war der Tempel nicht ganz unversehrt geblieben. Das Dach hatte Feuer gefangen, war auf der Ostseite durchgebrannt und hatte sich in den oberen Stockwerken noch ausgebreitet, wo die Seher und die Chirurgen wohnten. Alle drei Seher und viele der Ärzte hatten es nicht überlebt. Ein schlimmer und tragischer Verlust für den Orden, der Shimazu das Herz schwer machte. Sein ganzes Leben lang war er mit diesen Mönchen verbunden gewesen.

Verflucht seien die amerikanischen Hunde!

»Hätte ich doch nur genügend *shoten* zur Verfügung!« sagte Hiroki. »Persönlich würde ich sie nach Amerika bringen und sie in ganz Los Angeles aussetzen, damit diese Amerikaner einmal erführen, wie es ist, in den eigenen Häusern und Straßen zu verbrennen!«

»Wir haben keine sicheren Transportmöglichkeiten, um *shoten* fünftausend

Meilen weit nach Amerika zu bringen!« sagte Shimazu, dem dabei der Gedanke kam, was denn wohl geschehen würde, wenn eines der operierten Kinder auf dem U-Boot erwachte und dort den *kuroikaze* erweckte. »Ganz abgesehen davon, daß uns auch gar keine *shoten* zur Verfügung stehen, zumal jetzt, wo wir so viele Chirurgen verloren haben!«

»Und warum haben die Seher davor nicht gewarnt!«

Shimazu wußte keine Antwort. Er war so müde. »Welchen Sinn hat eine solche Frage! Die Seher sind tot. Wir können sie nicht mehr fragen. Warum also stellst du mir die Frage?«

Hiroki schwieg. Er war in Gedanken versunken. Er begann schließlich vor sich hin zu murmeln, mehr zu sich selbst.

»Der Tempel ist beschädigt. Wir haben keine Seher mehr und nicht genug Chirurgen, um eine ausreichende Anzahl *shoten* zu produzieren. Die Amerikaner bombardieren uns nach Belieben. Wir haben nicht genug Treibstoff, um neue Piloten ordentlich auszubilden, also bringen wir ihnen gerade so viel bei, daß sie aufsteigen und sich selbst auf feindliche Schiffe stürzen können.« Er sah mit hohlen Augen auf. »Wir sind verloren.«

»Warum erinnerst du dich nicht an die Prophezeiungen?« sagte Shimazu wieder einmal. Doch er mußte sich eingestehen, daß selbst er mittlerweile seine Zweifel über den Kriegsausgang hatte. Iwo Jima fiel wohl als nächstes. Manila war bereits zu Beginn des Monats verlorengegangen, und es war lediglich eine Frage der Zeit, bis die letzten japanischen Regimenter von den Philippinen abziehen mußten. Mit einigen wenigen unbedeutenden Ausnahmen hatte die amerikanische Kriegswalze die ganze Inselwelt zurückerobert, die Japan vor kaum drei Jahren in Besitz genommen hatte. In Europa lag das deutsche Dritte Reich in Agonie. Das bedeutete, daß auch der russische Bär bald frei war und seine hungrigen Augen auch auf Japan richten konnte. Der Tenno war bedrohlicher als jemals zuvor von den weißen Barbaren umzingelt! Es mußte einen Ausweg geben!

Er seufzte. »Leider haben die Seher niemals rückwärts geblickt. Vielleicht hätten sie uns sagen können, wo die Schriftrollen zu finden sind!«

Hiroki sprang auf wie von der Tarantel gestochen. »Rückwärts blicken! Aber natürlich! Warum haben wir nie daran gedacht? Vielleicht hätten wir dann die Rollen schon vor Jahren gefunden!«

Doch Shimazu winkte ab. »Wir haben es ja versucht. Doch offenbar ist jedem, der mit der Hilfe des Elixiers der Seher einmal nach vorn geblickt hat, die Vergangenheit verschlossen.«

Shimazu konnte sich nicht erinnern, daß die Seher jemals Anstalten gemacht hätten, in die Vergangenheit zu blicken. Sie galt als ohnehin dokumentiert. Immer nur hatte die Zukunft sie interessiert.

»Und hat irgend jemand, der noch nie in die Zukunft sah, den Blick in die Vergangenheit versucht?«

»Nicht, daß ich wüßte.«

»Dann müssen wir es versuchen!«

»Wir haben keine neuen Seher!«

»Dann werde ich selbst das Elixier einnehmen!« rief Hiroki.

Shimazu sah ihn eindringlich an. Zweifellos war Hiroki derjenige der Okumo-Brüder, der dem Orden Ruhm bringen würde.

»Aber du hast deine Augen noch«, sagte er, »und ich erlaube nicht, daß du sie hergibst.«

Aus Hirokis Antwort war durchaus Erleichterung darüber herauszuhören. »Mag sein, daß ich nicht so klar sehe wie ein Seher, aber zumindest irgend etwas werde ich sehen!«

»Du bist dafür nicht ausgebildet. Du weißt nicht, wie du deine Visionen führen mußt. Wie willst du sie rechtzeitig zu dem gewünschten Punkt bringen? Wie richtig einordnen? Du könntest dich für nichts in Gefahr bringen!«

»Es bleibt keine andere Wahl. Es muß einen Weg geben!«

Doch Shimazu schüttelte den Kopf. Er sah keine Chance. Hiroki hatte nicht das Jahr der Experimente und Erfahrungen eines Sehers hinter sich. Er würde überhaupt nicht wissen, wie er irgend etwas Nützliches aus den Visionen entnehmen . . .

Er erinnerte sich plötzlich, wie die Seher die Kinder hielten, wenn sie zum ersten Mal zu ihnen in den Tempel gebracht wurden. Sie benützten den Kontakt mit ihnen, um damit ihre Visionen zu steuern und einzustellen. Vielleicht half das auch bei Hiroki?

»Es könnte vielleicht eine Möglichkeit geben«, sagte er.

»Ich versuche alles!« rief Hiroki sofort. »Alles!«

Er trank das dampfende Elixier in stetigen, langsamen Schlucken. Es war bitter, und dennoch war eine kräftige, klebrige Süße in ihm, die ihn fast würgen ließ. Er zwang sich jedoch auszutrinken und wartete dann auf die Augenbinde, die ihm Shimazu umlegte. Danach legte er sich nieder und wartete.

Angstschweiß drang ihm aus allen Poren. Wenn die Vision nun das normale Sehvermögen in Mitleidenschaft zog? Wer wußte das schon? Bis jetzt hatten allein die Seher das Drogenelixier eingenommen, und ihnen waren lange vor dem ersten Mal die Augen schon entfernt. Er könnte es nicht ertragen, blind zu sein, sich führen lassen zu müssen, von anderen abhängig zu sein. Lieber würde er *seppuku* verüben.

Gab es irgendeine Hoffnung auf Erfolg? Oder riskierte er nur sein Augenlicht für nichts?

»Öffne deine Hand«, hörte er Shimazu sagen.

Er tat es und spürte, wie ihm ein Stück pergamentartiges Papier hineingelegt wurde.

»Was ist das?«

»Eines der Rollenfragmente, die ihr gefunden habt. Halte es, während du in Trance bist. Wir haben Grund zu der Annahme, daß eine Reliquie wie diese deine Vision zum richtigen Ort und Zeitpunkt lenken wird.«

»Besteht denn nicht die Gefahr, daß es beschädigt wird?«

»Es sind mehrere Kopien der Schriftzeichen, die es enthält, angefertigt worden. Der Text ist also gesichert.«

Hiroki schloß seine Hand sanft um das Papierstück und versuchte sich zu entspannen.

»Denke an etwas«, riet ihm Shimazu, »das sich vor einer Stunde ereignet hat. Danach an etwas von gestern. Und führe auf diese Weise deine Vision schrittweise immer weiter in die Vergangenheit zurück. Denke an die Richtung, der du folgen möchtest, und bete, daß sie dich dorthin führt.«

Er lag schweigend und reglos auf dem *futon* und wartete, während er sich konzentrierte. Schließlich begann ein leuchtender gelber Nebel hinter seinen Augenlidern aufzusteigen. Doch er sah nichts weiter. Die Zeit verging nur langsam. Lediglich das formlose gelbe Leuchten blieb. Wie lange dauerte es — falls es überhaupt funktionierte? Doch nichts ereignete sich. Selbst die Übelkeit war vergangen. Er war schon bereit, aufzugeben, sich zu erheben und die Augenbinde abzunehmen, als er in dem gelben Nebel einen schwachen Schatten zu erkennen glaubte.

Sofort straffte sich alles in ihm. Er wartete weiter, nicht sicher, ob er es wirklich gesehen oder es sich nur eingebildet hatte. Dann kam der Schatten jedoch wieder, diesmal dunkler, kräftiger und länger.

Er wollte Shimazu rufen, beherrschte sich aber, um nicht Gefahr zu laufen, die Wirkung zu zerstören, die sich nun offensichtlich einstellte.

Der Schatten kräftigte sich weiter, der Nebel begann da und dort aufzureißen, und durch ihn erschienen nun auch Farben.

Okamoto! dachte er und versuchte, die Vision in die Richtung der alten Bewahrer der Rollen zu dirigieren. *Finde mir Okamoto!*

Die Farben stabilisierten sich, verdichteten sich zu deutlicheren Bildern direkt in seiner Reichweite, reizten ihn, zogen ihn unwiderstehlich an . . .

Und dann sah er plötzlich mit den Augen eines anderen, der eine Straße entlang ging.

Er spürte, wie seine Arme und Beine hastig nach Halt an seinem *futon* suchten, während ein heftiges Schwindelgefühl ihn wie in einer Spirale hochhob. Sein Körper wußte, er lag flach, doch seine Augen sagten ihm, daß er aufrecht stand und ging. Es war verwirrend und desorientierend. Er konnte nicht die Augen schließen, um diese Bilder zu verdrängen. Seine Augen waren ja schon geschlossen. Allmählich ließen das Schwindelgefühl und die Übelkeit wieder nach, und er gewöhnte sich daran, die Welt aus den Augen eines anderen zu sehen.

Seine Erregung wuchs, als er seine Umgebung in dem schwächer werdenden Sonnenschein zu identifizieren versuchte und erkannte, daß er sich in der Vergangenheit befand. Es war eine ungepflasterte Straße mit seltsam gekleideten Fußgängern und holpernden, quietschenden Wagen, die entweder von Ochsen oder auch Menschen gezogen wurden. Das sechzehnte Jahrhundert mochte so ausgesehen haben! War er etwa bereits hinter Okamotos Augen selbst?

Wenn aber, wo war dann Okamoto?

Er beobachtete alles aufmerksam und versuchte sich an irgend etwas, Berg, Horizont, zu orientieren. Doch dann wurde es sehr dunkel. Bald entzündete sein Gastgeber eine Laterne und hielt sie vor sich auf den Weg, bis er am Ende stehenblieb und sie absetzte.

Sie befanden sich auf dem Bauplatz eines kleinen Gebäudes. Das Fundament war teilweise schon ausgehoben. Aus dem vulkanischen Felsen, an den das Haus gebaut werden sollte, gruben Hände vor ihm eine Art Alkovenhöhlung heraus. Er hörte und fühlte nichts, empfand jedoch eine gewisse Schwäche, eine tödliche Müdigkeit in den Armen, die die Schaufel führten. Sie zitterte in den Händen, wenn sie mit Erde aus dem Loch herausgehoben wurde. Nach einer Zeit war das Graben beendet. Die Hände brachten eine längliche, an beiden Enden versiegelte Urne aus einem Sack zum Vorschein, die in das Erdloch gelegt und dann eingegraben wurde. Nachdem das Loch wieder zugestampft worden war, begannen die Hände mit dem Graben eines zweiten Loches. Die Arme schienen jetzt noch schwächer zu sein als zuvor. Diese Vision wurde auch einige Male verschwommen und unscharf. Auf die gleiche Weise wie beim ersten Mal wurde dann eine zweite Urne vergraben und sofort ein drittes Loch in Angriff genommen. Doch als dieses erst halb ausgehoben war, zitterte die Vision und verschwand einige Herzschläge lang.

Hiroki brach am ganzen Leibe der kalte Schweiß aus. Etwas stimmte nicht. War etwas mit dem Elixier nicht in Ordnung? Ließ seine Wirkung nach? Oder war es Okamoto selbst? Er erinnerte sich, daß Yajima ihm gesagt hatte, er habe Hinweise darauf gefunden, daß Okamoto während seines Zuges nach Süden krank geworden sei. Starb er etwa?

Dann war die Vision auf einmal wieder da. Allerdings unschärfer als zuvor. Er sah, wie die Hände sich mit der dritten Urne mühten und sie endlich in das Erdloch senkten und mit einer dünnen Lage Erde bedeckten. Dann wandte Okamoto sich um, kroch aus dem Alkoven heraus und griff nach der Lampe.

Und wieder verschwamm die Vision und verschwand in eine so absolute Dunkelheit, daß Hiroki instinktiv wußte, kein Licht käme mehr zurück.

Er versuchte seine Hand zu heben, um die Augenbinde zu entfernen, aber sie bewegte sich nicht. Er versuchte Shimazus Namen zu rufen, aber seine Zunge war wie eingefroren. Entsetzen durchlief ihn. Starb er etwa wie Okamoto? Trug ihn die Vision selbst bis in den Tod? Er versuchte verzweifelt umzukehren, zu rufen, wenigstens einen Finger zu bewegen. Doch es ging nicht. Statt dessen fiel er! Er fiel und fiel endlos durch ein leeres, hungriges Nichts. Sein ganzer Geist schrie . . .

Und dann hörte er auch seine Stimme schreien. Hände lagen auf ihm, und Shimazu fragte: »Was ist? Ist alles in Ordnung? Was siehst du?«

Er spürte, wie seine Hände sich bewegten, zu seinem Gesicht wanderten, die Augenbinde abrissen. Licht! Gesegnetes Licht! Über ihn war Shimazu gebeugt. Seine grünen Augen starrten ihn durch die Löcher seiner Gesichtsmaske an.

Ich lag im Sterben! Ich starb fast wie Okamoto!

Und dann erkannte er den Alkoven der Vision. Er hatte genau die Form des hinteren Raumes des Schreins, in dem er und Yajima die Fragmente gefunden hatten.

Die Rollen waren unter dem Boden des Schreins vergraben!

»Ich weiß, wo die Rollen sind!« rief er. »Ich finde sie!«

APRIL

Kommandeur Hiroto, sein unmittelbarer Vorgesetzter, reichte Matsuo eine kleine Tasse grünen Tees und sagte:

»Wir haben Grund zu der Annahme, daß die Amerikaner kurz vor der Fertigstellung einer Atombombe stehen!«

Matsuo riß die Augen auf. »Ich dachte, sie seien noch Jahre davon entfernt!«

Kommandeur Hiroto nippte vorsichtig an seiner Teetasse. Er war klein und stämmig, mit sehr kurz geschorenen Haaren und einem runden Gesicht mit so dicken Wangen, daß seine Augen fast darin zu verschwinden schienen. Ein alter Hase im Spionage- und Nachrichtenwesen. Matsuo mochte und respektierte ihn.

»Das dachten wir auch«, antwortete er. »Aber jetzt erfahren wir aus General Arisues Büro . . .«

»General Arisue?« begann Matsuo, doch der Kommandeur bedeutete ihm mit erhobener Hand, zu warten.

»Ich weiß, was Sie sagen wollen. Lassen Sie mich ausreden.«

Matsuo kannte Generalmajor Seizo Arisue recht gut. Er war als pragmatischer, äußerst ehrgeiziger Offizier bekannt, der keine Gelegenheit ausließ — und als Chef des Heeresnachrichtendienstes hatte er viele —, seine politischen Ambitionen voranzubringen. Was immer von dem Mann kam, war mit Vorsicht zu genießen.

»Zwei Quellen aus Lissabon — Doppelagenten — berichten unabhängig voneinander, daß das Atombombenprojekt der Amerikaner, das seinen Sitz an einem Ort namens Los Alamos im Staat New Mexico hat, sich bereits in einem fortgeschrittenen Entwicklungsstadium befindet. Sie vermuten, ein Prototyp werde im Sommer zur Erprobung fertig sein.«

»Wie kommt so eine Nachricht nach Lissabon?«

»Ein amerikanischer Techniker aus Los Alamos namens David Greenglas hat den Russen Blaupausen verkauft. Wenn die Amerikaner wirklich eine funktionierende Atombombe bauen können, sind wir erledigt.«

Matsuo war nicht so sehr beeindruckt. »Sehr viel mehr Wirkung als das Bombardement letzten Monat wird so eine Atombombe wohl auch nicht haben.« Ihn plagten noch immer Alpträume über die Schrecken jener Nacht.

»Täuschen Sie sich da nicht. Bei diesem Angriff flogen dreihundert Bomber und warfen drei Stunden lang Brandbomben ab. Und der Sturm half ihnen noch. Aber vielleicht erinnern Sie sich, was Dr. Kakihana sagte, als er hier war: Eine einzige Atombombe, die ein einziges Flugzeug abwirft, kann eine ganze Stadt mittlerer Größe ausradieren.«

Matsuo versuchte sich das vorzustellen. Aber es war nicht vorstellbar. Andererseits, Dr. Hidetake Kakihana von der Universität Tokio hatte einen weltweiten Ruf. Vor einigen Jahren hatte er einmal einen Vortrag vor ausgewählten Offizieren gehalten und dabei gesagt, Japan brauche mindestens noch zehn Jahre, bis es eine Atombombe bauen könne, Amerika vielleicht aber viel weniger, je nachdem, wie viele emigrierte deutsche Wissenschaftler für sie arbeiteten. Er war dabei freilich immer von der Annahme ausgegangen, daß es auf jeden Fall noch mindestens fünf Jahre dauern werde.

Hatte er sich etwa so sehr geirrt?

Auch noch an ein anderes Thema Dr. Kakihanas erinnerte Matsuo sich: Strahlung, die mit der Explosion einer solchen Atombombe verbunden war und Krankheiten und Siechtum auslöste — und zwar für weitaus mehr Menschen, als unmittelbar der Explosion zum Opfer fielen.

Ein Flugzeug, eine Bombe, und jede Stadt in Japan bekam ihren eigenen 10. März . . .

Nicht auf mein Land! Das kann ich nicht zulassen!

»Sie haben sie aber noch nicht getestet«, sagte er, als suche er ein Schlupfloch. »Vielleicht bekommen sie nicht einmal ein funktionierendes Modell zustande.«

»Garantieren Sie uns das?« sagte Hirota ironisch.

»Natürlich nicht. Gibt es denn keine Möglichkeit, daß wir auch an so einen Satz Blaupausen kommen?«

»Die Russen geben sie uns bestimmt nicht. Mit uns machen sie nicht halbehalbe. Und daß uns Greenglass einen zweiten Satz verkauft, ist ebenfalls höchst unwahrscheinlich. Er ist ja vermutlich Kommunist. Wir haben uns immer auf die deutsche Spionage in Amerika verlassen, aber nachdem das Dritte Reich praktisch schon besiegt ist, existiert auch ihre Spionage in den USA nicht mehr. Und weil wir selbst keine zuverlässigen Agenten dort haben, bleibt eigentlich nur eine Möglichkeit.« Er fixierte Matsuo mit seinem Blick. »Daß wir jemanden hinschicken.«

Matsuo hatte das Gefühl, als würde eine Falltür unter seinen Füßen aufschwingen. Er ahnte sofort, worauf dies hinauslief.

»Sie meinen, dieser Jemand bin ich?«

»Wer sonst?« sagte der Kommandeur.

»Sie sind dort aufgewachsen, kennen das ganze Land von Ihren Reisen, sprechen akzentfreies Englisch, als wären Sie dort geboren. Wenn einer als Amerikaner auftreten kann, dann Sie.«

»Ich hasse Amerika aber, wie Sie wissen«, sagte Matsuo mit Beherrschung und versuchte sich so dezent wie nur möglich auszudrücken. »Es wäre mir lieber, wenn ich nicht dorthin zurückkehren müßte.«

»Sie sind nun einmal der geeignetste Mann.«

»Wenn Sie mir den Hinweis erlauben, Kommandeur. Ich kann dem Tenno hier im Lande sicher besser dienen.«

»Die Entscheidung ist längst gefallen. Sie sind bestimmt worden. Es ist *chu*.«

Matsuo unterdrückte ein Seufzen. *Immer ist es chu!* Er stand auf und verbeugte sich. »Wann?«

»In vier bis sechs Wochen. Es wird ein Spezial-U-Boot vorbereitet, das Sie an der Westküste der USA absetzt.«

Vier bis sechs Wochen!

»Bleibt denn da genug Zeit, um Kontakte . . .?«

»Es handelt sich um eine dringende Mission, Okumo-san. Um ein verzweifeltes Pokerspiel. Wir arrangieren, was wir können, aber wenn Sie einmal dort sind, sind Sie die meiste Zeit auf sich allein gestellt und müssen von einem Tag zum anderen selbständig handeln.«

»Nach Gehör spielen, wie die Amerikaner sagen.«

Kommandeur Hiroto nickte. »Sehr treffend.« Dann räusperte er sich noch einmal. »Wir zählen auf Sie, Okumo-san. Wir erwarten nicht, daß Sie gleich ein Stück der geheimen Bombe mitbringen, auch nicht, daß Sie irgendeine wirksame Sabotage gegen das Projekt vollbringen. Es wäre natürlich ruhmreich, wenn eines von beiden möglich wäre, aber es ist völlig klar, daß Ihnen allein die Tatsache, Asiate zu sein, erhebliche Beschränkungen auferlegt. Kurz und gut, worauf es uns vor allem ankommt, ist, zu erfahren, wie weit die Amerikaner wirklich sind. Und ob sie schon erfolgreiche Tests durchgeführt haben. Denn wenn ja, wird dies den ganzen Krieg — und alle kommenden dazu — grundlegend verändern. Wir müssen es wissen, weil dann nämlich sehr bald der Tag kommen könnte, an dem sie uns mit der atomaren Zerstörung einer unserer Städte bedrohen, wenn wir nicht kapitulieren. Wir müssen also wissen, wie real eine solche Drohung sein könnte. Hunderttausende Menschenleben könnten davon abhängen.«

Matsuo hätte es eher vorgezogen, sich mit einem Zero-Flugzeug voller Bomben auf das Deck eines amerikanischen Flugzeugträgers zu stürzen, als nach Amerika zurückzukehren.

»Wie immer Ihre Gefühle gegenüber Amerika sind, es gibt keine andere Möglichkeit«, sagte Hiroto.

Matsuo verbeugte sich gehorsam. Aber sein Herz krampfte sich zusammen. *Sie schicken mich nach Amerika zurück!*

»Wundervolle Nachrichten von beiden Fronten«, sagte Hiroki und verbeugte sich vor Shimazu. »Die Transkription ist abgeschlossen, und Präsident Roosevelt ist tot!«

»Beides ist mir bereits bekannt«, sagte Shimazu. »Einen Augenblick lang fürchtete ich bereits, dieser Hinterwäldler Truman könnte flexiblere Kapitulationsbedingungen anbieten. Das wäre Wasser auf die Mühlen der Defätisten im Parlament gewesen. Und selbst die Militärs könnten darauf eingehen.

Aber wie es die Vision prophezeit, ist dieser Truman genau so ein Kriegshetzer wie sein Vorgänger. Auch er bleibt auf der Forderung nach bedingungsloser Kapitulation bestehen.«

»Der Krieg geht weiter«, sagte Hiroki. »Und jetzt, wo wir die Schriftrollen übersetzt haben, könnte sich das Kriegsglück bald doch noch wenden!«

Er vermochte sein Hochgefühl nicht zu verbergen. Zwei der drei Rollen waren wieder im Besitz des Ordens. Die dritte brauchte man vermutlich nicht mehr.

Obwohl der Boden unter dem Schrein in Hiroshima gründlich ausgehoben worden war, blieb die dritte Urne unauffindbar. Man mußte wohl annehmen, daß sie irgendwann im Laufe der letzten Jahrhunderte zufällig ans Tageslicht gekommen und für immer verloren war. Hiroki hatte die ganze Zeit während der mühsamen Transkription der beiden anderen Rollen — alle Gelehrten des Ordens saßen daran; Kaskaden von Schriftzeichen mußten entziffert werden, und viele von ihnen waren archaisch und nicht mehr in Gebrauch — in schlafloser Angst gelebt, diese fehlende dritte Rolle könne immer noch eine Teilinformation enthalten, die die anderen erst vollständig mache. Doch nun, nachdem die schwierige Arbeit getan war, war auch klar, daß die beiden Rollen bereits alles enthielten, was zu wissen vonnöten war.

»Ich habe veranlaßt, daß die gesamte Transkription hierher zu Ihnen gebracht wird, *sensei*.«

»Das ist sehr freundlich von dir, aber nicht nötig.«

Hiroki sah ihn fragend an und begriff. »Natürlich, *sensei*. Sie haben sie bereits während der Transkription gelesen.«

»Nein«, sagte Shimazu. »Ich habe sie schon am gleichen Abend, als du sie aus Hiroshima mitbrachtest, im Original gelesen.«

Hiroki verbarg seinen Ärger ebenso wie seine Verwunderung. Shimazu verblüffte ihn immer wieder. Einen solchen Irrgarten alten Textes im Original zu lesen war an sich schon eine ganz außergewöhnliche Leistung. Noch mehr, wenn es sich wie hier um ein großes *wa* handelte. Doch er hätte es ihm doch wenigstens sagen können! Er hätte ihm doch gleich von Anfang an die Sorge nehmen können, ob die beiden gefundenen Rollen wirklich alle erforderlichen Informationen enthielten! Gut, er war auch nicht auf den Gedanken gekommen, Shimazu danach zu fragen.

»Ob wohl die dritte Rolle noch von großem Wert wäre?«

»Nein«, sagte Shimazu. »Ich glaube, sie war nur ganz kurz. Aus den Hinweisen in den beiden ersten Rollen schließe ich, daß sie nur noch eine wiederholende Zusammenfassung war.«

Das hieß also, sie besaßen alle Antworten! Die Rollen sagten genau, wie man einen Extrakt — einen *ekisu* — destillieren konnte, der aus jedem beliebigen Kind einen potentiellen *shoten* für den Schwarzen Wind machte. Keine zeitaufwendigen, mühsamen Operationen mit einer viel zu hohen Mißerfolgs- und Todesrate mehr . . . nur noch ein Schluck eines Tranks . . .

»Das zu hören ist überaus ermutigend«, sagte Hiroki. »Ich werde die Herstellung des *ekisu* selbst überwachen, sobald wir alle nötigen Ingredienzien zusammen haben. Einige von ihnen sind immerhin . . . esoterisch, vorsichtig ausgedrückt.«

»Gewiß, aber sie lassen sich finden. Für einige müssen wir vielleicht jemand zu den traditionellen Apotheken Chinas ausschicken. Aber das läßt sich wohl bald bewerkstelligen.«

Hiroki hatte es damit sogar überaus eilig. Sehr lange konnte Japan die chinesischen Territorien nicht mehr halten.

Shimazu sagte: »In der zweiten Rolle wird wiederholt *zasshu* erwähnt, hast du das bemerkt?«

Das war ihm in der Tat aufgefallen. Das Wort bedeutete ›Bastard‹, Mischling. Die Autoren der Rollen schienen dem *zasshu* sogar besondere Bedeutung beigemessen zu haben.

»Ja, aber ich gebe zu, bei meinem raschen Querlesen habe ich damit wenig anzufangen gewußt.«

»Mag sein, daß die Feinheiten der Sprache des Autors in der Transkription nicht ganz erhalten blieben.«

Hiroki glaubte fast, ein etwas abschätziges Lächeln durch Shimazus Seidenmaske zu erkennen. Er verbeugte sich.

»Klären Sie mich auf, *sensei!*«

»Der stärkste, zerstörerischste Schwarze Wind wird überhaupt von einem *zasshu shoten* ausgelöst — einem Mischlingskind, dessen einer Elternteil japanisch ist, der andere aber von einer geringeren Rasse.«

Hiroki sah ihn an und überlegte. »Unter den Koreanern gibt es viele Mischlinge. Ein japanisch-koreanisches Mischlingskind würde diese Bedingung sicher erfüllen!«

»Oder«, sagte Shimazu, »ein japanisch-amerikanisches.«

Hiroki starrte ihn erst verblüfft an, ehe er begriff. »Sie meinen . . . Meikos Kind?«

Shimazu nickte.

»Es gäbe einen ganz hervorragenden *zasshu shoten* ab.« Und nach einer kleinen Pause murmelte er: »Eine gewisse Ironie des Schicksals käme noch dazu. Ausgerechnet ein Kind eines Amerikaners als tödliche Waffe gegen die Amerikaner . . .«

Hiroki glaubte noch etwas mehr als nur Ironie aus dieser Bemerkung seines *sensei* herauszuhören. Warum nur?

Doch wie auch immer sie gemeint sein mochte, für Ironie hatte er im Augenblick keinerlei Sinn. Allein die Erwähnung Meikos ließ all seine ohnehin nur notdürftig verheilten Wunden wieder aufbrechen. Sie hatte ihn verletzt, gedemütigt, seiner Ehre beraubt. Hier war eine Gelegenheit, es ihr heimzuzahlen! Vielleicht wurde es sogar erforderlich, daß ihr jemand bei der Kindesentführung die Kehle durchschnitt! Dann wäre endlich seine Ehre wiederhergestellt.

Wenn es auch immer noch nicht genug wäre. Besser, sie blieb am Leben. Schwer verwundet. So, wie sie ihn verwundet hatte. Damit auch sie den Schmerz eines Verlustes spürte. So wie er. Erfuhr, was es hieß, jemanden zu verlieren, den man sein eigen geglaubt hatte, und der einem für immer geraubt wurde.

Aber nein, das war unter seinem Niveau. Er konnte sich doch nicht so weit hinabbegeben, Meiko nur seiner Rache wegen ihren vergötterten kleinen Bastard zu rauben. Wenn, dann wegen des Kriegs. Für Japan. Für den Tenno.

Es war *chu.*

»Wir dürfen aber nichts überstürzen«, mahnte Shimazu. »Bis wir den *ekisu* nicht haben, besteht auch keine Notwendigkeit, uns des Kindes zu bemächtigen. Ich möchte auch nicht gern die Kluft zwischen dir und deinem Bruder noch weiter vertiefen.«

»Er wird gar nicht erfahren, wer das Kind entführt hat und wo, *sensei.*« Plötzlich war es für ihn von ganz besonderer Wichtigkeit, ausgerechnet dieses Kind zu bekommen.

»Nun, er ist schließlich Offizier im Marine-Nachrichtendienst«, sagte Shimazu tadelnd. »Nach verbreiteter Meinung sogar einer der besten ganz Japans. Glaubst du im Ernst, du könntest das Kind sehr lange vor ihm verbergen?«

»Würde er denn überhaupt Nachforschungen anstellen, *sensei?* Soviel ich sehe, bedrückt ihn die Existenz des Bastards eher. Er hat es ja auch abgelehnt, ihm seinen Namen zu geben.«

»Er mag in Amerika aufgewachsen sein. Aber er ist dennoch in der *bushido*-Tradition erzogen worden. Er wird also sicher nicht ohne weiteres den Gesichtsverlust hinnehmen, daß seiner Frau, unter seinem Dach, aus seiner ausdrücklichen Obhut, ein Kind entführt wird. Er wird also kämpfen.«

»Ich sorge dafür, daß er besiegt wird.«

Shimazu schoß zornig förmlich hoch. »Hast du etwa dem Orden, ohne mich zu informieren, deine Ohren gegeben? Oder wie sonst soll ich das verstehen? Habe ich dir nicht Tausende Male eingeschärft, es darf zwischen dir und deinem Bruder kein Blutvergießen geben?«

»Ja, *sensei*«, sagte Hiroki erschrocken und in gewohnheitsmäßigem Gehorsam. Zum tausendsten Male aber auch fragte er sich nach dem Grund dafür, warum Shimazu in diesem Punkt stets so aufgeregt wurde. »Wenn aber Matsuo tatsächlich jeden Stein umdreht, um nach dem Kind zu suchen, was tun wir dann?«

»Wir brauchen nur zu warten. Dein Bruder begibt sich mit einem Spionageauftrag nach Amerika.«

Das war Hiroki völlig neu. »Das wußte ich nicht.«

»Er selbst weiß es noch nicht lange. Und während seiner Abwesenheit ergibt es sich so, daß wir mit dem Tempel in eine andere Stadt umziehen.«

Noch eine schockierende Neuigkeit. »Wohin?«

»Das habe ich noch nicht entschieden. Aber Tokio ist zunehmend Angriffen ausgesetzt. Es ist wohl nur noch eine Frage der Zeit, bis auch unser Tempel hier den amerikanischen Brandbomben zum Opfer fällt. Wir brauchen also eine andere Stadt. Es stehen mehrere zur Auswahl. Ich informiere dich, sobald ich mich entschieden habe. Und das ist dann der Zeitpunkt, zu dem du dich des Kindes bemächtigen kannst. Dein Bruder wird dann fort sein, und wenn er zurückkehrt, hat der Orden seinen Umzug bereits beendet. Die Fährte wird, wie man so sagt, schon kalt sein. Nichts wird auf einen Zusammenhang mit dem Orden hindeuten. Nicht einmal dein Bruder wird die Spur aufnehmen können. Sofern er überhaupt zurückkommt.«

»Ein ausgezeichneter Plan, *sensei*«, sagte Hiroki.

MAI

»Ich habe ein ganz böses Gefühl«, flüsterte Meiko in Matsuos Arm.

In japanischen Häusern gibt es keine Intimität. Da sie wußte, daß lediglich eine dünne Wand aus Holz und Papier zwischen ihnen und dem Schlafraum ihrer Eltern war, konnten sie sich hier immer nur eilig und verstohlen lieben. Heute fand sie auch nicht die innere Ruhe, die sie bei Matsuo sonst immer verspürte und die sie so nötig brauchte.

»Was ist?« fragte Matsuo.

»Ich möchte dich nicht fortlassen.«

»Ich will auch nicht fort. Aber ich muß.«

»Und werde ich dich je wiedersehen?« Allein der Gedanke trieb ihr die Tränen in die Augen. »Du bist dort unter Millionen Amerikanern, die dich alle töten wollen.«

»Und ich mache mir Sorgen um dich und Naka. Du bist zwar in deinem Elternhaus. Aber ich werde Shigeo bitten, von Zeit zu Zeit nachzusehen, ob du etwas brauchst. Mache dir keine Sorgen um mich. Ich komme schon zurück.«

Wirklich? Sie wagte diesen Zweifel nicht auszusprechen, doch den Gedanken konnte sie nicht unterdrücken. Seit es ihr Matsuo gestern gesagt hatte, verfolgte die Angst sie. Vom ersten Augenblick an hatte sie eine dumpfe Ahnung überfallen, daß, während er fort war, etwas Schreckliches passieren werde. Eine ganz irrationale Angst, sagte sie sich selbst immer wieder. Eine dumme Angst. Doch es half wenig.

»Ich werde mit Naka jeden Tag zum Schrein gehen und für dich beten und Reis und ein *ema* für deine Heimkehr opfern.«

Sie drängte sich an ihn.

Matsuo saß in der Dunkelheit und hatte die *daisho*-Schwerter auf seinen gekreuzten Beinen liegen. Er mußte sie hier lassen. Es war zwar, als würde er sich von einem Teil seiner selbst trennen, doch das Risiko, sie mit nach Amerika zu nehmen, war viel zu groß.

Er umfaßte die Scheiden.

Was könnt ihr mir sagen?

Er schloß die Augen und versuchte einen letzten Schwerttraum zu sehen, ehe er Japan verließ.

Und als die Traumbilder schließlich kamen, irritierten sie ihn sehr. Er sah, wie Frank und Meiko wieder zusammen waren. Es war zwar nicht klar, wann und wo, aber sie waren zusammen. Und ohne ihn.

Als er am nächsten Morgen zum Hafen fuhr, verfolgte ihn dieses Traumbild noch immer.

MITTLERER PAZIFIK

»Rauch am Horizont!«

Sofort hörte er Laufschritte im ganzen U-Boot. Er stieg aus seiner Koje und ging zur Brücke.

I-85 hatte bisher von Yokohama aus stetigen Kurs West gehalten, tagsüber mit Batterieenergie knapp unter der Wasseroberfläche, nachts über Wasser und mit voller Fahrt der Diesel. Sie waren im Augenblick irgendwo zwischen Wake und Midway. Der Marinegeheimdienst hatte zwar auf direkter Fahrt zur US-Küste bestanden, doch das Oberkommando war der Ansicht, das Boot müsse zugleich mit maximaler Offensivkapazität ausgestattet sein. Matsuo mußte, sosehr auch er an einer möglichst raschen Überfahrt interessiert war, einräumen, daß der Stabschef nicht unrecht hatte. Treibstoff war äußerst knapp geworden. Aus jedem Tropfen muße deshalb der größtmögliche taktische Vorteil gezogen werden.

U-Boot I-85 hielt also Kurs bei voller Fahrt nach Osten, blieb dabei aber auch immer auf der Ausschau nach etwaigen amerikanischen Geleitzügen.

Und da war einer.

Er sah die vier blutjungen *kaiten*-Piloten, die alle noch keine zwanzig waren, wie sie den Kapitän baten, ›starten‹ zu dürfen, und dieser schließlich nach kurzer Überlegung nickte. »*Banzai!*« riefen sie und eilten davon.

Der Kapitän blickte Matsuo an. Er zuckte die Schultern. »Für normale Torpedos sind die Schiffe zu weit weg.«

Matsuo deutete durch eine stumme Verbeugung an, daß er verstanden hatte, und zog sich wieder zurück. Er wußte auch so, was folgte. Die Standardausrüstung auf dem Achterdeck — ein Aufklärungsflugzeug, Katapult, Deckgeschütz — war entfernt und durch vier *kaiten*-Torpedos ersetzt worden. Die vier Jugendlichen banden sich helle *haschimaki* um die Stirn, tranken eine rituelle Tasse Sake vor dem Schiffsaltar und krochen dann in die acht Tonnen schweren Torpedos, um mit ihnen auf Nimmerwiedersehen abgeschossen zu werden. Kamikaze zur See.

Diese *kaiten* eliminierten immerhin fast völlig das Fehlschuß-Risiko, das mit jedem konventionellen Torpedo verbunden war. Der Pilot konnte sich ein Ziel aussuchen und genau darauf zusteuern, um exakt mittschiffs zu treffen.

Ausweichmanöver des Schiffes waren zwecklos. Die *kaiten* hatten eine Reichweite von nicht weniger als dreißig Meilen. Praktisch waren sie Mini-U-Boote und Bombe in einem. Die einzige Hoffnung eines Zielschiffes war, den *kaiten* zu zerstören, ehe er selbst traf.

Matsuo versuchte sich davon zu lösen und sich lieber auf seine Mission in Amerika zu konzentrieren. Sein Kontaktmann war ein gewisser Koe. Niemand beim Geheimdienst wußte, wer dieser Koe war, aber er hatte seit Juni 1942 zuverlässig und regelmäßig die Schiffsbewegungen in der Bucht von San Francisco gemeldet. Seine Mitteilungen — zuerst provozierend frech in ganz offenem Englisch übermittelt, bis er 1943 über Panama ein Codebuch bekam — waren anfangs sehr wertvoll gewesen, mittlerweile aber so gut wie nutzlos. Die kaiserliche Marine mußte jetzt sehr viel dringender wissen, was diejenigen amerikanischen Schiffe taten, die ihnen sehr viel näher waren als San Francisco. Trotzdem funkte Koe unverdrossen weiter, so zuverlässig und todesmutig wie eh und je, mitten aus San Francisco. Nach wie vor jedoch war seine Identität ein Rätsel. Er war lediglich als *Koe* bekannt — die Stimme.

Noch einmal waren weiter weg *Banzai*-Rufe hörbar, dann einige Unruhe auf Deck, dann Stille. Nach einiger Zeit kam der Kapitän zu ihm.

»Wir sind wieder auf vollem Kurs. Und es geht jetzt auch schneller, nachdem wir leichter sind.«

Matsuo nickte nur schweigend. Er wollte nicht an die vier jungen fanatischen Idealisten denken, die sich selbst auf einen amerikanischen Geleitzug zusteuerten, um beim Einschlag zu sterben. Für eine Sache, die schon lange verloren war. Gerade als er an Bord von I-85 gegangen war, war die Meldung von der bedingungslosen Kapitulation Deutschlands eingetroffen. Das bedeutete, alle bisher in Europa gebundenen Streitkräfte waren jetzt für den Einsatz gegen Japan frei. Ihre kleine Anhäufung von Inseln, zusammen kaum größer als Kalifornien, stand jetzt völlig allein.

Er dachte an Meiko. Nichts war ihm jemals schwerer gefallen, als von ihr Abschied zu nehmen. In diesem U-Boot hier fühlte auch er sich einsamer denn je. Er hatte eigentlich keinen anderen Wunsch, als zu Hause bei Meiko zu sein. Doch sein eigenes Haus war zu Asche verbrannt, und der ganze Rest des Landes wurde von den Amerikaner ebenfalls in Grund und Boden gebombt.

Zwar konnte Japan weiter aushalten und kämpfen, wie noch kein Land jemals gekämpft hatte, konnte erzwingen, daß Amerika zumindest seine Forderung nach bedingungsloser Kapitulation modifizierte — aber nicht mehr dann, wenn die Amerikaner diese Atombome hatten.

Und darum mußten sie wissen, wie weit die Amerikaner auf diesem Gebiet waren. Das Oberkommando glaubte, daß er, Matsuo, der Mann war, der dies in Erfahrung bringen konnte. Warum ausgerechnet er? Was war so Besonderes an ihm?

Warum ausgerechnet ich?

Er schloß die Augen und betete darum, Meiko wiederzusehen.

JUNI

PACIFICA, KALIFORNIEN

Er stand im Bootsturm und wartete auf das Signal des Kapitäns, während das U-Boot vorsichtig auftauchte. Schon seit fast drei Stunden hatten sie bewegungslos und in absolutem Schweigen gelegen, während über ihnen die amerikanischen Küstenwachboote kreuzten. Jetzt war der Kapitän am Sehrohr und drehte sich mit ihm in alle Richtungen.

»Jetzt!« rief er dann.

Matsuo begann sofort das Lukenrad aufzudrehen. Wasser platschte auf ihn nieder, er kämpfte sich durch. Nur das obere Stück des Turms ragte über die Wasseroberfläche empor. Durch Nebeldunst und Dunkelheit erkannte er einen Strandstreifen in etwa hundertfünfzig Metern Entfernung. Er zog sein Bündel aus der Luke und klappte diese wieder zu. Sofort wurde sie von innen wieder zugedreht. Er sprang ab und begann zum Ufer zu schwimmen. Er war noch keine paar Meter vom Boot entfernt, als es bereits wieder wegtauchte und der Turm unter Wasser verschwand.

Er trug nur einen *fundoshi*-Lendenschurz zum Schwimmen. Er beeilte sich. Er mußte das wenige Licht nützen, das noch blieb. Wenn wieder völlige Dunkelheit herrschte, bestand die Gefahr, daß er die Küste aus den Augen verlor und stundenlang im Kreis schwamm.

Er ließ sich von einem Brecher auf den Sand des Strandes tragen und lief sofort bis unter die schützenden Bäume und Büsche der Hügellandschaft dahinter. Er öffnete das Wachstuchbündel mit der Verkleidung, die Koe vorgeschlagen hatte. Er hatte sie schon mehrmals angeprobt.

Ein altes Hemd, eine Hose, alte amerikanische Schnürschuhe. Das Gesicht rieb er sich mit einer blassen Tönungscreme ein, die den Hautton von Europäern hatte. Dazu eine weißhaarige Perücke und ein Vollbart. Brille mit dunklen Gläsern. Hut. Weißer Stock. Er sah sehr echt aus, fand er. Ein alter Mann, blind. Ein alter blinder *Amerikaner.*

Er brach auf nach Norden. San Francisco. Er war mit Koe verabredet.

Er erreichte die Stadt nach drei oder vier Meilen Marsch am Strand entlang, stieg den Hügel hinauf und befand sich auf den Straßen von Parkside, denen er bis Forest Hills folgte. Hier, wo einst nur Wald gewesen war, waren überall neue Wohngebiete. Seit er sie vor dreizehn Jahren verlassen hatte, war die Stadt sehr gewachsen. Er überquerte den Schlauch des Golden Gate Parks und kam zur Western Addition, hielt sich an die Fell Street, umging Japantown und hielt auf die Market Street zu.

Auch sie hatte sich verändert. Speziell die Kinos. Viele seiner alten Lieblingstheater existierten nicht mehr oder hatten neue Namen. Überall waren neue Häuser, neue Schilder, neue Autos. Doch nach wie vor fuhren die Muni-Busse ihre gewohnten Linienstrecken, und es herrschte mehr Geschäftigkeit auf den Straßen denn je. Er ging weiter bis zur Haarnadelkreuzung Market und California, bog in diese ein und begann den langen, steilen Aufstieg hinauf zum alten Nob Hill.

Es war fast eine Schande, wirklich. Da sanken die japanischen Städte in Schutt und Asche, und dieses San Francisco hier blühte und gedieh, und kein Haar wurde ihm gekrümmt. Dennoch — die Zeitlosigkeit von Nob Hill war beruhigend. Nicht überall also sank die Vergangenheit dahin.

Er sah sich um. Alles war still hier, so vertraut. Als sei er überhaupt nie fortgewesen. Alles war genauso, wie er es noch in Erinnerung hatte. Die *Grace Cathedral* war der gleiche majestätische und kalte Granitblock wie eh und je. Der alte *Union Pacific Club* sah auch jetzt noch wie eine ehrwürdige Bibliothek aus. In den Hotels — dem *Mark Hopkins*, dem *Stanford Court*, dem *Fairmount* — herrschte reger Betrieb. Offenbar waren sie alle ausgebucht.

Er stand da und nahm alles in sich auf, sah die Straßenlaternen, hörte die Geräusche der ziehenden Kabel unter der Straße und spürte, wie ein Gefühl in ihm aufstieg, das stärker wurde, je mehr er es geradezu panisch zu unterdrücken versuchte: Es war wie zu Hause. Wie eine Heimkehr.

Nein!

Seine Heimat war Japan. Dorthin gehörte er! Kyoto und alles, wofür es stand! Dort war seine Heimat! Wo er eines Tages auch leben würde. Warum also umfingen ihn diese Straßen hier und die Häuser und selbst die Luft dieser Stadt in diesem Land, das er so haßte — in diesem verfluchten Amerika —, so mit offenen Armen wie eine Mutter ihren langvermißten Sohn?

Er war völlig hilflos und spürte, daß er keine andere Wahl hatte, als diese Umarmung anzunehmen.

Er *war* heimgekehrt!

Nach einer Weile raffte er sich auf und stieg den steilen Leavenworth's-Berg über den *Russian Hill* hinab. Von weit drüben blinkten die Lichter von Alcatraz durch den Nebel.

Er sollte sich mit Koe auf der Jefferson Street treffen. Kein spezieller Block oder eine bestimmte Kreuzung, einfach nur Jefferson Street. Nicht sehr präzise, aber vielleicht nicht unklug. Die Jefferson war immerhin nicht sehr lang. Fünf oder sechs Blocks am Wasser entlang.

Er schlurfte auf den schmutzigen Gehsteigen dahin und gab sich Mühe, alt, schwächlich und vielleicht auch blind auszusehen. Er wanderte zwischen den roten Ziegelgebäuden der Konservenfabrik Del Monte und der Powell Street herum, zuerst auf der einen Seite, dann auf der anderen, zuweilen stehenbleibend, um die spät hereinkommenden Fischerboote beim Ausladen ihres Tagesfangs zu beobachten. Er hatte nicht gezählt, wie oft er schon auf und ab gegangen war, aber er begann bereits die Hoffnung aufzugeben, daß sein Kontaktmann jemals auftauchen werde, als er bei einem Blick hinauf zur Taylor Street seinen Doppelgänger erscheinen sah.

Er blieb stehen, lehnte sich an eine Ecke und tat, als suche er in seinem

Schuh nach einem drückenden Steinchen, bis der andere weißhaarige, bärtige, blinde Alte mit dunklen Brillengläsern vor ihm stand.

»Kommstn her, Mac?«

»Inselwelt.«

Der andere drehte sich um und begann wieder die Taylor hinaufzugehen. »Hier lang.«

Nicht ohne Furcht, vielleicht in eine Falle zu laufen, folgte Matsuo. Sie gingen einige Blocks, um ein paar Ecken und schließlich durch eine Seitenallee, die kaum breit genug war, daß zwei Mann nebeneinander gehen konnten, bis sie schließlich an eine Tür gelangten, die der andere aufschloß.

»So«, sagte er und schaltete das Licht an. »Hier sind wir.«

Matsuo schloß die Tür hinter sich, ohne den Knauf loszulasen. »Richtig«, sagte er, »hier sind wir. Aber wer sind wir?«

»Koe«, sagte der andere und nahm Perücke und Bart ab. Ein unverkennbarer Japaner. Und außerdem . . . irgendwie bekannt!

Dann wußte er es. »Sachi!« rief er. Sachis Gesicht war voller Narben und schmaler, härter als einst vor zwanzig Jahren, als er ihn zuletzt gesehen hatte. Er riß sich den eigenen Bart und die Perücke vom Kopf. »Ich bin es, Matsuo Okumo!«

Sachi zog die Brauen zusammen. Er musterte ihn, dann dämmerte es ihm. »Aus Izumi-sans Laden! Mein Gott, bist du es wirklich?«

Matsuo begann eine Verbeugung, aber Sachi war bereits bei ihm und schüttelte ihm grinsend die Hand.

»Nach so vielen Jahren wieder mal ein japanisches Gesicht! Und dann stellt sich auch noch heraus, daß man es kennt!«

»Schön, dich wieder zu sehen und daß es dir gut geht!« sagte auch Matsuo. »Aber von allen Japanern in Amerika hätte ich nun wirklich am allerletzten dich hinter Koe vermutet!«

Sachis Lächeln blieb zwar, aber etwas angestrengt sah es nun doch aus. »Nun ja, ein Beispiel mehr, daß man nie vorhersagen kann, wie sich die Dinge entwickeln.«

Matsuos Instinkt sagte ihm, es sei wohl besser, das Thema fallen zu lassen. Doch er mußte Sachis sicher sein. »Du warst doch immer der total integrierte *nisei!* Du hast dir doch nie etwas aus Japan gemacht! Du wolltest nicht einmal darüber reden, nichts davon hören. Einmal hast du mir sogar gesagt, du willst vergessen, daß es Japan überhaupt gibt.«

»Das galt ja auch. Für damals«, sagte Sachi, während sich sein Lächeln in eine angespannte Grimasse von Ungehaltenheit und Schmerz veränderte. »Bis eben unser ruhmreicher Präsident Roosevelt entschied, daß die amerikanische Verfassung für mich nicht galt. Und eine Verordnung unterzeichnete, daß jeder mit auch nur einem japanischen Großelternteil von der Westküste verbannt wird.«

»Hier haben sie uns immer gehaßt«, sagte Matsuo in Erinnerung an Mick McGarrigle und die Erwachsenen, die es Mick vorgemacht hatten.

»Hier ja. Aber das haben sie in Washington drüben ausgebrütet! Wo sollten wir also noch hin? Was wir von Schweinen wie Hearst zu erwarten hatten, war ja immer klar.« Er lachte bitter auf. »Und wie er den Schwanz eingezogen hat und davongelaufen ist! Sein Haus hat er zugesperrt und ist fort von der Westküste! Aber es waren ja nicht nur die Hearsts, die Jagd auf uns machten. Selbst sogenannte Liberale wie Walter Lippman sprangen auf den *Haßt die Japaner!*-Zug auf. Nicht ein Sabotageakt irgendwo an der Westküste, von dem Lippman nicht alsbald erklärte: Die Japse! Sie warten ja nur auf die kleinste Gelegenheit, irgend etwas zu zerstören. Pah, FRD und Mr. Walter Lippman! Die Anwälte des kleinen Mannes!« Er spuckte verächtlich aus. »Daß ich nicht lache! Diese Pharisäer! Ich habe einen Freudentanz aufgeführt, als ich hörte, daß dieser miese alte Bastard von Präsident gestorben ist.«

Er legte eine Pause ein und erlangte mühsam die Beherrschung wieder. »Ganze fünf Tage gaben sie uns, unsere Angelegenheiten zu regeln. Dann sollten wir interniert werden. Wir durften lediglich behalten, was wir mit uns tragen konnten. Also verkauften wir unsere Autos und was wir sonst noch hatten. Oh, es gab eine Menge guter Nachbarn, die uns alles gern abkauften — zu Schleuderpreisen, die wir akzeptieren mußten. Und selbst die versuchten sie noch zu drücken. Meine Mutter heulte wie ein Schloßhund, als sie ihre geschwungene Porzellan-Glasvitrine mit allem, was darin war, hergeben mußte.«

»Tut mir leid, Sachi«, sagte Matsuo. Doch Sachi war noch nicht fertig. Es war zu spüren, daß er einen lange aufgestauten Zorn loswerden mußte.

»Wie Tiere trieben sie uns auf Marktplätzen oder Rennbahnen zusammen, filzten uns wie Kriminelle und karrten uns fort in sogenannte ›Umzugszentren‹. Und jeder wußte ganz genau, es waren Konzentrationslager! Sie steckten uns in dachpappengedeckte Baracken mitten in der Wüste, wo wir tagsüber in der Sonne brieten und nachts im eisigen Wind halb erfroren.« Er senkte den Kopf, und seine Stimme wurde sanft. »Aber selbst dort, mitten in der ganzen Häßlichkeit, begannen japanische Gärten aus gebleichtem Holz und Wüstenblumen neben den Baracken aufzublühen.«

Dann blitzten seine Augen wieder auf. Er sah Matsuo an. »Es war ein einziger Landraub! Seit Beginn des Jahrhunderts hatten die kalifornischen Farmer versucht, uns fortzuekeln, und jetzt hatten sie endlich ihre große Chance. Sie rissen sich unsere Farmländereien unter den Nagel, offiziell als Pächter, und dann liefen die Hypotheken einfach aus oder ab, weil die Leute, die sie besaßen, sie nicht mehr geltend machen konnten. Weil sie jahrelang in diesen Konzentrationslagern interniert waren.«

»Und wie konntest du dich in Freiheit halten?«

»Ich war so bescheuert, mich wie alle anderen erst einmal festsetzen zu lassen. Wir hielten das alles für einen Irrtum. Wir konnten es uns gar nicht anders vorstellen! Unser Land und unser Präsident machten doch so etwas nicht! Bis es nach zwei Monaten selbst in meinen verbohrten Schädel gegangen war, daß es alles andere als ein Irrtum war. Spielte plötzlich keine Rolle mehr, daß ich hier geboren war und daß dies genauso mein Land war wie das von Hearst oder Lippman oder Mr. FDR!«

Der Zorn trieb ihm sogar die Tränen ins Gesicht. Er wischte sie rasch wieder ab und atmete tief durch.

»Mein Land erklärte einfach, ich sei ein Stück Scheiße und gerade wert, eingesammelt und in die Mülltonne geworfen zu werden. Nun, wenn sie es so haben wollten, dann sollten sie es eben so haben. Ich beschloß auszubrechen. Keiner wollte mitkommen. Alle glaubten sie fest daran, jeden Tag müsse der liebe Präsident seine Meinung wieder ändern. Ich grub mir also einen Fluchttunnel und wurde Koe«.

Er sah zur Seite. »Ich hätte für Amerika gekämpft, Matsuo, wäre sogar dafür gestorben. Ich liebte dieses Land doch! Immer hatte ich es als meine Heimat angesehen! Aber es machte mir sehr unmißverständlich klar, daß es das nicht sein wollte.«

Matsuo wußte nicht, was er sagen sollte. Sachi war mittlerweile ebenfalls ein erwachsener Mann Mitte Dreißig, aber jetzt sah er wieder aus wie ein kleiner Junge mit gebrochenem Herzen. Er versuchte ihn etwas aufzumuntern.

»Jetzt weiß ich wenigstens, warum alle deine Berichte auf englisch kamen.«

»Richtig«, sagte Sachi, und nun huschte wieder der Anflug eines Lächelns über sein Gesicht. »Ich habe bis heute nicht Japanisch gelernt.« Er fand seine Haltung wieder und zuckte mit den Schultern. »Nun, jedenfalls hatte FDR im Januar seine Verordnung dann doch noch zurückgenommen. Alle *issei und nisei* durften die Lager wieder verlassen. Nur, viele wußten jetzt nicht mehr, wohin sie sollten. Und von denen, die hinausgingen, wurden viele belästigt, beschimpft, attackiert. Meine Mutter ist immer noch dort. Sie fürchtete sich, wiederzukommen. Also, Freund, bleibe lieber hinter deiner Maskierung. Als Japs hast du in San Francisco wenig zu lachen.«

Er machte Kaffee. Matsuo hätte lieber Tee gehabt, doch den haßte Sachi und hatte deshalb auch keinen. Dann funkte Sachi rasch das abgesprochene Code-Wort, daß der Kontakt hergestellt sei. Danach wechselten sie sich am Kopfhörer ab und verfolgten, wie vereinbart, den Funkverkehr aus Panama nach weiteren Instruktionen für Matsuo über Las Alamos.

»Und wie bist du eigentlich die ganze Zeit durchgekommen?« fragte Matsuo und verzog das Gesicht über dem bitteren, dicken, schwarzen, ungezuckerten Kaffee.

»Hauptsächlich mit Betteln. Ich spiele den blinden alten Mann und komme auf diese Weise an Kleingeld. Es ist eine gute Tarnung. Ich habe herausgefunden, daß Gesunde einen Menschen, den sie für verkrüppelt oder behindert halten, lieber nicht genau ansehen. Kinder, ja, die starren einen unverhohlen an, aber Erwachsene geben lieber schnell etwas und schauen rasch wieder weg.«

Er deutete auf eine aufgeworfene Narbe auf seiner Wange. »Mache ich mit Flugzeugmodellkleber. Ich zeige es dir nachher mal. Jedenfalls, wenn das Betteln nicht genug einbringt, gehe ich zuweilen auch stehlen. Ein Teller Essen, die Wäsche von der Leine. Irgendwie komme ich immer durch. Meine Miete ist billig, und ich habe mich auch daran gewöhnt, gelegentlich zu hungern.«

»Ich habe amerikanisches Geld mitgebracht«, sagte Matsuo und war froh, daß er nicht auch auf amerikanischen Straßen mit einem Blechtopf betteln gehen mußte. »Aber eigentlich meinte ich mehr, wie du es geschafft hast, daß sie dich nie zu fassen kriegten.«

»Ein paarmal war es nahe daran«, sagte Sachi lächelnd. »Aber ich habe ein tragbares Funkgerät in einem alten Koffer, den ich überall hin mitnehme. Und ich sende immer von verschiedenen Teilen der Stadt aus. Von Dächern, Kirchtürmen, Friedhöfen, dem Telegraph Hill, sogar von der Mauer des Presidio aus. Von überall habe ich schon gefunkt, was du dir nur denken kannst. Der Trick ist, nie irgendwo zu lange bleiben und nie im gleichen Jahr zweimal an dieselbe Stelle zu gehen.«

»Du bist ein tapferer Mann«, sagte Matsuo und meinte es ganz ehrlich.

»Aber nein«, sagte Sachi kopfschüttelnd. »Nur ein zorniger Mann. Nicht in der schlimmsten Hölle ist so viel Zorn wie in einem Mann, der sich von seinem Land verraten weiß.«

Matsuo schlief eine Weile und übernahm dann seine Wache am Funkgerät. Danach übergab er den Kopfhörer wieder an Sachi. Es war inzwischen früher Morgen, und er wollte sich die Beine vertreten. Er war in einem U-Boot über den Pazifik gekommen, und das möblierte Zimmer hier war kaum größer als seine Koje dort.

»Sei aber vorsichtig«, mahnte Sachi. »Wenn du schon nicht betteln willst, laß den weißen Stock lieber hier und nimm den Hickorystock dort an der Tür. Und denke immer daran, gehe langsam, aber stetig. Nicht die Aufmerksamkeit der Cops auf sich lenken!«

Das Licht und die Luft auf dem Weg zu den Docks hinab taten ihm gut.

Als er die Jefferson überquerte, blickte er nach links hinüber und erstarrte mitten im Schritt.

Er hatte Zeichnungen davon schon 1932 gesehen, ehe er die Stadt wieder verlassen hatte, und später körnige Schwarzweiß-Fotos in Zeitungen, aber in keiner Weise war er auf diesen Anblick hier vorbereitet. Diese riesigen orangeroten Pfeilerträger und die an gewaltigen Seilen hängende Brückenkonstruktion. Im Nebel der vergangenen Nacht war sie nicht zu erkennen gewesen, aber jetzt überwältigte ihn der unerwartete Anblick der Golden-Gate-Brücke buchstäblich. Er stand und starrte, bis ihn ein Fahrer aus einem Ford heraus mit rauher Stimme anschrie: »He, Opa, willst du dich unbedingt totfahren lassen?« und ihm dann erst wieder bewußt wurde, daß er tatsächlich wie angewurzelt mitten auf der Fahrbahn stand. Er eilte hinüber auf die andere Seite, ging weiter zum Wharf und lehnte sich dort an ein Geländer, um nun erst in aller Ruhe die atemberaubende Schönheit dieser gewaltigen Brücke zu betrachten. Ein Wunderwerk!

Als er sich fürs erste sattgesehen hatte, wanderte sein Blick weiter nach rechts hinüber — um dort eine zweite riesige Brücke hinüber nach Oakland zu entdecken! Sie sah sehr viel länger aus als die Golden Gate, aber irgendwie eben doch nur wie eine Brücke. Doch das hier — das war nicht nur eine Ingenieurleistung, sondern so etwas wie ein Kunstwerk! Eine weitere Überraschung erwartete ihn, als er sich dann umdrehte. Oben auf dem *Telegraph Hill* erhob sich ein weißer Turm in den Himmel. Der war früher nicht dagewesen.

Er wanderte weiter den Embarcadero entlang und kam aus dem Staunen nicht heraus. San Francisco hatte sich drastisch verändert. Vergangene Nacht war das alles nicht so sichtbar gewesen, aber jetzt . . . Und ein Leben und Treiben herrschte, wie er es ebenfalls nicht von früher her kannte. Damals war die Stadt eine Ansammlung von Wohngebieten gewesen, in denen jeder jeden zu kennen schien. Jetzt war es eine wirkliche Großstadt. Hatten das die Brücken bewirkt oder der Krieg?

Er kam zum Fährhaus. Zumindest dies hatte sich nicht verändert, obwohl es ihm schien, als würde kaum noch ein Zehntel des einstigen Betriebes vor den Brücken herrschen. Er stellte seine Uhr auf die Ortszeit ein — nach der auf dem Turm — und ging Richtung Chinatown. Die hatte sich kein bißchen verändert. Er kam wieder über den Nob Hill und entschloß sich zu einem Erkundungsgang abwärts zur Western Addition, mit einer gewissen Beklemmung, was er dort wohl vorfände. Oder besser gesagt, nicht mehr.

Allem Anschein nach — jedenfalls für jemanden, der gerade einmal mit dem Auto rasch durchfuhr — war auch Japantown völlig unverändert. Leute gingen einkaufen und saßen in oder vor den Haustüren, und auch die alten viktorianischen Häuser hatten noch immer ihre Giebelchen und Türmchen. Aber selbst ein oberflächlicher Blick bewies, daß es weder auf der Geary noch der Octavia oder Post Street, wo früher einmal jedes europäische Gesicht eine Ausnahme war, noch Japaner gab. Sämtliche Verkehrs- und alle Ladenschilder waren jetzt englisch beschriftet, wenn auch da und dort noch ein altes japanisches Schriftzeichen stehen geblieben war oder schon wieder durch die Übermalung schimmerte. Die einstige Japantown war noch immer voller Leben, und dennoch kam sie ihm wie eine Geisterstadt vor.

Er schlenderte herum, suchte die altbekannten Gegenden auf und bemerkte überall den Wandel. Schließlich fand er sich auch in der Tenderloin. Auf Anhieb entdeckte er die Wohnung von Mrs. Worth und klopfte an. Er war ganz sicher, daß sie ihn nicht erkennen würde. Immerhin waren dreizehn Jahre seit ihrer einzigen Begegnung vergangen, als sie ihn aufgenommen und ihm Mick McGarrigles Kugel aus der Schulter geholt und die Wunde vernäht hatte. Er wollte sie einfach noch einmal sehen. Wie es ihr ging. Und vielleicht konnte er etwas für sie tun.

Nichts rührte sich, also klopfte er noch einmal. Im oberen Stock streckte ein Mann den Kopf zum Fenster heraus. »Kann ich Ihnen helfen, Mister?« Sein Ton war allerdings wenig hilfsbereit.

»Ja«, sagte Matsuo. »Ich glaube, ich kenne die Dame, die hier wohnt. Ist sie da?«

Der Mann zeigte ein sanfteres Gesicht. »Betsy? Ach, Kumpel, das tut mir aber leid. Letzten Monat ist sie gestorben. Das Herz, hieß es. Sind Sie'n alter Freund von ihr?«

Matsuo biß sich auf die Lippen, weil er sich seiner Stimme nicht sicher sein konnte. Ein Monat! Um einen einzigen Monat war er zu spät gekommen! Er schüttelte nur den Kopf und entfernte sich.

Er ging eine ganze Weile mit gesenktem Kopf dahin. Als er ihn wieder hob, fiel ihm ein nur zu gut bekanntes Schild auf der anderen Straßenseite ins Auge: O'BOYLE'S. Er ging hinüber und blickte durch das Fenster. Es sah völlig unverändert aus. Selbst die alten Pool-Tische hinten, wo er Mick McGarrigle damals die Kehle zerschmettert hatte, waren noch da.

Warum hatten sich alle guten Dinge in schlechtere verändert und nur die schlechten waren unverändert geblieben?

Allmählich begann die Zeitverschiebung ihren Tribut von ihm zu fordern. Er merkte, wie müde und erschöpft er war. Und allein. Und verwundbar. Was in aller Welt erwartete das Oberkommando hier von ihm? Ein Mann gegen die mächtigste Kriegsmaschine der Geschichte? Es war so absurd aussichtslos.

Doch er mußte es trotzdem versuchen.

TOKIO

»Wir haben einen Platz für den Orden gefunden, bis der Krieg vorüber ist«, sagte Shimazu.

Hiroki verbeugte sich. »Und wo, *sensei?*«

»In Hiroshima. Dies scheint eine besonders begünstigte Stadt zu sein. Sehr wenige Bombenangriffe. Nachdem die Amerikaner jetzt so häufig und regelmäßig hierher kommen, ist es wirklich nur noch eine Frage der Zeit, bis unser Tempel getroffen wird und niederbrennt. Außerdem waren die Rollen in Hiroshima schon vierhundert Jahre lang in Sicherheit. Die Oberen haben das als gutes Zeichen angesehen.«

»Und wie ist es mit dem *ekisu* für den *kuroikaze?* Ich habe alles, was nötig ist, zusammen«, sagte Hiroki. Auch die letzte Zutat, ein seltenes Alkaloid aus der Wurzel einer nur auf dem chinesischen Festland vorkommenden Pflanze, war kürzlich noch eingetroffen. Alles war bereit.

»Wir werden mit dem Mischen und Ansetzen des *ekisu* beginnen, sobald wir nach Hiroshima umgezogen sind. Das wird noch diese Woche geschehen. Zuvor solltest du dich nun des amerikanischen *zasshu* der Frau bemächtigen.«

Hiroki verspürte Beunruhigung. »Matsuo . . .«

». . . braucht dir keine Sorgen zu machen«, sagte Shimazu. »Ich habe beim Marinestabschef Erkundigungen eingezogen. Es ist bedauerlich, aber die Marine kann kein U-Boot entbehren, um deinen Bruder wieder aus Amerika abzuholen.«

Das war deutlich genug und auf den Punkt gebracht. Wir ziehen um. Beschaffe das Kind. Dein Bruder ist in Amerika gestrandet.

Hiroki verbeugte sich wieder und war sich seiner Gefühle hinsichtlich des letzten Punktes nicht ganz sicher. Es band ihn wirklich schon lange keine Zuneigung mehr an Matsuo, und diese Mission nach Amerika war Narretei gewesen, allenfalls brauchbar als Argument gegen die Defätisten im Parlament. Aber schließlich war Matsuo immer noch sein Bruder.

Doch er straffte sich sogleich wieder. Von welcher Bedeutung war Matsuo? Nichts zählte als der Kriegsausgang!

Er beschäftigte sich in Gedanken mit Meikos Mischlingsbastard. Es war klar, in diesem speziellen Fall konnte er nicht einfach hier sitzen und darauf warten, daß ihm die Tempelwächter das Kind brachten. Er selbst mußte die Wächter zum Haus Mazaki führen und die ganze Aktion persönlich überwachen.

Ein Erwartungsschauder überlief ihn bei der Vorstellung, wie die Wächter sich wie Schatten durch das Haus schlichen und das Kind entführten. Doch irgendwie war das unbefriedigend. Viel drastischer wäre, wenn sie wie wilde Tiere durch die Wände brächen und den kleinen Bastard aus den Armen seiner Mutter rissen. Sie würde zuerst in Angst und Entsetzen aufschreien und dann in kummervollem Weinen zusammenbrechen. Und schließlich würde sie in tiefster Seele begreifen, daß sie sich alles selbst zuzuschreiben hatte. Wegen ihrer Paarung mit dem Weißen . . .

Und gerade dieser letzte Gedanke ließ Hirokis alte Wunden aufs neue schmerzen und brennen.

Er ging, um die Männer auszuwählen, die ihn begleiten sollten.

Meiko breitete eine leichte Decke über den auf seinem *futon* schlafenden Naka. Die Tage wurden schon wärmer, der Sommer kündigte sich an, doch die Nächte waren noch immer kühl. Sie setzte sich zurück auf ihre Fersen und betrachtete ihn, wie sie es fast jeden Abend tat. Er lag auf dem Rücken, mit ausgebreiteten Armen, eine Haltung, die seine unschuldige Offenheit seiner ganzen Umwelt gegenüber symbolisierte. Das Leben im Haus ihrer Eltern in den letzten Monaten war nicht einfach gewesen. Sie wußten, daß ›der Amerikaner‹ Nakas Vater war, und die kühle Distanz, mit der sie ihn deshalb behandelten, schmerzte Meiko sehr. Doch falls Naka dies bemerkt hatte, so hatte er es nicht gezeigt. Er kletterte in kindlicher Unbefangenheit auf den Schoß der Großmutter und umarmte sie, folgte dann seinem Großvater in den Garten, um ihm beim Graben und Jäten zu helfen. Und bald suchten Meikos Eltern ihrerseits seine Nähe, nahmen ihn überallhin mit und begannen ihn offen zu verwöhnen. Könnten doch auch die Probleme der Welt so einfach gelöst werden!

In zwei Monaten, Naka, dachte sie, *wirst du drei Jahre alt sein. Kaum zu glauben. Wo ist nur die Zeit geblieben?*

Sie verließ ihn in seinem friedlichen Schlummer und legte sich in ihrem alten Zimmer auf ihren eigenen *futon*. Sie dachte an Matsuo und wie es ihm in Amerika wohl erginge. War er in Sicherheit? War er verletzt? Immer noch in Freiheit oder bereits in Gefangenschaft! Sah sie ihn je wieder? Nichts war sicher. Wo mochte er im Augenblick sein? Seltsame Vorstellung, daß es hier auf Mitternacht zuging und der Tag fast vorüber war, während dort in San Francisco eben dieser Tag gerade erst heraufdämmerte.

Es war etwas Nostalgisches an der Rückkehr zu diesem Haus in Akasaka. Wie oft war er mit seinem Vater in all den Jahren, da er und Meiko einander versprochen waren, dort gewesen? Wie viele Stunden hatte er darin verbracht, wie viele Mahlzeiten hatten sie in diesem Haus zusammen gegessen?

Hiroki verdrängte diese Gedanken. Das hier war kein Höflichkeitsbesuch.

Er leitete den Fahrer durch die weidengesäumten Straßen. Akasaka lag oben am Berg, westlich des Kaiserpalastes, und es war einer der wenigen Stadtteile Tokios, die bisher noch nicht zerbombt worden waren. Wie auch der kaiserliche Palast selbst. In ruhigen Nächten ohne Alarm und ziehenden Brandrauch konnte man hier fast vergessen, daß Krieg war.

Er wartete, während die beiden Wächter sich schwarze Masken über ihre ohnehin bereits verhüllten Gesichter zogen, und vermummte sich dann selbst. Nur noch ihre Augen waren sichtbar. Ihre Körper waren unter langärmligen Sweatern und weiten Hosen verborgen. Wer immer sie im Haus erblicken mochte, würde kein einziges Detail bemerken, das irgendeinen Hinweis auf den Orden geben konnte.

Sie ließen das Auto an einer Ecke in der Nähe des Hauses mit laufendem Motor stehen und gingen zur Ostseite des Hauses. Das Haus Mazaki war schon lange unter Beobachtung. Hiroki wußte deshalb, in welchem Raum das Kind schlief. Er ließ sich zusammen mit einem seiner Begleiter von dem anderen Mann, der draußen wartend zurückblieb, durch ein Fenster ins Haus hineinhelfen.

Sie gelangten ohne Hindernis bis zu dem Kind. Im Zimmer war es hell genug, sich zurechtzufinden.

Hiroki bemerkte, daß er vor Erregung zitterte. Bis jetzt hatte er in diesen Dingen immer noch soviel Distanz wahren können, daß er nicht persönlich in die Häuser gehen und die Kinder hatte entführen müssen. Und er begriff jetzt, daß das nur klug gewesen war. Es war ein Fehler gewesen, dies hier persönlich erledigen zu wollen. Wenn das Kind nun erwachte und zu schreien begann? Eine Menge Dinge konnten schiefgehen. Angenommen, sie wurden überwältigt? Wie stünde er da? In völlig unmöglicher Situation!

Aus der sicheren Entfernung des Tempels war es leicht und sogar verlockend gewesen, dieses kleine Abenteuer selbst zu bestehen, diese Konfrontation zu erleben. Doch hier und jetzt . . . nur schnell wieder weg von hier!

Er mahnte sich selbst zur Ruhe. Nichts konnte jetzt schlimmer sein als unangebrachte Hast. Es hatte ja bisher alles reibungslos geklappt. Sie hatten nun nichts weiter mehr zu tun, als das schlafende Kind zu knebeln, fest in seine Schlafdecke zu wickeln und zum Fenster hinauszureichen. Das einzige Geräusch, das sie bisher verursacht hatten, war beim Einsteigen durch das Fenster entstanden, aber es hatte keinerlei Aufmerksamkeit erregt. Ihre

Schritte, barfuß auf den *tatami*, waren so gut wie lautlos gewesen. Doch als der Wächter nun das Knebeltuch aus der Tasche zog, stieß er mit dem Ellbogen an die *shoji*-Wand.

Sie beide erstarrten.

Meiko lag wach. Es war dunkel, und sie wußte nicht, wie spät es war und wie lange — oder ob überhaupt — sie geschlafen hatte. Doch jetzt war sie plötzlich hellwach und voller Anspannung. Was war? Hatte irgend etwas sie geweckt? Sie lag reglos und horchte.

Nichts. Alles war still. Sie schloß die Augen und versuchte wieder einzuschlafen. In dem Moment, als sie sich zurücklegte, hörte sie etwas. Ein kratzendes Geräusch. Sie fuhr wieder hoch und lauschte erneut. Es war aus der Richtung von Nakas Schlaflager gekommen, gleich auf der anderen Seite des *shoji*. War er wach? Vielleicht mußte er auf die Toilette?

Den Schatten sah sie erst, als sie sich erhob.

Sie blieb unwillkürlich stehen und starrte ins Dunkel. Es kam gerade genug Mondschein durch die Bäume ins Haus, um schwache Schatten auf den Boden und an die Wände zu werfen. Doch hier an dem *shoji* zwischen ihr und Naka war jetzt ein sehr kräftiger Schatten zu sehen. Wie im Zeitlupentempo spürte sie eine Gänsehaut über ihren ganzen Körper laufen. Spielten ihr ihre Sinne einen Streich, oder war das wirklich die Silhouette eines Mannes?

Sie blinzelte. Nein, nur ein . . .

Doch da bewegte sich der Schatten. Und ein zweiter war plötzlich neben ihm.

Sie schrie auf und rannte los, schlagartig voller Angst und Panik um Naka. Sie riß die Schiebetür zur Seite und prallte fast auf die Gestalt, der sie sich gegenübersah. Dahinter erkannte sie ein sich windendes Bündel, das zum Fenster hinausgereicht wurde. Sie schrie wieder.

»Nein!«

Sie duckte sich unter dem Arm weg, der sie zu greifen versuchte, und stürzte zum Fenster. Die dunkle Gestalt dort fuhr jedoch herum und hieb ihr die Faust an den Kopf. Sie sah Sterne und verspürte einen fürchterlichen Schmerz. Die Knie knickten ihr ein, und dennoch eilte sie weiter auf das im Mondschein liegende Fenster zu, durch das ihr Kind verschwunden war. Doch dann schickte sie ein weiterer Schlag ins Genick zu Boden. Sie versuchte sich wieder aufzurappeln, aber es war keinerlei Kraft mehr in ihr. Sie begann keuchend und leise zu weinen, weniger aus Schmerz als aus Verzweiflung, nicht aufstehen und Naka zurückholen zu können, denn Arme und Beine versagten ihr den Dienst.

Dann spürte sie, wie sie an ihrem Schlafkimono hochgezogen wurde. Sie sah von der verhüllten Gestalt nur die funkelnden Augen. Aus den Armen, die sie festhielten, fühlte sie geradezu wilden Haß auf sich überströmen. *Warum haßt dieser Fremde mich*?

Der Mann hob den rechten Arm.

Eine neue Explosion von Schmerz. Dann war alles schwarz.

Zuvor jedoch hatte sie noch ein Mal am Handgelenk des Mannes gesehen. Ein Sechseck mit Gittermuster.

Dieses Zeichen kannte sie.

Das Zeichen des Kakureta Kao.

Meikos Erinnerungen an den Rest dieser Nacht blieben vage. Ihre Eltern fanden sie und alarmierten die Polizei. Meiko mußte die Kindesentführer und die Ereignisse der Nacht wieder und wieder beschreiben und schildern. Die Gesichter der Beamten wurden steinern, als sie die Tätowierung beschrieb.

Im grauen Dämmerlicht des Morgens blieb sie schließlich allein. Allein mit Nakas leerem *futon* und der nicht endenwollenden Verzweiflung in ihrer Frage: *Warum? Warum?*

Sobald es hell wurde, ging sie aus dem Haus. Wegen der Benzinrationierung fuhren keine Taxis mehr. Sie ging den ganzen Weg bis zur Ginza hinab zu Fuß. Dort fand sie endlich eine Rikscha und ließ sich von ihr zum Tempel des Kakureta Kao fahren. Der Rikschamann sah sie verwundert an — sie wußte nicht, ob wegen ihres von den Schlägen verschwollenen Gesichts oder wegen des Zielorts —, kannte aber den Weg.

Schon aus der Entfernung sah sie den Rauch. Doch Rauch über der Stadt war in dieser Zeit wirklich nichts Ungewöhnliches. Sie maß ihm deshalb keine besondere Bedeutung bei.

Bis sie in die Straße einbogen.

Der Tempel brannte.

Sie rannte zu einem der Feuerwehrleute, der einen Schlauch mit nur schwachem Wasserdruck auf die Flammen gerichtet hielt. »Bomben?« fragte sie.

Er schüttelte den Kopf. »Nein. Ein ganz gewöhnliches Feuer. Ein Nachbar sagt, er hat einen der Mönche selbst das Feuer legen sehen, ehe sie abfuhren.«

Das mußte bedeuten, daß auch Naka bereits woanders war! »Und wohin fuhren sie?«

»Keine Ahnung«, sagte der Feuerwehrmann unwillig. Er war sichtlich übermüdet und überarbeitet. Hatten sie doch schon mehr als genug mit den von den Amerikanern verursachten Feuern zu tun. Mußten sie da auch noch zu Bränden gerufen werden, die Japaner selbst gelegt hatten? »Als wir kamen, sahen wir einen großen schwarzen Lastwagen nach Süden davonfahren. Das könnten sie gewesen sein.«

Meiko rannte zu ihrer Rikscha zurück und wollte in die gleiche Richtung wie das Lastauto gefahren werden. Alle paar Blocks ließ sie halten, um sich bei Passanten zu erkundigen, ob sie einen großen schwarzen Lastwagen gesehen hätten. Tatsächlich fand sie schließlich jemanden, der ihn gesehen hatte. Angeblich fuhr er immer noch in Richtung Süden. Der Rikschamann brachte sie noch bis zur südlichen Stadtgrenze, weigerte sich dann aber, weiterzufahren, ungeachtet ihrer Bitten und Angebote des dreifachen Fahrpreises. Zu gefährlich, sagte er.

Weil ihr andernfalls nichts anderes übrig geblieben wäre, als zu Fuß heimzukehren, ließ sie sich von ihm nach Hause nach Akasaka bringen und flehte dort ihren Vater um das Familienauto an. Fast völlig ohne Widerstand, den sie eigentlich erwartet hatte, war er einverstanden. Er bot sich sogar selbst als Fahrer für die Verfolgung des Lastwagens an. Meiko redete ihm dies jedoch aus. Es war zu gefährlich für ihn. Und sie wollte auch nicht, daß ihre Mutter allein blieb. Er holte ihr sämtliche Benzinkanister, die er für Notfälle in der Garage beiseitegebracht und versteckt hatte. Wenn dies hier, meinte er, kein Notfall sei, was dann?

Sie fuhr in einem der ältesten Kimonos ihrer Mutter los, immer nach Süden, so schnell die Straßen es zuließen. Auf langen Teilstücken waren sie von Bomben beschädigt oder unterspült oder voller Schlaglöcher. Mit entnervender Langsamkeit kam sie an der Sagami-Bucht vorüber, wo einst das Sommerhaus ihrer Familie gewesen war und wo sie und Matsuo sich zum ersten Mal geliebt hatten, dann am ungerührt mit seiner ewig weißen Kappe aufragenden Fujiyama und schließlich hinunter nach Nagoya. Sie bekam den schwarzen Lastwagen zwar niemals zu Gesicht, aber seine Spur war eindeutig. Überall hatten die Leute an der Straße ihn gesehen. Schwarz. Und schon deshalb auffällig, weil es ein so großes nichtmilitärisches Fahrzeug in diesen streng kontrollierten Zeiten sonst kaum noch zu sehen gab. Überall behandelte man sie sehr respektvoll. Wer in dieser Zeit Benzin für ein Auto hatte, mußte eine bedeutsame Persönlichkeit sein. Sie erfuhr, daß bereits gestern eine ganze Anzahl solcher schwarzen Lastwagen vorübergekommen seien. Heute jedoch nur dieser eine.

Als sie sich Nagoya näherte, befürchtete sie eine Zeitlang, im Kreis gefahren zu sein und wieder in Tokio anzukommen. Auch diese Stadt hier lag in Bombentrümmern. Für einen Augenblick verspürte sie ein Gefühl wie in einem Alptraum: dies war alles so irreal, konnte doch nur ein böser Traum sein! Sicher erwachte sie am Morgen, und nebenan plapperte Naka, der bereits wach lag, vor sich hin.

Doch sie kam nicht wieder nach Tokio. Sie war in Nagoya. Sie weinte etwas, fuhr aber weiter.

Ja. Alle, die sie fragte, hatten vor kurzem den schwarzen Lastwagen nach Süden durchfahren gesehen. Hinter Nagoya wuchs Meikos Zuversicht wieder. Sie hatte zweifellos aufgeholt, das spürte sie. Hoffentlich war nicht alles vergebens. Wenn Naka nun gar nicht in dem Transporter war? Und überhaupt, was sollte sie machen, wenn sie ihn eingeholt hatte? Sie hatte keine Ahnung. Aber irgend etwas mußte sie schließlich unternehmen!

Am frühen Nachmittag war sie bereits südlich von Kyoto. Sie hatte mit Erleichterung bemerkt, daß zwar auch hier die Fabrikanlagen rundherum zusammengebombt waren, der alte Stadtkern jedoch — das Herz der Kultur der Nation — noch unversehrt stand. Das Werk der Götter? Oder hatten einfach nur die Amerikaner andere Pläne mit Kyoto? Ein humanitäres Motiv konnte man ihnen aber angesichts ihrer erbarmungslosen Zerstörung anderer Städte eigentlich nicht unterstellen.

Doch was zählten schon alle Motive. Es zählte nur, daß wenigstens noch etwas vom alten Japan erhalten war. Vom modernen war ohnehin fast alles zerstört. Den größten Blutzoll hatte die Bevölkerung selbst entrichtet. Das Elend, das sie auf ihrem ganzen Weg sah, brach ihr schier das Herz. Gab es überhaupt noch jemanden im ganzen Land, der nicht irgendeinen Verlust, materiell oder persönlich, erlitten hatte? Etwas Unersetzliches ging hier vor ihrer aller Augen zugrunde. Ihr Land wurde in eine materielle, kulturelle und geistige Wüste verwandelt.

Dann begann der Motor zu stottern und blieb stehen. Sie weinte vor Zorn, aber der Tank war leer. Das gehortete Benzin ihres Vaters hatte für vierhundert Kilometer gereicht. Nicht weit genug.

Sie konnte doch jetzt, so nahe, nicht mehr aufgeben! Es blieb nur eines übrig.

Sie ging zu Fuß weiter. Nördlich von Osaka nahm sie ein Bauer auf seinem Ochsenkarren bis nach Kobe mit — dem, was davon übrig war. Auch diese altehrwürdige Stadt lag in Schutt und Asche. Von einem alten Mann, der selbst nicht mehr imstande war, es zu benutzen, kaufte sie ein Fahrrad. Damit konnte sie angesichts der Straßenverhältnisse schneller vorankommen als ein Lastwagen. Sie konnte sich durch den Verkehr schlängeln und brauchte auch keine Umwege an gesperrten oder durch Krater und Schlaglöcher verunstalteten Straßen zu machen. Sie faßte wieder Mut.

Die Strecke führte erneut am Wasser entlang, nun am Ufer der Inlandssee. Die zeitlose Schönheit der Inseln im Dunst, jahrhundertelang eine Inspiration für Künstler, war noch immer vorhanden, aber sie hatte jetzt keinen Blick dafür. Ihr Vater hatte sie, als sie noch ein Kind war, oft hierher mitgenommen und ihr gesagt, wie dieser Anblick seinen Geist beflügle.

Vielleicht eines Tages auch den meinen. Aber nicht jetzt. Nein, nicht heute. Solange sie Naka nicht wieder hatte, half ihr nicht der Anblick stiller Wasser.

Es ging weiter und weiter, endlos. Durch Himeschi, als es schon dunkel wurde, dann durch Okayama, Kuraschiki und Onomischi. Alles tat ihr weh, Kopf und Beine, in denen sie bereits Krämpfe verspürte, die so heftig wurden, daß sie anhalten und eine Weile warten mußte, bis sie sich gelöst hatten. Die Dunkelheit ließ sie ebenfalls nur noch langsam vorankommen. Immer öfter fuhr sie in Schlaglöcher, und jeder dieser Stöße vergrößerte ihre Kopfschmerzen ins allmählich Unerträgliche. Doch sie gab nicht auf, fuhr weiter und weiter. Und dann, vor Mihara, sah sie plötzlich den Lastwagen.

Fast wäre sie im allerersten trüben Morgenlicht an ihm vorbeigefahren, als sie gerade noch seine dunkle Silhouette neben der Fahrbahn bemerkte.

Sie näherte sich vorsichtig. Die rückwärtige Ladeklappe war offen.

Alles leer.

Sie war bereits zu erschöpft, um vor Enttäuschung zu weinen. Sie lehnte an der offenen Tür. Wo waren sie hin? Nie mehr fand sie sie!

Dann bewegte sich drinnen etwas. Sie schreckte zurück.

»Nichts hier drin«, hörte sie eine hallende Stimme, »Sie brauchen sich keine Mühe zu machen.«

Ein schmutziger, bärtiger alter Mann in schäbiger Arbeitskleidung kam herausgekrochen.

»Haben Sie sie gesehen?« fragte Meiko drängend, als sie den ersten Schreck überwunden hatte.

»Die ganze Nacht habe ich ihnen zugesehen, wie sie versucht haben, den Wagen wieder flott zu kriegen. Sie glaubten, es sei ein Rad. Ich hätte es ihnen gleich sagen können, daß es die Achse war. Gebrochen. Aber sie behandelten mich wie *eta*, als ich sie ansprach, also sagte ich nichts mehr.«

»Und, dann sind sie fort?«

»Zuletzt, ja.«

»Wohin?« Sie bekam kaum noch Luft. Er mußte es wissen!

»Ich hörte sie von Hiroshima reden«, sagte der alte Mann.

»Hatten sie Kinder bei sich? Haben Sie Kinder gesehen?«

Er nickte nachdrücklich. »Sicher, ja. Drei oder vier. Erwachsene natürlich auch, aber sie hielten ihre Gesichter von mir abgewandt. Ich habe auch nur den Fahrer gesehen. Ich kannte ihn nicht.« Er blickte sich um. »Wissen Sie, es gab ja mal eine Zeit . . .«

»Ja, ja!« sagte Meiko ungeduldig. »Entschuldigen Sie, wenn ich unhöflich bin, aber ich muß diese Leute finden! Haben sie ein anderes Lastauto bekommen?«

Der alte Mann lachte auf. »Woher denn? Nein, ein Ochsenkarren kam und holte sie.«

»Mit den Kindern?«

»Ja, sicher. Die konnten sie doch nicht gut mitten in der Nacht alleinlassen, oder?«

»Wie lange ist das her?«

»Gar nicht lange. Kurz bevor Sie kamen.«

Meiko saß bereits wieder auf ihrem Rad. »Tausend Dank«, rief sie und fuhr hastig los. »Eines Tages werde ich es Ihnen vergelten!«

»Da müssen Sie sich aber beeilen«, rief er hinter ihr her. »Viel Zeit ist nicht mehr! Übrigens, der Ochsenkarren. Höchst ungewöhnlich! Er ist gelb. Sonnengelb!«

Nach einer Stunde platzte ihr Vorderreifen. Sie machte sich nicht einmal die Mühe, anzuhalten. Sie fuhr weiter, bis Reifen und Schlauch von der Felge fielen. Danach fuhr sie auf dieser weiter. Es holperte und lärmte entsetzlich. Aber vor ihr war Naka! Sie spürte jetzt, daß sie ihm schon nahe war. Es kam jetzt auf jede Minute an.

Hiroshima verblüffte Meiko. Es war völlig unversehrt. Noch nicht eine Bombe war auf die Stadt gefallen. Jede Wand und jedes Dach, selbst in den Industriegebieten, waren völlig ohne Schäden. Der Krieg schien hier in Hiroshima nicht zu existieren.

Seit dreißig Stunden hatte sie jetzt keinen Schlaf gehabt und war vierhundert Meilen gefahren, die halbe Länge von Honschu. Ihre Müdigkeit war ebenso groß wie ihre Anspannung, als sie über den Ota zu Fuß in die Stadt hineinging. Wieviele dieser vierhundert Meilen war sie zu Fuß gegangen? Sie wußte es nicht. Nachdem ihr auch der hintere Reifen geplatzt war, hatte sie das Rad liegengelassen. Jetzt lief sie nur noch barfuß mit blutigen Füßen, die aussahen, als wären sie auf die doppelte Größe geschwollen, und sich auch so anfühlten. Ihre Hoffnungen in der Morgendämmerung zerstoben jetzt im hellen Tageslicht angesichts der Menschenmenge in der Stadt, die immerhin zwei- oder dreihunderttausend Einwohner hatte. Wie und wo sollte sie da ein einzelnes Kind finden?

Doch tief in ihrem Innern hatte sie überhaupt keinen Zweifel daran, daß sie Naka finden und wieder von hier fortholen würde. Warum, wußte sie nicht genau. Immerhin schien dieses Hiroshima hier ja ein gesegneter Ort zu sein, den die guten Götter vor jeder B-29 bewahrten. Andererseits bereitete ihr eben diese Tatsache der bisher völligen Unversehrtheit Hiroshimas ein ganz unbestimmbares Unbehagen. Als brenne ein Warnlicht.

Sie ging und ging und suchte und sah dabei, daß ihr erster Eindruck doch nur teilweise zutreffend gewesen war. Zwar waren tatsächlich noch keine Bomben auf Hiroshima gefallen. Doch davon abgesehen war auch Hiroshima keineswegs vom Krieg unberührt geblieben. Es gab kaum motorisierten Verkehr auf den Straßen, und wie in Tokio war auch hier alles, was nur einigermaßen entbehrlich war, den Metallsammlungen zum Opfer gefallen — Brückengeländer und Laternenmasten, Fenster- und Straßengitter. Reihenweise standen Häuser leer und waren bis auf die Grundmauern abgetragen, und daran waren keine Bomben oder Artillerie schuld, sondern die eigenen Soldaten und Jugendliche, die auf Anordnung des Ministeriums des Inneren Brandschneisen angelegt hatten. Niemand wußte freilich besser als Meiko, daß dies allenfalls half, solange nicht (wie Tokio im März) die Stadt einmal in Brand stand und Wind das Feuer anfachte und vor sich her trieb.

Überall, auf jedem freien Plätzchen, in jedem Garten, wuchs Gemüse, das die Leute angepflanzt hatten; in Vorgärten und engen Seitengassen, in Blumentöpfen und Vasen. Alles, was nur eine Handvoll Erde halten konnte, wurde zum Miniaturgemüsegarten. Sogar die Dächer waren vielfach bepflanzt. Die Bürger von Hiroshima hatten sich die Aufforderung des Landwirtschaftsministers zu Herzen genommen, daß es heilige Pflicht sei, die Kriegsanstrengungen durch Eigenanbau von Nahrungsmitteln zu unterstützen.

Sie blieb auf einer Brücke stehen. Was für ein Fluß war das hier? Er und seine zahllosen Verästelungen teilten die Stadt in Bezirke ein — und tausend Brücken führten über ihn hinweg. Sie wußte nicht mehr, wo sie war. Die Sonne stand bereits hoch am Himmel, aber sie wußte nicht, wie spät es war. Irgendwo kochte jemand *suimono*, und der angenehme Geruch dieser klaren Brühe stieg ihr verlockend in die Nase. Wie gut täte ihr jetzt eine Schale davon und ein Fleckchen Erde, auf das sie sich dabei in Ruhe niedersetzen könnte!

Sie schloß die Augen und schluckte. Sie war verschwitzt, hungrig, durstig, geschwächt und erschöpft. Sie spürte ihre Füße schon lange nicht mehr und wagte sie gar nicht mehr anzusehen. Und am schlimmsten: sie hatte sich verirrt, hatte keine Ahnung, wo sie war. Es sah so aus, als würde sie sich in einem Bezirk mit Fabriken und Lagerhäusern befinden. Doch es herrschte kein Leben hier, niemand arbeitete. Nur vereinzelt kamen gelegentlich Menschen oder Karren vorbei.

Sie wollte, wo sie stand, zu Boden sinken und einfach nur weinen. Doch sie hatte Angst, dann nie mehr auf die Beine zu kommen. Wo war Naka? Wie sollte sie ihn jemals in einer großen Stadt wie dieser finden, in der sie nicht eine Straße und keinen Menschen kannte? Wie denn nur? Am liebsten hätte sie es hinausgeschrien.

Und da erschien etwas Gelbes in ihren Augenwinkeln. Sie fuhr herum — und traute ihren Augen nicht. Ein sonnengelber Ochsenkarren stand vor der Gartenmauer eines zweistöckigen Hauses in einiger Entfernung auf der anderen Straßenseite.

Sie rannte hinüber — oder versuchte es jedenfalls. Sie schaffte es immerhin, die Füße soweit vom Boden zu heben, daß sie sie bewegen konnte. Das verblichene Schild des Hauses wies es als eine Blechfabrik aus. Wie sollte jemand vom Orden Kakureta Kao darin sein? Sie wagte deshalb nicht zu hoffen, daß es derselbe Ochsenwagen sei, der die Insassen des schwarzen Lastautos abgeholt hatte. Doch vielleicht hatte der Besitzer mehrere dieser gelben Wagen und konnte ihr weiterhelfen . . . Also mußte sie ihn finden.

Sie ging an die Tür und klopfte. Als niemand antwortete, hämmert sie dagegen.

Hiroki spähte durch das verschmutzte Fenster, um zu sehen, wer da so hartnäckig an das Haustor hämmerte. Von seinem Blickwinkel aus war nur zu erkennen, daß es eine Frau war. Er sah sich um, ob irgend jemand an die Tür ging. Doch niemand rührte sich. Von den Wächtern konnte er keinen schicken. Sie hatten alle Gesichtsmasken wie die Mönche und würden allein dadurch preisgeben, was Shimazu als strenges Geheimnis deklariert hatte: daß der Kakureta Kao nun hierher nach Hiroshima umgezogen war. Lediglich das Oberkommando, die Stadtpolizei und die Armeegarnison oben auf der Burg von Hiroshima waren eingeweiht. Die Öffentlichkeit durfte nichts davon erfahren. Allgemein war man sich einig gewesen, daß es besser so war, um Unannehmlichkeiten und ungezügelte Neugier zu verhindern.

Hiroki ging zähneknirschend zum Tor. Nachdem die Frau offensichtlich nicht wieder ihrer Wege gehen wollte und nur desto heftiger zu hämmern schien, je mehr man sie ignorierte, mußte er sie wohl vertreiben. Er riß das Tor auf und sah auf die elende Gestalt, die dort stand. Eine Bettlerin? Auf jeden Fall eine ungewöhnlich aufdringliche!

Aber sie starrte ihn an und schrie dann: »Hiroki!«

Diese Stimme! Bei allem Schock und Schmerz in ihrem Klang — *o nein, das kann doch nicht sein!* Sie sah ein wenig aus wie Meiko, aber das

Gesicht . . . verschwitzt und verschmutzt, frische Schrammen und Schwellungen im Gesicht . . .

Mit einem Schlag wurde ihm ganz schwach in der Erinnerung daran, wie er vergangene Nacht seinen blinden Haß an ihr ausgelassen hatte. Er lehnte sich an den Türstock.

Habe ich das getan? O beim Großen Gesicht, habe wirklich ich das getan?

»Wo ist Naka?« schrie sie schier besinnungslos auf ihn ein. »Wo ist mein Sohn?«

Das brachte ihm seine Fassung wieder zurück. *Wie kann sie es wissen? Es ist doch unmöglich!* Er zog sie mit sich hinein. Sie befreite sich wütend aus seinem Griff, aber es gelang ihm zumindest, das Haustor zu schließen.

»Ich habe keine Ahnung, wovon du sprichst!« sagte er, so ruhig er es vermochte.

Meiko starrte ihn wie von Sinnen an. Ihre Zähne waren gefletscht wie bei einem Raubtier, das jeden Moment angreifen wird. Sie war eine ganz andere — offensichtlich buchstäblich außer sich. Nie hatte er sie so erlebt, sich überhaupt nur vorstellen können, daß sie so wild und heftig reagieren könnte.

»O doch, das weißt du sehr wohl! Zwei Leute aus deinem Tempel haben ihn gestern nacht entführt!«

»Wie kannst du so etwas behaupten!«

Sie entblößte ihren rechten Unterarm und zeigte auf eine Stelle knapp oberhalb des Gelenks. »Deshalb! Ich habe die Tätowierung gesehen!«

Hiroki schluckte schwer. Die verdammte Tätowierung! Mühsam beherrscht sagte er: »Jeder Beliebige kann sich eine solche Tätowierung machen lassen! Mich interessiert viel mehr, wie du mich hier gefunden hast!«

»Ich bin dir und eurem schwarzen Lastwagen von Tokio aus gefolgt!«

Er war sprachlos. »Wie denn nur?«

»In einem Auto, dann mit einem Fahrrad und schließlich zu Fuß! Aber welche Rolle spielt das? Ich habe dich gefunden. Und jetzt gib mir meinen Sohn wieder!«

Der Anblick ihrer blutigen, schmutzigen und geschwollenen Füße nahm ihm den Atem. Ja, man konnte es ihr glauben, daß sie ihm aus eigener Kraft von Tokio bis hierher gefolgt war. Welche Energie, welche Ausdauer und Zähigkeit! Bewundernswert! Und alles für einen kleinen *zasshu*-Bastard! Was für eine Frau wäre sie für ihn gewesen!

»Antworte mir!« schrie sie. »Wo ist Naka?«

»Ich kann es dir nicht sagen.«

Meiko schlug mit den Fäusten auf ihn ein. »Das kannst du wohl! Ein Mann hat gesehen, wie ihr die Kinder vom Auto mitgenommen habt! Du kannst es! Du . . .«

Und dann verdrehten sich auf einmal ihre Augen, und sie fiel in Ohnmacht. Er kniete sich neben ihr nieder. Sie atmete. So wie es aussah, war sie offenbar aus Erschöpfung und Flüssigkeitsmangel zusammengebrochen. Er hob sie auf und trug sie in seine Unterkunft.

Sie erwachte mit tobenden Kopfschmerzen. Sie lag auf einem *futon*. Als sie sich aufsetzte, sah sie, daß sie in einer engen, kerzenbeleuchteten Zelle war.

»Da bist du ja wieder«, hörte sie Hiroki sagen. »Ich sah, wie du dich zu bewegen begannst. Da wußte ich, daß du bald wieder zu dir kommst.«

Er kniete vor ihr und bot ihr eine Suppenschale an, die bis oben hin mit *soba*-Nudeln gefüllt war. Auf dem Untersatz lagen Eßstäbchen. Ganz von selbst griffen ihre Hände danach und nahmen sie ihm aus der Hand. Sie aß hastig und zittrig vor Hunger. Sie aß alle Nudeln und trank dann zuletzt noch die Brühe aus. Während sie aß, bemerkte sie, daß ihre Füße verbunden waren. Sie besah sie sich.

»Ich habe sie dir gesäubert«, sagte Hiroki mit schwachem, fast schüchternem Lächeln.

Meiko konnte das kaum glauben. »Du? Selbst?«

»Ja. Ich habe auch eine Kräutersalbe aufgetragen.«

Sie war tatsächlich gerührt! Dennoch blieb sie mißtrauisch. »Warum solltest ausgerechnet du so etwas für mich tun?«

»Ach, Meiko«, seufzte Hiroki, und er schien aufrichtig betrübt zu sein. »Wenn doch alles anders verlaufen wäre! Wir hätten ein so schönes Leben miteinander haben können. Wenn nicht dieser Sommertag damals, 1937, alles ruiniert hätte.«

»Ich hatte nie eine Gelegenheit, mich bei dir dafür zu entschuldigen, daß ich damals dein Vertrauen mißbraucht habe.« Sie sagte nichts davon, daß sie dies in ihrem Herzen in Wahrheit schon Jahre zuvor getan hatte. »Es war auch nicht zu entschuldigen.« *Und so unausweichlich wie ein Sonnenaufgang.*

Hiroki sprach sanft und leise, wie halb im Traum. »Wäre dieser Tag nicht gewesen, hätten wir unseren gemeinsamen Lebensweg gehen können, und du hättest dich nicht alle die Jahre selbst nach Hawaii verbannen müssen.«

Bei diesen Worten stand ihr plötzlich Franks Gesicht vor Augen, und eine Welle von Wärme durchfloß sie. Doch zugleich war die Erinnerung an Frank auch die an Naka . . .

»Wo ist mein Sohn?« sagte sie und versuchte abrupt, aufzustehen. Wie konnte sie auch nur für einen einzigen Augenblick vergessen, daß sie seinetwegen unterwegs war? »Gib ihn mir auf der Stelle heraus. Ich verlange es!«

»Niemand verlangt hier irgend etwas!«

Was für eine Stimme! Sie erstarrte wie zu Eis, obwohl der Mann fast flüsternd gesprochen hatte. Er war unbemerkt in die Zelle hereingekommen. Eine große, hagere Gestalt stand in der Tür. Blaßgrüne Augen mit winzigen Pupillen blickten sie aus den Löchern einer seidenen Gesichtsmaske an.

Hiroki war bereits aufgesprungen und verbeugte sich nun. »*Sensei*, das ist . . .«

»Ich weiß sehr gut, wer das ist«, sagte die Flüsterstimme. »Was ich zu wissen begehre, ist, wie sie an diesen Ort hier kommt, der Frauen verboten ist?«

»Sie folgte unserem letzten Wagen von Tokio aus, *sensei!*«

Die Augen wanderten von Hiroki zu Meiko, und sie fühlte diesen Blick wie einen gewaltigen Druck auf sich. Er sprang sie an, durchbohrte sie, nahm ihr allen Mut und legte all ihre Ängste frei. Sie war wie nackt und bloß vor diesem Mönch.

Endlich ließ dieser Blick sie los, aber sie blieb wie gelähmt.

»Und warum hat sie das getan, Okumo-san?«

Es war klar, daß er mit ihr nicht zu reden gedachte. Als sei sie lediglich ein Tier oder ein Kleidungs- oder Möbelstück.

»Sie sucht nach ihrem Kind. Sie scheint zu glauben, es befinde sich hier.«

»Ach, wirklich?« Die grünen Augen hefteten sich erneut auf Meiko, wie in leicht fragender Amüsiertheit. »Warum sollte sich irgend jemand so vieler Mühe unterziehen? Nur wegen eines kleinen *zasshu*-Bastards?«

Der unverhohlene Hochmut dieser Bemerkung des Mönchs brach ihre Sprachlosigkeit. Alle Vorsicht, Demut und Verehrung gingen in aufwallendem Zorn unter.

»Was erlauben Sie sich, so von meinem Sohn zu sprechen! Ich will ihn auf der Stelle zurückhaben! Führen Sie mich zu ihm, oder ich hole die Polizei . . .«

»Verschwenden Sie Ihre Zeit nicht«, sagte der Mönch ganz ruhig und ungerührt. »Die Polizei hat Anweisung, sich von diesem Haus hier unter allen Umständen fernzuhalten. Und sie wird dieser Anweisung zweifellos Folge leisten.«

»Dann gehe ich zu . . .«

»Die Armee oder die Marine wissen ebenfalls, daß sie sich hier in nichts einzumischen haben. Und Ihr Ehemann befindet sich in Amerika.«

Er schien ihre Gedanken lesen zu können, denn er beantwortete tatsächlich ihre Fragen, noch ehe sie sie gestellt hatte. Hilflosigkeit machte sich in ihr breit. Sie wandte sich an Hiroko.

»Ist das vielleicht dein großer Shimazu-san, von dem du mir all die Jahre vorgeschwärmt hattest? Den du so verehrst?«

Sie sah, wie Hirokis ganzer Körper steif wurde und ihre Kühnheit sein Gesicht versteinern ließ. Es war ihr egal. Vielleicht, dachte sie, waren es ihre Müdigkeit und Erschöpfung, vielleicht auch die Jahre ihres Lebens mit Frank, dem Amerikaner, und danach mit Matsuo, der ebenfalls niemals ein so unterwürfiger und gehorsamer Japaner wie andere gewesen war, die ihr die Zunge lösten. Doch was es auch war, wichtig war nur, Hiroki zu irgendeiner Antwort zu provozieren, die ihr verriet, daß Naka wirklich hier war.

»Verehrst du jemanden, der wartet, bis der Mann einer Frau fort ist, um ihr dann ihr Kind zu rauben? Ich schäme mich für dich, Hiroki Okumo! Vielleicht war jener Tag im August damals sogar das Beste, was mir widerfahren konnte!«

»Das genügt jetzt«, sagte der Mönch in seinem gelassenen Tonfall. Seine Augen waren so kalt und hart wie Smaragde. »Ich kann Sie nicht zu Ihrem Sohn führen. Aber wir haben in der Tat Kinder hier bei uns. Wenn Sie möchten, können Sie die Kinder sehen.«

»Ja, das möchte ich«, sagte Meiko, ohne recht zu wissen, was der Mönch mit diesem Angebot wohl bezweckte.

Hiroki sagte: »*Sensei*, ich glaube nicht . . .«

»Sie sucht ein Kind. Also zeige ich ihr unsere Kinder.« Er drehte sich um und ging. »Kommen Sie.«

Meiko folgte ihm in einen langen Korridor mit zahlreichen Büros und Zellen und dann eine Treppe hinab. Sie waren also im Obergeschoß gewesen. Unten im Erdgeschoß gab es mehrere Unterteilungen und eine große, staubige und schmutzige freie Fläche, auf der Bohr- und Schneidemaschinen still und untätig zu beiden Seiten standen.

»Wir machen aus bestimmten Kindern Waffen«, sagte der Mönch, während er sie in den größten Raum führte. Er blieb in der Tür stehen, nahm eine dort brennende Kerze und reichte sie ihr.

»Es gibt hier noch keinen Strom«, sagte er. »Sie werden diese Kerze brauchen. Im Gegensatz zu denen dort drinnen.«

Er hielt ihr die Tür auf. Sie trat ein.

Als erstes nahm sie nur den Gestank wahr; Urin und Exkremente. Danach die Geräusche. Wenn die menschliche Stimme rascheln und keuchen konnte wie Herbstwind, der durch Laub fegte, und dabei noch das Elend der Verdammten zu übermitteln vermochte, dann war es dies, was Meiko hörte. Ihr bandagierter Fuß stieß an etwas. Sie hielt die Kerze nach unten. Es war eine Art Holzrost, fast wie ein Gartenzaun, und beim Nähertreten erkannte sie im trüben Schein der Kerze, woher der Gestank und die Geräusche kamen.

Auf dem Holzgitter lagen kleine, verstümmelte, nackte Leiber, reglos, mit schlaffen Gliedmaßen und erschlafften Gesichtszügen. Nur die Brustkörbe hoben und senkten sich atmend, sonst aber hätten es auch Gipsfiguren sein können.

»Dies hier sind unsere Fehlschläge«, sagte die unbewegte, völlig gelassen klingende Stimme des Mönchs in der Tür hinter ihr. »Wir ernähren sie, so gut es geht, reinigen sie auch, so gut es möglich ist. Aber von jetzt an müssen wir nicht mehr mit weiteren solcher Fehlschläge rechnen. Demnächst verfügen wir über eine neue Methode. Ein Schluck eines alten *ekisu* macht sie dann bereits zu dem, was wir wollen.«

Mit klopfendem Herzen hielt Meiko die Kerze noch näher. Die Kinder hatten keine Augen mehr. Nicht ein einziges. Alle besaßen nur noch die leeren Augenhöhlen. Die Nasen waren ihnen verschlossen worden, und in einem der offenstehenden Münder erkannte sie, daß auch die Zunge fehlte, während sich dem Kind pausenlos ein unbestimmbares Geräusch entrang, das Angst oder Leid oder Schrecken oder alles zusammen bedeuten mochte — wenn es denn eine Stimme gewesen wäre. Und dieses stimmlose Schreien oder Weinen gaben alle die Leiber im ganzen Raum von sich.

Meiko hatte ein Gefühl, als würde jeder Blutstropfen aus ihren Adern weichen. Sie trat entsetzt zurück. Ohne daß sie es hätte verhindern konnen, fiel ihr die Kerze aus der Hand. Sie stolperte fast über den Holzrost und schlug mit dem Kopf gegen die Wand. Tastend erreichte sie die Tür und stürzte hinaus. Sie sank kraftlos in die Knie und keuchte: »Ihr Bestien!«

»Sie gewinnen den Krieg für den Tenno«, sagte diese entsetzliche Stimme wieder, und zum ersten Mal schien Emotion in ihr mitzuschwingen. »Kein Opfer ist zu groß dafür! Die besten jungen Männer Japans drängen sich nach der Ehre, ihr Leben für den Tenno hinzugeben! Wie können Sie es da wagen, um Ihr nichtswürdiges Bastard-Kind zu jammern?« Er wandte sich zu Hiroki. »Okumo-san! Führen Sie diese Frau hinaus. Die Anwesenheit einer Person mit so wenig Gefühl für ihr *chu* entweiht diesen Ort!«

Meiko nahm Hirokis schmerzliches Gesicht kaum wahr, als er sie zum Haustor führte. »Dies«, flüsterte er ihr zu, »geschieht mit deinem Sohn nicht. Er bekommt nur etwas zu trinken.«

Sie stand bereits auf der Straße. »Sei stark«, sagt er. »Es ist *chu*.«

Chu! Immer und ewig dieses *chu*! Nein, nicht mehr mit ihr! Diesen Ungeheuern mußte das Handwerk gelegt werden! Nur, wie? Es gab sicherlich keinen Zweifel an dem, was der Mönch ihr über die Polizei und das Militär gesagt hatte. Zu oft hatte ihr einst Hiroki mit Stolz erzählt, wie ungeheuer weit der Arm des Ordens reichte. Auch bei den Zeitungen erreichte sie mit Gewißheit nichts. Schon weil jetzt das Informationsministerium eine strenge Zensur über alles ausübte, was veröffentlicht wurde. Und eine solche Geschichte zur jetzigen Zeit . . . niemals würde man ihre Veröffentlichung zulassen.

Nur ein Mann auf der ganzen Welt konnte ihr helfen, Naka zurückzubekommen. Aber dieser Mann war in Amerika. Sie mußte Shigeo finden. Er wußte gewiß, wann Matsuo zurückkam. Sie mußte Matsuo verständigen.

JULI

SAN FRANCISCO

Matsuo saß auf einer Bank an der Pier und las den *Chronicle* vom Sonntag. Die Sonne war gerade erst aufgegangen. Er hatte die Aussicht auf die Bucht fast für sich allein. Er steckte sich eine *Lucky-Strike* an — er konnte sich an die jetzigen weißen Packungen nicht gewöhnen — und blätterte die Seiten nach irgend etwas Interessantem durch.

Er war des Wartens bereits müde. So viel Zeit nutzlos zu verschwenden! Es machte ihn verrückt. Und sämtliche Nachrichten vom Krieg im Pazifik waren positiv für die Amerikaner, schlecht für Japan. Er konnte es nicht mehr sehen. Er blätterte die Comic-Seiten auf, las *The Captain and the Kids* und *Joe Palooka*. Sie hatten sich seit seinen College-Tagen nicht verändert. Auch *Gasoline Alley* war noch genauso. Allenfalls Walt war inzwischen etwas älter und fetter geworden. *The Gumps* allerdings war nicht mehr zu erkennen. Von den neuen, die er noch nicht kannte, gefielen ihm einige ganz gut. *Dick Tracy* oder *Red Ryder* vor allem.

Er faltete die Zeitung zusammen und fuhr sich mit dem Finger unter seinen falschen Bart. Sein echter wuchs bereits ganz ordentlich nach, juckte aber oft zum Verrücktwerden. Er kratzte sich eine Weile und nahm dann abrupt den Finger aus dem Gesicht.

Jemand beobachtete ihn.

Ein heruntergekommen aussehender junger Mann lehnte hinter seiner Bank und starrte ihn an. Er hatte die Hände in den Taschen einer alten Tweedjacke stecken, die aussah, als habe sie schon als Putzlumpen zum Reinigen des Docks gedient. Sein Arbeitsoverall war mindestens ebenso dreckig und speckig. Sein Unterhemd mochte einmal weiß gewesen sein.

Er setzte sich neben Matsuo und starrte ihn weiter stumm an.

»Falscher Bart, wa?« sagte er dann leise.

Matsuo stand wortlos auf und eilte davon.

»He, du! Ich rede mit dir! Wieso versteckst du dich?«

Matsuo rannte in eine Seitengasse und zu Sachis Wohnung.

»Ein Geschenk für dich«, sagte Sachi, als er eintrat, und deutete auf ein flaches, in Packpapier gewickeltes Päckchen. »Du warst grade raus, als die Nachricht kam. Ich habe es gleich für dich abgeholt.«

Seine falschen Papiere wahrscheinlich. Vielleicht auch ein paar Informationen über Los Alamos. Ein Zettel lag bei: Die Marine könne kein U-Boot schicken, um ihn rauszuholen. Das Beiliegende sei das Beste, was Panama tun könne, ihn nach Japan zurückzubringen.

Verdammt!

Er öffnete das Päckchen. Darin waren die Papiere und Instruktionen für einen gewissen Mariano Cruz, 34 Jahre, Filipino, Hilfsschiffskoch aus Baguio auf Luzon. Der Personalausweis enthielt ein körniges Schwarzweißfoto von Cruz. Leicht orientalischer Gesichtsschnitt. Bart wie Matsuo. Aber damit erschöpfte sich bereits die Ähnlichkeit. Das Gesicht von Cruz war dunkler, breiter, die Nase platter. Auch der Teint schien rauher zu sein, was allerdings auch am Foto liegen konnte.

Sachi sagte: »Die sind aber auf Draht in Panama, wie?«

»Das will ich ja wohl hoffen«, sagte Matsuo. »Nachdem ich das dort selbst aufgebaut habe. Wir arbeiten nur mit Panamesen als Agenten. Die kommen bis in den Südwesten hier herauf, wo Spanisch fast schon zweite Landessprache ist.« Er warf noch einmal einen Blick auf das Foto. »Aber als der da kann ich mich doch niemals ausgeben.«

»Ach Gott«, sagte Sachi. »Ich sag' dir was. Noch ein paar Wochen, bis dein echter Bart soweit ist und deine Hautfarbe noch etwas nachbräunt, und kein Mensch erkennt einen Unterschied! Vergiß nicht, für die Weißen sehen wir doch alle gleich aus!«

Matsuo forschte in Sachis Gesicht, ob das vielleicht scherzhaft oder ernst gemeint war. Er schien es wirklich ernst zu meinen.

Er griff sich die Instruktionen. Er hatte sich in der Küche des Schweren Kreuzers *Indianapolis* zu melden. Im *Navy Yard Hunters Point, am 16. Juli, spätestens 6 Uhr früh.*

»*Auf der Indianapolis?*« Matsuo schluckte schwer. »Sind die wahnsinnig?

Ich soll auf einem amerikanischen Kriegsschiff über den Pazifik zurück?« Wie sollte das denn gehen? Und schon so rasch! In kaum zwei Wochen!

Aus dem Begleitbrief ergab sich, daß Cruz in Panama schon seit drei Jahren auf der Gehaltsliste stand.

»Das sieht alles nach ziemlicher Eilpost aus«, sagte Sachi. »Irgendwas scheint los zu sein. Vielleicht gibt es da draußen im Pazifik irgend etwas, von dem wir hier nichts wissen.«

Matsuo dachte an den *kuroikaze*. Hatte ihn der Kakureta Kao vielleicht inzwischen zu einer wirklich effektiven Waffe machen können?

»Aber ich bin doch, seit ich da bin, noch keinen Schritt vorangekommen! Was soll denn das alles? Ich kann doch nicht mit völlig leeren Händen zurückkommen!«

Es war noch ein Umschlag in dem Paket. Darin befand sich ein Zettel. Panama hatte über einen deutschen Kontaktmann in Los Alamos erfahren, daß die Amerikaner einen Atombombentest in der Wüste von New Mexico in der Nähe eines Ortes namens Alamogordo vorhatten. Genau am 16. Juli, 02.00 Uhr.

Der gleiche Tag, an dem die *Indianapolis* auslaufen sollte!

Er schob den Zettel Sachi zu. »Das sind genau vier Stunden! Wie in aller Welt soll ich in vier Stunden von New Mexico nach San Francisco kommen?«

»Mußt du doch gar nicht, wenn wir jemanden finden, der den Test beobachtet und mich sofort anruft, falls er erfolgreich verläuft. Auf keinen Fall darfst du dieses Schiff versäumen. So gute Papiere wie diese bekommst du so leicht nicht wieder. Falls du nicht an Bord der *Indianapolis* bist, wenn sie ausläuft, kann es dir passieren, daß du den ganzen Rest dieses Krieges hier zusammen mit mir verbringen mußt. Nein, den Test beobachten, das kann irgendein anderer auch.«

»Wer denn?«

»Nun, wie wär's mit mir?« fragte Sachi achselzuckend. »Ich komme sofort danach wieder hierher und funke die Nachricht.«

»Ganz unmöglich«, sagte Matsuo. »Wie sollen wir sicher sein, daß es wirklich du bist, der sich meldet? Das Oberkommando nur mit einem Funkspruch davon überzeugen, daß die Amerikaner tatsächlich eine funktionierende Atombombe haben? Völlig aussichtslos! Ich bin schließlich hierhergeschickt worden, um eben dies persönlich herauszufinden. Und wenn ich nicht persönlich und mit Informationen aus erster Hand zurückkomme, dann war der ganze Ausflug umsonst. Ich muß diesen Test mit eigenen Augen sehen!«

»Das geht aber nicht. Keine Zeit und keine Möglichkeit!«

»Ich muß eine finden. Funke du lediglich durch, daß ich auf der *Indianapolis* zurückkomme. Sie sollen Vorbereitungen treffen, mich . . .« Er blickte noch einmal in die Instruktionen mit dem Kurs des Schiffes. Es lief zuerst Hawaii an, danach Tinian auf den Marianen. »Sie sollen mich auf Tinian an Bord nehmen. Dorthin setze ich mich ab.«

»Na gut«, sagte Sachi widerstrebend. »Ich kann nur hoffen, daß der Code da auch sicher ist.«

»Keine Sorge. Das ist er.«

»Das haben sie auch vor Midway behauptet.«

»Aber ganz sicher«, sagte Matsuo und erinnerte sich seiner Warnungen an Admiral Yamamoto. »Es gibt keinerlei Hinweise darauf, daß sie diesen Code geknackt haben.«

»Ja, aber schwören kannst du es auch nicht. Sie hatten immerhin unseren geheimsten diplomatischen Code schon 1940 geknackt, und wir hatten jahrelang nicht die geringste Ahnung davon.«

Matsuo lachte. »1940? Aber nein. Ganz unmöglich.«

»Überhaupt nicht«, sagte Sachi kopfschüttelnd. »Ist eine Tatsache. Ich habe mir hier so manche Nacht um die Ohren geschlagen. Wenn nichts los war, habe ich auf der Kurzwelle herumgehorcht. Eines Tages hörte ich ein paar Nachrichtenoffiziere über etwas namens ›Purpur-Wunder‹ reden. Ich brauchte eine ganze Weile, bis ich begriffen hatte. *Purpur* war ihr Codewort für unseren geheimsten diplomatischen Code, und *Wunder* ein Gerät, mit dem sie ihn dechiffrierten. Mit anderen Worten, die Amerikaner haben seit Herbst 1940 unseren gesamten streng geheimen und codierten Funkverkehr mitgehört und dechiffriert.«

»Das kann doch nicht sein!« beharrte Matsuo ungläubig. »Wir haben den letzten Teil unserer Kriegserklärung gute acht Stunden vor Pearl Harbor an die Botschaft nach Washington übermittelt. Wenn die Amerikaner imstande gewesen wären, sie zu dechiffrieren, wäre die US-Pazifikflotte doch rechtzeitig gewarnt worden und hätte uns schon erwartet, als wir über Oahu erschienen! Die Tatsache, daß dort noch alles im friedlichen Schlaf lag, ist doch Beweis, daß sie den Code eben nicht geknackt hatten!«

Sachi blickte stirnrunzelnd. »Na gut, da ist was dran. Aber ich weiß nicht . . .« Er rieb sich die Augen. »Sicher, jede Logik spricht dafür. Was ich da aber mitgehört habe, war ganz eindeutig! Sie hatten den Code geknackt! Für sie war das alles sogar schon ein alter Hut. Sie waren zu der Zeit längst damit beschäftigt, andere Codes zu knacken.«

Matsuo schwieg. Er mußte Sachis Spionage-Sachkenntnis akzeptieren, die er mit seinem langjährigen erfolgreichen Wirken als Agent mitten in San Francisco überzeugend nachgewiesen hatte. Aber es wollte einfach nicht in seinen Kopf, daß der Code bereits mehr als ein Jahr vor Kriegsanbruch geknackt gewesen sein sollte. Denn das bedeutete, der amerikanischen Regierung war die gesamte vierzehnteilige Erklärung acht Stunden vor Pearl Harbor bekannt, und sie hatten dennoch ihre Flotte nicht alarmiert! Diese Untätigkeit und dieses Schweigen würden dann ja beweisen, daß der amerikanische Präsident und sein Kabinett mit Absicht die Zerstörung ihrer Flotte in Kauf genommen hatten!

Er erinnerte sich seiner Empfindungen an jenem Sonntagmorgen 1941, als er mit seiner *Zero* über die Hügel von Oahu geflogen gekommen war; mit dem unbehaglichen Gefühl im Hinterkopf, alles laufe viel zu perfekt ab, vielleicht flögen sie in eine Falle. Und wie erleichtert er gewesen war, sämtliche amerikanischen Flugzeuge fein säuberlich in Reih und Glied auf ihren Flugplätzen zu sehen, nur darauf wartend, von seinen Bordkanonen zerfetzt zu werden . . .

Jetzt kam ihm der Gedanke, daß es also am Ende doch eine Falle gewesen sein konnte — wenn auch eine ganz andere als damals vermutet. Daß man nämlich auf diese Weise Japan in den Krieg zu ziehen versucht hatte, weil nach Pearl Harbor die amerikanische Bevölkerunge in heller Empörung endlich bereit gewesen war, sich in einen Konflikt zu stürzen, gegen den sie sich trotz allen Drängens ihres Präsidenten jahrelang hartnäckig geweigert hatte.

Nein, dachte er, das sind doch Hirngespinste! Es war doch einfach unvorstellbar, daß ein amerikanischer Präsident derart kaltblütig dreitausend eigene Seeleute zu opfern bereit war — wie ungeduldig und drängend er auch immer in den Krieg gegen Deutschland eintreten wollte!

Matsuo verdrängte diese bohrende Frage aus seinem Kopf. Er mußte sich im Augenblick mit wichtigeren Problemen befassen! Zum Beispiel, wie er in drei Stunden von Alamogordo nach San Francisco kommen konnte.

ALBUQUERQUE

»Sie wollen wirklich drei?« fragte die Verkäuferin.

»Ja, bitte«, sagte Matsuo, so gut er die rauhe Stimme eines alten Mannes zu imitieren vermochte. »Meine Augen sind sehr empfindlich gegen Licht, wissen Sie. Und da habe ich ganz gern immer eine Reserve.«

»Bitte. Das macht dann zwei Dollar siebenundneunzig Cents.«

Er gab ihr drei Einer-Scheine, und sie reichte ihm die braune Tüte mit den drei Sonnenbrillen.

Er steckte sie in seine große Einkaufstüte und ging hinaus auf das große Sandfeld am städtischen Flugplatz. Er setzte sich an einem Felsen zu Boden und lehnte sich an. Für jeden Passanten war er ein alter Landstreicher, der ein kleines Sonnenbad nahm und den kleinen Privatflugzeugen zusah, die hier starteten und landeten. Und in gewisser Weise stimmte das. Genau das tat er wirklich.

Seit er letzte Woche mit dem Zug hier angekommen war, hatte er sich ständig hier herumgetrieben, hatte dann an immer der gleichen Stelle gesessen. Vorwiegend, um seine Hautfarbe etwas kräftiger auf Filipino-Dunkel zu bringen und dabei gleichzeitig den Betrieb des Flugplatzes zu studieren. Jetzt war Montag, spätnachmittags, und es war ziemlich ruhig. Er kannte inzwischen alle Flugzeuge, die hier landeten und starteten, und hielt Ausschau nach einem für ihn geeigneten. Gestern erst hatte er seine Wahl getroffen. Eine *Seversky S2*. Eine kleine, rasante Sportmaschine, die ihr Besitzer wie einen Rennwagen flog. Er zischte mit Getöse hinauf in den Himmel und kümmerte sich den Teufel um sämtliche Kriegsbeschränkungen des Treibstoffverbrauchs. Entweder hatte er also sehr gute Beziehungen zur örtlichen Bezugsscheinstelle oder er hatte sich irgendein Papier verschafft, das ihm die Kriegswichtigkeit seines Flugzeugs bestätigte.

Matsuo hatte am Vormittag bei der Firma Seversky angerufen und sich Einzelheiten über Geschwindigkeit und Reichweite der S2 sagen lassen. Alles paßte ihm genau, bis hin zur zusätzlichen elektrischen Zündung, die, wie er wußte, in diesem speziellen Flugzeug, das er im Auge hatte, ebenfalls eingebaut war. Er hatte gestern beobachtet, wie der Eigentümer den Propeller gestartet hatte, ohne daß ein Mechaniker ihn erst andrehen mußte. Und was ihm am gelegensten kam — der Mann flog seine Maschine nur an den Wochenenden. Die ganze Woche über tauchte er auf dem Flugplatz nicht auf.

Um fünf gingen die Mechaniker und das sonstige Bodenpersonal nach Hause. Er fühlte in seinen Taschen nach den Werkzeugen. Alles war da, bis hin zur Drahtkneifzange. In seiner Tüte befanden sich die drei Extra-Sonnenbrillen, Kleider zum Wechseln, seine Filipino-Papiere und ein Sandwich. Im Gürtel hatte er eine amerikanische .45er Automatik stecken.

Der Plan war einfach. Motor mit Kurzschluß am Zündungsschalter starten und sofort auf die Startbahn rollen, noch ehe irgend jemand etwas begriffen hatte. Alamogordo lag in fast genauer Südrichtung, nur ein paar Grad östlich abweichend von hier. Für die Rückkehr nach San Francisco hatte er Karten von New-Mexico, Arizona, Nevada und Kalifornien. Die wichtigste freilich war die topographische Karte von Otero County, die er aus der Stadtbibliothek Albuquerque hatte mitgehen lassen. Er hatte sie so lange eingehend studiert, bis er in der Gegend von Alamogordo eine günstige Stelle gefunden hatte, wo er hinter einem Hügel landen wollte, keine fünfundzwanzig Meilen von dem Testgelände entfernt. Jedenfalls sah die Stelle auf der Karte günstig aus. Wie es sich wirklich verhielt, mußte sich herausstellen.

Er sah auf die Uhr. Der Zeitplan war wichtig. Er mußte so fliegen, daß er kurz vor Einbruch der Dunkelheit ankam, damit er gerade noch das letzte Tageslicht zum Landen hatte. Kam er zu früh, konnte er noch entdeckt werden, kam er zu spät, konnte er in der Dunkelheit den Landeplatz unmöglich finden.

Halb sechs. In seinem Magen war ein Knoten.

Er stand auf und ging über den Sandplatz auf das Flugfeld zu. Er ging ganz zielstrebig und wie selbstverständlich auf den ›Renner‹ zu, achtete aber darauf, die Maschine immer zwischen sich und dem Flugplatzgebäude zu haben. Er sprang auf die Tragfläche und warf einen raschen Blick in die Pilotenkanzel. Dann wollte er die Haube zurückschieben. Aber sie rührte sich nicht. Sie war abgeschlossen. Doch darauf war er gefaßt gewesen. Er mußte sie also entweder aufklemmen oder, falls das nicht ging, das Kanzelglas einschlagen. Er wollte gerade in die Tasche greifen, um den großen Schraubenzieher herauszuholen, als ihn jemand anrief.

»He, Sie da! Was machen Sie denn da?«

Er sah auf. Ein Mechaniker in ölverschmiertem Overall und Schildmütze kam auf das Flugzeug zu. Und hinter ihm noch jemand. Ein kleiner stämmiger Mann mit einem kleinen Bärtchen und brauner Fliegerjacke samt weißem

Schal. Verdammt und zugenäht! Matsuo erkannte ihn auf den ersten Blick: der Rennflieger, dem die Maschine gehörte. Was zum Teufel tat er ausgerechnet heute hier? An einem Montag?

»Nur mal so rumschauen«, sagte Matsuo mit seiner rauhen Altenstimme und kletterte steif von der Tragfläche.

»Der darf hier doch überhaupt nicht rein!« sagte der Flieger scharf. »Rufen Sie die Polizei, und lassen Sie ihn festnehmen. Wegen unbefugten Betretens.«

Matsuo hatte bereits vorsichtshalber die Hand am Gürtel, wo die Pistole steckte. Aber er sah, daß der Mechaniker wenig mit der Polizei im Sinn hatte.

»Ach, kommen Sie, Mister«, sagte Matsuo bittend. »Hab' doch gar nichts gemacht. Ich hab' ja nur gestern diesen tollen Flitzer gesehen, wie er rumgekurvt ist in der Luft, so diese Loopings und alles. Und da dachte ich mir, ich muß heute unbedingt noch mal herkommen und ihn mir anschauen.« Er strich mit der Hand liebevoll über den Rumpf. »Hab' meiner Lebtage kein so ein hübsches Ding von einer Maschine gesehen, ehrlich.«

»Na ja, also . . .« sagte der Mann besänftigt, weil geschmeichelt, »das ist ja alles schön und gut. Aber Sie sind auf die Tragfläche gestiegen, Mann. Wie leicht hätten Sie die durchtreten können!«

»Aber niemals hätte ich das!« versicherte Matsuo. »Und ich verspreche Ihnen auch, ich komme ihr nie mehr zu nahe. Es ist alles nur, wissen Sie, weil . . . immer wollte ich selber fliegen. Aber meine Augen, ich hatte nie 'ne Chance für 'n Pilotenschein, wissen Sie. Wenn Sie mich nur zusehen lassen, wie Sie wieder so . . . Rollen und Loopings drehen, so wie gestern . . .«

»Na meinetwegen«, sagte der Pilot mit stolzgeschwellter Brust. »Aber kommen Sie nicht zu nah ran, wenn ich starte.«

»Klar, Sir, ist okay. Vielen Dank.« Er drückte seine Tragetüte an sich und sah zu, wie der Pilot die Kanzelhaube öffnete und einstieg. Das lief ganz und gar nicht nach Plan, aber was konnte er machen.

Das Aufheulen des startenden Motors war sein nächstes Signal. Mit einem Sprung war er wieder auf der Tragfläche neben der Kanzel. Ehe der Mann auch nur ein Wort hervorbrachte, hatte er bereits die Pistolenmündung an der Schlafe.

»Raus!« schrie Matsuo ihn über den Lärm an. »Raus, oder ich schieße Sie hier auf der Stelle über den Haufen!«

Der Mann wurde kreidebleich, aber er schien keiner Bewegung mehr fähig zu sein. Matsuo packte ihn am Kragen und zerrte ihn aus der Kanzel. Der Mechaniker, der unter das Flugzeug gekrochen war, um die Bremsklötze wegzuziehen, kam verwundert zum Vorschein. Matsuo wedelte mit der Pistole und rief: »Da vorn rüber!«

Der Mann trat nur zur Seite. Matsuo zielte wieder auf den Kopf des Flugzeugbesitzers und kletterte halb in die Kanzel. Er schrie dem Mechaniker zu:

»Wenn ich es Ihnen sage, ziehen Sie die Klötze weg, oder ich schieße den hier über den Haufen, klar? Und glaubt nicht, daß ich bluffe! Ich habe in der Stadt die *First National* ausgeraubt und einen Wächter erschossen, der meinte, er müßte den Helden spielen! Und genauso lege ich auch jederzeit den Burschen hier um!«

Es klang offenbar echt genug. Jedenfalls winselte der Pilot, und der Mechaniker schluckte schwer und nickte. Matsuo packte den Piloten an seinem weißen Schal und stieg ganz in den Pilotensitz. Er besah sich die Instrumententafel, bemerkte zufrieden, daß der Tank voll war, probierte die Pedale für die Ruder, löste die Bremse und nickte dem Mechaniker zu, gab ihm fünfzehn Sekunden Zeit und drückte dann den Gashebel vor. Das Flugzeug rollte an. Er ließ den Schal des Piloten los und sagte: »Sie können jetzt gehen.«

Der Mann starrte ihn noch immer sprachlos und verschreckt an, wie jemand, der sich bereits tot geglaubt und nun doch noch eine Chance bekommen hatte.

»Laufen Sie!« schrie Matsuo.

Der Mann sprang von der Tragfläche ab und begann zu rennen. Matsuo jagte das Flugzeug schnell bis zur Startbahn, warf einen raschen Blick auf den Windsack auf dem kleinen Tower des Flugplatzes und drehte gegen den Wind bei. Er konnte nur hoffen, daß niemand gerade landen wollte. Doch keine andere Maschine war zu sehen. Er rollte bis zum Beginn der Startbahn und wendete. Er kannte diesen Flugzeugtyp nicht und wollte lieber die ganze Startbahn zur Verfügung haben. Er drückte den Gashebel halb vor. Die kleine Seversky heulte auf. Er gab noch etwas Gas, und das Flugzeug sprang förmlich, leicht und wie von selbst, in die Luft. Er stieg schnell und steil hoch, und seine Erleichterung darüber, daß alles so gut geklappt hatte und er nun unterwegs war, ließ ihn laut auflachen.

Von unten herauf schüttelte der Besitzer des Flugzeugs ihm die Fäuste nach. Matsuo wackelte als Antwort mit den Tragflächen und zog dann steil nach rechts weg.

ALAMOGORDO

Ein Gewitter zog heran. Blitze zuckten auf und erhellten die Wüste unten. Er lag auf dem Gipfel eines windigen Felsmassivs, hatte sich alle drei Sonnenbrillen übereinander aufgesetzt, und starrte erwartungsvoll nach unten, wo das *Trinity*-Testgelände sein mußte, etwa fünfundzwanzig Meilen auf der endlosen, flachen Sandebene entfernt.

Er war etwas besorgt. Fünfundzwanzig Meilen waren ein bißchen viel, um irgend etwas von Belang über die Sprengkraft dieser Atombombe mitzubekommen, zumal nachts und durch alle diese getönten Gläser. Dr. Kakihana hatte ihm eingeschärft, unter allen Umständen seine Augen sehr kräftig zu schützen, ganz egal, wieviele Meilen er entfernt sei. Doch es erschien ihm so idiotisch. Gut, er wußte, was ihm der Doktor über die Wirkung dieser Waffe erzählt hatte. Trotzdem war es schwer, es zu glauben. Vermutlich hatte er übertrieben. Das konnte es einfach nicht geben! Eine einzige Bombe konnte einfach nicht diese unvorstellbare Zerstörungskraft besitzen, wie Dr. Kakihana es ausgemalt hatte! Andererseits war er nun einmal eine solche Kapazität, daß Matsuo es vorsichtshalber sein ließ, die lächerliche Dreifach-Sonnenbrille doch abzunehmen.

02.00 Uhr.

Um 2 Uhr 15 begann er zu zweifeln. Hatte es nicht funtioniert? Konnte er sich diese Hoffnung gestatten? Was aber, wenn der Test nur verschoben worden war? Selbst wenn es sich nur um eine Stunde handelte, mußte er dann weg, ohne etwas gesehen zu haben. Andernfalls riskierte er ja, das Schiff nicht mehr zu erreichen. Der einzige Weg über den Pazifik in diesen Zeiten war der auf einem amerikanischen Schiff! Verpaßte er die *Indianapolis*, kam er vielleicht überhaupt nicht mehr nach Japan zurück.

Er hieb wütend die Faust auf den Felsen. Alles war bisher doch perfekt abgelaufen. Das gestohlene Flugzeug, der irreführende Kurs nach Norden, um die Verfolger abzuschütteln, dann die steile Wende nach Süden, die Landung knapp vor Einbruch der Dunkelheit, genau wie geplant. Auf einer einsamen Sandpiste quer durch die Wüste. Er hatte die Maschine dann unter ein Gebüsch rollen lassen und war auf diesen Berg gestiegen, wo er das Testgelände überblicken konnte. Sein Zeitplan hatte hundertprozentig geklappt. Warum konnten die Amerikaner nicht genauso präzise sein?

Nichts geschah. Fehlschlag oder Verzögerung? Wie sollte er es erfahren?

Er mußte warten. Er hatte keine andere Wahl, als einfach bis zur letztmöglichen Minute auf die Testexplosion zu warten. Wenn er zurückkehrte, ohne zu wissen, ob es wirklich eine einsatzfähige Atombombe gab, war seine ganze Mission ein Schlag ins Wasser. Und wenn der Test erfolgreich war, mußte er das mit eigenen Augen gesehen haben!

Er zog gerade sein Sandwich aus der Tragetüte, als der Blitz kam. Im ersten Augenblick glaubte er noch, es würde sich um einen besonders hellen Gewitterblitz handeln. Dann aber wurde ihm schlagfartig klar, daß es noch keinen Gewitterblitz von derartiger Intensität und Dauer gegeben hatte. Vom Grund der Wüste stieg ein Lichtball wie zur hellsten Mittagszeit empor. Von ganz unglaublicher Helligkeit. So hell, daß es selbst noch durch seine drei Sonnenbrillen unerträglich war und schmerzte. Nicht nur in den Augen, sondern bis hinein ins Gehirn. Und um diese Feuerkugel herum ballten sich hochsteigende Wolken, unglaublich hoch, begannen sich dann auszubreiten und verbrannten oder verglühten eine nach der anderen binnen weniger Augenblicke. Der Feuerball sah zuerst purpurn aus, dann grün, dann grellgelb, als er hochstieg. Und mit sich zog er eine gewaltige Staubwolke hoch, die sich über ihm ausdehnte wie eine große Kuppel, mit einer Säule in der Mitte. Sie verlangsamte sich und blieb etwa in dreitausend Meter Höhe stehen. Unten am Fuße dieser Riesenkuppel gloste noch immer ein orangefarbenes Feuer, das einfach hängen zu bleiben schien, mitten in der Nacht, mitten in der Wüste. Ein überdimensionaler, erschreckend giftiger Pilz.

Dann erst kam der Explosionsdonner, und der hämmerte wie ein furchtbarer Schlag auf ihn ein. Und kurz darauf folgte die Schockwelle. Der Boden zitterte und bebte so stark, daß ihm eine seiner Sonnenbrillen herunterfiel.

Er bemerkte es kaum. Er lag platt auf dem bebenden Berg und starrte atemlos auf die Wolke. Wie betäubt versuchte er zu begreifen, was er da gesehen hatte. Dr. Kakihana hatte ihm die unvorstellbare Wirkung der Atombombe zu schildern und ihn zu warnen versucht. Doch keines seiner Worte war ausreichend gewesen, ihn auf dies hier vorzubereiten. Dies hier war das Feuer der Hölle, das über die Erde losgelassen wurde. Dies hier bedeutete das Ende der Kriegführung, wie man sie bisher kannte, und war entweder der Beginn eines neuen Zeitalters oder aber das Ende aller Zeitalter überhaupt.

Er spürte plötzlich, wie seine ganze Selbstbeherrschung sich in nichts auflöste. Er rappelte sich hoch und rannte wie von Furien gehetzt den Berg hinab. Sein ganzes Leben lang hatte er noch keine solche Furcht verspürt wie jetzt. Furcht um sich selbst. Um Meiko. Um Japan. Selbst um die ganze Zukunft der Welt. Japan mußte kapitulieren! Er durfte nicht zulassen, daß etwas, wie er es soeben erlebt hatte, sich über einer japanischen Stadt abspielte!

Mit zitternden Händen startete er die Sev-J2, rollte die Wüste entlang und zog steil hinauf in den Nachthimmel. Er hatte eine lange gerade Etappe nach Nordwesten bis Goldfield, Nevada, danach eine kürzere genau nach Westen, bis San Francisco zu bewältigen. Er flog niedrig, aber mit Vollgas. Kein befreites Lachen mehr. Dafür endloses Zittern. Er flog, als wären alle Dämonen der Hölle hinter ihm her. Unaufhörlich tanzte das Spukbild der nächtlichen Explosion vor seinen Augen.

SAN FRANSISCO

Geschafft!

Er atmete tief durch, als er die Mulde erkannte, wo er sein Bündel und seine Kleider zum Wechseln hinterlassen hatte.

Ein höllischer Flug lag hinter ihm. Die Landung auf dem Flugplatz ohne Landeerlaubnis wäre noch das wenigste gewesen — es war kurz vor der Morgendämmerung, und es gab buchstäblich keinerlei Luftverkehr —, aber der Motor war längst heißgelaufen, und es war ziemlich riskant gewesen gewesen, vom Nordende der Landebahn weiterzurollen, um sich dann zu Fuß durch das dunkle Moor davonzumachen.

Jetzt, nach einer atemlosen Flucht durch Meilen sumpfigen Geländes zwischen dem Flugplatz und Hunter's Point, hatte er noch Zeit, um ein kleines Weilchen zu verschnaufen und sich in Mariano Cruz zu verwandeln.

Er blieb stehen. Jemand wartete dort an der Mulde. Er duckte sich kurz in das taunasse Gras und versuchte in dem Halbdunkel der ersten Dämmerung etwas zu erkennen. Erleichtert erkannte er dann Sachis Maskierung als bärtiger alter Blinder. Er saß auf einem Koffer.

»Irgendwas nicht in Ordnung?« fragte er schon im Nähereilen.
»Erzähl mir zuerst, ob der Test erfolgreich war«, sagte Sachi.
Matsuo sah ihn ohne ein Wort an. Aber offenbar sagte sein Blick schon genug.
»Mein Gott, was hast du gesehen?«
»Das Ende des Krieges«, sagte Matsuo. »Ihre Bombe funktioniert, und sie ist . . .« Wie sollte er *das* beschreiben? »Von ungeahnter Zerstörungskraft.«
Er setzte sich und schloß die Augen. Er war erschöpft. Alles schien sich aufzulösen. Der unverhüllte Schrecken dessen, was er gesehen hatte, hatte eine Kluft aufgetan, die ihm während des Fluges von Alamogordo zunehmend auch den letzten Funken Hoffnung auf einen Verhandlungsfrieden geraubt hatte. Es war ihm völlig klar, daß Japan nun jegliche Bedingung Amerikas akzeptieren mußte, ganz gleich, welche.
»Ich hatte kaum Zweifel, daß es ein Erfolg würde«, sagte Sachi. »Die Amerikaner . . .«, er unterbrach sich und sagte kopfschüttelnd: »Wenn ich denke, daß ich mich einmal selbst als Amerikaner betrachtet habe . . .«
»Am besten fängst du sofort wieder damit an«, sagte Matsuo, »denn etwas Besseres als das kannst du auf der ganzen Welt jetzt nicht sein.«
»Da magst du recht haben, ja. Gut, jedenfalls habe ich herausbekommen, warum es unserem Filipino-Freund und seinen Instruktionen so eilt. Die Amerikaner waren so überzeugt von ihrem Erfolg bei den Tests, daß sie eine dieser Bomben bereits ausgeliefert haben. Und weißt du, wohin? Hierher, nach Hunter's Point. Vor zwei Tagen.« Er lächelte Matsuo dünn an. »Und weißt du, wer sie mitnimmt?«
Matsuo starrte ihn mit offenem Mund an.
»Richtig. Die *Indianapolis*. Nicht der kleinste Zweifel. Die Nachricht kam gestern durch. Deshalb bin ich hier. Du mußt dafür sorgen, daß diese Bombe nie von der *Indianapolis* herunterkommt.«
»Das klappt doch nie!«
»Aber sicher. Wir kennen bereits die Route. Pearl Harbor, Tinian und Guam. Auf Tinian ist der größte Flugplatz der Marianen, vielleicht sogar der ganzen Welt. Von dort starten ihre Flugzeuge, die Japan bombardieren. Und dort dürften sie auch ihre Atombombe abladen. Den genauen Zeitplan allerdings kennen wir nicht.« Er klopfte auf den Koffer, auf dem er saß. »Wenn du irgendwie mein unverwüstliches Funkgerät da drin verwenden kannst, um ein Signal auszusenden, kann ein U-Boot . . .«
»Du verstehst mich nicht«, sagte Matsuo. »Wenn die *Indianapolis* versenkt wird, schicken sie einfach eine andere Bombe auf eine andere Weise, vielleicht per Flugzeug. Auf jeden Fall wird eine dieser Atombomben auf Japan fallen, wenn ich nicht das Oberkommando davon überzeugen kann — oder vielleicht sogar den Tenno persönlich —, indem ich ihnen erzähle, was ich gesehen habe. Verstehst du? Ich muß nach Haus kommen, um dort zu berichten, was sie vorhaben, was uns bevorsteht! Wenn ich das Kriegsende bewirken kann, dann kann ich Japan auch vor diesen Bomben retten!«

Er versuchte sich Meiko und Naka in einem Atom-Holocaust, wie er ihn vor Stunden gesehen hatte, vorzustellen.

»Sachi, ich muß nach Japan zurück!«

»Du hast ja eine Chance. Während deiner Abwesenheit kam eine Nachricht über Panama. Sobald du dort bist, erwartet dich jemand mit einem Sampan vor der Nordspitze Tinians.«

Matsuo hörte es mit Erleichterung. »Vielleicht schaffe ich es tatsächlich bis nach Hause.«

»Nach Hause«, sinnierte Sachi. »Du hast Glück, daß du von Japan als zu Hause sprechen kannst.«

»Nun ja, so ganz perfekt passe ich da auch nicht hin . . .« sagte er, brachte es aber nicht über sich, seinen gemischten Gefühlen gegenüber Amerika noch deutlicher Ausdruck zu geben, als durch die Bemerkung: »Ich bin immerhin auch hier aufgewachsen . . .«

»Sicher. Aber du sprichst Japanisch wie ein geborener Japaner. Ich nicht.« Er schwieg, während Matsuo sich umzog. Dann sagte er: »Der Krieg ist also aus, sagst du?« Seine Stimme klang fremd. Matsuo konnte sein Gesicht nicht sehen.

»Er muß es sein.«

»Und was machst du nach der Kapitulation?«

»Versuchen durchzukommen, nehme ich an. Und du?«

»Keine Ahnung. Nicht die Spur einer Ahnung.«

»Du könntest nach Japan kommen.«

»Glaube ich nicht. In Japan wäre ich immer nur der Amerikaner.«

»Dann bleib in Amerika.«

»Aus welchem Grund? Hier werde ich immer nur ein ›lausiger Japs‹ sein. Ganz abgesehen davon, daß ich nicht weiß, ob ich nach allem, was sie uns angetan haben, überhaupt noch hier leben möchte. Nein, keine Ahnung, was ich mache.«

Matsuo empfand Mitgefühl für Sachi. Dessen Lage war ihm nicht ganz fremd. Ein Mann ohne Land. Staatenlos. Ein wenig war es ihm ja selbst immer so gegangen.

»Irgendwo muß es doch einen Platz für dich geben.«

Die Traurigkeit in Sachis Stimme war fast mitleiderregend. »Na, vielleicht. Vielleicht auch nicht. Doch jetzt müssen wir erst mal dich nach Japan zurückkriegen. Das ist jetzt die Hauptsache. Bestimmt haben sie wegen dieser Bombe die Sicherheitskontrollen gewaltig verstärkt. Aber wir kriegen dich schon an Bord.« Seine Stimme klang sehr entschlossen. »Das garantiere ich dir.«

Er nahm sein Funkgerät aus dem Koffer und schleuderte es ins Moor. Noch ehe Matsuo ihn nach dem Grund fragen konnte, deutete Sachi schon mit dem Daumen über die Schulter nach *Hunter's Point* hinunter. »Gehen wir.«

Matsuo wußte nichts über die üblichen Sicherheitsmaßnahmen auf amerikanischen Flottenstützpunkten, aber er fand doch, daß ganz außergewöhnlich viele Posten hier seien. Er zeigte am Haupttor seine Papiere und wurde kurz durchgewunken: »Beweg deinen Arsch, Cruz.«

Er eilte zu den Docks. Die *Indianapolis* war, auch wenn sie sich nicht annähernd mit der Tonnage der *Yamoto*, Admiral Yamamotos einstigem Flaggschiff, messen konnte, immer noch ein gewaltiges Stück Schiff. Von seltsamer Form übrigens. Mittschiffs war eine Einbuchtung zwischen Vorder- und Achterdeck, die ihm ein eigenartiges Aussehen wie der Senkrücken eines Pferdes gaben. Einige Flugzeugkatapulte wurden eben an Bord gehievt. Matsuo überflog die sichtbare Bewaffnung des schweren Kreuzers mit einem raschen Blick. Sie war alt, aber schwerkalibrig.

Zwei Marineposten und zwei Männer in Zivil bewachten die Gangway. Mit heftigem Herzklopfen ging er auf sie zu und wollte vorbei.

»He, he«, sagte einer der Zivilisten. »Wie wär's denn, Junge? Die Papiere!«

Matsuo lächelte schüchtern und zeigte seine Papiere. Er gab sie dem, der ihn angesprochen hatte. »Bitte sehr, Sir.« Er hoffte, sein künstlicher Akzent gehe durch. Der andere Zivilbeamte musterte ihn scharf.

»Noch 'ne Ananas für die Küche«, sagte der erste und blätterte rasch durch die Papiere.

Der zweite sagte nichts. Er nahm sich den Personalausweis vor. Seine Augen huschten pausenlos zwischen dem Foto und Matsuo hin und her.

»Wo ist dieses Baguio?« fragte er.

Matsuo hatte seine philippinische Geographie studiert. »Auf Luzon, Sir.«

»Und wieso kämpfen Sie nicht gegen die Japse?«

»Sir, ich arbeite schon seit vor dem Krieg für die Marine. Ich war nicht zu Hause, als sie meine Heimat besetzt haben.«

»Da steht, Sie haben den ganzen Krieg über in der Messe in San Diego gearbeitet. Wieso kommen Sie jetzt auf einmal zur Kampftruppe?«

Auch darauf war Matsuo vorbereitet. »Sir, ich wollte nicht gern auf einem Schiff sein, das vielleicht meine Heimat beschießt. Jetzt, wo die Philipinen wieder frei sind, will ich auch kämpfen.«

»Klingt ja ganz plausibel«, sagte der erste Zivile, aber der zweite wollte noch nicht aufhören. Doch er kam nicht zu seiner nächsten Frage. Ein Marinepolizist mit gezogener Pistole war herbeigekommen und beugte sich nahe zu den beiden Beamten. Er flüsterte mit ihnen, doch Matsuo hörte genug, um zu erstarren.

» . . . möglicherweise ein japanischer Spion . . . noch nicht, wie zuverlässig . . .«

Er hatte das Gefühl, erschossen worden zu sein. Wie konnten sie das herausgefunden haben? Wer konnte ihnen irgend etwas erzählt haben? Hatte der echte Cruz vielleicht Gewissensbisse wegen seiner verkauften Papiere bekommen? Tausend Fragen, keine beantwortbar. Und keine Fluchtmöglichkeit. Er saß in der Falle, schien es.

». . . wie konnte er reinkommen? . . . gesehen worden, wie er über den Zaun . . . halten Sie auf dem laufenden . . .«

Um seine Beherrschung zu bewahren, ließ Matsuo seinen Blick inzwischen über das Schiff hinweg wandern und versuchte, seine Erregung nicht zu zeigen.

Über den Zaun? Das konnte aber nur . . .

»Sie schwitzen ja, Mr. Cruz«, sagte der zweite Zivile. »Haben Sie was?«

»Nein, Sir«, sagte Matsuo rasch. »Sehr heiß, ja?«

Noch immer dieses intensive Mustern. »Kann ich nicht behaupten.« Ein Trupp Marines marschierte über das Dock und kontrollierte jeden, der ihm in die Quere kam. Und sie kamen hierher!

Also doch, dachte er. *Das war es dann wohl.* Und er begann sich bereits Gefängniszellen und Erschießungskommandos vorzustellen.

Er stand wie angewurzelt, weigerte sich aber, sich aufzugeben. Bis zur letzten Sekunde würde er warten. Wenn er sich aus dieser Situation nicht mehr herausmogeln konnte, mußte er eben die Konsequenzen ziehen. Hier und jetzt und rasch.

Der Trupp war keine dreißig Meter mehr entfernt, als eine Gewehrsalve die Stille zerfetzte. Sie alle riß es hoch. Die Marines kehrten sofort um und rannten in die Richtung der Schüsse.

Matsuo konnte sich über die Erleichterung, die ihn überkam, trotzdem nicht freuen. Er hatte eine dumpfe Ahnung, was diese Schüsse betraf.

Ein paar Minuten darauf kam ein anderer Soldat zu ihnen, die Pistole wieder im Halfter.

»Alles okay«, sagte er. »Wir haben ihn.«

»Ein Japs?« fragte er erste Zivile. »Was wollte er denn?«

»Werden wir nie erfahren. Tot.«

Tot. Kurz und ungerührt. Kaum ein Zweifel, daß es wohl Sachi war. Ein Freund, ein guter, tapferer Mann. Wenn man ihn nur gelassen hätte, er wäre der loyalste Amerikaner gewesen, den man sich denken konnte. Hätte ›sein‹ Land nicht alle Prinzipien, die es angeblich vertrat und hochhielt, verraten. Jetzt verstand Matsuo auch, warum Sachi sein Funkgerät in den Sumpf geworfen hatte. Mit dem Ende des Krieges war er ohne Existenz und ohne Heimat. Vermutlich hatte er ein solches Leben nicht mehr leben wollen und hatte noch ein Ablenkungsmanöver für ihn, Matsuo, inszeniert.

Die Zivilen gaben ihm seine Papiere und deuteten auf das Schiff. »Gehen Sie an Bord.«

Matsuo sah sich nicht mehr um.

Er hatte wenig Zeit, um Sachi zu trauern. Er hatte sich kaum gemeldet, als er schon zur Arbeit eingeteilt war. Die Schiffsküche war völlig überlastet, weil eine Menge Marinepersonal als Passagiere nach Pearl Harbor an Bord war. Jeder Mann mußte doppelte Arbeit leisten. Es herrschte große Hektik. Matsuo war es nur recht. Es waren noch drei andere Filipinos unter dem

Küchenpersonal, aber der Betrieb erlaubte keine längeren Gespräche oder Kontakte mit ihnen. So fiel auch nicht weiter auf, daß er ihre spanischen Begrüßungskaskaden gerade mit den wenigen Brocken Konversation beantwortete, die er aus seiner Zeit in Panama noch kannte. Zudem hatte er sich selbst gleich von Anfang an eine mürrische, unzugängliche Miene zugelegt, die zu keinerlei üblichem Geplapper ermunterte. Es funktionierte ganz gut. Man ließ ihn in Ruhe.

Schon nach Stunden, während sie noch unter der Golden-Gate-Brücke durchfuhren, wußte er, wo sich die Atombombe befand. Er sah sie auf dem Weg vom Wachraum mittschiffs, wohin er Kaffee gebracht hatte. Sie war überhaupt nicht verborgen. Ganz offen lag sie auf dem Hangardeck, fünf Meter lang, mit Stahltauen verankert und bewacht von vier bewaffneten Marines. Er stand inmitten anderer Besatzungsmitglieder und Passagiere, starrte wie diese die Bombe an und hörte zu, was so gesprochen wurde. Niemand schien zu wissen, was genau das war, nur soviel, daß das Ding ›den Krieg beenden‹ sollte. Manche äußerten Vermutungen über ›Bakterienkrieg‹, und das schien auch die überwiegende Ansicht zu sein, weshalb auch alle einen weiten Bogen um das Teufelsding machten. Wer wußte denn schon . . .? Matsuo fand, man müsse den Amerikanern immerhin Bewunderung dafür zollen, unter welcher absoluten Geheimhaltung sie diese neue Waffe gebaut hatten.

Als er zurück in der Küche war, drückte man ihm sogleich ein Lunch-Tablett für die Kabine des Flaggenleutnants in die Hand.

Kabine des Flaggenleutnants? Das hieß also, dies hier war ein Flaggschiff. Wessen? War tatsächlich ein Admiral an Bord, oder fuhr man ihm erst entgegen?

Er war sehr überrascht, einem Captain der Armee gegenüberzustehen. *Die Armee?* Der Captain nahm ihm das Tablett an der Tür ab, ohne ihn in die Kabine eintreten zu lassen. Vielleicht sollte er sich, dachte Matsuo, für diese Kabine etwas näher interessieren.

Eine Stunde später kam er wieder und klopfte. Diesmal öffnete ein anderer Offizier. Ein Major.

»Ich wollte das Lunchtablett wieder abholen, Sir.«

Der Major nickte. »Ja, kommen Sie rein.«

In der Kabine entdeckte er mit einem unauffälligen Blick technisch aussehende Geräte mit einer Menge Kontrollinstrumenten, ehe der andere Offizier mit ungehaltenem Blick ein Tuch darüber warf. Matsuos größte Aufmerksamkeit erregte indessen das schwarze zylindrische Rohr auf dem Boden. Es war etwa sechs Meter lang und mit Metallgurten, die an das Kabinendeck angeschweißt waren, festgezurrt. Die Gurte waren zudem noch mit einem Vorhängeschloß gesichert.

Er wandte sich ab, sammelte das Geschirr ein und beeilte sich, wieder zu gehen. Das Zylinderrohr ging ihm nicht aus dem Kopf. Professor Kakihanas Worte kamen ihm wieder in den Sinn: »Um die scharf zu machen, benötigt man ein Uran-Isotop.« *Uranium-235* hatte er es genannt. Dienten die Instrumente in der Kabine vielleicht dazu, die Radioaktivität zu messen, die das Zylinderrohr abstrahlte? War am Ende U-235 darin? Und war das Atombombenprojekt nicht unter der Federführung der US-Army entwickelt worden? Was die Anwesenheit von Army-Offizieren an Bord eines Schiffs der Navy erklären würde.

Je länger er es bedachte, desto sicherer wurde er, daß die Flaggenoffiziers-Kabine das Herz der Atombombe beherbergte. Er mußte mehr darüber wissen.

Er hielt sich sorgsam bereit, als es Zeit wurde, das Abendessen in die Flaggschiffs-Offizierskabine zu bringen. Und am Dienstagmorgen das Frühstück. Und mittags dann war es bereits Routine: »Wo ist Cruz? Da ist das Tablett für den Offizierszoo.« Inzwischen war er sicher, daß er das Schloß öffnen und das Zylinderrohr entfernen konnte, wenn sich nur genug Zeit fand. Nur, was tat er dann mit dem Ding, wenn er es hatte?

Er ging an diesem Abend auf eine Zigarette aufs Hauptdeck und starrte in den Widerschein des Kreuzers auf dem Pazifik. Die drückende Schwüle hatte jedes Besatzungsmitglied und jeden Passagier, der nur konnte, nach oben auf die Decks getrieben. Alle lechzten nach der kühlenden Brise. Viele hatten ihre Pritschen, Matratzen oder Schlafsäcke mit heraufgebracht. Jede Luke und jeder Schacht standen offen. Matsuo war ein nautischer Ingenieur, doch auch ihm war klar, daß das Schiff binnen Minuten sinken würde, bekäme es jetzt einen Torpedotreffer unter der Wasserlinie ab.

Zum Glück war mittlerweile das Risiko, hier im Ostpazifik einem japanischen U-Boot vor das Sehrohr zu laufen, praktisch gleich Null. Trotzdem, er hatte ein ungutes Gefühl. Über diesem Schiff schien irgendwie der Tod zu schweben. Vergangene Nacht war er aus einem Alptraum von blutrotem Wasser und darin herumschwimmenden Rückenflossen und reißenden Zähnen erwacht. Es war ihm klar, daß seine unterbewußte Phantasie von der Fracht dieses Schiffes angeregt wurde.

Er war noch immer halb taub von der Gefechtsübung am Nachmittag. Die Turmgeschütze waren ohrenbetäubend. Selbst nachdem sie wieder schwiegen, war die Stille nur relativ. Die Motoren der Schiffsturbinen lärmten pausenlos tief unten im Bauch des Kreuzers. Sie liefen mit voller Fahrt voraus und machten fast dreißig Knoten.

Sie haben es eilig. Und mit gutem Grund. Je eher sie die Atombombe anlieferten, desto rascher war der Krieg zu Ende. *Ich würde es genauso machen.*

Er angelte den Draht aus der Tasche, den er sich aus dem Maschinenraumlager organisiert hatte. Er hatte verschiedene Stärken. Dicken Kupfer- und haarfeinen Stahldraht. Er hatte auch eine Rundzange zum Zurechtbiegen.

Er brauchte nichts als etwas Zeit allein in der Kabine des Flaggenleutnants.

Die Gelegenheit kam bereits am nächsten Morgen, als er das Frühstücksgeschirr abholte. Niemand öffnete, als er anklopfte. Vorhin, als er das Frühstück gebracht hatte, waren beide Offiziere bereits auf und in voller Uniform gewesen. Es war also wenig wahrscheinlich, daß nun noch jemand drinnen schlief. Er sah den Korridor hinauf und hinunter. Alles war still und leer. Ein paar Biegungen an einem Drahtstück ergaben einen Behelfsdietrich für das einfache Türschloß. Bereits bei seinem dritten Versuch ging es auf. Er wollte eben eintreten, als er Stimmen hörte. Eine kam ihm bekannt vor. Er zog die Tür hastig wieder zu und blieb stehen, als würde er auf irgend etwas warten.

»... wollte ich im Krankenrevier nichts sagen. Hätte leicht ...«

Der Major brach abrupt ab, als er Matsuo erblickte.

»Sirs!« meldete Matsuo stramm. »Ich wartete hier, daß Sie mir aufmachten!«

»Wir waren auf einer Runde durch das Schiff«, sagte der Captain. Er öffnete die Tür und ließ Matsuo das Geschirr abräumen. Matsuo mußte seine heftige Enttäuschung nach Kräften verbergen. Womöglich bot sich eine Gelegenheit wie diese nie wieder.

Als sie am nächsten Morgen um acht Uhr *Diamond's Head* umfuhren, kam die Durchsage, die *Indianapolis* habe einen neuen Weltrekord für die 2100 Meilen zwischen dem Feuerschiff Farallon und Oahu aufgestellt. Sie fuhren in die enge Hafeneinfahrt von Pearl Harbor ein und setzten ihre Passagiere ab. Doch kein Besatzungsmitglied durfte auch nur einen Schritt von Bord. Während aufgetankt wurde, blickte Matsuo hinüber nach Ford Island und hatte zwiespältige Empfindungen angesichts des dort immer noch aus dem Wasser ragenden Wracks der *Arizona* mit ihrer großen Öl-Lache darum herum. Immer noch blubberte Öl aus dem lecken Schiff.

Nachmittags um fünf liefen sie wieder aus. Volle Kraft voraus nach Tinian. Ohne die Extra-Passagiere ging es nun in der Küche geradezu ruhig zu. Obwohl deshalb die Zeit eigentlich hätte kriechen müssen, verging für Matsuo die Woche bis zu den Marianen geradezu wie im Fluge. Er war ständig auf Ausschau nach einer neuen Gelegenheit, in die Kabine des Flaggenleutnants zu kommen. Doch tagsüber ergab sich nie etwas, und nachts war erst recht nichts möglich. Dann pflügte die *Indianapolis,* was die Maschinen hergaben, aber in völliger Verdunkelung, durch den Mittleren Pazifik.

Die beiden Armeeoffiziere verließen ihre Kabine niemals, sobald es dunkel war. Matsuo konnte sich also abends ohne Gewissensbisse entspannen. Dann war ohnehin nichts möglich. Er saß unter den anderen Leuten der Besatzung oben an Deck und hörte ihren Unterhaltungen zu. Hier in der Dunkelheit fühlte er sich sicher. Hier mußte er die Rolle des Mariano Cruz nicht unbedingt spielen. Hier konnte er einfach nur eine gesichtslose Stimme in der Nacht sein. Gelegentlich gab er einen Kommentar von sich, wenn man ihn dazu aufforderte. Meistens aber hörte er nur zu.

Sie waren alle noch sehr jung, und die meisten auch sehr sympathisch. Wenn sie nicht gerade über die ›dreckigen Japse‹ redeten. Sie hatten durchaus ihre eigenen und verschiedenen Ansichten. Aber wenn es um Japan ging, waren sie alle gleich, wie gestanzt und genormt. Sie haßten die ›dreckigen Japse‹, die ihnen ›Pearl Harbor büßen mußten‹. Und Bataan. Und die miese Behandlung der amerikanischen Kriegsgefangenen während des ganzen Krieges. Doch sie waren auch durchaus fasziniert ›von diesen Selbstmordfliegern, diesen Kamikazeflugzeugen und -torpedos der dreckigen Japse‹, und hatten sogar ›Bammel‹ vor ihnen. Am liebsten hätte Matsuo begonnen, diesen blutjungen Leuten die kulturellen Unterschiede der beiden Länder zu erläutern, wie seinerzeit seinem Bruder Hiroki. Zweimal konnte er sich gerade noch beherrschen. Es war viel zu gefährlich, auch nur die kleinste Andeutung von Sympathie zu äußern, was das Thema ›dreckige Japse‹ betraf. Er konnte von diesen Jugendlichen hier beim besten Willen nicht mehr Verständnis erwarten als damals von seinem eigenen Bruder.

Zuweilen saß er auch allein abseits und dachte über den Lauf seines Lebens nach. Er hatte ein wenig das Gefühl, es sei völlig seinen eigenen Entscheidungen entwunden und er habe es im Grunde überhaupt nicht in der eigenen Gewalt, sondern sei hilflos einander widerstreitenden mächtigen Kräften ausgeliefert. Die eine baute Hindernisse vor ihm auf, die andere half ihm, sie zu überwinden. Jetzt schienen seine und die Lebensfäden anderer um ihn herum sich zu einem gemeinsamen Schicksal zusammenzudrehen.

Wo aber würde es entschieden? Auf Tinian?

Auch sein letzter Schwerttraum ging ihm nicht aus dem Kopf: Frank und Meiko wieder zusammen . . . ohne ihn.

Während der ganzen Überfahrtswoche perfektionierte er sein System des unauffälligen Mithörens der Gespräche der beiden Armeeoffiziere. Er lauschte mit den Tabletts, so lange es ging, vor der Kabinentür und hatte Rückzugs- und Ausweichmanöver parat, sobald jemand kam.

Freilich, alles Lauschen erbrachte wenig nützliche Informationen, außer vielleicht der, daß die Bombe an Bord nicht die einzige war, die man besaß. Diese hier pflegten sie *Little Boy* zu nennen. Von einer anderen sprachen sie als *Fat Man*. Erst einen halben Tag vor Tinian, am Mittwochabend, fiel zum ersten Mal der Name des Ziels für *Little Boy*.

»Damit ist Tokio aus dem Rennen«, sagte der Major. »Die hohen Knaben da oben glauben, der Kaiser wäre noch wichtig für die Zeit nach dem Krieg.«

Das machte Matsuo Mut. Zumindest gab es irgend jemand in Amerika, der ein wenig von Japan verstand.

Doch es hielt nicht lange vor.

»Eine Reihe von Städten hat man sich ja für die Bombe aufgespart. Ich weiß auch noch nicht, welche es am Ende wird. Aber ich habe das Gefühl, Groves ist auf Kyoto aus.«

Matsuo bekam kaum noch Luft. Das konnten sie doch nicht machen! Doch nicht *Kyoto!* Sie konnten doch unmöglich Kyoto, den Sitz der Seele Japans, zerbomben!

Doch in seinem tiefsten Innern wußte er, daß sie es natürlich tun würden. Und sogar mit Freude.

Er mußte *Little Boy* unschädlich machen.

MARIANEN-INSELN

Die *Indianapolis* erreichte die Marianen am Morgen des zehnten Tages nach dem Auslaufen aus San Francisco. Matsuo stand im Gedränge der Neugierigen an Deck, als Tinian in Sicht kam. Alle waren aufgeregt und suchten irgend etwas an Land zu entdecken, was im Zusammenhang mit der Superwaffe stehen konnte, die den Krieg beenden würde. Doch mehr als nackte braune Klippen, die aus dem Wasser ragten und weiter oben mit tropischer Vegetation bedeckt waren, sahen sie nicht. Die Insel war von ungefähr ovaler Form, fünf Meilen auf zwölf, ohne nennenswerte Berge, aber mit der größten Flugplatzanlage der Welt.

B-san-Geschwader, die mit Bomben beladen wurden und ihre täglichen Angriffe auf das japanische Festland flogen, waren zu sehen. Hier also sollte auch die Atombombe in einen Bomber geladen und losgeschickt werden, um Kyoto zu zerstören. Es mußte ihm etwas einfallen, das zu verzögern, ohne daß er selbst dabei umkam! Er mußte nur genug Zeit finden, um nach Japan zu gelangen! Wenn er dort dem Oberkommando berichtete, was er gesehen hatte, konnte der Krieg noch beendet werden, ehe Kyoto verbrannte! Unter dem Deck hier, wo er war, befand sich dieses U-235, doch er kam nicht an das Zeug heran! Es war zum Verrücktwerden.

In seinen Augenwinkeln nahm er vorbeihuschende Farbe wahr. Armeebeige. Einen Augenblick lang war er wie paralysiert. Die beiden Armeeoffiziere lehnten neben ihm an der Reling und blickten zur Insel hinüber, während das Schiff sich ihr näherte! Dann war er schon unterwegs, kämpfte sich heftig durch das Gedränge der Matrosen und rannte unter Deck, so schnell es nur ging.

Wie ausgestorben. Er öffnete die Kabine mit dem Drahtdietrich und schlüpfte hinein. Er stürzte sich auf das Zylinderrohr, hielt noch einmal kurz inne und prägte sich exakt dessen Lage ein, auch die des Sperrschlosses und der Haltegurte. Alles, bis hin zur Stellung des Stahlgreifrings oben.

Das Schloß war ziemlich kompliziert. Seit seinen Jungentagen in San Francisco hatte er sich an so einem Schloß nicht mehr versucht. Außerdem eilte es. Und er stand sich selbst im Wege. Seine Hände zitterten vor Aufregung, sein Herz klopfte wie verrückt und nahm ihm fast den Atem. Seine Finger waren schweißnaß. Jeder Fehlgriff, jedes Abgleiten wäre ein irreparabler Zeitverlust. Er erinnerte sich an Nagatas Lehren und Mahnungen von einst: Atem kontrollieren, allen Energiezufluß mit in das Werkzeug . . .

Dann plötzlich hakte der Draht in die Verriegelung ein. Er drehte kräftig und hätte fast laut vor Freude gejubelt, als das Schloß tatsächlich aufsprang. Er öffnete die Haltegurte und zog das Zylinderrohr heraus.

Es war schwer. Bleischwer. Er begann das Endstück abzuschrauben und stützte sich am Haltering. Ein ganz feines Gewinde. Zwei volle Umdrehungen bewegten das Endstück nur ein Sechzehntel Inch. Er drehte weiter und mußte sich zwischendurch immer wieder den Schweiß von der Stirn wischen. Wieviel Zeit hatte er noch? Mit wieviel Glück konnte er noch rechnen?

Endlich fiel das Endstück ab. Im Innern kam ein weiteres Zylinderrohr zum Vorschein, etwa so lang und dick wie sein Unterarm. Er holte es heraus, legte es auf den Boden und schraubte den äußeren Zylinder sofort wieder zu. Er war bereits am ganzen Körper schweißnaß, und seine Hände rutschten ständig ab. Als er endlich fertig war, wischte er das Rohr mit seinem Serviertuch trocken. Noch ein prüfender Blick, daß er keine Spuren zurückgelassen hatte, und er war wieder draußen. Er trug den kleinen Zylinder auf einem Tablett vor sich her. Nun mußte er nur noch ein Versteck dafür suchen und hoffen, daß die Offiziere weder irgendwie den Gewichtsverlust feststellen konnten noch wegen der Serviette und des Tabletts mißtrauisch wurden.

Nach einer Stunde war er wieder oben an Deck in der Menge, wo der große Deckkran eben die fünf Meter lange Bombe vom Hangardeck hievte. Die *Indianapolis* hatte inzwischen eine halbe Meile vor der Küste geankert, und eine Art Barkasse war längsseits gekommen. Mit einiger Erleichterung beobachtete Matsuo, wie zwei Matrosen den jetzt leeren Uranzylinder aus der Kabine unten an Deck heraufbrachten. Er hing vom Haltering an einem Stock, den die Männer trugen. Die beiden Armeeoffiziere, die sie dabei begleiteten, gaben keinerlei Anzeichen von sich, daß etwas nicht stimmte.

Zum ersten Mal, seit er an Bord war, gestattete sich Matsuo den Hauch einer Hoffnung, vielleicht doch Erfolg zu haben.

Meiko drückte die Ruderpinne hart leewärts und duckte sich unter die herumschwingende Spier weg, während sie den kleinen Sampan beidrehte. Als sich das grobe Luggersegel blähte, setzte sie das Großschot und nahm Kurs Süd auf Sichtweite entlang der Westküste von Saipan. Die wolkenumhüllten Berge der Insel erinnerten sie sehr an Maui, und dies ließ alte Erinnerungen in ihr aufsteigen.

Sie bekam allmählich das richtige Gefühl für das Boot. In der Sagami-Bucht einst war sie im Sommer immer viel gesegelt. Aber dieser Sampan hier lag träge und schwer beweglich im Wasser, obgleich er, einmal auf Kurs, sehr ruhig und stetig fuhr.

Meiko trug einen verschossenen Sarong, und am Bug lagen Fischnetze. Falls es also nötig wurde, konnte sie jederzeit eine Fischerin von der Insel spielen. Sie mußte nur bis zum Abend unbehelligt bleiben. Dann konnte sie ihr winziges Boot südwärts nach Tinian steuern. Sie blickte zum aus dem Wasser aufragenden Land am Horizont: Tinian. Ganze vier Meilen. Matsuo sollte heute ankommen. Und wenn alles gut und nach Plan ging, konnte sie ihn heute nacht dort abholen.

Es war nicht leicht gewesen, das zu arrangieren. Sie hatte gewußt, Matsuos Freunde beim Marinenachrichtendienst — und es waren viele — waren verwundert und verärgert darüber, daß die Marine sich weigerte, ihm ein U-Boot zu schicken, das ihn nach Japan zurückholte. Sie war ganz sicher, daß Hiroki und der Kakureta Kao dahintersteckten. Sie konnte es allerdings nicht wagen, diesen Verdacht offen auszusprechen, weil sie ja keinerlei Beweise dafür hatte.

Shigeo und einige andere jedoch brachten den Fall vor und bestanden darauf, daß Matsuo gerettet werden mußte. Nach wochenlangem Hin und Her setzten sie schließlich durch, den Versuch zu unternehmen, ihn am verabredeten Ort aufzufischen. Und Meiko überredete die Verantwortlichen, sie selbst bei diesem Unternehmen einzusetzen. Sie hatte argumentiert, die beste Chance, sich durch die amerikanischen Küstenpatrouillen zu schmuggeln, habe ein Sampan, den statt eines Mannes eine Frau segelte.

Eines der letzten verfügbaren Aufklärungs-U-Boote des Marinenachrichtendienstes hatte sie bis zum östlichen Rand der Philippinischen See vor Saipan gebracht. Heute morgen vor Tagesanbruch waren sie aufgetaucht, hatten den am Achterdeck kieloben befestigten Sampan losgemacht, den Mast gesetzt und Meiko mit dem Boot noch im Dunkeln zu Wasser gebracht. Sie hatte Nahrung und Wasser für einige Tage und unter dem Bug verborgen auch einen Kompaß und einen Sextanten. Sobald sie erst Matsuo vor der Nordspitze Tinians aufgefischt hatte, sollten sie auf einer bestimmten Länge und Breite weitersegeln, bis das U-Boot sie wieder aufnehmen konnte.

Draußen vor dem Riff fuhr ein schnelles Patrouillenboot vorüber. Sie hielt ihren Kurs und hoffte, in Ruhe gelassen zu werden.

Die Hoffnung trog. Das Patrouillenboot drehte plötzlich bei und kam direkt auf sie zu. Sie schloß die Augen und versuchte es fortzuwünschen, aber es half nichts. Das Boot kam längsseits, und ein Matrose signalisierte ihr, daß jemand an Bord käme. Sie lächelte und nickte eifrig, während sie den Sampan in den Wind steuerte. Aber in Wirklichkeit waren ihre Nerven zum Zerreißen gespannt.«

»Wir nur sehen, Lady«, versuchte einer der Matrosen mit ihr zu radebrechen, als er den Sampan betrat. »Nix haben Angst. Nur sehen, verstehn?«

Meiko lächelte und nickte. »Ja, ja. Nur sehen, okee.«

»Fischi-fisch?« fragte sie ein anderer Amerikaner vom Patrouillenboot herüber. Er sah wie eine Art Offizier aus. »Fischen wo?«

»Nur fahren«, sagte Meiko.

Das freilich schien dem Offizier nicht so sehr zu gefallen. Das hätte sie sich denken müssen, dachte sie und schalt sich selbst, daß sie nicht auch einige Fische mitgenommen hatte, um sie zu zeigen.

»Heee«, sagte da plötzlich der Matrose, der bei ihr auf dem Sampan war. »Was haben wir denn da?« Und er brachte den Kompaß und den Sextanten zum Vorschein und hielt beides hoch. »Also, die übliche Sampan-Ausrüstung ist das ja wohl nicht.«

Der Offizier drüben hatte bereits die Pistole gezogen, zielte aber nicht auf Meiko.

»Meine! Meine!« sagte Meiko eifrig und versuchte mit Macht, ihre Panik zu verbergen. »Für segeln weit!«

Aber der Mann schüttelte den Kopf. »Kann ich dir nicht abkaufen, Lady. Klingt nicht so überzeugend.«

Sie holten sie hinüber auf das Patrouillenboot und nahmen den Sampan ins Schlepptau bis in den Hafen. Man brachte sie in einer Quonset-Baracke in einen sehr heißen und stickigen Raum mit nichts als einem Tisch und zwei Stühlen und ließ sie dort den ganzen Tag warten. Man brachte ihr Mittag- und Abendessen und ließ sie auch auf die Toilette am Ende des Flurs. Aber sonst geschah nichts. Sie döste auf dem Stuhl vor sich hin, den Kopf auf den Armen, die sie auf den Tisch gelegt hatte. Auch als es schon dunkel geworden war und nur die einzige nackte Glühbirne an der Decke Licht spendete, war sie noch dort.

Was bedeutete das? Wollten sie sie ewig hierbehalten? Sie mußte nach Tinian, um Matsuo abzuholen! Sie mußten sie gehen lassen!

Dann endlich ging die Tür auf, und sie hörte eine Männerstimme draußen im Flur. Sie klang nach dem jungen Offizier auf dem Patrouillenboot.

». . . mehr haben wir nicht. Die Instrumente sind japanisches Fabrikat, aber das besagt natürlich noch nicht viel. Die Insel war seit Ewigkeiten von den Nips beherrscht. Alles andere ist auch japanisch. Sonst aber war nichts weiter von Interesse auf ihrem Boot.«

»Ein Schlag ins Wasser also?« sagte eine andere Stimme. Sie klang belegt und müde. Und ein wenig vorwurfsvoll.

»Jedenfalls bei der Frau, wie es aussieht. Und die Extrapatrouillen sind ja von Ihrer Gruppe angeordnet worden! Sie wollten, daß wir jedes einzelne Boot, das wir entdecken, durchsuchen und jeden, der auch nur den leisesten Verdacht erwecken könnte, verhören. Ich befolge lediglich meine Befehle.«

»Gewiß, gewiß. Warten Sie hier draußen. Es wird höchstens ein paar Minuten dauern.«

Dann kam ein Offizier herein und schloß die Tür hinter sich. Er war hager, bleich, mit eingefallenem Gesicht und Tränensäcken unter den müden Augen. Er sah gelangweilt aus. Doch das war mit einem Schlag vorbei, als er Meiko sah. Er stand da wie ein Ölgötze und starrte sie an.

Meiko wollte fast entsetzt aufschreien, als sie ihn erkannte.

Es war Frank.

TINIAN

Matsuo hatte den Tag in einem Zustand intensiver Anspannung zugebracht. Er erwartete jede Minute, daß die Amerikaner von der Insel auf die *Indianapolis* gestürmt kämen, um sie von oben bis unten nach dem abhanden gekommenen U-235 zu durchsuchen. Doch der Hafen blieb reglos und friedlich, während der Kreuzer über die Unterwasser-Pipeline von dem Tanklager am Nordende der Insel aufgetankt wurde. Dies war kurz vor Einbruch der Dunkelheit beendet. Es wurde Zeit, sich abzusetzen.

Er schlich sich nach vorne zur Ankerkette. Im Ankerkasten hatte er den Uran-Zylinder versteckt. Als er ihn in den Händen hielt, überlegte er noch einmal. *Schaffe ich es? Habe ich wirklich eine Chance?* Die Chancen gegen ihn standen astronomisch hoch. Ihn trieb nur das Wissen voran, daß nach dem, was er vor zehn Tagen in der Wüste von New Mexico gesehen hatte, nichts schlimmere Folgen für Japan haben konnte als das Schicksal, das die Amerikaner diesem seinem Land zugedacht hatten.

Er band sich den Zylinder mit Stoffstreifen von seinem Bettlaken auf den Rücken, schlüpfte durch den Ankerkasten und kletterte vorsichtig die Ankerkette hinab. Das Wasser war warm, als er sich geräuschlos hineingleiten ließ. Er begann auf Tinian zuzuschwimmen.

Er lächelte.

Mariano Cruz war von Bord gegangen und verschwunden. Am Strand würde Matsuo Okuma aus dem Wasser steigen. Mit dem Herzstück einer Atombombe auf dem Rücken.

Wenn alle Götter und Ahnen ihm beistanden, dann dauerte es nun nicht mehr lange, bis er ein Geschäft mit den Vereinigten Staaten von Nordamerika aushandelte.

SAIPAN

Es schien eine Ewigkeit zu dauern, bis ich meine Stimme wiederfand. Vor mir saß tatsächlich Meiko. Wirklich und wahrhaftig Meiko. Und sie sah aus, als sei sie keinen Tag älter geworden, seit ich sie zuletzt gesehen hatte. Sie schien über diese unvermutete Begegnung nicht minder schockiert zu sein als ich selbst. Ich schaffte es bis zum Tisch und setzte mich auf den anderen Stuhl ihr gegenüber. Ich merkte, daß ich genauso zitterte wie die Burschen, die die Malaria erwischt hatte. Irgendwie kriegte ich eine Zigarette zwischen die Lippen und zum Brennen.

»Mein Gott, wie kommst du hierher?« sagte ich, als ich endlich etwas herausbrachte.

Auch sie hatte sichtlich kaum weniger Mühe, zu sprechen. »Ich hatte nicht die Absicht, hierherzukommen. Und ich habe auch nicht die Absicht, hierzubleiben. Sonst kann ich weiter nichts sagen.« Sie sah mich mit ihren Augen an, diesen weichen, sanften, braunen Mandelaugen. »Bist du krank gewesen, Frank? Du siehst nicht gut aus.«

Jesus Christus, ich brauchte was zu trinken.

Wenn ich es nicht besser gewußt hätte, hätte ich fast glauben können, daß sie sich wirklich Sorgen um mich machte. »Nein, nein, mir geht's prima!« sagte ich und ließ allenfalls eine winzige Spur meiner Bitterkeit und Verletztheit durchklingen. Aber am liebsten hätte ich gebrüllt und getobt und den Stuhl durchs Fenster geworfen und wäre ihr an die Gurgel gegangen, um sie zu würgen, bis sie blau war im Gesicht. Statt dessen blieb ich kühl und ruhig, jedenfalls nach außen. »Ich habe genug zu essen, mache viel Gymnastik, und wenn ich nachts nicht schlafen kann, dann singe ich mir Schlafliedchen vor.

Von all den Tausenden Soldaten, die mit der lieben Mithilfe meiner Frau vor ein paar Jahren in Pearl Harbor umkamen.«

Sie schien sich unter diesen Worten zu ducken. Sie brach sichtlich zusammen, und Tränen liefen ihr übers Gesicht. »Ach, Frank! Es tut mir alles so leid. Aber es . . .«

Ich ließ mich nicht zum Narren halten. »Geschenkt!« sagte ich kalt und kam zur Sache. »Also, was machst du hier, Meiko? Wieder mal zu einer kleinen Hinterlist unterwegs, um ein paar von uns um die Ecke zu bringen, ja? Hat dir Pearl Harbor noch nicht gereicht?«

Nun wurde ihr Gesicht ebenfalls hart. »Und ihr? Reicht es euch noch nicht, was ihr letzten März in Tokio an Frauen und Kindern verbrannt habt? Müßt ihr unbedingt in einer Stadt nach der anderen unschuldige Menschen abschlachten?«

Das saß. Ich hatte damals mit einigen Fliegern gesprochen, die bei dem Angriff vom 9. März auf Tokio dabei waren. Sie hatten erzählt, der Gestank von verbranntem Menschenfleisch sei bis zu ihnen hinauf in ihre B-29-Bomber gedrungen, tausend Fuß über Tokio. Der Gestank war so penetrant geworden, daß sich einige sogar in ihren Flugzeugen erbrochen hatten.

Trotzdem. Auf die Tour sollte sie mir nicht kommen! Damit hatte ich persönlich überhaupt nichts zu tun. Während sie immerhin ganz persönlich an Pearl beteiligt gewesen war.

»Lieutenant?« kam eine Stimme von der Tür, als ich eben weitersprechen wollte. Ein Mann von der Nachrichtentruppe steckte den Kopf in den Raum hinein.

»Was ist denn?« Ich wollte jetzt nicht gestört werden.

»Da kam gerade was aus Tinian. 'ne Art Großalarm. Alles, was an Nachrichtendienstleuten rumläuft, soll sofort hin.«

»Ich habe jetzt hier zu tun.«

»Oberste Priorität. Alle vom Nachrichtendienst, heißt es ausdrücklich. Ohne Ausnahme. Ein Hubschrauber geht in zwanzig Minuten ab.«

»Was ist das für ein Großalarm?«

»Das sagen sie nicht. Jedenfalls was Großes, das ist klar. Da drüben auf Tinian ist irgendwer ziemlich von den Socken.« Er lächelte. »Und Captain Abrams läßt sagen, Sie fliegen mit ihm.«

O Gott! dachte ich. *Doch keine neue Welke?*

»Wann geht es los?«

»Gestern«, sagte er und war weg.

Ausgerechnet jetzt! Ich wollte doch Meiko die Wahrheit abringen. Wenn sie hier auf Saipan war, dann war klar, daß auch Matsuo nicht weit sein konnte. Und mehr als alles andere verlangte mich danach, Matsuo Okumo in die Finger zu bekommen!

Aber was konnte ich machen. Ich war die größte lebende Autorität der Marine in Sachen ›Welke‹. Nach einer langen Pause hatten diese seltsamen Erscheinungen kürzlich wieder begonnen. Die meisten um Okinawa herum.

Aber das hieß noch lange nicht, daß sie nicht auch hier auf den Marianen auftreten konnten.

Nur widerstrebend übergab ich Meiko den Marines, damit sie sie sicher bewachten, bis ich zurück war, und eilte zum Helikopterfeld.

»Wieder eine Welke?« flüsterte ich Captain Abrams zu, als wir in der Luft waren.

Er schüttelte den Kopf.

»Was ist dann so ungeheuer wichtig, daß die Brüder auf Tinian es nicht alleine schaffen?« fragte ich lauter. Es waren noch ein halbes Dutzend Nachrichtendienst-Offiziere mit an Bord.

»Gute Frage«, sagte er und zog ein Blatt aus seiner Brusttasche. »Das wurde mir durch persönlichen Boten vom Befehlshaber Tinian vor einer halben Stunde überbracht.« Er machte eine Pause, damit es auch wirkte. Auf uns alle. Das tat es auch. Es war also offenbar etwas so Heikles, daß sie es auf keinen Fall, offen oder chiffriert oder sonstwie, über Funk herüberschicken wollten! Nicht einmal die übrigen US-Forces wollte der Befehlshaber Tinian irgend etwas davon erfahren lassen! Mir begann zu dämmern, daß es wirklich und wahrhaftig Bedeutsames sein mußte.

»Und was wollen sie von uns?« fragte einer.

Abrams sagte, auf das Papier deutend: »Wir sollen was finden. Einen Mann und einen fünfzehn Inch langen Metallzylinder. Wenn's geht, beide zusammen. Aber mit einem von beiden wären sie auch schon zufrieden.«

Er erläuterte, was er sonst noch wußte. Der Zylinder war in einem anderen Zylinder auf der *Indianapolis* nach Tinian transportiert worden. Die ganze Apparatur war heute morgen entladen worden. Irgendwann am Abend stellte Tinian dann fest, daß der innere Zylinder fehlte. Zu dieser Zeit war die *Indianapolis* bereits wieder ausgelaufen, nach Guam. Ein Team vom Nachrichtendienst Tinian hatte sich daraufhin ein Seeflugzeug geschnappt und war ihr nachgeflogen. Und es hatte sich herausgestellt, daß ein Hilfskoch aus der Schiffsküche, der verschiedene Male in dem Raum gewesen war, in dem die Zylinder gelagert hatten, abgängig war. Die Burschen aus Tinian durchsuchten noch immer jeden Winkel auf der *Indianapolis*. Doch schon jetzt war ziemlich klar, daß der Mann im Hafen von Bord gegangen sein mußte.

»Haben wir ein Foto von dem Kerl?« fragte ich.

Abrams schüttelte den Kopf. »Nein. Wir wissen nur, daß er Mariano Cruz heißt und ein bärtiger Filipino ist.«

»Was ist in dem Zylinder?«

»Keine Ahnung. Sagt man uns nicht.«

»Prima!« meinte einer. »Wir fangen also an und durchsuchen dreißig Quadratmeilen Insel nach einem Kerl, von dem wir nicht wissen, wie er aussieht, und der was geklaut hat, von dem wir nicht erfahren dürfen, was es ist. Prost Mahlzeit!«

Ich lehnte mich zurück und dachte nach. Als Abrams ›Filipino‹ gesagt hatte, hatte bei mir etwas *klick* gemacht. Vor Saipan war Meiko in einem Boot aufgegriffen worden, in dem Kompaß und Sextant im Bug versteckt waren. Ich stellte mir Matsuo mit Bart und einem dunkel gefärbten Gesicht vor. Und dann reimte ich alles zusammen und kam zu dem Ergebnis, daß Matsuo durchaus für so etwas in Frage kam.

»Ist kein Filipino«, sagte ich. »Ist 'n Japs.«

Sie starrten mich alle an.

»Was soll das, Slater? Sind Sie plötzlich Hellseher geworden?«

Ich wollte nicht, daß jemand erfuhr, was ich zu wissen glaubte. Sie meinten dann sicher, die persönliche Beziehung beeinflusse mein Urteilsvermögen. Und ich wäre mit Sicherheit aus der Suchmannschaft rausgeflogen. Aber genau das wollte ich nicht.

»Ist nur so eine Ahnung«, sagte ich also. »Erinnert euch daran, wenn wir den Burschen haben.«

TINIAN

Matsuo sah zufrieden, daß es bei den Amerikanern überall zuging wie in einem aufgescheuchten Bienenstock. Er duckte sich in die üppige Vegetation oben auf dem Mount Lasso und beobachtete mit dem Fernglas das hektische Treiben unten. Ein Berg war dieser Mount Lasso ja nun gerade nicht — keine zweihundert Meter hoch, schätzte er —, aber buchstäblich mitten auf der Insel, mit einem ausgezeichneten Rundblick auf alles, was auf Tinian geschah. Er hatte den besten Blick auf die vier parallelen Start- und Landebahnen, jede mehr als anderthalb Meilen lang. Sie nahmen fast die ganze Nordspitze der Insel ein.

Sie hatten also endlich entdeckt, daß der Uran-Zünder fehlte. Den ganzen Tag hatte Matsuo darauf gewartet. Hätten sie es nicht selbst entdeckt, wäre er gezwungen gewesen, am Morgen hinabzugehen und es ihnen zu sagen.

Er hatte seinen Plan geändert. Er konnte seinen Kontaktmann heute nacht vor der Nordspitze der Insel nicht treffen. Er mußte es anders machen. Bei den totalen Sicherheitsmaßnahmen, die jetzt in Kraft waren, bestand ohnehin praktisch keinerlei Chance, die Insel zu verlassen.

Ein Hubschrauber kam geflogen, und eine Gruppe Marineoffiziere entstieg ihm. Sie gingen auf eines der Gebäude zu. Matsuo wollte seine Aufmerksamkeit bereits wieder anderen Dingen zuwenden, als er mit dem Glas ruckartig zurückfuhr. Einer von den Kerlen ging wie . . . Er stellte das Glas scharf auf ihn ein.

Bei allen Göttern! Frank Slater!

Matsuo ließ ihn nicht aus den Augen, bis sie in der Tür der Quonset-Baracke verschwunden waren. Er lächelte traurig.

Also kreuzen sich unsere Wege schon wieder einmal, alter Freund.

Konnte das alles noch purer Zufall sein? Mehr denn je glaubte er das Wirken unsichtbarer Kräfte oder Mächte zu erkennen. War das so was wie

Schicksal? Daß Franks und sein Lebensweg und vielleicht auch der Meikos ständig nebeneinander her liefen? Vielleicht auf ein gemeinsames Schicksal zu? Man konnte es nur abwarten. Für diesmal war ihm Frank sogar willkommen. Er hatte eine Entschuldigung gut. Außerdem wollte er ihm eine Frage stellen, die seit seinem letzten Aufenthalt in San Francisco an ihm nagte.

Er setzte sich zurück und wartete, daß Frank wieder auftauchte.

Er mußte nicht lange warten.

Ich ging am Broadway am zentralen Bombenlager vorbei. Eigentlich mochte ich Tinian. Es war ziemlich gemütlich hier. Auch jetzt noch gab es eine Menge Dschungel und sogar ein paar Zuckerrohrfelder, die dem allgemeinen Umpflügen zum Zwecke der Anlage von Rollbahnen entgangen waren. Aber im Grunde hatten wir die Insel, seit wir sie den Japanern abgenommen hatten, ziemlich umgekrempelt. Und wer das hier auch unter sich gehabt hatte — es mußte ein New Yorker gewesen sein. Einer mit Sinn für Humor. Offenbar hatte er eine gewisse Ähnlichkeit der Insel mit Manhattan erkannt, was ihre Gestalt betraf, und Heimweh hatte er vielleicht obendrein. Jedenfalls gab es jetzt hier einen Broadway, eine Eighth Avenue und West End Avenue in Nord-Süd-Richtung, numerierte Querstraßen von 42nd bis 125nd und selbst eine Canal Street und Wall Street, weit unten am Südende.

Heute hatte freilich niemand Sinn für Humor. Ich schon gar nicht. Es war 2 Uhr morgens, und ich war fix und fertig. Alles, was Beine hatte — Matrosen, Flieger, Marines —, war draußen und kämmte die ganze Insel durch. Selbst ein paar Wissenschaftler-Typen rannten mit irgendwelchen Kästchen herum, die summten oder piepten. Je lauter, desto aufgeregter wurden die Kerle. Ich hatte keine Ahnung, was das für Dinger waren, und ich war auch zu müde, als daß es mich irgendwie interessiert hätte. Ich wollte einfach nur schlafen, wußte aber natürlich, daß daran nicht zu denken war. Und obwohl ich nicht wußte, was wir suchten, war mir klar, daß es um etwas wirklich verdammt Wichtiges ging. Wie wichtig, war uns erst nach der Ankunft und allgemeinen Einweisung aufgegangen. Der große Boß persönlich, General Curtis LeMay, eben erst zum Chef des Stabes der Strategischen Luftflotte ernannt, war von seinem Hauptquartier auf Guam herübergekommen. Ein Brigadier-General namens Groves mit den Abzeichen des *Army Corps of Engineers* hatte den Hauptvortrag gehalten. Alles drehte sich darum, wie verdammt wichtig dieser geheimnisvolle Zylinder für die Kriegsanstrengungen war und wie viele tausend Amerikaner weniger damit geopfert werden mußten. Aber letztlich war eben doch der entscheidende Hinweis auf die ungeheure Wichtigkeit der Sache die persönliche Anwesenheit LeMays.

Wenn das keine große Sache war!

Was ich brauchte, war ein Drink und ein Bett. Für letzteres bestand keinerlei Hoffnung, aber ich wollte Abrams finden, um zu sehen, ob sich wenigstens hinsichtlich des ersteren etwas machen ließ.

Ich ging auf einem verhältnismäßig verlassenen Stück Straße am Fuße des

Mount Lasso, als im Gebüsch etwas raschelte. Und plötzlich ging jemand neben mir. Ich sah hin und wußte im ersten Augenblick, wer es war.

Ohne auch nur eine Sekunde der Überlegung war ich ihm bereits an der Kehle. Wieder sah ich schlagartig nur den Rauch, die Flammen und die Explosionen des brennenden Pearl Harbor vor mir. An den Händen dieses Mannes klebte das Blut der Opfer. Und dafür wollte ich ihn töten. Ich ging also mit bloßen Fäusten auf ihn los. Daß ich eine .45er Automatik im Gürtel stecken hatte, daran dachte ich überhaupt nicht mehr. Ich stürzte mich einfach nur blindlings auf ihn und schlug mit rauhkehligen Lauten auf ihn ein. Das trieb ihn zurück ins Gebüsch. Ich folgte ihm nach und schlug und trat, trat und schlug. Einige meiner heftigeren Schläge wehrte er ab oder wich ihnen geschmeidig aus, aber das meiste nahm er einfach hin. Mir begann klar zu werden, daß er sich offenbar absichtlich nicht oder kaum wehrte. Er nahm meine Hiebe irgendwie hin, als wüßte er genau, daß er sie verdient hatte. Und sie sich sogar wünschte.

Das ließ mich mitten in der Wut erstarren.

Wir waren inzwischen etwa auf der Höhe des Broadway, noch immer im Gebüsch. Ich konnte sein Gesicht nicht erkennen. Er war nur ein Schemen in der Dunkelheit. Ich keuchte wie ein Marathonläufer.

»Hallo, Frank«, sagte er nun in seinem perfekten, akzentfreien Englisch. »Es tut mir leid, was ich dir mit deinem Arm angetan habe. Das war unverzeihlich.«

Ich wollte ihn umbringen. Ich wollte mich wieder auf ihn stürzen, aber er hielt mich von sich fern. Ganz leicht und locker.

»Ich möchte nur eines wissen«, sagte er. »Sag mir, wann genau habt ihr unseren diplomatischen Code geknackt?«

»Das geht dich einen Scheißdreck an.«

»Was spielt es denn jetzt noch für eine Rolle? Es ist von keinerlei strategischer Bedeutung mehr. Wir benützen den Code ja nicht mehr.«

»Warum, zum Teufel, interessiert es dich dann?«

»Weil du mich meinetwegen totschlagen kannst, wenn die Antwort ein bestimmtes Datum nach einem bestimmten Tag ist. Wenn es aber vor diesem bestimmten Datum ist, wirst du mich nicht einmal mit einem Finger anrühren.«

Ich war verblüfft. Was redete er da? Ich wußte nicht, worauf er hinaus wollte. Dann erinnerte ich mich, was Sam Knapp mir am letzten Tag seines Lebens auf Balajuro gesagt hatte.

»1940«, sagte ich. »Irgendwann im Spätsommer oder Frühherbst.«

Er zog hörbar den Atem ein. »Kein Zweifel?«

»Natürlich nicht. Wir hatten Geräte, die *Purpur*— so nannten wir euren Code — schneller dechiffrierten als eure eigenen Leute.«

Einen Moment herrschte Stille, dann sprach Matsuo wieder. Seine Stimme war angestrengt. »Wenn das wahr ist, dann erhebe nie wieder eine Hand gegen mich. Sonst breche ich dir den Arm.« Daß er das ernst meinte, war mir klar. »Und rede nie wieder in meiner Anwesenheit davon, daß Pearl Harbor ein hinterhältiger Überraschungsangriff war! Nie mehr!«

»Einen gottverdammten Augenblick mal . . .« begann ich, aber er schnitt mir mit eisiger Stimme das Wort ab.

»Die ersten dreizehn Teile der vierzehnteiligen Erklärung wurden fünfzehn Stunden, ehe unser erstes Flugzeug über Oahu erschien, an unsere Botschaft in Washington übermittelt! Ihr Text ließ überhaupt keinen Zweifel daran, daß wir die diplomatischen Beziehungen abbrechen würden. Der letzte Teil schließlich, der die formelle Kriegserklärung enthielt, lag mehr als sechs Stunden vor dem Angriff vor!«

»Das ist eine Lüge!«

Ich wollte es nicht glauben. Es konnte einfach nicht wahr sein. Das waren doch alles nur Gerüchte! Und doch entsprach es ganz genau dem, was Sam damals erzählt hatte!

»Nein«, sagte er völlig ruhig und mit jetzt trauriger Stimme. »Es ist die Wahrheit.«

Ich kannte ihn nun wirklich lange genug, um zu wissen, daß er die Wahrheit sprach. Der Magen drehte sich mir um.

Er sagte: »Warum hat man euch nicht gewarnt?«

Genau diese Frage wollte ich doch selbst schon so lange beantwortet haben! Diese und noch viele andere. Wie Hagel brachen sie nun über mich herein und machten mir fast die Knie weich. Pearl Harbor hatte in der von Japan bedrohten Region gelegen. Warum hatten wir kein *Purpur-Wunder* bekommen? Warum hatten wir nicht die Möglichkeit erhalten, eine ausreichende Flugaufklärung zu betreiben? Warum lagen all diese Schiffe — sechsundneunzig! — zugleich im Hafen? Das war doch geradezu eine buchstäblich nicht zu übersehende Einladung an die Japaner! Und wieso liefen die beiden einzigen unersetzlichen Schiffe der Flotte, die großen Flugzeugträger *Lexington* und *Enterprise*, ein paar Tage vor dem Angriff aus?

»Ich glaube, deine Regierung ist für Pearl Harbor und seine Opfer mindestens ebenso verantwortlich wie die meine.«

»Das ist doch Schwachsinn!«

»Das glaube ich nicht. Ich habe in den letzten Wochen sehr viel darüber nachgedacht. Deine Bestätigung, daß ihr unseren diplomatischen Code über ein Jahr vor Pearl Harbor geknackt habt, hat mir jetzt alles klargemacht.«

»So leicht kommst du aber nicht davon, Matsuo!«

»Der Hoffnung gebe ich mich auch gar nicht hin. Siehst du, ich habe den Angriff auf Pearl Harbor mitgeplant. Aber ich hatte keine Ahnung, daß ich damit auch direkt in die Hände eures Präsidenten Roosevelt arbeitete.«

»Du willst mich also glauben machen, daß mein eigener Präsident den Tod Tausender Seeleute seiner eigenen Marine plante? Du hast sie doch nicht alle!«

»Nun, vermutlich haben Präsident Roosevelt und seine Umgebung auch nicht im Traum daran gedacht, daß der Angriff so viele amerikanische Menschenleben fordern würde. Vermutlich haben sie uns eher mit üblicher amerikanischer Überheblichkeit unterschätzt. Leute wie Admiral Yamamoto und unsere Rüstungswirtschaft. Oder den *Zero*-Jäger. Vermutlich haben sie erwartet, daß sich eure Jäger auf Oahu besser wehren — die, die wir am Boden zerstört haben. Obwohl letzlich völlig egal ist, womit sie nun gerechnet haben oder auch nicht. Tatsache bleibt, sie haben Pearl Harbor zu einer fetten Beute gemacht, der kein Gegner hätte widerstehen können. Hätten sich Amerikas Isolationisten vielleicht aufschrecken lassen, wenn wir irgendwo auf den Philippinen oder auf Borneo oder Korea oder Australien angegriffen hätten? Hätte das ausgereicht, sie alle auf seine Seite zu bringen und in den Krieg zu ziehen? Selbstverständlich nicht, wie du genau weißt. Roosevelt brauchte einen direkten Angriff auf Amerikaner! Und um das zu provozieren, verlegte er die Pazifikflotte mit Absicht als offenes und ungewarntes Ziel nach Pearl! Seine Überlegung war simpel. Würde die Flotte ordnungsgemäß und rechtzeitig gewarnt, liefe sie aus und verstreute sich auf See. Wenn wir also einen leeren Hafen angetroffen hätten, hätten wir alles abgebrochen. Resultat: kein Angriff. Und kein Angriff, kein Kriegsgrund.«

»Nein! Das glaubst du doch alles so wenig wie ich.«

»Tut mir leid für dich, aber ich glaube es.« Er klang plötzlich sehr müde. »Leute solcher Denkart sitzen auch in unserer Regierung genug.«

O Gott, das konnte doch alles nicht wahr sein! Aber jedes Wort, was er sagte, stimmte exakt mit all meinen eigenen Fragen und Zweifeln vor und seit Pearl Harbor überein. Es hatte keinen Sinn mehr, sich gegen die Einsicht zu wehren.

Man hatte lebende Köder aus uns gemacht!

Und was mich selbst anging — aus mir persönlich nicht ebenfalls? Dieser Hafenliegeplan damals, der so passend nicht in den Safe geschlossen und dem ONI-Mann mit der japanischen Frau übergeben worden war, nämlich mir . . . Hatte irgend jemand etwas von Meikos und Matsuos Zusammentreffen gewußt? War dieser Liegeplan nur noch ein zusätzliches Steinchen zur Provozierung des Angriffs gewesen? Die letzte Cocktailkirsche obendrauf, damit Pearl Harbor auch ganz gewiß das ›unwiderstehliche Ziel‹ wurde?

Ich wollte mich einfach nur noch hinlegen. Und einen Drink. Oder besser eine ganze Menge Drinks. Ich hatte Lust zu weinen.

»Aber das ist jetzt ohnehin alles Schnee von gestern«, sagte Matsuo. »Was du jetzt wissen mußt, ist, daß ich deinem Land gerade eure Atombombe gestohlen habe.«

Ich brauchte einen Augenblick, um wieder in die Gegenwart zurückzukehren.

»Atombombe? Ich habe Gerüchte gehört, gut, aber . . .«

»Es ist eines der bestgehüteten Geheimnisse der Welt. Aber sie existiert, diese Bombe.« Seine Stimme klang wie ein Automat. »Sie soll über Kyoto abgeworfen werden. Ich habe den Uran-Kern gestohlen. Ohne den funktioniert diese Bombe nicht.«

Das war es also! Darum die große Aufregung! Eine Atombombe! In *Science-fiction*-Zeitschriften wie *Astounding Stories* hatte es Artikel darüber gegeben. Die Waffe aller Waffen . . . Ich verstand auf einmal, was General Groves gesagt hatte: *Viele tausend Amerikaner müssen nicht mehr geopfert werden* . . . Die alliierte Invasion Japans selbst war noch immer erst im Planungsstadium. Frühestens im November war daran zu denken. Doch ich hatte Berichte mit Verlustschätzungen von über einer Million Amerikaner gesehen. Eine Atombombe konnte das alles ändern.

»Wo ist sie?« sagte ich. Die Frage kam ganz automatisch. Ich erwartete gar keine Antwort.

»Versteckt.«

Mir war klar, daß ich ihn auf Tod oder Leben festnehmen mußte. Ich konnte nicht gut zulassen, daß sich eine Atombombe in japanischer Hand befand. Ich näherte meine Hand der .45er.

»Wer ist der ranghöchste Offizier hier auf der Insel?« fragte Matsuo. »Der das Kommando über die Bombenangriffe auf Japan hat?«

Meine Hand lag bereits am Pistolenhalfter. Ich mußte nur noch ziehen. Ich versuchte, so ruhig wie möglich zu sprechen. »Seit ein paar Stunden General LeMay.«

»Würdest du mich zu ihm bringen?«

General Curtis LeMay lief in seiner requirierten Kommandobaracke herum wie ein Tiger. Seine Erleichterung über meine Gefangennahme von ›Mariano Cruz‹ hatte sich rasch in wütenden Zorn verwandelt, als Matsuo sich schlichtweg weigerte, den Uran-Zylinder herauszugeben. Die Wissenschaftler waren hereingestürmt gekommen und kriegten sich gar nicht mehr ein wegen des wilden Knatterns ihrer Kästchen, verursacht durch Matsuo, sobald sie ihm nur nahekamen. Geiger-Müller-Zähler nannten sie die Dinger. Und das Knattern schien der Beweis zu sein, daß Matsuo in Kontakt mit dem Zylinder gewesen war.

Sie wurden schließlich hinauskomplimentiert, und nur noch fünf Leute blieben im Raum. Außer Abrams, General LeMay und mir selbst war Brigadier-General Groves anwesend, ein untersetzter Mann mittleren Alters, der, wie man mir sagte, die Verantwortung und das Kommando über das Atombombenprojekt hatte. Er saß hinter einem Schreibtisch, sah müde und nervös aus und biß an Schokolade herum. Draußen vor der Tür und um das ganze Gebäude herum hatten Militärpolizisten mit weißen Helmen einen hermetischen Kordon gezogen.

Matsuo saß gelassen in der Mitte des Raumes. Er war mit Handschellen an die Stuhlbeine gefesselt worden, an beiden Füßen und beiden Händen. Ich war absolut kein Risiko eingegangen.

»Glauben Sie vielleicht, das ist ein Spiel hier, Mister?« brüllte ihn LeMay an. Er war ein etwas cholerischer Temperamentsbolzen mit rundem Gesicht und einer Neigung zu Hängebacken. Seine Frisur war jungenartig mit Scheitel nach hinten gekämmt. Er war noch keine vierzig, aber bereits Zweisterne-General, der jüngste in der ganzen *Army Air Force*. Er hatte diesen Holocaust von Luftangriff am 9. März auf Tokio geplant und durchgeführt. Er stand im Ruf eines hervorragenden Taktikers. Ich hatte allerdings den starken Eindruck, daß derjenige, der dies am öftesten sagte, er selbst war. Nie sah man ihn ohne Zigarre. Vielleicht tat er es mit Absicht. Als Gegenstück zu MacArthurs legendärer Maiskolbenpfeife.

Matsuo zeigte sich wenig beeindruckt von LeMays zunehmendem Zorn und seinem nahezu physischen Eindringen auf ihn mit seiner bulligen Gestalt und seiner Zigarre, aus der er Wolken wie eine Lokomotive paffte.

»Das bringt Ihnen gar nichts, Mister!« polterte LeMay mit seinem hörbar anklingenden Mittelwesten-Akzent. »Wir finden das Ding auch ohne Ihre Hilfe, wenn es auch einfacher und leichter geht, wenn Sie uns sagen, wo Sie's versteckt haben! Sonst lasse ich eben jeden Inch dieser Insel umdrehen, bis wir es haben!«

»Ich habe mit keinem Wort gesagt«, erwiderte Matsuo ruhig, »daß ich das Ding auf der Insel versteckt habe.«

Groves fuhr hinter seinem Schreibtisch hoch wie von der Tarantel gestochen.

»Soll das vielleicht heißen, im Meer?«

»Ich sagte nur, sie ist versteckt«, erwiderte Matsuo.

»Sehen Sie«, sagte LeMay, »im Gegensatz zu euch Japanern halten wir Amerikaner nichts von Folter. Aber ich schwöre Ihnen, ich finde irgendeinen Mann, der Ihnen eine kleine Dosis Ihrer eigenen Medizin verabreicht.«

»Entschuldigen Sie, Sir«, mischte ich mich ein, als ich sah, daß wir so nicht weiterkamen, »aber das hätte gar keinen Sinn.«

»Ach?« sagte er mit offener Feindseligkeit. »Und woher wissen Sie das so genau?«

»Sehen Sie ihn sich doch an.«

LeMay blickte tatsächlich sofort auf Matsuo. Vielleicht nahm er ihn jetzt überhaupt zum ersten Mal richtig als Person wahr. Und er sah, was auch ich sah. Unerschütterliche Entschlossenheit. Und Matsuo nützte diesen Augenblick auch aufs geschickteste.

»Ich gebe Ihnen den Urankern zurück«, sagte er.

LeMay kaute auf seiner Zigarre. »Und wofür?

»Für das Ende des Krieges.« Er wartete ein paar Lidschläge lang und sagte dann in die Totenstille hinein, die eingetreten war: »Dazu wollen Sie die Atombombe doch letztlich einsetzen, nicht wahr? Um den Krieg zu beenden. Das können Sie immer noch, auch ohne daß Sie das Ding explodieren lassen.«

»Ah ja?« Er blickte zu Groves hinüber. »Wir sind ganz Ohr, Mister!«

»Ich kehre nach Japan zurück und überzeuge Regierung und Militär, daß es kein Mittel gegen die Waffe gibt, die Sie entwickelt haben. Ich berichte, was ich in Alamogordo gesehen habe . . .«

Groves war bereits wieder hochgefahren. »Was war das? Was wissen Sie von Alamogordo?«

»Ich war dort.«

»Ausgeschlossen.«

Matsuo berichtete sachlich und ruhig, was er gesehen hatte. Es klang wie die entsetzenerregendste *Science-fiction-Story*, die ich je gehört hatte, aber ich sah, wie Groves nach und nach immer bleicher wurde. Und mit dem Gefühl absoluten Entsetzens wurde mir klar, daß Matsuo nicht übertrieb.

»Ihr kleines Spielchen funktioniert nicht, Mister«, sagte LeMay. »Wir haben nämlich schon eine ganze Menge Atombomben.«

»O nein«, erklärte Matsuo abschätzig. »Sie haben nur noch eine einzige andere. Sie wurde *Fat Man* getauft, und sie befindet sich noch immer in den Vereinigten Staaten.«

»Lieber Gott«, stöhnte General Groves und wischte sich mit zittriger Hand über die Augen, »er weiß buchstäblich alles.«

»Na schön, dann lassen wir uns eben *Fat Man* kommen und nehmen die«, polterte LeMay.

Matsuo musterte ihn kühl. »Gewiß. Nachdem Sie erklärt haben, daß und wie Ihnen *Little Boy* unter Ihrem Hintern weggeklaut wurde. Und sofort haben Ihre Vorgesetzten weiterhin Vertrauen zu Ihnen und schicken Ihnen postwendend ihr einziges anderes Exemplar.«

LeMay verstummte, sah aber aus, als brüte er in sich seine private Atombombenexplosion aus. Doch er beließ es bei wildem Zigarrenpaffen. Ich beobachtete Matsuo. Ich mußte zugeben, ich bewunderte ihn. Ein Teil in mir haßte ihn immer noch für das, was er war. Aber ein anderer Teil akzeptierte seinen Mut und was er vorhatte. Er hatte erklärt, er wolle den Krieg beenden, ohne daß die Atombombe eingesetzt wurde, und ich glaubte ihm. Und was für ein Nachrichtendienst-Mann er war!

»Daß Sie nach Japan dürfen, ist ausgeschlossen«, erklärte LeMay. »Natürlich würden Sie dort bleiben, und dann hätten wir weder Sie noch die Bombe. Vergessen Sie's.«

»Sie haben mein Wort«, sagte Matsuo.

»Lieber Freund, Ihr Wort ist keinen Nickel wert.«

Das stimmte nicht. Ich wußte, daß Matsuo lieber sterben als sein Wort brechen würde. Aber wie sollte ich LeMay davon überzeugen? Keine Chance. Er wollte Sicherheiten.

Dann hatte ich's.

»Ich weiß einen Weg«, sagte ich.

»Meiko!«

Matsuo versuchte aufzuspringen, als sie hereingebracht wurde, aber er war ja gefesselt. Seine stolze japanische Haltung zerfloß sofort völlig, wenn auch nur einen Augenblick lang. Dann hatte er sich wieder in der Gewalt.

Sie lief auf ihn zu, aber die MPs hielten sie zurück. »Oh, Matsuo!«

Wie sie einander ansahen, mit welcher Liebe, welchem Verlangen, welch unübersehbarer Bindung aneinander, schnitt mir wie ein Messer durch die Eingeweide.

»Wer, zum Teufel, ist das?« sagte LeMay.

»Seine Frau«, sagte ich.

LeMays Gesicht löste sich mit einem Schlag in Zufriedenheit auf. »Sieh an, sieh an! Ist das nicht rührend.« Dann verschwand sein Lächeln ganz abrupt wieder und er fuhr zu mir herum.

»Sagen Sie mal, woher wissen Sie so viel von dem Mann?«

»Er war einmal mein bester Freund.« Als ich das ausgesprochen hatte, hätte man eine Stecknadel zu Boden fallen hören können. Und da es jetzt schon ausgesprochen war, beschloß ich, Nägel mit Köpfen zu machen. »Und sie war mal meine Frau.«

Dem General fiel seine Zigarre aus dem Mund. Abrams starrte mich an, als wäre ich ein Kalb mit zwei Köpfen.

Zum ersten Mal seit sie hereingekommen war, sah Matsuo nicht mehr Meiko an, sondern mich. Er reckte den Kopf hoch, und dann ging sein Oberkörper eine winzige Idee nach vorn. Aber ich verstand es. Es war die Andeutung einer Verbeugung, Anerkennung dafür, daß ich mir mit diesen Feststellungen eine Menge Ärger einhandeln würde. Und ein Ausdruck von Vertrauen und Dankbarkeit. Er hatte völlig verstanden, worum es mir ging.

Es dauerte eine Weile, bis ich alles erklärt hatte. Aber als ich meinen rechten Arm zeigte — Meiko wandte sich in diesem Moment ab — und daß ich keine Faust mehr ballen konnte, begannen in den Gesichtern der anderen erstmals die Zweifel zu schwinden.

»Worauf ich hinaus will, ist dies. Meiko ist unsere Rückversicherung. Matsuo kommt ihretwegen auf jeden Fall zurück. Er fuhr nach Hawaii, um sie nach Japan zurückzuholen. Sie segelte in diesem Sampan nach Tinian, um ihn abzuholen. Sie sind einander absolut ergeben.« Verdammt, tat es weh, das zu sagen. »Nie würde einer von beiden den anderen im Stich lassen. Er kommt zurück, darauf können Sie sich verlassen.«

»Wir müssen es riskieren«, hörte ich Groves LeMay zuflüstern. »Wir müssen diese Bombe wiederhaben! Ich kann wirklich nicht gut Washington anrufen und sagen, man hat sie uns geklaut! Lieber Gott . . .«

»Niemals!« sagte LeMay.

Groves blickte Meiko an, dann Matsuo, dann mich, dann sagte er zu LeMay, auf die Tür deutend: »Draußen.«

Sie brauchten eine Ewigkeit, bis sie wiederkamen, aber dann war LeMays Gesicht dunkelrot vor Zorn. Er funkelte Groves an und schien uns alle zum Teufel zu wünschen, ehe er zu Matsuo ging.

»Okay, Mister, hören Sie zu. Gestern war eine große Konferenz in Potsdam. Präsident Truman, Attlee und Tschiang-Kaischek haben eine Proklamation unterzeichnet, die die Kapitulationsbedingungen für euch Affen festlegt. Ich schaffe Sie jetzt nach Tokio zurück. Und Sie haben genau zweiundsiebzig Stunden Zeit, Ihre Regierung dazu zu bringen, über Radio die Annahme dieser Bedingungen zu erklären oder selbst an einem Ort zu erscheinen, wo weiterverhandelt werden kann. Wenn die Frist verstreicht, ohne daß wir von Ihnen hören oder sehen, lasse ich mir *Fat Man* kommen und sorge persönlich dafür, daß Ihre Frau drangebunden ist, wenn das Ding auf Ihre Heimatstadt runterfällt.«

Matsuo hielt seinem Blick ruhig stand. »Nur der Ordnung halber«, sagte er, »meine Heimatstadt ist San Francisco. Da bin ich aufgewachsen.«

Shimazu beobachtete Hiroki intensiv, während sie ihren grünen Tee tranken. Zwischen ihnen rauchte die Räucherpfanne, was Shimazus Gesicht zeitweilig verhüllte. Hiroki sah mitgenommen aus. Er war jetzt die Woche über so etwas wie der Muntermacher und Durchhalteprediger, wanderte von einem Minister zum anderen, um ›Kopf hoch‹ und ›Jetzt nicht aufgeben‹ zu predigen und jenen entschieden entgegenzutreten, die darauf drängten, man müsse kapitulieren. Shimazu war klar, daß dies alles keine leichte Aufgabe war. Und die Erfolgserlebnisse wurden immer seltener. Nun, zumindest fand Hiroki hier von Zeit zu Zeit Trost und Zuspruch. Selbst jetzt entspannten sich seine Gesichtszüge zusehends.

»Wie geht es mit den Plänen für die letzte Verteidigung voran?«

»Sehr gut, *sensei*. Unserem Vorschlag folgend, hat General Anami das Kriegsministerium dazu veranlaßt, zehn Millionen angespitzte Bambusstäbe an die Bevölkerung zu verteilen. Tägliche Instruktionskurse über ihre Verwendung haben begonnen. Wenn die Amerikaner an Land kommen, werden sie es nicht nur mit dem Schwarzen Wind zu tun bekommen, sondern auch mit einer Bevölkerung, die bis zur letzten Frau und zum letzten Kind bewaffnet und wehrhaft ist. Wir werden die Amerikaner lehren, ihren Fuß auf unser Land zu setzen! Wenn die wenigen, die es überleben, sich auf ihre Seite des Pazifiks zurückgezogen haben, werden sie es nie mehr wagen, in unsere Heimat eindringen zu wollen.«

Shimazu konnte ein Lächeln hinter seiner Maske nicht unterdrücken. »Ich glaube gar nicht, daß auch nur ein Amerikaner unseren Ufern so nahe kommt, daß er mit einem Bambusspeer zurückgetrieben werden müßte.«

Als Antwort auf Hirokis fragendes Gesicht griff Shimazu hinter sich und brachte eine kleine Teakschatulle zum Vorschein. Er hob den Decke. Auf einem Samtbett lag eine Ampulle mit einer klaren Flüssigkeit. Hiroki bekam große Augen.

»Ist das alles *ekisu?*«

»Ja«, sagte Shimazu. »Vier Unzen.«

Hiroki war aufgesprungen. »Vier Unzen! Wir hatten bis jetzt lediglich einige Tropfen produziert!«

»Während du in Tokio warst, ist der Destillationsprozeß perfektioniert worden. Jetzt im Augenblick wird sogar noch mehr destilliert.«

»Wir haben es also geschafft! Dann können wir nun eine wirkliche Offensive mit dem Schwarzen Wind beginnen!«

Shimazu nickte. Sie wußten inzwischen auch, daß das *ekisu* wirkte. Auf Okinawa waren nur ein paar winzige Tropfen ausprobiert worden. Jedesmal war eines der Kinder, die chirurgische Fehlschläge waren, sediert, mit einem U-Boot zur Insel gebracht und nach Eingeben einiger Tropfen am Ufer ausgesetzt worden. Jedes einzelne war ein erfolgreicher *shoten* für den schwarzen Wind geworden.

»Wir brauchen noch mehr Kinder«, sagte Hiroki.

»Vielleicht ist es gar nicht nötig.« Shimazu schloß den Deckel der Schatulle wieder und legte sie zur Seite. »Ich denke, wir können die kleinen Mischlinge, die wir oben haben, am besten und wirksamsten gegen die amerikanischen Schiffe in den Häfen einsetzen, die sie von uns erobert haben. Dazu bedarf es nur einer Frau, die mit einem Boot hinausrudert, beispielsweise in der Manilabucht. Nach außen ist es nur eine Frau mit ihrem Kind, jedenfalls nichts, was einen großen Kreuzer in Angst versetzen müßte. Erst wenn sie ganz herangefahren sind, gibt die Frau dem Kind einige Tropfen des Elixiers ein, und schon nach wenigen Augenblicken bricht der *kuroikaze* mit voller Gewalt los. Und wenn er danach erloschen ist, sind in der Manilabucht zwar noch immer völlig unzerstörte Schiffe, nur wird auf keinem von ihnen noch irgendwelches Leben sein. Nur noch Leichen.«

Hirokis Augen leuchteten auf. »Ja! Und der Schrecken, den dies auslösen und verbreiten wird! Sie werden es nicht mehr wagen, ihre eigenen Schiffe zu betreten!«

»Und das ist erst der Anfang!« sagte Shimazu, der sich wie von einer Welle des Triumphes emporgetragen fühlte. »Danach werden wir den Krieg auf ihren eigenen Boden tragen! Alles, was wir dazu brauchen, ist ein mutiger und entschlossener Mann, der mit einem Vorrat des *ekisu* nach Amerika geht.«

»Und ihre Städte werden leiden wie jetzt unsere! Welch perfekte Anwendung des *kuroikaze!* Alle ihre Fabriken, Flugzeuge, Schiffe, Bomben und Kanonen werden nichts ausrichten können gegen den Schwarzen Wind auf ihrem eigenen Boden.«

Shimazu sprach weiter. »Und die Botschaft wird sehr deutlich sein: Verlaßt Asien! Verlaßt den Pazifik! Kehrt jetzt zu euren Familien zurück, solange ihr noch welche habt!«

»Also hatten die Seher doch recht! Wir können diesen Krieg gewinnen! Und wir werden ihn gewinnen!«

»Hast du je daran gezweifelt?«

Hiroki senkte den Blick. »Wie sollte ich nicht, *sensei,* angesichts all der Schwierigkeiten, die wir hatten?«

Shimazu räumte im stillen ein, daß auch er seine Momente des Zweifels gehabt hatte. »Du siehst jetzt, wie sich die Vision erfüllt. Wir haben die dunkelsten Stunden durchlitten, aber jetzt haben wir die Mittel zum Endsieg in die Hand bekommen!« Hiroki seufzte. »Vorausgesetzt, die Defätisten in der Regierung kapitulieren vorher nicht!«

Shimazu lächelte wieder. »Darüber mache dir keine Sorgen. Ich habe ein Exemplar der Waffenstillstandbewegung des Feindes gelesen.«

Bei der ersten Lektüre der Potsdamer Proklamation war er tatsächlich sehr besorgt gewesen, weil von der ›bedingungslosen Kapitulation der japanischen Streitkräfte‹ die Rede war — ohne daß die Zivilregierung erwähnt wurde. Die daraus zu entnehmende feine Unterscheidung schien eine offenbare Aufforderung an das Parlament zu sein, nachzugeben. Beim nochmaligen Lesen allerdings hatte er zu seiner großen Erleichterung festgestellt, daß die Proklamation keinerlei Erwähnung hinsichtlich der Erhaltung der kaiserlichen Dynastie enthielt. Ohne eine solche Garantie aber würde gewiß auch der verzagteste Defätist es nicht wagen, seinen Namen unter eine derartige Blasphemie zu setzen.

»Sie ist für jeden Japaner absolut inakzeptabel«, sagte Shimazu.

»Und diese Atombombe«, fragte Hiroki, »die die Amerikaner angeblich bauen?«

»Ein Mythos!« sagte Shimazu wegwerfend. »Nichts als ein Gerücht, das sie selbst ausgestreut haben! In dem verzweifelten Versuch, sich der Notwendigkeit zu entziehen, wirklich den Sturmangriff auf unsere Küsten versuchen zu müssen!«

»Ich höre von unseren Kontaktleuten beim Marinenachrichtendienst, daß mein Bruder demnächst aus Amerika zurückerwartet wird«, sagte Hiroki. »Vielleicht hat er irgend etwas darüber in Erfahrung bringen können.«

Shimazu horchte auf. Matsuo kam wieder zurück? Das war keine gute Nachricht. Es konnte die Lage, die schon kompliziert genug war, nur noch schwieriger machen. Der jüngere Okumo war wohl doch sehr viel fähiger, als er es je von ihm erwartet hatte. Er durfte nicht länger am Leben bleiben. Es war jetzt alles klar: Matsuo war derjenige der Brüder Okumo, der sterben mußte. Je eher, desto besser.

»Es ist nicht wichtig«, sagte Shimazu.

»Seltsam«, meinte Hiroki. »Ich dachte, er sollte bis nach dem Krieg in Amerika abgeschoben bleiben.«

»Ich war auch der Meinung, entsprechende Vorkehrungen getroffen zu haben. Wie soll er zurückkehren?«

»Das ist noch unklar. Entweder weiß es der Marinenachrichtendienst selbst noch nicht genau, oder sie halten es so geheim, daß nur wenige Personen eingeweiht sind.«

»Wie es geschieht, ist nicht wichtig. Schicke ihn jedenfalls zu mir, sobald er da ist.«

»Wenn er nun tatsächlich Beweise für diese amerikanische Superwaffe bringt?«

»Das kann er nicht, weil es diese Waffe überhaupt nicht gibt. Die Amerikaner brauchen noch viele Jahre, bis sie so weit sind. Es war eine gänzlich überflüssige Mission, aber sie hat sich zumindest für uns vorteilhaft ausgewirkt. Was dein Bruder auch sagen mag, die Potsdamer Bedingungen sind absolut inakzeptabel. Er wird sich auch nicht durchsetzen können.» So sehr Shimazu sich dies erhoffte, so sehr wußte er freilich auch, daß man in solchen Dingen nie ganz sicher sein konnte.

Hiroki sagte: »Ich mache mir Sorgen um seine Reaktion, wenn er von dem Kind und meiner Rolle bei der Entführung erfährt. Mein Bruder ist sehr schwer berechenbar. Ich fürchte, er wird . . . nicht zu zügeln sein.«

»Keine Angst. Schicke ihn nur zu mir.« Es war beschlossen. Shimazu konnte es nicht zulassen, daß ein einzelner Man sich dem Schicksal des Rei-

ches entgegenstellte. Besonders nicht, wenn der Erfolg so nahe bevorstand.
»Und wenn er nicht kommen will?«
»Nun, du hast doch Einheiten des *kempeitai* in Tokio zu deiner Verfügung, oder etwa nicht? Es wird dir doch wohl möglich sein, einen einzelnen Mann nach Hiroshima zu bringen? Wenn er erst einmal hier bei uns ist, habe ich keinen Zweifel, die Gefahr, daß er zu einer Bedrohung unserer Pläne wird, ausräumen zu können. Schicke ihn mir. Ich zähme ihn dann schon.«
Für immer!

TOKIO

Das Schlauchboot scheuerte im Sand, als Matsuo im Südwesten der Bucht von Tokio an Land ging. Er sprang heraus, stach Löcher in die Seite, damit die Luft entwich, und warf das Boot dann in die Strömung, bis es fortgetrieben und in der Dunkelheit verschwunden war. Er trug nur ein weißes Hemd und eine Khakihose und schwitzte doch bereits. Der Sommer war mit ganzer Macht über Japan gekommen.
Ist es tatsächlich so einfach? dachte er, als er den leeren Sandstrand entlang auf die Ruinen von Yokohama zuging, das einst der geschäftigste Seehafen Japans gewesen war. Das amerikanische U-Boot war bereits wieder am verdunkelten Leuchtturm von Yokosuka vorbei und in der Bucht draußen. Es war lediglich so lange aufgetaucht, wie nötig war, Matsuo abzusetzen, und dann sofort wieder unter Wasser gegangen. War der Treibstoffmangel der japanischen Marine schon so groß, daß sie nicht einmal mehr die Reste einer Küstenwache aufrechterhalten konnte? Nur ein Glück, daß der Feind von anderer Rasse war. Sonst wäre Tokio voll von amerikanischen Spionen!
Er dachte an Meikos letzte Worte, ehe sie sich getrennt hatten. Auf Tinian hatte man ihnen gerade nur eine kurze Umarmung gestattet. Während er sie eng an sich drückte, hatte sie ihm Hirokis Adresse ins Ohr geflüstert und hinzugefügt: »Naka ist dort.« Sie hatte keine Gelegenheit gehabt, sich näher zu erklären. Man hatte sie sofort wieder getrennt.
Er mußte irgendwie nach Hiroshima gelangen und Nachforschungen anstellen, was sie damit wohl gemeint haben konnte. Das Drängen in ihrer Stimme hatte keinen Zweifel gelassen, wie wichtig es ihr war.
Doch zuerst mußte er diesen Krieg zu Ende bringen.

»Matsuo ist wieder da!«
Die große Neuigkeit wurde Hiroki schon an der Haustür überbracht. Er mußte gegen den Wunsch ankämpfen, sofort umzukehren und durch die Straßen Akasakas zu flüchten. Aber er zwang sich zum Eintreten und dazu, zu seinem Vater und Matsuo zu gehen, die beim Tee saßen.

Matsuo erhob sich und verbeugte sich so korrekt, wie es einem jüngeren Bruder dem älteren gegenüber zukam. Hiroki wußte aber genau, daß Matsuo es nur ihres Vaters wegen tat. Matsuos Gesicht war sehr ernst. Seine Augen waren wie abwesend. Etwas stimmte nicht. Was? Er suchte nach Haß oder Zorn in Matsuos Augen. Aber er konnte weder das eine noch das andere entdecken. Konnte es sein, daß er noch gar nicht mit Meiko gesprochen hatte? Ja, das mußte es sein. Seit ihrer Auseinandersetzung in Hiroshima war Meiko verschwunden. Matsuo hatte sie also ebenfalls noch nicht wiedergesehen, seit er zurück war, und wußte folglich noch nichts von der Kindesentführung. Hiroki atmete erleichtert auf.

»Mein Sohn!« sagte sein Vater, als Hiroki zu ihnen kam. Sein zerfurchtes Gesicht war fahl, und seine Augen glänzten fiebrig. »Die Amerikaner haben eine Atombombe. Matsuo hat sie mit eigenen Augen gesehen!«

Hiroki erstarrte, als Matsuo ihn anblickte.

»Es ist wahr, Hiroki. Ich habe die Testexplosion gesehen. Wir dürfen nicht zulassen, daß eine dieser Bomben jemals auf Japan fällt!«

Hiroki war wie vor den Kopf geschlagen. Das konnte doch nicht sein! Das durfte nicht sein! »Sie bombardieren uns jeden Tag. Es wird einfach nur eine . . . größere Bombe sein.«

»Nein, du verstehst nicht. Die Bomben. die sie jetzt auf uns abwerfen, sind im Vergleich zu dieser Atombombe wie Knallfrösche.«

Hiroki erkannte, daß Matsuo wirklich Angst hatte. Noch niemals hatte er irgendein Anzeichen von Angst an seinem Bruder erlebt. Beim Verborgenen Gesicht, was hatte Matsuo nur gesehen?

»Und? Was sollen wir tun?« sagte Hiroki mit einem Anflug von Verachtung. »Uns hinlegen wie geschlagene Köter und uns ihrer Willkür ergeben?«

»Hättest du es lieber, daß wir hier wie die Ameisen auf einem Hügel sitzen bleiben und warten, bis sie unsere Inseln zu toten Felsen zusammengebombt und unser Volk und unsere Kultur vom Angesicht der Erde getilgt haben?«

»Nun, so einfach wird das wohl nicht sein.« Hiroki wußte nicht recht, wie er sich verhalten sollte. Er wollte nicht zu offen seine Abneigung zeigen. Zumal der Bericht Matsuos über die amerikanische Atombombe durchaus überzeugend klang. Und das machte ihn gefährlich. Wenn er je Gelegenheit hatte, dies im Parlament vorzutragen, waren die Defätisten imstande und beendeten den Krieg, ehe der Orden noch eine Chance bekam, die volle Wucht des *kuroikaze* gegen die Amerikaner zum Einsatz zu bringen.

»Hiroki . . .« Matsuo schien keiner Worte mehr mächtig zu sein. Er ging im Raum auf und ab; seine Hauspantoffeln schabten über den *tatami*. »Wie soll ich dich nur überzeugen? Hast du gesehen, was all diese monatelangen Bombenangriffe in Tokio angerichtet haben? Und nun stelle dir vor, daß dieses gewaltige Ausmaß von Zerstörung sich binnen Sekunden und durch eine einzige Bombe ereignet!«

Hiroki mußte nun doch schlucken. War das möglich? Nein. Er konnte es nicht glauben! Die Amerikaner mußten Matsuo irgendwie getäuscht haben. Das aber würde er, Hiroki, natürlich nicht sagen. Es war besser, etwas gequält zu lächeln und zu versuchen, seines Bruders Vertrauen wiederzuerlangen. Das mochte besser sein, um auf Matsuos Handlungen Einfluß zu gewinnen.

»Nun, viel ist hier ohnehin nicht mehr zu zerstören. Was sollen sie noch zerbomben?«

»Du verstehst immer noch nicht. Sie haben sich gewisse Städte für diese Bomben aufgespart.«

»Aufgespart . . .?«

»Ja. Wir wissen alle, daß eine Reihe von Städten auf Honshu bisher von Bombenangriffen verschont geblieben ist. Wir haben das deren Glück zugeschrieben oder der Tatsache, daß sie einfach ignoriert wurden. Bis jetzt noch. Das ist aber ganz und gar nicht der Fall. Die Amerikaner haben mit voller Absicht ganze Städte verschont, damit sie demonstrieren können, wie sie sie mit einer einzigen Bombe ausradieren! Und weißt du auch, welche Stadt das Ziel der ersten Bombe ist?«

Hirokis Mund wurde trocken. *Etwa Hiroshima?*

Ihr Vater sagte: »Welche?«

»Kyoto!«

Der Vater fuhr hoch. »O nein! Das darf nicht geschehen!«

»Eben deshalb bin ich hier, Vater«, sagte Matsuo. »Du mußt mir eine Audienz beim Premierminister und dem Kabinett verschaffen. Wir müssen sie überzeugen!«

Doch sein Vater schüttelte den Kopf. »Das wäre reine Zeitverschwendung. Es gibt zuviel Opposition. Vom Militär und selbst von den Kabinettsmitgliedern, die kriegsmüde sind. Sie haben Angst, zu sehr auf Frieden zu drängen. Sie wissen alle sehr gut, daß unsere Truppen Grausamkeiten begangen haben. Bedingungslose Kapitulation bedeutet für sie, sich selbst auf die Anklagebank dieser angekündigten Kriegsverbrecherprozesse zu setzen. Lieber sehen sie Japan bis auf die Grundmauern zerstört, als zu kapitulieren.«

Hiroki wollte am liebsten aufschreien. Nun sprach auch sein Vater schon wie der reinste Defätist! Doch er bezähmte sich.

»Es hat genug Zerstörung gegeben«, fuhr sein Vater fort. »Ich war einst selbst für diesen Krieg. Wir alle drei! Aber wir haben kein Glück mit ihm gehabt. Es ist Zeit, ihn zu beenden.«

»Doch wer soll etwas tun«, sagte Hiroki, »wenn nicht der Premierminister?« Was für Pläne hatten die beiden?

»Wir gehen direkt zum Tenno!«

Hiroki traute seinen Ohren nicht. Zum *Tenno?* Warum hatte er daran überhaupt nie gedacht? Ein direkter Appell Matsuos an den Tenno — mit Beschreibung der Zerstörung Kyotos und der vielen Menschenopfer — würde den Kaiser zweifellos schwankend machen. Seine Majestät war bisher sorgsam von den vielen unangenehmen Tatsachen des Krieges abgeschirmt worden. Bekam Matsuo seine Audienz, konnte es gut sein, daß der Tenno sich zur Kapitulation überreden ließ. Bei näherem Nachdenken war er dessen sogar ganz sicher! Es war ja nur ein einziges Wort des Tenno nötig, und sofort war der Krieg zu Ende!

»Hiroki«, sagte sein Vater, »mit deinem Einfluß kannst du doch zweifellos eine Audienz beim Tenno erwirken.«

»Gewiß«, sagte Hiroki rasch. Er begriff sofort: dies war seine Chance, Matsuos Pläne zu sabotieren. »Überlaßt es mir. Ich kann das arrangieren. Es ist auch der einzige Weg. Nur der Tenno selbst kann die Feindseligkeiten zur rechten Zeit beenden.«

Er ging hinaus zum Telefon im Arbeitszimer am anderen Ende des Hauses. »Ich rufe sofort an.«

MITTWOCH, 1. AUGUST

Matsuo sah, wie ihn sein Bruder auf dem Weg zum kaiserlichen Palast scharf beobachtete. Er blickte an seiner Marineuniform hinab.

»Stimmt etwas nicht?«

»Glaubst du denn, eine Audienz bei Seiner Majestät ist die rechte Gelegenheit, die traditionellen Waffen zu tragen?«

Matsuo legte seine Hände auf die Griffe des *katana* und des *wakizashi*, die er im Gürtel stecken hatte. Er fand die Frage seltsam. Er hatte schon immer Nagatas Schwerter zu seiner Paradeuniform getragen. Für sein Verständnis waren sie deren untrennbarer Bestandteil. Er wunderte sich, daß Hiroki fragte.

»Diese Schwerter haben dem Kaiser gedient, solange es sie gibt. Sie verdienen es, gerade jetzt getragen zu werden.« Er sah sich um. »Kommt denn Vater nicht mit?«

Hiroki schüttelte den Kopf. Er schien sehr nervös zu sein. »Es ist nur eine Audienz für dich allein. Ich begleite dich nur bis zur kaiserlichen Hausverwaltung — oder was davon noch übrig ist. Danach bist du auf dich allein gestellt. Der Tenno empfängt dich im *Obunko*.«

Die meisten Gebäude auf dem Palastgelände waren inzwischen ebenfalls von den Bomben zerstört und niedergebrannt, seit Ende Mai das Feuer eines der nun endlosen Brandbombenangriffe selbst über die Palastmauern geschlagen war. Der Tenno selbst war in seinem Luftschutzbunker in Sicherheit gewesen. Aber als er am nächsten Tag über den Rundfunk zu seinen Untertanen gesprochen hatte, hatte es fast geklungen, als sei er froh darüber, jetzt ebenfalls deren Schicksal und Nöte zu teilen. Matsuo hatte keinen Zweifel, daß auch der Tenno so sehr wie er selbst verhindern wollte, daß eine Atombombe auf Japan fiel.

Nur: würde er ihm glauben? Würde er die Kapitulation anordnen?

Matsuo versuchte die ganze Fahrt über, seiner Erregung Herr zu werden. Zwei Tage lang hatte Hiroki benötigt, die Audienz zu erwirken, aber am Ende hatte er sie nun doch bekommen. Eine Privataudienz beim Tenno! Dabei war es eine mit schrecklichen Aussichten. Doch er durfte sich nicht von Mitleid mit Seiner Majestät überwältigen lassen. Er mußte überzeugen — mehr denn je in seinem Leben bei irgendeiner Gelegenheit! Er *mußte* den Tenno davon überzeugen, daß er noch vor morgen früh das Ende des Krieges verkündete! Denn dann lief die Frist ab, und das amerikanische U-Boot wartete vor dem Hafen von Hiroshima wieder auf ihn. Und er mußte dort sein. Andernfalls war Kyoto bald ein rauchender Trümmerhaufen, und Meiko starb. War seine Audienz beim Tenno erfolgreich, war nichts weiter erforderlich. Dann existierte keine Frist mehr. Dann war der Krieg zu Ende.

Es hängt alles von mir ab! Die Erkenntnis ließ ihm fast übel werden, so schwer lastete sie auf ihm. Er mußte sich anderen Gedanken zuwenden!

Er dachte an Naka. Von seiner Entführung zu erfahren war ein Schock gewesen. Meiko hatte kaum ein Wort davon erwähnt. Lediglich die Adresse in Hiroshima hatte sie ihm gesagt, und daß Naka dort sei. Doch wenn sie dies wußte, warum hatte sie es niemandem mitgeteilt? Hier gab es ganz offenbar Dinge, von denen er nichts wußte. Also hatte er nichts gesagt und vor allem seinen Vater in dem Glauben gelassen, daß das Kind vermißt werde. Was aber dachte Hiroki?

»Wo warst du eigentlich, als Naka entführt wurde?«

Hiroki sah ihn völlig verblüfft an. »Naka? Oh, du meinst Meikos Sohn? Ich war in dieser Nacht im Tempel. Welch eine Unverfrorenheit!«

»Und es kam nie eine Lösegeldforderung?«

»Nein. Eines Tages werden die Banditen aber sicher gefunden werden, und dann . . .«

»Eines sehr baldigen Tages«, sagte Matsuo. »Sobald der Krieg aus ist, werde ich mich ganz der Aufgabe widmen, sie zu finden. Und dann werden sie es büßen.« Er legte demonstrativ eine Hand auf den Griff seines *katana*.

Hiroki sah zur Seite. »Ich helfe dir dabei.«

Plötzlich hielt das Auto an. Der kaiserliche Palast war bereits in Sichtweite, aber bewaffnete Männer blockierten die Straße. »Wer sind die denn?« fragte Matsuo den Fahrer.

Statt des Fahrers antwortete jedoch Hiroki. »Sie scheinen vom *Kempeitai* zu sein. Wie ich höre, machen sie seit einiger Zeit stichprobenartige Kontrollen der Fahrzeuge, die sich dem Palast nähern.«

»Auf wessen Anordnung?« In Matsuos Augen waren sämtliche Mitarbeiter der Geheimpolizei der Armee schlichtweg brutales Gesindel.

»Sie befürchten ein Attentat auf Seine Majestät.«

»Sie werden *uns* ja wohl nicht anhalten wollen.«

»Es ist sicher am besten, keine Schwierigkeiten zu machen«, sagte Hiroki. »Sie sind sehr besorgt um den Tenno.«

Matsuo sah seinen Bruder an. Hiroki war schweißgebadet.

Dies war der Augenblick, den Hiroki am meisten gefürchtet hatte. Er mußte Matsuo aus dem Wagen bekommen, damit die *Kempeitai*-Leute ihn ›vorläufig festnehmen‹ und zur ›Befragung‹ hierbehalten konnten. Tatsächlich sollte er gefesselt, in einen anderen Wagen verfrachtet und nach Hiroshima transportiert werden, um dort Shimazu zur ›Sicherstellung‹ übergeben zu werden. Aber es war völlig unvorhersehbar, wie Matsuo sich verhalten würde. Er war ungeheuer aufgebracht. Hiroki spürte förmlich, wie sich der Zorn in ihm zusammenbraute, um bei der kleinsten Provokation zu explodieren. Matsuo war wie eine abgezogene Handgranate.

»Wohin wollen Sie, bitte?« fragte der Truppführer den Fahrer.

»Zum Kaiserpalast.«

Er blickte nach hinten zu Hiroki und Matsuo. »Würden Sie bitte alle zur Kontrolle aussteigen.«

»Ich bin Offizier der kaiserlichen Marine. Ich habe eine Audienz beim Kaiser!« sagte Matsuo. Er klopfte dem Fahrer auf die Schulter. »Fahren Sie weiter.«

Der *Kempeitai*-Mann zog die Pistole, eine alte Taisho 04, und richtete sie auf den Fahrer. »Aussteigen, wenn ich bitten darf! Alle!«

Hiroki sah, daß Matsuo zu kochen begann. Er versuchte ihn zu beruhigen. »Scherereien kosten uns nur noch mehr Zeit. Laß sie in Gottes Namen den Wagen nach einer Bombe untersuchen. Sie tun es ja schließlich nur im Interesse der Sicherheit des Tenno.«

Matsuo sah ihn stumm an, gab aber schließlich nach. Hiroki kam hinter ihm auf seiner Seite aus dem Auto.

Der *Kempeitai*-Mann hielt seine Pistole auf sie beide gerichtet, musterte Matsuo und verbeugte sich dann vor Hiroki.

»Okuma-san, Sie sagten doch, er sei unbewaffnet.«

Hiroki glaubte, in die Erde versinken zu müssen. Matsuos Blick war zuerst schiere Verwunderung und dann lodernder Zorn.

»Also eine abgesprochene Sache, mein Bruder?«

»Der Krieg muß weitergeführt werden, Matsuo!« sagte Hiroki. »Du mußt das begreifen! Ich kann nicht zulassen, daß du die Kapitulation betreibst. Denn wir werden siegen! Wir haben jetzt endlich die Mittel, die Amerikaner an ihre eigenen Küsten zurückzutreiben! Mit Hilfe des *kuroikaze!* Wir werden doch noch siegen!«

»Dann bomben sie uns in Grund und Boden, Hiroki! Verstehst du das denn nicht? Sie haben die Möglichkeit, Japan in den Urzustand geschmolzener Lava zurückzuversetzen, ohne daß sie mehr als allenfalls ein paar eigene Opfer riskieren! Es ist alles aus und vorbei, Hiroki!«

»Jetzt ist mir klar«, sagte der *Kempeitai*-Mann, »warum Okuma-san Sie von der Audienz beim Tenno abhalten will.«

»Gehe mit ihnen, Matsuo«, sagte Hiroki leise. »Leiste keinen Widerstand. Es wird dir nichts geschehen.«

Matsuo blickte sich um. Fünf *Kempeitai*-Leute umzingelten ihn. Seine Schultern fielen herab. »Ich habe ja wohl keine andere Wahl.«

»Richtig, richtig«, sagte der Truppführer, »kommen Sie ganz ruhig mit.« Er trat vor und streckte die Hand nach Matsuos Schwertern in seinem Uniformkoppel aus.

Da war Matsuo bereits blitzschnell in Bewegung. Sein *katana*-Schwert war gezogen und blitzte durch die Morgensonne, und im nächsten Augenblick schoß Blut aus des Truppführers Kehle. Noch ehe irgend jemand reagieren konnte, schrie ein anderer auf und hielt sich einen blutsprudelnden Armstumpf. Ein dritter brachte sein Gewehr hoch und schoß, traf aber nur einen seiner Kameraden, so schnell war Matsuo ausgewichen. Und fast gleichzeitig fiel dem Schützen der Kopf vom Körper, in einer Fontäne von Blut.

Und damit war es schon vorüber. Es schien kaum einen Lidschlag gedauert zu haben, und es lagen vier der *Kempeitai* am Boden. Der fünfte flüchtete in Panik. Matsuo stand inmitten seiner Opfer wie ein Rachegott aus einer fernen Epoche. Hiroki wich zurück.

»Matsuo!« rief er und spürte, wie sich der Handgriff der hinteren Wagentür in sein Rückgrat preßte.

Matsuo wollte doch nicht etwa auch ihn . . .? Doch nicht seinen eigenen Bruder!

»Wohin sollte ich gebracht werden, Hiroki?«

»Nach Hiroshima. In den Tempel des Kakureta Kao. Matsuo, du mußt das ver . . .«

»Es gibt keinen Tempel in Hiroshima.«

»Doch. Jetzt. Wir sind während deiner Abwesenheit dorthin gezogen. Wir . . .«

»Und? Gibt es viele deinesgleichen im Kakureta Kao?«

Hiroki richtete sich auf. »Wenn du Patrioten meinst, die entschlossen sind, bis zum endgültigen Sieg durchzuhalten und zu kämpfen: Ja! Wir werden bis zum letzten Mann kämpfen! Und die Spitzen von Armee und Marine stehen auf unserer Seite. Ebenso das Kriegsministerium. Du wirst nicht zum Tenno gelangen. Deine Sache ist aussichtslos!«

»Das wird sich zeigen.« Matsuos Augen verengten sich. »Wo in Hiroshima ist dieser neue Tempel?«

Hiroki schüttelte schweigend den Kopf. Matsuo trat an ihn heran und hob langsam sein *katana*.

»Matsuo!«

Matsuo packte Hiroki am Kimono und schlitzte diesen mit seiner *katana*-Klinge auf. Hiroki spürte, wie er angesichts dieser Demütigung rot anlief. Der Fahrer wandte sich ab, um es nicht mitansehen zu müssen.

Als Matsuo den Bruder losließ, war sein Schwert sauber, aber Hirokis zerschnittener Kimono blutverschmiert.

»Dafür bringe ich dich um«, sagte Hiroki.

Matsuo schob sein Schwert in die Scheide. »Das regeln wir nach dem Krieg. Jetzt fahre ich zum Tenno.«

»Zum Tenno!« lachte Hiroki auf. »Du glaubst doch nicht im Ernst, daß du einen Audienztermin hast?«

»Dann werde ich mir jetzt einen verschaffen.«

»Wie willst du das denn machen? Bist du etwa so naiv zu glauben, wir ließen irgend jemanden außer einigen sorgfältig Ausgewählten zum Tenno vor?«

Er deutete auf die Mauer um den Palast. »Wir kontrollieren jeglichen Zugang zum Kaiser! Du hast keinerlei Chance!«

Als er wieder auflachte, sah er, wie das Gesicht seines Bruders sich verhärtete.

»Es muß einen Weg geben!«

Er schob Hiroki und den Fahrer beiseite und setzte sich selbst ans Steuer des Wagens. Ohne ein weiteres Wort fuhr er davon, zum Palast.

Hiroki sah ihm kopfschüttelnd nach. Er wußte, Matsuo hatte auch nicht den Hauch einer Chance, bis zum Kaiser vorzudringen. Sein kleines Manöver hier war zweifellos auch von der Palastgarde nicht übersehen worden, die vermutlich auch den Schuß gehört und beobachtete hatte, wie Matsuo wütete. Glaubte sein Bruder wirklich, die Wache ließe ihn auch nur durch das Einfahrtstor der Palastanlage, geschweige bis zum Tenno?

Aber sicher war sicher. Er würde sich mit dem Informationsminister in Verbindung setzen und veranlassen, daß Matsuo in sämtlichen Zeitungen Tokios an den Pranger gestellt wurde. Als Mörder, Hochverräter, Geisteskranker. Niemand in ganz Japan würde je wieder auf ihn hören. Und nie wieder würde er auch nur in Sichtweite des Kaisers gelangen!

Matsuo raste auf das Einfahrtstor zu. Als er über die letzte Brücke davor kam, sah er, daß die Palastgarde einen Kordon gebildet hatte. Sämtliche Gewehre zielten auf ihn. Er bremste, hielt an und stieg aus.

»Ich muß den Kaiser sprechen!« rief er hinüber.

»Der Kaiser empfängt heute niemanden!« erwiderte der Hauptmann der Garde.

»Es ist von größter Wichtigkeit«, sagte Matsuo. »Es geht um Sein oder Nichtsein Japans! Sie müssen mich zu ihm lassen!«

»Sie müssen sich der vorgeschriebenen Wege bedienen.«

»Bitte!«

»Entfernen Sie sich jetzt, sonst müssen wir Sie festnehmen!«

Matsuo wurde zornig. Es schien wirklich nichts zu geben, was er unternehmen konnte. Hiroki und seine Clique an der Macht hatten den Tenno von der ganzen Welt abgeschnitten! Er bekam nur das zu hören, was sie ihn hören lassen wollten, nur das zu sehen, was sie ihn sehen lassen wollten.

Er hieb die Faust derart auf das Wagendach, daß es einbeulte. Er mußte in den Kaiserpalast!

Ohne zu überlegen, setzte er sich wieder ans Steuer, legte den Gang ein und trat aufs Gas, raste direkt auf die Garde zu. Wenn er lediglich ihren Kordon durchbrach und nach innen auf das Palastgelände gelangte, konnte er sich vielleicht irgendwo verbarrikadieren und sich so lange der Garde erwehren, bis der Kaiser aufmerksam wurde. Selbst wenn sie ihn hinterher sofort exekutierten, es war egal. Wenn er nur drei Minuten lang mit dem Tenno sprechen konnte!

Die Garde eröffnete das Feuer sofort. Das Glas der Windschutzscheibe zersplitterte und flog ihm um die Ohren. Er spürte Schnitte im Gesicht und an den Händen. Er duckte den Kopf nach unten und schaltete in den nächsten Gang, als er durch den Kordon der Garde brach. Doch dann erschien hinter dem Tor eine zweite Formation Gardisten und eröffnete ebenfalls sofort das Feuer.

Zu viele! Keine Chance, weiterzukommen.

Er riß schleudernd das Steuer herum, prallte gegen einen Steinfender. Ein Kotflügel riß lärmend ab. Er trat aufs Gaspedal, raste vom Palastgelände. Einige Schüsse prallten noch singend vom Wagen ab, als er am Hibiya-Park und dem zerstörten Hotel Imperial vorbei flüchtete.

Er blutete aus zahlreichen Schnittwunden. Und eine Kugel hatte ihn in die Schulter getroffen. Er konnte nicht in Tokio bleiben. Es blieb nur Hiroshima übrig.

TINIAN

Meiko beobachtete Frank über den Tisch hinweg. Er rauchte schweigend, hatte sich, die Füße auf dem Tisch, nach hinten gelehnt und blies Rauchringe in die Luft. Seit Matsuo weg war, ließ er sie zweimal täglich ›zum Verhör‹ herbringen, hatte aber lediglich am ersten Tag ein paar Fragen gestellt, seitdem keine einzige mehr. Sie hatte ihm erklärt, wie Matsuo damals eine Woche vor Pearl Harbor in Oahu plötzlich vor ihr stand und daß sie ihn bis zu diesem Augenblick wirklich für tot gehalten hatte. Frank hatte nicht zu erkennen gegeben, ob er ihr glaubte oder nicht.

Er redete viel. Oft über den Krieg und seinen Einfluß auf die Amerikaner, und wollte dann wissen, welche Auswirkungen der Krieg denn auf die Japaner habe und wie sie darüber dächten. Und unaufhörlich und immer wieder sprach er über Pearl Harbor, aber in einer Weise, als würde er nur mit sich selbst reden. Wie schlecht vorbereitet die Pazifikflotte doch gewesen sei. Und immer und immer wieder benützte er den Ausdruck: ›. . . auf dem Präsentierteller‹. Meiko bekam allmählich den Eindruck, er werfe mindestens so sehr wie Japan auch seinem eigenen Land die Schuld an Pearl Harbor vor. Sie verstand das nicht.

Wenn er nicht über den Krieg oder über Pearl Harbor sprach, saß er einfach nur da, drüben auf der anderen Seite des Tisches, und rauchte. In diesen Schweigepausen wanderten Meikos Gedanken unweigerlich zu Naka. Ging es ihm gut? Hatten ihm diese maskierten Ungeheuer etwas angetan?

Es war ganz unvermeidlich. Frank mußte es erfahren.

Sie spürte, daß sie Frank trotz ihres unverzeihlichen Verhaltens ihm gegenüber nach wie vor nicht gleichgültig war. Wenn seine Gefühle jetzt auch sehr tief in ihm verborgen waren und Meiko an sich auch nicht den Wunsch hatte, sie wiederzuerwecken. Aber er hatte einfach ein Recht darauf, es zu wissen.

»Ich habe einen Sohn«, sagte sie.
»Sehr schön«, sagte Frank.
»Er wird nächste Woche drei Jahre alt.«
»Wunderbar. Freut mich sehr.« Er paffte heftig an seiner Zigarette. Meiko wartete auf die üblichen Rauchringe. Aber sie kamen nicht. Statt dessen ließ er die Zigarette sinken, nahm die Füße vom Tisch und hustete. »Nächste Woche?«
Meiko nickte lächelnd.
»Du Hure!« stieß er hervor. »Willst du damit sagen, du hast es damals gleichzeitig mit mir und Matsuo getrieben? Du . . .«
»Er hat ein Muttermal«, sagte Meiko rasch, ehe er zu weit gehen konnte.
Frank hielt mitten im Wort inne. »Muttermal?«
Meiko nickte und fuhr sich mit dem Finger über die Stirn, den Verlauf andeutend. »Rot.«
Frank fiel das Kinn herab. Er begann zu zittern. Er zeigte mit bebenden Fingern auf seinen eigenen ›Slater-Fleck‹: »So wie der?«
»Fast ganz genauso.«
Er starrte sie an, und die Tränen schossen ihm in die Augen. »O mein Gott. Meiko, sag mir, daß du lügst. Gib ein einziges Mal in deinem Leben zu, daß du lügst.«
Meiko sah wegen der eigenen Tränenschleier selbst nur noch verschwommen. Es war ihr plötzlich klar, daß sie tatsächlich zwei Männer liebte und einen von ihnen schrecklich verletzte. Den hier.
»Ich habe dich nie belogen, Frank. Niemals.«
Wie in Trance stand Frank auf, kam um den Tisch herum und streckte ihr die Arme entgegen. Sie zögerte einen Moment, stand dann aber auf und umarmte ihn.

Ein Sohn! Mein Gott, ich war Vater! Ich hatte einen Sohn! Und ich hielt Meiko wieder im Arm. Es war fast, als hätte uns nichts jemals getrennt.
»Ich wußte nicht, ob ich es dir sagen sollte«, sagte sie. »Ich war mir nicht sicher, ob ich dir damit mehr Schmerz zufügen als Freude bereiten würde.« Sie beugte sich zurück und blickte mich an. »Ich habe dir ohnehin schon genug angetan.«
Ich ließ sie los. »Das ist wahr«, sagte ich. »Aber dieser . . .«
»Er heißt Nakanaori.«
Ich kannte das Wort. Versöhnung. *Nakanaori.* Es machte nicht alles ungeschehen, war aber doch ein gewaltiger Schritt zur Heilung meiner Wunden, die ich für auf ewig unheilbar gehalten hatte. Ein Sohn . . .
»Wir nennen ihn Naka.«
Wir? Es überlief mich plötzlich eiskalt. »Wie hat Matsuo reagiert? Was hat er . . .?«
»Anfangs hat er uns alle gehaßt, dich, mich, Naka, und sich geweigert, dem Kind seinen Namen zu geben.«

Völlig ohne mein Zutun brach plötzlich wildes Gelächter aus mir hervor. Matsuo! Er hatte geglaubt, total gewonnen zu haben! Und da gebar ihm Meiko meinen Sohn!

»Doch als Naka etwa ein Jahr alt war«, fuhr Meiko fort, »begann er ihn zu lieben und anzunehmen wie seinen eigenen Sohn. Naka nennt ihn Vater. Er war sehr gut zu deinem Sohn, Frank.«

Das Triumphgelächter in mir erstarb so schnell, wie es gekommen war. Hätte ich genauso an seinem Sohn gehandelt? Wäre es überhaupt *möglich* gewesen?

»Naka und ich wären beim Luftangriff auf Tokio vorigen März umgekommen, wenn Matsuo nicht gewesen wäre.«

Mich schauderte. LeMays Bomber hatten fast meinen Sohn umgebracht!

»Wo ist er jetzt?«

»In . . . Hiroshima«, sagte sie. »Matsuo will dort vorbeischauen, ehe er zurückkommt.« Es fiel mir auf, wie zögernd sie dies sagte. Dann schien sie sich selbst Mut zu machen: »Vielleicht bringt er ihn sogar mit!«

»Ich weiß nicht . . . es ist eine riskante Sache, sich nachts von einem U-Boot auffischen zu lassen. Es wäre mir gar nicht recht, wenn er ein solches Risiko einginge.«

Aber wenn er es doch tat? O Gott, wenn er es doch tat! Zu denken: mein eigener Sohn! Drei Jahre alt, und ich würde ihn zum ersten Mal sehen . . .! Die Vorstellung allein ließ mir die Knie weich werden. Ich war bisher nicht so übermäßig scharf auf Matsuos Rückkehr gewesen. Jetzt konnte ich es gar nicht mehr erwarten.

Dann erzählte mir Meiko, wie das Kind nach Hiroshima gekommen war, und warum; und meine Freude erstarb fast wieder völlig. Verdammt!

DONNERSTAG, 2. AUGUST

HIROSHIMA

Matsuo hatte das Haus im Distrikt Kannonmaschi den ganzen Spätnachmittag und Abend über beobachtet. Es war jetzt bereits nach Mitternacht. Er zögerte noch.

War es auch die richtige Adresse? Konnte sich Naka wirklich in dieser alten Fabrik befinden? Er hatte einige Männer kommen und gehen gesehen. Sie hatten nicht wie Fabrikarbeiter ausgesehen, aber es war andererseits auch nichts weiter Auffälliges an ihnen. Ein Gemüselieferant war gekommen, sonst war wenig geschehen. Gegen Sonnenuntergang hatten zwei kleine Jungen aus dem Fenster im oberen Stockwerk zur Stadt hinüber geblickt. Durch das Fernglas hatte er erkannt, daß keiner von ihnen Naka war. Immerhin war jetzt klar, es befanden sich Kinder in dem Gebäude.

Er mußte hineinkommen. Wenn Naka dort gefangengehalten wurde, mußte er ihn finden und nach Tinian mitnehmen.

Alles andere war vorbereitet. Mit Hilfe seiner Offiziersuniform und seiner Legitimation als Angehöriger des Nachrichtendienstes hatte er in der Garnison von Hiroshima auf der Burg eine Barkasse requiriert. Falls nach ihm gefahndet wurde, war dies bisher offensichtlich noch nicht bis Hiroshima gedrungen. Denn man war seiner Forderung nach der Barkasse sofort nachgekommen. Anschließend hatte er auf dem Wasserweg die Adresse gesucht, die ihm Meiko genannt hatte. Es war nicht schwer gewesen, das Fabrikgelände aufzustöbern. Hiroshima bestand aus fünf fingerartigen Inseln im Ota-Delta. Nichts in dieser Stadt war weit vom Wasser entfernt.

Er sah viel von Hiroshima auf dem Weg. Und diese Stadt gefiel ihm. Eine Großstadt zwar, und doch hatten ihr die schwarzen Ziegeldächer und die Vorgärten überall ein provinzielles Aussehen erhalten. Obwohl von den Bombenangriffen noch verschont, die schon so viele andere Städte eingeäschert hatten (gehörte sie vieleicht zu den Städten, die sich die Amerikaner für ihre Atombomben ›aufgespart‹ hatten?), war der Krieg aber dennoch auch an ihr nicht spurlos vorübergegangen. Trotzdem, es herrschte geschäftiges Leben und Treiben in Hiroshima. Und überall waren Frauen und Kinder zu sehen, die nicht mehr in die Schule oder zur Arbeit gingen, sondern statt dessen mit Bambusspeeren für den Tag übten, an dem die Amerikaner an den Ufern Japans landen wollten. Die Absurdität dieses Einfalls war unerträglich. Er durfte gar nicht daran denken.

Er fand in einiger Entfernung einen Anlegeplatz für die Barkasse.

Jetzt mußte er nur noch Naka finden.

Gegen ein Uhr morgens wußte er, wie er es machen wollte. Er hatte die Fenster des Gebäudes ständig beobachtet. Selbst zu dieser Stunde jetzt war es hier draußen auf der Straße heiß, bei schier unerträglicher Luftfeuchtigkeit. Es mußte in den Häusern noch schlimmer sein. In der Tat waren auch sämtliche Fenster im Obergeschoß geöffnet. Das nützte ihm nichts. Aber auch unten im Erdgeschoß standen einige Fenster offen.

Er steckte sich die Taschenlampe, die in der Barkasse gewesen war, in die Tasche und schlich sich vorsichtig an das Haus heran. An der Westseite standen einige Holzkisten, auf die er klettern konnte. Ein rascher Blick ins Innere des Hauses zeigte ihm, daß es drinnen schwach beleuchtet war. Direkt unter ihm befand sich ein langer Korridor. Er stieg ein, ließ sich zu Boden gleiten und verhielt in einer dunklen Ecke.

Shimazu war plötzlich hellwach.

Es ist jemand hier. Ein Fremder.

Er erhob sich von seinem *futon* und steckte sich die Seidenmaske in die Gesichtsfalten. Dann huschte er zu seinem Schreibtisch, in dem er seine Schatulle mit den *doku-ippen* aufbewahrte. Er entnahm ihr einen blinkenden, fünf Zentimeter langen Dorn, den er in seiner Hand im Ärmel seines Kimonos verbarg. Er ging im Dunkeln bis zur Treppe, die zum Erdgeschoß hinabführte. Er gedachte nicht, Alarm zu schlagen. Nein, sie sollten hier oben alle weiterschlafen. Er hatte so eine Ahnung, wer der Eindringling sein könnte, und wollte ihm allein gegenübertreten.

Matsuo hörte Schritte. Hatte er zu viel Lärm gemacht? Nein. Die Schritte waren ganz ruhig und langsam. Wie die eines Wachtpostens. Und dann kam in der Tat ein Wächter an ihm vorbei. Seine Gesichtszüge waren nicht zu erkennen. Matsuo strengte seine Augen an. Dann erst sah er es. Es waren überhaupt keine Gesichtszüge! Das Gesicht war hinter einer Seidenmaske verborgen! Der Kakureta Kao!

Der Mann mußte sein abruptes Atemanhalten bemerkt haben. Er blieb stehen, kehrte um und näherte sich ihm.

»Ist da jemand?« fragte er.

Matsuo wartete, bis der Mann unter dem offenen Fenster war und zu ihm hinaufblickte. Dann sprang er los. Er hieb dem Wächter beide Hände ins Genick, daß ihm der Kopf an die Wand knallte. Der Wächter wurde bewußtlos und sank halb zu Boden. Matsuo drückte ihn ganz hinunter und stand über ihm.

Was machte der Kakureta Kao hier in diesem Versteck in einer alten Fabrik in Hiroshima?

Und schlagartig wurde ihm alles klar. Nakas Verschwinden . . . Hiroki . . . all die in Tokio verschwundenen Kinder . . . ein Bild setzte sich ihm zusammen, nur wußte er noch nicht, was genau es darstellte.

Er begann seine Suche. In einer Zelle, die wohl einmal das Fabrikbüro gewesen war, stapelten sich Kisten mit Dokumenten und Akten. Alles mögliche — alte Schriftrollen und Manuskripte, die in Buchform gebunden waren. Eines lag aufgeschlagen auf einem Pult. Er ließ den Lichtkegel seiner Taschenlampe darüber huschen und blätterte durch die Seiten. Es schien eine Art medizinisches Buch zu sein, mit der Beschreibung chirurgischer Techniken. Dann kam eine Liste mit Patientendaten, die seine Aufmerksamkeit erregte. Sie enthielt nur Vornamen. gefolgt von Alter und Geschlecht. Keiner der ›Patienten‹ war älter als fünf Jahre. Sein Puls begann rascher zu gehen. Er fing noch einmal an und las auch die chirurgischen Angaben eingehender. Und je länger er las, desto mehr kroch Eiseskälte in ihm empor. Er blätterte die Seiten immer hastiger durch. Die neueste Narkosetechnik wurde angewandt, und zur Vermeidung postoperativer Infektionen wurde äußerste Asepsis beachtet, doch jeder Einzelfall beschrieb dieselbe unfaßbare Prozedur — die systematische und stückweise Amputation kleiner Kinder.

»Hochinteressant, Okumo-san, nicht wahr?«

Er fuhr herum und leuchtete mit seiner Taschenlampe in das Gesicht des Mannes mit der unverkennbaren Stimme. Und mit den unverkennbaren grünen Augen.

Er war hier! Er war aus freien Stücken gekommen, wenn auch auf leisen Sohlen wie ein Dieb! Wunderbar! Nachdem er Hirokis Bericht über das Debakel in Tokio gehört hatte, hatte Shimazu fast schon die Hoffnung verloren gehabt, Matsuo Okumo jemals noch vor sich zu erblicken. Doch hier war er! Wahrhaftig, das Allwissende Gesicht meinte es heute nacht gut mit ihm!

Es wäre ein leichtes gewesen, dem jüngeren Okumo den kleinen *doku-ippen*-Dorn von hinten in den Nacken zu stechen, als er so versunken das Hauptbuch studierte. Aber Shimazu hatte beschlossen, es nicht zu tun. Es konnte immerhin sein, daß Matsuo ihn noch im letzten Moment von hinten herankommen spürte. Und in dem folgenden Kampf hätte der Dorn leicht in den falschen Leib eindringen können. Außerdem wünschte er den Augenblick auszukosten. Zwanzig Jahre lang schob er bereits die Aufgabe, Matsuo zu töten, vor sich her. Es war sicher besser, ihn sich jetzt erst an seine, Shimazus, Anwesenheit gewöhnen, sich in keiner unmittelbaren Gefahr wähnen zu lassen, um dann erst in einem unaufmerksamen Moment mit dem *doku-ippen* zuzustoßen.

Matsuo erholte sich schnell von seiner Überraschung. Er nahm das Hauptbuch vom Tisch.

»Was bedeuten diese Grausamkeiten?«

»Sie haben gewiß schon vom *kuroikaze* gehört, Okumo-san. Und sicher haben Sie auch nichts dagegen, daß er gegen die Amerikaner eingesetzt wird. Zugegeben, die Schwarzen Winde bisher waren noch nicht so wirksam, wie wir es uns wünschten. Aber sie haben doch erheblichen Schaden und sehr große Verwirrung beim Feind verursacht. Und in allernächster Zukunft werden sie noch viel mehr bewirken. Für eine solche Waffe jedoch muß ein Preis bezahlt werden. Und diesen haben Sie soeben gelesen.«

»Kinder?« sagte Matsuo voll ungläubigen Ekels. »Sie verstümmeln Kinder, um den Schwarzen Wind zu erwecken?«

Shimazu blieb so sachlich und kühl wie nur möglich. Der Schock des jüngeren Okumo bereitete ihm Genugtuung. »Ich wußte sehr gut, daß Ihre recht sentimentale Reaktion typisch sein würde für das, was wir auch von der allgemeinen Bevölkerung zu erwarten hätten. Also mußte das Thema der *shoten* für den Schwarzen Wind vor aller Welt geheimgehalten werden. Aber wirklich, was hat das Alter damit zu tun? Seit wann ist jemand zu jung, um sein Leben für den Tenno zu opfern?«

»Wo ist Naka?«

»Wer, darf ich fragen, ist Naka?« Doch natürlich wußte Shimazu das nur zu gut.

»Mein Sohn!«

»Ach, wirklich? Mir sagte man immer, Sie hätten keinen Sohn.« Dann hob er theatralisch den Finger, als fiele ihm eben etwas ein. »Ach, ich vermute, Sie meinen diesen bedauernswerten kleinen *zasshu*, den Sie in Ihrem Hause halten. Ja, ja, der ist hier. Hiroki hat ihn uns gebracht.«

»Mein eigener Bruder«, sagte Matsuo nur.

»Nun, warum denn nicht? Mischlingsbastarde ergeben die besten *shoten*, wie sich gezeigt hat. Und dieses Kind hat keine Tropfen von Hirokis Blut in sich. So wenig wie von Ihnen.«

»Ist er ebenso verstümmelt worden wie alle diese da?« Er hielt das Hauptbuch mit der linken Hand, während seine rechte zum Griff seines *katana* im Gürtel fuhr.

Shimazu erkannte, wie buchstäblich todernst es dem jüngeren Okumo war und daß er bereits seinem eigenen Tod in die Augen sah und kaum mehr als noch einige Herzschläge lang zu leben hatte, falls er nicht rasch das Richtige antwortete.

»Nein, nein! Dergleichen ist inzwischen nicht mehr nötig.«

»Führen Sie mich zu ihm!«

»Aber gewiß. Er ist oben.« Er wandte Matsuo den Rücken zu und führte ihn hinaus auf den Flur. Auf dem Weg an der alten Fabrikhalle vorbei kam ihm eine Idee.

»Möchten Sie die *shoten* vielleicht sehen?«

»Die Kinder?«

Matsuo überlief ein Schaudern. Er schüttelte den Kopf. »Nein, ich glaube nicht.«

»Oh, das sollten Sie aber!« Während Shimazu noch die Tür aufdrückte, hörte er ein stählernes Geräusch hinter sich. Er drehte sich um. Matsuo stand mit gezogenem *katana* vor ihm.

»Keine Tricks!«

»Aber nein, das versichere ich Ihnen«, sagte Shimazu. Wie die Klinge Matsuos im Licht schimmerte, faszinierte ihn.

»Diese Kinder haben bis auf ihr Leben alles für den Tenno gegeben. Sie verdienen eine letzte Ehrerbietung.«

Er schaltete das neu installierte Licht an und beobachtete Matsuo, wie er vorsichtig näherkam. Er blieb eng hinter ihm. Er wußte genau, wie der jüngere Okumo ragieren würde. Er würde einen oder zwei Augenblicke lang vor Schreck wie hypnotisiert sein. Das war der Moment, in dem er zustechen konnte. Das Ende kam dann rasch — eigentlich zu rasch für seine *gaijin*-artige Arroganz, dachte er. Zuerst vollständige Lähmung der gesamten willkürlichen Muskulatur, dann auch der unwillkürlichen. Er würde zusammensinken wie eine Marionette ohne Fäden, die Augen starr nach oben, und gleich danach war die Lunge nicht mehr imstande zu atmen, das Herz konnte nicht mehr schlagen. Der eine der beiden Brüder, der die Saat zur Zerstörung des Ordens in sich trug, war dann endlich tot.

Er umfaßte den in seinem Ärmel verborgenen Dorn fester und näherte sich Matsuo.

Matsuo wollte den Mönch nicht unmittelbar hinter sich wissen. Er konnte bewaffnet sein oder versuchen, ihn in diesem übelriechenden Raum hier einzuschließen. Während sich seine Augen noch an das Licht gewöhnten, hörte er den rasselnden, keuchenden, seltsamen Ton des Elends und sah die Kinder wie schlaffe Sandsäcke liegen, mit leeren Augenhöhlen, verschlossenen Nasen, offenen Mündern.

Und in den äußeren Augenwinkeln bemerkte er eine Bewegung, vor der er sich instinktiv blitzschnell wegduckte, während bereits sein *katana* durch die Luft zischte. Es ging ganz automatisch. Schimazu schrie auf und fuhr sich mit der linken Hand an sein anderes Handgelenk, während seine rechte Hand im hohen Bogen durch die Luft flog, eine Blutfontäne hinter sich herziehend, bis sie draußen auf dem Flur zu Boden fiel. Zwischen Daumen und Zeigefinger hielt sie noch den Giftdorn. Shimazu sank in die Knie. Ein doppelter Blutstrahl schoß aus seinem Arm, bis er sich selbst mit der anderen Hand die Arterien abdrückte.

»Wache!« schrie er. Seine Stimme hatte sämtliche Überlegenheit und Kühle verloren und war jetzt heiser und außer sich. »Wache! Tötet ihn! *Tötet* ihn!«

Matsuo war versucht, ihm auch die Kehle durchzuschneiden, um ihn zum Schweigen zu bringen. Doch dazu war keine Zeit mehr. Er eilte statt dessen hinaus auf den Flur und versuchte, sich rasch zu orientieren. Naka! Er mußte ihn finden, und schnell! Doch da umzingelten ihn bereits ein Dutzend Tempelwächter, alle mit gezogenem *katana*. Und sie kamen auf ihn zu.

Er überschlug hastig seine Chancen. Er konnte sich ihnen stellen und kämpfen und dabei vielleicht getötet werden. Oder er flüchtete. Dann kam er vielleicht davon. Aber Naka war noch hier. Der Gedanke bereitete ihm Qualen, doch er sah keine Alternative.

Ich komme wieder, Naka! Er wandte sich um und rannte auf das Tor zu. *Ich werde dich nicht im Stich lassen! Ich komme wieder!*

Dann war er bereits draußen in der Nacht und rannte, so schnell er konnte, durch die leeren Straßen des Distrikts Kannonmaschi zu seiner Barkasse, sprang hinein, startete den Motor und raste hinaus nach Süden auf die Inlandssee zu.

»Ich komme wieder, Naka!« schrie er in die Nacht hinein und sah das kleine runde Gesicht vor sich. »Bei allem, was mir heilig ist, ich hole dich!«

TOKIO

Hiroki machte sich Sorgen um seinen Vater. Er schien so geistesabwesend. Er hatte den ganzen Tag nicht gesprochen. Er hatte ihn vor dem Familienaltar kniend gefunden, das Foto seiner Mutter umklammernd.

»Du darfst dir keine Vorwürfe machen, Vater. Matsuo ist einfach . . . etwas geisteskrank geworden.«

Sein Vater blickte ihn müde und traurig an. »Dein Bruder ist nicht verrückt. Er ist im Gegenteil der am wenigsten Verrückte von uns allen.«

»Du hast aber doch die Berichte gehört und die Zeitungen gelesen. Er hat vier Männer getötet und dann versucht, den Tenno anzugreifen, einen Kordon der kaiserlichen Garde zu durchbrechen! Er hat uns alle verraten! Er hat ganz Japan verraten!«

Doch sein Vater schüttelte nur wieder den Kopf. »Nein, Hiroki. Du hast Matsuo verraten. Und du und deinesgleichen habt Japan verraten. Und ich habe daran ebenfalls mitgewirkt. Ich bin mitschuldig. Deinetwegen habe ich jetzt einen Sohn, den ich nicht sehen kann, weil er auf der Flucht ist, und einen anderen, dem ich nicht mehr glauben kann, weil er ein Lügner ist. Geh fort, Hiroki. Laß mich allein.«

Hiroki verbeugte sich stumm und gehorchte dem Wunsch des Vaters. Er fuhr in sein Büro auf dem Parlamentsberg, doch was sein Vater gesagt hatte — und sein gepeinigtes Gesicht dazu —, lastete immer schwerer auf ihm. Er konnte keinen klaren Gedanken fassen und sich auf nichts konzentrieren. Warum verstand ihn sein Vater nicht? Vielleicht war es das! Vielleicht sollte er sich mit ihm zusammensetzen und ihm die Vision des Sehers erläutern, ihm von dem *ekisu* für den *kuroikaze* erzählen und von den Plänen, die Shimazu und er hatten, um Angst und Schrecken unter den Amerikanern zu verbreiten und über ihr ganzes Land zu bringen. Wenn er das alles wußte, sah er bestimmt ein, daß Matsuo unrecht hatte und er, Hiroki, im Recht war. Japan durfte nicht kapitulieren!

Er eilte nach Hause, aber dort war alles still. Niemand von der Dienerschaft war da. Voll schlimmer Ahnungen eilte er nach oben in den Schlafraum seines Vaters.

Er fand ihn in einer Blutlache. Aus seinem aufgerissenen Leib ragte sein *wakizashi*.

Er hatte *seppuku* verübt — ohne einen Sekundanten!

Hiroki schrie seinen ganzen Schmerz und Zorn laut heraus. Es war alles Matsuos Schuld!

FREITAG, 3. AUGUST

TINIAN

Ich beobachtete Matsuos Augen, als er in seiner zerknitterten Marineuniform vor LeMay und Groves stand. Falls überhaupt möglich, blickten diese Augen noch verzweifelter als zuvor. Er schien sämtliche Höllenqualen der Verdammnis zu durchleiden. Es hatte mir schier das Herz gebrochen, daß er ohne meinen Sohn zurückgekommen war. Und Meiko ging es offenbar genauso. Matsuo selbst, das war unübersehbar, schien dafür das Herz wegen der Nachricht zu brechen, die er zu überbringen hatte.

Keine Kapitulation, war die Quintessenz. Ich sah die beiden Generäle und konnte es kaum glauben: sie waren sichtlich erleichtert! *Erleichtert!* Jetzt begriff ich, warum sie nicht nur aus den offensichtlichen Gründen so gezögert hatten, Matsuo seine Mission versuchen zu lassen. Nicht ihre Angst, daß er sein Versprechen brechen könnte, hatte sie so beunruhigt — sondern die Furcht, er könnte Erfolg haben! Denn sie *wollten* die Bombe werfen! Gewiß war der Sinn der ganzen Sache, den Krieg zu beenden. Aber das sollte dann schon für alle Welt sichtbar an der Wirkung ihrer verdammten Atombombe liegen! Wozu hatten sie sie denn? Für eine Show mit allen Schikanen, jawohl! Echt, real und *live!* Eine komplette richtige Stadt mit ein paar hunderttausend Menschen auslöschen — Japanern!

Ihr Versuchslabor hieß Kyoto! Und die Versuchsratten waren seine Bewohner!

Zum ersten Mal in meinem Leben begriff ich voll die Bedeutung des Wortes *kaltblütig*.

»Schön«, sagte LeMay und holte sich seine Zigarre aus dem Mund. »Tut mir leid, daß es nicht geklappt hat. Jetzt aber ist es Zeit für Ihren Teil des Geschäfts. Also, wo ist der Zylinder?«

»Erst, wenn Sie auf zwei Bedingungen eingehen.«

LeMay ging sofort wieder die Decke hoch und polterte los. »Bedingungen! Was denn? Nix Bedingungen!«

Wäre der Mann nicht der US-Stabschef der Strategic Air Force gewesen, hätte man ihn sehr komisch finden können.

»Hören wir ihn doch erst mal an, Sir«, schlug ich vor.

»Sie halten den Mund!« schrie er mich an. »Von Ihnen will ich keinen Ton mehr hören!« Er drehte sich wieder zu Matsuo um. »Und Sie! Sie haben wohl Sehnsucht nach einem Erschießungskommando, wie?«

»Es wird wohl eine Pistole in der Nähe sein«, sagte Matsuo kühl. »Bitte sehr. Bedienen Sie sich.«

»Und Ihre Frau auch!«

»Curtis, Curtis«, sagte Groves nun wie zu einem verwöhnten Kind, »hören wir uns doch seine Bedingungen erst mal an. Ablehnen können wir sie immer noch. Warum denn so viel Aufwand?« Er machte eine Geste zu Matsuo. »Bitte.«

»Erste Bedingung«, sagte Matsuo. »Änderung des Ziels. Nicht Kyoto, sondern Hiroshima.«

LeMay hieb die Hand auf den Tisch und brüllte: »Kommt nicht in Frage. Nein!«

Ich musterte Matsuo eingehend und versuchte herauszubekommen, worauf er hinaus wollte. Das mußte einen bestimmten Grund haben! Matsuo hatte da eben die schwerste und wohl brutalste Entscheidung seines Lebens getroffen. Er wußte, so oder so würde eine Atombombe auf Japan fallen. Dagegen war rein gar nichts mehr zu machen, das war ihm klar. Selbst wenn er bis in den Tod hinein das Versteck des Zylinders für *Little Boy* nicht preisgab, war es allenfalls eine Sache von Tagen, bis *Fat Man* eintraf. Leidtragender war auf jeden Fall Japan. Aber er mußte einen Grund haben, warum er die eine Stadt retten wollte und dafür das Todesurteil über die andere sprach. Welchen?

»Jetzt mal einen Moment, Curtis«, sagte Groves zu LeMay. »Augenblick!

Immerhin war Hiroshima schon die ganze Zeit über das Alternativziel. Das ist also überhaupt kein Problem!« Er wandte sich wieder an Matsuo. »Geben Sie mir einen überzeugenden Grund für die Änderung.«

»Der Schwarze Wind hat so viel Zerstörung angerichtet . . .«

»Schwarzer Wind?« sagte LeMay. »Was ist das denn schon wieder?«

»Die Welken etwa?« rief ich wie elektrisiert. »Er meint die Welken!«

Jetzt zeigten beide Interesse. »Was ist das für eine Geschichte mit diesem Schwarzen Wind?« fragte Groves.

»Der . . . Apparat . . .« er schien das Wort kaum hervorzubringen, ». . . sie auszulösen, befindet sich in Hiroshima.«

»Und wieso erzählen Sie uns das?« fragte LeMay.

»Ich habe meine Gründe dafür.«

»Schön, schön!« knurrte LeMay. »Die zweite Bedingung?«

»Daß mir erlaubt wird, nach Hiroshima zurückzukehren und meinen Sohn herauszuholen, ehe die Bombe abgeworfen wird.«

Naka? Eben war mir wieder eingefallen, daß Meiko gesagt hatte, Naka sei in Hiroshima. Mein Sohn war in der Stadt, auf die Matsuo die Atombombe abgeworfen haben wollte! »Ihr Sohn?« sagte LeMay ungläubig. »Und woher wissen wir, daß Sie keinen Trick vorhaben?«

»Na, Sie haben doch immer noch seine Frau hier als Geisel«, sagte ich.

»Und wer garantiert mir, daß er uns nicht irgend so eine Kamikaze-Staffel herschickt, die uns in die Luft jagen soll? Oder einen von diesen . . . ›Welken‹ oder wie das heißt? Und erzählen Sie mir nur nicht, daß ihn das Leben seiner Frau irgendwie davon abhalten würde! Ich weiß Bescheid!«

Matsuo sagte ruhig: »Ein Kamikaze-Angriff hätte nur Sinn, wenn *Little Boy* die einzige existierende Atombombe wäre. Da dies nicht der Fall ist, wäre er ganz sinnlos.«

»Und woher wissen wir, daß Sie tatsächlich ein Kind haben?«

»Hat er«, sagte ich. »Einen Jungen, drei Jahre alt. In Hiroshima.« LeMay funkelte mich nur an. Aber ich funkelte einfach zurück. »Und damit wir sicher sind, daß er keinen Trick im Sinn hat, werde ich ihn nach Hiroshima begleiten.«

LeMay und Groves gingen wieder mal für eine Flüsterkonferenz vor die Tür. Aber diesmal dauerte es nicht annähernd so lange wie letzte Woche. Als sie wiederkamen, sagte LeMay lediglich:

»Okay, einverstanden.«

Matsuo sagte: »Und ich habe Ihr Wort als amerikanische Offiziere, was beide Punkte betrifft?«

Groves nickte. »Haben Sie.«

»Ja, ja«, maulte LeMay verdrossen hinterher, »meins auch, ja. So, und wo ist jetzt der gottverdammte Zylinder?«

Matsuo zögerte. Er schloß die Augen. Seine Lippen wurden ganz schmal. Einen Augenblick glaubte ich, er würde zu weinen anfangen. Nach einer schier endlos erscheinenden Pause deutete er mit zitternden Fingern auf den Fußboden der Baracke. Was er sagte, war kaum zu hören.

»Direkt hier drunter.«

SAMSTAG, 4. AUGUST

HIROSHIMA

Hiroki brachte es nicht über sich, den bandagierten Stumpf von Shimazus amputierter Hand anzusehen.

»Ich überlebe es, Hiroki«, sagte sein *sensei*. Seine Augen glänzten schwer von den Medikamenten, die er nahm. »Der Verlust einer Hand bedeutet wenig.«

Das war ein schwacher Trost für Hiroki. »Es ist allein meine Schuld«, sagte er und kniete demütig vor ihm nieder. Er fühlte sich elend, körperlich und seelisch. »Hätte ich doch nur . . .«

»Hätte und wenn führen zu nichts.«

»Mein Vater ist tot. Wegen Matsuo.«

»*Seppuku* kann sowohl ein Akt der Stärke wie der Schwäche sein. Im Fall deines Vaters war es Schwäche. Weil er den Weg, den er die ganze Zeit gegangen war, nicht mehr weiterzugehen vermochte. Er hatte Angst vor dem Ende dieses Weges.«

Hiroki spürte Unmut in sich aufsteigen. Wie konnte jemand es wagen, auch nur zu unterstellen, sein Vater sei ein Feigling! Doch dann, nach einem Moment der Überlegung, sah er ein, daß Shimazu wirklich recht hatte. Sein Vater hatte Angst davor gehabt, weiterzugehen! Sein *seppuku* war ein Akt des Rückzugs gewesen.

»Doch wäre Matsuo nicht gewesen, würde er noch leben! Und Sie hätten Ihre Hand noch!« Er hieb die Faust auf den Boden. »Er ist geisteskrank! Mit seinen Schwertern und seinen überholten Überzeugungen! Er ist ein altertümlicher Samurai!«

»Ein echter Samurai«, sagte Shimazu, »würde bis zum Tode kämpfen.«

»Das wird Matsuo ja auch!« sagte Hiroki hitzig. »Denn das nächste Mal, da er mir unter die Augen kommt, bringe ich ihn um!«

»Niemals!« rief Shimazu schrill.

Hiroki war völlig verblüfft über diese Heftigkeit. »Was . . .«

»Du darfst deines Bruders Blut nicht vergießen! Nicht einen Tropfen! Niemals!«

Es lag erkennbar sehr viel mehr in dieser Warnung als nur das Entsetzen über einen Brudermord. Shimazus Augen hatten ihre drogenglasige Verschwommenheit verloren. Er schien wirkliche Furcht zu haben.

»Sie haben das nun schon mehrmals gesagt, *sensei*. Aber angesichts dessen, was Matsuo getan hat, verstehe ich es immer weniger.«

»Es würde den sofortigen Untergang des Ordens bedeuten!«

Hiroki war versucht zu lachen, doch Shimazus Blick hinderte ihn daran. »Erklären Sie sich, *sensei*!«

Shimazu holte tief Atem. »Als du zu uns in den Tempel gebracht und dem *motsu* unterzogen wurdest, sagte der Seher, es werde zwei Okumo-Knaben geben . . .«

Das war doch Jahre vor Matsuos Geburt! dachte Hiroki.

». . . und daß es das Ende des Ordens bedeute, wenn einer von beiden jemals des anderen Blut vergösse.«

»Aber wie soll das zugehen? Wieso sollte der Tod Matsuos das Ende des Ordens bedeuten?«

Shimazu sagte kopfschüttelnd: »Ich weiß und verstehe es bis auf diesen Tag selbst nicht. Aber unsere Seher haben sich noch nie geirrt. Sie waren manchmal schwierig zu interpretieren, aber diese Prophezeiung war völlig eindeutig: ›*Sollte einer des anderen Blut vergießen, wird es den Orden nicht mehr geben.*‹«

Hiroki rekapitulierte für sich diese Sätze wieder und wieder. Doch auch er fand keine Möglichkeit, sie anders zu deuten.

»Ich beuge mich der Prophezeiung«, sagte er endlich. Sein Lehrmeister entspannte sich sichtlich. »Trotzdem, nach dem, was er getan, darf Matsuo nicht weiterleben.«

»Da bin ich deiner Meinung«, sagte Shimazu. Sein glasiger Blick begann wiederzukehren. »Aber ich glaube nicht, daß wir nach ihm suchen müssen. Ich bin ganz sicher, daß er von selbst wiederkommt. Suche dir eine *ryokan* in der Nähe und warte dort, bis wir mit deinem Bruder fertig sind.«

»Aber . . .«

»Er wird wiederkommen. Wegen dieses elenden kleinen *zasshu*, an dem ihm so viel liegt. Die Wachen nachts sind verdreifacht, tagsüber verdoppelt. Sie haben Anweisung, ihn nicht etwa zu überwältigen, sondern ihn beim ersten Anblick zu töten. Wärst du hier, würden wir Gefahr laufen, daß du in den Kampf verwickelt wirst. Und das wäre das Ende. Du darfst nicht in der Nähe sein, damit auch nicht zufällig irreparabler Schaden entstehen kann.«

Hiroki verbeugte sich. »Wenn Sie es so wünschen, *sensei*!«

»Das tue ich. Wir schaffen die Bastarde und alle Angehörigen der Inneren Zirkel nach oben. Die Schriftrollen und die Akten bleiben aus Sicherheitsgründen hier, wo sie sind. Die chirurgisch behandelten *shoten* können hier unten im Erdgeschoß bleiben, ebenso die Schüler und alle Wachen. Wir werden bereit sein, wenn dein Bruder wiederkommt. Er wird nicht lange auf sich warten lassen.«

Hiroki verbeugte sich wieder. Ein wenig war es schon ein Alptraum, den Mord des eigenen Bruders zu planen. Hatte er ihn eigentlich je wie einen Bruder geliebt? Ach, es war doch jetzt ganz unwichtig. Matsuo war von Sinnen — tödlich von Sinnen! Seine wilden Phantasiegeschichten über eine amerikanische Atombombe hatten das Reich in seinen Grundfesten bedroht. Es war tragisch, aber man mußte ihm Einhalt gebieten.

Er mußte sterben.

General Groves warf sich auf seinen Schreibtischstuhl und fummelte eine kleine weiße Papiertüte aus der Tasche. Die Sorgenfalten der letzten Tage in seinem Gesicht begannen sich allmählich etwas zu glätten.

»Also?« sagte LeMay. Außer Abrams und mir war sonst niemand anwesend. Uns beide fixierte er mit nur mühsam verhohlener Abneigung. Er duldete unsere Anwesenheit lediglich deshalb, vermutete ich, weil wir beide — von den Wissenschaftlern und den beiden Armeeoffizieren auf der *Indianapolis* abgesehen — die einzigen Menschen auf der Insel, wenn nicht auf der ganzen Welt waren, die wußten, daß der Zünder mit dem U-235 gestohlen worden war.

»Alles da«, sagte Groves seufzend. Er holte ein Stück Schokolade aus der Tüte und schob es sich in den Mund.

»Gut«, sage LeMay. Er rieb sich grinsend die Hände. »Ist das Okay aus Washington ebenfalls da?«

Groves nickte. »Der Präsident hat den Befehl unterzeichnet. Wir können die Atombombe werfen. Von heute an. Jederzeit, je nach Wetter.«

»Okay. Ich habe schon Flugzeuge für Kyoto in Bereitschaft, die das Wetter erkunden.«

»Entschuldigung, Sir«, mischte ich mich wieder einmal ein, »ich dachte, das Ziel ist jetzt Hiroshima?«

»Nix! Ich habe dem Japs gerade eben klargemacht, daß er sein Uran aushusten soll.«

»Sir, Sie haben Ihr Wort gegeben!« sagte ich. Ich spürte, wie Abrams mich in die Rippen stieß, damit ich Ruhe gab. Doch ich dachte nicht daran. »Ihr Wort als amerikanischer Offizier!«

LeMay starrte mich an, als wäre ich eine Art widerwärtiges Ungeziefer, das gerade aus dem Dschungel gekrochen kam. Aber ich hielt seinem Blick stand. Schließlich sagte er: »Das war gegen meinen Willen. Der Japs hat uns erpreßt. Ich hätte ihm weiß Gott was versprochen.«

Ich sah Groves an. »Auch Sie haben Ihr Wort gegeben, Sir. Bedeutet das Wort eines US-Offiziers gar nichts?«

LeMay ging schon wieder auf mich los. »Das reicht jetzt!«

»Da ist was dran, Curtis«, sagte Groves.

»Ach was, Les! Es war eine ganz klare Erpressung!«

»Trotzdem sollte das Wort eines amerikanichen Offiziers wirklich etwas bedeuten, meinst du nicht auch?« Ein rasches Lächeln huschte über sein Gesicht. »Außerdem, wie ich schon sagte, war Hiroshima von Anfang ein Alternativziel. Es kostet uns überhaupt nichts, unser Wort zu halten.«

»Ich bin aus Prinzip dagegen!«

Ich machte bereits den Mund auf, um zu fragen, was denn so prinzipienlos daran sei, sein Wort zu halten, aber Abrams hielt mich durch einen vorbeugenden scharfen Rippenstoß davon ab.

»Wann können wir los nach Hiroshima?« sagte ich deshalb nur.
»Und Ihnen habe ich schon gar nichts versprochen!« belferte LeMay sofort wieder. »Wieso sind Sie so daran interessiert, mit diesem Japs zu gehen? Haben Sie mit dem irgendwas ausgehandelt?«
Ich konnte ihm nicht gut klarmachen, daß der Sohn, den wir aus Hiroshima herausholen wollten, mein eigener war, nicht der Matsuos. »Ich will ihm helfen, daß er sein Kind rauskriegt, das ist alles«, sagte ich.
»Wissen Sie was, Slater?« sagte er und kaute an seiner Zigarre. »Ich traue Ihnen nicht.« Er wußte, ich wollte unbedingt mit, aber er wußte nicht, warum ich so scharf darauf war. Ich begann zu befürchten, er werde mich irgendwie (›nun gerade nicht!‹) hier festnageln, damit ich nicht mitkonnte. »Aber bitte, ich mache ein Geschäft mit Ihnen. Nachdem Sie so unbändig an gegebene Ehrenwörter glauben: Sie geben mir das Ihre, daß Sie von dem, was sich hier seit letzten Donnerstag abgespielt hat, niemals auch nur ein Sterbenswörtchen von sich geben, und ich lasse Sie dafür nach Hiroshima.«
»Sie haben mein Wort«, sagte ich. »Solange ich lebe.«
»Und Sie, Abrams? Von Ihnen will ich das gleiche.«
Abrams zögerte. »Ich müßte meinen kleinen Abstecher aus Saipan erklären!«
»Das läßt sich arrangieren.«
»Gut dann«, sagte Abrams. Er war Berufsoffizier. Von nun an schuldete man ihm Sehr Hoch Oben etwas. »Sie haben mein Wort.«
»Also, wann kann es losgehen nach Hiroshima, Sir?« fragte ich noch einmal.
»Je früher ich Sie nicht mehr sehe, desto lieber ist es mir!« knurrte LeMay. »Und merken Sie sich: die Bombe geht planmäßig runter, ob Sie und Ihr Japs noch in der Stadt sind oder nicht.«
Seine Miene sagte genug. Er jedenfalls würde im ersteren Fall keine Tränen vergießen.
»Ja, Sir!« sagte ich. »Und was ist planmäßig?«
»Montagmorgen, wenn das Wetter mitspielt. Und wenn die Herren jetzt vielleicht einen kleinen Spaziergang machen möchten. Ich habe hier noch einiges mit Groves zu besprechen.«
Wir salutierten und gingen. Abrams mußte sich um seinen Rückflug nach Saipan kümmern. Ich blieb in der Nähe des Generalsbüro. Die MP war inzwischen abgezogen, deshalb störte mich niemand. Ich ging so unauffällig wie möglich wieder näher heran. Was hatte LeMay so dringend mit Groves zu diskutieren? Ohne uns? Ich lehnte mich lässig an die Wand und horchte.
». . . nun, vielleicht auch nicht«, sagte LeMay gerade. »Aber falls er da je wieder rauskommt, stehen wir da wie die Oberarschlöcher!«
»Also, was tun wir?« sagte Groves mit vollem Mund.
»Slater und Abrams werden ja wohl das Maul halten. Aber der Japs . . . der könnte doch versuchen, sich nach dem Krieg einen Namen damit zu machen.«
»Dann verlange ihm doch ebenfalls ein Ehrenwort ab, als Gegenleistung für seine Freilassung.«

»Würdest du vielleicht dem Ehrenwort eines Japsen glauben?«
Lange Pause.
Ich sah es geradezu vor mir, wie LeMay jetzt auf seiner Zigarre herumbiß.
»He! Und wenn wir einfach die Zeit des Alamogordo-Tests ändern?«
»Wozu soll das gut sein?«
»Na, er sagt doch, er hat den Test gesehen, ist mit einem gestohlenen Flugzeug nach San Francisco zurückgeflogen, ging an Bord der *Indianapolis* und stahl das Uran. Wann war der Test?«
»Gegen halb drei morgens. Angesetzt war zwei Uhr, aber es gab eine kleine Verzögerung.«
»Na also. Wir korrigieren die offiziellen Dokumente auf halb sechs morgens! Ihr habt eben keine kleine, sondern eine ziemlich große Verzögerung gehabt.«
»Wozu soll das gut sein, Curtis?«
»Mein Gott noch mal! Wenn der Test um halb sechs war, kann der Bursche nicht gut schon um sechs auf der *Indianapolis* gewesen sein! Behauptet er es, steht er als Lügner da.«
»Ich weiß nicht . . . Es gibt immerhin eine Menge Augenzeugen des Tests.«
»Ja, aber alle sind Militär, Sicherheit, Regierung. Die kann man alle leicht vergattern. Nationale Sicherheit und das alles. Und wenn im offiziellen Bericht halb sechs steht, glauben das die Leute auch. Und wenn du deine offiziellen Dokumente so manipulierst, daß es aussieht, als wäre Hiroshima von Anfang an das ausgewählte Ziel gewesen, läuft er auch damit ins Leere.«
Es war gut zu hören, daß dies auch Groves zu gefallen schien. »Das könnte tatsächlich klappen. Wirklich.«
»Aber natürlich klappt das! Das garantiere ich dir! Wir korrigieren ein paar winzige Zahlen, und es macht für niemanden irgendeinen Unterschied.«
Ich ging mit einem Lächeln. In welchen Aufwand sie sich stürzten! Wo sie doch Matsuos Wort hatten! Als könnten sie auf der ganzen Welt eine bessere Sicherheit bekommen!

Meiko beobachtete Matsuo. Er saß an dem vergitterten Fenster des Verhörzimmers und starrte hinaus. Frank hatte es arrangiert, daß sie hier eine Weile allein und zusammen sein konnten. Vor der Tür standen zwei MP.
Er starrte schon eine ganze Stunde lang hinaus. Es brach ihr das Herz. Es brach ihr auch um Naka, der noch immer im Hause des Verborgenen Gesichts gefangen war. Sie wußte, wenn es möglich gewesen wäre, hätte Matsuo ihn mitgebracht. Sie konnte nur beten, daß es dem Kleinen gut ging und er nicht wußte, in welcher Gefahr er schwebte. Sie litt selbst genug. Doch sie wußte, daß es nichts im Vergleich zu dem war, was Matsuo zu tragen hatte.
»Habe ich es richtig gemacht, Meiko?« fragte er sie zum zwanzigsten Mal.
»Du hast das einzig Mögliche getan.«
»Ich hätte auch in den Tod gehen können, ohne ihnen den Zünder zurückzugeben.«

»Was hätte das genützt, wo sie doch noch eine zweite Bombe haben?«

Er seufzte. »Nichts. Das einzige, was ich auf diese Weise erreichen kann, ist, daß das Lebenszentrum des Kakureta Kao vernichtet wird. Wenn diese Leute erst einmal aus dem Wege sind, werden ihre Marionetten in der Regierung und beim Militär vielleicht endlich der Kapitulation zustimmen. Vielleicht bringt die Zerstörung Hiroshimas sogar den Tenno dazu, die Dinge endlich in die eigene Hand zu nehmen und seinen Soldaten zu befehlen, die Waffen zu strecken.«

»Dann wird alles doch noch sein Gutes haben«, sagte Meiko in einem Versuch, sein düsteres Gemüt etwas aufzuhellen. »Wenn du jedoch gestorben wärst und sie würden einfach die zweite Bombe auf Kyoto abwerfen, würde der Kakureta Kao unbehelligt weiter existieren.«

»Sie sind sich des Sieges so sicher!« sagte Matsuo und hieb die Faust auf den Tisch. »Es ist völlig idiotisch. Sie würden uns auch nach einer zweiten und dritten und vierten Atombombe noch im Krieg halten und auf ihren angeblichen Endsieg warten.«

»Also hast du doch das Richtige getan! So oder so müßte eine Stadt sterben. Und du hast die Amerikaner gezwungen, die zu nehmen, die in ihrer Mitte eine Krebskrankheit beherbergt.«

Matsuo nickte abwesend und starrte wieder aus dem Fenster. Nach einer Weile sagte er: »Warum hast du Frank die Wahrheit über Naka gesagt?«

»Weil ich dachte, er hat ein Recht darauf, es zu wissen.«

»Ja, das hat er wohl«, sagte Matsuo nickend.

»Vergib mir«, sagte sie. »Natürlich hätte ich es zuerst mit dir besprechen sollen. Aber wir durften ja nicht miteinander reden.«

Er lächelte. »Das ist schon in Ordnung. Ich wollte Frank zuerst nicht dabei haben, weil ich dachte, er ist nur eine Last und behindert mich. Aber ich habe es mir anders überlegt.«

»Es ist aber doch gefährlich?«

»Ja, aber zu zweit sind unsere Chancen besser, Naka herauszubekommen. Ich bin ganz zuversichtlich.«

Wieder starrte er lange stumm aus dem Fenster. Als er wieder etwas sagte, kam seine Stimme wie aus großer Ferne.

»Ist dir klar, daß über eine Viertelmillion Menschen in Hiroshima leben?«

»Ja«, sagte sie und versuchte, nicht an all die Kinder zu denken, die sie auf den Straßen der zum Tode verurteilten Stadt spielen gesehen hatte. »Ja, ich weiß.«

SONNTAG, 5. AUGUST

Wir standen am Rande des Flugplatzes, Matsuo, Meiko und ich, und sahen auf das Flugzeug, das uns beide nach Iwo Jima bringen sollte. Der Pilot ließ gerade die Motoren warmlaufen, während hinter der Maschine die Sonne blutrot unterging. Einige MPs waren in der Nähe. In dieser Umgebung war Matsuo in einer japanischen Marineuniform ein etwas ungewöhnlicher Anblick. Ich war in Zivil.

»Du mußt nicht mitkommen«, sagte Matsuo.

»Selbstverständlich muß ich«, sagte ich.

»Du hast gehört, was der General gesagt hat. Wenn das Wetter gut ist, wird die Bombe um acht Uhr morgens abgeworfen, komme, was da mag.«

Ich versuchte achselzuckend, tapfer auszusehen. »Was verliere ich schon? Und außerdem muß der Junge seine Chance bekommen. Und ich würde ihn auch ganz gerne mal sehen.«

»Tu, was du nicht lassen kannst«, sagte er und deutete zum Zaun. »Steht dort nicht General LeMay?«

Ich sah hin. Unverkennbar. Die Figur. Das Zigarrenbeißen. »Ja.«

»Ich würde gerne noch mal mit ihm reden.«

»Ich bezweifle sehr, ob . . .«

»Fragst du ihn?«

Ich wußte, daß es sinnlos war, ging aber trotzdem. Zu meiner Überraschung willigte LeMay ein. »Sicher, warum nicht?« Er lachte. »Aber daß er mir nicht seine Schwerter dabei hat.«

Matsuos *deisho* waren bereits im Flugzeug, zusammen mit seiner Gürtelwaffe. Ich winkte den MPs, Matsuo herüberzubringen. Als er da war, sagte er: »Ich würde mit dem General gern unter vier Augen reden, bitte.«

Wir zogen uns auf LeMays Nicken hin alle zurück. Ich sah, daß Matsuo nur einige Worte sagte, woraufhin LeMay buchstäblich zurückwich und sich straffte. Matsuo trat selbst einen Schritt zurück und verbeugte sich. Und wenn ich es nicht gesehen hätte, hätte ich es nicht geglaubt. LeMay hob die rechte Hand und salutierte militärisch. Zwar sichtlich widerstrebend. Aber immerhin, er salutierte.

Meiko wartete, bis Matsuo nach seinem kurzen Gespräch bei dem General zu ihr zurückkam. Frank und die MPs gingen einen Schritt hinter ihm. Seine Stimme war nur ein leises Flüstern in ihr Ohr.

»Auf Wiedersehen, Meiko«, sagte er. »Ich liebe dich. Ich habe immer nur dich geliebt und niemanden sonst.« Er beugte sich zurück und sah sie an, als wolle er sich ihr Gesicht noch einmal in allen Einzelheiten einprägen. »Ich wollte, daß du das weißt, ehe ich gehe.«

Sie spürte ihr Herz heftig schlagen. »Das klingt, als . . . würdest du nicht . . . wiederkommen.«

»Das ist möglich. Es ist gefährlich.«

»Du mußt! Versprich es mir!«

»Auf jeden Fall werde ich dir Naka bringen.«

»Naka ist nicht genug!« *Was versucht er mir zu sagen?* »Ich brauche euch beide!«

»Wenn es möglich ist, werden wir auch beide am Dienstagmorgen wieder hier sein.«

»Ich kann nicht zwischen euch beiden wählen!« sagte sie, »ich kann es nicht!«

»Die Wahl liegt nicht in deiner Hand«, sagte er. Er küßte sie. »Ich liebe dich.« Er drückte sie an sich und küßte sie noch einmal. Die Stimme versagte ihm.

Sie blieb stehen, bis das Flugzeug mit ihm und Frank nach Norden auf ihrer ersten Etappe nach Hiroshima verschwunden war. Dann ließ sie sich von den Militärpolizisten wieder in ihre behelfsmäßige Zelle führen.

MONTAG, 6. AUGUST

HIROSHIMA

Es war spät. Unser motorisiertes Schlauchbott glitt ruhig über das glatte Wasser. Es war, als würde uns die Bucht von Hiroshima ganz allein gehören. Wir kamen in der Dunkelheit am Flughafen vorbei und fuhren in einen Kanal ein. Matsuo sagte zwar, es sei ein Delta-Arm des Otu. Mir sah es eher wie ein Kanal aus. Unser Boot hatte keinerlei Kennzeichnung. Selbst die Fabrikmarke auf dem kleinen Außenbordmotor war übermalt. Ich lag unter einer Plane versteckt, während wir unter den zahllosen Brücken durchfuhren, von denen manche kaum mehr als ein schmaler Fußweg waren.

»Perfektes Bomberwetter«, sagte ich. Matsuo schweig. Ich sah auf die Uhr. 3 Uhr 15. In weniger als fünf Stunden war die *Enola Gay* hier oben am Himmel. Das U-Boot, das uns abgesetzt hatte, wollte um genau 6 Uhr wieder auftauchen. Es hatte Befehl, auf keinen Fall zu warten, wenn wir nicht da waren. Und wir konnten darauf wetten, daß es superpünktlich sein würde. Es war dann schon ziemlich hell, und sie konnten — und wollten — natürlich kein Risiko eingehen, noch entdeckt und auf Grund gebombt zu werden. Schon gar nicht in den letzten Stunden oder Tagen des Krieges.

Wir hatten also keine drei Stunden Zeit. An sich genug. Hoffte ich jedenfalls. Wenn wir das U-Boot nicht erreichten, mußten wir zusehen, im Motor-Schlauchboot noch so weit wie möglich wegzukommen, um dem unmittelbaren Gefahrenbereich der Atombombe zu entgehen. Aber wir hatten gerade den nötigsten Sprit, und mit Paddeln würden wir es wohl nicht besonders weit schaffen.

Etwa sechs Meilen stromaufwärts legten wir an einer unbeschrifteten Mole an und vertäuten das Boot am nächsten Pflock. In wenigen Minuten hatten wir unsere Ausrüstung beisammen. Während Matsuo seine beiden Schwerter in den Gürtel steckte, schnallte ich mir eine .45er Dienstpistole um.

»Die kannst du nicht verwenden«, sagte er.

»Möchte wissen, wieso nicht.« Ich hatte schließlich keine Schwerter, ganz abgesehen davon, daß ich nicht gewußt hätte, wie ich mit ihnen umgehen sollte.

»Wir müssen lautlos sein. Jeder Schuß alarmiert nur die Polizei und weckt den ganzen Kakureta Kao.«

»Wenn du glaubst, ich gehe unbewaffnet los, irrst du dich.« Nach dem, was ich von diesen Mönchen vom Verborgenen Gesicht gehört hatte, hatte ich nicht die Absicht, irgendein Risiko einzugehen.

»Du hast ein Bajonett.«

»Weiß ich selber.« Ich hatte keine Ahnung, ob ich imstande sein würde, einen Menschen zu erschießen. Doch daß ich keinen erstechen konnte, war mir klar. »Die Pistole nehme ich aber trotzdem mit.«

Er seufzte. »Aber nur als allerletzte Rettung. Abgemacht?«

»Okay. Nur auf Leben oder Tod.«

Wir verstauten den Wurfhaken und das Seil dazu im Sack und gingen los.

»Moment«, sagte Matsuo. Er zog sein *wakizashi* und begann an seiner Uniform herumzusäbeln.

»Was wird das?«

»Ich trete soeben aus der kaiserlichen Marine aus.«

Er trennte jedes Abzeichen, jeden Knopf und jedes Band ab und warf alles ins Wasser. Er hatte nun nur noch eine neutrale, zivile Tunika an.

»Jetzt bin ich ein *ronin*«, sagte er.

Ein herrenloser Samurai. Ich sprach es nicht aus, aber für mich war Matsuo immer herrenlos gewesen. Er war nie vollständig Amerikaner gewesen; hatte es nie sein wollen. Und irgendwie wußte ich, daß er, ganz gleich, wie angestrengt er es all die Jahre versucht haben mochte, auch niemals ein ›guter Japaner‹ gewesen war; niemals hatte sein Kaiser seine Seele vollständig besessen. Und jetzt schnitt er sich buchstäblich von allem los.

Ich hatte keine Uniform an, mit der ich es genauso hätte machen können, aber ich sagte: »Wie ich.«

Er sah mich scharf an, und ich glaube, er verstand mich. Nach allem, was ich heute über Pearl Harbor wußte, fühlte auch ich mich isoliert und herrenlos.

»Also los«, sagte er.

Er führte mich einige Blocks weiter und blieb dann an einer Ecke stehen. Er deutete auf ein einstöckiges Flachdachgebäude auf der anderen Straßenseite.

»Da drin ist er.«

Ich starrte auf die ausgediente Fabrik. Mein Sohn war dort. O Gott: *mein Sohn!*

»Wo?«

»Oben. Drittes Fenster von rechts.«

Sie gingen hinüber auf die andere Straßenseite in eine dunkle Ecke auf der Rückseite der einstigen Fabrik. Matsuo holte den Wurfanker heraus, den er zur Lärmdämpfung ganz mit Fahrradschlauchgummi überzogen und mit Isolierband umwickelt hatte. Er wickelte das Seil ab und begann das Eisen zu schwingen.

»Was ist mit der Tür?« flüsterte Frank.

»Wachen. Überall im Erdgeschoß.« Aber selbst wenn das nicht der Fall gewesen wäre, hätte er Frank nicht dort hineinführen sollen. Er glaubte, die Schande nicht ertragen zu können, wenn Frank die Kinder dort sehen würde, die seine eigenen Landsleute — nur einige wenige, gewiß, aber immerhin Japaner — so entsetzlich verstümmelt hatten.

Frank deutete auf das dritte Fenster. »Du sagtest doch, Naka ist dort.«

»Vermutlich ist ein Wächter bei ihm. Dies hier ist das Fenster eines leeren Raumes.« *Hoffe ich.*

Er wußte von seiner langen Beobachtung in der vergangenen Woche, daß damals alle Fenster in der Ecke hinten die ganze Zeit über dunkel geblieben waren. Hoffentlich hatten die Mönche nicht inzwischen eine Verwendung für diese Räume gefunden.

»Ich steige hinauf, hole Naka und laß ihn dir am Seil runter.«

Frank warf einen Blick zu dem Fenster empor. »Du willst allein da rein?«

»Jemand muß hier draußen Naka in Empfang nehmen. Mich kennt er. Vor dir könnte er erschrecken.«

Frank nickte. »In Ordnung.«

Matsuo schwang den Wurfhaken am Seil im Kreis über seinem Kopf und ließ los, als er genug Schwung hatte. Er flog bis hinauf zum Dach und landete dort mit einem dumpfen Geräusch. Es war nicht laut, aber Matsuo empfand es wie Donner. Er lauschte mit angehaltenem Atem und beobachtete abwartend sämtliche Türen und Fenster, ob sich jemand zeigte oder sich etwas rührte.

Nach zwei Minuten zog er das Seil vorsichtig straff und dirigierte es so lange, bis er sicher war, daß der Wurfanker festsaß und hielt.

»Halte mir das Seil straff«, sagte er zu Frank und begann daran hinaufzuklettern. Seine Leinenschuhe mit Gummisohlen, die er von den Amerikanern bekommen hatte, erlaubten ihm lautloses Vorwärtskommen. Er hangelte sich Hand über Hand nach oben bis zum Fenster im oberen Stock und spähte hinein. Alles dunkel und still. Er schlüpfte vorsichtig durch das Fenster und wartete wieder. Er spürte, wo die Wände waren. Ein sehr kleiner Raum. Niemand da. Er beugte sich aus dem Fenster, signalisierte Frank nach unten und zog das Seil zu sich hinauf. Frank duckte sich weg und verschwand im Schatten. Nachdem das Seil eingezogen war, war keine verräterische Spur mehr zu sehen, falls draußen zufällig jemand vorbeikam.

Jetzt mußte er Naka finden.

Er schaltete seine Taschenlampe an. Der Raum war voller Bücher, Papiere, Schriftrollen, ganz ähnlich der Zelle unten, die er kannte. Manches sah sogar genau so aus. Da war auch das Hauptbuch mit den chirurgischen Eintragungen, das er in der Hand gehabt hatte. Der Strahl der Taschenlampe fiel auf die erste Seite einer Zeitung, die dort lag. Es war die *Yomiuri Shimbun* aus Tokio. Sein Blick fiel auf die Schlagzeile: *Angriff auf Kaiserpalast.* Ein Marineoffizier namens Matsuo Okumo hatte einen hochverräterischen Versuch unternommen, in den kaiserlichen Palast einzudringen und ein Attentat auf den Tenno zu verüben. Er hatte seine frühen Jahre in Amerika verbracht, so daß nicht auszuschließen war, daß er mit dem Feind im Bunde sei. Eine landesweite Fahndung nach ihm war eingeleitet worden.

Matsuo mußte über den Einfallsreichtum seines Bruders lächeln. Er wollte die Zeitung schon beiseite legen, als ihm auch noch ein Foto mit einem vertrauten Gesicht in der linken unteren Ecke ins Auge fiel. Sein Vater. Der Adelsherr Okumo hatte angesichts der Schande, die sein jüngerer Sohn über seinen Namen gebracht hatte, *seppuku* verübt.

Er ließ die Zeitung fallen und schloß die Augen. Nahm das denn niemals mehr ein Ende? Er versuchte eines hervordrängenden Schluchzens in seiner Brust Herr zu werden. Irgendwie schien es unsinnig, um einen einzigen Mann zu weinen, selbst wenn es der eigene Vater war, wenn man wußte, daß hier in einigen Stunden viele Zehntausende starben . . . Vielleicht war sein Vater der Glücklichere von ihnen allen. Er erlebte den Schrecken der Atombombe nicht mehr, mußte nicht zusehen, wie Japan unterging und kapitulierte. Er war bereits jenseits von allem. Matsuo wollte ihn später betrauern. Jetzt war keine Zeit dafür. Jetzt mußte er zuerst Naka finden. Und dann seinen Bruder.

Er knipste die Taschenlampe wieder aus, öffnete die Tür und spähte vorsichtig in den Flur. Eine einzige Glühbirne brannte an der Decke bei der Treppe. Alles war leer und still. Kein Zeichen von Wachen. Sie waren vermutlich alle unten und bewachten dort jedes Fenster. Die Tür an der Treppe brachte ihn auf eine Idee, wie er später Zeit gewinnen konnte. Er ging hinaus in den Flur und dann vorsichtig voran.

Shimazu war sich plötzlich bewußt, daß er wach war. Er lag auf seinem *futon* und fragte sich, warum. Sein Armstumpf pochte wieder, aber nicht mehr als sonst auch. Der Schmerz ließ von Tag zu Tag nach. Er hatte sogar bereits die Analgetikadosis verringert. Er nahm jedoch nach wie vor die heilenden Elixiere und strich die Wunde zur Vorbeugung gegen Infektionen mit Salben ein.

Aber warum war er plötzlich wach? War jemand hier? War der jüngere Okuma wieder da? Er konnte es nicht feststellen. Er versuchte, seiner Sinne mächtig zu werden und sie auszudehnen über sich hinaus, bis über die Gebäudemauern hinweg, doch es ging nicht mehr. Die vielen Medikamente hatten seine Sinnesschärfe abgestumpft. Er drückte das Ohr auf den Boden.

Unten war alles ruhig und still. Die Wachen hätten Alarm geschlagen, wäre Matsuo eingedrungen oder hätte er es nur versucht.

Doch er pflegte niemals grundlos zu erwachen, bevor er es wünschte. Sein Gefühl, etwas von großer Bedeutung würde geschehen, wurde stärker. Er setzte sich mit untergeschlagenen Beinen auf seinen *futon* und lauschte.

Matsuo entdeckte, daß sich die Tür, der er sich näherte, genau gegenüber dem dritten Fenster befand. Er steckte die Taschenlampe ein und hielt die Hand am Griff seines *katana*. Mit einer einzigen Bewegung öffnete er die Tür, schlüpfte hinein, schloß sie hinter sich und verharrte lauschend im Dunkeln.

Leise Geräusche . . . der Atem von schlafenden Kindern. Er ertastete mit der linken Hand den Lichtschalter und knipste ihn an. Als die trübe Glühlampe aufleuchtete, war er bereit, gegen jeden loszuschlagen, der hier vielleicht Wache stand.

Doch es waren nur die Kinder da. Acht hatten Hemden und kurze Hosen an und rieben sich erwachend die Augen. Sofort sah er Naka und eilte zu ihm.

»Ganz still«, flüsterte er den Kindern zu, während er Naka an sich drückte. »Ich hole nur mal schnell Naka. Schlaft weiter.«

»Können wir nicht auch mitkommen?« fragte einer der anderen Jungen.

»Sie sind meine Freunde«, sagte Naka. Er wandte sich mit sichtlichem Stolz an die anderen. »Das ist mein Vater.«

Alle standen auf und verbeugten sich.

Matsuo erwiderte die Verbeugung. »Es tut mir sehr leid, aber ich kann nur Naka mitnehmen.«

Alle machten traurige Gesichter.

Naka sah mit unschuldigen Augen zu ihm auf. »Bitte! Keinem gefällt es hier.«

Matsuo sah in die flehenden Augen. Keiner älter als drei oder vier Jahre! Nein, er konnte sie nicht zurücklassen.

Aber das Risiko!

»Gut, schleichen wir uns ganz leise hinaus«, sagte Matsuo schließlich. »Wenn ihr aber Lärm macht, fangen sie euch und bringen euch zurück. Ihr müßt also ganz stille sein! Habt ihr verstanden?«

Alle nickten mit ernsten Gesichtern.

»Gut. Jetzt tut, was ich euch sage, dann sind wir in ein paar Minuten draußen.«

Er stellte sie in Linie auf. Jedes Kind mußte die Hand auf die Schulter des vorderen legen. Dann knipste er das Licht aus und führte sie hinaus auf den Flur.

Nur zehn Meter bis zu dem Ablageraum. Er betete zu allen Göttern und zum *kami* dieser alten Fabrik, daß keins der Kinder stolpern möge.

Es waren die längsten zehn Meter seines Lebens. Doch sie schafften es ohne Zwischenfall. Matsuo atmete erleichtert tief durch, als er die Tür des Ablageraums hinter sich geschlossen hatte. Nun versammelte er sie alle am Fenster.

Er knotete Naka das Seil um die Hüfte, schlang ihm das eine Ende durch die Beine und band das andere auf seinem Rücken fest. Bequem war es zwar nicht, doch die Strecke war ja nur kurz, und Naka konnte auf diese Weise nicht herunterfallen. Er hob ihn auf den Fenstersims. Unten trat Frank aus dem Schatten. Der Junge klammerte sich an Matsuo.

»Hab keine Angst. Ich laß dich ganz langsam hinunter. Es macht richtig Spaß. Sag dem Mann dort unten, daß noch mehr Kinder kommen. Kannst du das?«

Naka rollte mit den Augen. Es war sein *Selbstverständlich kann ich das!*-Blick. Er sagte: »Es kommen noch mehr Kinder.«

Matsuo begann Naka abzuseilen. Als das Seil schlaff wurde, blickte er hinunter und sah Frank winken. Er hielt Naka im Arm.

Das war Naka? Mein Junge? Ich drückte ihn an mich. *Bist du mein Sohn?* hätte ich ihn am liebsten gefragt.

»Es kommen noch mehr Kinder«, plapperte Naka auf japanisch. *Noch mehr?* Einen wollten wir herausholen: ihn! Ich setzte ihn ab und begann das Seil aufzuknoten, bis mir klar wurde, daß alles viel schneller ging, wenn ich mir das ersparte. Ich ruckte also nur, und Matsuo zog die Seilschleife sogleich wieder nach oben und ins Fenster. Ich nahm die Taschenlampe und leuchtete dem Jungen ins Gesicht. Seine Stirn war von seiner Fransenfrisur verdeckt. Ich strich ihm das Haar beiseite.

Und dann sah ich ihn. Den Slater-Fleck! Der Kleine war tatsächlich mein Junge! *Meiner!* Meiner und Meikos! Er war ganz unverkennbar Japaner, aber ich hätte schwören können, auch das Gesicht meiner Mutter in ihm zu erkennen. Die Gefühle, die in diesem Moment auf mich einstürmten, waren unbeschreiblich. Eigentlich hatte ich überhaupt keinen anderen Wunsch mehr, als ihn in die Arme zu nehmen und an mich zu drücken. Doch Matsuo seilte bereits das zweite Kind ab, und ich mußte an die Arbeit. Wie viele waren es überhaupt? War das Risiko nicht viel zu groß? Aber es war mir egal. Das für mich wichtigste Kind war bereits da und stand neben mir!

»Da kommt Akio«, sagte Naka. »Sei vorsichtig!«

Wir kannten uns gerade einige Augenblicke, und schon erteilte mir dieser drei Jahre alte Knirps Befehle! Herrlich!

Einer nach dem anderen kam herunter.

Als die Seilschlinge zum siebten Mal nach oben wanderte, fragte ich meinen Sohn: »Wie viele sind es noch?«

»Nur Masakazu fehlt noch. Dann kommt mein Vater.«

Mein Vater. Der unüberhörbare Stolz, mit dem er diese beiden Worte aussprach, war Beweis genug, daß Matsuo meinem Sohn wirklich ein guter Vater gewesen sein mußte. Das machte alles wett, was er mir auf Hawaii angetan hatte. Jetzt war ich in seiner Schuld.

Ich blickte nach oben. Wo blieb das letzte Kind?

Matsuo blickte sich um. Hatte er sich verzählt? Wo war der achte Knirps? Er hatte doch erst sieben abgeseilt! Aber es war keiner mehr da. Er blickte aus dem Fenster. Unten stand Frank und blickte erwartungsvoll zu ihm herauf. Matsuo zählte sieben kleine Silhouetten um Frank herum. Er blickte zur Tür. Sie stand offen.

Er unterdrückte einen Fluch und huschte vorsichtig aus der Tür und zurück zum Schlafraum der Kinder. Da war der achte Junge! Er lag zusammengerollt auf seinem *futon*, den Daumen im Mund. Er wimmerte, als Matsuo kam.

»Ich will nicht mit. Ich hab' Angst vor dem Seil.«

»Wie heißt du?« fragte Matsuo leise.

»Masakazu.«

»Komm, Masakazu.« Er hob ihn sanft hoch. Das Kind zitterte. »Ich trage dich hinunter.«

Doch als er an der Tür war, begann der Junge laut zu weinen.

Shimazu war mit einem Satz auf den Beinen. Ein Kind, draußen auf dem Flur! Er riß die Tür auf und trat hinaus. Er sah gerade noch, wie ein Mann einen Jungen in den Ablageraum trug.

»Er ist da!« schrie er sofort gellend. »Wache. Er ist hier oben!« Überall flogen Türen auf. Verwirrtes Gemurmel der Mönche hallte durch die Gänge.

Shimazu rief: »Er ist hier! Da, im Ablageraum! Er holt das Kind! Er ist es! Er, der getötet werden muß!«

Wo blieben die Wachen? Sie müßten doch längst hier sein!

Vom Ende des Flurs, wo die Treppe war, kamen Geräusche. Er sah Bewegung, hörte Rufe, aber niemand kam näher.

Dann sah er, woran es lag. Ein Eisenstab war durch die Türklinke gezogen und fest zusammengebogen. Solange dieser Stab nicht entfernt war, ließ sich die Tür nicht öffnen. Shimazu zog und zerrte daran, versuchte den Stab aufzubiegen, aber mit nur einer Hand war es aussichtslos.

Hätte ich doch noch beide Hände!

Die anderen Mönche des Inneren Zirkels waren durch die Amputationen natürlich noch mehr behindert als er. Es mußte ein Weg zur Eliminierung des jüngeren Okumo auch ohne die Wachen gefunden werden!

Das letzte Kind kam herab. Es schrie die ganze Strecke wie am Spieß. Es war mir klar, der Junge hatte Todesangst, doch das verringerte meinen dringenden Wunsch nicht, ihn wenn nötig mit Gewalt zum Schweigen zu bringen. Er brüllte zum Totenerwecken! Ich streckte bereits die Arme nach ihm aus, um ihn so rasch wie möglich zu fassen, je eher, desto besser. Es war auch keinen Moment zu früh. Denn plötzlich kam von oben ein Schmerzensschrei Matsuos. Das Seil wurde mit einem Schlag schlaff, das Kind plumpste mir in die Arme. Es schrie noch lauter als vorher, aber ich drückte es fest an mich, um sein Schreien zu unterdrücken oder wenigstens zu dämpfen.

Ich sah nach oben. Das Seilende hing leer herunter.
»Matsuo?« rief ich mit unterdrückter Stimme, so laut ich es wagte. »Matsuo!«

Der Schmerzblitz traf ihn so überraschend, daß er, sich zusammenkrümmend, das Seil fallen ließ und herumfuhr.
»Stirb!« sagte die Stimme vom Boden her. »Du bist es, der die Saat trägt! Stirb!«
Er blickte nach unten. Ein kahler Mönch ohne Beine kroch auf ihn zu und hob seinen blutigen Dolch zu einem weiteren Stich. Matsuo wich zurück, doch der Verstümmelte drang unbeirrt auf ihn ein.
Und er war nicht allein.
Wie eine Woge drangen sie herein. Sie trugen keine Masken, und das Licht aus dem Flur draußen beleuchtete ihre kahlen Schädel und den entsetzlichen Ausdruck von Haß in ihren Gesichtern. Wie Gewürm und Gezücht krochen sie heran, die einen ohne Gliedmaßen, die anderen ohne Augen, ohne Nasen, ohne Ohren. Einer ohne Arme und Beine bewegte sich wie eine Raupe auf ihn zu, ein Messer zwischen den gefletschten Zähnen.
Der Alptraum meiner Kindheit! Nur, daß er jetzt Wahrheit ist!
Matsuo drückte sich an der Wand entlang in der Hoffnung, auf diese Weise den so grauenhaft verstümmelten Gestalten entgehen zu können, ihrem kratzenden, schabendem Rutschen auf dem Boden. Der mit dem blutigen Dolch stieß erneut zu, verfehlte Matsuo aber. Ein Mönch ohne Augen kam mit winzigen Schritten und einem Messer in der einen Hand auf ihn zu. Mit der anderen tastete er sich voran.
Matsuo stand in die Ecke gepreßt. Nirgends ein Ausweg. Und die alte Furcht erfaßte ihn nun wieder, griff aus der fernen Vergangenheit der Kindheit nach ihm und lähmte ihn. Er war wieder das Kind von einst in der Dunkelheit, ausweglos umzingelt von Monstern.
»Er ist es!« riefen und zischten sie einander zu. »Er ist der, der die Saat trägt! Er ist der, der stirbt!«
Dann geriet Matsuos Hand wie von selbst an den Griff seines *katana,* und er wußte, er war nicht mehr allein. Er war kein verschrecktes Kind mehr. Er war ein Mann. Ein Samurai. Ein *ronin*!
Das Schwert schien förmlich in seine Hand zu fliegen und die *Masamune*-Klinge fuhr herab und spaltete dem Mönch, der ihm am nächsten war, den Schädel. Es war keine Feldschlacht, es war ein systematischen Abschlachten. Doch Matsuo dachte an die verstümmelten Kinder unten in dem Saal mit dem Holzrost. Und das verlieh seinen Schwertstreichen doppelte Wucht.

Shimazu war in seiner Zelle zurück und öffnete hastig seine Schatulle. Plötzlich splitterte draußen Holz. Er eilte zur Tür.
Das ständige Anrennen der Wachen gegen die verbarrikadierte Tür hatte

seine Wirkung getan. Sie war endlich aufgebrochen. Die Wachen strömten in den Flur hinein.

»Dort!« schrie Shimazu ihnen zu und deutete auf den Ablageraum. »Dort drinnen ist er! Tötet ihn!«

Matsuo hatte fast sämtliche Mönche getötet. So sehr er diese Kreaturen verabscheute, er empfand keinen Triumph. Diese ohnehin schon verstümmelten Leiber noch attackieren zu müssen bereitete ihm fast Übelkeit. Als er sich ausreichend Platz verschafft hatte, sprang er ans Fenster. Vielleicht konnte er sich noch am Seil hinablassen, ehe einer der Übriggeblieben merkte, daß er fort war.

Er griff nach dem Seil, als er unten das Splittern der Tür hörte und dann Shimazus wilde Schreie. Keine Zeit zur Flucht mehr. Er rief auf englisch zu Frank hinunter:

»Bring die Kinder zum Boot! Hier gibt es Ärger! Ich halte diese Bestien auf!«

Er konnte Frank nicht sehen, aber er hörte seine ungläubige Frage. »Was ist denn? Kommst du nicht?«

»Ich komme nach! Macht, daß ihr wegkommt!«

Als er sich umwandte, waren die Wachen bereits in der Tür. Schwerbewaffnete Männer, mit allen Gliedmaßen und Sinnesorganen. Er wußte sofort, daß es keine Rettung, kein Nachkommen mehr für ihn gab. Er hätte gern noch die Gelegenheit gehabt, Naka Lebewohl zu sagen. Doch wenn Frank ihn wohlbehalten zu Meiko brachte, dann war das genug.

Und ihn erwartete wenigstens ein ehrenvoller Tod.

Er hob sein *katana*-Schwert in Kampfposition senkrecht über sich und sprang mit einem Satz in die Mitte des Raumes, um den Angriff der Wachen zu erwarten.

Etwa einen Block von der alten Fabrik entfernt ließ ich die Kinder anhalten. Ich hatte sie bis hierher getrieben, als es mich plötzlich wie ein Keulenschlag traf: Das alles war doch schon einmal geschehen! Oder jedenfalls so ähnlich. Wieder einmal stand Matsuo ganz allein gegen eine auf ihn einstürmende Horde, und ich auf der Flucht in die andere Richtung! Genau wie damals.

Nein. Nicht noch einmal. Die ganzen zwanzig Jahre, die seitdem vergangen waren, hatte ich darunter gelitten und mir gewünscht, ich könnte alles noch einmal erleben, um es dann anders zu machen. Der Teufel sollte mich holen, wenn ich mir jetzt eine zweite Erinnerung fast der gleichen Art für den Rest meines Lebens auflud! Ich konnte zwar nicht in das Jahr 1926 zurück, aber es war für mich ausgeschlossen, Matsuo auch jetzt wieder im Stich zu lassen, wo er Hilfe brauchte.

Das Problem war die Zeit! Ein Blick auf die Uhr sagte mir, es war 4 Uhr 10. Die Sterne begannen bereits am Himmell zu verblassen. In weniger als einer Stunde tauchte unser U-Boot in der Bucht draußen auf.

»Wartet hier!« sagte ich. »Rührt euch nicht von der Stelle!« Ich nahm Naka bei den Schultern. »Du paßt auf die anderen auf, Naka. Keiner darf sich einen Schritt von der Stelle rühren, klar?«

Er nickte. »Kommt mein Vater auch bald?«

»Ich hole ihn jetzt.«

Da lächelte er. Das erste Mal, daß ich ihn lächeln sah.

Ich rannte, so schnell ich konnte, zur Fabrik zurück. Von oben drang buchstäblich Schlachtgetümmel und Waffengeklirr aus dem Fenster, vermischt mit Stöhnen und Schmerzenschreien. Ich griff mir das Seil und hangelte mich hinauf. Doch vorhin bei Matsuo hatte das viel leichter ausgesehen, als es jetzt für mich war. Ständig rutschen meine Füße von der Mauer ab, und das Seil glitt mir brennend durch die Hände. Immerhin, ich schaffte es bis nach oben.

Den Anblick, der sich mir durch das Fenster bot, werde ich nie vergessen, solange ich lebe. Es mußte ein ganzes Dutzend Kämpfer sein, nur mit *fundoshi*-Lendenschurzen bekleidet. Sie stachen und hieben pausenlos auf den Mann in der Mitte ein, einen Mann in einer blutverschmierten Marineuniform. Drei von ihnen lagen bereits tot oder sterbend auf dem Boden, neben oder über einer ganzen Anzahl völlig deformiert aussehender Leiber, offenbar kahlköpfige Mönche. Überall war Blut. Und inmitten der gespenstischen Szene Matsuo. Aufrecht. Ohne Unterlaß surrte sein Schwert durch die Luft. Doch er war bereits verwundet. Ein Schnitt durch die rechte Wange, Blut an beiden Ärmeln seiner Uniformjacke. Und seine Gegner drangen immer näher auf ihn ein.

Ich zögerte nur eine Sekunde, dann zog ich meine .45er und begann durch das Fenster zu feuern. Zwei der Wächter fielen sofort nach meinen ersten drei Schüssen um. Matsuo nützte das Überraschungsmoment, das entstanden war, um zwei weitere niederzusäbeln, die übrigen zogen sich hinter die Türöffnung zurück und duckten sich dort. Ich sah zwar ihre Gesichter nicht, weil sie alle Masken trugen, doch ihre Haltung machte mir klar, daß sie bereit waren, sofort aufs neue anzugreifen.

Ich schwang mich durch das Fenster in den Raum.

»Hiroki!« schrie Matsuo. »Wo bist du, mein geliebter Bruder?«

»Er ist nicht hier«, sagte eine Stimme draußen im Flur.

Die Wachen wichen zurück und bildeten eine Art Spalier, um einen hageren, großen Mönch durchzulassen, der nun ganz allein in der Tür stand. Sein bandagierter Arm ohne Hand sagte mir, daß er derjenige war, von dem Matsuo mir erzählt hatte.

»Und wo ist er?«

»Das hat Sie nicht zu interessieren«, sagte der Mönch und trat in den Raum hinein. Er starrte mich kurz an und wandte sich dann wieder an Matsuo. »Ich wußte, Sie wollten die Kapitulation, aber nie hätte ich mir träumen lassen, daß Sie mit den Amerikanern gemeinsame Sache machen!«

»Das hat Sie nicht zu interessieren«, äffte Matsuo ihn nach.

»Glauben Sie im Ernst, davonzukommen? Selbst hier, in diesem abgelegenen Bezirk, werden diese Schüsse die Polizei sehr rasch alarmieren. Und selbst wenn Sie aus diesem Gebäude hier entkommen sollten, wird bald ganz Hiroshima Sie und diese Kinder suchen und jagen. Man wird Sie fangen und zu uns zurückbringen. Und dann haben Sie überhaupt nichts erreicht.«

Matsuo zeigte mit seinem Schwert auf die Toten um ihn herum. »Nichts?«

Und dann sprang er mit einem völlig überraschenden Satz nach vorn, zog den Mönch in den Raum hinein und schmetterte die Tür zu. Sofort wurde von außen dagegengehämmert.

»Bleibt draußen!« überschrie er den Lärm, »dann bleibt Shimazu am Leben. Sobald die Tür sich auch nur einen Spalt öffnet, stirbt er!«

Was hatte er im Sinn? Ich wollte nichts als schnellstens weg von hier. Allein schon wegen des Übelkeit erregenden Gestanks von Tod und Blut und aus aufgeschlitzten Leibern quellenden Eingeweiden.

Er setzte dem Mönch seine Schwertspitze an die Kehle.

»Hinsetzen.«

Der Mönch funkelte Matsuo an. »Ich habe keine Angst zu sterben.«

»Ich töte Sie nicht. Hinsetzen, oder Ihre linke Hand folgt der anderen nach.«

Der Mönch setzte sich. Matsuo wandte sich an mich und deutete zum Fenster.

»Bring die Jungs weg. Ich komme sofort nach. Ich habe nur noch ein paar Worte mit dem Shimazu-san hier zu reden.«

Ich nickte und hangelte mich das Seil hinab.

Shimazu vermochte seinen wilden, rasenden Zorn angesichts seiner Lage inmitten der blutüberströmten Leiber seiner Ordensbrüder kaum zu bezähmen. Er beobachtete, wie Matsuo Schriftrollen und Registerbücher in seinen Sack steckte. Dieser Verräter! Dieser Hund! Er tötet uns, stiehlt unsere Geheimnisse . . . Die Betrübnis, die in ihm hochstieg, schwächte ihn körperlich. Er konnte kaum noch sprechen.

»Warum nehmen Sie das alles mit?« brachte er mühsam hervor.

»Weil andernfalls niemand jemals glauben würde, was sich hier abgespielt hat.«

»Sie wissen doch, daß Sie keine Fluchtchancen haben. Warum ergeben Sie sich also nicht und bringen es hinter sich?«

Matsuo sah ihn an. »Würden Sie mich im Austausch für die Kinder annehmen?«

Shimazu schöpfte sofort Verdacht. Wollte er sich wirklich dem Orden als Opfer darbieten? *Ich werde dir persönlich bei lebendigem Leibe die Haut abziehen!* loderte der Gedanke in ihm auf, doch er bezwang sich wieder. Er mußte das alles ganz rational abwägen. Der Orden benötigte noch immer einige *zasshu* für seine Zwecke, aber er konnte es sich leisten, diese paar ziehen zu lassen. In Hiroshima konnte man leicht andere finden, um den Verlust auszugleichen. Doch mehr als alles andere war für den Orden — und für ihn, Shimazu — wichtig, den jüngeren Okumo zu beseitigen! Er hatte heute nacht ohnehin schon unermeßlichen Schaden angerichtet, indem er so unter den Mitgliedern der Inneren Zirkel gewütet hatte! Wieder spürte er schrecklichen Zorn in sich aufsteigen bei der Vorstellung, daß es mindestens eine Generation dauerte, bis der Orden sich von dem Schaden erholen würde, den dieser eine Mann soeben angerichtet hatte. Es konnte nun keinen Zweifel mehr geben. Es war tatsächlich er, Matsuo Okumo, der die Saat der Zerstörung des Ordens in sich trug! Er war eine unermeßliche Gefahr! Die Chance, ihn aus dem Weg zu räumen — und er würde dies mit seinen eigenen Händen besorgen! —, war jegliches Opfer wert!

»Ein interessanter Gedanke«, sagte Shimazu, so ruhig er konnte. »Also gut.« Er streckte fordernd die Hand aus. »Geben Sie mir Ihr Schwert, und der Amerikaner und die Kinder werden nicht verfolgt.«

»O nein«, sagte Matsuo kopfschüttelnd, »Ihnen traue ich nicht. Ich werde mich nur meinem Bruder ergeben.«

Eine List? Möglich. Vielleicht aber auch nicht.

»Ihrem Bruder allein?«

»Nicht nötig«, sagte Matsuo. »Er kann meinetwegen auch mit *Kempeitai*-Leuten oder Tempelwächtern kommen. Mir kommt es nur darauf an, daß er hier ist, damit ich eine faire Anhörung bekomme.«

Ja, dachte Shimazu, während der Zorn in seinem Armstumpf pochte und rund um ihn der Geruch des Todes von den Leichen aufstieg. *Ja, fair und gerecht. Es wird Gerechtigkeit geschehen.*

»Ich lasse ihn holen.«

»Das ist nicht nötig. Ich werde ihn später treffen. Um acht. Auf der Aioi-Brücke.«

»Wieso dort?«

»Weil es ein öffentlicher Ort ist.« Matsuo lächelte wissend. »Weniger Möglichkeiten für einen Hinterhalt.«

Die Vorsicht des jüngeren Okumo beruhigte Shimazus Mißtrauen ein wenig. Es könnte funktionieren.

»Also gut. Ich lasse es ihn wissen.«

»Und sagen Sie ihm, Punkt acht Uhr oder gar nicht. Ich werde nicht viel länger warten.«

»Er wird dort sein.«

»Gut.« Und damit war Matsuo aus dem Fenster und verschwunden.

Shimazu blieb reglos inmitten der ihn umgebenden Leichen seiner Ordensbrüder und fühlte sein Herz schwer werden.

Ich weine um Euch, meine Brüder. Ihr hattet den Weg zum Verborgenen Gesicht begonnen, wurdet aber niedergestreckt, ehe Ihr noch den Segen Seines Anblicks erfahren durftet. Ich werde Euch rächen, meine Brüder. Morgen schon werden die Schmerzenschreie dessen, der dies hier getan hat, Euren ewigen Schlaf lindern. Ich verspreche es Euch!

Er erhob sich und stieg über die Toten am Boden zur Tür. Er mußte Hiroki in seiner Herberge wecken lassen und die Vorbereitungen für das Treffen beginnen. Diesmal würde es keinen Probleme geben.

Ich stand in dem schaukelnden Schlauchboot. Matsuo reichte mir die Kinder eines nach dem anderen herein. Sie waren aufgeregt und freuten sich auf die Bootsfahrt. Als letzten hob er Naka hoch, drückte ihn an sich und sprach leise mit ihm.

»Es ist nicht mehr viel Zeit, Matsuo«, sagte ich mit einem Blick auf den hell werdenden Himmel. »Wir müssen los.«

Er hielt Naka noch immer im Arm und wandte sich mir zu.

»Wir kommen nicht mit«, sagte er auf englisch.

»Was?« Mehr brachte ich nicht heraus.

»Naka bleibt hier bei mir.«

Ich war völlig sprachlos. So etwas hatte ich im Traum nicht erwartet. Doch der Schock ließ auch meinen Zorn aufflammen. Ich riß die Pistole aus dem Halfter.

»Gib mir meinen Sohn«, sagte ich. »Ihr kommt beide mit zum U-Boot!«

Da lächelte er plötzlich und reichte mir Naka herunter. »Das wollte ich nur hören, Frank. Ich habe ihm gesagt, du bringst ihn zu seiner Mutter. Ich komme dann nach.«

Schlagartig hatte ich einen dicken Kloß im Hals.

»Du kommst nach? Du weißt doch genau, für diese Stadt hier gibt es kein Danach mehr!«

»Das weiß ich«, erwiderte er.

»Und du willst trotzdem hierbleiben? Du willst hierbleiben?« Aber tief in meinem Innern hatte ich es schon geahnt. Trotzdem sagte ich: »Das ist doch nicht dein Ernst!«

»Hilf Meiko. Sorge gut für den Kleinen. Und sorge auch für sie gut. Sie hat dich einst geliebt. Warum soll sie dich nicht wieder lieben.«

Ich wollte ihn anschreien, zwang mich aber, leise zu sprechen. »Das ist doch verrückt! Beweist nichts, bewirkt nichts, ist absolut sinnlos!«

»Mag sein«, sagte er ruhig. »Aber es hilft nichts. Ich muß hier sein, wenn diese Bombe fällt.« Er deutete mit dem Daumen über seine Schulter auf die Häuser und Fabriken. »Ich muß bei ihnen sein.«

»Für sie macht das überhaupt keinen Unterschied!«

»Aber für mich.«

Ich versuchte etwas anderes — *aber verdammt, die Zeit!*

»Du weißt doch nicht einmal mit Sicherheit, ob LeMay sein Wort hält! Er ist imstande und schickt die *Enola Gay* doch nach Kyoto! Du traust ihm doch genausowenig wie ich!«

»Richtig«, sagte Matsuo. »Eben deswegen habe ich ihm auch mein feierliches Ehrenwort gegeben, daß ich heute morgen um acht auf der Aioi-Brücke stehen werde.«

»Zum Zeitpunkt Null«, sagte ich, und in meinem Leib schien Blei zu liegen. Die Fernzündung war für genau 08.00 Uhr in achtzehnhundert Fuß Höhe über dem Zielpunkt Aioi-Brücke im Zentrum Hiroshimas geplant.

Er lächelte. »Ich glaube, er wird pünktlich sein.«

»Matsuo . . .«

»Bewahre diese Schriftrollen und Bücher des Ordens gut auf. Vielleicht willst du eines Tages darüber berichten, was sich hier zugetragen hat. Und dann sind sie deine einzigen Beweise.« Er beugte sich herunter und gab mir die Hand. »Lebwohl, Frank.«

Ich wollte etwas sagen, brachte aber nichts heraus. Ich wollte nur noch weinen.

Er sagte: »Danke, daß du noch einmal zurückgekommen bist. Das gab mir die Gelegenheit, mich von Naka zu verabschieden.«

»Sind wir . . . quitt, Matsuo?«

»Was mich betrifft, ja. Und du? Verzeihst du mir?«

»Ja«, sagte ich nur. Ich ließ seine Hand noch immer nicht los. »Sind wir wieder Freunde?«

Er nickte. »Freunde.«

Die Worte brachen wie von selbst aus mir hervor. Ich konnte ihn nicht loslassen, konnte nicht zulassen, daß er hier blieb. »Ich habe keine anderen Freunde, Matsuo. Nicht einen einzigen. Und nachdem ich jetzt nach all den Jahren meinen besten und einzigen Freund, den ich je hatte, wieder habe, will ich ihn nicht gleich wieder verlieren.«

Er schwieg.

»Verdammt noch mal, Matsuo, ich sollte die .45er ziehen und dir ins Bein schießen und dich dann hier reinziehen und dir dein gottverdammtes Leben retten!«

»Ein wahrer Freund hält seinen Freund niemals davon ab, zu tun, was er tun muß«, sagte er.

Ich ließ seine Hand los.

Er band die Leine los, wartete, bis ich die Motorstarterschnur gezogen hatte, und gab uns einen sanften Stoß. Ich drehte sofort voll auf. Es wurde wahnsinnig knapp mit der Zeit. Allerdings hatten wir den Vorteil, mit der Strömung zu fahren. Das half — hoffentlich.

»Winke deinem Vater zu«, sagte ich auf japanisch zu Naka. Und meine Stimme hätte fast dabei versagt.

Naka winkte. Wir winkten alle. Matsuo winkte zurück, bis ihn der Morgennebel über dem Wasser verschluckt hatte.

»Ich habe kein gutes Gefühl«, sagte Hiroki auf dem Rücksitz des Wagens zu Shimazu.

Die Sonne stand wie eine helle Kugel über der Bucht von Hiroshima und erwärmte die Stadt. Obwohl es im Wagen kühl war und er einen leichten Sommerkimono trug, war Hiroki schweißnaß. So heiß war es doch noch gar nicht!

»Matsuo hat irgend etwas vor. Es entspricht nicht seinem Charakter, kampflos aufzugeben. Die Sache hat einen Haken. Es ist eine List!«

»Möglich«, sagte Shimazu hinter seiner Maske. »Deswegen nehmen wir ja auch die *kempeitai* mit.«

Vor ihnen marschierten in der Tat acht Angehörige der militärischen Geheimpolizei, weitere acht hinter ihnen. Es beruhigte Hirokis bereits wundgescheuerte Nerven etwas. Das Heulen der Fliegeralarmsirenen um sieben Uhr, als er in seiner Herberge noch beim Frühstück saß, hatte ihm bereits den Appetit verdorben. Zum Glück waren es nur die einfachen Voralarm-Sirenen gewesen. Die eigentlichen Alarmsirenen waren nicht mehr erklungen. Und noch während er auf Shimazu und seinen Wagen gewartet hatte, war Entwarnung gegeben worden.

»Doch ich zweifle eigentlich daran«, fuhr Shimazu fort, »daß eine List dahintersteckt. Dein Bruder selbst hat das Austauschgeschäft vorgeschlagen. Er für die Kinder. Ich habe in seinem Gesicht die ernsthafte Absicht erkannt, sich dir auszuliefern.«

»Aber er ist bewaffnet, ich nicht.«

»Das ist sogar deine größte Sicherheit. Ich war sehr froh, daß du vergangene Nacht in sicherer Entfernung warst. Er suchte dich. Um mit dir zu kämpfen und dich zu töten, daran habe ich gar keinen Zweifel. Doch ganz gleich, wie groß der Haß zwischen euch beiden schon sein mag, niemals würde er einen unbewaffneten Mann angreifen. Wenn ich irgend etwas über deinen Bruder weiß, dann dies.«

Hiroki mußte ihm da wohl oder übel zustimmen. Matsuo betrachtete sich als Samurai, wie Nagata. Und deren Ehrenkodex würde er nie verletzen. Trotzdem — nachdem er das Gemetzel gesehen hatte, das sein Bruder vergangene Nacht angerichtet hatte, fühlte er sich fast, als würde er nackt und bloß einer wildgewordenen Tötungsmaschine gegenübertreten.

Auf dem Weg zur Aioi-Brücke sah Matsuo wilde Gänseblümchen. Er pflückte sich eines und nahm es mit auf die Brücke, wo er es sorgfältig auf das Geländer legte.

Nicht mehr lange.

Als vorhin die Sirenen geheult hatten, war er kurz beunruhigt gewesen und hatte befürchtet, LeMay habe es nicht mehr erwarten können. Doch nachdem das einsame Flugzeug, das in dreißigtausend Fuß Höhe über die Stadt hinweggeflogen war, wieder zurückkam und verschwand, wußte er, dies war das Pfadfinderflugzeug zur Wetterbeobachtung. Es stellte nur fest, ob Sicht aufs Ziel herrschte.

Es herrschte Sicht, ja. Ein klarer, heller, wunderschöner Morgen war dies. Die Stadt erwachte eben, ihn zu begrüßen. Läge doch ganz Hiroshima noch immer im Schlaf! Es würde ihm diese letzte Stunde leichter machen!

Statt dessen war die ganze Stadt bereits voll geschäftigem Leben und Treiben. Die Leute eilten zu ihrer Arbeit oder zum Markt, die Kinder zur Schule. Sie fuhren auf Rädern, schoben Wagen und Karren oder zogen Rikschas, speziell hier an der Aioi-Brücke, die T-Form hatte, weil sie am jenseitigen Ufer noch eine Querstraße zwischen zwei weiteren Kanälen bildete und so drei oder fünf ›Inseln‹ Hiroshimas verband. Manche Passanten blickten verwundert oder neugierig auf Matsuos zerrissene und blutbefleckte Uniform ohne jegliches Rangabzeichen, sahen dann aber rasch weg. Er fragte sich, wofür sie ihn wohl hielten.

Die Sonne wärmte auch die Brücke. Er sah sich um. Die Stadt lag unter ihren schwarzen Ziegeldächern und weißen Mauern friedlich da. Zwei Bauwerke beherrschten das Stadtbild. Hoch oben auf einem Berg die Schloßburg, dunkel und herrisch, mit dem Berg Futuba dahiner; jetzt befand sich die östliche Garnison darin. Die Kommandos des Morgenexerzierens waren schwach, aber deutlich bis hierher zu hören. Und im Südosten lag direkt am Wasser die Industriemessehalle. Jemand öffnete dort gerade ein Fenster. Gleich dahinter erhob sich der Funkturm des örtlichen Rundfunksenders. Auf der anderen Seite drüben begann eine Gruppe Jugendlicher und alter Männer ihr Tagewerk mit dem Freimachen der Feuerwehrausfahrt.

Nur noch Minuten zu leben — für uns alle.

Er fühlte sich so wenig wie eh und je im Einklang mit seiner Umwelt, doch im Innern war er jetzt ganz eigenartig im Frieden mit ihr und mit sich selbst. Es gab keinen Grund mehr, mit ›dem Amerikaner in ihm‹ in Streit zu liegen. Zumindest mit diesem Teil seiner Existenz war er im reinen. Was er in der vergangenen Woche getan hatte, wäre jemandem, der als ›reiner Japaner‹ aufgewachsen war, nicht möglich gewesen.

Aber was habe ich wirklich getan? Habe ich das Richtige getan?

Er beobachtete die Passanten und wollte weinen, hätte am liebsten jeden einzelnden von ihnen angehalten, um ihn um Verzeihung dafür zu bitten, was gleich geschehen würde. Das ging natürlich nicht. Und eben deswegen war er hier auf der Brücke. Nicht so sehr, weil er unbedingt sterben wollte. Er hätte gern weitergelebt. Es gab noch so vieles, was er gern getan, gesehen, erlebt hätte. Und was er vermissen würde. Japan und seinen Geist. Die Kinder, die ihm nie vergönnt waren. Meiko. Doch er war es gewesen, der das Todesurteil über diese Stadt und ihre Bewohner gesprochen hatte. Wäre er nicht gewesen, fiele die Atombombe eben jetzt irgendwo anders vom Himmel, und hier ginge das Leben, so wie jetzt im Augenblick, unverändert weiter, durch den sonnigen Morgen und den Nachmittag. Allenfalls die Nachricht davon, daß irgendeine ferne Stadt zerstört worden sei, würde den Tagesablauf der Menschen in Hiroshima beeinträchtigen. Doch nun war Hiroshimas Morgen, eben erst begonnen, schon in wenigen Minuten zu Ende.

Meinetwegen.

Er hatte es getan, um der Vernichtung des Kakureta Kao ganz sicher zu sein. Dafür mußte er das Los der Bewohner von Hiroshima teilen. Das zumindest war er ihnen schuldig. Und Hiroki hatte dieses Schicksal ebenfalls zu teilen.

Matsuo blickte auf die Uhr. Fast acht. Wo blieb Hiroki? Jeden Augenblick konnte die Bombe fallen!

Dann sah er die heranmarschierenden und das Auto eskortierenden *Kempeitai*. Sie hielten vor der Brücke. Hiroki stieg aus. Ehe er die Tür schloß, erkannte Matsuo eine maskierte Gestalt auf dem Rücksitz.

Shimazu. Hervorragend.

Wir warteten auf dem Grund der Inlandsee etwa fünfundzwanzig Meilen vor Hiroshima. Ich verbrachte die Wartezeit mit Naka und den anderen Jungen. Das U-Boot faszinierte sie. Es gelang mir, dabei etwas Ablenkung zu finden, bis wir um Viertel vor acht auftauchten.

Jetzt.

Auf dem Turm standen Ausguckposten. Auf Deck wurden Filmkameras aufgebaut, ausgerichtet genau Westen auf Hiroshima. Niemand an Bord wußte, was wirklich bevorstand. Es war lediglich bekannt, daß um genau acht Uhr in Hiroshima eine neue ›Superwaffe‹ eingesetzt wurde und daß man, hier von dieser Position aus, über die Wirkung berichten sollte.

Doch das Ereignis trat nicht planmäßig genau um acht Uhr ein. Die *Enola Gay* hatte eine Viertelstunde Verspätung. Der erste Maat reichte mir ein Polaroid-Marineglas, damit ich ›den großen Knall‹ gut verfolgen könne. Ich ließ die Jungen bei einigen der Seeleute, die etwas für Kinder übrig hatten, und kletterte hinauf an Deck. Ich konnte es noch nicht glauben, daß eine einzige Bombe wirklich eine solche Wirkung haben konnte, wie Matsuo es beschrieben hatte. Ich wollte es mit eigenen Augen sehen. Ich fand, daß ich Matsuo dies schuldig war.

Während wir alle warteten, überlegte ich, wie ich das alles überhaupt Meiko erklären sollte. Und wie meine Zukunft mit Naka aussehen mochte. Ich hatte den Wunsch, ihn näher kennenzulernen, ihm wirklich Vater zu sein. Denn er brauchte jetzt einen Vater. Und trotz allem, was geschehen war, sehnte ich mich wieder nach Meiko. Vielleicht konnten wir zu irgendeiner Übereinkunft kommen . . .

Es wurde immer stiller an Deck. Selbst die Morgenbrise erstarb. Und wie in Vorahnung waren sogar die ewig lärmenden und das U-Boot umfliegenden Möwen still. Als würde ihnen die Natur die bevorstehende Katastrophe signalisieren. Nichts war mehr zu hören als das sanfte Klatschen der Dünung an die Bootswände. Und das Gelächter Nakas und der anderen unten im Boot spielenden Jungen.

Hiroki schluckte, als er auf Matsuo zuging. Er ballte die Fäuste, um das Zittern seiner Finger zu verbergen. Aber er hatte ja immerhin sechzehn bewaffnete *Kempeitai*-Leute zu seinem Schutz bei sich. Fast hätte er seinen Bruder inmitten der Menschenmenge, die hin und her über die Brücke eilte, nicht erkannt. Er lehnte am Geländer, seine Uniform war zerfetzt und blutig, und es waren keinerlei Abzeichen an ihr. Und Matsuo lächelte. Sein Gesicht war voller Schrammen und blutverschmiert. Aber er lächelte. In seinem Gürtel steckte ein *daisho*. Er sah mitgenommen aus.

»Ich sehe, du hast Begleitung mitgebracht«, sagte er und verbeugte sich übertrieben. »Willkommen in meinem neuen Büro.«

Er ist wirklich geisteskrank!

»Du . . . wolltest dich ergeben?«

»Ja, lieber Bruder.«

Die *Kempeitai* hoben ihre Waffen, und auch Hiroki wich unwillkürlich zurück, als Matsuo nach seinen Schwertern griff. Er zog sie jedoch nicht aus den Scheiden, sondern mitsamt diesen vom Gürtel. Er bot seine *daisho* Hiroki dar, quer auf den Händen. Hiroki nahm die Schwerter und klemmte sie sich rasch unter den Arm. Er hätte sich jetzt eigentlich völlig sicher fühlen können. Doch das war nicht der Fall.

Er sah, wie Matsuo einen raschen Blick auf die Uhr warf und die Stirn runzelte.

»Ich bin damit dein Gefangener«, sagte er.

»Das entspricht gar nicht deiner Art«, erwiderte Hiroki.

Matsuo lächelte nur achselzuckend. »Das spielt jetzt überhaupt keine Rolle mehr.«

»Nun gut.«

Doch Hiroki verstand das Verhalten seines Bruders nicht. Irgend etwas hier stimmte doch nicht! Er wollte so schnell wie möglich mit Matsuo zu Ende kommen. Er schickte sich an, die *Kempeitai* herbeizuwinken, damit sie Matsuo zu der ehemaligen Blechfabrik zurückgeleiteten, wo der Orden mit ihm abrechnen wollte.

Matsuo hielt ihn zurück. »Warte noch. Reden wir noch ein wenig. Über Vater.«

Hiroki wurde förmlich.

»Was gibt es dazu noch zu sagen? Er konnte die Schande nicht ertragen, die du über ihn gebracht hast.«

»Ich? Vielleicht nicht eher du?« Matsuo lächelte jetzt nicht mehr. »Er wollte unbedingt, daß ich mit dem Tenno spreche. Du, Hiroki hast uns also beide hintergangen.«

Das war ein Stich ins Herz. Aber es war doch, bei allen Göttern, nicht seine Schuld, daß ihr Vater *seppuku* begangen hatte! Sondern Matsuos! Er zwang sich jedoch, ein ausdrucksloses Gesicht zu bewahren. Es war ihm wichtig, daß Matsuo ruhig blieb und kein Aufsehen erregte, bis ihn die *kempeitai*-Eskorte abgeführt hatte.

»Nun gut, vielleicht bin ich teilweise mitschuldig«, räumte er also ein. »Aber ich war in der vorteilhaften Position, zu wissen, wie dieser Krieg enden wird — und dies schon lange, ehe er begann.«

»Ach, wirklich?« sagte Matsuo. »Wie das denn?«

Hiroki sah ihn wieder auf die Uhr blicken. *Warum macht er das ständig? Worauf wartet er?*

»Die Seher haben es prophezeit.«

Matsuo lächelte jetzt wieder. »Leider haben sich deine Seher geirrt.«

»Die Seher irren sich niemals! Sie haben alle Anfangssiege prophezeit, ebenso die darauffolgenden schweren Niederlagen und die Wiederkehr des *kuroikaze*. Und sie haben prophezeit, daß danach, in unserer dunkelsten Stunde, das blendende, grelle Licht von oben, hell wie Sonne, erscheinen wird — aus dem der Tenno im Endsieg hervorgeht!«

Die Augen seines Bruder wurden groß. »Blendendes, grelles Licht von oben? Hell wie die Sonne?« Dann begann er rauh und heiser zu lachen. Fast hysterisch.

Hiroki war peinlich berührt. »Spotte nicht über Dinge, die du nicht zu begreifen imstande bist!«

Matsuo blickte ihn lange an und sagte: »Lieber Bruder, ich spotte nicht über deine Seher. Sondern über eure Interpretation! Meine Gratulation! Eure Seher haben die Atombombe prophezeit!«

Und er lachte wieder, wie in einem Anfall. Es reizte Hiroki bis aufs Blut. Er fuhr mit der Hand zum Griff des *katana*, das ihm Matsuo ausgehändigt hatte.

»Schweig, oder ich entleibe dich hier an Ort und Stelle!«

Matsuo öffnete die Arme weit und lächelte. »Ja! Los! Tu es!«

Hiroki zog das Schwert zur Hälfte aus der Scheide.

Shimazu riß es fast von seinem Sitz, als er sah, daß Hiroki das Schwert aus der Scheide zu ziehen begann.

»Nein!« schrie er, so laut er konnte.

Der jüngere Okumo schien Hiroki zu provozieren und geradezu anzustacheln, ihn zu töten. *Es durfte nicht geschehen!*

Doch dann schob Hiroki die Klinge wieder zurück.

Shimazu sank erleichtert in die Polster. Er klopfte dem Fahrer auf die Schulter. »Geh und sag den *kempeitai*, sie sollen ihn abführen. Jetzt, sofort!«

»Ich . . . kann es nicht«, sagte Hiroki, als er das Schwert in die Scheide zurückstieß.

Matsuo sah, daß sein Bruder Mühe hatte, den Griff loszulassen. Es fiel ihm ein, daß er Nagatas *daisho* eigentlich Frank hätte mitgeben müssen, um die Schwerter für Naka aufzubewahren. Doch jetzt würden sie jeden Augenblick im Feuersturm der Atombombe zerschmelzen.

Er sah wieder auf die Uhr. 8 Uhr 13.

Wo ist das Flugzeug? Kommt es tatsächlich nicht?

Er mußte Hiroki hier zurückhalten, ihn am Reden halten. Und seine eigene Beherrschung bewahren. Das war am schwersten. Die gelähmten, augen- und zungenlosen verstümmelten Kinder standen wieder vor seinen Augen. Wie ein arktischer Sturm brauste der Wunsch nach Mord durch sein Herz. Sein eigener Bruder! Wie konnte er an so etwas Entsetzlichem beteiligt sein?

»Und warum kannst du es nicht?« fragte er Hiroki. »Aus reiner Bruderliebe?«

»Es ist mir verboten. Durch eine andere Prophezeiung.«

»Wirklich? Sehr interessant. Wie lautet sie?«

»Daß das Ende des Ordens gekommen ist, wenn einer von uns beiden den anderen tötet. Jetzt aber genug davon. Es ist Zeit. Gehen wir.«

Da hörte Matsuo das Flugzeug. Er sah nach oben. Da war sie. Eine B-29.

Sehr hoch. Nur ein schwarzer Punkt im weiten Blau. Eine Meile hinter dem ersten ein zweites Flugzeug. Und noch eines eine weitere Meile dahinter.

Besser spät als nie, wie die Amerikaner sagen.

Er ging auf seinen Bruder zu. Mit einer einzigen blitzartigen Bewegung entriß er ihm sein *katana* und holte damit weit aus.

Es war soweit. Endlich! Es gab kein Zurück mehr.

»Das ist für die Kinder!« sagte er.

Und mit einem Hieb, in den er all seine Kraft legte, schwang er sein Schwert horizontal und enthauptete seinen Bruder. Ein doppelter Geysir schoß aus Hirokis Hals. Matsuo schwang bereits erneut seine Klinge vor den Gesichtern der vor Staunen wie gelähmten *kempaitai* und stürmte auf den Wagen zu, in dem Shimazu saß. Wenn er etwas Glück hatte, erreichte er ihn noch, bevor . . .

. . . doch dann wurde ganze Welt unerträglich weiß. Und unerträglich heiß.

Aus fünfundzwanzig Meilen Entfernung und noch durch die abschirmende Tönung meiner Schutzbrille stöhnte ich schmerzlich auf über die Helligkeit des Blitzes. Dann stieg dieser gigantische Feuerball in den Himmel, und ein gewaltiges, unwirkliches Donnergrollen folgte ihm nach. Die Luftdruckwelle begann das Wasser aufzuwühlen. Die infernalische Kraft dieser Waffe lähmte mich. Doch nicht so die anderen. Sie jubelten und tanzten an Deck. Ich stand mitten unter ihnen wie ein puritanischer Prediger auf einer wilden Silvesterfeier. Ich biß die Zähne aufeinander, als ich den überdimensionalen Rauchpilz hochsteigen sah, der auch die Asche meines Jugendfreundes Matsuo Okumo enthielt.

Es gab nichts mehr zu sagen und zu tun. Außer, mit dem Heilen der Wunden zu beginnen. Ich riß mir die Schutzbrille herunter und drängte mich durch die Jubelnden.

Ich ging nach unten ins Boot zu meinem Sohn.

Unserem Sohn.

Oktober 1985 — September 1987

San Francisco
Oahu und Maui
The Jersey Shore

Bibliographie

Der Autor verdankt den folgenden Büchern viele genaue Angaben und Informationen über die Ereignisse und Personen dieses Romans, sowie über heute nicht mehr lebende oder existierende Menschen, Zeitläufe und Orte. Sie haben viel dazu beigetragen, dieses Buch zu bereichern und ihm tiefere Dimensionen zu verleihen.

Bauer, Helen, and Sherwin Carlquist. *Japanese Festivals.* Tokyo: Tuttle, 1974.
Benedict, Ruth. *The Chrysanthemum and the Sword.*
New York: Meridian, 1967.
Campbell, J. W. *The Atomic Story.* New York: Henry Holt, 1947.
Costello, John. *The Pacific War 1941—1945.* New York: Quill, 1982.
Fuchida, Mitsuo, and Masatake Okumiya. *Midway.*
New York: Ballantine Books, 1958.
Guillain, Robert. *I Saw Tokyo Burning.* New York: Doubleday, 1981.
Hershey, John. *Hiroshima.* New York: Bantam, 1948.
Hoehling, A. A. *December 7, 1941: The Day the Admirals Slept Late.*
New York: Zebra Books, 1983.
LeMay, Curtis E. *Mission With LeMay.* New York: Doubleday, 1965.
Lord, Walter. *Day of Infamy.* New York: Bantam, 1958.
Mosley, Leonhard. *Hirohito.* Englewood Cliffs: Prentice-Hall, 1966.
Prange, Gordon W. *At Dawn We Slept.* New York: McGrawHill, 1981.
Reid, Howard, and Michael Croucher. *The Fighting Arts.*
New York: Simon & Schuster, 1983.
Sheehan, Ed. *Days of '41.* Honolulu: Pearl Harbor-Honolulu Branch 46
Fleet Reserve, 1976.
Thomas, Gordon and Max Morgan Witts. *Enola Gay.*
New York: Pocket Books, 1978.
Toland, John. *The Rising Sun.* New York: Random House, 1970.
Varley, H. Paul. *Japanese Culture.* Tokyo: Tuttle, 1974.

Band 28 182
Christopher Fowler
Über den Dächern von London

Eigentlich will der Drehbuchautor Robert Linden nur für einen neuen Film recherchieren, doch dabei kommt er einer Geheimbande auf die Spur, die mit ihren Ritualmorden der Polizei Rätsel aufgibt. Auf den Dächern von London leben sonderbare junge Leute nach eigenen Gesetzen. Nachts fliegen sie an Nylonschnüren über die verhaßte, laute Metropole. Doch während die einen die Freiheit ihrer Schattenwelt bewahren wollen, haben die anderen der ganzen Stadt den Krieg erklärt.
Robert Linden gelingt es, einen Weg in jenes dunkle Reich auf Londons Dächern zu finden. Und bald steckt er mitten in einem Bandenkrieg, wie er grausamer nicht sein könnte.

BASTEI LÜBBE

Sie erhalten diesen Band im Buchhandel, bei Ihrem Zeitschriftenhändler sowie im Bahnhofsbuchhandel.